동진이 사람들

鄭成永 著

1950년대 동진이 마을

(주)이화문화출판사

〈표지 그림 설명〉

　1950년대 마을의 모습이다. 원동진이와 팥밭골을 합쳐 총 30호의 초가들이 가운데 기와집 한 채를 둘러 싸듯 자리를 잡고, 동네앞 큰 길가에 큰 우물과 마을 끝에 정자 나무인 느티나무도 보이고 있다. 정자나무앞의 기다란 논배미는 농한기때 마을의 청장년들이 모두 모여 야구나 축구를 하던 곳이기도 하다. 뒷 동산 장터 고개와 무듸실 고개도 보인다. 뒷동산 장터고개 옆으로 묘지 잔디밭이 보이고 큰 우물 옆에는 옻나무도 서있다. 뒷동산과 정자나무옆으로 단오때 그네를 매던 전나무도 몇그루 서 있었다.

|머리글|

　이책은 동진이라고 부르는 실재(實在)의 마을과 그곳에 살고있던 사람들의 지난날 이야기를 추려서 기록한 것이다. 시대는 1940년경부터 1970년경까지 대략 30여년간이다. 그 시절은 우리나라의 농촌지역에 산업화의 거센 물결이 밀려오기 전이었으며 옛 풍속과 전통적 마을 모습이 그런대로 아직은 살아있었던 아주 중요하고 의미있는 시기였다. 그래서 일부에서는 역사성과 사실성을 살리고자 마을 사람들의 실명을 부득이 사용하였고 또 몇 군데에서는 가명을 쓰기도 했음을 밝혀둔다. 독자들은 이 책을 통하여 같은시대 우리나라 각지의 농산촌 마을 사람들의 애환과 실정을 이해 할 수 있을 것이며 생활상을 엿볼수도 있을 것이다. 까마득히 잊혀져 가던 고향이야기를 이 책을 읽어가며 새삼스럽게 떠 올리게도 될 것이다. 독자들이 지루 하지 않도록 될 수 있는 한 재미있는 소재와 흥미있는 이야기들은 빠뜨리지 않도록 노력 하였다.

　지난 2005년 6월에 동진이를 고향으로 둔 젊은이들이 함박회라는 청년 조직을 만들었다. 회장을 맡은 양철수군이 동진이를 주제로 하는 글을 좀 써주면 좋겠다고 부탁을 해왔다. 목동아파트근처 양천구에서 무지개전자라는 개인 사업장을 운영하고 있을 때였다. 청년회의

3

많은 구성원들도 고향을 지키며 마을에 남아 있는 사람들과 경향각지로 흩어져 살아가고 있는 사람들로 다양하였다. 그들도 어린시절 한 때는 정든 고향산천을 함께 뛰어 놀며 희로애락을 함께 하였던 사이였다. 나 또한 고향을 떠나온지 이미 반세기 가까이 긴 세월이 흘러갔다. 물론 그 동안에도 이런저런 일들로 고향의 여러 사람들과 인연의 끈은 놓치 않았으므로 적어도 일년에 몇 번씩은 고향 산천을 둘러 볼 기회는 있었다. 동진이에서 태어난 나는 여러 동무들과 그 곳에서 뛰어놀며 자랐고 초등학교와 중 고등학교 학창시절을 모두 그 곳에서 보냈다. 고향근처 곳곳에서 친구들 모임 또한 자주 있어서 될 수 있는 한 빠지지 않고 꾸준히 참석해 왔다.

그뿐만 아니라 내고향 동진이에는 부모님의 산소가 있는 내 개인 소유의 선산을 비롯하여 마을 근처 이곳 저곳에도 수 많은 선대의 조상들이 잠들어 있어 해마다 벌초와 묘소 참배등으로 후손의 도리를 다 하고자 노력해오고 있는 터이다. 내 젊은 시절 피와 땀이 어린 농토와 희로애락이 담긴 추억이 아직 그 곳에 남아 있는데 어찌 몽매엔들 잊으랴만 현대 생활이란 것이 모두에게 그렇듯이 치열한 생존경쟁에 쫓기고 복잡한 환경에 부대끼며 지내는 동안 특별히 고향에 대해 신경 쓸 여유를 갖지 못 하였고 깊히 관심을 가지고 생각해볼 기회 또

한 없었던 것이 사실이었다. 그러던 차에 고향을 주제로 특별히 글감과 이야기를 생각 하다보니 옛날의 고향 모습과 요즈음의 고향 모습을 새삼스럽게 머리 속에서 비교해 보게 되었다.

　놀라웠다. 이미 너무나 많은 것들이 사라져 갔고 남아 있는 것이라고 해 봐야 변형되고 파괴되어 옛 모습을 찾아 보기는 어려웠다. 앞으로는 더 많은 것들이 더 빠른 속도로 무섭게 변화되어 갈 것이다. 결국 언젠가는 내 머리 속에 선명히 남아 있는 아름다운 옛 고향 동진이의 모습은 찾을 길이 없게 될 것이다 이를 계기로 마을의 역사에도 관심을 갖게 되었고 마을의 문화, 경제, 풍속, 전설등 여러부분에 대해서도 깊히 생각해 보게 되었던 것이다. 세월이 가면서 자연스럽게 시대와 역사가 변하고 문명도 발전하겠지만, 우리들은 역사 공부를 통해서 옛 조상들의 삶을 이해하는 것처럼 동진이라는 특정지역에서 한 시대를 살아간 마을 사람들의 생생한 기록을 앞으로 이곳에서 계속 살아 나갈 후손들에게 남겨주고 싶었다. 수년에 걸쳐서 이런 저런 계획도 세워보고 머리 속에 남아 있는 기억의 편린(片鱗)들을 생각 날 때마다 틈틈이 그리고 조금씩 메모도 해가며 나름대로 노력은 해 보았으나 워낙 천학 비재(淺學菲才)하여 어느틈에 십여년의 세월이 흘러 갔어도 그 뜻을 이룬 결실을 못 본채 오늘에 이르렀다. 세월이 갈

수록 나이만 더 들어 喜壽(희수)가 되었다. 궁금한 것들을 물어서 확인 해 볼만한 마을의 어른들도 모두 세상을 떠난 오늘날 나는 어느틈에 고향 마을의 가장 나이 많은 남자 노인의 한 사람이 되어 있었다. 세월의 무상함이 무겁게 어깨를 짓 누르는 듯 하다. 수 많은 고향의 이웃들이 썰물처럼 떠나갔고 그 보다도 더 많은 외지 사람들이 밀물처럼 밀려 들어와서 동진이에 새롭게 정착하였다. 마을에서는 해마다 산이 깎이고 논과 밭이 묻히면서 신작로가 되었고 집터가 되었다. 하늘 높이 치솟은 콩크리트 건물들이 들어 서기 시작하였다. 옛사람들이 말하기를 산천은 의구하되 인걸은 간데없다 하였지만 오늘날 내고향 동진이를 보면 한 시대를 이웃하며 정답게 살아 왔던 사람들은 물론이려니와 수백년동안 큰 변화를 모르던 산천초목도 천지 개벽 하리만치 변화가 크다. 도시화의 속도가 나날이 가속화 되어가고 있다. 전기가 들어오고 수도가 들어온 이래 첨단 과학 문명의 소산인 가전 제품들이 마을 사람들의 일상생활을 편리하게했다. 현대식 고층 건물들이 오순도순 처마끝을 맞대은 초가집들을 몰아 내었다. 소가 끄는 마차가 며칠에 한번씩 드문 드문 다니던 마을앞 흙길이 현대식 넓은 신작로가 되어 말끔하게 포장되었고 자동차들이 꼬리를 물고 질주하고 있다. 아침저녁으로 연기를 마시며 군불을 때고 식구들의 조석을 끓이던 아궁이도 무쇠솥도 시커멓게 연기에 끄을은 부엌도 간곳이 없다. 모락 모락 안개처럼 피어 오르며 정겹던 굴뚝연기도 사라졌다. 어린시절에 특히나 밤이면 가기 싫었던 멀리 떨어진 냄새나는 변소간도 말끔하게 수세식 화장실이란 이름을 얻어 집안으로 들여 모셨다. 완전히 도시화가 되었다.

1900년대 20세기 초 만하더라도 불과 30여호의 초가들이 병아리처럼 옹기종기 모여서 서로의 체온을 느끼며 정답게 살아가던 전형적인 농촌마을 이었다, 아마도 그 당시의 우리들 조상이 지금의 동진이를 찾아온다면 상전(桑田)이 벽해(碧海)가 되고 벽해가 또 다시 콩크리트 숲속이 되어 버린듯한 경천 동지의 오늘날 마을 모습을 보고 얼마나 놀라겠으며 과연 이곳이 그 옛날 당신들께서 평생을 살아 오신 동진이가 맞는가 하여 아연 실색할 것이다. 마치 갓 쓰고 도포입고 평생을 산골 농촌에서 살아오던 나이 많은 노인 선비가 어느날 아침 서울 장안의 번화가인 종로통 네거리에 홀로 뚝 떨어져 어리둥절하고 정신없어 하는 상황과 별반 다르지 않으리라.

그래도 1960년대 까지는 여러 가지 마을의 풍속과 생활상에서도 옛것들이 많이 남아 있던 시기였다. 물론 그 보다 앞서 1950년대 이전으로 세월을 거스르면 마을 전체가 상부 상조하며 공동체로 살아가는 전형적인 농촌이었다고 말할 수 있을 것이다. 6·25이후에는 많은 피란민들의 유입과 비참한 전쟁의 상흔들로 전반적인 생활 환경의 변화를 겪고는 있었지만 농사를 주업으로 생활해 나가는 아름다운 공동체의 관습은 여전히 지속되고 있었으며 주변의 자연환경도 눈에 띠는 변화의 조짐은 보이지 않았다. 모든 것은 양면성을 띠고 있어서 전기와 도로는 생활의 편리성과 이동의 신속성등으로 문명의 혜택을 누리는 대신에 공동체 사회의 붕괴와 자연환경의 파괴등이 뒤 따랐고, 지가(地價)의 상승에 따른 황금 만능주의와 재산분쟁등이 부메랑으로 돌아왔다. 오랜 세월동안 조상 대대로 마을 사람들의 먹을거리를 내어 주던 문전 옥답들도 많은 면적들이 외지의 낯선 사람들의 소유로 넘어갔다.

전기가 들어오기 전이나 아스팔트로 포장된 신작로가 개설되기 이전의 동진이 마을은 산 골짜기에 깊숙이 자리잡고 있는 변화를 모르던 작은 농촌 마을이었다. 이러한 깊숙한 산골의 농경사회는 비록 수백년이 흐른다 해도 큰 변화의 바람을 타기 어렵다. 고려시대의 농촌 생활모습이나 조선시대의 농촌 마을의 생활모습이 별반 다를 것이 없다는 생각이다. 그래서 본격적으로 변화의 모습을 보이기 시작하는 1970년도 이전의 마을 사람들의 생활모습을 기록으로 남기는 일은 역사적 의미도 결코 무시할 수는 없다 하겠다. 그 중요한 시기에 나는 그 곳 동진이에서 출생하여 그 곳에서 여러 동무들과 어울려 청소년기를 보내며 성장하였다. 그 당시 전통적 농경사회인 산골마을 동진이에서 마을 사람들과 함께 어울려 옛 전통방식인 품앗이로 농사를 지으며 잊지 못할 귀중한 체험을 했던 마지막 세대라고 자부한다. 지금 급속도로 현대화 되어가며 도시화 되어가는 마을에서 내가 할 일은 과연 무엇인가. 이 땅, 이 마을에서 계속하여 살아 갈 후손들을 위해서 잊혀지고 잃어버린 것과 파괴되어 사라져버린 그 것들을 기록으로 남겨 놓고자 하는 간절한 마음에서 이 책은 기획되었다. 하지만 짧지않은 세월이 흘러간 지금 희미한 기억과 자료의 부족, 채록의 한계등 여러 가지로 실제적 난제에 봉착하였다. 하지만 어쩌랴, 그렇다고 손 놓고 있을 수만은 없지 않은가? 시작이 반이라고 했다. 내 부족한 줄은 모르는 바가 아니나 이 글을 계속 써 가야만 하는 이유이기도 하다. 기억을 더듬어 내가 두 눈으로 보고 두 귀로 듣고 몸으로 체험한 그 잊지 못할 수많은 일들을 간추리고 정리하여 이 책에 남겨 놓고자 한다.

　앞 부분에서는 역사적 사실성에는 미흡하지만 지리적(地理的)환경(環境)에 따른 초기 마을의 형성 기원(起源)과 시대적 상황에 따른 발전과 변화 과정을 추론(推論)해 보았다. 이어서 1950년대 전후로 마을의 예전 모습과 마을 사람들의 생활습관, 자연환경 등에 관하여도 기록으로 남길 만한 것은 누락되지 않도록 했다. 의식주 문제와 경제활동 등도 살펴 보았고, 구전되는 전설, 흥미있는 미스테리한 이야기 등에 관해서도 지면을 할애하였다. 다만 전설 등 이야기의 일부는 저자의 창작에 기초한 소설적(小說的) 허구(虛構)임을 밝혀둔다. 그 밖에 오락과 놀이, 여가생활과 취미생활, 풍속 등도 그냥 지나치지 않았다. 이제와서 의욕은 앞서고 뒤늦게 일을 서두르다보니 행여 넣을 것은 빠뜨리고 빼 내어도 될 것 같은 군더더기를 끼워 넣는 실책이 있지 않을까 염려함이요, 또 한 가지는 비록 내 기억속에 담겨져 있는 사실들이라고 하여도 그 동안 결코 짧지 않은 긴 세월이 흐른만큼 기억의 한계와, 극히 개인적이며 주관적인 표현의 미숙 등도 걱정되는 부분이다. 더러는 진실에서 왜곡되거나 잘못된 기록의 오류가 없다고는 장담 하기 어려우므로 그로 인하여 혹여 어느 누구에게 조금이라도 누가 되거나 불이익이 초래되지 않기를 바랄 뿐이고 만의 하나 본의 아니게도 이와 같은 이해 당사자가 있다면 넓은 아량으로 이해를 구하는 바이다. 의욕만 앞세워 분에 넘치게 욕심을 내다보니 약간의 내용 중복등이 보이나 이야기의 흐름상 고치지 않고 그냥 두었다. 이 책은 비록 필자의 자전적 고향 이야기 중심으로 쓰여 졌지만, 그 당시 농촌 사회는 마을 단위의 거대한 공동체 생활이었으므로 내 개인적 삶의 방식 또한 마을 주민 전체의 일상 생활과 불가분의 관계에 놓여 있었다. 그 시대를 이해하고 알아 가는데 있어서 큰 무리는 없으리라고 본다. 보잘 것 없는 이 책 한권이 가난하고 암울했지만 네것 내것 가리지 않고 평화 스럽게 서로 도와가며 고락을 함께 나눴던 그 시대 마을 사람들에게 바치는 작은 위로의 선물이 되기를 빌어본다. 그리고 선대의 얼이 어린 그 땅 위에서 영원무궁토록 행복하게 살아 나갈 후손들에게도 세월을 연결해 주는 단단하고 튼튼한 고리가 된다고 하면 더 바랄 것이 없을 것이다.

서울 우장산동 집필실에서 저자 **정 성 영** 씀

고 향 – 동진이

정 성 영

한가위면 휘영청 중추월이 두둥실
달 뜨는 밤이면은 고향생각 더욱 나
어느새 마음은 고향길을 거닌다

마을앞의 큰 우물 바깥말 빨래 터
새말림의 논과 밭 웃 동진이 저수지
달밤에 거북이 놀이 같이 뛰놀던 동무들

뒷동산 장터고개 아랫동진이 마찻길
함박산 ㅈ자바위 추억의 무듸실 고개
마음속 그 곳들이 꿈엔들 잊힐리야

뿔뿔이 흩어저서 방방곡곡 살건마는
꽃이펴도 생각나고 잎이저도 떠올라
그리운 마음이야 네나 내나 마찬가지.

(乙未年 秋夕에 씀)

고향의 봄

정성영

봄내음 시냇가에 물오른 버들가지
아지랑이 들판에 나물캐는 처자들
호드기 구성진 가락이 바람타고 흐른다.

눈녹은 논과밭에 두엄내는 총각들
징검다리 개울가에 빨래하는 아낙네들
한폭의 그림같은 내 고향은 동진이.

|차례|

1부

동진이 마을

(1) 아주 오래된 옛길

맨 처음 한반도에 들어 온 사람들은 여러 가지 생존 여건상 큰 물가나 바닷가 그리고 평야지대에 자리를 잡고 살아 갔을 것이다. 수렵 생활에서 점차적으로 농사를 짓기 시작하면서 낮은 평야지대나 큰 물가가 정착 생활을 영위해 나가기에 유리했기 때문일 것이다. 이런 곳에는 자연적으로 촌락이 생겨났고 인구가 늘어 나면서 촌락 단위가 합쳐저 나라가 서고 국가간에는 국경선이 생겨났고 각종 분쟁이 발생하면서 방어나 공격에 유리한 산악지역에도 인공적으로 성을 쌓고 초소가 만들어 졌으며 필요한 병력이 주둔하게 되었다. 따라서 사람들이 살아가는 주위 여기저기로 이동을 위한 길들이 자연스럽게 생겨났던 것이다. 이러한 길들은 수렵이나 채집을 위한 이동뿐만이 아니라 이웃마을등과의 소통과 교류, 물물 교환, 군사의 이동 등으로 매우 중요한 역할을 했던 것이다. 길은 사람들이 살아가면서 필요 불가결한 생존 수단인 것이다. 또한 길은 그 특성상 목적지까지 가장 안전하고 빠르게 그리고 힘도 덜 드는 조건을 충족시키는 지형을 따라서 생겨 났을 것이다. 아득한 옛날 옛날에 삼면이 산으로 둘러 싸여있고 깊고도 긴 산 골짜기를 이루고 있는 지금의 동진이는 집 한 채 없었고 물론 사람들도 살고 있지 않는 깊은 산속일 뿐이었다. 사방 수십리 안에서 인기척을 느끼기는 쉽지 않았을 것이다. 초기의 한반도 정착민들이 이 깊은 산 골짜기에 들어와 살기에는 자연환경이 적당한 곳이 아니었다. 산등성이마다 아름드리 나무들이 우거지고 골짜기 가운데로는 작은 시냇물이 흘러서 골짜기를 빠져 나가지만 시원하게 터진곳도 없고 하늘만 빠끔한 답답한 느낌이었을 것이다. 시냇가로는 가시 덤불과 잡목들이 뒤엉켜 사람들의 접근을 막았을 것이다. 풀 숲사이로는 다람쥐와 토끼가 뛰어 놀고 여우며 산 돼지가 어슬렁 거렸으리라. 밤이면 때때로 호랑이도 출몰하여 어홍하는 큰 소리에 산 골짜기가 쩌렁쩌렁 울리고 온갖 산(山) 짐승들은 몸을 움추려 숨기 바빴을 것이다. 이렇게 아무리 깊고 험한 산속일지라도 짐승들이 다니는 길이 있게 마련이다. 산 토끼도 저 다니는 길로만 다니고 산 돼지도 자주 출몰하는 익숙한 길이 있는 것이다. 그래서 사람들도 이들 산(山) 짐승들의 습성을 알고 길목을 찾아서 덫이나 창애를 놓는 것이다. 사람들은 이렇게 농사를 짓기 이전부터 산속에서 짐승들을 사냥하거나 올무나 창애 혹은 덫을 놓아 산 짐승들을 포획하였다. 바닷가나 냇가에서 물고기를 잡으면서도 산야를 누비며 길을 만들고 약초나 과일등을 채집하여서 삶을 꾸려 나갔을 것이다. 정착생활을 하면서도 수렵과 채집을 위한 이동 뿐만아니라 앞에 말했듯이 이웃과의 소통, 물자교환, 다양한 정보의 필요성등으로 끊임없는 이동활동이 있었을 것이며 거미줄 같은 교통로가 만들어 졌을 것이다. 동진이 산골짜기에도 사람들이 집을 짓고 정착하기 이전부터 아주 중요한 산속 길이 뚫려있었다. 추측컨대 이 길은 지금의 국도나 고속도로처럼 아주 중요한 역할은 아니었을 지라도 중요한 지방도 쯤의 역할은 했을 것으로 생각된다. 이 길에 대한 별다른 기록이나 이름은 찾을 수 없지만 그 명맥은 면면히 이어져 훗날 동진이 마을이 생기고 나서부터 마을에서는 바깥말 길이라고 불리어 오고 있다. 처음에는 깊은 산속 골짜기를 가로질러 건너가는 실개천 같은 밀림속의 작은 지름길이었을 것이다. 산(山) 짐승들을 쫓아다니는 사냥꾼들의 길이었을 것이며 도토리나 밤을 줍는 채집꾼들의 길이었고, 어떤 때는 귀한 약초를 캐러 다니는 약초꾼들이 오고가기도 하는 그런 길이었을 것이다. 그 뿐만이 아니라 송전이나 지금의 안성지역등지의 멀리 떨어진 마을의 사람들과 성산너머 구성이나 오늘날의 수지지역, 또는 역말근처의 정착민들이 서로 왕래하며 물자나 정보의 교환과 교류가 있었을 것이고, 때로는 혼인말이 오고 가기도 했을 중요한 길이었을 것이다. 이 땅위에 나라가 서고 나서 부터는 고구려 땅에서 백제땅을 찾아가는 길이 될수도 있었을 것이고 국경을 지키는 병사들도 이 길을 따라 이동해 갔을 것이다. 동진이의 바깥말 길은 이와 같이 역말과 수지 및 구성지역을 송전과 안성지역으로 연결해 주는 가장 빠르면서도 비교적 험한 고갯길이 없는 평탄한 지름길로서 중요한 역할을 담당했던 여러 옛길중의 하나였던 것으로 짐작 해 볼 수 있는 것이다. 물론 당시에는 이름도 없는 산 속의 작은 오솔길 같은 지름길 이었을 테지만 교통 수단이 발달하지 못하였던 옛날에는 높은 고개도 없고, 큰 힘을 들이지 않고도 빠른 시간 안에 산속을 벗어 날 수 있는 이길을 이용하는 사람들이 꽤 많았으리라고 짐작하기는 어렵지 않다. 수십리씩 밀림이 우거진 인적이 없는 산속의 작은 길을 걸어 간다는 것은 두렵고 무서운 일일 수 있다. 사나운 산 짐승들도 있을 수 있겠지만 길손을 노리는 험악한 도둑떼도 겁이 났을 것이다. 무엇보다도 산속에서 길을 잃거나 날이 어두워지면 그 보다 더한 낭패는 없었을 것이다. 옛날 이야기에는 한 밤중에 나그네가 산속에서 길을 잃고 헤메다가 멀리서 불빛이 반짝이는 민가를 발견하고 찾아들거나, 닭 울음소리나 개짖는 소리등을 듣고 가까운 곳에 마을이 있다는 것을 알고 반가워 하는 장면들이 많이 나온다. 인구가 많지 않던 옛날에는 사람들이 사는 마을들이 서로 멀리 떨어져 있었다. 지금으로부터 일천 팔구백년전 쯤의 아주 오래전 바깥말 길은 옛날 이야기에 나오는 그런 험한 산속의 길이었다. 많은 세월이 흐른후 인구가 늘어나고 국가의 체계가 잡히면서 이러한 먼 길을 오고가는 국가의 관원과 공무를 띤 파발꾼들이 중간 중간 쉬면서 먹고 잠을 잘수 있도록 하는 역이나 원이라는 것이 중요한 길목마다 만들어지게 되었다.

삼국시대 초기 동진이는 고구려의 영토였을 것이다. 훗날 현청이 성산너머 구성쪽에 있었던 것으로 보아 메주 고개를 넘어와서는 아직 정착민들이 많지는 않았을 것으로 보여진다. 역말은 글자 그대로 역이 설치된 마을이 있던 곳이다. 이 역말이 지금의 교통 상황을 생각하면 김량 사거리 쪽 어딘가에 설치되었어야 합당한 일이지만 생각과 다르게 그 옛날의 역은 사거리에서 수원방향 삼거리쪽으로 한참을 올라온 지점에 설치된 사실에 주목해 볼 필요가 있다.

살펴보면 지금의 역말에서부터 동진이 앞 바깥말을 지나는 길이 시작 되는 출발점이 되는 것이며 이 길을 이용해서 이동면 천리, 송전, 안성등지로 빠져 나가는 지름길 이었던 것을 확실하고 분명하게 유추해 볼 수 있는 것이다. 바꾸어 말하면 김량사거리에서 송전이나 안성으로 빠지는 오늘날의 신작로가 생기기 이전 아득한 옛날에는 지금의 동진이 앞으로 지나가는 바깥말 길이 어찌보면 더 중요한 지름길이 아니었을까. 얼핏 현대 문명시대의 고정 관념 으로는 이해하기가 어럽겠지만 교통 수단이 발달하지 않았던 옛날이야기를 하는 것이다. 걷거나 뛰거나 순전히 두 발을 이용하지 않으면 말이나 당나귀등 가축을 이용한 이동 수단밖에 없던 시대에는 험하지않아 힘이 덜들고 빠르게 갈 수 있는 지름길이 가장 좋은 길이었을 것이다. 이러한 여러 가지 사정과 주변 정황을 살펴 볼 때 동진이 바깥말 그 길은 아주 오래된 옛길이 틀림이 없고 역사적으로도 큰 의미가 있는 길임이 분명해 보인다. 이처럼 마을보다 앞선 오랜 역사와 전통을 지니고 있는 바깥말길도 지금은 그 원형을 찾기 힘들만큼 파괴 되고 변해버렸다. 그나마 옛날 흔적이 조금이나마 희미하게 남아 있는 곳 이라고는 바깥말 개울로부터 희고현 고개밑의 삼옷물 까지의 불과 몇백 미터에 지나지 않는다. 이 책을 쓰면서 참으로 안타깝고 아쉬운 부분의 한 곳이다. 이 바깥말 길에 대한 여러 가지 중요하고도 신비한 또 다른 사실들을 나는 경험적으로 알고 있다. 이 이야기들은 뒤에 나오는 바깥말과 고갯길 이야기에서 좀 더 자세히 기록할 생각을 하고 있다.

(2) 환란을 피해온 사람들

앞에서 살펴 본 것처럼 동진이에 사람들이 마을을 이루고 살아가기 이전부터 산 골짜기를 가로질러 건너가는 길이 뚫려 있었다. 사람들은 이 길을 통하여 멀리 떨어진 다른 마을들을 찾아 가기도 했지만 이 길을 시발점으로해서 더 깊은 산속을 찾아다니며 수렵과 채집을 하기도 했던 것이다. 바깥말 길에서 지금의 마을앞산 희고현 야트막한 고개를 넘어 신기마을앞을 지나 천리나 송전 방향으로 가는 나그네는 고개밑에서 쉬면서 동진이 골짜기를 한 눈에 조망 할 수가 있었다. 길옆 산 밑에서는 맑고 시원한 샘물이 솟고 있어서 여름철 목마른 나그네의 갈증을 풀어 주었을 뿐만아니라 이 곳에서 바라보는 조용한 골짜기에 나그네들은 관심을 가지게 되었던 것이다. 골짜기는 좁고 긴데 삼면이 온통 산으로 둘러 싸여 있고 가운데로는 작은 개울물이 흘러가고 있는 별천지 같은 곳이었다. 신기나 동진이등 마을들이 생겨나기 오래전의 옛날 상황을 말하는 것이다. 비록 좁아 보이는 골짜기 이긴 하지만 희고현 고개밑에서 마주 건너다 보이는 지금의 동진이 마을이 들어선 지역은 그나마 꽤 넓어 보이는 평지와 구릉으로 이루워져 있는 것을 알 수 있을 것이다. 개울 건너 양지쪽 산 비뚤이로부터 개울주변까지는 비록 잡목과 초지가 어우러져 있었지만 화전을 일구면 충분히 농사를 지을 수 있는 땅으로 변할수 있어 보였다. 삼국시대나 고려시대만 하더라도 농사법이 발달되지 않았다. 화전을 일구고 한두해 농사를 지으면 지력이 고갈되어 곡식이 자라지 못 했다고 한다. 목초지에 불을 놓아 땅을 개간하고 농사를 짓다가는 버려두고 새로운 화전을 다시 일구고 했다는 것이다. 말하자면 씨 뿌리고 방치하였다가 수확이나 하는 원시적 농법이었으리라. 이와같은 화전 농사는 20세기 초 까지도 일부 강원도나 내륙의 산간지방에서도 있었던 것으로 보아 옛날에는 거의 이와같은 화전 농사가 대부분 이었을 것이다. 고려나 조선의 개국 초에도 항상 부족한 농토문제를 해결 하기 위해 경작지를 늘려보려는 정책이 실시 되었던 것은 이와같이 영농기술의 부족으로 지력이 고갈되어 버려진 황무지들도 큰 영향을 미쳤을 것으로 본다.

지금으로부터 1800여년 전으로 거슬러 올라가 보자. 3세기 중엽부터 당시 중부지역에서는 고구려, 백제, 신라 삼국간의 치열한 영토분쟁과 패권 다툼이 끊임없이 벌어지고 있는 가운데 피아간 공방은 나날이 가열되어 가고 있었다. 3세기 초기 고구려의 영토였던 중부지역이 4세기경에는 백제가 한강을 끼고 있는 한반도의 중부지역까지 장

악했고, 6세기 진흥왕때는 신라의 영토가 되기도 했다. 특히 4세기말
에서 7세기말까지 300여년간을 치열한 영토 분쟁속에 한반도 중부지
역이 휘말려 있었던 것으로 역사는 기록하고 있다. 비록 마을이 형성
되기는 전이었지만 지금의 동진이 근방의 여러지역도 이러한 분쟁의
소용돌이에서 자유롭지는 않았을 것임은 분명하다. 실제로 전해 내려
오는 옛 어른들의 이야기를 들었던 기억을 더듬어 보아도 김량근처
여러지역들이 큰 전쟁터 였다고 듣고 있다. 삼국시대 뿐만 아니라 고
려때 몽골의 침입이나 임진왜란때에도 김량지역을 중심으로한 근방
일대가 전쟁터의 요충지 였음을 알려주는 유적지들이 여러곳에 남아
있다. 6 · 25전쟁 중에도 김량장리 중심지역 일대가 비행기의 폭격으
로 완전히 쑥밭이 되었던 참혹한 기억을 잊을 수 없다. 하지만 산 등
성이 너머 동진이 마을은 아무일도 없이 안전했다. 비록 읍내와는 산
줄기 하나가 길게 누워 있는 것으로 나뉘었지만 동진이는 피란곳 이
었다. 전쟁중에도 그래서 피란민들이 마을안에 가득했다. 모두들 잘
있다가 자기들 살던 곳으로 돌아갔다. 그런 상황을 미루어 보면 옛날
에는 더욱 더 안전한 산골이었을 것이다. 비록 삼국간의 치열한 영토
분쟁 속에서도 백성들은 호구지책을 위해서 끊임없이 움직이지 않을
수 없었다. 국경지역에서 병사들간에 공방이 치열하고 살생과 약탈이
벌어지고 있어도 일반 백성들은 생업을 손 놓을 수가 없었으니 위험
을 무릅쓰고 바깥말길을 오고가며 물자를 나르고 물물 교류를 멈추지
않았을 것이다. 또한 이 길을 이용하여 인근 산야에서 수렵과 채집활
동 또한 계속 되고 있었을 것이다. 그들 일행중 어떤 사람들은 희고현
고개밑 샘물에서 목을 축이고 앉아 쉬면서 개울 건너 산 밑으로 햇볕
이 잘드는 양지쪽을 자연스럽게 건너다 보게 되었을 것이다. 과히 높
지도 않고 그렇다고 얕지도 않아 보이는 긴 산줄기가 북풍을 막아주
고 그 앞 골짜기에 흐르는 개울가로 평평한 초지가 펼쳐진 이 조용하

고 속세를 떠난 듯한 분위기를 나그네들은 그냥 지나치지 못하였을 것이다. 이때 세상은 온통 뒤숭숭하고 혼란스러운 시기였던 것이다. 힘없는 백성들의 삶은 내일을 기약할 수 없는 막막한 시절이었다. 나그네중의 한 사람이 일행중의 또 다른 사람들을 향하여 이야기를 건네었다.

"이보게나, 저기 저 산봉우리 밑에다가 집을 짓고, 그 앞 들판에 화전을 일구면 몇집은 살아갈만 하지 않겠는가?"

희고현 고개 밑에서 지금의 동진이 마을쪽을 건너다 보면서 하는 말이다. 그러자 또 다른 사람이 이 말을 받아

"이곳은 정말 조용하고 딴 세상 같구먼, 요즈음 세상도 영 불안하고 식량도 넉넉하지 않아 큰 걱정일세!"

"엊그제도 국경 근처에서 큰 싸움이 일어나 많은 사람들이 죽거나 다쳤다며 모두들 불안해 하고 있더군"

"이거 무서워서 어디 살수가 있나"

"그래서 말인데, 이곳은 참 안전하고 조용한 것 같아, 당분간 이런 조용한 곳에서 숨어 사는 것도 괜 찮을성 싶네"

혼란한 세상 속에서 힘겹게 살아가던 백성들은 보다 안전한 생활 터전을 찾고 있었을 것이다. 이러한 시대적 배경과 새로운 농경지를 찾는 일부 화전민들이 3세기말을 전후하여 동진이 골짜기에 임시 초막을 짓고 화전을 일구기 시작 하였으리라고 추측을 해 보는 것이다. 그들은 전쟁과 약탈을 피할겸 새로운 농경지도 얻을겸 보다 안전해 보이는 지금의 동진이 마을에 터전을 잡았을 것이다. 그렇다면 적어도 지금으로부터 일천 칠백여년 전에 사람들이 전란을 피해서 안전하게 살기위해 동진이 산 골짜기에 들어 왔다는 얘기가 되는데 아마도 초기에는 완전 정착 이라기보다 임시적으로 초막을 짓고 농사철에만 일시적으로 거주하며 화전을 일구어 나가는 방법으로 생활을 영위해

나갔을 것으로 추측된다. 혼란기에는 보다 안전한 이곳으로 들어와 농사를 지으며 생활을 영위해 나가다가도 주위가 조금 조용하면 먼저 살던 곳으로도 나가 이웃들과 어울려 살며 이중 생활 비슷한 방식으로 살아 갔을 것이다. 그러다 보니 어떤 때는 해를 넘겨 살기도 하면서 점차 정착촌 주변으로는 농경지가 세월따라 자연적으로 늘어 갔던 것이다. 지력이 떨어진 농경지는 묵이고 또 다른 농경지를 화전으로 일구는 과정에서 농경지가 늘어 갔을 뿐만 아니라 마을은 점차적으로 영구적인 정착촌으로 변화되어 갔던 것이다. 아버지에서 아들로 세대도 바뀌고 마을 주변은 초창기 조상들이 일구어 놓은 화전 농경지로 점차 둘러 싸이게 되었다. 마을앞의 큰 우물도 초창기 마을의 역사와 시대를 같이 한다고 본다. 왜냐하면 동진이 마을 주변으로는 큰 우물 외에 그 만큼 수량이 풍부한 샘물을 그 어느 곳에서도 발견되지 않기 때문이다. 큰 우물은 마을 사람들의 생명수로 유구한 세월을 마을과 함께 해 왔던 것이다. 마을의 집들은 큰 우물을 중심 으로해서 부채꼴 형태로 지어진것만 보아도 마을에서는 전통적으로 큰 우물이 그 만큼 중요한 위치에 있었다는 반증 이기도하다. 동진이 마을은 이렇게 3세기 말경 어지러운 세상에 위험과 염증을 느껴오던 몇몇의 사람들이 보다 안전하고 마음 편하게 농사 지을 땅을 물색 하던 중 평소에 바깥 말길을 오고가며 눈여겨 보아 두었던 이곳 동진이 산 골짜기에 의견이 모아져 함께 들어와 살기 시작 했던 것이다. 마을은 앞에 말한 것처럼 화전을 일구기 시작하는 임시 초막생활로부터 시작하여 점차적으로 늘어나는 주변 농경지와 더부러 사람들도 영구 정착쪽으로 자연스럽게 흘러 갔으리라고 본다. 초창기 밀림으로 둘러 싸였을 자연환경을 생각할 때 한두집은 무서워서도 살아가기 힘들었겠지만 그 보다도 여러사람의 협동없이는 화전 일구는 노동과 농사일등을 해 나가기가 불가능 했을 것이다. 너댓가구가 힘을 합친다고 해도 어린 아이들을 빼고 나면 실제적인 가용 노동력은 많이 부족했을 것이다. 사정이 그러하니 아무리 적게 잡아도 너댓가구 이삼십명의 상주 인구가 큰 우물을 중심으로 해서 마을을 이루고 공동체 삶을 꾸려 나가기 시작했던 것이다. 4세기에서 5세기 경에는 완전히 자급자족하는 완벽한 마을로 발전 하였으리라고 추정 한다.

(3) 고성치(古城峙)와 동진(東鎭)이

동진이 마을에서 구미 쪽으로 골짜기를 따라서 내려가는 마차가 다니는 길이 있었다. 이 길을 통상적으로 마을에서는 아랫동진이 길이라고 말했다. 마을을 병풍처럼 둘러 싸고 있는 뒷동산 줄기가 길게 동쪽으로 뻗어 내려 가면서 읍내와 동진이 골짜기를 갈라 놓고 있다. 이 산 줄기 끝에는 노구봉이 솟구쳐 오르며 산 줄기의 긴 여정이 끝나는 것이다. 이 산 줄기 중간쯤에 김량장리 서구 오릿골로 넘어가는 고개가 있다. 이 고개로 넘어 가려면 아랫동진이 마찻길로 내려가다가 중간쯤에서 왼편으로 산 능선을 타고 좁은 산길을 따라 가야만 했다. 가다보면 작은 골짜기 하나가 나오고 약간의 전답이 골짜기에 펼쳐져 있다. 골짜기를 지나면 야트막한 고개를 넘어가는데 동진이 사람들은 이 골짜기 일대를 고성치(古城峙)라는 지명으로 부르고 있다. 아득한 옛날에 성터가 있었던 고개마루 정도의 뜻일 것이다. 나무를 연료, 땔감으로 쓰던 시절에는 이 길도 사람들의 왕래가 매우 빈번하던 길이었다. 동진이 사람들이 고성치에 있는 논 밭을 가고 올 뿐만아니라 오릿골등 김량서구 사람들이 땔 나무 하러 하루종일 끊임없이 넘어 오고 넘어 가던 아주 번잡할 정도의 고갯길이었다. 전해오고 있는 말에 의하면 산등성이 부근 어딘가에 삼국시대 축성되었던 것으로 추정되는 성터의 흔적이 있다는 것이다. 하지만 현재 외관상 고성치일대에서 성곽의 흔적을 찾아 보기는 쉽지않다. 고성치의 성곽은 현재의 모습이나 여러 정황을 미루어 생각할 때 큰 규모로 완벽하게 축성되었던 영구적인 성곽 진지는 아닌 듯 하다. 백제, 고구려, 신라 삼국간 치열한 영토 분쟁으로 국경선의 변화가 극심하게 유동적일 때 어느 한 장수가 급한 필요에 의해 단기간 잠시 병력을 주둔 시키며 방어 진지를 구축하고 군사 진영을 설치하여 병사들을 지휘하며 국경을 지키던 곳이 아니었을까 추정해 본다. 지금은 오랜 세월에 흔적도 희미하고 위치로 봐서도 사방을 조망 할 수 있는 높은 곳도 아닌 나지막한 구릉지대로 분명 대규모의 완벽하고 영구적 방어 시설물로서의 입지 조건은 아닌 것으로 생각되는 것이다. 그 시절에는 군사력이 곧 지배 세력이나 마찬가지였다. 이렇게 잠시 머물렀던 고성치의 군사력 이었지만 근처 동진이 마을에 지배와 통치에 막강한 영향을 미쳤음은 분명하다. 1950년대 중반 쯤이던가 노구봉아래 태성학교에서 사회과목을 가르치시던 국중일선생께서 등사기를 손수 밀어 만든 "용인사"라는 작은 책자가 있었다. 그 용인사의 내용중에 여러 자연부락 마을이름의 유래를 밝힌 부분이 있었다. 아주 오래전이라 기억은 희미 하지만 뚜렷이 한 두가지 기억나는 것은 고림리의 〈고진〉부락과 남리의 〈동진〉이 마을의 이름은 군사들이 주둔하였던 진지와 관련해서 생긴 이름이라는 내용이었다. 동진이를 한자로 표기 할 때는 東鎭이라고 쓴다. 동녘동자와 진정할진 또는 수자리진 이라고 하는 한자이다. 하지만 옛 어른들은 한자로 東陳 이라고도 표기하였다. 내가 보관해 오고 있는 집안의 여러 문서 중에도 東陳이라고 표기한 마을 이름을 확인하기는 어렵지 않다. 옥편을 찾아보면 한자의 陳자는 陣자와 서로 통하고 진영(鎭營,또는陣營)과 진지(陣地)등 군사시설과 관련이 있는 한자임을 분명하게 알 수 있는 것이다. 앞에서도 말 했듯이 4세기 말엽부터 7세기 말엽까지 중부지역에서 고구려, 백제, 신라삼국간의 국경분쟁이 빈번할 때 1000여개의 성곽들이 여러 지역에 만들어 졌다고 하는데 고성치도 그 무렵에 축성된 성곽의 흔적 일것이라고 본다. 그리고 이 고성치의 군사 진영이 초창기 동진이 마을에 어떤 형태로든 매우 강력한 지배력으로 영향을 끼쳤을 것으로 생각된다. 그렇게 해서 고성치에 있던 군사 진지의 영향력으로 마을에서는 자자 손손 오늘날에 이르기 까지 그 이름이 고성치라는 지명으로 잊혀지지 않고 전해 내려 오고 있다 하겠다.

가상적으로 역사적 시나리오 하나를 만들어 보자. 앞에서 말했던 것처럼 삼국간의 영토 분쟁이 치열하여 자고 나면 국경이 변 할 때가 있었다. 어느 한 때 읍내의 동서를 가로질러 흘러가는 김량천을 경계로 남쪽은 신라의 주권이 지배하는 신라의 땅이고, 서쪽으로 이동면 천리 쪽은 백제의 군사력이 지배하는 백제 땅이었다고 할 때 김량천 북쪽지역인 읍내와 동진이 마을 쪽은 고구려의 지배력 안에 들어갈 것이다. 고구려의 땅을 지키는 장수는 고성치에 본부 진영을 갖추고 지휘 세력이 주둔하면서 앞쪽 노구봉쯤에는 건너편의 신라와 옆구리 서쪽의 백제세력 진출을 감시하고 견제하는 전방 초소를 운영하였을 것이다. 또한 당시에도 동진이 앞 지금의 바깥말 길은 군사적인 측면에서도 백제쪽을 방어하며 국경지역으로 나아가는 매우 중요한 길목 이었으므로 유능한 고구려의 장수라면 소홀히 내버려 두지는 않았을 것이다. 마을앞산 희고현 어데 쯤에 초소를 설치하고 일부 병력이 주둔하며 바깥말 길을 오고 가는 나그네들의 동태를 살피고 근처 국경의 적 진지 상황을 살피며 정보를 수집 하였을 것이다. 삼국시대에도 바깥말 길은 매우 중요한 길목 이었다. 이때는 동진이 마을도 이미 정착 단계라 고성치의 지휘세력인 군사진영과 마을 주민과는 매우 긴밀한 유대관계가 있었을 것으로 본다. 전쟁은 옛날이나 현대나 군사들만의 전쟁은 아니다. 주민들의 정보 제공과 다양한 협조를 통하여 원활한 군사작전이 가능해 지는 것이다. 그러한 맥락에서 고성치의 주둔한 군사 지휘세력과 동진이 마을 주민들은 같은 운명 속에 놓여 있었을 것으로 생각된다. 동진이 마을 사람들은 고성치에 주둔한 군사력 지배 아래서 그들 병사 들에게 적극적으로 협조해 나갔을 것이다. 동진이 마을 이름을 살펴보자면 군사 진지의 동쪽에 마을이 있는 진동(鎭東)이 아니라 어디까지나 마을의 동쪽에 군사의 진영이 있다해서 동진(東鎭)이라고 하는 것이다. 다시 말해서 동진이 마을 동쪽에는 고성치 군사들의 진지가 있었다는 말이다. 마을 이름을 한자로 표기하는 東鎭이나 東陳이는 모두 마을 이름을 유추해 볼수 있는 중요한 단서이며 자료가 된다 하겠다. 이러한 여러 정황으로 살펴 볼 때 어찌 되었건 마을이 먼저 생긴 연후에 나중에 마을 동쪽으로 군사들이 진을 치고 주둔하는 진영이 설치되었을 것으로 추정해보는 것이다. 아마도 고성치는 동진이 마을이 완전히 정착 마을로 자리가 잡혀갈 무렵에 군사 진영이 설치 되었을 것이다. 마을이름 에서도 짐작 할 수 있지만 동진이 마을은 비록 깊고도 좁다란 산 골짜기에 자리를 잡은 작은 촌락 이었지만 따지고 보면 유구한 역사와 전통이 면면히 이어져 내려온 유서깊은 마을임에 틀림이 없다 하겠다.

(4) 다섯 마을이 모여 한 마을을 이루다.

동진이는 제일 큰 마을인 원동진이를 비롯하여 팥밭골, 덕골, 바깥말, 능골 등 서로 다르게 부르는 다섯개의 마을이 전부 합쳐진 마을 이름이다. 원동진이는 한자로 元東鎭이라고 쓰고 있다. 원동진(元東鎭)은 맨 처음 동진이 마을이 태동한 곳을 말한다. 그리고 다섯개 마을의 대표적 공동체 마을 이름이 동진이 인 것이다. 팥밭골은 얼핏 보면 원동진이와 한데 붙어 있어 따로 구분하기는 어렵다. 하지만 실제적으로는 구분이 확실히 되고 있고 마을사람들 누구나 이를 모르는 사람은 없었다. 일단 마을의 뒷동산 장터고개를 넘어와 마을로 내려 올 때 팥밭골로 가는 길과 원동진이로 내려오는 길이 뒷동산에서부터 양쪽으로 갈라져 있었다. 마을의 공동우물도 큰 우물과 팥밭골 우물로 나뉘어 있었다. 우물은 두군데로 나뉘어 있었지만 사용하는 것을 구분하거나 차별하는 것은 물론 아니다. 팥밭골 공동 우물의 위치는 1940년대 말 쯤 잠시 석유 발동기 방앗간으로 사용하던 건물을 살림집으로 개조해서 마을 사람이 살고 있었는데 그 집 옆에 있었다. 이 우물은 우물 주위에 다섯집이 사용했다. 깊이는 약 2미터 정도로 얕고 폭도 1.5미터 정도로 작은 우물이었다. 다섯집이 사용하기에 부족하지는 않았다. 우물물이 말랐었다는 이야기도 듣지 못했다. 원래 팥밭골은 이 우물을 사용하는 다섯집을 말하는 것이다. 이곳 일대가 팥밭골인 것이다. 그렇다면 팥밭골은 왜 팥밭골 이라고 부르는 것일까? 이 팥밭골에 대해서 특별히 어른들로부터 들었던 이야기도 없고, 마을안에 전해지고 있는 전설같은 것은 따로 없다. 원동진이 마을의 동쪽인 팥밭골은 지형적으로 경사가 가파른 밭들이 동쪽 산 비탈 쪽으로 펼쳐있고, 잔돌이 비교적 많고 거름기가 부족한 사질토에 가까운 척박한 땅이었다. 산 비탈 밭들은 보습력도 적어 메마르고 곡식이 잘 될 리가 없었다. 산 밑으로는 거대한 도랑이 구렁텅이를 이루고 비만 내리면 도랑물이 금방 콸콸 소리를 내면서 급류를 이루곤 했다. 옛날부터 우리네 조상들은 거름기가 적고 농작물이 잘 자라지 않는 토양에는 콩과 작물인 팥이나 콩을 많이 심었다. 마을이 만들어 지기 시작한 초기에는 큰우물 근처에 하나 둘 집들을 짓고 살기 시작하다가 점차 마을이 넓어지고 인구와 가구가 늘어나는 과정에서 팥밭이나 콩밭이 많아 팥밭골이라 부르던 이곳에 한 두 집을 지었던 것이다. 처음에는 두마을이 오늘날과 같이 붙어 있지 않았을 것이다. 원동진이와 팥밭골 두세집사이에는 꽤 떨어져 있었지만 세월이 흐르면서 점차적으로 원동진이 집들이 늘어 나면서 두 마을이 한데 붙어 버린 것이다.

  마을에서 저수지 쪽으로는 웃동진이라 부르고 구미 쪽으로 태성학교가는 방향 즉 동진이 골짜기 아래쪽을 통상 아랫동진이로 부른다. 웃 동진이 저수지를 지나면 지금 명지대 들어가는 정문앞을 지나 덕골마을로 올라 가게된다. 지금도 그 흔적이 남아 있지만 옛날 비포장 마찻길이 유일한 길이었을 때 덕골마을을 올라가는 길은 굉장히 가파른 언덕길이었다. 경사가 심한 비탈길이었다. 개울가 숲에서 부터는 경사가 심해 마찻짐을 덜어내고 사람들이 뒤에서 마차를 밀고 마차 뒷바퀴를 쳐 주어야 겨우 이 비탈길을 올라가서 덕골 마을에 도착할 수가 있었다. 이처럼 덕골은 위치상으로 지극히 높은 언덕위에 자리를 잡고 있음을 알 수가 있다. 우리나라 말에서 〈덕〉은 높은 언덕위를 말한다고 했다. 옛 사람들은 언덕을 일컬어 덕이라고 한다는 것이다. 그렇다면 덕골은 높은곳 즉 언덕위에 자리잡고 있는 마을 이라는 뜻임을 알수가 있는 것이다. 덕골의 지형적 위치를 생각해 보아도 매우 걸맞는 정확한 마을 이름인 것이다. 덕골은 한자로 德谷이라고 쓰지만 이 한자 속에는 본래의 마을 이름의 의미와는 관계가 없고 다만 한자의 음만 차용한 것에 지나지 않는다. 덕골 뒷산 넘어에는 안배미라는 지명이 있는데 이곳에는 영일정씨 포은공파 포천현감공계인 내 조상님들의 묘 여러기가 모여 있던 곳이다. 족보를 살펴보면 묘의 위치가 한자로 我隱谷(아은곡) 이라고 표기한 곳도 있고 또 다른 곳에는 九十夜味(구십야미)라고 표기된 곳도 있어서 같은 장소이지만 표기한 한자는 서로 다름을 알 수가 있었다. 이러한 현상은 순수한 우리말을 한자로 표기하는 과정에서 아무런 의미없이 한자의 음만 차용한 결과인 것이다. 순수한 우리말인 안배미가 아은곡으로 되기도 했고, 또 아흔배미가 되었다. 아흔은 한자로 九十이고 배미는 비슷한 음인 밤미 즉 밤(夜)과 미(味)를 차용해서 표기한 것이다. 덕골 마을은 여덟집 내외 초가들이 옹기 종기 세워져 마을을 이루었지만 품앗이 농사나 마을의 모든 경조사에는 능골과 함께 원동진이 사람들과 같이 공동체 생활을 해 나갔다.

  능골은 한자로 陵谷이라고 표기한다. 임금과 왕후의 무덤을 뜻하는 陵자에다가 골짜기를 뜻하는 谷자를 쓴다. 이로 미루어 보면 능골은 능이 있는 곳 즉 능이 있는 골짜기에 있는 마을이라는 의미인데 현재 능골에는 능이라고 칭할만한 커다란 묘같은 것은 보이지 않고 있다. 해방 무렵이던가 문화재 도굴이 성행하던 시절이 있었다. 왜정시대 일본사람들이 조선의 옛 도자기들이나 아름답고 귀한 조선의 옛날 골동품들을 마구잡이로 수집해서 자기들 나라로 가져가는 바람에 큰 묘지들을 불법으로 파 헤치고 부장품들을 도굴해 팔아 먹는 일들이 성행했다고 해방후에 어른들로부터 들은 이야기가 생각난다. 능골마을 개울 건너편에 능모이 펀던이라고 마을사람들이 부르는 지명이 있었다. 해방 얼마전 까지도 이곳에는 큰 묘지가 있었다고 들었다. 그런데 해방되기 직전 어느해엔가 외지인들이 능골앞 능모이 펀던에 있던 이 커다란 묘를 파헤쳤다고 한다. 불법으로 파헤쳐진 묘지 안에서 기대했던 부장품은 나오지 않았다고 들었다. 결국 도굴꾼들의 일확 천금의 꿈은 물거품이 되었다는데 해방 뒤까지도 이러한 이야기들은 전설처럼 어린 나에게도 들려오던 흔한 이야기 였다. 능골마을의 이름은 이와같이 커다란 묘를 능으로 오인해서 생긴 능이 있는 골짜기 즉 능골로 불리는 곳에 사람들이 두세집 들어서서 주위의 논 밭을 경작하면서 마을도 능골이라고 불렀던것임을 알수가 있다. 능골에는 세집이 이웃해서 정답게 서로 의지하며 때로는 시샘도 하면서 열심히들 살았는데 덕골과 마찬가지로 모든 마을의 경조사나 품앗이 농사일등은 원동진이, 덕골, 능골 모두 한마을 사람으로 한마음 한 뜻으로 서로 서로 협심해서 공동체 생활을 영위해 나가며 살았다. 덕골과 능골 사람들이 원동진이로부터 꽤나 멀리 떨어진 곳에 집을 짓고 살게 된 것은 아마도 전답근처에 살면서 농사 관리가 편하기 때문일 것이다. 가뜩이나 힘든 농사일이 전답과 멀리 있으면 몇곱의 힘이 들게 마련이다. 더욱이나 능골같은 곳은 고개까지 있어서 지게질 등에는 뼈심이 드는 곳이었다.

이제 동진이의 또 다른 한마을이었던 바깥말에 대해서 알아보자. 오늘날 동진이 사람들이 바깥말이라고 부르는 그곳에는 어디에도 오래 전부터 집한채 찾아 볼 수가 없었다. 내가 어린시절 이었던 왜정시대에도 바깥말에 집은 존재하지 않았다. 확실히는 모르겠지만 적어도 20세기에는 마을이 이미 없었다고 보여진다. 앞에서도 여러번 언급했지만 이 바깥말을 지나는 길은 아득한 옛날부터 지역간의 교통로로서 아주 중요한 역할을 해오던 역사깊은 길이었다. 멀리 떨어져 있는 마을 사람들이 이 길을 통하여 오고가며 서로 물자교류를 해왔고 여러 정보를 나눴으며 이 길을 이용하여 또 다른 깊은 산속으로 채집을 나가거나 사냥을 나가기도 했으리라. 이 바깥말을 지나는 길은 먼곳을 찾아 다니는 나그네의 길이고 장사꾼이나 약초를 캐러 다니는 약초꾼들의 길이기도 했다. 그뒤 동진이 마을이 큰 우물을 중심으로 해서 초기 정착민들이 화전을 일구며 마을을 이루어 나갈 때도 바깥말에는 사람들이 집을 짓고 정착하지는 않았다고 보여진다. 개울가에는 무엇보다도 우선 습한 지역이고 안산등에 가려져서 겨울이면 그늘이 일찍 들고 막힌 곳이 없어 벌판이고 계곡 바람이 세게 불어 추운 곳이다. 사람들이 집을 짓고 살아 가기에는 썩 좋은 환경이 되지 못하는 곳이다. 좁은 계곡의 한 가운데 쯤이 바깥말의 위치가 되기 때문이다. 또한 이 바깥말 길은 역말 근처의 길을 나선 나그네가 지금의 명지대 앞길을 걸어 올라와 동진이 저수지 옆을 지나서 바깥말 길을 걸어 희고현 고개를 넘고 지금의 이동면 천리 쪽으로 산길을 벗어 나는데는 불과 반나절이 안 걸리는 가까운 거리이다. 깊은 산 속의 숲속 길이라고 해도 길을 잃고 헤멜만한 첩첩산중도 아니고 날이 도중에 어두워저 낭패를 볼 만한 먼 거리도 아니어서 그 길 도중에 꼭 사람이 사는 집이 길가에 있을 필요는 없어 보인다. 세월이 흘러 원동진이 마을이 생기고서도 수백년이 흐르고 고려 말쯤 되면 한 반도내에 인구도 많이 늘어나고 상업도 발달하게 된다. 물자들의 교류도 활발해져 각 지방에 시장이 활성화되고, 화폐를 이용한 시장 경제가 발달하게 된다. 14세기 말엽에는 조선 태조 이성계의 개혁 정치와 안정된 정국에서 농사법도 발달하여 수확량도 늘어났고 지방과 지방간의 여러 마을과 마을간의 교류가 더욱 활발해져 가고 있었다. 인구의 증가와 시장의 활성화로 사람들의 왕래가 더부러 증가하게 되었다. 이성계는 중상정책과 상업 육성 정책을 폈고 이에 따라 전국적인 상인 조직도 생겨나게 되었다. 이른바 등짐장수와 봇짐장수를 일컫는 보부상들이 인근 지방의 시장을 찾아 다니며 생산자와 소비자 사이에서 유통을 담당하는 전문적인 상인들이었다. 이들은 체계적으로 전국적인 조직망을 이루고 활동 하였다고 한다. 이에 따라 동진이 바깥말 길에도 그 즈음 수많은 보부상들의 잦은 왕래가 있었을 것으로 추측해 볼 수가 있다. 아마도 바깥말이라고 할 수 있는 몇채의 집들이 생겨 난 것은 이 때 일 것이다. 16세기 전후로 생각된다. 지금으로부터 대략 사 오백년 전 쯤에 이들 장사꾼들의 이동이 빈번 할 때 몇채의 집들이 바깥말 길가로 세워 졌으리라고 보는 것이다. 이들은 농사를 짓는 농가일 수도 있지만 길가는 나그네나 보부상, 여러지방 시장을 쫓아 다니는 장돌뱅이 장사꾼들을 상대하는 주막을 겸할 수도 있었으리라고 본다. 여러 지리적 위치를 감안해 볼 때 바깥말은 술과 음식을 준비해서 손님을 맞는 주막일 가능성이 더 커 보인다. 이와 같은 추정을 하는데는 내 나름대로 몇가지 바깥말에 대한 잊지 못할 기억이 있기 때문이다. 그 잊지 못할 확실하고 뚜렷한 목격담은 역사성으로 보아 충분히 기록할 가치가 있을 것으로 나는 믿는다.

1960년대 전후로 여러해 동안 나는 동진이 고향에서 마을 사람들과 한데 어울려 전통적인 품앗이 농사를 경험 한바 있다. 이 때 나는 이 바깥말 길이 아득한 옛날부터 먼 길을 오고가는 나그네나 장사꾼들의 중요한 지름길로 이용되어 왔다는 것을 확신 할 수가 있었다. 일부의 장사꾼들이 1960년대 초 그 때까지도 그 옛날 그 들의 선배 장사꾼들이 이용해 오던 이 바깥말 길을 이어 받아 이용해 오고 있었던 것이다. 여름철 바깥말 근처 논에서 모를 심거나 논 매기를 하고 있으면 몇 사람의 소 장수들이 수십마리의 소떼들을 줄줄이 연결해서 한 두 사람이 몰아가며 역말 쪽으로 빠져 나가는 것을 여러번 목격했다. 송전이나 안성장등에서 여러마리의 소들을 구입해서 구성이나 수원 쪽 시장을 보려고 이동해 가는 전문적인 장돌뱅이 소 장수들이었다. 더러는 괴나리 봇짐을 짊어진 먼길을 가는 행색의 나그네들도 심심찮게 지나 다니는 길이었다. 이때는 이미 김량 사거리 쪽으로 넓은 신작로 길이 뚫려 자동차나 버스등이 줄을 잇고 있을 때인데도 불구하고, 그들은 이 산골짜기 깊숙한 소로를 어이 알아서 수 많은 소들을 이끌고 지나가는 것인가. 그들은 분명 이 바깥말 길을 이용해 오던 그들의 선배 장사꾼들로부터 면면히 그시절까지 잊지 않고 이길을 걸어서 이동해 갔던 것이다. 걸어다니던 시절에 이 길은 김량 사거리쪽으로 돌지 않고서도 직접 역말이나 구성 수지쪽으로 빠져 나갈수 있는 잘 알려진 지름길이었던 것이었다. 그것 뿐이 아니었다. 더욱 놀라운 일은 길가의 논을 호미로 매다보면 호미 끝에 시커멓게 끄을은 방 구들장이 걸려서 엎어졌다. 길가 논 바닥에 1960년때 까지도 시커먼 방 구들장이 논 바닥에 깔려 있었던 것이다. 이로 미루워 짐작해 보면 바깥말 집들은 길가 바로 옆에 세워져 있었음을 어렵지 않게 확인 할 수가 있었던 것이다. 구들장이 나오는 위치나 범위로 보아 바깥말 길을 따라 두세채 정도의 집들이 있었음을 알수가 있었다. 그 곳이 어디 쯤일까? 바깥말 개울 건너기 전 오른쪽 저수지 방향으로 바로 길옆의 논이었다. 당시 마을 사람 한순길의 논이었던 것으로 기억나지만 지금은 길옆의 논들이 저수지 밑으로는 모두 깊히 매립되어 방 구들장이 나오던 논들도 땅속 깊히 묻히고 말았다.

이렇게 16세기 전후로 생겨 난 것으로 추측되는 바깥말 마을은 개화기 전후로 근대화 되어가는 과정에서 사라져 간 것으로 짐작하고 있다. 일제는 조선을 침략해서 강제로 합병시키고 각종 농산물, 축산물이며 임산물들의 수탈을 목적으로 신작로의 개설과 철도의 부설등으로 산속의 옛 오솔길을 이용하는 나그네가 사라지고, 보부상의 쇠퇴등이 초래되었다. 이로인해 바깥말길을 이용해서 먼 곳을 도보로 이동해 오던 사람들이 점차로 사라져 갔던 것이다. 삼국시대 이래 지방과 지방 마을과 마을 국가와 국가를 오고가던 그 역사적 역할과 가치는 이렇게해서 소멸하고 동진이 마을 사람들의 통행로 로서 만 존재가치가 축소되어 현재에 이르고 있다 하겠다. 이 바깥말 길은 아득한 옛날로부터 시대에 따른 필요에 의해 길이 만들어 졌고 세월이 흐르면서 그 용도도 변화를 보였다.

고성치라는 지명도 사라진지가 일천여년이 훨신 지났건만 아직도 그 이름이 마을에 남아 있는 것처럼 바깥말 몇채의 집들도 시대의 필요성에 힘입어 잠시 잠간 혜성처럼 나타 났다가는 역사 속으로 사라 졌지만 바깥말 그 이름은 동진이 마을과 함께 자자 손손 영원히 후손 들에게 전설처럼 전해저 가고 있는 것이다.

(5) 시대상황에 따른 마을의 변천사(變遷史)-추론(推論)

앞에서도 살펴 보았듯이 5세기 전후로는 동진이 마을도 완전히 정 착촌으로 자리를 잡아가고 있을 때였다. 이미 마을근처에는 많은 농 경지가 화보된 상태였을 것이다. 수백여년을 선대로 부터 화전을 일 구어 왔고 지력이 떨어져 소출이 적어지면 버려두고 묵이면서 또 새 로운 땅을 다시 개간해 나갔을 것이다. 이런 과정에서 마을 주변은 넓 은 면적의 농경지가 있었지만 식량이 넉넉한 것은 아니었다. 실제적 으로 농경지로서의 역할을 제되로 하지 못 하였을 뿐만아니라 농사기 술의 부족등으로 백성들은 항상 가난한 가운데 호구지책을 마련 하기 위해 고된 노동을 감내하지 않으면 안될 힘든 삶이었을 것이다. 마을 주변의 넓은 산야에서 수렵과 채집등은 가난한 살림에 큰 도움이 되 었을 것이다. 역사를 공부하다보면 고려나 조선이 개국 할 때도 항상 농업정책을 내 세우고 부족한 농경지 확보를 위해 개간과 간척 사업 등에 역점을 두었던 것을 보면 당시 농경사회의 현실을 조금이나마 미뤄 짐작 할 수가 있을 것이다.

고구려, 백제, 신라 삼국의 혼란 스러운 정국이 지나고 676년 마침 내 신라가 삼국을 통일 하였다. 통일 초기에는 당나라의 외세를 끌어 들인 폐해가 어쩔수 없이 발생 하였지만 신라는 당을 물리치고 마침 내 지배권을 확보하였다. 이후 신라는 강력한 왕권을 바탕으로 100여 년간을 내치에 힘쓰며 나라를 발전시켜 나갈 수가 있었다. 이때는 동진이 마을이 생긴지도 수백년이 흐른 뒤였다. 신라 통일이후 계속되는 사회 안정 속에서 넉넉하지는 않지만 산간의 작은 농촌 마을로서 온전히 틀을 갖추어 나가고 있었다. 마을앞 개울가로는 벼를 심어 가꿀 수 있는 논들이 마련되어 있었을 것이고 마을 주변 나지막한 구릉지에도 곡식을 심어 먹을수 있는 밭들이 둘러 싸고 있었을 것이다. 아마도 통일신라 시대쯤에는 마을 주변의 농사를 지을 만한 대부분의 땅들은 이미 개간을 마쳤을 것으로 보인다. 오늘날 마을의 모습에서 엿볼 수 있는 농경지의 대부분이 이시기와 크게 차이는 없을 것 같다. 다만 여기저기 지력이 고갈되어 작물을 심지 않는 황무지도 꽤 있었을 것이다. 여러해를 묵이다 보면 잡초가 무성해저서 일부의 경작지는 자연으로 되 돌아 가는 현상도 있었을 것이며 그런 땅들도 늘어나는 마을 주민이 또 다시 경작지로 만들어 곡식을 심어 가꾸었을 것이다. 이때는 마을의 규모도 커져서 적어도 10여호 이상의 초가들이 큰 우물을 중심으로 해서 마을을 꾸려 나가고 있었을 것이다. 뒷동산 너머로 큰 마을을 오고 갈 수 있는 장터 고갯길도 생겼고 또 다른 새로운 길들이 아랫농진이로 웃 동진이로 무듸실로 거미줄처럼 뻗어 나갔을 것이다. 생산된 잉여 농산물들은 이웃 마을의 주민들과 물물교환 등의 상거래도 활발하였으리라. 덕골에도 몇가구가 정착해서 마을을 이루었고 원동진이 사람들과는 아랫동네 웃동네 한마을 사람들로서 공동체 생활을 유지해 나가고 있었을 것으로 보인다.

통일신라의 안정기를 거치면서 동진이 마을의 인구도 늘어 나서 오류십명의 상주 인구는 되었으리라고 추정된다. 9세기경 부터는 왕위 계승을 둘러 싸고 귀족들 사이에서 권력 투쟁이 발생하였다 지배 세력이 약화되어 흔들리자 중앙에서 소외된 왕족과 주요 군사기지의 장군, 해상무역세력, 지역 촌주들이 각자 자기들의 근거지를 중심으로 독립적인 통치를 하기 시작하였다. 이때 크게 두각을 나타낸 인물이 있었으니 견훤과 궁예였다. 궁예는 몰락한 신라 왕족으로 영월 세달사에서 승려 생활을 하다가 원주 명주지역을 기반으로 강원도 남부일대에서 크게 일어났다. 예성강 임진강 일대를 손에 넣더니 한강하류를 장악하여 마침내 한반도의 중부일대가 모두 궁예의 세력권안으로 들어 가게 되었다. 송악으로 천도한 궁예는 901년 후고구려를 세우게 된다. 918년 왕건이 궁예를 축출하고 고려국을 세우자 935년 신라의 마지막 임금인 경순왕이 왕건에게 귀부하였고 이어서 936년 고려는 후백제를 정벌하여 마침내 후삼국을 통일하기에 이른다. 이때부터 동진이 사람들도 고려국의 백성으로 살아가게 되었다. 정권이 바뀌고 나라이름이 바뀌었어도 백성들의 삶이란 것은 어제 오늘이 크게 다르지는 않았을 것이다. 단지 지배세력과 정치권력이 바뀌었을 뿐이었겠지만 무엇 보다 혼란스런 사회 보다는 안정된 사회가 마을 발전에는 더 긍정적인 영향을 주었을 것만은 틀림이 없었으리라. 6·25때도 여름 한 때 북한의 점령하에 놓이게 되었지만 학생들은 학교에 나갔고, 장사꾼은 가게를 열고 장사를 계속 하였으며 농사꾼은 씨뿌리고 김매서 곡식을 가꾸며 여전히 농사를 지었다. 전쟁이 났어도 먹고는 살아야 하지 않는가. 백성들은 밥이 곧 하늘이었다. 호구지책을 해결하기 위해서는 항상 동분서주 하여야만 그나마 목구멍에 풀칠이라도 할 수 있었다.

고려가 후삼국을 통일한 이후 한반도 중부지역은 또다시 한 동안의 평화를 유지 할 수가 있었다. 고려 정부는 북진정책에 역점을 두면서 통일신라 말기 도탄에 빠진 농민생활 안정에 힘쓰게 되었다. 항상 정권이 흔들리고 지배세력간의 분쟁이 일어나면 사회 전체가 혼란 스럽고 백성들의 삶이 무너지게 되어있는 법이다. 고려 시대에도 가난한 백성들을 위한 국가의 상설 기관들이 설치 되었던 것을 보면 일반 농민인 백성들의 삶은 항상 가난을 면하기 어려웠던 것 같다. 고려는 이에 따라 농업 중시 정책을 펴서 백성들의 생활 안정과 국가 재정 확보에 힘 썼고 조세제도와 지방행정 조직을 개편하여 중앙정부의 실질적 통치에 주력하였다. 고려 태조 왕건은 각 지방 호족들의 강한 세력들을 통치하기 위해 여러 호족과 혼인을 통한 통합을 꾀하고자 하였다. 그 결과로 왕건에게는 왕후가 6명이나 되었고, 후궁만 23명에 아들이 25명, 딸이 9명이나 되었다고 하니 오히려 이는 훗날 호족 세력 간의 왕위 계승 문제로 다툼이 일어나는 원인이 되기도 하였던 것이다. 그렇지만 앞에서 말했듯이 고려 초기에는 안정적 평화가 유지 되었기에 동진이 마을도 이 때는 평온한 가운데 한시름 놓고 농사에 힘쓰며 살아가고 있었을 것이다. 이와같이 안정된 고려의 초 중기를 거치면서 마을도 자연적인 인구 증가와 더부러 사람들이 사는 집들도 자연 스럽게 늘어나 적어도 열 다섯집 정도의 초가들이 큰 우물 주위에 옹기 종기 모여서 생활하고 있었을 것이다. 마을 사람들도 어른 아이 모두 합치면 100여 명 이상은 되었을 것이다.

그러나 안정된 정국이 무한정 계속 될리는 없었으니, 또 다른 변혁과 혼란의 시대가 닥쳐오고 있었다. 중국 땅에서 새로운 세력으로 부상하기 시작한 몽골(원)의 침략이 바로 그것이다. 13세기 평양성 인근 강동성에 거란군이 침입해 오자 고려와 원나라가 협공하여 이를 물리친 일이 있었다. 그 이후 원은 고려의 은인이라고 자처하며 해마다 고려로부터 많은 공물을 취하여 가져갔다. 나중에는 그 요구가 지나쳐서 고려가 이에 불응하는 일이 발생하였고, 원나라 사신이 고려로부터 귀국 도중에 살해당하는 일이 발생하였다. 원은 이러한 사건들을 구실로 고려 침략의 역사가 시작되었던 것이다. 1231년 1차 침략이후 1259년 6차 침략시 까지 무려 30여년 동안을 고려국 전역에서 막대한 피해를 입혔다. 이때 고려의 전 강토가 전쟁터로 변하여 쑥밭이 되었다고 하니 당시에 삶의 터전을 잃고 유랑걸식하며 참혹한 삶을 이어갔던 이나라 우리 조상들이 얼마나 많았으랴. 고려정부가 원에 당할 수가 없음을 알고 당시 권력자 최우의 결정에 의해 강화도로 수도를 옮기고 장기적인 항전에 들어 갔던 결과였다. 관리들은 이를 반대했지만 결과적으로 수도가 강화도로 옮겨저 들어가 버리자 원은 이러한 고려의 수도 이전을 적대 행위로 보고 또 다시 침략해 왔다. 원은 고려의 강토를 마음대로 누비고 다니며 갖은 만행을 저지르며 강화도로 들어가버린 고려 정부의 항복을 이끌어 내려고 하였던 것이다. 이러한 목적이 있었기에 원의 침략군들은 더욱 거칠것이 없이 여러지역을 휘돌아 다니며 더욱 잔인하고 흉폭한 행위로 죄없는 백성들에게 피해를 입혔다. 한반도의 중부지역 뿐만이 아니라 경상도와 전라도등 전 국토를 유린했다.(여러가지 역사적 사실들은 교과서를 참고 하였슴). 이러한 만행을 직접 그들과 부딪치며 당할 수 밖에 없는 힘없는 백성들만 고스란히 그 아픔과 고통을 견뎌 내야만 했던 것이다. 6 · 25 때가 생각난다. 비록 몇 년간의 짧은 전쟁 기간이었지만 길 잃은 어린이며 부모잃고 홀로 남은 고아들이며, 남편 잃은 아내들하며, 온 나라가 울음바다요 그 참혹함이 말 할수 없을 지경이었다. 하물며 피가 다른 이민족의 잔인한 적대행위가 무려 30여년을 계속 되었다 하니 가히 그 충격은 상상하기 조차 힘들었을 것이다. 고려정부가 백성들을 내 팽개치고 강화도로 들어가 버리자 정부를 믿지 못하는 백성들은 나름대로 살아 남기위해 자위적 수단을 강구하지 않으면 안되었다. 그러나 작은 성과도 있었지만 한계에 부딪칠 수 밖에 없었다. 삶의 터전을 잃고 유랑하는 백성들과, 그들 적군 병사들의 살육과 약탈을 피해 살던 곳을 떠난 수 많은 백성들이 찾아 가는 곳은 어디였을까? 원의 병사들 말 발굽이 닿지 않는 깊은 산속이나 바다건너 외진 섬등을 찾아 들어 가기도 했을 것이다. 살아 남기 위해서 어쩔 수 없이 원의 세력에 협조하거나 동조하는 세력도 나타났을 것이다. 소나기는 피하고 봐야 했다. 어쩔수 없는 피난살이와 유랑걸식하는 수 많은 백성들이 거리마다 마을마다 넘쳐 났을 것이다. 앞에서도 언급 되었지만 동진이 마을은 지리적으로 비교적 안전했던 피란곳의 역할을 했을 것이다. 6·25 때에도 수 많은 피란민들이 시장 바닥처럼 들끓었다. 그들 피란민들 중의 몇 가구는 오랫동안 마을에 남아서 동진이 사람으로 살다가 차츰 사회가 안정 되어가자 몇 년후 천천히 자기들 살던 고향으로 떠나 가기도했다.

700여년전 고려시대 원의 침략시에도 동진이 마을은 분명 그들의 횡포를 피해 숨어 들어온 사람들이 적잖이 있었으리라고 본다. 6·25 때 처럼 전쟁이 금방 끝 났으면 그들 또한 원래 그들이 살던 곳으로 돌아 갔을 것이다. 하지만 삼십여년을 이 땅 위에서 분탕질을 해 댔으니 피란민들은 쉽게 동진이 마을을 떠나 밖으로 나갈 수가 없었을 것이다. 그들은 생계를 위해 땅을 일구고 동진이 마을안에 어쩔 수 없이 새로운 삶의 터전을 만들어 나가야 했을 것이다. 이렇게 피란기간이 생각 밖으로 길어지자 일부 피란민들은 새로운 정착지를 찾아 떠나가기도 했을 것이며 또 다른 사람들은 멀리 있는 일가 친척을 찾아 가기도 했을 것이다. 어느 곳도 갈곳없는 피란민들은 어쩔 수 없이 이곳 동진이 마을에 정을 붙이고 새로운 주민으로 거듭나기도 했을 것이다. 평화로운 시절에 또 다른 희망을 찾아 바깥세상으로 눈을 돌려 진취적 삶을 개척하고자 동진이 고향을 떠나갔던 일부의 사람들은 이와 같은 혼란기에는 또 다시 정든 고향으로 되돌아 오는 현상도 없진 않았을 것이다. 아무래도 이시기는 동진이 마을 역사에서도 가장 큰 변화의 바람이 휘몰아 친 시기가 아니었을까 생각된다. 고려 역사에서도 그렇지만 13세기 대몽 항쟁의 시기는 동진이 마을 자체적으로 보아서도 한바탕 폭풍우가 지나간 것처럼 큰 변화의 흔적을 마을 안에 남길 수 밖에 없었으리라.

고려 시대를 대략 500년으로 잡고 그 기간 동안 자연적인 인구증가와 몽고(원)의 침략 기간동안 몽고 군사들의 약탈과 살륙을 피해 들어왔다가 마을에 눌러 앉은 일부 피란민이 꽤 있었을 것으로 생각되어 마을의 규모는 전체적으로 조금 커졌을 것이다.

이와같은 여러 정황을 참작해서 추측해 보자면 고려말에서 조선조 초 쯤에는 아무래도 전체적인 호수가 20여호는 넘어 갔으리라고 본다. 스물 두세집정도의 초가들이 서로 정답게 추녀를 맞대고 평화스러운 한 마을을 이루어 나가고 있었을 것이다. 마을 사람들도 어린이와 어른 모두합쳐 150여 명에 가까웠을 성 싶다. 당시에는 대가족 제도였으니 한집에 적어도 육칠명 정도의 식구가 함께 살아가고 있었을 것으로 본다. 1960년대에도 한집에 보통 삼대가 함께 살고 있는 집이 대부분이었다. 물론 이와같은 마을의 호수와 마을 주민수의 어림은 원동진이와 팥밭골만의 한정된 애기이고 능골이나 덕골은 따로 생각해 볼 수 있다하겠다. 수십년을 지켜 본 결론은 덕골과 능골은 워낙 더 깊은 산골 인데다가 경작지의 부족으로 가구가 늘어 날 수 있는 여건이 되지 못하였다는 것이다.

2부

자연 환경(自然環境)

(1) 안산(案山)과 함박산(咸朴山)

생각난다 큰 우물 느티나무밑 그네도
설날에 세배하기 추석 때 거북이 놀이
잊혀저 그리운 것이 어디 그것 뿐이랴

계사년 봄이던가 고향 선산에 모셔진 부모님 산소도 둘러 볼겸 내려 갔던 길에 마을의 노인 회관에 잠시 들렀던 일이 있었다. 노인 몇 분이 둘러 앉아 화투 놀이를 하고 있었다. 실내는 널찍하고 에어컨도 설치되어 쾌적한 편이었지만 벽면에는 아무런 장식품도 없어 너무 허전해 보였다. 마침 내가 서예를 하고 있으니 서예 족자라도 한 두 개 걸어 놓으면 어울릴성 싶어 당시 한순민 노인회장과 의논해 보니 좋겠다고 하여 그 길로 상경한 즉시 글을 짓고 전지 한 장 크기로 서예

작품을 만들어 표구하였다. 또 한 작품은 시조 형식을 빌어 쓴 짧은 작품이라 전지 사분의 일 크기로 따로 표구 하였다. 표구점에 의뢰한 두 개의 서예작품을 찾아 가지고 고향으로 다시 내려가 마을 회관에 걸었다. 급하게 만들다 보니 내용은 조금 미흡하고 세련되지 못한 부족함이 없지 않지만 고향을 생각하는 뜻만은 간절하였다. 동진이 마을 뒷동산은 마을의 진산(眞山)으로 어미 닭이 병아리를 품듯 마을을 포근하게 감싸서 안고 있는 형태이다.

겨울이면 북풍을 막아 주고 산 등성이 너머 큰 신작로와는 방음벽이 되어 세상의 온갖 위해로부터 보호막이 되어 준다. 세상의 모든 일들은 일장 일단이 있게 마련이어서 산 등성이 너머 읍내는 거리상으로 가깝기는 하지만 고갯길이라 무거운 짐을 이고 지고 넘기에는 힘이들고 불편하였다. 고갯길 이야기는 뒤에 자세하게 다시 나오므로 여기에서는 다른 이야기를 해보려 한다.

동진이 마을 앞에는 안산이 자리하고 있다. 안산의 본 뜻은 집터의 맞은편 산을 말하는 것이지만 동진이 마을의 안산은 마을의 정면이라기 보다 약간 남서쪽 방향으로 비껴서 자리잡고 있다. 이것은 아마도 맨처음 마을에 집터를 잡고 정착한 사람들이 안산을 정면으로 바라보게 집을 세운 결과가 아닐까 생각하고 있다. 초기 정착민들이 그곳을 마을의 안산으로 삼아 집을 짓고 그 뒤 마을 사람들이 대대로 그곳을 안산으로 불러 왔으므로 오늘 날까지 그 이름이 전해지고 있는 것이다. 하지만 세월이 지나고 후대로 내려 오면서 안산은 마을의 정면 즉 맞은편에서 약간 벗어 난 것으로 보여진다. 안산 일대는 현재 명지대학교가 들어와 자리를 잡고 있다. 상전이 벽해가 되었다. 나무 하고 토끼잡으러 마을 사람들이 수시로 드나들던 산 골짜기와 산 봉우리들이 깎이고 묻히어 콩크리트 숲을 이루고 있으니 놀라운 변화가 아닌가. 바깥말 길로 나아가 개울을 건너 약 100여미터를 더 가면 오른쪽으로 능골 고개를 넘어 도장굴이나 함박산을 갈 수 있는 길이 있었다. 능골 마을을 가거나 나무하러 갈 때 이길은 많이 이용했다. 이 능골로 넘어가는 갈라진 길에서 맨처음 안산자락과 만나는 곳이 청룡 뿌리라고 마을 사람들이 통상적으로 부르는 장소이다. 안산의 시작이며 끝자락인데 이곳은 나뭇짐이나 볏가마를 지게에 지고 다닐 때 쉬어가는 쉼터이기도 했다. 무거운 짐을 잠시 내려 놓고 숨을 돌리면서 마을을 건너다 볼수 있는 곳이다. 조금 떨어져 있는 희고현 고개밑에 삼옷물이 있는 쉼터와 마찬가지로 이곳에서도 동진이 마을이 한눈에 잘 조망 할수 있는 장소인 것이다. 특히 깊은 가을에 초가지붕을 햇짚으로 이엉을 엮어 새로 이어 주면 노랑빛깔의 초가지붕들이 정말 잘 어울려 한폭의 아름다운 그림이 되곤 했다. 마을안에 몇주 안되는 감나무들도 붉은 감을 주렁주렁 매달고 노오란 초가 지붕과 어울려 환상의 풍경을 그려 내곤 했었다. 석양에 저녁 연기라도 안개처럼 낮게 깔리면 그야말로 금상첨화가 아닐런가.

한때 마을에서 풍수지리에 조예가 있는 이종호 어른이 청룡뿌리의 생긴 모양이나 위치등이 마을로 봐서는 좋지 않다는 견해를 표했다고 한다. 그래서 큰 인물이 나기는 어렵다고 했다던가.

하지만 어찌됐건 지금은 청룡뿌리 일대가 명지 대학교 터를 닦으며 완전히 옛 자취는 찾을 길이 없다. 그렇다면 변해버린 지금의 지형은 동진이 마을에 어떤 영향을 주고 있는 것인지 궁금하기도 하다. 안산에는 소나무가 많았다. 낙낙장송 큰 소나무가 아닌 잔 솔포기이고 곳에 따라서는 작대기굵기 정도의 가느다란 소나무가 밀생하여 사람들이 드나들기 어려운 곳도 있었다. 그 밖에 산 비뚤이에는 군데 군데 키낮은 소나무들이 듬성듬성 있기도 해서 이러한 소나무들은 옆으로 가지들이 거침없이 길게 자랐고 그 밑에는 샛노란 솔가리가 수북하게 떨어져 있었다. 능선과 골짜기 여기저기에는 싸리나무와 칡넝쿨이 흔해서 산토끼가 많이 살았다. 겨울이면 하얀 눈위에 산토끼 발자국이 어지럽게 찍혀 있었다. 때때로 농한기 겨울철에 눈이라도 내리면 무료한 마을의 청년들이 작대기 하나씩을 들고 산토끼몰이를 한다며 안산을 누비고 다니기도 했고, 솜씨있는 청년들은 토끼 창애를 만들어 안산 일대에 여기저기 놓아서 산토끼를 잡기도 했다. 청룡뿌리 근처 안산에는 잔 솔폭밑에 솔가리등을 수북하게 물어다 쌓아 놓은 빨간 불개미 집들도 무척 많았다. 나무하러 갔다가 지게 작대기등으로 헤집어 보면 빨간색의 불개미들이 바글바글 했다. 굉장한 광경이었다. 안산의 소나무 숲속에는 작은 돌무더기 같은 것도 군데 군데 보였다. 사람들은 애총이라고 했다. 애총(兒塚)이면 어린아이 무덤이라는 뜻이 아닌가. 옛날 그 시절에는 어린아이들이 많이 죽었다. 전염병도 이따금 돌았고 작은 병치레에도 의료 혜택이 없던 시절이었으니 면역력이 약한 어린 아이들 희생이 클 수 밖에 없던 시절이었다. 죽은 어린 아이들을 산에 묻고 작은 돌들을 얹어 표시해 놓은 것이 아닌가 하는 생각이 들었지만 웬지 섬뜩한 생각에 그 자리를 피해 다니고 했다. 작대기처럼 가늘고 곧은 소나무는 솎아내어 울띠 같은 것으로 쓰거나 사립문을 만들기도 하고 닭장이나 토끼장을 만들기도했다. 쭉 곧은 나무들은 쓸모가 많았다. 6·25이후 어느해인가 따비밭이라는 것이 유행된 적이 있었다. 너도 나도 마을 근처 여러곳에 따비밭이라는 것을 만들었다. 기존의 경작지가 아닌 풀밭을 파 엎고 풀과 풀뿌리를 썩여서 밑거름으로 삼고 곡식을 심어 수확하는 영농 방식이다. 그러니까 거름은 따로 하지 않았다. 비료를 본격적으로 농사에 사용하기 전이다. 자체의 지력으로 농작물을 키워서 수확하는 원시적인 농사법이라 할 수 있을 것이다. 아주 오래전 초기 마을의 정착민들이 화전을 일구고 농사를 짓던 모습과 비슷하다 할 것이다. 나도 직접 저수지 옆 안산의 한 산 골짜기를 찾아 풀밭을 파엎고 약 백여평의 따비밭을 만든 경험이 있다. 나는 이곳 따비밭에 그해에 감자를 심었다. 당시 일반적인 감자 심는 방법은 감자 씨눈을 살려 두세 조각으로 씨 감자를 오려서 재를 묻혀 밭고랑에 심었다. 밭고랑에 한뼘 정도의 간격으로 씨눈이 붙어 있는 감자 씨앗을 늘어 놓고 고무래로 흙을 덮었다. 나는 좀 색다른 방법으로 시험삼아 감자 씨앗을 미리 발아 시켜 옮겨 심는 방법을 택했다. 꽤 성공적인 결과를 얻었었다고 기억된다. 다른 마을 사람들도 마을 주변 산자락등의 빈 공터의 풀밭을 이런 식으로 따비밭을 만들어 고구마등을 심었다. 이 땅들은 지적도에는 등재되지 않은 밭이기에 한두해 농사를 짓고는 거름기가 떨어져 농작물의 생장이 제대로 않되면 또 다시 버려져 자연으로 돌아갔다.

현재 마을에서 거의 정면으로 보이는 큰 산은 안산 줄기 너머로 보이는 함박산이라 할 수 있다. 겨울철 눈이 내리면 신비하게도 함박산 정상 근처에 ㅈ(한글자음의 지읒)자가 뚜렷하게 나타난다. 마을에서는 함박산 지읒자 바위라고 부른다. 함박산은 마을 주변을 둘러 볼 때

가장 높게 보이는 산이다. 능골 고개를 넘거나, 고개에서 희고현 방향으로 뻗어 내려간 안산 줄기를 넘으면 개울을 건너 함박산에 올라 갈수가 있다. 함박산 정상까지 나도 여러번 올라가 본 경험이 있다. 함박산 지읒자 바위는 현장에 찾아가 보면 집채만한 바위 덩어리 몇 개가 이리 저리 아무렇게나 포개어 있는 것처럼 보인다. 가까이에서 보면 전혀 지읒자 같은 글자 모양은 가늠이 안된다. 하지만 이곳에 눈이 내려 쌓이고 동진이 마을에서 멀리 바라다 보면 선명한 글자 모양을 만드니 참으로 신비한 일이 아닐 수 없다. 바위 밑으로는 굴이 뚫려 있었다. 낙엽이 수북히 쌓인 깊고도 어둠 컴컴한 바위밑 굴속을 살펴 보는것은 대낮인데도 금방 어떤 산(山)짐승이라도 튀어 나올 것처럼 두려운 마음이 일었다. 오륙십 년대에도 마을 근처에 호랑이나 늑대 등 사나운 산짐승들이 있다는 말은 듣지 못했다. 새벽녘이나 어스름 초저녁등에 마을 근처의 야산이나 뒷동산등에서 여우가 캥캥짖는 소리를 들었다던가 더러 실제로 보기도 했다는 말들은 있었다. 이렇게 큰 짐승들이 없는 것을 알고 있다고 하더라도 굴속을 살펴 보는 것은 용기가 필요했다. 함박산 지읒자 바위 근처는 경사가 급하고 산이 험한 편이었다. 조금 떨어진 곳에는 거대한 병풍 바위가 석벽을 이루고 있었다. 병풍바위는 함박산 정상에서 조금 내려와 둥그스럼하게 솟은 또 다른 봉우리 바로 아래에 있는 바위 절벽이다. 함박산 병풍바위가 있는 봉우리 꼭대기위에는 묘지하나가 있었다. 들리는 말로는 이곳이 명당이라는 말을 들은 어떤 사람이 묘를 남 몰래 썼다 하는 이야기가 있었다. 병풍바위 밑으로는 크고 작은 바위 돌들이 산밑의 개울가 까지 흩어져 내렸다. 마을 사람들이 함박산 서돌이라고 하는 곳이다. 이와같이 바위들이 부서져 내려 넓은 면적에 흩어져 쌓인 곳을 사전을 찾아 보니 너덜이나 너덜겅이라고 한다고 되어있다. 또 냇가나 강가에 돌이 많은 곳을 서덜이라고 한다는 데 함박산 병풍바위 아래로 돌이 많은 곳을 동진이 사람들이 함박산 서돌이라고 하는 것은 이러한 여러 가지 이름에서 연유한 것임을 짐작할 수가 있는 것이다.

1960년대초 마을의 한순영어른이 함박산 일대에서 한우 목장을 한다고 하면서 능골 앞산에서부터 철조망을 넓게 둘러 세우고 한우 송아지를 수십마리 사다가 키우면서 활동하던 시절이 있었다. 함박산 서돌 일대에서 도장굴 넘어가는 뱀의 잔등 근처까지 꽤나 넓은 지역을 이용했다. 이 한우 목장 사업에는 나 또한 깊숙이 관여 하여 활동하였는데 능골 앞산 함박산 자락에 개인용 텐트를 치고 숙식을 해결하며 철조망도 치고 송아지도 돌봤다. 텐트안에는 개인용 야전침대를 놓고 생활하였다. 축사는 별도로 짓지 않고 방목하는 방식이었다. 밤이면 텐트안 야전 침대에 누워 잠을 잤는데 비가 오는 밤이면 바로 머리위 텐트에 내리는 빗 소리가 굉장히 인상적이어서 잊을 수가 없다. 고요한 밤 텐트에 떨어지는 조용한 빗소리는 자장가 같기도 하고 음악소리 같기도 했다. 때로는 조용히 찾아오는 연인의 발걸음 소리처럼 정다운 소리로 다가 오기도 하고, 후드득 후드득 떨어지는 빗 소리는 심란한 마음을 헤집어 놓기도 했다. 그런가 하면 어떤 때는 우르릉 쾅쾅 성난 짐승들의 울부짖음같이 천지를 뒤흔들며 사정없이 텐트 자락을 후려 치기도 했다. 멀리서부터 빗소리가 차츰 차츰 다가와서는 어느틈에 머리위에서 콩튀듯 요란하다. 비 바람이 휘몰아 치는 밤이면 산골 도랑물이 콸콸 장단을 맞추고 나뭇가지 흔들리는 소리 나뭇잎새에 빗방울 후려치는 소리등이 한데 어울려 웅장한 자연의 교향악이 함박산 골짜기에 울려 퍼지는 듯 했다. 그런 밤이면 온갖 상념에 젖어 쉽게 잠들지 못 하였다.

함박산 산자락 밑으로는 신기 부락을 거쳐 올라오는 자동차 길이 있었다. 일제 강점기에 만들어진 벌목용 도로였다. 물론 비포장 흙길이었다. 함박산 밑으로 올라와서 뱀의 잔등 밑까지 올라가는 길이었다. 1960년대 까지도 그 흔적이 남아 있었는데 오랫동안 방치된 길이라 군데 군데 허물어 진 곳이 있었다. 그렇지만 당시에도 힘좋은 트럭들은 이길을 따라 오르고 내리고 할 수가 있었다. 한순영 어른은 이길을 이용하여 함박산 서돌 일대의 바윗돌인 자연석들을 도회지의 정원석등으로 팔았다. 이끼가 파랗게 낀 아름다운 자연석들은 어느 도회지 부잣집 정원에 팔려가서 새롭게 자리를 잡았으리라. 트럭들은 무거운 바윗돌들을 싣고서도 험한 산길을 잘도 오르 내렸다. 당시에 나는 대학 진학문제와 군(軍)입대 문제로 진로가 대단히 불투명한 상태에서 암울한 세월을 보내고 있었다. 하지만 정신적으로는 매우 심란하고 괴로운 일이 많았지만 육체적으로는 이십때의 한창 기운이 날 때여서 그런지 이 험한 함박산 서돌 일대에서 있었던 무거운 바윗돌 자연석 채취 작업을 했으면서도 힘들었다는 기억은 별로 없다. 그러고 보니 이 시절 나는 동진이 마을에서 일어난 크고 작은 수많은 일들의 그 현장에서 온 몸으로 부딪치며 값비싼 인생 공부를 하고 있었던 것이다. 황금같은 젊은 청춘 시절을 고향에서 마을 사람들과 동고 동락하면서 그 시대의 암울하고 어려운 삶 속에서도 굴하지 않고 꿋꿋하게 서로돕고 살아가는 진정한 이웃 사랑과 공동체의 진솔한 모습을 보면서 잊을 수 없는 감명을 받기도 했던 것이다. 이십대 이전에 책상머리에서 정신적 수양을 했다면 이십대를 지나면서는 육체노동을 통하여 진정으로 건강한 이 땅의 젊은이로 다시 태어나고자 했던 것이다. 현실에 충실하면서도 호시 탐탐 기회를 살피며 탈출구를 모색하고 있던 시기였다.

(2) 마을 주변의 환경

　화학비료나 농약 사용이 일반화 되어 있지 않던 시절이라 자연환경이 살아 있었다. 사람과 동물과 곤충이 서로 돕기도 하고 때로는 서로 경쟁관계에 있기도 했다. 농작물과 잡초도 경쟁관계이지만 농작물은 잡초에 비해 약자 이므로 사람들의 도움을 필요로 하는 것이다. 살다보면 때로는 자연 속에서 사람들과의 경쟁관계 균형이 허무러져 인간이 동물의 피해를 크게 입는 경우가 생길 때도 있기 마련이다. 1950년대 후반 쯤 어느 해던가 들쥐들이 극성을 부려 농작물에 큰 피해를 주었던 때가 있었다. 들쥐들은 논가의 잘익은 벼 이삭을 까먹거나 잘라 놓아 피해를 입혔다. 무엇 보다도 그 해에 큰 피해는 콩 밭에 있었다. 잘 여물은 콩 꼬투리를 잘라서 땅 바닥에 떨어 트려 놓기도 하고 더 많은 꼬투리를 까서 콩만 쥐굴로 물어 들였다. 논 둑이나 밭둑에는 쥐들이 수없이 드나들어 입구가 반질 반질 닳아버린 쥐굴들이 수없이 많았다. 어느정도 였으면 그럴수도 있겠다 싶었겠지만 그해의 피해는 눈에 띠게 극심해서 결국 화가 난 마을 사람들이 작심하고 쥐굴을 파내기 시작했다. 콩 꼬투리가 많이 떨어진 밭 근처에서 쥐들이 자주 드나들어 반질 반질 입구가 닳은 쥐굴을 선택해서 파보면 들쥐가 물어다가 쌓아 놓은 콩들이 땅속 쥐구멍 창고안에 차곡차곡 가득 쌓여 있었다. 콩들은 습기에 불어서 싹이 나기도 했고, 어느곳에는 썩기도 하고 냄새가 나기도 했다. 비교적 깨끗하고 싱싱한 콩들은 잘 씻어 말려서 두부를 만들어 먹기도 했고 너무 상하거나 썩은 콩들은 버리고 웬만한 것들은 소나 돼지등 가축의 사료로 쓰이기도 했다. 어떤 마을사람은 여러 군데의 쥐굴을 파내어 몇가마의 콩들을 얻었다는 이야기도 있었다. 나 또한 희고현 고개밑에 우리집 콩밭 근처의 쥐굴을 파내서 몇말의 콩을 얻었지만 이는 결국 우리밭에서 쥐들이 따간 우리집 콩인 셈이었다. 쥐굴속의 콩들은 습기에 퉁퉁불어서 쥐굴속에 단단히 채워져 있어 파내기도 힘들정도였다. 콩나물처럼 싹도 길게 나 있는 것도 있었다. 작은 쥐들이 먹어봐야 얼마나 먹으랴 하겠지만 모르는 소리이다. 그해에 마을 사람들은 쥐들의 엄청난 피해를 실제로 겪은 것이다. 이런 황당한 상황을 겪고 보면 자연의 균형 상태라는 것이 얼마나 중한 것인지 스스로 생각 하게된다.

참새들의 피해도 엄청 많았다. 밭에는 수수나 조등 지금은 심지 않는 여러 가지 곡식을 넓은 면적에 많이 심었다. 참새는 가을에 누렇게 익어가는 논에 떼로 내려 앉아 벼의 낟알을 쪼아 먹거나 키가 큰 수수 이삭이나 잘 영글은 조밭에 많이 내려 앉았다. 한 두 마리가 아니라 수백마리씩 새까맣게 떼로 몰려 다니면서 바람을 일으키듯 휙 휙 소리가 날 정도 였다. 어른들은 논이나 밭둑가 그늘에 새막을 짓고 학교에 갔다온 아이들을 불러 새를 보게 했다. 논이나 밭둑에는 의례 허수아비가 양팔 벌리고 흰옷 입고 밀짚모자를 쓰고 서 있었다. 허수아비가 서 있는 농촌 풍경은 그 당시 농촌 풍경의 전형적인 모습이었다. 논이나 밭위로 이리 저리 새끼 줄을 늘여 놓고 강통이나 냄비등 소리나는 물건들을 매달아놓거나 헝겊 조각등을 매달아 너풀 거리게 해놓기도 했다. 새떼가 내려 앉으면 줄을 잡아당겨 소리를 요란하게 나게해서 새들이 놀라 날아가게했다. 아이들은 Y자형의 나뭇가지를 잘라 고무줄을 이용해서 새총을 만들었다. 도토리 만한 돌맹이를 이용해서 새총으로 새를 잡기도 했다. 고무줄 새총은 아이들의 좋은 장난감이었다. 또 한가지 새 쫓는 기구가 있었다. 새끼줄을 여러겹으로 굵게 꼬고 끝으로 갈수록 가늘게 만들었다. 길이는 두어발 정도 되었던 것 같다. 머리 위에서 빙빙 몇바퀴 돌리다가 반대편으로 세게 낚아 채면 줄 끝에서 딱 하며 비교적 큰 소리가 났는데 총소리 비슷했다. 새들도 이 소리를 총 소리로 알아듣고 놀래서 날아 가는 것이다. 그 이름을 잊어버려 잘 생각이 나질않아 인터넷을 검색해보니 〈탈구〉라고 했다. 아마도 그 시절 농촌에서는 어느곳에서나 이러한 도구를 사용해서 새를 쫓았던 듯 하다.

땅위에는 메뚜기 개구리 방아개비 잠자리도 흔했고 땅속에도 지렁이 굼뱅이 땅강아지 두더지 등 온갖 곤충이며 동물들이 사람들과 함께 살아가고 있었다. 동네앞 개울가 물속에도 미꾸라지 중태 모래무지 구구락지 가재가 지천이었고 일급수에만 산다는 다슬기도 많았다. 장마가 지나가고 나면 붕어며 더러는 가물치 뱀장어도 올라 왔다. 산골 다랑치 논에는 도룡룡과 도룡룡알이 뒷굽에서 살았고 마을앞 논바닥 웅덩이에서는 미꾸라지며 새뱅이등이 잡혔다. 모심을 때 저수지 물을 빼내면 붕어며 우렁이들이 잡혀 올라 왔다. 밤이되면 반딧불이가 반짝 반짝 마을앞 들판위를 날아 다니고, 마을 근처 옥수수와 수수밭 이삭위에는 풍뎅이가 수십마리씩 날아와 앉아 붕붕붕 날개짓 소리를 냈다. 참깨밭에는 맹충이라고 하는 시퍼렇고 징그럽게 생긴 벌레가 있어 기겁을 하기도 했다. 파리와 모기도 극성스럽게 들 끓었다. 특히 한여름철이면 무더운 더위 뿐만 아니라 파리와 모기한테 시달렸다. 전기가 없으니 선풍기가 흔했다 하더라도 쓸 수가 없었을 것이니 고작해야 김량 장날에 부채 몇 개 사들이는 것이 전부였다. 변소간이 재래식이었으니 그런 영향도 있었겠지만 시궁창이나 두엄자리 퇴비간 닭장이며 돼지우리 소 외양간등 위생 환경 또한 매우 열악했다. 모기약은 파리약처럼 병이나 깡통 분무기안에 담겨진 모기약을 입으로 후하고 불어서 뿌리거나 손으로 공기 압축을 시켜 분무식으로 사용하는 것도 있었다. 파리나 쥐를 잡을 수 있는 끈끈이 풀도 있었다. 마을 뒷동산 박씨네 시제지내는 묘지위 산봉우리 근처에는 파리버섯과 방구 버섯이라는 것이 많이 나기도 했다. 방구버섯은 지름이 일이센티 정도의 둥구렇고 작은 버섯이었는데 가운데를 쿡 누르면 흡사 버섯이 방귀 뀌는 것처럼 풀썩하고 먼지나 연기가 나는 것 같았다. 파리 버섯은 조금 더 작은듯했는데 특이한 것은 표면이 평평하고 한 가운데가 노란색 이었다. 파리 버섯을 따다가 보리밥등에 비벼서 찧어 놓으면 파리들이 빨아먹고 새까맣게 죽었다. 어느해는 약초 장사들이 마을로 들어와 고삼 뿌리와 삽주 뿌리등 약초를 사가기도 해서 마을 사람들이 들판에 흔한 고삼 뿌리를 캐서 말렸다. 햇빛에 말린 약초 뿌리는 킬로그램당 얼마씩 해서 그들 장사꾼들에게 넘겼다. 농산물외에는 현금이 될만한 상품이 없던 마을에서 당시 한 때나마 농업외 현금 소득을 올릴수 있었다. 고삼 뿌리는 찧어서 개울물에 풀면 물고기들이 떠올랐다. 변소깐에 넣으면 구데기가 사라졌다. 자연과 함께 살아가던 마을 사람들의 지혜이기도 했던 것이다.

새말림쪽 마을앞 고논에는 우렁이가 살았다. 마을앞 논들은 대부분 건답이어서 우렁이가 살지 못했지만 고논에는 물이 항상 고여 있었다. 도룡룡이나 그 알들은 대체로 산골 다랑치 찬물이 나는 뒷굽에 많았는데 새말림이나 능골, 또는 덕골 큰 고개쪽 산골 논 다랑치에서 발견되었다. 도룡룡알은 허리 아픈데 효험이 있다해서 더러는 김량 장날 시장에서 팔리기도 했는데 아이들은 장난삼아 도룡룡알을 조금 떼어서 먹어 보기도 했다. 내 경험으로 보면 찬물에서 건저 올린 것이라 그랬는지 별다른 맛은 없고 단지 시원했다는 느낌이 생생하게 남아 있다. 농약을 쓰지 않던 시절이어서 고논의 물웅덩이는 농한기 때나 비내리고 눈이 내려 무료할 때 웅덩이 물을 퍼내고 미꾸라지를 잡아 술 추렴을 하기도 했다. 웅덩이 바닥흙을 삽으로 깊히 파서 뒤집으면 살이 통통하게오른 큼직한 미꾸라지들이 누런 배를 들어내놓고 진흙속에 박혀 있었다. 가난한 현실과는 다르게 아낌없이 내어주는 넉

넉한 자연과 더부러 마음만은 풍요롭고 한없이 너그러운 청풍 농월의
세월을 보내고 있었던 것이다.

　　마을 앞의 논들은 개울바닥보다 지대가 많이 높았다. 물을 끌어다
가 논 농사를 짓기가 어려운 위치였다. 동진이 앞 개울은 수원(水源)
이 짧아 수량도 넉넉하지 않았다. 농토는 부족 한데다가 쌀을 생산 할
수 있는 자연조건도 이처럼 불리했다. 일제는 이땅에서 미곡 생산량
을 높혀 자기들 나라 일본으로 수탈해가기 위해 우리나라 농촌지역
여러 곳에 저수지를 만들었다. 동진이 저수지도 일제의 이러한 정책
에 일환으로 만들어진 저수지로 알고 있다. 좁은 골짜기에 만들어진
저수지는 자연히 규모도 작거니와 이 물을 사용하는 몽리면적도 매우
적었다. 장마철에는 저수지물이 여수토를 넘어 내려가 개울둑이 허물
어 지고 논두렁이 깨지는 피해를 입었다. 저수지가 쏟아지는 빗물을
충분히 받아내지 못함으로 인한 결과였다. 그래서 마을 사람들은 해
마다 봄에 농사철이 돌아오면 장마에 대비해서 논둑이나 개울둑을 살
펴 보수하고 인근 산에서 나무를 베어다가 방천을 튼튼히 하여야만
했다. 그래도 농부들은 비가 내리면 도롱이를 걸치고 마을 주변의 전
답을 둘러 보며 살펴 보기를 게을리 할 수가 없었다. 삽이나 호미를
개인장비로 항상 몸에 지니고 다니며 물 흐름이 막힌 도랑도 그때 그
때 정비해서 뚫어주고 무너저 내린 위험한 둑 들도 즉시 보수 해서 더
큰 피해가 나기전에 방지해 주어야만 되었다. 큰 장마가 지는 해에는
저수지를 가득 채우고도 여수토를 넘은 빗물이 동진이 앞 개울을 사
납게 흘러갔다. 물살이 무섭게 넘실거리며 세차게 흘러 개울 폭이 좁
은 곳에서는 사람들도 건너 갈수가 없을 정도로 위험했다. 위험한 행
동이었지만 개울 건너 주인을 기다리는 전답을 외면 할수 없는 사람
들은 개울 폭이 넓은 곳을 찾아 그나마 물살이 덜 세찬 곳으로 건너가

고 했다. 당시에는 개울 둑 양옆에 버드나무나 아카시아나무, 또는 미루나무등이 자라고 있었고 온갖 잡풀들이 무성했었다. 군데 군데 물살이 치고 나가는 곳에는 영낙없이 농부들이 큰 나무들을 베어다가 물살을 막아주는 방천들을 튼튼하게 해 놓았으므로 혹시 사람들이 물살에 떠내려 가다가도 이러한 물가의 잡을 수 있는 것들이 있어 덜 위험한 편이었다. 그런데 80년대 이래 행정 관청에서 개울둑을 콩크리트 옹벽으로 대체하는 바람에 농부들이 해마다 개울둑을 보수하고 장마때 마다 둑이 터져 나갈가 노심초사하던 큰 근심은 사라졌지만 그 이후 이 옹벽으로 인해 장마철에 결국 마을사람 한분이 실종되는 불행한 사건이 발생했다는 비보를 전해 들었다. 그 이후 시신도 멀리 떨어진 곳에서 수습되었 다는 안타까운 소식이었다.

바깥말 개울가에는 해방 무렵 한 때 사금을 캔다고 개울 바닥을 깊히 파내고 메꾸지를 않아서 그 웅덩이가 해방이 되고도 꽤 오랫동안 남아 있었다. 그곳 근처는 개울 바닥이 모두 모래였다. 지금 바깥말 개울위에 놓여진 다리에서 하류 쪽으로 칠팔십미터 정도 떨어진 지점으로 당시 마을 주민 김희석씨 소유 밭에 개울이 접한 곳이었다. 사금이 나왔다는 이야기는 들리지 않았다. 1930년대이후 황금 시대라며 사금채취가 활발했던 세계적 조류에 영향으로 보인다. 아마도 그 무렵에 동진이 산 골짜기 개울가에도 일확 천금의 사금을 캐겠다는 허황된 꿈을 가지고 있던 사람이 찾아 들었던 듯 싶다.

우리나라의 벼 이앙법이 자리잡은 것은 16세기에 들어서라고 한다. 그 이전에는 직파법으로 벼농사를 지었다는 것이다. 직파법 벼농사는 파종기에 봄 가뭄등으로 파종기가 늦어 소출이 떨어 지거나 아예 시기를 놓쳐 낭패를 보는 해에는 흉년이 들기도 했던 것이다. 농사에는 자연 의존성이 그만큼 크고 많은 영향을 받았던 것이다. 묘판에서 적당히 모를 길러 비가 올 때를 맞춰 본답에 옮겨심는 벼 농사법은 그만큼 농민들에게 유리한 농사법이었던 것임을 알 수가 있다. 1960년대 동진이 마을에는 수리 안전답이 10여 정보 밖에 안되었다. 동진이 앞들은 모두 저수지 몽리 면적안에 들어가는 데 동진이와 팥밭골 호수를 모두 합쳐 30여호로 본다면 한집당 천여평정도의 수도작 경지면적이 돌아 가는 것임을 알 수 있다. 이렇게 절대적 경지면적이 적은데다가 자연재해까지 입는 해에는 가뜩이나 곤궁한 삶들이 더욱 팍팍했으리라. 그래서 작은 규모라도 동진이 저수지가 생긴 것이지만 이 저수지는 단순히 앞들의 건답을 축이는 관개 시설이상으로 동진이 사람들에게 영향을 주던 곳이었다. 저수지 둑길은 소를 매어 놓고 풀을 뜯기기도 하던 곳이었으며, 아이들이 긴 둑을 내달리며 경주를 하던 운동장이었다. 무더운 여름철이면 어른 아이 할것없이 마을 사람들의 수영장이 되었고, 겨울철 얼음이 얼면 아이들의 썰매장이 되었다. 아이들은 눈 내리고 추운 겨울에도 집안에 들어 앉아 있기보다는 밖에서 놀기를 좋아했으니 둑길에 무성한 잡초에 불을 질러 언손을 녹이며 저수지 얼음 위에서 팽이도 치고 썰매도 타며 해가 지는 줄도 몰랐다. 마을의 아녀자들은 여수토 물넘어 가는 곳에서 빨래를 했다. 드문드문 어떻게 알았는지 외지에서 낚시꾼이 찾아 들어 낚시줄을 던져놓고는 물고기를 낚는 것인지 세월을 낚는 것인지 하염없이 물위를 바라보는 낯선 모습도 볼수가 있는 곳이었다. 여름 방학 때면 아이들이 저수지 둑길에서 덤블링도 하고 물구나무도 서면서 뛰어 놀기를 좋아했다. 농사철에 저수지 물을 빼면 붕어나 우렁을 건져 올렸고 미꾸라지를 잡아 불을 놓고 구워 먹었다. 여수토 안산쪽 벼랑위에는 물총새가 굴을 파고 살고 있었다. 동진이 아이들은 어린 시절부터 저수지에서 놀면서 수영을 배워 좀 크면 누구라도 헤엄을 쳐서 저수지를 건너

다닐 정도의 수영실력을 가지고 있었다. 아이들은 마을에서 뛰어 놀다가도 조금만 땀이 나고 더우면 저수지로 한달음에 뛰어 올라갔다. 어른들이라고 크게 다르지 않았으니 지게를 지고 저수지옆을 지나가다가도 걸핏하면 지게를 둑길위에 벗어 놓고는 시원한 물속에 들어가 잠시 몸을 식히고 나서야 다시 가던 길을 가곤 했다. 삼복 더위에는 밤에도 미역감는 사람들이 있었다. 간간히 장난기있는 아이들이 둑길위에 소담스럽게 자란 그령풀이라는 질긴 풀을 묶어 놓으면 길을 가던 사람의 발목이 걸려 넘어지게 하는 장난를 했다. 둑길은 아이들 뿐만 아니라 부녀자들도 빨래 자백이를 머리위에 이고서 지나기도 해서 어른 들이 아이들의 이러한 장난을 보며 다친다면서 야단을 치기도 했었다. 남자들의 여름철 미역감는 곳은 저수지인 반면 부녀자들의 미역감는 장소는 바깥말 지금의 다리옆에 있었던 또 다른 빨래터에서 백여미터 아래 쪽으로 개울물을 막아서 만들어 놓았다. 무더운 여름 밤 처자들이 미역감으러 개울로 나갔다는 정보가 호기심 많은 개구쟁이 마을 총각들에게 들어오면 남모르게 조용히 뒤 따라가서 작은 돌맹이를 던지기도 하고 이상한 짐승의 소리를 흉내내기도 하면서 처자들을 놀래게 해 주는 장난을 치기도 하던 곳이었다. 그런 날 밤이면 대체로 달도 없고 밤 하늘엔 별만이 총총하고 개울가 풀숲으로는 수많은 반딧불이가 유성처럼 날아 다녔다.

　지금의 명지대앞을 지나 덕골로 올라가다보면 왼편으로 개울을 건너 큰 고개 쪽으로 올라가는 길과 갈라지는 개울가로 큰 느티나무들이 서 있는 숲이 있다. 이곳은 마을 사람들이 그대로 숲이라고 부르는 곳이다. 옛날의 면 사무소 지적도에도 숲이라고 해서 한자로 림(林)이라고 표기 되어 있었다. 자세한 내력은 알길이 없지만 이 숲에는 매우 특별한 의미가 있어서 사람들의 힘과 의지로 만들어진 인공림으로 추정하고 있다. 이에 대한 내 의견을 말한다면 덕골 마을은 앞에서도 말했지만 숲옆으로 매우 가파른 비탈길을 올라가야만하는 높은 언덕 위에 만들어진 마을 이라는 것을 유념해 볼 필요가 있다. 높직한 위치에 마을이 있어 시원하고 앞쪽 계곡이 뻥 뚫린 듯 해서 좋을 것 같지만 풍수상으로는 마을앞이 좁은 골짜기 아래로 너무 훤하게 뚫려 있고 저수지위 개울 쪽으로는 너무 급한 경사로 인해 구렁텅이로 변해 버렸다. 마을의 좋은 기운들이 모여 있지를 못하고 모두 개울 아래쪽 구렁텅이속으로 빠져 나가는 형국이다. 이러한 덕골 마을의 자연 환경을 보완 해 줄 필요를 느낀 선조들이 개울 뚝위로 키가 크고 잎이 무성한 나무들을 심어 마을의 기를 보호해 주고자 숲을 조성했을 것이다. 풍수지리학에서 말하는 이른바 비보(裨補)차원에서 만들어 진 인공적인 숲이라고 보는 이유들이다.

지금은 명지대학교가 안산일대에 들어오면서 사라졌지만 숲밖의 개울건너에는 퉁퉁바위라고 마을 사람들이 부르는 커다랗고 둥그스럼한 바위 하나가 있었다. 저수지위 안산 쪽으로 조금만 올라가면 있었던 이 바위는 바로 옆에 아름드리 너도 밤나무도 한 그루도 서 있었다. 아이들은 이 근처 논 밭에서 일하는 어른들을 찾으면 퉁퉁바위 논에서 일하신다고 하거나 퉁퉁바위 밭에 가셨다고 말을 했다. 귀에익고 토속적이며 정감어린 마을 근처의 옛 지명들을 기억 해둘 필요가 있을 것이다. 퉁퉁바위는 아마도 크고 둥근 바위에서 퉁근바위로 불러 오다가, 오랜 세월이 흐르면서 퉁퉁바위로 변했으리라고 본다. 마을 근처에는 이상하게도 이처럼 크고 둥그런 바위는 찾아 볼 수가 없다. 마을을 온통 산이 둘러 싸고 있는 데도 불구하고 뒷동산이고 아랫동진이고 안산이고 새말림이고 심지어 덕골 주위 산속 어디에도 이만한 큰 바위덩어리는 눈을 씻고 찾아 보아도 구경조차 할 길이 없는데 오로지 저수지위 안산 자락 숲밖에 이처럼 크고 둥근 바위가 자리잡고 있었으니 아마도 그 옛날 우리 마을에 살던 조상님들도 신비하게 여기고 이름을 붙여 주었던 것이리라. 바위는 크지만 모나지 않았고 통통하고 둥그스럼한 모양을 하고 있었다. 그래서 통통바위라는 이름을 얻은 것이다.

마을 사람들이 기르는 큰 가축은 재산 가치로 보아서도 단연 소를 제일로 쳤다. 소는 농사에 있어서도 꼭 필요한 중요한 가축이었지만 가격도 비쌌을 뿐 아니라 환금성도 좋은 편이었고 그런 저런 연유로 가치가 자연 클 수 밖에 없었다. 마차소나 부림소 한 마리를 먹이려면 돈도 돈이지만 소에게 쏟는 정성도 대단했다. 가축사료라는 것이 따로 없던 시절이었으니 항상 곡식의 부산물인 겨나 콩등을 섞어서 쇠죽을 끓여서 먹였다. 특히 부림소의 경우 일철에는 소도 사람만큼 바쁘고 힘이들어 먹이도 영양가 있는 것으로 삼시 세끼를 특별히 잘 챙겨 주었다. 농사철에는 사람들도 다섯끼 여섯끼를 먹었다. 소가 있는 사람들은 남의 집일을 나가서도 꼴지게를 항상 지고 다니며 남들이 밥먹고 잠시 담배피우며 쉴 참에도 논두렁이나 개울둑 같은곳에서 소가 잘 먹는 연한 풀들을 골라 낫으로 베어 꼴 지게를 채워 나갔다. 이렇게 하면 저녁나절 일이 끝날 때 쯤이면 꼴지게도 한짐 채워지게 되었다. 이렇게 부지런을 떨지 않으면 홀아시 농사꾼은 소 한필 잘 먹이기도 힘이 들었다. 소도 잘 먹여야 살이 찌고 값도 잘 받아 재산을 늘리는 것이지 영양가 없는 억센 볏짚이나 썰어 먹이다 보면 비쩍 마르고 볼품없는 소가 되어 자라지도 못한다. 짐승이나 사람이나 주인을 잘 만나야 하는 것이다. 새벽부터 밤 늦도록 농사꾼은 부지런 해야 했다. 겨울용 소 사료는 건초도 더러 만들었지만 대부분 볏짚을 썰어 쇠죽을 끓여 주었다. 잘 먹일려면 겨나 콩 또는 싸라기등 곡식의 부산물 등도 이용했다. 수수깡이나 볏집으로 원통형 발을 엮어 콩깍지를 담아 비를 맞지않게 추녀밑에 세워두고 볏짚과 섞어 겨울에 쇠죽을 쑤기도 했다. 당시 농촌에서는 소를 잘 키워 내야 재산을 늘려 갈 수가 있었다. 농약을 쓰지 않던 시절이었으니 부지런만하면 산야에 지천인 영양가 있는 풀들을 베어다가 송아지를 몇 년만 잘 먹이면 큰 소가 되었고 어느 때라도 필요할 때 장에 내다 팔면 큰 재산이 되었다. 하지만 누구나 송아지를 살만한 돈도 귀했던 시절이었다. 그래서 남의 소를 얻어서 먹이기도 했다. 잘 키워서 송아지를 낳으면 내몫으로 떨어지는 것이다. 돈 한푼 안들이고 부지런히 노력만 하면 내 송아지 한마리가 생기게 되었던 것이니 얼마나 기쁜 일이랴. 없는 사람과 있는 사람이 서로 돕고 살아가는 방식이었던 것이다.

가을이면 추수가 끝나고 항상 추곡 수매가 있었다. 공판벼 한가마 무게가 54키로그램 이었다. 집집이 경작 규모에 따라 대여섯 가마에서 십여가마 이상씩 수량은 서로 달랐다. 지금의 처인구청 앞 행길 건너편쯤에 농협 공판장이 있었다. 장터고개를 넘어 이곳 공판장까지 54키로그램 공판볏가마를 지게로 하나하나 져서 날라야 했다. 장터고갯길이 힘이들어 아랫동진이 마차길로 실어 내 가기도 했지만 대개는 장터 고개를 넘어 지게로 져서 날랐다. 때로 54키로 짜리 공판 가마는 청년들의 힘자랑이 되기도 했다. 혼자서 들어서 어깨에 둘러 메기 내기를 하기도 하고 지게에 두가마나 혹은 세가마를 지고 일어나서 가기도 했다. 더러는 방앗간에서 쌀가마를 놓고 양손으로 들거나 지게로 두가마니를 짊어지는 내기등도 하면서 한창 힘솟는 젊음을 분출해 내기도 했고 힘든 일을 견뎌 내는 한 방법이기도 했다. 나도 늦게 배운 지게질로 힘들고 어려운 농사일을 배워나가며 어른들에게는 비록 엇빼기 소리도 들었지만 젊은 시절이라 공판가마 두 개 정도는 짊어지고 장터고개를 넘어 공판장까지 오고가는 객기를 부려 보기도 했던 소중한 경험이 있다.

(3) 고갯길

　좁고도 긴 산 골짜기 깊숙이 자리잡고 있는 동진이 마을은 주변이
온통 산으로 둘러 싸여 있어 고갯길이 많을 수밖에 없었다. 능골로 무
듸실로 산지 사방 흩어져 있는 전답에 농사를 지어 나가려면 그래서
무척 힘이 들었다. 시장을 보려고 해도, 읍내에 관공서 업무를 보려해
도 학교에 가려해도 고갯길을 넘어야만 했고 군불을 때고 조석을 끓
여 밥을 해서 먹으려고 해도 산 고갯길을 때로는 몇 개씩 넘으며 무거
운 땔 나무 짐을 지고 다녀야 했다. 지게가 일반적인 운반 수단이다
보니 남자들의 등에는 하루종일 지게가 붙어 다니다 싶히 떨어 질 줄
을 몰랐다. 지게질은 중노동이었다.

　덕골 뒷산 줄기가 동진이 마을 뒷산으로 이어져 내려 오다가 동진
이 저수지 옆에서 산허리가 잘리어 길이 나 있었다. 지금 명지대학교
들어가는 신작로가 크게 나있는 끊어진 산줄기 허리 부분이다. 예전
에는 마차 한 대가 겨우 지나갈 정도의 좁은 길이 산 허리를 지나가고
있었는데 이길은 역말에서부터 시작되어 동진이 앞의 바깥말 길로 이
어지는 아주 오래된 옛 길이라는 것은 앞에서도 여러번 강조 했던 이
야기이다. 역말 수지 구성쪽에서 송전 양성 안성 등지로 빠지는 지름
길이였다. 역말 쪽에서 이길을 따라 올라 오다보면 은근한 오르막 길
로서 맨 처음 오래전 옛날에는 이 산 줄기 등성이로 야트막한 고개가
되어 있었을 것이다. 그뒤로 점차 사람의 왕래가 잦아 질 즈음 좁다랗
게 산 줄기를 파내어 길을 다니기 편하게 하였던 것 같다. 저수지쪽에
서는 산허리만 조금 끊어 놓으면 평지길과 마찬가지로 편하게 역말

쪽으로 내려 갈 수 있는 것도 그럴만한 이유가 될 수 있을 것이다. 그냥 이 산줄기가 이어져 내려 갔다면 동진이 저수지 쪽에서 역말 쪽으로 가려 해도 작은 산등성이를 넘어 가야 했을 것이고 역말 쪽에서 동진이 저수지쪽으로 올라 오자고 하면 은근히 긴 오르막 산 고개를 넘는 셈이어서 아주오랜 옛날에 누군가에 의해서 산 줄기가 좁다랗게 끊어 놓게 되었으리라 생각하는 것이다. 이 길은 산허리가 아주 좁게 잘려서 대낮에도 햇볕이 잘 들지 않는 그늘 속이었다. 이 좁은 산길 옆으로는 작은 옹달샘 하나가 있었다. 지름이 1미터 정도의 작은 옹덩이였는데 얕은 샘물이라 목마른 사람들은 두 팔로 땅바닥을 짚고서 엎드려서 물을 먹고 길을 가고 했다. 샘물에는 그늘이라 항상 푸른 이끼가 끼어 있었다. 이곳에서 조금 더 역말 쪽으로 내려가다가 안배미 쪽으로 넘어가는 고갯길을 까치고개라고 했는데 그곳 주위 여러곳에는 영일정씨 포은공파 포천현감공계의 내 조상님들을 모신 선산이 있었기에 어렸을 때 어른들을 따라 이 고개를 넘어 다니며 벌초하던 곳이다. 족보에는 위치가 까치고개를 한자로 鵲 峴이라고 표기해 놓았음을 확인할 수가 있었다.

저수지 옆으로 끊어진 산줄기를 타고서 계속 가면 동진이 마을 서쪽에 있는 무듸실 고개에 다다른다. 지금은 동진이 마을 사람들의 논과 밭이 무듸실 쪽에 없지만 예전에는 마을 사람들의 전답이 무듸실에도 많이 있었다. 그래서 옛날에는 마을길 닦을 때면 항상 무듸실 고갯길도 빠뜨리지 않고 보수 작업을 했던 것이다. 농로 였기에 낮에는 마을사람들이 끊이지 않고 넘어 다니는 편이었다. 반면에 해가 지고 나면 인적이 드문 한적한 길이었다. 마음이 맞는 마을의 청춘 남녀가 마을 사람들의 눈을 피해 밀회를 즐기기에 더없이 좋은 장소였다. 호젓한 산길을 걸으며 설레는 마음으로 둘만의 정담을 나누워도 꺼릴것이 없는 곳이었다. 캄캄한 그믐밤도 두려울 것이 없고 색 다른 분위였지만 푸르스름한 달빛이 쏟아져 내리는 밤이면 분위기는 더욱 고조되었으리라. 아무도 모를 것 같았지만 그런 저런 소문들이 은근 슬쩍 마을의 젊은 이들 사이에서 회자되기도 했었다. 역말 쪽에 한 때 여자 종업원을 두고 술집을 운영하던 사람이 살고 있었다. 마을의 혈기 왕성한 젊은이 몇이서 무듸실 고개를 넘어 역말에 있는 이 색시집을 드나들었다는 소문도 돌았다. 젊은시절 한때의 호기심이었던지 그뒤로 큰 문제는 발생하지 않았다. 이렇게 무듸실 고개는 낮이면 농부들이 넘어 다니는 농로였으며 밤이면 청춘 남녀의 데이트 코스요, 때때로 색시집을 찾아가는 밤의 원정길이었다. 지금도 동진이 마을 뒷동산 줄기를 따라서 산책로가 만들어져 있지만 동진이 마을 사람들이 무듸실로 넘어가던 삐뚤삐뚤한 작은 아리랑 고갯길은 사람의 발길이 끊어진지 오래되어 나무가 뿌리를 내려 자라고 있고 이름 모를 잡초만 우거져 다만 옛 흔적만이 희미하게 남아있다, 해마다 이 근처 내가 소유한 산으로 모신 부모님과 인근의 조부모님 산소의 벌초 때문에 내려 갈 때마다 마음을 아프게한다. 고려가 멸망한후 영화롭던 옛 도읍지 개성을 다시찾은 길재 선생과 원천석 선생이 황폐해진 그 세월의 허망함을 읊은 시조가 떠오른다. 내 일개 무지한 촌부의 심회를 어찌 그 두분의 나라를 잃은 비감한 소회와 견주랴만 쓸쓸한 마음만은 다르지 않을 것이다.

오백년 도읍지를 필마로 돌아 드니
산천은 의구하되 인걸은 간데없네.
어즈버 태평년월이 꿈이런가 하노라   (길재)

흥망이 유수하니 만월대도 추초로다

오백년 왕업이 목적(牧笛)에 부쳤으니
석양에 지나는 객이 눈물겨워 하노라. (원천석의 회고가)

무듸실 고개 (정성영)

낮이면 농부들이 소 몰고 넘던 고개
달 뜨면 연인들이 남 몰래 걷던 이 길
반백년(半百年) 세월(歲月)속에 흔적도 아련하다

곳곳에 서린 사연(事緣) 옛 님의 숨결인양
석양(夕陽)에 다시 서니 아득한 그리움만
뉘라서 산천(山川)을 두고 의구(依舊)하다 했던가.

길이라는 속성이 원래 필요한 곳에 새로이 만들어 지기도 하고 이렇게 사람들의 발길이 빈번하게 이어지던 길들도 세월이 지남에 따라서 허망하게 잊혀지기도 하고 사라져가기도 한다.

동진이 마을 뒷동산 길은 김량 사람들이 하루종일 나무하러 오고 가는 길일 뿐만 아니라 덕골이나 이동면 서리 장촌말 득골 사람들이 닷새마다 서는 김량 시장에 볼일 보러 나가기도 하는 길이었다. 비록 산잔등의 작은 오솔길에 지나지 않았지만 그 쓰임새나 이 길을 오고 가는 사람들은 다양했고 여러 마을에 사는 사람들이 이용해 오던 길이었다. 뒷동산에는 김량 살던 박씨네 시제 차리던 묘지가 있었다. 지금은 그 묘지 자리에 모두 집들이 들어서서 옛 모습은 상상하기도 어렵다. 무듸실 고개로부터 뒷동산 까지는 아카시아 나무들이 많이 자라고 있었고 박씨네 묘지위로 부터는 어른 키 만한 소나무들이 주종

을 이루고 있었다. 군데 군데 진달래 나무가 섞여 있어 봄이 되면 울긋 불긋 꽃대궐을 이루는 곳이었다.

뒷동산 장터 고갯길은 마을에서 가장 중요한 길이라 할 수가 있었다. 군청과 면사무소, 학교, 그리고 시장 등 중요한 업무는 이 길을 이용하여야만 되었다. 서울이나 수원 등 외지로 나갈 필요가 있을 때에도 버스 터미널을 가려면 이곳 장터고개를 넘어가야만 했다. 아랫동진이 마찻길로 가면 고개를 넘지 않고도 시장이나 관청, 버스 터미널 등을 갈 수는 있었지만 먼 길을 돌아가는 것이어서 대부분 장터 고개을 넘어 다녔다. 동진이 사람들은 모두 장터고개라고 했지만 김량 사람들에게는 아리랑 고개로 더 잘 알려지기도 했다. 얼마전에도 경전철 명지대역에서 택시를 타고 동진이를 들어가는데 이런 저런 이야기 끝에 나이가 오십대나 되어 보이는 기사가 먼저 아리랑 고개이야기를 하는 것을 듣고는 오랜만에 마을 사람이 아닌 외지 사람으로부터 아리랑 고개라는 말을 들으니 감회가 남 달랐었다. 이 장터 고개는 김량시장 쪽에서도 잘 보였는데 산 비뚤이를 한 마리 뱀이 구불 구불 휘감고 넘어가듯 십여 구비를 휘돌으며 넘어가는 고개였다. 오랜 세월동안 마을 사람들에게 애환과 추억을 남긴 이 고갯길도 지금은 사람이 다니지 않는 버려진 길이 된지 오래되어 그 흔적조차 찾아보기 어렵게 되었지만 훗날에 언젠가는 후손들이 조상들의 숨결이 흐르는 이 고갯길의 역사성 이나마 잊지 않기를 바랄 뿐이다. 동진이 하면 대외적으로 아리랑고개가 상징적이었다. 오늘날 옛 장터고개 구불 구불 아리랑 고개는 폐쇄되어 지금은 이용되지 않고 가끔씩 고개를 넘어 마을로 들어오는 사람들은 그 옆의 산을 휘돌아 새로 난길을 이용하고 있다. 옛 길보다는 다소 낮아진 길이지만 지금도 야트막한 고개를 넘어 마을로 들어오는 것은 크게 달라질 것도 없어 보이고 무엇 보다 고개위에서 김량장리 읍내 시장 일대를 내려다 보고 시원한 바람을 맞으며 앉아 쉬어가던 정취가 전혀 없는 삭막한 길이 되어 버렸다. 지금은 사람들이 연료를 나무로 하지 않기 때문에 아리랑 고개주위로 나무들이 우거져 시야가 막혔지만, 전에는 고개주위 뿐만이 아니라 근처 어느 산이고 키가 큰 나무는 구경 할수 없어 먼곳 까지 조망하기가 좋았다. 옛날의 장터고개는 특이하게 고개 마루터기가 두군데에 있었다. 마을 쪽에서 뒷동산 장터고개를 오르자면 완만한 경사로를 천천히 오르다가 첫 번째 고개 마루터기를 20여미터를 앞에 두고는 갑자기 급경사로 변해서 짐을 지고 고개를 올라 갈때는 이곳이 가장 숨이 차고 힘이 드는 난 코스인 셈이다. 첫 번째 오르막에 올라서는 곧 바로 내리막길을 내려 가는 것이 아니고 오른편으로 방향을 잡아 팔부능선 쯤의 산 비뚤이를 타고 옆으로 난 평평한 길을 50여미터 정도 걸어 가게 되어 있었다. 이곳에서는 김량장리쪽이나 마을 쪽 집들이 전혀 보이지 않고 저 아래 수장골만이 훤히 내려다 보였고 왼편으로는 왜정때 심어놓은 울창한 잣나무 숲이 보였다. 수장골 그 아래로 는 낮이면 수원쪽으로 올라가는 신작로가 보였고, 산 아래 쪽으로는 공동 묘지도 있었다. 그러나 밤이되면 이곳은 불빛하나 보이지 않는 그야말로 첩 첩 산중에 들어온 듯한 착각을 할 정도로 적막한 곳이었 다. 평평한길을 50여미터 걸어가는 동안 길옆에는 묘지하나가 있었 다. 처음에는 묘지 아래쪽으로 길이 나 있었는데 언제쯤인가 부터 묘 지바로 위쪽으로 사람들이 다니게 되었다. 묘지를 지나 조금더 가면 이제까지 걸어오던 평지길이 갑자기 땅 속으로 푹 꺼지듯 작은 골짜 기 하나를 움푹 휘돌아 나가면서 저쪽의 두 번째 고개 마루터기에 올 라서게 되어 있었다. 그런데 이곳 작은 골짜기를 움푹하게 휘돌아 나 가는 이길이 밤이 되면 가장 음산하고 신경이 곤두서는 곳이었다. 말 하자면 장터고개는 두 고개 마루턱 사이가 밤이면 가장 무서움이 밀 려 오는 음침한 곳이였다. 한 쪽 고개마루에서는 김량쪽 전기불빛이 환하게 내려다 보이고 또 한쪽 고개 마루턱에서는 동진이 마을이 내 려다 보이니 마음의 위안이 되곤 했지만 그 두 고개마루 사이는 캄캄 절벽이고 가장 으슥한 곳으로 충분히 그 어느 누구라도 신경이 쓰이 고 두려웠을 것이다. 아리랑 고개위 김량쪽 마루턱은 꽤 높아서 김량 시장 일대가 훤히 내려다 보였다. 밤이면 반짝이는 전기불빛이 흡사 고개위에 까지 불빛이 비춰지는 듯 해서 비록 캄캄한 그믐밤이라 해 도 조금은 위안을 받곤 했다. 어린시절 나는 면 사무소에 다니시던 선 고(先考)께서 밤이 늦어도 귀가하지 않으시면 장터고개를 넘어 김량 시장의 여러 술집을 기웃거리며 부친을 찾아 다녔다. 당시는 읍내가 좁아서 몇집안되는 시장안의 술집등을 전부 머릿속에 꿰고 있었다. 캄캄한 밤에 장터고개를 혼자서 넘어 다니기에는 어린 마음에 무섭기 도 했다. 무서울 때마다 큰 소리로 노래를 부르기도 하고 괜시리 큰 기침을 해 보기도 하며 무서움을 떨쳐보려 했던 기억도 남아있다. 힘들고 때로는 밤길에 아이들은 무서움의 대상이기도 했던 이 장터 고개는 그래도 마을 사람들에게는 주 간선 도로나 마찬 가지였다. 낮이나 밤이나 사람들의 발길이 끊이지 않는 곳이었다. 특히 닷새마다 서는 김량 장날에는 딱히 볼일이 없는 사람들도 깨끗한 나들이 옷으로 갈아 입고서 장구경을 나가는 마을 사람들이 꽤 많았다. 장구경도 하고 사람구경도 하며 바깥 바람을 쐬었다. 근동의 친구들이나 지인들과 함께 막걸리라도 한잔씩 나누며 회포를 풀기도 하고 새로운 소식이나 정보를 얻기도 했던 것이다. 장날에는 현금이 없는 농촌이라 장에 나갈 때면 의례 잡곡이나 쌀등을 한두말씩 내다 팔아 필요한 일용품을 사오기도 하고 때로는 장노자가 되어 친구들과 한잔 술에 시름을 잊기도 했다. 평일날의 이 장터 고개는 김량장리의 서구 일대 주민들이 나무하러 다니는 길이기도 했다. 그들의 목적지는 대개 숲밖에 개울을 건너 덕골 앞산의 큰 고갯길을 이용해서 득골이나 도장굴 쪽으로 나무를 하러 가는 것이다. 그들은 그 먼길을 다니면서도 하루에 나무 두짐씩을 또박 또박 해갔다. 여간 부지런 하지 않고는 도저히 감당할 수 없는 중 노동 이었을게다. 그시절에는 뒷 동산에도 키큰 나무들이 별로 없던 때라 낮이면 산등성이 길위로 줄서서 지나가는 나뭇짐들이 마을에서도 잘 올려다 보였다.

1960년대 전후로 용인초등학교 운동장이나 시장안의 싸전 거리에서 무료로 상연하는 영화 구경을 이따금 할 수가 있었다. 그럴때면 마이크를 장착한 트럭을 타고 김량사거리에서 여러 방면으로 난 신작로를 따라서 돌아 다니며 선전 광고를 했다. 무료 영화 공연 소식은 마을 안에도 들어와 저녁을 먹고 밤이되면 마을 사람들이 모여 장터고개를 넘어 김량장리 읍내로 구경을 나갔다. 대개는 젊은 청춘 남녀들이며 아이들이었다. 용인면내의 이 산골짜기 저 산 골짜기에서 십리

이십리씩 걸어서 무리를 지은 사람들이 용인 초등학교 운동장이나 시장통 싸전 거리로 몰려 들었다. 물론 동진이 사람들도 삼삼오오 모여서 장터 고개를 넘어갔다. 열심히 영화 구경을 하는 사람이 있는가 하면 영화 구경은 뒷전이고 이리 저리 헤집고 다니면서 남의 동네 처녀들이나 집적거리며 눈독을 들이는 장난꾸러기 총각들도 많아서 꽤 떠들썩한 분위기와 함께 흥청 흥청한 설레임도 없지는 않았다. 나 또한 젊은 탓이었을 것이다. 본 영화 직전에 나오는 대한 뉴스나 리버티 뉴스등이 꽤나 인상적이었고, 김승호 주연의 마부도 그 때 시장내 싸전 거리에서 보았던 기억이 선명히 남아 엊그제 일 같다. 영화 상연이 끝날 때 쯤 되면 벌서 웅성 웅성 뒤편으로부터 그 많은 사람들이 흩어져 나가기 시작하는데 한꺼번에 여러 마을 사람들이 모였던 터라 처음엔 다소 혼잡스럽지만 점차로 각자 자기들 마을 방향으로 갈라지면서 같은 마을 일행들 끼리 모이게 된다. 동진이 마을 사람들은 군청 자리인 지금의 처인구청 뒤를 돌아서 장터고개를 향하여 올라오게 된다. 그러다 보면 장터고개 바로밑 지금의 암자 하나가 있는 곳 근처 길옆의 묘지 잔디밭이 그당시 마을 사람들이 고개를 올라 오기전에 잠시 쉬었다 올라오는 쉼터였다. 초등학교 시절에는 묘지 잔디밭에 책가방을 던져놓고 암자가 있는 계곡 개울옆 작은 샘물에서 물도 마시고 가재도 잡고 하며 한참씩 놀다가 고개를 올라오기도 했다. 그때는 암자도 없었고 이 일대가 전부 논과 밭이었고 집들도 전혀 없었다. 계곡의 도랑은 맑은 물도 졸졸 흐르고 있었다. 샘물도 군데 군데 파 놓았다.

몇해 전에는 옛날 생각도 나고 해서 일부러 김량장리에서 장터 고개를 넘어 동진이를 들어가는 길을 답사해 보기로 했었던 일이 있었다. 그런데 이게 웬일인가 군청 자리인 지금의 처인구청 뒷편부터에서부터 헤멨다. 상전 벽해나 다름 없었다. 그도 그럴 수 밖에 없는 것이 거의 50여년 반세기만에 이길을 찾아 가 보는 것이었다. 예전에는 동진이 뒷동산 줄기에서 갈라져 나간 또 하나의 긴 산 줄기가 안 베레기와 바깥 베레기를 갈라 놓고 있었는데 지금은 이 산 줄기 자체가 사라졌다. 그 옛날 안 베레기에는 한 때 동진이에 살던 옥이가 살고 있었다. 아담한 키에 말 수가 적고 참한 인상의 그녀는 우연히 이천년대 초 인천의 한 예식장에서 반갑게 만나 본적이 있었다. 무척 반가웠다. 타향에서 만나는 고향의 옛 친구들은 가뭄끝에 만나는 한 줄기 소나기 같다. 몇 가지의 아련한 추억이 서린 그런 곳이지만 지금은 지형이 바뀌어 그 흔적들은 찾을 길이 없었다. 장터 고개로 올라 가는 길 자체를 도저히 가늠하기 조차 쉽지 않았다. 물어물어 타관길을 헤메듯 밀집된 주택 사이를 간신히 벗어나고 보니 그제서야 조금은 희미한 옛 기억을 더듬어 낼 듯 하였다. 우여 곡절 끝에 묘지를 찾아내긴 했지만 내가 생각했던 그 옛날의 그 모습은 전혀 아니었다. 이미 사람들이 사는 집들이 묘지 바로 앞까지 들어 섰는데 묘지 주위의 그 넓은 잔디밭은 간곳이 없고 아카시아, 찔레나무등 가시나무가 엉켜있고 잡초가 무성해 커다란 덤불을 이루고 있었다. 운동장 만큼 넓었던 잔디밭은 상상하기도 어려운 음침하고 생소한 아주 낯선 모습이었다. 그 옛날 잔디밭에 앉아 쉬면 저 아래 수여선 기찻길로는 하얗고 검은 연기를 내 뿜으며 수십개의 기다란 객차와 화물칸을 연결한 기차가 기적 소리를 울리며 힘차게 지나가는 모습이 잘 보이는 곳이였다. 또 그 바로 옆으로는 수원행 버스들이 비포장 신작로를 달리며 일으키는 흙먼지가 뽀얗게 일기도 해서 눈앞의 논과 밭을 지나 멀리 바라다 보이는 조망이 꽤나 시원했었다. 수많은 논과 밭들도 간곳이없고 어느틈에 묘지앞 턱밑까지 사람들의 주택이 치고 올라 와 있었다. 그러나 인기척은 전혀 느낄 수가 없었다. 조용한 산 속에 들어와 앉아 있는 느낌이었다. 다만 아이러니 하게도 분위기만은 어수선하고 전혀 정취가 없어 큰 기대는 무너지고 삭막한 느낌을 받으며 허망하게 발길을 돌리고 말았었다. 세월의 무상함과 쓸쓸한 마음만이 무겁게 밀려왔다.

 잠시 예전의 추억과 감상에 젖어 이야기가 옆으로 흘러간 듯 하다. 아무튼 영화 구경을 마치고 마을로 돌아오는 일행들은 이곳 잔디밭에 앉아 쉬고 있으면 먼저 도착한 사람과 나중에 도착한 사람등이 모두 한곳에 모여 쉬다가 와자지껄 장터고개를 넘어 마을로 돌아 오는 것이다. 캄캄한 한밤중에 혼자서 고갯길을 넘자면 무섭고 두렵기도 했지만 이렇게 동네사람들 여럿이서 한데 모여 아리랑 고개를 오르다보면 재미있고 즐거웠지 힘이 든 줄은 몰랐다. 당시 어두운 밤길에 영화 구경을 하고 돌아 오는 마을의 처자들을 장난기 많은 총각들이 고개 위 낮은 솔폭 밑에 엎드려 숨어 있다가 흙을 뿌리거나 이상한 소리를 내면서 놀라게 하는 장난을 치던 재미도 있었다.

 육이오전쟁이 휴전된이후 마을에서 군대나가는 젊은이에게 차비도 거둬 주고 미숫가루등을 간식거리로 준비해서 가지고 가게 했었다. 마을 사람들이 깃발을 앞세우고 김량장리 읍내까지 배웅을 해 주었다. 그 때도 마을 사람들이 함께 모여 입대하는 청년과 더부러 이 고개를 넘어갔다. 1950년대에는 뒷동산 장터고개 올라가는 길 양옆으로 아름드리 전나무들이 여러주가 서 있었다. 단오때가 되면 이곳의 두 전나무 사이에 그네를 맸다. 여름철 저녁을 먹고 난 마을의 젊은이 들이 뒷동산 전나무 아래 그네로 몰려와 시원한 바람을 쐬며 그네를 타고 놀았다. 장터고개라는 이름으로 마을에 전해지는 것을 보면 아득한 옛날부터 고개 넘어 큰 마을과의 물자 교류를 위하여 생겨난 고갯길인 듯 하다. 자유당 시절에는 이 고개를 넘어 밤에 국회의원 선거 개표구경을 가기도 했다. 처음엔 지금의 버스 터미널 앞에 있던 옛 군청자리에서 개표를 했었다. 그 뒤로 지금의 처인구청 자리로 군청이 옮겨오고 나서부터는 이곳에서 개표를 했던 것이다. 그 때는 정당 관계자들에게서 식권을 얻어 술과 밤참을 먹어가며 개표 상황을 현장에서 지켜보기도 했던 것이다. 글자를 모르는 문맹자가 많던 시절이라 선거 벽보에 후보자 이름 위에는 아라비아 숫자의 기호 대신 작대기가 기호 숫자 만큼 그려저 있었다. 놀이나 오락거리 볼거리등이 부족하던 시절이라 선거 개표상황 구경도 흥미있는 행사였던 것이다.

　능골 고개도 동진이 사람들에게는 꽤나 힘든 고개였지만 장터고개 다음으로 중요한 고개길이었다. 능골에 위치한 동네 사람들의 논밭을 경작 하기위해서 뿐만이 아니라 도장굴이나 함박산등지에서 땔 나무를 하기 위해서도 반드시 넘어 가야만 하는 고개였으니 겨울철 농한기때 나무하는 사람들은 하루에 두 번씩 어느 누구라도 넘어 다녀야만 했다 .물론 더러는 웃동진이 저수지 방향으로 해서 덕골앞을 지나 큰 고개 쪽으로 나무를 하러 가기도 했지만 주로 능골 고개를 넘어 다녔다. 무거운 지게짐질에는 일정한 거리마다 지게를 받쳐 놓고 잠시 숨을 돌리며 쉬어 갈 수 있는 쉼터가 곳곳에 있었다. 대개는 지게을 세워 놓기 편하게 지형이 되어있고, 두 쉼터 사이에 거리가 알맞아 너무 멀거나 가깝지 않으며 근처에 샘물이 있으면 더욱 금상첨화였다. 무거운 짐으로 인하여 흘린 땀의 모자라는 수분을 시원한 산골 샘물로 갈증을 풀 수가 있기 때문이었다. 뱀의 잔등을 넘어온 도장굴 나뭇짐은 능골앞 개울건너에서 잠시쉬었다가 능골고개를 넘기전 한번 더 쉬고 고개를 넘어 안산의 청룡뿌리 쉼터까지 한번에 다른다. 능골고개는 능골에서 원동진이로 넘어 오기 보다 동진이 마을 쪽에서 능골로 넘기가 더 가파르고 힘이 들었다. 능골에 있는 논들을 경작하는 원동진이 사람들은 가을에 벼타작을 해서 집으로 들여 오는 일이 큰 골칫거리였다. 물벼 타작을 해서 가마에 담으면 보통 180근 200여근 정도였다. 묵은 볏섬이 더 들어 간다고 오래된 볏가마는 무개도 더 많이 나갔다. 타작 마당에서는 서로 가벼워 보이는 볏가마를 짊어 지려고 눈치 작전도 벌어지곤 했다. 대개 나이많은 사람들은 좀 가벼운 짐을 지게 되고 젊고 기운이 한창인 청년들이 무거운 볏가마를 담당하기 마련이다. 이런 상황 때문에 가끔은 일터에서 무거운 짐이나 힘든 일을 살살 눈치보며 피하는 사람을 일컬어 꾀쟁이라고 놀리기도 했었다. 한때는 여름에 풍로 등을 쓰면서 솔방울을 연료로 하던 때가 있었다. 함박산 능선에서 솔방울을 채취하기 위해 부녀자들이 능골 고개를 넘어 가기도 하고 도장굴로 도토리를 따러 가거나 산 나물을 뜯으러 가기도 했었다. 여름엔 날이 뜨거워 아궁이에 군불을 넣지 않았고 취사도 마당에 솥을 따로 걸거나 풍로등을 이용하였다. 그 시절에는 아직 석유 곤로등은 일반화 되어 있지 않았다. 풍로는 이동형으로, 흙으로 만든 화덕인데 숯이나 솔방울을 연료로 사용했다.

덕골안산을 넘어가면 능골 골짜기가 나온다. 능골 골짜기 산잔등을 넘어가는 고갯길을 큰 고개라고 불렀다. 동진이 마을 주변의 여러 고개 가운데 가장 높은 고개이다. 하지만 동진이 사람들로서는 상대적으로 덜 이용되던 고개인데 이동면 서리등으로 내려가는 산길로 그 일대의 장촌말 득골 등의 주민들이 김량장날에는 이길을 이용했었다. 교통사정이 좋지 않던 옛날의 큰 시장을 보러 오는 지름길이었던 것이다. 또한 김량장리 서구 지역 주민이나 덕골 사람들의 나무꾼 길이기도 했다. 큰 고개 마루턱 인근 산봉우리에는 6·25때 파놓은 교통호와 참호등이 길게 길게 뻗어 있었다. 주변의 높은 산봉우리에는 바람을 타고 흘러온 것인지 각종 삐라들이 나무를 하다 보면 자주 눈에 띠었다. 꽤 높은 산이라 양력 사오월에도 깊은 계곡 나무 그늘 속 응달에서는 아직 녹지 않은 잔설이 남아 있기도 해서 양지쪽 따뜻한 봄 햇발아래 땀 흘리며 나무할 때 찾아오는 갈증은 눈을 집어 먹으며 달래기도 했었다. 큰 고개 주변은 산악지역이라 농경지는 없었다. 나무하러 다니는 길이고 인근의 마을과 마을의 교통로로서 역할이 주된 목적으로 생겨난 길인 듯 하다. 그밖에도 이길 큰 고개 근처에는 군사적 목적이 있는 참호와 교통호가 있는 것으로 미루워 보아 이동면 천리나 서리쪽에서 지금의 용인대 쪽으로 넘어가는 군사적 으로 매우 중요한 길목인 것으로 추측된다. 지금은 포장된 신작로가 넓게 개설되어 지나가고 있다.

또 하나의 동진이 주변 고갯길로는 흐고개가 있다. 한자로 喜高峴이라고 쓴다. 이 희고현 일대는 현재도 영일정씨 포은공파 포천현감 공계의 수 많은 선대 조상님들이 잠들어 있는 곳이다. 해마다 많은 후손들이 모두 모여 벌초하는 일이 큰 연례(年例) 행사로 수백년을 줄기차게 이어오고 있는 유서 깊은 곳이다. 희고현 일대의 산들은 구한말 왜정시대까지도 나의 증조부 되시는 환(煥)자 우(禹)자 선조의 소유였던 것으로 여러 기록이나 집안 어른들의 말을 종합해보아도 확인이 되는 곳이다. 그 당시에 관공서에 제출했던 서류의 사본으로 보이는 증조부 명의로된 낡은 묘지 신고서등의 문서가 아직 집안에 남아 있다. 어른들로부터 전해들은 말에 의하면 일제 강점기 조선의 선량한 농민들 토지를 온갖수단을 동원하여 수탈해 갈 때 증조부의 환갑잔치를 열면서 가난한 양반 살림이지만 체면을 세우자고 수십일씩 잔치를 했던 모양이었다. 그러면서 잔혹한 그 일제의 돈을 빌려 쓴 것이 화근이 됐다. 없는 살림에 근 한달여를 근동의 손님을 초대해서 먹고 마시자니 돈이 한 두푼 들어 갔을까. 이렇게 되어 잔치비용 문제로 일본인에게 담보로 내어 준 희고현 일대의 산들이 모두 일본인 손으로 넘어간 것이었다. 해방후에는 적산이 되었다. 그후 이 산들은 6·25이후 국유지로 되었다가 연고자에게 불하하게 되어 선대의 재산을 되 찾을 수 있는 좋은 기회가 되었지만 당시 이 산을 불하 받을 만한 형편이 되지 못한 우리집 가세로 인하여 결국 포기하고 다른 일가사람에게 양보하고 말았다.

희고현 고개는 높지 않고 야트막한 고갯길이지만 또 다른 여러 가지 흥미있는 의미를 찾아 볼 수도 있고 또 색 다른 사연도 많은 고갯길이다. 이 길은 역말로부터 넘어온 바깥말 길이 동진이 앞 개울을 건너 희고현 고개를 넘어서 이동면 천리나 송전 안성 등지로 나갈 수 있는 길이다. 마을 길 이전에 지방과 지방을 이어주는 옛날의 지방도 쯤 될성 싶다. 흐고개는 여러 가지 특징이 있었다. 첫째로 이 길은 먼곳의 지방 사이를 오고가는 나그네가 이용하였다는 것이다. 둘째 그래서 그런지 몰라도 이 고개에는 마을 주변 어느 고갯길에도 없는 서낭당이 고개 중간 쯤에 자리하고 있었다. 어렸을 때 듣기로는 서낭당을 지나갈 때는 발을 멈추고 왼발을 세 번 구르고 돌을 세 개 서낭당에 던지고 침도 세 번을 뱉고 지나가는 것이라고 했다. 서낭당에는 돌무더기가 쌓여 있었고 누가 그랬는지 울긋 불긋한 헝겊 조각들이 매달려 있었다. 가시 덤불로 둘러 싸인 서낭당에는 60년대 초 어느 때인가 김이 모락 모락 올라오는 떡 시루 하나가 놓여 있는 것도 본 기억이 있다. 누군가가 치성을 드렸던가 보다. 셋째로 흐고개는 그리 높지는 않지만 아주 특이한 지형을 하고 있는 고개임을 살펴 볼 수가 있다. 보통 고개하면 언덕을 오르듯 고개를 올라서면 고개 마루에서 아래쪽을 내려다 보며 조망할 수가 있는 법인데 이 희고현 고개는 고갯길이 깊은 계곡길처럼 지형이 되어 있어서 멀리 바라 볼 수가 없다. 마치 푹 꺼진 어느 좁다란 계곡 산속길을 걷는듯한 지형을 갖추고 있어서 주변 조망이 전혀 안되는 고개이다. 그래서 조금은 답답하고 음침하다. 6·25 이후에 한동안 신기 부락에 리 사무소가 설치되어 선고(先考)께서 이곳으로 출근하시고 사무를 보셨던 관계로 퇴근이 늦으면 희고현 고개 서낭당을 지나 신기 부락으로 마중을 나가곤 했었다. 서낭당을 지나갈 때면 괜시리 섬찟 섬칫했다. 주변산에 나무가 울창 했드라면 더욱 음산한 느낌 이었겠는데 옛날에는 큰 나무들은 없었고 드문 드문 오리 나무들이 서 있었던 것으로 기억이 된다. 희고현 너머로는 동진이 사람 들의 전답이 전혀 없었기도 하지만 이쪽으로는 나무하러도 잘 다니는 길은 아니었다. 다만 농사철에는 신기부락의 오씨성을 가진분이 동진이 희고현 밑에 몇두락 논을 경작 하며 이 고개를 농로로 사용하여 넘어 다녔다.

우리말의 어원을 찾아 이리 저리 알아 보니 분지처럼 주변이 산으로 둘러 쌓인 곳으로 우묵하고 깊숙하게 파인모향을 하고 있는 지형을 원래 〈두름〉이나 〈둠〉등으로 말했다는 데 〈두름〉이 발음상 비슷한 두루미가 되었다가 한자로 표기하는 과정에서 두루미를 학으로 오인하여 생각하게 되었고 이런 착오는 애초의 두루미고개가 결국에는 학 고개가 되었고 학 고개는 또다시 하우고개나 탁고개로 되기도 하고 아우 고개등으로 변하기도 했다는 것을 알 수 있었다. 동진이에서는 흐고개가 결국 살펴 보면 지형이 두루미 고개의 형태를 갖추고 있는 고개임을 알 수가 있고 오랜 세월이 지나는 동안에 하우고개나 학 고개등의 세월을 지나 언제부터인가 흐고개로 부르게 되었고 한자로 표기하는 과정에서 희고현(喜高峴)이 되었을 것이라는 결론을 얻을 수가 있는 것이다. 이와같은 지명의 변천 과정을 유추해 볼 수 있는 것도 결론적으로 말하면 그곳이 영일정씨 포은공파 포천현감공계의 여러 조상님들 산소가 수백년전 조선시대부터 이곳에 있었고 이러한 당시의 지명들이 확실하게 족보에 문자로서 기록 되어 있기 때문에 가능한 일임을 생각해 볼 때 문자로서 기록함의 중요성을 다시 한번 되새겨 보게 되는 것이다.

(4) 우물과 샘터

　1950년대 까지는 마을안에 개인적으로 우물을 따로 가지고 있는 집은 불과 두세집에 불과 했다. 큰 우물로부터 멀리 떨어진 맨 아래 이종열 어른댁과 무듸실 고개밑에 있는 박유년 어른 댁 부엌옆 울안에 우물이 있었지만 굉장히 깊은 두레박 우물이었다. 줄을 길게 내려 힘들게 우물물을 퍼 올려도 풍족한 수량은 아니었던 것으로 알고 있다. 특히 무듸실 고개밑 박유년 어른댁은 지대도 높아서 그런지 가뭄 때 등에는 우물물이 말랐던 듯 하다. 내가 마을에 있을 때도 안 주인께서 물동이에 큰 우물 물을 길어가는 것을 수없이 보았기 때문이다. 마을에서는 큰 우물에 모두들 의존하는 편이었다. 큰 우물은 물맛도 좋아 여름이면 아주 차고 시원했고 겨울에는 김이 모락모락 올라오는 따스한 물이었다. 마을안에 공동으로 사용하는 우물은 큰 우물과 팥밭골 우물등 두군데에 있었지만 특별히 마을 사람들이 구분해서 사용하는 것은 아니고 평소 편한대로 가까운 우물을 퍼다가 쓰면 되는 것이지만 대체로 팥밭골 우물은 그 근처 다섯집에서 사용하였다. 큰 우물은 팥밭골 우물보다 크고 깊어서 직경이 1.5미터 정도 되었고 깊이는 어른키로 서너길은 족히 되었다. 우물이 꽤 깊었지만 극심한 가뭄 외에는 수량도 풍부해서 항상 물이 넘쳐서 도랑으로 흘러 내려갔다. 그래서 우물 둔치 가장자리를 높혀 턱을 만들지 않고 거의 평지와 다름이 없게 해 놓았다. 그래야 우물물이 자연 스럽게 흘러 넘치고 사람들이 바가지로 금방 떠서 사용하기에 편리했기 때문이었다. 큰 우물 가로는 공간이 넓어서 항상 마을 사람들의 항아리며 자백이, 고무 다라이등이 즐비하게 놓여 있었고, 감자를 썩히거나 도토리 떫은 맛을 우려 내기도 하고 도토리 앙금을 받기 위한 그런 그릇들이었다. 큰 우물은 마을 앞 큰 길가에 있어서 한 여름철 마을을 찾아 오거나 지나가는 길손이 찬물 한바가지로 목을 축이고 가기도 했다. 물은 철철 넘쳐 풍부 했지만 큰 우물에서 멀리 떨어진 집들은 물을 길어다 쓰기에 부녀자들의 고생이 말도 못했다. 1950년대 까지 물긷는 일은 모두 부녀자들의 일이었다. 머리위에 똬리를 얹어 놓고 물동이를 올려 이고 날랐다. 한 손으로는 물동이 손잡이를 잡고 또 한 손으로는 동이에서 출렁이며 흘러 넘치는 물을 훔쳐주면서 걸어가야 했다. 거의 큰 우물에서 백미터나 이백여 미터씩 떨어진 거리를 물이 가득찬 물동이를 이고 걷는 다는 것은 남자들의 지게질 만큼이나 힘든 일이 지만 특히나 언땅이 녹아 내리는 봄철이나 눈이 오고 얼어 붙는 겨울철에는 길도 미끄러운 데다가 날씨도 추워 아낙네들의 고생이 많았다. 농가에서는 하루 동안에도 무척 많은 물을 소비했다. 매일같이 식구들이 먹고 마시며 음식 만들고 청소하고 씻는 물의 양도 많지만 가축들이 소비하는 물의 양도 대단 했다. 이러한 가용에 쓰는 그 많은 물을 순전히 부녀자들이 물동이로 날랐는데 생각해 보니 이는 50년대 후반으로 가면서 바켓츠며 양동이 물지게등 아이들이나 남자들이 물을 떠서 나를 수 있는 도구가 아직 시중에 나오기 전이여서 그랬던듯하다. 아무튼 60년대를 전후로 마을 사람들이 이러한 어려움을 타개하고자 울안에 개인적으로 우물을 파기 시작하였다. 60년대 중반 쯤엔 원동진이와 팥밭골등에 울안에 자기집 우물을 가지고 있는 집이 열 다섯집이 넘어 서는 것 같다. 이러한 마을안의 개인적 우물물은 모두 깊은 두레박 우물들이었다. 마을의 지형이 뒷동산으로부터 큰 우물 쪽으로 완만한 경사를 이루며 수맥이 흐르는것같다. 실제로 큰 우물 청소 할 때 우물 물을 모두 퍼내고 우물 밑 바닥이 들어나고 보면 마을이 있는 북쪽 뒷동산으로부터 커다란 샘물 줄기 하나가 작은 도랑물 만큼이나 콸콸 흘러나오는 것을 확인 할 수가 있었다. 마을의 큰 수맥은 큰 우물과 이어진 것이다. 결국 마을 사람들이 여러 곳에 우물을 파기는 했지만 큰 수맥과 이어진 물맛 좋은 샘물이 충분히 솟는 우물은 볼수 가 없었다. 이렇게 여러집들이 울안에 우물을 파고서도 이런 저런 이유로 큰 우물물의 수요나 그 활용도는 크게 낮아지지 않았다. 큰 우물 옆에는 앞에 말한 것처럼 항상 도토리의 떫은 맛을 우려내기 위해 수시로 물을 갈아줘야 하는 그릇들이 자리를 많이 차지하고 있었다. 큰 우물가는 마을의 큰 길 옆이라 물 떠가는 사람, 그냥 지나가는 사람 도토리 물 갈아 주는 사람등 사람들의 발길이 끊이지 않는 곳이지만 눈 깜작할 사이에 그만 불행한 사고가 발생하기도 하였다. 어느해던가 마을의 한 어린아이가 보이지 않는 다며 온 마을을 이리저리 헤메며 찾아다니던 아이의 부모가 망연 자실하자 마을 사람들이 말하기를 우물에 의심이 간다며 우물 속을 한번 살펴보자는 의견이 나왔다. 긴 바지랑대를 가져와 우물속에 넣고 여기저기 조심스럽게 찔러보던 마을 사람이 아무래도 느낌이 우물 속에 아이가 빠진 것 같다는 것이었다. 마침내 아이가 우물 속에서 건져저 올라 왔지만 안타깝게도 이미 싸늘한 주검이었다. 마을 사람들이 항상 붐비는 큰 길가에 있는 큰 우물이였지만 이런 불행한 사건도 일어났던 것이다. 도둑 맞을려면 개도 안 짖는 다더니 그 많은 사람들이 오고 가면서도 어린아이가 우물에 빠지는 것을 보지 못 하였다니 마을로서도 비통한 사고 였다. 바가지 우물이기에 우물 둔치를 낮게 해 놓은 것이 사고의 간접적인 원인이라고 생각도 되지만 그 사고 이후에도 우물 둔치를 높이거나 별다른 조치는 하지 않았다. 큰우물은 마을이 생긴이래 계속 이러한 상태로 사용해 왔을 터인데 내 생전에 이러한 불상사를 목격하게된 아픔이 있다. 사고이후 우물물은 모두 퍼내고 깨끗이 청소를 한후 다음날부터 마을 사람들이 다시 사용 하였다.

큰 우물옆 밭둑에는 옻나무가 몇 그루 심어져 있었다. 옛날부터 우리의 선조들은 우물옆에 옻나무를 심는 풍속이 있었다고 한다. 옻의 약 성분이 샘물에 녹아 나와 사람들에게 이로울 것이라는 믿음 때문이기도 하고 악귀를 쫓거나 부정한 것을 막아 줄것이라는 주술적 의미도 갖고 있는 듯하다. 큰 우물옆 밭둑에 서있는 옻나무는 참옻나무라고 했는데 옻이 잘 타는 사람은 만지기만 해도 아주 심하게 옻이 올라 큰 고생을 했다. 매우 조심들을 해서 자주 있는 일은 아니어도 때로는 옻이 올라 고생하는 마을 사람도 볼수가 있었다. 약이 별로 없던 시절이라 민간 요법이 성행 했는데 마을에서 옻이 오른 사람은 아랫동진이 옥고개 근처에 있는 옻물을 찾아 갔다. 옥고개근처 큰 바위 아래에서 흘러 나오는 샘물을 옻물이라고 해서 아래쪽 샘물로는 옻이 오른 환부를 깨끗이 씻고, 그위에 있는 상탕의 물은 먹었다고 한다. 그렇게 여러 번 치료를 하면 효험이 있다는 것이다. 나는 나무를 하면서 산속에 있는 옻나무를 낫으로 자르기도 하고 손으로 만져 보기도 했으나 옻이 오른 적은 없어 직접 그 치료의 경험은 해보지 못했지만 온 마을 사람들이 이 옻 물이 있다는 사실만은 모두 알고 있었다. 여러 종류의 책들을 읽다 보면 각 지역에도 옻물이라고 전해오는 샘물이 꽤 많다는 것을 알 수 있다. 이는 우리의 옛 선조들이 의학의 혜택을 받을 수 없었으므로 어쩔 수 없이 주변 자연에서 해결책을 찾다보니 궁여지책으로 나온 결과가 아닐까 생각된다. 한편 산간 바위틈에서 솟는 샘물은 어떤 특수한 광물질을 함유하고 있어서 상처에 도움을 주었을 수도 있었을 것이다. 그러니 전혀 근거가 없는 무지의 소치로 치부해 버리거나 미신 행위등으로 폄하해 버릴 일만도 아닐 것이다.

60년대 이후에는 바켓츠며 물지게등이 보급되어 아이들이나 남자들도 물을 떠 나를 수가 있었다. 부녀자들도 불편하고 위험하게 머리 위에 이고 다니지 않아도 되었다. 물 길어 나르기가 한결 편하고 수월

해 졌다. 팥밭골 공동우물이나 큰 우물가 주변은 항상 사람들이 떠날 날이 없는 편이지만 특히 아침 저녁 조석 준비로 물 길어가는 부녀자들이 많았다. 모이면 이야기 꽃이 피고 두셋이 모이다 보면 자꾸만 이야기가 길어지게 된다. 우물가는 그래서 동네 아낙들의 정보 교환 장소이며 새로운 뉴스와 소문의 진원지이다. 마을안 소식뿐만이 아니라 이웃 마을의 소식이나 나라 안팎의 소식도 우물가 아낙네의 입을 통해 고루고루 퍼져 나갔다. 특히 큰 우물은 마을 부녀자들의 큰 사랑방이나 마찬가지였다. 팥밭골 우물도 근처 다섯집에서 쓰기에는 크게 부족하지 않았고, 가물어서 물이 마른 경우도 나는 못 보았고 이야기도 못들은 것 같다. 그렇지만 팥밭골도 다섯집 중에서 두세집에서 집안에 따로 우물을 팠기 때문에 점차 공동 우물로서의 효용가치와 위상이 낮아졌다. 세월 따라 기능과 역할도 줄어 들게 되었던 것이다. 몇몇 마을의 부녀자들은 큰 우물앞 도랑에다 미나리꽝을 만들고 야생 미나리를 캐다가 심고 가꾸기도 했다. 시장에 내다 팔기도 하고 반찬거리로 삼기도 했다.

마을의 공동 우물은 일년에 한번씩 물을 전부 퍼내고 대청소를 했다. 대개 장마철이 지나고 추석이 돌아 올 때 날을 잡아 마을 사람들이 모두모여 길을 보수하게 되는데, 우물 청소도 같이 하는 것이다. 커다란 드럼통을 잘라서 쇠죽통 같은 용도로 많이사용 했는데 쇠로 되어 있어서 돌맹이로 둘레를 쌓아올린 우물물을 퍼 올리기에 적당했다. 우물벽 돌에 부딪쳐도 깨지거나 부서지지 않아 이 자른 드럼통에 짚으로 동아줄을 만들어 여러 가닥의 손잡이를 달았다.

여러명의 청년들이 우물가에 둘러 서서 줄 하나씩을 잡고 드럼통 가득 우물물을 담아 퍼내기 시작하면 그 깊은 우물물도 금방 바닥을 드러내게 된다 우물 속으로 한 사람이 들어가 바닥을 긁어내고 우물벽을 둘러 쌓은 돌들을 깨끗이 씻어 준다. 우물 바닥을 들여다 보면 샘이 바닥에서 솟는 것이 아니라 마을이 있는 뒷동산 계곡인 북쪽에서 작은 도랑물처럼 흘러 나오는 것을 볼 수 있었다. 우물 바닥에는 가재도 있고 미꾸라지도 살고 있었다. 샘구멍을 막히지 않게 뚫어 주라고 넣어 준 것인지 아니면 장마철에 쏟아지는 빗줄기를 타고 들어 갔는 지도 모르겠다. 큰 우물은 지붕을 만들어 세우지 않아 비가 쏟아지면 그대로 우물 속으로 빗물이 떨어져 들어 가게 되어있어서 얼마든지 그런 일은 가능한 일이라고 본다. 어떤 때는 장마철에 마당에서도 꿈틀대며 기어가는 미꾸라지가 발견되곤 했는 데 이는 아마도 회오리 바람같은것에 휩쓸려 빗줄기를 타고 구름속을 떠 돌다가 땅 바닥으로 떨어졌을 것이다. 이와같이 미꾸라지가 자연적으로 우물속으로 떨어져 제집인양 우물 속에서 살아가고 있는 것일지도 모른다. 우물속을 대청소 하고 나면 이튿날 아침에 보면 밤새 또 다시 우물 가득 깨끗한 물이 고여 있었다. 큰 우물 청소 하는 날은 팥밭골 우물도 그쪽에 사는 남자들이 모여서 물을 퍼내고 청소를 했는데 우물의 규모도 적고 수량도 많지 않아 금방 끝낼 수가 있었다. 일반적인 물관리는 따로 했지만 사용하는데 서로간 제한이 있는 것은 아니었다. 그리고 개인적으로 울안에 우물이 있는 사람들도 이러한 마을안의 공동작업에는 어느누구도 빠짐없이 모두 함께 참여 하였다. 추석때나 정월초하루 설날에 마을사람들이 즐겁게 놀때면 의례적으로 풍악을 울리곤 했다. 마을에는 항상 공동으로 관리하는 풍물 농악기들이 준비되어 있었다. 명절 때나 경사스러운 날이나 농사철에 두레패들이 풍물을 쳐서 흥을 돋구곤 하였다. 이런 때는 마을을 돌던 두레패들이 큰 우물가를 지나게 되면 우물가에 둘러서서 고사를 지냈다. 즉흥적인 우물고사인 셈인데 상쇠 잡이가 먼저 가락을 잡고 빠른 템포로 /뚫어라 뚫어라, 샘구멍 뚫어라/ 하면 나머지의 풍물 잡이들이 화답하기를 /물 주세 물 주세 사방에 물 주세/ 하였다. 오랜 옛날부터 그런 식으로 우물 고사를 마을 사람들이 해 왔기 때문에 자자 손손 그 때까지 그 명맥이 이어져 왔으리라는 것을 알 수 있는 장면이었다. 얼핏 내 생각은 그 가락이 초등학교 때 운동회를 할 때면 백군 청군으로 나뉘어서 하던 /이겨라, 이겨라, 백군 이겨라/ 하던 그 응원소리와 비슷한 가락 같았다.

흐고개밑에 있는 삼옷물은 동진이 마을 사람들에게는 예로부터 조금은 특별한 의미를 지닌 샘물 이었다는 느낌이 강하게 남아 있다. 이 샘물에 관하여 마을에 전해 오는 말로는 아무리 가물어도 샘이 마르지 않는 다는 이야기가 전해지고 있다. 아주 오래전 그러니까 고려나 삼국 시대 정도의 그 옛날에 그렇게 물이 철철 넘쳐 나던 큰 우물이 마을 정도의 극심한 가뭄이 온 나라를 타들어 가게 했던 시절이 있었다고 한다. 그 때 동진이 마을 사람들은 아마도 마을이 생긴 이래 가장 힘든 시기를 보내고 있었으리라. 그런데 이때 마을 앞 개울 건너 흐고개 밑의 작은 웅달샘이었던 이 삼옷물은 여전히 차고 시원한 샘물이 솟고 있었다고 했다. 마을 사람들은 이 샘물 덕분에 가뭄으로 어렵던 그 힘든 시기를 무난히 잘 넘길 수 있었다고 하며 그 이후 마을에서는 이 샘물은 신성시하여 산모에게 출산후 첫 국밥을 이 샘물로 끓여 주면 좋다고 했고, 새벽에 이 샘물을 길어다가 정화수로 치성을 드리거나 중한 병에 정성으로 약을 달일 때 사용 하였다는 이야기가 전해지고 있다. 내 기억으로는 6·25전후 까지는 새벽이나 한 밤중에도 등불을 앞세우고 이 삼옷물을 길어 마을로 들어오는 모습을 종종 볼 수가 있었다. 지금은 그 흔적이 찾을길 없지만 1970년대 까지만 하여도 직경이 1미터 정도의 깨끗한 샘물 웅덩이가 그 자리를 지키고 있었다. 삼옷물은 깊이가 얕아서 바닥이 훤히 들여다 보였고 모래 바닥에서는 샘물이 모래알을 퐁퐁 솟구치며 힘차게 솟아 오르고 있는 모습이 신기했었다.

인근에 있는 밭과 논에서 일하는 사람들은 들에 밥을 내다 먹거나 목이 마를 때면 항상 이 샘물을 이용했다. 그 뿐만 아니라 이 샘물은 바깥말 길로 이동하는 외지의 나그네들이 흐고개밑에 쉬면서 목마름을 달래던 중요한 샘물이고 김량장리 오릿골의 나무꾼들이 무거운 나뭇짐 지게를 받쳐놓고 쉬면서 찬물 한모금으로 기운을 챙겨 또 다시 먼 길을 떠나가는 길목에 자리잡고 있었던 것이다. 이러한 삼옷물의 신성한 영화도 목마른 나그네들에게 베풀던 시혜도 지금은 한낱 꿈인양 세월속에 묻혀가고 한껏 기대를 안고 찾아간 필자에게 시들어 무심한 잡초만이 스산한 초겨울 바람에 가련하게 흔들리고 있었다.

이밖에도 작은 옹달샘은 큰 고개밑에 개울가에도 아주 옴폭하게 바윗돌이 파인 샘이 있었다. 그 옆에는 노란 잔디밭이 있어 앉아 쉬기가 좋았다. 이곳도 마을 근처 곳곳에 있었던 다른 쉼터와 마찬가지로 길옆을 지나다니는 수많은 나무꾼과 이동면 서리 장촌말 득골 사람들이 닷새 마다 서는 김량 장날에 장꾼들이 한여름철 앉아 쉬는 곳이였다. 쉼터와 샘물은 이처럼 한쌍의 짝꿍처럼 서로 옆에 있어야 어울리고 더욱 쓸모가 있었던 것이다. 오랜 세월을 지나오면서 길을 따라 오고가는 나그네들이 앉아 쉬면서 근처에 샘물을 찾아 내어 만들어진 작은 옹달샘은 대개 앙증맞게 작아서 두손을 땅 바닥에 짚고서야 겨우 물을 마실 수 있고, 때로는 근처의 칡잎이나 갈잎을 따서 고깔모양으로 접어 물을 떠먹는 작은 낭만도 있었다.

나에게는 우물에 대한 몇가지 잊을 수 없는 추억들이 남아 있다. 우리집은 장터고개를 넘어와 원동진이로 내려오는 길목의 맨 첫 집이었다. 마을의 맨 가장자리에 있는 집중에 한 집이었던 셈이다. 마을의 맨 앞에 있는 큰 우물 까지는 거리가 꽤 멀었다. 그런데다가 큰 우물로부터 약간 오르막 길이라 물을 길어 올라 올 때는 힘이 들었다. 100여미터는 넘어 보였다. 봄이면 얼었던 땅이 겉에만 녹아 신발에 흙이 달라 붙었고 흙 속은 여전히 언 땅이라 조금만 잘못 디디면 미끄러져 넘어지기 쉬웠다. 고무신에 달라 붙은 흙은 발걸음을 무겁게 해서 걷기도 어려웠다. 그 뿐이 아니라 겨울이면 눈이 내리고 길이 얼어 붙었다. 마을 사람들이 밟고 다닌 길은 미끄럼틀이나 마찬가지였다. 물론 집집이 내린 눈을 쓸고 하지만 위험이 모두 사라지는 것은 아니다. 안방 부엌 큰 가마솥은 선비(先妣)께서 물동이로 일곱 번정도 길어와야 가득 채울 수가 있었다. 그 외에도 이곳 저곳 물을 쓰고 채워야 하기 때문에 충분히 쓰려면 십여번 정도 아침 저녁으로 물동이로 물을 길어 와야 했다. 모친의 고생이 말도 못했다. 사시사철 이러한 일들은 거의 매일같이 벌어지는 일상적인 일이었다. 내가 자라면서 바켓츠나 물지게로 물을 퍼 나르면서 모친이 힘을 덜었으나 어느날 군대에 입대하라는 부름을 받았다. 보충역으로 빠져있어 군대를 안 가는가 했는데 결국은 친구들이 모두 제대하고서도 한참 후에 후배들까지 제대를 할 무렵에서야 뒤늦게 입대 영장이 나왔던 것이다. 60년대 중반이었다. 동생들은 어린 학생이었고 집안에 걱정이 많았다. 무엇보다도 제일 급하게 해결 하여야 할 어려운 문제가 땔 나무하는 것과 우물물 길어 오는 일이었다. 양친은 연로한데 집안에 일 할 사람이 없었다. 모든 난방과 취사가 나무로 이루어 지다 보니 땔 나무 걱정이 제일 크고 매일같이 우물물 길어 오는 것도 큰 부담이었다. 이런 난제들을 풀기 위해 여러 가지로 해결책을 찾아 보기로 했다. 당시는 삼년이상의 군 생활이 실시되던 시절이었다. 먼저 나무 문제를 생각해 봤다. 3년 간 땔 수 있는 나무 준비를 한다는 것은 쉬운 일이 아니었다. 다행인 것은 집터가 넓었고 사랑채가 크고 헛간도 여러곳이라 나무를 비에 맞지 않게 오래동안 쌓아 놓을 수 있는 장소는 넉넉했다. 입대 영장을 받고 나서 부터는 하루에 두짐씩 하던 나무를 때로는 석짐씩 하며 평소보다는 더 부지런히 나무를 해 들였다. 드디어 사랑채 헛간을 모두 채우고 마당이며 텃 밭이며 빈자리는 모두 나무를 쌓아 놓을 수 있었다. 어느 정도의 나무 걱정에서는 벗어 날 수가 있었다. 제대할 때까지 정히 모자라면 마을 근처에 우리집 산도 있고 하니 조금씩 보충하면 그런대로 무난하리라 생각했다. 땔 나무는 어느정도 한 시름 놓게 되자 물 문제를 생각해 보았다. 식수와 허드레 물도 매일같이 사용하는 것이니 반드시 무슨 해결책이 있어야 했다. 결론은 다른 방법이 없었다. 목마른자가 우물을 파듯 우물을 파는 방법밖에 없어 보였다. 집 근처에서 물이 나올만한 곳을 찾아보다가 뒤란 쪽이 적당할 것 같아 며칠동안 곡괭이와 삽으로 땅을 파 내려가기 시작하니 삼사미터 지점부터 물이 스미기 시작하였다. 이후 두어길 이상 판후 하룻밤 고이는 물의 양도 꽤 많아 돌을 주워다가 둘레를 쌓고 우물을 완성했다. 이로서 물 문제도 해결을 한 듯 생각되었다. 하지만 나중에 알고보니 이 우물은 완전한 것이 아니었다. 장마가지고 건수가 터져야만 겨우 허드레 물로나 쓸 수 있는 정도여서 우물로서의 제 역할을 다 할 수가 없었다. 우물을 팔 때는 가믐 때나 봄철등에 파야 하는 것인데 장마를 지난 뒤 끝에 우물을 팠기에 결국은 건수 였던 것이다. 한창 장마때는 집안 곳곳에 건수가 터져서 사방이 물 천지였다. 아궁이에서도 물이 흘러 나오고 안 마당 바깥마당 여러곳에서도 샘물이 막 솟았다. 그럴 때면 우리집 바깥마당 한켠에 작은 우물을 만들어 놓고 주위에 서너 집에서 허드렛 물로 사용했다. 걸레도 빨고 세수도 하고 자질구레한 빨래도 멀리가지 않고 마당가 샘물에서 했던 것이다. 이런 여름철에 우물을 급하게 팠으니 제대로 된 우물이 될 수 없었던 것이다.

군 입대 전 까지는 앞에 말한데로 바켓츠나 물지게로 모친을 대신

해서 내가 물을 길어 왔는데 대개 저녁나절에 물솥을 가득채워 놓는 것이 그날 일과의 마무리 쯤 되었다. 한창 때여서 기운이 솟을 때였다. 물긷는 일도 갈수록 익숙해져 나중에는 물지게 양쪽 양동이에 물을 가득 채워 지고서도 물 한방울 흘리지 않고 집까지 올라 올 수가 있었고 더 나아가서 양 손엔 또 다른 물 바켓츠 두 개에 물을 가득담아 물지게와 함께 들고 지고 물을 날랐다. 여러번 큰 우물을 오르 내리며 물긷는 것이 지루하여 얼른 물을 긷고 끝 내려는 마음도 있었던 듯하다. 한번에 모친이 물동이로 길어 오는 물의 양의 세배 이상을 길어 올라오는 셈이었다. 두 세번만 큰 우물가에 갔다 오면 집안에 물을 더 이상 채울 곳이 없었다. 물론 처음에는 물지게 지는 것도 서툴러 물이 출렁거려 많이 흘렸지만 무엇이던지 자꾸만 하다보면 익숙해지게 마련인가보다. 종내는 물지게를 손으로잡지 않고서도 반동을 맞추어서 걸어 갈 수가 있었고 양손에 물 바켓츠 까지 들고서도 거침없이 다닐 정도로 숙달이 됐던 것이다. 그즈음에 나는 모친을 도와 집에 물을 길어오는 순수한 마음 외에도 어느 때 부터인지 확실한 기억은 없으나 큰 우물가에서 느끼는 야릇한 기대와 설레임 같은 것이 나를 그곳으로 이끌었던 듯하다. 항상 사람들이 찾는 곳이지만 특히 아침 저녁 으로 큰 우물가는 아낙네들이 물길러 오는 곳으로 붐비는 장소였다. 때때로 우물가에서 우연히 마주치는 비슷한 나이 또래의 처자가 있었다. 여자로서는 비교적 훤칠하여 마을 처자중에 특히나 눈에 띠는 편이었는데 항상 길고도 검은 머리를 양 갈래로 예쁘게 땋아내린 새앙머리를 하여 앞가슴 쪽으로 늘어뜨리거나 때로는 한데 묶어 등뒤로 땋아내리는 모습을 하고 있었다. 늘상 한복 치마저고리를 입고 때로는 저고리위에 빨간 쉐터를 걸쳐 입기도 했는데 물길러 올 때면 분홍색 치마허리를 질끈 동여맨 모습이 더없이 단아하고 조신해 보여 아주 인상적인 모습이었다. 그 몸매에 한복은 썩 잘 어울려 보였다. 그

처자는 조석 때가 되면 매일 같이 일하는 부모를 내신해서 식구들의
식사 준비를 하며 우물물을 길어 가는 마음씨 착한 그 집의 맏딸이었
다. 그녀의 등뒤에는 허구한날 어린 동생이 업혀 있는 경우가 많았다.
때로는 나이든 부녀자들이나 익숙한 물동이를 머리위에 이고서도 사
뿐 사뿐 예쁜 걸음으로 걸어 가는 그녀의 뒷 모습이 매우 환상적이며
매혹적이였고, 성숙한 여인의 느낌으로 강하게 내 마음 속으로 다가
오곤 했다. 이따금 마주치면 수줍은 듯 살짝 입가에 드리우는 미소가
소리 없이 뛰는 가슴을 흔들어 놓곤 하였다. 그런 날이면 한동안 그녀
의 잔영이 머릿속에서 사라지지 않고 맴돌았다. 그 처자를 옆에서 바
라보고 있으면 웬지 기분이 설레고 행복한 느낌을 받곤 했다. 이성을
보며 처음으로 느끼는 이상한 이끌림 같은 것이었다. 꽃을 바라보며

느끼는 즐겁고 기쁜 마음 같은 것이었다. 나에게 있어 그 처자는 시골의 고향마을에 피어난 아름다운 한송이 꽃이 였다. 튀지않고 수더분하며 화려함 보다는 가을 바람에 하늘거리는 은은한 향기의 코스모스라 할까. 그로부터 먼 훗날에 그 시절 그 느낌을 회상하며 글 하나를 썼다. 서정주 시인의 저 유명한 〈국화 옆에서〉를 패러디한 글로 내가 활동하던 인터넷 카페에도 (참고:다음 카페 신정1동 컴퓨터 동호회) 올렸던 글이다. 내 마음속에는 노랑 저고리 분홍치마, 하얀 이를 살짝 보이며 수줍게 웃어주던 그녀의 단아한 자태가 동진이 큰 우물가에는 아직도 서성이고 있는듯하다.

코스모스 옆에서

한솔 정성영

한송이 코스모스 꽃을 피우기위해

봄부터 여름까지

그렇게 계절은 바쁘게 달려 갔나 보다

한송이 코스모스꽃을 피우기위해

태양은 그 뜨거운 불화덕 속에서도

또 그렇게 가을을 준비했나보다

고무신 거꾸로 신고 무지개를 쫓아갔던

노랑저고리 다홍치마 갈래머리 고향처자

이제는 돌아와 새치름이 웃고 선

내 첫사랑 같은 꽃이여

원색의 네 꽃잎이 피려고

간밤엔 별빛도 유난히 그리 고웁고

내게는 잠 못들고 뒤척이던 밤이었나 보다.

(5) 아랫 동진이 길의 추억들

마을이 있는 곳은 그나마 삼태기 속처럼 다소 평퍼짐하나 골짜기 개울물이 흘러나가는 입구쪽은 호리병처럼 좁은 형태의 긴 산 골짜기를 나가야 좀 더 넓은 세상으로 나갈수가 있었다. 마을에서 이 개울이 흘러나가는 방향으로 산 자락을 따라서 외부로 나갈수 있는 마찻길이 아랫동진이 길이다. 마찻길이라고는 하지만 산의 형태를 따라 내려가면서 길이 나는 바람에 올라 갔다가 내려 갔다가 하는 비탈도 많고 소가 끄는 마차가 다니기에도 쉽지 않은 길이었다. 조금만 짐이 버거워도 소들이 비탈길을 오르지 못해 된 비탈길에서는 짐을 덜어 놓고 올라가야만 했다. 주위 논밭에서 일하는 사람들이 있으면 짐을 실은 채로 여러 사람이 마차를 밀거나 뒷 바퀴를 쳐 올려 주어 짐을 덜어 내리지 않고도 비탈길을 간신히 올라가는 모습도 아랫 동진이 길에서는 심심치 않게 볼 수 있는 광경인데, 학생들과 만나면 책 가방을 마차에 실어 놓고 비탈에서는 마차를 밀어 주고, 평지길에서는 터덜 거리는 마차위에 올라타 보는 호사를 가끔은 누려 보기도 했다. 그 당시 동진이 마을 전체 40여호에서 마차를 소유한 집은 모두 세집에 불과 했다. 마차 한 대는 덕골 마을 맨 끝집에 살던 박재원씨가 소유 했었고 나머지 두 대는 원동진이 우리집 바로 앞에 살던 김무길씨가 한 대를 가지고 있었고, 또 다른 마차 한 대는 팥밭골 양병관씨의 소유였다. 마을 안에 자전거 한 대도 없던 시절이었으니 마차는 큰 재산 가치가 있었다. 마차라고 하지만 그 형태는 앞에 작은 바퀴 두 개가 있어서 좌우로 방향을 바꿀 수가 있었고 뒤에는 조금 큰 바퀴 두 개가 있는 것으로 말이 아니라 소가 끄는 것이었다. 당시에는 읍내 시장안에도 말이 끄는 고무 타이어 바퀴 두 개가 달린 진짜 마차를 운영하며 영업을 하는 사람이 있던 시절이었다. 동진이 마을에서 운영하던 마차는 나무

테로 된 바퀴를 철판으로 감싼 전래되는 우리 고유의 우마차 형태였다. 특히나 마차소는 덩치도 크고 힘도 좋아야 했기에 적지않은 재산 가치가 있었다. 그래서 마차를 소유한 집들은 상대적으로 다소 여유가 있는 집이기도 했다. 마차는 쌀 가마나 볏가마를 김량시장으로 실어 나르기도 했고, 비료나 정부 대여곡등을 마을로 실어 오기도 하고 때로는 논 밭에 거름이나 퇴비를 내기도 했다. 사람 대신 소를 이용하여 다소 대량 운반 수단으로 유용하게 이용되고 있었다.

아랫 동진이길은 자전거를 타도 내렸다 타고가다 하면서 번거로움이 있었으니 힘 좋은 트럭들이나 아주 가끔 마을에 들어오는 정도였다. 이렇게 골짜기가 터져 나간 곳 마저 폭이 좁고 길이 험해 교통이 불편 했기에 옛날부터 환란과 위험으로 부터 어느정도 안전을 확보하기도 한 것일게다. 조물주는 매사가 기울거나 치우침이 없이 공평해서 얻는 것이 있으면 잃는 것도 있게 마련이고 편안한 것이 있으면 불편한 것 또한 있는 법이니 뿔 없는 짐승에게는 강하고 날카로운 이빨을 주었고 네발이 없어 달릴 수 없는 짐승에게는 날개를 주어 하늘을 자유 롭게 날 수 있게 해 주었던 것이다.

내가 이 아랫동진이 길과 인연을 맺은 것은 중학교에 입학을 하고 나서 부터였다. 초등학에 다닐 때는 장터고갯길로 마을의 여러 아이들과 한데 어울려 재미있게 몰려 다니다가 갑자기 아랫 동진이 길로 가방을 들고 학교에 가자하니 처음엔 웬지 낯선 길 같은 기분이었다. 마을에서 중학교에 입학한 학생이 그 해엔 나 혼자였다. 원래는 동진이에 살다가 능골로 이사가서 살던 한만식이 초등학교 동창생 이었지만 중학교에 가지 못하게 되어 나 혼자가 되었던 것이다. 나보다 한해 먼저 입학한 아이들이 두어명 더 있었지만 중학생이 되고 나서 부터는 모여서 같이 학교에가는 일은 없었다. 그냥 각자 혼자서 아랫동진이 길을 걸어 내려 갔다. 조금 컸다고 어른 스러워진 행동인지도 모른다. 떠들석 하게 여러명이 와자지껄 학교에 다니다가 갑자기 어느날 혼자서 평소에 잘 다니지않던 길로 학교에 가자니 처음에는 조금 외로운감이 없지 않았지만 점차 자연스럽게 익숙해져 갔다. 그 이후 6년 동안 이길을 걸어 고등학교를 마칠 때 까지 큰 어려움이나 불상사 없이 무난하게 잘 다녔던 것 같다. 몸이 아프거나 어떤 돌발적인 일등으로 학교에 빠진일이 없는 것을 보면 그런 짐작을 할 수 있는 것이다. 육이오 이후 어린이들에게는 각종 위험한 일들이 많았다. 실탄도 흔했고 화약 종류도 산지 사방에 널려 있었다. 철없는 어린 아이들은 위험한 것을 심각하게 느끼고 구별 할수 있는 능력이 부족했다. 아랫동진이 개울가 논 바닥에 볏짚을 쌓아놓고 그 속에 실탄을 묻고 불을 질러 실탄을 터트렸다 뻥뻥 소리를 내며 실탄 터지는 소리가 나면 논두렁에 숨을 죽이고 납작 엎드린 아이들을 어른들이 위험하다고 야단을 쳤다. 아랫동진이 개울가로는 호드기를 만들어 불 수 있는 버드나무들이 많이 자라고 있었다. 봄이면 물오른 버들강아지들이 뽀얗게 살이 올라 감촉이 부드러워 가지고 놀기가 좋았던가 보다. 대여섯살 먹었을 때로 기억 되는 데 초등학교도 들어가기 전이였다. 어느날 개울가에서 놀다가 버들강아지 하나를 떼어내 콧구멍 속으로 밀어 넣어 보았다. 그러나 코구멍 속으로 들어간 버들 강아지는 밖으로 나오지를 않는것이 아닌가. 버들강아지 부드러운 솜털이 들어갈때는 눕혀저서 잘 들어 갔지만 빼낼려니 눕혀 졌던 솜털이 일어나 걸려서 나올 수가 없었던 것이다. 어른들에게까지 알려저 한쪽 코를 막고 세게 코도 풀어보고 별짓을 다했지만 버들 강아지는 나오지 않았다. 지금시대의 부모라면 급히 병원엘 간다 약국엘 간다 난리법석 이었겠지만 그때는 하다가 안되니 그냥 내버려 두었다. 한쪽 코가 막히지 않아서 그런지

숨쉬기에도 불편하지 않았고 하니 별일이야 있으랴 해서 내버려 두었
겠지만 아무튼 그 사건은 그렇게 하루 이틀 지나자 잊어 버리고 그냥
여러달이 지나갔다. 거의 일년여 가까이 세월이 흐른뒤 어느날 무심
히 코를 풀었는데 코 속에서 버들강아지가 썩어 문드러 져서 나왔는
지 오랜 세월에 콧물에 절어 납작하게 숨이 죽어 빠져 나왔는지 아무
튼 콩알만하게 작아진 버들강아지가 코 밖으로 빠져 나왔던 것이다.
이 황당한 버들강아지 사건은 이로서 막을 내렸다.

마을에서 태성중학교 까지는 대략 1.5키로 정도 되었다. 30분 정
도의 시간이 소요되는 거리였다. 그 시절 나는 또 다른 것에 흥미를
느끼고 깊히 빠져 있었다. 내가 중학생 시절 마을에는 스피커 시설이
들어와 있었다. 설치비나 청취료 부담으로 설치하지 않은 집들도 더
러 있었지만 많은 집들이 이 시설을 이용하고 있었다. 당시 나는 수화
기 하나를 가지고 있었다. 광석 수신기장치를 하고 뒷동산 높은 나무
두군데 사이에 안테나를 매고 전파를 끌어 오면 광석 수신기로 라디
오 소리를 들을 수가 있었다. 당시만 해도 마을에 라디오 있는 집이
불과 한 두집 정도였다. 동네 스피카에서는 매일 유행가가 흘러 나왔
다. 이때 1950년대 전후로 많이 불렀던 대중가요들이 지금 흘러간 옛
노래라고 하는 대부분의 노래들이라 할 수 있다. 당시는 장날 시장에
나가보면 대중가요라는 유행가 가사와 악보가 인쇄된 노래책도 판매
를 했었다. 하지만 노래책을 살 돈도 없었지만 그 보다도 스피커에서
나오는 듣기 좋은 노래를 선택해서 가사를 받아 적는 재미에 빠져 있
었다. 가사를 받아 적되 노래를 배우기 위해 높고 낮은 음의 표시와
길고 짧은 음의 표시등을 나름대로 혼자만의 방법으로 해놓은 유행가
가사집을 만들었던 것이다.
이 노래 가사집을 만들기 위해서는 스피카소리를 혼자 수화기로

조용히 들을 수 있어야 하는데 방법을 찾다가 수화기를 이용해서 스피카 노래 소리를 도청하기로 했다. 당시에는 군대에서 사용하는 야전용 전화선이 흔했다. 검은색의 이 전화선 피복선을 벗기면 강철선과 부드러운선 몇 가닥이 들어 있었다. 안에 들어 있는 철선은 매우 가늘어 한 가닥씩 늘어 놓으면 눈에 잘 보이지 않았다. 이선을 길게 이어서 마을로 들어온 스피카유선 방송줄에 한가닥만 연결을 하고 또 한가닥은 지선으로 묻어 주면 수화기로도 깨끗한 스피카 유선방송을 들을 수가 있었다. 이렇게 유선방송의 유행가 가사집을 만들고 노래를 배우는 취미에 깊이 매료되었던 시절이 있어 반세기가 지난 지금도 수많은 유행가 가사를 기억하고 있게 되었다. 딱 등교시간 30분전까지 책상머리 의자에 앉아 열심히 노래가사를 적다가는 시간이 되면 후닥닥 책가방을 들고서 뛰어 나가 학교로 향했다. 학교 정문에서는 선배 규율부 들이 지각생을 단속 했지만 등교시간 30분 전에만 집에서 출발하면 지각은 하지 않았다.

아랫 동진이길은 좁은 골짜기를 따라 만들어진 길이어서 봄철이나 겨울철에 유난히 바람이 거세게 불어 내려 왔다. 마을에서 구미 학교 있는데 까지는 집 한 채 없었고 개울 양옆으로 논과 밭들만 쭈욱 펼쳐 있었다. 등하교 길에 골짜기에서 바람이 세차게 불어 내리면 걸어 올라 오기도 무척 힘이 들었다. 그런 때는 숨이 막혀 제대로 숨쉬기도 어려웠다. 어떤 때는 뒤로 돌아서서 등 뒤로 바람을 맞으며 걸어 올라 오기도 했다. 한 여름 뙤약볕에도 쉬어갈 나무 그늘 하나 없었다. 길 옆의 산이라고 해봐야 사람들 키만한 앙상한 소나무 들만이 듬성듬성 자라고 있어 장마철에 별안간 비라도 쏟아지면 정말 낭패로 속수 무책으로 쏟아지는 빗줄기를 고스란히 맞아줘야 했다. 물에 빠진 생쥐 꼴이 되고서도 어디한곳 뛰어 들곳이 없는 허허벌판이나 다름없어 아예 초장부터 포기하고 오히려 유유자적 여유를 부리며 빗속을 천천히 걸어보는 객기도 부려 보았다. 하기야 이길에서는 만나봐야 똑같은 한 마을 사람들 뿐이니 창피 할 것도 부끄러워 할 일도 없긴 했다.

1950년대 후반까지도 아랫동진이 길에는 다리가 두 군데 있었다. 산 자락 작은 골짜기에서는 비가 내리면 계곡물이 흘러 내렸다. 장마 통에 많이 내리는 빗물은 골짜기를 패어나가게 하고 마차등이 지나다 니기에 많은 불편이 따랐다. 이런 작은 산 골짜기 물이 흐르는 곳이 아랫 동진이 길에 두 군데가 있었다. 평소에는 물이 흐르지 않는 건천 (乾川)이지만 비만 오면 골자기로 물이 흘렀다. 이곳에 마을 사람들 은 해마다 길 닦을 때면 나무 다리를 보수해서 새로 놓았다. 하나는 고성치 산 모랭이 돌아가기 전에 왼쪽 산 골짜기에서 흘러 내리는 도 랑물위에 놓였고 또 한 군데는 포방터 (뒤에 설명)자리 조금 못가서 왼편 산골짜기 물이 흘러 내려 오는 곳 이렇게 두 군데에 다리가 있었 다. 다리가 있을 때는 갑자기 소나기가 내릴듯 하면 다리를 목표로 삼 고 뛰기도 했다. 다리 밑에서 잠시 비를 피하면 지나가는 비 정도는 요행히 피할 수가 있었다. 농촌에서 자란 나는 경험적으로 비가 쏟아 질 기미를 미리 알 수가 있었다. 시커먼 구름이 저 멀리 상봉을 넘어 오고 안산 넘어 함박산 일대에 몰려 넘어 오는 뽀얀 안개같은 빗줄기 를 바라다 보고 있으면 머지않아 코앞에 장대비가 쏟아져 내린다는 예고다. 갑자기 스산한 바람이 불어 오고 굵은 빗방울들이 흙먼지를 튀기며 여기 저기 툭툭 떨어지기 시작하면 시간이 없다. 곧 들이 닥칠 빗 줄기를 피할 장소로 숨어 들어야만 되는 순간이 됐다는 경보다. 산 골에 오래 살다보면 지형지물에도 익숙하고 자연현상의 작은 변화에 도 민감한 느낌으로 알아 차릴 수가 있다. 멀리서부터 우르릉 쾅하며 번개가 치고 후둑 후둑 빗방울이 튀기 시작하면 소나기가 거의 눈앞 에 닥아 온 것이다 이렇게 되면 논밭에서 일하던 마을 사람들도 밖에서 신나게 뛰어 놀던 어린 아이들도 가장 가깝게 있고 비를 피할 수 있는 지형지물을 찾아 뛰게 된다. 어디 사람 뿐이랴 들판에 매 놓은 소들도 이리 뛰고 저리 뛰고 쇠말뚝을 빙빙돌며 주인이 나타나기를 기다린다. 소는 영물이라고 했다. 비가 쏟아져도 주인이 집으로 끌어 들이지 않거나 날이 어두워져도 주인이 나타나지 않으면 불안해 한다. 소는 덩치가 커도 겁이 많은 동물이라고 어른들이 말했다. 그래서 평상시에도 해가 지기전에 소를 외양간에 들여 매도록 아이들에게 이르곤 했던 것이다.

1950년대 후반으로 접어 들면서 아랫동진이 길을 이용하는 중학생들이 마을안에 대여섯명쯤 되었다. 그때 학교에서는 평행봉, 철봉, 링등 각종 구기 운동이 인기였다. 그 밖에도 아령 역도등의 붐이 일었고 조금 뒤에는 태권도 등이 호기심의 대상으로 인기가 있었는데 그때는 당수도라고 했고 태권도라는 이름은 아직 정착되기 이전이었다. 권법이라는 용어도 있었다. 동진이 마을에도 중학생들을 통해서 운동의 열기가 찾아 들었다. 나는 몇몇의 중학생들을 중심으로 해서 마당가에 평행봉을 세우고 여러 가지 기술을 익히며 배워 나갔다. 맨 처음에는 아무것도 할줄 몰랐지만 학교에서 기계체조부 학생들이 연습하는 것을 보고 따라 배웠나갔다. 점차로 여러 가지 기술을 능숙하게 할 수 있었다. 아랫동진이 길로 태성 학교에 다니는 학생들을 중심으로 마을 안에 세워진 몇 개의 평행봉은 저녁을 먹고 나오는 마을 청소년들이 함께 모여 기술을 가르쳐 주고 배우며 돈독한 유대관계를 이어나갈 수가 있었던 것이다. 평행봉뿐 만이 아니라 역기 붐도 일었다. 양회(세멘트)를 조금씩 구해서 땅바닥을 둥글게 역기 모양 원형으로 파고 콩크리트를 굳혀 가운데는 작대기를 꽂을 구멍을 뚫고 굳으면 철봉 대신 나무 작대기를 꽂아 역기봉으로 사용했다. 시멘트속에 철사를 몇가닥 넣어 주면 더욱 튼튼한 역기운동 기구가 되었다. 없으면 만들어 쓰는 것이 당시 물자가 부족할 때 살아나가는 최선의 방법이 었다. 그 밖에도 태권도 당수도를 배운다며 긴 송판이나 나무 기둥을 땅에 세우고 새끼줄을 감아서 주먹과 수도치기 단련을 한다며 손에서 피가 나도록 연습을 했다. 이렇게 50년대 후반 마을에서는 중학생들 을 중심으로해서 운동 열풍이 불었는데 이는 당시 백중날 김량 싸전 거리에서 벌어 지곤 했던 씨름판에 운동으로 단련된 체격 좋은 젊은 이들이나 개인적으로도 운동으로 신체를 단련한 부러운 몸매를 흠모 하는 젊은 청년들이 늘어 나면서 벌어 졌던 현상이 아니었나 추정해 본다. 당시 덕골에도 김 종술이라고 하는 운동을 열심히 해서 근육이 잘 발달한 젊은이가 한 때 살고 있어 부러움과 선망의 대상이었다. 그 는 내가 알기로 덕골에 살고 있던 아가씨를 좋아해서 그 집에 아주 머 무르며 운동을 하고 있었고 여러 씨름 대회에서도 입상했다고 들었 다. 역기나 아령같은 근육운동과 몸을 민첩하게 하는 평행봉, 철봉, 태권도 등이 당시 마을 청소년 젊은 층에 호기심과 흥미를 가져다 주 었고 인기가 있었다. 아마도 마을이 생긴이래 청소년들이 서로 시새 우며 운동에 이처럼 열심히 했던 시절은 다시 없으리라. 그 시절에 함 께 자라던 마을의 청 소년들은 그래서 다들 평행봉운동을 잘 할수 있 었다. 젊은 시절의 흥미를 가지고 있는 취미와 습관은 반세기가 지난 지금까지도 남아 평행봉과 아령 운동을 틈틈이 이어가고 있다.

가뜩이나 어려운 형편에 전쟁 까지 치른 뒤끝이라 물자가 귀했다. 그 시절을 생각해 보니 아랫 동진이 길로 6년 동안 중고등 학교를 다 닐 때 비가 와도 변변한 우산 한번 써 보지 못 했던 것 같다. 우산이 문 제가 아니라 비옷이나 우의라는 개념조차 없던 시절이었다. 50년대에 는 중학생들도 비가오면 곡식을 담는 마대 자루를 쓰고 학교에 갔다.

그냥 맨 몸으로 비를 맞고 하교에 와서는 젖은 교복을 짜서 걸상에 널어 말리기도 했다. 모두들 어려운 시절이었다. 납부금 기한이 지나도 돈을 내지 못한 학생들이 공부시간에 불려 나가거나 때로는 집으로 돌려 보내 언제까지 납부금을 낼 것인지 부모님에게 약속을 받아 오라고 했다. 학비를 내지 못한 학생들은 중간 시험이나 학기말 시험을 치르지 못하게도 했다.

밖으로부터 외지인들이 동진이 마을로 들어오는 길은 주로 뒷동산 장터 고개와 아랫동진이 길이었다. 마을 앞의 논 밭에서 일을 하다보면 이 두군데 길들이 비교적 잘 보이는 편이었다. 건물이나 키큰 나무들이 가리는 곳이 없기 때문이었다. 멀리서 바라보아도 밖으로부터 마을로 들어오는 외지인과 마을 사람들은 확연히 구분이 되었다. 지게를 지거나 소를 끌고 가는 마을 사람과 깨끗한 나들이 한복등을 차려입은 마을을 찾아오는 손님이나 양복 입은 관공서 공무원들은 금방 쉽게 구별이 되었다. 더러는 울긋 불긋 고운 한복을 입은 젊은 남녀가 보이면 엊그제 결혼한 아무개 사위가 재행을 온다고 누구나 알수가 있었다. 더러는 낼 모레가 아무개네 큰일이 있다더니 외지에 나가살던 형제들이 고향으로 찾아 오는 것이겠거니 하며 마을에서 돌아가는 일들은 모두 꿰고 있었다. 그때는 함부로 나무를 베는 것을 금지했고 산림간수라는 단속 공무원이 마을로 들어오기도 했다. 밀주 조사도 나왔고 해방후 어느 한때는 마을에 함부로 돌아 다니는 개들을 잡아 간다는 개박장이라 불리는 사람들이 들어 왔다고 해서 집집이 풀어 놓고 기르던 개들을 불러 들이고 난리를 피우던 때도 있었다. 마을 사람들은 항상 순진하고 선량해서 관에서 나오는 술 조사니 나무조사니 하는 단속 공무원들을 신경 썼고 두려워 하는 습성이 있었다. 이는 왜정 시절부터 순사들을 시켜 주민들을 탄압하고 억압했던 관에 대한 저항이며 적대감으로부터 연유된 것일 수도 있을 것이다. 여북하면 우는 아이들에게 순사온다고 하면 우는 아이도 울음을 그친다고 했을까. 밀주 조사가 나왔다고 하면 술항아리를 논 가운데 짚동가리에도 숨기고 나무광 깊숙이 묻어놓은 곡식 항아리 속에 감추기도 했다. 청솔가지나 통나무를 베어다 놓아도 단속 대상이었으므로 신경 쓰이는 일들이 많았다. 털어서 먼지 나지 않는 것이 없다고 단속을 당하는 마을 사람들 입장에서는 불안하고 항상 전전 긍긍할 수밖에 없었던 것이다. 농촌에서 현실적으로 농주 없이는 농사철에 힘든 농사일을 해나갈 수가 없었다. 그 당시 나 자신 그 힘든 일들을 체험적으로 경험해 보았기에 이런 목소리도 내는 것이다. 어쩔 수 없이 농사철이나 제사가 돌아 오면 일일이 양조장에서 필요한 만큼 사다 쓸 수가 없으니 조금씩 가정에서도 술을 담갔던 것이다. 김량 해동양조장의 막걸리가 잘 안 팔리면 밀주 단속을 나온다는 말도 들려왔다. 양조장의 술이 어느 동네에 전혀 안팔리거나 판매량이 유난히 떨어지면 그 동네가 밀주단속의 대상이 된다는 얘기였다. 밀주를 담가 먹는다는 심증이 가는 마을을 단속대상으로 삼는다는 이야기다. 그 당시 김량 양조장의 술 배달하는 사람은 키가 작달막하고 다부지게 생긴 오십대 쯤 되었는 데 무거운 짐 자전거 뒤에다 하얀 프라스틱 막걸리통을 서너개씩 좌우로 주렁주렁 달고서도 아랫 동진이 험한 비탈길을 잘도 오르 내렸다. 양조장은 가만히 앉아서도 어느동네로 막걸리가 얼마나 팔려나가는지 훤히 알 수가 있었다. 당시는 김량 장리 읍내 바닥도 원래 좁아서 아무개 하면 대강 모두 알고 지내던 사이였다. 그 막걸리 배달하던 사람도 동진이 사람들과 모두 잘 알고 지내 왔으므로 아랫 동진이 마찻길위에서 새참이나 점심을 일군들이 먹을 때면 의례 음식을 권했고 스스럼 없이 그도 같이 앉아 쉬면서 음식을 먹고 가기도 했다. 하기야 비록 생면 부지의 낯선 나그네가 옆으로 지나 가드라도 밥 한 술

뜨고 가라며 권하던 그런 시절이긴 했다.

아랫동진이 길로 내려 가다보면 왼편 산 비뚤이에는 군데 군데 묘지가 있었고 넓은 잔디밭을 이루고 있었다. 봄이면 잔디밭에 허리굽은 할미꽃이 자주빛으로 많이 피어났고 산등성이에는 연분홍 꽃잎이 탐스러운 진달래 꽃이 지천이었다. 학교에서 수업을 마치고 아랫 동진이 길을 걸어 올라 오느라면 나른한 오후의 봄볕아래 노오란 금빛 잔디위에서는 아지랑이가 연기처럼 피어 오르고 높고 높은 하늘위에는 한 점 흰 구름이 끝없는 대양에 조각배처럼 흘러가고 있었다. 미풍은 살랑대며 불어 오고 어디선가 봄 바람에 어느 노총각이 개울가 물오른 버들가지를 꺾어 호드기를 만들고 외로운 심사를 호드기소리에 실어 보내는지 산 골짜기 가득 처량한 호드기 소리가 넘실 거렸다. 개울건너 산 비탈 밭에는 분홍 치마 노랑 저고리에 바구니 옆에끼고 나물캐는 처자가 한송이 화사한 꽃처럼 아름답다. 이런 봄날이면 웬지 알 수 없는 야릇한 기분에 젖어 마음은 끝없는 상상의 날개를 펴고 허공을 나르며 심란해 지기도 하고 때로는 알수 없는 감상(感傷)에 빠져 들기도 했다. 봄은 그 시절 나에게 있어 참으로 야릇한 계절이었다.

그 무렵 언제쯤이던가 아래동진이 산 중턱의 어느 묘지 잔디밭에서 해맑게 웃던 그녀를 만났던 기억이 난다. 약속이 있었던 것도 특별한 이유가 있었던것도 아니었다. 싱숭생숭하고 이상야릇한 내마음이 봄바람을 타고 이심 전심 그녀에게 전해진 것이었을까, 그와 나는 거의 같은 시기에 이 세상에 태어나 봄을 느끼는 감정이 비슷했으리라. 인생의 봄을 맞은 그녀도 일어오는 춘흥(春興)을 못 이겨 아지랑이 일고 꽃이 피는 봄동산을 자신도 모르게 찾아 나온 것일께다. 두근거림 어떤 설렘같은 것이 밀려 왔었던듯하다. 무슨 이야기를 나누웠는 지는 잘 생각이 나지 않지만 이야기가 중요한 것은 아니다. 그날의 기분 그 느낌은 알수 없는 좋은 감정, 강한 이끌림같은 이런것들이 있었지 않았나 하는 아련한 기억이 추억의 언저리에서 맴돈다. 이성을 보며 생에 처음으로 느끼는 환희(歡喜)같은 것이었다. 그 뒤로 또 몇날 며칠이 지나갔을까, 우리 둘은 아랫동진이 어두운 밤길을 함께 걸어 내려갔다. 그날은 캄캄하고 어두운 밤이었다. 아니 어슴프레 조각달이 떠 있었는지도 모르겠다. 아무튼 인적이 없는 밤길이었지만 무서움 같은 것은 없었다. 길가의 묘지 잔디밭에 앉아 그녀가 가지고 온 갱엿 한 조각을 돌로 깨트려 둘이서 나눠 먹었다. 인적이 들려오지 않는 한 적한 아랫동진이 밤길에서는 이름 모를 풀벌레 소리만이 애절하게 밤 을 새워 들려 오고 있었다. 시간가는 줄도 모르게 밤이 깊어가고 있었 다. 만나는 순간부터 그녀는 항상 집에 빨리 들어 가야 한다고 하면서 그녀와의 헤어짐을 아쉬워하는 나를 늘 조바심하게 만들었다. 그럴 때 마다 조금만 더 조금만 더 있자고 할 말도 별로 없으면서 그녀를 붙 잡기에 나는 몸이 달았다. 그런 밤이면 왜 그렇게도 시간은 빨리 가는 것인지 참으로 알다가도 모를 일이었다. 이야기가 비록 없어도 무에 그리 좋았던 것인지는 말로서 표현하기는 어려우리라. 미묘한 감성이 흐르는 청춘 시절에 찾아드는 이러한 이성간의 끌림은 조물주가 내려 준 어쩔수 없는 한 때의 지나가는 회오리 바람같은 것인지도 모른다. 어느새 그때로부터 반세기의 덧없는 세월이 흘러갔다. 때로는 옛 생 각이 밀물처럼 밀려오기도 한다. 설렘속에서도 행복하고 즐거웠던 시 절이었다. 어렴풋한 그녀의 소식들이 바람결에 실려오기도 하고 더러 는 꿈 속에서 아직도 나를 설레게도 하지만 인생이 그렇듯 모두가 일 장 춘몽(一場春夢)이고 남가일몽(南柯一夢)인 것을 어이하랴. 그렇게 세월은 흘러갔고 청춘 또한 추억속에 묻혀갔다. 다시는 올 수 없는 까 마득히 머어언 그 옛날의 흐린 기억이 밤안개처럼 스멀스멀 피어 오른다. 헤아릴 수 없이 많은 날들이 어느틈에 꿈결처럼 지나갔다.

아랫동진이 길로는 김량시장 푸줏간의 돼지 장사가 이따금 올라오기도 했다. 그는 마을에서 기르던 150여근 정도의 큰 돼지를 짐 자전거에 실고서도 능숙하게 자전거를 타고 달려 내려갔다. 아랫동진이마찻길은 자전거를 타고 내려가는 쪽이 좀 더 수월했다. 마을로 들어오는 편이 오르막이 더 많아 힘도 더 들었다. 마을에서 돼지를 키우면명절 때나 경조사 때 돼지 도리기라고 해서 마을에서 잡아 먹기도 했지만 그렇지 않으면 장터 푸줏간에 팔았다. 50년대에는 소도 마을에서 직접 잡아먹기도 했다. 아랫 동진이길은 우체부가 자전거를 타고마을로 들어오는 길이기도 했다. 아랫동진이 마찻길에서 또 하나 기록되야 할곳은 구미동네 못가서 왼쪽 산잔등을 넘어 태성학교를 갈수 있는 지점에 포방터라고 부르는 곳이 있었다. 마찻길 바로 옆에 붙어서 설치된 감적호였는데 이곳은 개울건너 사격장의 표적지가있어탄착군을 확인하던 곳이었다. 육이오 직후에 경찰서 사격 연습장이옥현마을 뒷동산에 만들어 졌고 수시로 경찰관들의 사격 연습이 있었다. 이 사격장의 표적지가 세워진 곳이 바로 개울 건너 이편의 동진이사람들의 마찻길 옆이었다. 표적지의 탄착점을 확인하는 참호가 있던곳을 일컬어 마을 사람들은 모두 포방터라고 했다. 이 포방터는 60년대 후반 까지도 현장에 남아 있었던 시설이었다. 사격연습이 있는 날이면 구미마을에서 한참 올라와 마찻길 입구에 붉은 천의 삼각깃발을꽂아 사격이 있음을 알리고 사격시간에 맞춰 사람들의 통행을 제한했다. 포방터 바로 앞은 밭이었는 데 가을에 수확을 하고난 빈 밭에는까맣게 익은 열매가 달린 까마중이라는 풀이 여기 저기 많이 자라고있었다. 익은 열매는 맛이 좋아 하교길에 한 주먹씩 따 먹기도 했다.길옆 덤부사리에서 찔레를 꺾어 먹고 산 딸기등도 흔해서 이런것들을 따먹기도 하면서 올라오기도 했다. 때로는 무더운 여름철 개울을 따라 올라오면서 맨발로 개울물에서 가재나 모래무지등을 잡기도 했다. 길옆 보리밭에서는 여치가 자지러 지게 울어대고 개울가 버드 나무위에서는 매미소리가 장단을 맞추고 있었다. 수확이 끝난 고구마밭을 파보면 이따금 제법 굵직한, 밭 주인이 빠트린 고구마를 발견하기도 해서 생각지도 않은 횡재를 하기도 했는데 하루종일 수업에 지치고 출출한 어린 육신에 맛 좋은 간식거리가 되기도 했다. 그때는 학교에서도 툭하면 삽가지고 와라, 낫 가지고 와라 하면서 작업이 많았다. 하굣길에서는 이러한 연장들도 활용도가 높았던 것이다. 학교의 난방시설이나 연료사정도 안 좋아 겨울이면 학생들마다 장작개비 몇 개씩 학교에 가지고 가야 했다. 학교도 어려웠으니 궁여지책이었을 것이다. 아랫동진이 개울가 논에서는 가을 벼 수확이 끝나고 서리가 하얗게 내린 논 바닥을 서성이며 벼 이삭을 줍는 아낙네들을 더러 볼수도 있었다. 김량장리 서구 오릿골 일대에 거주하며 농사가 없고 생활이 어려운 피란민들이 부족한 식량을 보태려고 떨어진 벼 이삭을 주워 가는 것이었다.

3부

동진이 사람들

(1) 특별한 사람들

삼국시대에는 중앙정부의 행정 조직이 체계적이고 조직적이지 못했다고 한다. 중국의 군현제도와 비슷한 지방 조직을 설치 했지만 실제로는 지방관의 숫자가 많지 않아 중요 거점만 지배하는데 그쳤고 나머지는 자치를 허용하는 간접적인 지배를 하였다고 했다. 삼국시대 말단 행정에 있어 촌락은 촌주에게 맡겨 졌다하고 고려시대에는 호장(戶長)이라는 제도가 있었다고 한다. 지금의 이장(里長) 제도와 촌주(村主) 또는 호장(戶長)이 유사(類似) 하지 않았을까 생각된다. 이러한 이장 제도는 중앙정부 시책을 최 말단에서 주민들에게 알리고 시행하는 매우 중요한 임무를 띠고 있다고 볼 수 있겠다. 나는 1960년 고등학교를 졸업 했으나 군 입대 문제가 해결되지 않아 고향에서 농사일을 하며 진로 문제를 심각하게 고민(苦悶)하고 있던 중이었다. 보충역으로 편입이 되어 입대 문제가 매우 불 투명한 상황에서 진로를 결정하기는 쉽지 않았다. 이 때 마을 어른들로부터 권유를 받고 본의 아니게 이장이라는 책무를 수행하게 되었다. 지금은 어떤지 모르겠으나, 당시에는 각 마을 이장에게 전달 되어 내려 오는 행정적 공문이 무척 많았다. 일제하에서 해방이 된지도 십 수년이 지났음에도 당시의 관공서 공문 형식은 〈수제지건(首題之件)에 對하여〉라는 머리 글자로 시작 되는 한문투의 딱딱하고도 어색한 일제의 잔재가 아직 남아 있었다. 장날에는 물론이고 평일에도 수시로 면 사무소에 드나들며 공문을 챙겨보아야 했고 마을에 어떤 도움이 되는 일은 없나 항상 살펴 보며 관공서와 마을 간의 유대를 넓혀가야 했다. 한자를 혼용하던 때라 기초 한자의 이해도 필요 했고 문서 작성의 기초 소양도 물론 갖추고 있어야 했다. 다행히 나는 비록 나이는 어렸지만 선고(先考)의 영향으로 어렸을 때부터 한자를 많이 접했을 뿐만 아니라 흥미와 관심도 있었고 고등학교에서도 한시와 한자 공부를 다소간 교육을 받기도 하였기로 일상 생활에서 쓰이는 한자를 읽고 쓰기에는 큰 어려움은 없는 상태였다. 특히 닷새마다 서는 장날에는 마을 사람들과 어울려 항상 장에 나갔다. 장날에는 관공서 일이며 일상생활에 필요한 호미, 낫등 농기구를 벼리는 일등으로 주민 대부분이 장에 나갔던 것이다. 이장은 마을 주민들의 아이들 출생신고, 사망신고등 각종 민원서류를 대필해 주었고 마을에 초상이 나면 면사무소 등사기로 부고장도 만들어 상주에게 주어야 했다. 당시는 부고장도 순전히 한문 문장으로 된 옛날식 부고장이었다. 등사원지를 구입해서 철필로 가리방 글씨를 써서 등사잉크를 묻힌 로라로 등사기를 직접 밀어 한장한장 부고장을 찍어 냈다. 부고장을 넣는 봉투도 사람의 손으로 모두 일일이 한자로 訃 告라 쓰고 이름을 적었다. 통신이 발달되어 있지 않던 시절이라 부고는 사람들이 각 마을로 파견되어 상주와 망자의 지인들에게

직접 사망사실을 알렸다. 군대간 자식들에게는 전보를 쳤다. 이장은
전반적인 마을의 대소사를 주민을 대표하여 관장하고 처리해 나갔다.
그 밖에도 이장의 중요한 업무로는 리 조합장과 협력하여 농협에서
종자 구입과 비료 구입, 농약 구입과 같은 업무뿐만 아니라 면 사무소
와 협조하여 각종 행정적 업무와 대여곡 상환, 식목, 사방공사, 자갈
부역등 마을 주민들을 동원해야 하는 일들을 수행해야 했다. 장날이
면 그래서 용인면 사무소와 용인 농협근처에서 마을 사람들과 이장이
모두 만나서 그 날 해야 할 일들을 처리해 나갔다. 용인면사무소와 용
인농협 바로앞 행길 건너에는 김선생댁 구멍 가게가 있었다. 그 김선
생네 구멍가게는 장날 동진이 사람들의 만남의 장소였다. 가게집 안
마당까지 들어가서 찌개를 끓여 놓고 그 옆의 얼마 떨어지지 않은 곳
에 있는 김량 해동양조장에서 막걸리를 사다가 마시기도 했고 더러는
김선생댁 소주를 마시기도 했다. 이따금은 술안주로 과자등을 팔아
주기도 했지만 무척 귀찮기도 했으련만 그런 내색은 찾아 볼 수 없었
다. 아무튼 농협이나 면사무소에 볼일이 없다고 해도 어차피 동진이
사람들은 마을로 돌아가려면 농협이나 면사무소앞의 김선생댁을 지
나 신작로를 타고 올라와야 하는 길목이라 거의 정거장이라고 할만
했다. 대개 파장에는 모두 이곳에서 거나하게 술 한잔씩을 걸치고서
마을로 돌아오는게 장날의 일반적인 하루 일과였다. 출생신고등 민원
업무를 해결해 주고 나면 마을 주민들은 고맙다며 술을 한잔씩을 사
주었다. 그때 까지 나는 술을 배우지 않은 시기라 고맙다며 수고 했다
며 따라주는 소주 한잔을 받아 먹기가 쉽지 않았다. 그나마 막걸리는
조금은 마시기에는 수월했다고 하지만 얼굴이 빨개지고 두통도 오고
괴롭기는 마찬가지였다. 술은 체질상 받지 않아 지금도 한 두잔은 하
지만 폭주는 하지 않는다. 이렇게 이장일을 맡으면서 어쩔 수 없이 술
을 접하는 일들이 빈번 했으므로 조금씩 학교 졸업후 사회생활에 적

응해 나가는 과정을 겪어 나가고 있었다. 동진이 저수지는 내가 중학생시절 어느해 큰 장마에 여수토쪽으로 둑이 터져 저수지로서 역할을 하지 못하고 그후 여러해를 방치해 놓고 있었다. 그해 저수지 아래 쪽으로 물난리가 나서 개울둑이 무너지고 저수지아래 논들이 모두 성천이 가고 말았다. 특히 개울을 중심으로 양옆의 논들이 많은 피해를 입었다. 그해에는 마을에도 큰 흉년이 들어 가뜩이나 어려운 살림이 더욱 주름이 가고 말았다. 아랫동진이 우리논 일곱 마지기도 개울둑이 터져 큰 피해를 보았고 많은 품을 들여 성천이 간 논바닥에서 모래와 돌들을 퍼내고 힘들게 작답을 하였다. 무너진 개울둑도 다시 쌓고 삼촌들과 온 식구들이 동원되어 고생들을 많이 했는데 중학생 시절에 나도 자갈 삼태기를 들고 다니며 돌을 골라 개울둑에 버리던 일들이 주마등처럼 흘러간다. 버려 두었던 저수지를 60년대 내가 이장을 볼 때에 와서야 용인군청 토목과 주관으로 제방 보수공사를 하게 되었다. 당시 나는 마을주민을 대표하여 저수지 제방보수 공사에 참여하게 되었다. 한때 군청에서도 일을 보았던 한순영어른이 군청업무에 밝아 그분의 도움을 받아 용인군청을 드나들며 저수지 둑 보수 공사는 잘 마무리가 되었다. 그 당시 콩크리트 공사에 들어가는 철근 같은 것은 평소 주위에서 접하기 어려운 건설자재였다. 마을 주민들은 자갈 채취등을 하며 일당을 벌어 가용에 보탬이 되었고 작업 현장의 인부로도 일하면서 수입을 얻을 수가 있었다. 버려진 철근 토막으로는 물지게 고리를 만들기도 했고, 화로불 위에 올려 놓고 찌개를 끓이는 구멍쇠도 만들고 화젓가락등도 만들었다. 아이들에게는 철근으로 썰매도 만들어 주었다. 그때는 집집이 화로가 몇 개씩있어서 겨울이면 방안에 화로를 들여놓고 인두와 화젓가락등을 꽂아 두고 불을 꾹꾹눌러 주며 불관리를 해 줄 때였다. 6·25가 휴전이 되고 사회가 어느정도 기반을 잡고 안정되어가자 행정계통에도 체계가 서고 여러 변화가 태동하기 시작했다. 각 자연 부락 이장집과 면 사무소간에 행정 전화가 가설되기 시작하였다. 동진이 마을도 내가 사용하고 있는 건넌방으로 전화기가 설치되었는데 마을 앞 산을 넘어 신기 부락으로부터 전화선이 이어져 가설 되었다. 앞산과 들판을 지나 개울을 건너온 전화선은 마을앞의 논과 밭을 또다시 지나서 장터 고개밑에 우리집 내방의 전화기까지 연결 되었던 것이다. 천년이 넘는 마을의 역사에서 문명의 상징인 전화가 마을안에 들어와 가설 되었다는 것은 가히 혁명적인 대 사건이었다. 전화 가설은 현대화의 상징적인 시발점이 되었다. 이러한 역사적 의미와 현대화의 효시로 높히 평가 할만한 전화기 가설이었지만 지금 오늘날의 기준으로 생각해 보면 매우 엉성하고 부실한 시설이었다. 일단 전신주를 살펴보면 방금 산에서 베어 온듯한 원형 그대로의 서까래만한 굵기의 통나무들을 삽으로 땅을 파고 묻었고 전화선은 피복이 되어있지 않은 철선을 전신주에 붙은 애자를 거쳐 늘였는데 두 전신주 사이가 너무 멀어 팽팽하지 못한 전화선이 늘어지고 바람이 조금만 불어도 두가닥 전화선이 서로 엉겨 붙어 꼬였다. 동진이 산 골짜기 바람은 센 편이어서 허구한날 전화선에서는 바람부는 소리가 웅웅거렸고 무엇 보다도 꼬인 전화선은 불통이었다. 그때마다 나는 긴 나무 장대를 들고 전화선을 따라가며 두가닥 전화선을 떼어 놓아야 했다. 방안에 놓여진 전화기도 훗날 군에 입대하여 통신병과를 받게 되어 군 부대의 전화기를 알게 되었는데 그 당시 내 방에 놓인 전화기가 부대에서도 사용하던 316전화기와 EE-8전화기였음을 알 수가 있었다. 어찌됐건 1960년대 초반 동진이 마을 이장집에는 마을이 생긴이래 비록 행정 전화였지만 멀리 떨어진 외부의 사람과 통화를 할 수 있는 전화가 동진이 마을에 맨 처음 가설 되었다는 역사성은 의미을 부여 할만 하다고 본다.

이러한 여러 사회적 변화가 태동하는 와중에 또 다른 큰 변화가 있었으니 바로 이장의 처우 문제였다. 이장을 별정직 공무원으로 대우한다는 말도 돌았고 공무원증 같은 증명서를 발급해 준다는 말도 들려 왔다. 또 공무원들의 월급과 같이 매월 일정액의 수당을 지급해 줄 것이라는 말도 들리곤 했다. 별의 별 확인되지 않은 소문들이 이장들 사이에서도 돌고 돌았고, 확대 재생산되어 가는 듯한 느낌도 없지않았다. 얼마의 시간이 지나고 나서 아닌게 아니라 소문중의 몇가지는 현실적으로 듣기와는 다르게 농도의 차이는 있을지라도 몇가지는 실시가 되긴 했다. 이장 신분증도 발행이 되어 이장들에게 지급이 되었고 적은 액수 이지만 얼마간의 수당이라는 명목의 돈도 매월 지급이 되었다. 지금 그 금액이 얼마인지 확실한 기억은 나지 않는데 월 1만원이 아니었나 하는 생각이다. 그 때 까지는 각 마을 자체적으로 행해지던 이장의 처우 문제가 이 때부터 행정 관청에서도 신경을 쓰기 시작 했던 것이다. 당시 동진이 마을에서는 이장에게 마을 자체적으로 오랫동안 전통적으로 해 오던 대우 방식이 규정되어 내려 오고 있었다. 각 마을이 동진이 마을과 똑 같을지는 정확히 모르겠으나 아마도 전통사회 이웃들이 서로 잘 소통하고 있었으므로 먼곳은 모르지만 적어도 인근의 마을들은 이장의 처우가 대동소이 비슷 했으리라는 생각이다. 동진이에서는 당시까지 이장 대우를 보리 수확때 겉보리 한말과 가을에 벼 수확 할 때 또 벼 한말 씩을 가가호호 이장에게 걷어서 주었다. 그 외에도 집집이 일품 하나씩을 이장에게 제공하는 것이 이장에게 일년에 제공하는 보수인 셈이다. 한집에 삼대가 살아도 한집에 두형제가 함께 살아도 한집으로 분류했다. 어디 까지나 가호 즉 집한채를 기준으로 계산 하는 방식 이었다. 덕골은 능골과 함께 원동진이 이장 밑에 반장을 따로 두어 그곳 반장은 덕골 능골 사람들이 이장과 같은 방식으로 처우를 해 나갔다. 일년의 결산은 대동회때 하고 이

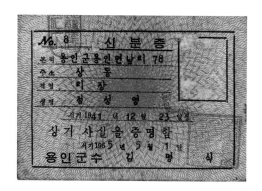

장에게 지급해주는 보리나 벼는 현금으로 환산해서 정산해도 되고 일품도 그해 마을에서 규정된 일당에 해당하는 품값으로 정산 할 수도 있었다.

　이장들에게 면사무소에서 전화가 설치되고 약간의 수당이 나오고 신분증이 발급되면서 마을에서도 보리 한말을 빼자느니 벼 한말을 줄이자느니 하면서 여러 의견이 분분하였다. 그러던 차에 군 입대 통지서가 나왔다. 대동회날은 마을에서 음식도 장만하고 막걸리도 김량양조장에서 배달 시키고 마을 사람들 모두가 하루를 쉬었다. 이장의 보수를 정산해서 결산 처리하고 마을 공동재산으로 춘궁기 때 빌려 줬던 장리쌀도 걷어 들이고 마을의 이장도 새로 뽑고 그밖의 마을의 공동 관심사도 함께 의논 했다. 1960년대의 이장들은 마을 사람들로부터 걷어들인 각종 비료 대금과 농약대금은 물론 농협의 공판 대금 등도 때로 위임 받아 항상 공금을 휴대하고 있었다. 특히 이(里)조합장은 각 마을 이장으로부터 넘겨 받은 이러한 현금 뭉치들을 주머니에 불룩하리만치 가득 넣어 가지고 다녔는데 그러다 보니 젊은 이장과 조합장중에서 술 좋아 하고 놀기 좋아하는 사람들도 있고 여럿이 어울리다보니 가지고 다니는 현금을 야금야금 자기도 모르게 시나브로 빼어 쓰게도 되는 폐단이 생기게 되었다. 이런 부작용으로 그 당시 이장과 조합장 중에는 본의 아니게 많은 빚을 지고 논 밭을 팔아 변상하는 경우가 꽤 있었다. 1965년도에 인천 신문사에서 경기년감을 발행했는 데 면 사무소에서 각 마을 이장들에게 이 경기년감을 한권씩 지급해 주었다. 경기도의 각 군의 여러 현황과 각 마을 이장들의 이름들도 기록으로 등재(登載)되어 있었다. 내 뒤를 이은 한인수 이장은 마을 사람들이 힘들어 하는 뒷동산 장터 고개를 조금 낮추고 옆으로 길을 돌려내어 경사도를 완만하게 해서 힘든 고개길의 고생을 덜어 보려는 공사를 시행했다고 들었다. 그 결과로 옛날부터 오랜 세월동안 조상들이 줄기차게 이용해 온 아리랑 장터 고개는 많은 애환과 추억을 역사속에 묻어 두고 지금은 새로 난길을 이용하고 있다. 고생을 덜어 보자고 애써서 많은 우여 곡절을 겪으며 새로운 길을 냈지만 그 이후 아랫동진이로 새로운 길이 나고 자동차를 운행하는등 생활 수준의 향상과 생활 방식의 변화로 결과적으로 새로난 장터고갯길은 예전의 영화를 잃어 버린 천덕꾸러기 같은 존재가 되어 버렸다. 차라리 옛날의 장터고갯길 그 정취가 그립기도 한 것은 내가 너무 늙고 감상적인 탓만은 아닐 것이다. 그럴 줄 알았으면 그냥 옛길의 원형이라도 지금 살아 있었으면 어땠을가 부질없는 생각도 가끔은 해본다. 천년이상을 선대로부터 줄기차게 이어져 내려온 온갖 애환이 깃든 역사성과 조상님들의 숨결이 흐르는 그 길을 다시 한번 생각해 보았다. 오늘날 마을 앞으로 자동차가 다니는 현대식 포장 도로가 새로 날 줄을 그 누가 알았으랴. 한치 앞을 모르는 숙명을 짊어지고 살아 가야만 하는 인간의 한계를 탓 할 수 밖에….

해방이후에 동진이 마을에서 누가 처음이장을 맡아 보았을까? 이 정도의 역사적 기록도 찾을 길이 없다. 내가 어렸을 때 그러니까 왜정 말기로부터 해방 전후 까지는 이장이라는 말 대신 구장이라는 호칭을 사용한 것 같다. 1894년생인 마을의 원로이신 한경호 어른을 당시 마을에서 〈구장어른〉이라고 호칭했고 외지에서 마을의 한경호 어른을 찾아들어온 사람들이 〈한 구장〉이라고 말했던 것을 상기해 보면 해방 무렵 전후해서는 구장이라는 호칭이 맞을 것 같다. 그래서 그런지

는 모르겠으나 한구장댁 큰 마당의 한쪽 구석에 처음부터 마을의 종
(鐘)이 달려 있었다. 아마도 해방될 무렵 전후의 첫 번째 마을 이장은
한경호 어른이 아니었을까. 그 뒤로 정확한 순서는 정하기 어려우나
양병관 씨, 이봉종 씨, 이필우 씨등 몇 분이 더 떠 오른다. 행정관청에
혹여 각 마을의 년대별 이장들의 기록이 있다면 다행이겠지만 아무튼
이를 보면 마을에서도 나름대로의 역사를 기록해 나가는 것은 매우
중요한 일이 될것이라는 생각이다. 1950년대 전후로 어려울 때 마을
의 이장들은 마을과 마을사람들을 위해 동고동락하며 애환을 함께 했
던 추억이 많은 시절이었다.

옛날엔 어른이나 어린아이나 몸이 아퍼도 병원에 간다거나 약국에
서 약을 사먹는 다는 것은 쉽지 않았다. 어른들의 병이 깊어도 기껏해
야 한약방에서 약 몇첩 지어다가 약탕기로 달여 그 시커멓고 쓰디 쓴
한약을 한 사발씩 마시고 했지만 그런일도 사실상 현실적으로 어려웠
다. 정히 어쩔 수 없어야 한약방이라도 찾게 되었다. 집집마다 웬만하
면 약탕기 정도는 하나씩 있었는데 정히 없으면 이웃집에서 빌려 쓸
수도 있었다. 일반적으로 평상시에는 전래 되는 민간요법을 찾아 보
는 것이 상례였다. 미신이나 무속도 성행했다. 집 주위에 쥐손이풀,
산에 나는 삽주뿌리, 둥굴레, 쑥이며 고삼뿌리등은 어린시절에 어른
들로부터 흔하게 들어오던 약초이름들 이었다. 그래서 웬만한 배앓이
나 상처등에는 의례 전통적인 민간 요법이 손쉽고 우선이었다. 어린
아이가 아프면 사람들이 많이 지나다니는 길바닥에 죽을 쑤워 내다버
리고, 바가지나 부엌칼을 던져 놓기도 했다. 당시에는 이러한 풍속이
마을 길에서 과히 낯설지 않게 목격 되는 광경이기도했다. 끝밭골 산
밑의 도랑 근처 뽕나무 위에는 이따금 짚으로 만든 허수아비가 걸려
있었고 어떻게 알았는지 그 속에 돈이 들어 있다는 얘기가 아이들 사

이에 돌고 돌아 겁도 없이 아이들은 나무위에 올라가 허수아비 몸통을 헤집어 돈을 꺼내기도 했다. 병이 위중하면 더러는 외지의 무당을 불러 몇일씩 밤을 새우며 굿을 하기도 했는데 마을 부녀자들이 밤에 굿 구경을 가기도 했다. 이런 시절에 마을안에는 일종의 전래 의료에 한가지라고 할 수 있는 침을 놓는 분이 있었다. 그 어른은 아랫 동진이 길에서 마을로 들어오며 마을의 가장 첫집에 살던 이종렬 어른이었다. 이 어른은 평소 허리 춤에 항상 타원형의 침통을 차고 다녔다. 먹은 음식이 체하거나 막혔을 때 보통 사관을 튼다고 말했는데 침을 사용하여 막힌 혈을 뚫어 준다는 의미같다. 바늘 같이 생긴 침을 머리 위에 쓱쓱 몇 번 문지르고는 각 손가락 끝을 찔러 피를 내고 이어서 발가락에도 침을 놓았다. 어린 시절에 나도 몇 번인지 이 어른에게서 침을 맞은 기억이 있는 데 무척 따갑고 아팠다. 아마도 머리위 정수리에도 침을 놓았다고 기억하고 있다. 1898년생인 이 어른은 60년대에 이미 환갑이 지났고 수염을 허옇게 기른 노인 이었다. 지금은 60대라고 해도 노인같지가 않은 세상이 됐지만 반세기 전 그 시절에는 마을의 원로 대접을 받던 시절이었다. 침술의 효험여부는 차치하고 당시 마을에서 하는 유일한 의학적인 치료행위였다. 그 때 마을에서 흰 수염을 기른 어른들이 한 구장 어른과 이종렬 어른, 또 팥밭골 우물앞집의 양명학어른과 원동진이 정헌용어른등이 생각난다. 당시 육십대 중후반의 마을에서는 가장 나이가 많은 편의 어른들이었다.

용인면 사무소 앞길로 용인초등학교까지 일직선을 곧장 길이 나 있었는데 그 길 중간쯤에서 오른편 시장 쪽으로 구부러져 조금만 더 들어가면 단층으로 지은 일본식 건물이 있었다. 이곳에는 용인에 병원으로서는 효시가 아닌가 생각 되는 이대영 의원이 있었다. 나는 이 병원과 지금 까지도 잊지 못하는 몇가지의 추억이 있다. 용인 초등학교 첫 입학식날 선고께서 이 병원으로 나를 데리고 가셨다. 의사인 이대영씨와 선고 께서는 동기 동창 친구라고 했던 것 같다. 자식이 초등학교(당시 국민학교였지만 정문에는 〈김량장 공립 보통학교〉라는 명판이 아직 붙어 있었던 것으로 기억 된다) 에 입학하게 되자 친구에게 인사를 시키려고 데리고 가신 듯하다. 그때는 김량 바닥이 워낙 좁아서 큰 마을 정도의 유대관계가 있던 시절이었다. 그렇게 입학식날 이 병원을 부친과 함께 찾아가서 인사를 하고 난 이후 몇 년이 지난 어느날의 일이었다. 이따금 먹던 생선가시가 그날 따라 목에 걸려 넘어가지를 않았다. 대개 이럴 때는 밥 한 숟가락을 크게 떠서 입에 넣고 씹지 않고 꿀떡 삼키거나 김치나 상추쌈을 크게 싸서 먹으면 무난히 넘어 가는 법인데 그때는 세상 별짓을 다해도 가시가 넘어 가질 않고 침을 삼킬 적 마다 계속해서 따끔거렸다. 그때마다 신경이 쓰이고 고통도 계속 되었다. 결국은 하다하다 안되어 읍내의 한 곳 뿐인 이대영 의원으로 찾아가게 되었다. 의사는 입을 크게 벌리게 하고는 정말로 거짓말 같이 순식간에 간단하고도 쉽사리 생선가시를 뽑아내 주었다. 앓던 이가 빠진 것처럼 시원했다. 병원을 찾고 의사의 진료를 받을 수 있으면 이렇게 간단하게도 처치를 받을 수 있는 경우에도 괜시리 민간요법으로 이렇게 저렇게 치료하다 보면 중요한 치료 시기를 놓치거나 쓸데 없는 긴 고통의 시간을 겪는 경우도 없지 않았다.

이종호 어른은 이종렬 어른의 형님으로 풍수지리에 소양과 조예가 있었던 것으로 생각된다. 마을에서 지관으로 집터나 묏자리등을 봐 주기도 했고 약간의 한학 지식도 있지 않았나 추측된다. 전해 들은 바에 의하면 동진이 앞 바깥말 개울 건너 안산 청룡 뿌리의 형세가 마을 발전과 큰 인물의 탄생을 막고 있다는 평을 했다는 것이다. 나름대로 의 풍수 지리적 안목에서 말한 것이겠지만 내가 직접 들은 것도 아니어서 자세한 의미는 알길이 없지만, 그 이후 안산에 명지 대학교가 들어오고 학교 터를 닦는 과정에서 모든 안산의 지형도 바뀌였으니, 그렇다면 지금은 풍수지리적 해석도 달라질 수 밖에 없을 것이아닌가. 과연 지금과 같이 변해버린 마을의 지형 지물은 풍수적 관점에서 어떤 긍정적 작용과 부정적 작용으로 동진이 마을에 영향을 주고 있는 것인지 자못 궁금 하긴하다. 이종호 어른의 큰 아들인 이성우씨는 1918년생으로 집을 짓는 마을의 목수였다. 당시 마을의 짓는 모든 집들은 모두 이분이 지었다. 내가 알기로도 십여채의 새로운 마을의 초가집을 지었고 한구장댁 안채 기와집도 내가 초등학교 시절 이분이 지은 것으로 기억하고 있다.

나의 선고 (先考)께서는 성함으로 지(志)자와 용(鎔)자를 쓰셨는데 평소에 자(字)는 상운(祥雲)을 쓰셨다. 선고께서는 1916년생이니 목수이신 이성우씨 보다는 두 살 년배이셨다. 왜정때 초등학교를 같이 다니셨는지 내 보기에 평소 대화는 평어를 쓰며 서로 막역한 사이 같았지만 다만 특이한 점은 이름을 부르지 않고 자(字)인 〈상운〉을 호칭으로 썼다는 점이다. 선고 께서는 일제때 보통학교를 졸업하시고 오랫동안 면 사무소 농지계, 호적계등에서 일하셨다. 붓 글씨도 잘 쓰셨고 펜글씨도 달필이셨다. 내집에는 선고께서 펜이나 붓으로 복사해 옮겨놓은 책자가 수없이 많이 있지만 특기 하고 싶은 것은 소화십일년 일월일일부터 그다음 해인 소화 십이년 유월 십구일밤에야 끝을 낸 신문 연재 소설인 송영 작 〈이봄이 가기전에〉 라는 귀한 필사본 책을 한권 지금까지 소장하고 있다. 초기에는 펜으로 필사하다가 나중에는 지루하고 시간이 없으셨는지 연재소설 기사자체를 스크랩해서 붙이는 방법으로 마무리를 해 놓은 나에게는 귀중한 유물이다. 용인 바닥이 넓지 않아 인근 면내에 모르는 사람이 없을 정도로 발이 넓으

섰다. 평생을 지방의 말단 공무원으로 지내셨으며 얼마 안돼는 전답은 다른 형제들과 식구들의 영농으로 생활했다. 자유당 말기에는 퇴직 하시고 마을에 은거 하셨다. 명절때면 특히 정월에 동네 아낙네들이 토정비결을 보러 찾아 왔고 마을에 초상집이 생기면 고인의 명정을 쓰거나, 새로 집지을 때 상량문(上樑文)을 쓰셨고, 장 담그는 날이나 집안의 어떤 날등을 정할 때 손 없는 날등을 물어 보러 마을의 부녀자들이 찾아 오기도 했다. 내가 장성해서 이장을 볼 때 쯤은 부친은 연로 하신 관계로 어깨 넘어로 익힌 내가 부친 대신 토정비결을 보거나 상갓집에서 명정을 쓰기도 했다. 그때 마을에서 고인의 명정을 쓸때는 막걸리에 분필가루를 섞어서 붉은 천에다 붓으로 썼다. 이런 환경에서 자라면서 내 스스로 한자에 접하는 기회가 많아지고 또 관심도 갖게 되자 상용한자 정도를 이해 하는데는 크게 막힘이 없게 되었다. 오랜 세월이 흐른뒤 한자 시험 제도가 있다는 정보를 듣고 이제와서 어떤 자격증이 내 인생에 도움이 될 것은 아니지만 객관적인 공인기관의 평가를 받아 보는 것도 흥미가 있겠다 싶어 매 3개월 마다 실시되는 한자능력 검정 시험에 한번 응시해보았다. 여러 공인 기관이 있었지만 한국 어문회(韓國語文會)가 그중 권위가 있다고 했다. 처음엔 수준을 몰라 일단 3급에 응시했다. 3개월뒤 또 다시 2급에 도전했다. 2급도 무난히 통과 되고 보니 욕심이 생겨 3개월뒤 다시 1급에 도전해서 무난히 1급까지 인정을 받았다. 위에 특급이 하나 더 있지만 더 이상 욕심을 부리지 않아도 그만하면 됐다 싶어 만족했다.

선비(先妣)께서는 온양 정씨로 용(庸)자와 순(順)자를 쓰셨다. 원래 외가인 안성땅 공도면 양기리 야촌(野村:들말)에서 독학으로 한글을 깨친 분이었다. 당시는 마을안에 거의 모든 부녀자들이 글자를 해독하지 못하는 문맹이었던 시절이었다. 모친께서는 부녀자들간에 오고가는 내간 편지들을 읽어 주기도 했고, 대필로 답장을 써 주는 것도 보았는데 특히 결혼식때 사돈간에 오고가는 문안편지를 자주 대필해 주고 사연을 소리내여 그들 앞에서 읽어 주는 것을 목격 할 수 있었다. 모친은 리더쉽도 있어 많은 부녀자들이 따랐고 6·25가 휴전된 이후는 전쟁의 영향 탓인지 마을안의 부녀자들 간에서 모친을 일컬어 〈연대장님〉 이라고 부르고 있었다. 그 밖에도 부녀자들이 하는 일은 다방면에 손 재주가 있으셔서 바느질과 음식만들기 뿐만 아니라 상차리기 상복(喪服) 만들기, 한복짓기 등 두루 두루 막힘이 없는 여장부셨다. 마을의 젊은 부녀자들이 집으로 한복 짓는 법을 배우러 오기도 했다. 50년대까지만 해도 어른 아이할 것 없이 거의 모두 한복 바지 저고리가 일상 생활복 이었다. 모친은 당시 마을 부녀자들의 리더 였다. 6·25이후에 한때 상이군인들이 마을안에 들어와 행패를 부리며 돈을 갈취해 갈때가 있었다. 어느날 몇 명의 상이 군인들이 들어와 마을 부녀자들을 위협하며 금전적 요구를 할 때 모두들 두려움에 떨때도 이들앞에 당당하게 나서서 부당함을 지적해서 이들이 오히려 기가 죽어 물러 갔다는 이야기도 들은 바가 있다. 그만큼 여성으로서는 놀랄만한 기백과 용기가 있으셨다. 자존심이 강하고 남한테 지기 싫어해서, 무슨일을 누구와 같이 하더라도 남들 보다는 더 잘 하려고 하는 마음이 대단히 강한 분이셨다.

마을의 두레패 풍물놀이에서 호적이라는 악기를 불던 분이 김무길 어른 이었다. 호적은 일명 날라리라고도 하는 농악기인데 이분은 단기4238년생으로 60년대에 마을에서 이미 노인이었다. 이분이 돌아가신이후 호적을 전문적으로 불었던 분은 없었던 던듯하다. 한때 4260년생인 한순근씨가 이따금 호적을 불던 모습을 본듯 한데 이분은 키가 자그마한 분으로 재주가 많아 주로 상쇠 잡이로 꽹가리를 잘 쳤으나, 벅구며 장구, 징등 여러 가지 농악기를 비교적 자유 자재로 잘 다루는 분이었다. 성격이 급하고 활달 하였으며 흥이많고 기분파여서 동네일에도 앞장서서 솔선 수범하며 이끌었고 열성을 다했던 그런 분으로 기억에 남는다. 논에 김을 매거나 장례식때 묘지에 달구질 할 때, 또 지경돌로 집터 지경다지기를 할때등에는 북을 치면서 선소리 멕이는 악단의 지휘자 같은 역할을 하는 사람이 있어야 했다. 이런 일들을 했던 마을 사람들은 물론 기본적으로 흥도 있어야 했지만 목소리의 청이 좋고 사설도 많이 알고 있어야 가능한 일이었다. 한남용어른과 최홍석, 최봉석 두어른 형제분과 정기성어른등이 활동했고, 장소에 따라서는 조금 아래 연령대로는 한순근 씨가 활약했고 또 그 아래로 금오연, 최영선등이 뒤를 따랐다. 특히 최영선은 1946년생으로 그런 옛 풍속대로 논매기나 장례식 달고질하는 현장에서 북을 치며 선소리 하는 활약을 해본 마을 사람으로는 내가 본 거의 마지막 세대가 아닐까 하는 생각을 해 본다. 부잣집 큰 논배미에 많은 일꾼들이 가득 들어 서서 등허리 허리 춤에 호미를 꽂은 선소리꾼 북장단에 맞춰 한목소리로 김매는 소리를 부르면 흥거운 그 노래 소리가 동네를 뒤 흔들고 동진이 좁은 산골짜기에 파도처럼 밀려 나가곤 했다.

앞에서도 잠깐 언급 되지만 마을안에 한글을 깨우치지 못한 문맹자가 많았다. 당시는 동진이 마을뿐만 아니라 전국적인 현상이었다. 내가 60년대중반에 군에 입대해서 자대 생활 할 때도 장병중에는 문맹자가 있어서 편지를 읽어 주기도 했고 답장을 대필해 준 기억이 난다. 1960년대 전후 어느땐가 잠시 마을에 정천화가 야학을 열어 부녀자들에게 한글을 가르쳤고, 그보다 앞서서50년대 중반쯤 이필우씨가 자택에서 야학으로 영어와 영문법을 가르쳤고 한때는 붓글씨도 마을 청년들에게 가르친적이 있었다. 이때는 나 또한 이곳 야학에서 영어와 영문법을 비롯하여 붓글씨도 얼마동안 배울 기회가 있었다. 그러고 보면 나와 붓과의 인연도 꽤나 오래된 것이었다.

6·25전쟁이 발발한 이후 마을에 들어온 많은 피란민 중에서 서울에서 내려온 젊은이 한 사람이 있었다. 그는 피란 내려 오기전 서울에 있을 때 무덕관이라던가 어데서 태권도를 익혔다고 했다. 희미한 기억으로 그때는 당수도라고 했던듯 한데 아무튼 이 젊은이가 그때 2급이라고 했다. 그 젊은이는 중학생인 나에게 〈권법〉이라는 책 한권을 선물로 주었다. 지금 생각해 보니 저자는 바로 태권도인으로서 만이 아니라 대한 체육회와 IOC위원으로도 활약한 꽤 유명한 김운용씨 였다. 겉 표지에는 당시 소위인지 중위인지 군복을 입은 새파랗게 젊은 김운용씨와 또 다른 그의 상관으로 보이는 대령이었던 듯한데 성씨만 흐릿하게 최씨라고 기억되는 또 다른 분이 앉아 있는 사진이 있었다. 아쉽게도 이 귀한 책자는 내가 서울로 올라 오는 바람에 시골집 벽장 어딘가에 지금도 있는지 찾을길이 없다. 그건 그렇고 이 청년이 동진이 청소년들을 대상으로 태권도를 가르치기 시작했다. 동진이 저수지 둑방길 입구 산자락을 삽으로 파서 넓히고 작은 운동장을 만들었다.

태권도 훈련은 맨발로 해야 한다고 해서 한겨울에도 신발과 양말을 벗고 맨발로 연습했다. 새로운 운동에 모두들 호기심을 가지고 열심히 배우고 있었는데 몇 달 배우는 사이 그 젊은이가 서울로 다시 올라가는 바람에 태권도 수련은 그 뒤로 흐지부지 되고 말았지만, 그때의 짧은 태권도와 인연을 바탕으로 마을 청년들은 나무기둥이나 송판을 집안에 세우고 새끼줄을 감아 주먹 단련을 하는 붐이 한동안 일기도 했었다. 그뿐 아니라 격파연습을 한다며 수도(手刀)로 돌 깨는 연습 등을 열심히 했다.

대개의 마을 주민들이 농업을 주업으로 하는 농업인 이었지만 개중의 몇분은 특별한 직업을 갖고 평생마을에서 지내며 여가에는 작은 규모의 농사를 짓기도 했다. 한때는 이종렬 어른이 김량 시장안에서 유기 그릇 장사를 했었다. 마을 아이들이 체하면 사관을 터 주던 바로 그 어른이다. 한윤택씨는 김량시장내에서 양복점을 냈고 주로 학생복을 만들었다. 농사는 없고 주업인 셈이었다. 60년대초에 일찌감치 가솔(家率)을 이끌고 동진이 마을을 떠나갔다. 그밖에도 몇분의 공무원들이 마을안에 살고 있었다. 이홍종, 이붕종 형제분이 공직에 있다가 외지로 이사갔고 한순영어른등이 공직에 나아갔다. 원래는 피란민으로 마을에 들어와 오랫동안 동진이 사람들과 정을 붙이고 함께 살아가던 양준섭씨가 군청에서 일하기도 했다. 그들 식구들도 아주 훗날에 그들이 원래 살고 있었던 안양지역으로 거주지를 옮겼지만 지금도 일부 자손중에는 마을사람의 또 다른 후손들과 아름다운 인연을 계속 이어 가고 있는 것으로 알고 있다. 옷깃만 스쳐도 인연이라 했는데 그들도 적지 않은 세월을 동진이 사람들과 특별한 인연을 가지고 살아온 사람들이다. 이성우씨의 아우이기도 한 이필우씨도 농사에는 몸이 익지 않은 나와 비슷한 얼치기 농사꾼으로 원래 어렸을 때는 인천에서 고등학교를 다닌 것으로 알고 있는데 전쟁시기에 동진이 연고지를 찾아와 정착했고 마을의 이장일도 하며 지내다가 훗날 인천으로 다시 올라가 시립묘지 소장인가로 있다가 작고 했다. 나보다는 12년 연배로 1929년생인데 그 나이대로는 드물게 고등교육을 받은 것으로 알고 있다. 그는 이장을 볼때도 약간의 장난끼도 있었고 활동력도 있어서 마을 청년들을 모아놓고 마라톤 시합을 열었던 일도 있었다. 이필우 씨가 살고 있던 아랫동진이 두 번째집 바깥마당을 출발해서 웃동진이로 뛰어 올라가 저수지 옆을 지나 숲밖의 개울을 건너 덕골앞산을 넘고 능골로 내려가 다시 능골 고개를 넘어 바깥말 길을 따라 마을로 들어오는 꽤 험한 코스였다. 순전히 산악 코스였지만 나는 이 시합에서 첫 번째 일등으로 들어왔다. 하지만 능골 마을에서는 집앞으로 난길과 집옆으로 난 길 등 두길이 있었는데 내가 뛴길이 애초에 정해진 코스가 아니란 이유로 반론을 제기하는 바람에 만장 일치 공인은 못 받았지만 중요한 사실은 두 길이 별로 다를 것도 없어서 내 뒷 사람과의 거리로 볼 때 그 길로 뛰었다 해도 일등의 순위는 바뀔수가 없었다. 결국 재 시합은 열리지 않았고 결과도 묵인(默認)되었다. 그는 저수지 옆에서 김량베레기 나무꾼 청년들과 싸움도 주동해서 지휘하며 리드했다는 정보도 있다. 이에 대한 내용 나무꾼들간의 싸움 사연들은 뒤에 나오는 생활상에서 좀더 자세히 기록해 보고자한다. 그 당시의 싸움을 도맡았던 청년들은 나보다 두세살 위의 청년들이었는데 사실상 어렸을 때는 두세살 차이라고 해도 덩치나 힘 쓰는데 있어서는 차이가 커서 열다섯살 짜리와 열 일곱, 열여덟살 청년은 말 그대로 애와 청년이지만 스무살 이상이 되면 세월이 지남에 따라 점차로 같이 늙어간다고 하는 실감을 할 수 있는 것이다.

(2) 동진이와 방앗간 이야기

　방아는 곡식을 찧는 틀, 즉 기계를 말하는 것이고 방앗간은 그런 기계를 시설해 놓은 장소를 말하는 것이다. 농사를 힘들게 지어 곡식의 낱알을 수확해도 가공을 하여야 음식으로 만들어 사람들이 먹을 수가 있었다. 곡식을 빻고 가루를 만들고 하는 작업은 자급 자족하는 농촌의 생활에 있어서 그래서 매우 중요한 과정일 수 밖에 없었다. 이러한 목적으로 집집이 절구며 맷돌이며 체, 키등이 항상 생활 주변 공간에 가까이 있었다. 절구에 빻아 곡식의 겉 껍질을 벗겨내고 키로 까불러서 알곡을 추려 내기도 하고 맷돌로 곡식을 갈고 체로 쳐서 가루를 얻기도 했다. 맷돌이나 절구등은 지금도 시골의 오래된 집에서는 과히 낯설지 않은 생활도구 이지만 도시의 젊은이나 아이들은 맷돌질이나 절구질을 직접 목격하기는 쉽지 않으리라고 본다. 맷돌의 아래쪽 가운데 중쇠를 수쇠라하고 했는데 꼬챙이 쇠가 위로 약2센티정도 솟아 있었다. 맷돌의 위 짝에는 가운데 암쇠라고 하여 구멍이 뚫린 쇠가 박혀 있었다. 아래위 맷돌짝 가운데에 손을 넣어 수쇠와 암쇠를 맞추고 위쪽 맷돌에 달린 손잡이를 잡고 빙빙 돌려주면서 맷돌 가운데 곡식 넣는 구멍으로 천천히 곡식의 낱알을 넣어 주면 맷돌이 돌아 가면서 곡식이 갈려 밑에 받쳐 놓은 방석으로 가루가 쌓이게 되었다. 이런 맷돌도 오랫동안 쓰다보면 우둘 투둘한 맷돌면이 닳아서 곡식이 잘 갈리지 않게 된다 이럴때는 정으로 맷돌면을 쪼아서 깊은 홈을 내주면 잘 갈리게 되었다. 예전에는 맷돌을 정으로 쪼아 주러 마을로 돌아 다니는 수리공도 있었다. 이 맷돌 수쇠에는 아래위 맷돌이 잘 돌아가라고 엽전이 끼워 있기도 했는 데 아이들이 제기 만들 때 어른들 몰래 이 엽전을 빼내서 제기를 만드는 수도 있었다. 키나 조리등으로 돌을 골라 내기도 했지만 곡식에는 돌들도 많았다. 밥을 지으면 더러는 밥 먹다가도 돌을 씹는 경우가 있었다. 심하면 이가 부러지는 경우도 없지 않아 맛있게 밥을 먹다가도 으직 하고 돌이 씹히면 밥맛이 뚝 떨어지기도 했다. 손님과 겸상으로 해서 밥을 먹다가도 이런 황당한 상황이 발생되면 서로 민망한 일이다. 방아시설이 갖추어지지 않았던 옛날에는 남자들만 밖에서 농사짓느라고 힘든 것이 아니었고, 집에서 아녀자들도 이와같이 곡식을 가공하여 음식을 만들기 위한 과정이 너무나 고달프고 힘든 일이었다. 끼니때마다 조석으로 절구질이며 맷돌질로 쉴틈이 없었고 많은 노력과 노동을 할애 하여야만 식구들의 식사를 꾸려 나갈수가 있었다. 더군다나 양식도 일찍 떨어져서 들의 곡식이 채 익기도 전에 조금씩 지레치기로 수확해서 양식으로 삼기도 했으니 이럴때도 항상 양이 적다보니 방앗간을 찾기 보다는 의례히 절구나 맷돌이 오히려 더 유용했던 것이다. 절구나 맷돌이 개인장비의 도정 기구라고 한다면 물레방아나 디딜방아 또는 연자방아등은 모두 마을 주민 이웃들과의 공용적인 방아시설이라고 할수 있을 것이다. 다만 그 동력은 사람의 힘이나 물의 힘 또는 축력을 이용하는 것이 다를 뿐 결국은 절구질이나 맷돌의 발전적 개량 형태라고 볼 수도 있을 것이다. 사람의 힘을 덜고 일의 능률을 높이고자 만들어 놓은 시설이었다. 우리나라 곳곳에는 물레방아가 만들어져 있지만 동진이 마을에서는 물레방아시설의 흔적은 찾을 수 없었다. 아마도 깊은 산골 동네이긴 하지만 수량이 풍부한 개천이 존재하지 않는 탓일 것이다. 동진이는 개천의 수원(水源)이 짧아서 수량이 풍부한 하천이 발달하지 못했다. 하천의 길이도 짧고 지류도 발달하지않아 외길로 뚫린 짧은 하천에 물레방아가 세워 질 자연 환경이 되지 못했던 것이 물레방아가 동진이 마을에서는 구경할 수 없는 원인이였다. 이효석의 〈메밀꽃 필 무렵〉 같은 유명한 소설 속에서도 달빛이 흐르는 메밀밭 풍경과 물레방앗간의 하룻밤 우연한 사랑 이야기가 나오는 것처럼 전국의 산간 마을에 흔한 것이 물레방아였다. 어디 소설 뿐이랴. 달빛이 스며드는 연자 방앗간 / 밤새워 들려오는 콧노래가 흥겹다/하는 삼다도 소식같은 유행가도 인구에 회자되고 있지 않은가. 우물터나 빨래터와 더부러 디딜방아나 물레방앗간도 아녀자들의 공간으로, 그녀들은 이러한 자기들만의 공간에서 이야기를 나누며 고달픈 삶의 애환과 한을 풀어 냈으리라. 디딜방아의 경우는 어떠 할까. 원동진이에서 내가 디딜방아를 본 기억은 조금 희미하지만 덕골마을에서 디딜방아를 목격한 기억은 뚜렷이 남아있다. 작은 마을인 덕골에서는 확실히 디딜방아를 확인할 수가 있었다. 덕골 마을 맨위쪽으로 끝집에는 박재원씨댁 이었는데 이댁 바깥마당 한켠에는 본채와 떨어져 따로 헛간이 한 채 있었다. 이 자그마한 헛간은 디딜방아간으로 지은 건물이었다. 돌절구 확이 한쪽에 묻혀 있고 그 바로 위에는 절구공이가 저쪽끝이 양 옆으로 갈라진 통나무 축에 연결되어 있었다. 디딜방아는 이렇게 양 옆으로 갈라진 발판을 두사람이 한쪽 발로 밟았다 놓았다 하면서 반대편의 절구공이로 돌절구확 속에 곡식을 빻는 장치이다. 또 한사람은 절구확속의 곡식을 뒤집어 주고 섞어 주며 골고루 잘 방아가 찧어지도록 하는 일을 담당했다. 적어도 두세사람이 한조가 되야만 디딜방아을 찧을 수 있는 것임을 알수가 있다. 원동진이 마을에서의 디딜방아의 흔적은 기억이 희미하긴 한데 팥밭골 한남용씨댁에서 디딜방아를 본듯한 생각이 떠 오르기는 했다. 그밖에 방앗간에 관한 확실한 기억은 연자매 방앗간이다. 큰 사랑채 바깥마당 한켠에는 초가로 지은 연자매 방앗간이 있었다. 처음부터 방앗간 시설로 지었기에 지붕 천장을 비교적 높게 해서 방앗간에서 일어나는 먼지등이 잘 빠져 나가도록 만든 시설이었다. 1940년대 중반까지는 소가 끄는 연자매로 방아 찧는 모습도 직접 볼 수가 있었다. 밑에는 큰 맷돌짝같은 매가 눕혀있었고 그 위에 있는 매는 세워져 있으면서 소가 끌고 빙글 빙글 돌아가게 되어 있었다. 맷돌과 다른 점은 아래위 맷돌을 서로 나란히 포개 놓은 것이 아니라 위의 맷돌을 세워놓고 바퀴 굴리듯 소가 끌면서 빙글 빙글 원을 그리듯 돌면 아래쪽 맷돌위에 놓인 곡식이 찧어지는 원리였다. 이 연자매 방앗간은 그후 석유 발동기가 마을에 들어오며 해체되었는데 그 큰 맷돌짝이 수십년간 방앗간 헛간 밖 길가에 방치되어 있었다. 지금도 그 근처 어딘가에는 그 연자매 맷돌짝이 쳐박혀 있으리라.

석유 발동기가 마을에 들어오고 나서야 재대로된 현대식 보리방아와 벼방아를 찧을 수 있게 되었다. 그 때까지는 원시적 도정형태에서 근대화된 문명의 혜택을 비로소 접하게 되었다. 동진이 마을에 석유 발동기 시설을 맨 처음 설치한 사람은 후일 김량 베레기로 이사를 간 이한성씨로 알려지고 있다. 이분이 아마도 40년대에는 팥밭골에 살았었다. 오늘날 양병관씨댁 자리였다. 그 방앗간은 맞은편 집인데 그 옆에는 팥밭골 공동 우물이 있었다. 아마도 석유 발동기 방앗간을 운영한 것은 40년대 후반이 아니었을까 추측된다. 방앗간 자리는 훗날 방앗간시설을 치우고 나서 계속 살림집으로 바꿔 꾸며서 사용해 오고 있다. 이한성씨가 김량베레기로 이사간 이후로 능골로 이사간 내 친구 한만식네 집이었으나 모현에서 동진이로 생활터전을 옮겨온 양병관씨가 구입해서 지금까지 살아 오고 있는 것이다. 그 뒤로도 석유 발동기 방앗간은 연자매 방앗간 건물로 시설이 옮겨 져서 운영되어 오다가 얼마뒤 석유 발동기 시설도 한동안 없어진듯하다. 아마도 6·25 혼란기 전후로는 방앗간 시설이 유지 보수 활용 되기가 어려웠던 탓일 것 같다. 내가 초등학교 시절 그러니까 6·25직후같다. 50년대 초반 모친과 함께 겉보리 몇말을 등에 멜빵을 매서 지고서 모친을 따라 삼거리 고등골로 보리 방아를 찧으러 갔던 기억이 남아 있다 아마도 그때는 김량의 방앗간들도 폭격으로 폐허가 되었지 않았나 싶다. 확실한 연대를 가늠하긴 어렵지만 그뒤 전쟁이 휴전되고 사회가 점차 안정되어 가자 원동진이 마을에서도 석유발동기 방아시설의 필요성이 점차 증가 하였다. 석유 발동기 방앗간이 들어 온다고 해도 보리방아와 벼방아 위주로 방아를 찧었다. 고추방아나 밀을 빻는등 다른 방아시설은 하지 않았다. 일용할 양식을 얻기위해 봄부터 여름내 농부들이 땀흘려 가꾸고 가을에 힘들여 수확한 노고와, 음식으로 만들어져 우리의 입으로 들어오기 까지의 그 길고도 험난한 과정을 생각해 보면 곡식의 낟알 한알 한알이 얼마나 귀중하고 소중한 존재인가.

50년대 중반쯤엔가 마을의 최순봉씨가 석유 발동기 시설을 했다. 전기가 들어오지 않는 상태에서 달리 방법이 없었다. 석유 발동기 방앗간 시설이 들어오고도 그 시절 많이 심었던 밀을 도정할 수 있는 제분 시설은 없는 관계로 50년대 중반경 부터는 남리 방앗간이나 김량시장 철다리 부근의 방앗간을 이용했다. 밀을 빻아 밀가루를 만들거나 국수틀에 국수를 눌리기 위해 모친과 함께 지게에 밀자루를 얹어지고 방앗간을 찾아 갔다. 중학생 시절이었는데 대개 여름 방학 때나 일요일등이 낀 김량 장날에 방앗간 일을 보았다. 그때는 어린 생각에 김량바닥에 학교 친구들도 많이 살고 있어 마주 치기라도 하면 창피할 것도 같고 자존심도 구길 것 같아 꺼렸지만 먹고 살자고 하는 일인데 달리 방법이 있을리 없었다. 마을의 부녀자들도 남자들의 지게모양 광주리나 보따리가 머리위에서 떠날 날이 없었다. 고달픈 삶의 무게를 머리위에 이고 지게에 짊어지고 힘든 세상을 헤쳐 나가고 있었다. 그 시절에 전동기를 이용한 큰 방앗간이 김량 부근에 모두 세군데가 있었다. 아랫 동진이로 내려가면 구미 동네 남리 다리근처 개울가에 남리 방앗간이 있었다. 안성가는 신작로 건너 개울가에 있었다.

6·25 때는 이 근처에 미군 부대가 진을 치고 있었다. 남리 방앗간은 전기를 쓰는 원동기에 의한 대규모 시설을 갖춘 큰 방앗간이었다. 일설(一說)에 의하면 어느 방앗간은 자동차 엔진을 동력으로 했다는 이야기도 들었다. 이러한 큰 방앗간은 김량 수여선 철다리 근처 시장 쪽에도 있었다. 또 한 군데는 용인역전 마루보시를 지나 지금의 처인구청앞 행길건너 그 곳에도 대규모 방앗간 시설이 있어서 이곳도 자주 이용한 기억을 가지고 있다. 무엇 보다도 방학 때 김량장날 모친과 함께 철다리 근처 방앗간에서 밀을 빻아 아주 국수 까지 눌리고 햇볕에 널어 말려서 잘라 완제품을 만들어 짊어지고 오던 일이었다. 밀을 빻을 때는 수시로 쌓이는 밀가루를 자루에 퍼 담아야 했다. 그럴 때면 뽀얗고 먼지 같이 고운 하얀 밀가루가 날려 머리며 얼굴이며 온통 밀가루를 뒤집어 쓰고 눈사람이 되기 일 수였다. 또 마을의 방앗간에서는 고춧가루를 빻거나 떡쌀을 빻는 일 등, 그밖에도 기름을 못 짜기 때문에 김량 방앗간으로는 들기름과 참기름을 짜러도 다녔다. 기름을 짤 때면 깻묵도 가지고 와서 아이들 주전부리로 먹거나 찌개에 넣어 먹기도 했다. 60년대 후반부터는 그동안 마을에서 많이 경작해 오던 밀이나 보리농사는 점차로 사라져 갔다. 생활 수준의 향상과 보리농사 밀 농사의 힘든 과정 그리고 중요한 먹거리 로서의 밀려남등 여러 가지 요인이 복합적으로 작용 됐으리라고 보고 있다. 보리나 밀뿐이 아니고 녹두나 조, 팥, 수수, 동부, 강낭콩, 기장, 메밀, 아주까리 등 어린시절에 마을 근처 밭에서 흔하게 볼 수 있었던 다양한 농작물들을 지금은 구경하기 조차 힘들게되었다.

석유 발동기 방앗간이 마을안에 설치 되고 나서부터, 그 이후 한가지 변화는 정월 설날에 가래떡 만드는 일의 변화였다. 이 전에는 안반에 찐 떡쌀을 놓고 떡매로 쳐서 찧고 손으로 일일이 밀어서 가래떡을 만들었지만 이때 부터는 석유 발동기 쌀 나오는 구멍에 개조한 나무

틀을 장치해서 거미줄 뽑듯 흰떡가래가 줄줄이 나오는 손쉽고도 예쁜 가래떡을 만들 수 있었다. 50년대만 해도 우리집 부엌 옆의 추녀 밑에는 가래떡을 만들던 커다란 안반이 서 있었다. 최순봉씨의 뒤를 이어 최해룡씨가 사랑채 한켠에 석유 발동기 방앗간을 설치했다. 이 최해룡씨의 방앗간은 나와도 특별한 인연이 있다. 여름 방학 때인지 졸업 직후인지 확실한 기억은 안나지만 어느해 여름 보리 방아 찧을 때 한 달동안 이 방앗간에서 일을 도왔다. 지금으로 말하면 아르바이트를 한셈이다. 한달 동안 고용살이를 한 것이다. 보리방아는 한여름 수확기에 몰려서 바쁘게 방아를 돌려야 했고 자연히 사람의 손이 모자랐다. 그 당시 보수는 한달에 보리쌀 한가마였다. 그 때는 대개 품삯도 곡식으로 지불하거나 곡식시세를 기준으로 해서 품삯이 정해지던 시절이었다. 경작규모가 크고 일할 수 있는 일군이 집에 없을 때는 소위 머슴이라고 하는 일꾼을 두고서 농사를 지었다. 새경은 일년에 쌀로 일곱가마 그런식으로 대우를 하던 시절이었다. 새경은 농사의 규모와 일하는 머슴의 능력, 나이등 여러 가지 조건과 상황에 따라 천차만별 달랐지만 동진이 마을에서 머슴을 두고 농사를 지은 집은 한구장댁에서 오랫동안 머슴을 두고 농사를 지었다. 집에 일을 할만한 사람도 없었을 뿐 아니라 경작지 면적도 비교적 광작이었기에 머슴을 두었다. 큰 사랑은 오랫동안 머슴이 기거하던 머슴의 방이었고 마을 청년들의 사랑방 구실을 했다. 머슴은 밤에도 놀지 않고 짚신을 삼거나 새끼를 꼬며 때로는 멍석을 짜기도 하고 쉴새 없이 일했다. 40년대 중반 전쟁이 나기 전에는 우리집에서도 한때 머슴을 두기도 했다. 농사가 많아서라기 보다 당시도 공무원이신 부친이 일을 할 수가 없으니 불가피하게 머슴을 두었던 것이다. 당시 일하는 사람은 안성 외가 동네의 청년이었다. 당시 농사도 농사였지만 무엇 보다도 땔나무 할 사람이 집안에 없었다. 큰 사랑채 아들이었던 한순영어른도 당시 공무원이었기에 농사지을 사람 또한 없었던 것이다. 농사가 넉넉하게 광작이어도 농사를 짓는 사람이 집안에 있으면 비록 홀아시라도 품앗이를 통해 열심히 일하면 웬만한 농토는 꾸려 갈 수가 있었다. 지금 세상이라면 쌀이 열가마가 아니라 스무가마를 준다한들 그것을 돈으로 치면 몇푼이나 된다고 남의 집 머슴살이를 가겠는가. 일년 새경이 한달 월급만도 못한 천지가 개벽한 세상에 오늘날 우리는 살고 있다. 아니 새경은 커녕 어려운 살림에 입 하나 더는 것도 큰 보탬이라, 나무하고 쇠꼴 베어대고 입만 얻어먹는 이른바 꼴머슴으로 보내지는 아이들도 많던 시절이었다. 나 또한 그해 여름 한달 품 삯으로 보리쌀 한가마를 받기로 하고 보리 방아 찧는 아르바이트를 했던 아주 색 다른 경험을 했던 것이다. 석유 발동기 시동을 걸 때는 커다란 쇠 바퀴에 손잡이를 걸어서 힘차게 돌려줘야 했다. 시동이 걸리는 순간 손잡이가 일시적인 큰 저항에 걸리며 멈칫 하는데 이때 재빨리 손잡이를 빼 내어야지 그렇치 않으면 쇠로된 손잡이를 놓치거나 위험해 질 수도 있었다. 처음엔 서툴렀지만 차츰 손에 익어 잘 할 수 있었다. 모든 일은 일단 부딪치며 이것 저것 익히며 배워 나갈 시기였으므로 이런 색다른 경험도 험한 세상 살아가는데 있어서 필요한 과정이라는 내 생각이었다. 돈 벌이가 어디 쉬운 일인가. 봄철이면 보리고개라 하여 절량 농가가 속출하고 굶느니 먹느니 하던 어렵던 시절이었으니 보리쌀 한가마면 그게 어딘가. 함민복 시인의〈긍정적인 밥〉이라는 시 속에 이런 구절이 떠오른다.

/시 한편이 삼만원이면 /너무 박하다 싶다가도/쌀이 두말인데 생각하면 /금방 마음이 따뜻한 밥이되네/

밥의 절대적 가치는 그 무엇과도 비교 할 수 없는 최상의 위치에 있었다. 방앗간은 먼지가 많이 일어 나는 곳이었다. 겉 보리는 까락도 많아 살에 붙으면 따끔 거린다. 보리 가마를 확에 털어 붓고 정미기 속으로 잘 들어 가도록 보살피고 보리쌀이 나오면 가마니를 털어내고 보리쌀을 받았다. 차츰 여유도 생기고 요령도 찾을 수 있었다. 모든 일이 그렇겠지만 노동일이라는 것도 힘만 가지고 요령이 부족하면 능력을 십 분 발휘 할수 없는 법이다. 그리고 발동기 주변은 항상 많은 위험이 도사리고 있는 곳이다. 발동기 돌아가는 피대에 휘말려 팔이나 다리에 부상을 입거나 심하면 불구가 되기도 했다. 피댓줄이 돌아가다가 끊어지는 경우도 있어 항상 조심을 해야만 했다. 힘만 든 것은 아니고 재미있는 일도 있었다. 석유 발동기 피스톤의 열을 식혀 주기위해서 냉각 수조에 찬물을 부어 주는 데 계속해서 하루종일 방아를 찧다보면 점차로 냉각수조의 물도 뜨거워 져서 마침내 끓게 된다. 일단 물이 끓을 정도면 수조의 물을 빼내고 다시 찬물을 가득채워 주었는데 이 냉각 수조에다 감자나 옥수수 등을 삶아서 간식으로 먹곤 했다. 배가 고프던 시절이라 그랬는지 유난히도 그 맛이 있었다고 기억된다. 발동기 주변에는 석유나 휘발유, 윤활유 등 각종 기름들이 고여 있고 냉각 수조내에도 물위로 기름들이 둥둥 떠 다녔다. 잘못하면 기름 냄새가 배서 먹을 수가 없기도 해서 신경을 써야 했다. 감자의 경우는 겉껍질째 수조에 넣어 익힌다음 먹을 때 껍질을 벗겨 먹으면 괜찮았다. 옥수수도 까지 않고 통째로 그냥 수조에 넣어 익혔다. 그래야 냄새를 피할 수가 있었다. 피댓줄이 돌아가는 발동기 주변으로는 어린아이들의 접근도 잘 살펴 보아야 했다. 항상 눈 깜짝 할 사이에 불상사가 일어 남으로 걱정도 됐지만 한달간의 약속된 일을 잘 마무리하고 무사히 맡은바 소임을 끝마치었다. 시기적으로는 최해룡씨의 뒤를 이어서 인지 그보다 조금 앞서서인지 전후 관계는 약간 모호하지만 그 무렵 찬용(讚鎔)숙부 께서도 한때 방앗간을 운영했다. 큰 우물 아래 집을 짓고 사실 때 사립문 밖 보리밭 한켠에 헛간을 짓고 석유 발동기 방앗간을 설치 했다. 이렇게 보면 동진이마을 에서도 대여섯 사람을 거치면서 석유 발동기 방앗간을 운영하였으며 마을 사람들의 보리 방아와 벼방아를 찧었고, 정월에 설날이 다가오면 흰 가래떡을 뽑아주는 일들을 하였다. 그 뒤로 밀이나 보리 경작이 사라지고 김량 큰 방앗간에서도 볏가마를 실어다가 방아를 찧어주고 하면서 마을에서 운영하던 석유 발동기 방앗간은 경영 수지 타산이 맞지 않게 되어 점차 쇠퇴하고 역사 속으로 영원히 사라지게 되었다.

(3) 전통사회 구조와 생활상

1960년대 전후로 동진이 마을 전체 호수는 마흔 너댓집 내외였을 것이다. 그 외에도 한 두집은 남의 집 사랑채를 빌려 살림하는 세대도 있었고 부모 밑에서 분가하여 마을에 새집을 따로 짓고 살다가 다시 부모와 합치기도 하면서 전체적인 마을의 세대수는 약간 들쭉 날쭉하여 초가집 숫자와는 약간의 차이가 있었다. 대략적으로 마흔 네다섯 세대 내외로 유동적인 숫자를 유지 하고 있었다. 덕골 능골은 큰 변화가 없었고 원동진이와 팥밭골에서 약간의 변화가 있었다. 상주 하는 인구도 250명에서 300명 내외였다. 당시만 해도 대가족 제도여서 보통3대가 한집에서 거주하는 경우가 흔했다. 마을의 성씨 분포를 살펴보면 청주 한씨와 영일 정씨등이 각각 일곱 여덟 가구 정도로 많은 분포를 보였고 전주 이씨 전의 이씨 최씨등이 너댓 가구씩 비교적 다수였다. 그 밖에도 박씨, 금씨, 곽씨, 김씨, 서씨와 고무래 정자를 쓰는 또 다른 정씨 그 외에도 양(梁)씨나 또다른 양(楊)씨 등이 마을 안에 오랫 동안 이웃이 되어 함께 살아가고 있었다. 실로 작은 마을치고는 다양한 성씨 분포를 보이고 있는 것을 알 수 있었다. 2000년 통계청 조사에 따르면 우리나라에 귀화 성씨를 제외하고 286개의 성씨가 있다고 했는데 이렇게 각기 다른 십여가지의 성씨들이 작은 산간 마을인 동진이에서 함께 살아 간다는 것은 집성촌이 많은 우리나라 촌락의 성씨 구조를 생각할 때 특이한 현상이라고 하겠다. 비록 집성촌은 아니지만 여러 성씨들이 한데 어울려 오손 도손 살아가고 있었다. 이 시기만 하여도 전통적 유교 사회의 아름다운 풍속이 마을 전체에 많이 남아 있었을 뿐 아니라 근동의 다른 마을도 역시 비슷한 환경이었다. 도시의 문물이 아직은 농촌사회에 까지 밀려 들어오기 전이라 전래의 옛 풍속도 많이 남아 있었다. 신문 잡지는 물론이고 전화 티브이 라디오등 각종 대중 매체의 접근이 어려운 것이 무엇보다도 큰 원인이었겠지만 기본적으로 전기가 들어 오지않는 데다가 교통사정이 전근대적으로 낙후된 상태에서는 조금도 개선의 기미가 보이지 않았다. 조선 시대와 별반 다르지 않은 일살생활을 하고 있었다. 오륙십년대에는 몇몇 공무원을 직업으로 가지고 있는 집에서는 신문을 직장에서 구독하면서 집으로 가지고 오는 경우도 있었지만 근본적인 구독열기는 없었다. 나는 중학생 시절부터 선고께서 조선일보를 구독하시는 관계로 일주일에 한 번인가 끼워 오는 소년 조선일보를 열심히 읽고 모았다. 많은 양의 소년 조선일보를 모아 한데 묶어 놓고 애지중지 했는데 어느날 방 도배를 하면서 초배지로 다 발라버려서 낭패를 한적이 있었다. 어릴 때 습관은 오래 가는가 보다. 지금도 신문 스크랩 해 놓은 것이 여러권 있는 데 이러한 심성은 어릴 때 길러지는 것으로 세월이 가도 잘 바뀌지 않는 것같다. 소설이나 시같은 문학을 좋아 했지만 마음껏 책을 사 볼만한 환경은 못 되었다. 겨우 월간 잡지 〈학원〉 같은 몇권의 책을 어렵게 사서 읽는 정도였다. 당시 〈새농민〉이라는 잡지도 농협을 통해서인지 만날 수 있는 잡지였지만, 다양한 책들을 마음것 구독(購讀)하기는 어렵던 시절이었다. 열악한 생활 환경 속에서 살아 가고 있었다. 어느날 편리하게 손톱깎기로 손톱을 자르다 보니 옛날 생각이 났다. 그 때를 회상해 보니 가위나 낫 혹은 작은 칼로 손톱을 어렵게 자른 것 같다. 너무도 편리한 요즘 세상에 살다 보니 타성에 젖어 옛말대로 개구리 올챙이적 생각 못하고 자꾸 더 편리한 것만 찾으려 드는 것 같다.

마을은 전통적 유교사회의 관습이 남아 있어서 어른을 공경하고 부모에게 효도하는 덕목이 강조 되었고 마을안에서 나이에 따른 서열도 분명했다. 이른바 장유유서의 관습이다. 친구의 부모는 나의 부모와 다름없고, 친구의 형은 나에게도 형이 되는 것이니 비록 나이 차이가 두 세살이라 해도 친구 같지만 나의 형 친구라면 역시 형 대접을 해 줬던 것이다. 전통 사회는 인간관계가 서로 유기적으로 거미줄처럼 얽혀 있어 함부로 행동할수 없는 여러 가지 제약이 존재 하게된다. 서로 조심하지 않으면 곤충들이 거미 줄에 걸리듯 외부의 사회적 조직으로부터 각종 비난과 손 가락질을 면하기 어렵고, 욕을 먹게 되는 것이다. 본인으로 그치는 것이 아니라 더 나아가 내 부모나 내 형제에게까지 그 파장이 미치게 되므로서 평소에 늘 조신한 행동을 할 수 밖에 없는 것이다. 이러한 사회 구조는 일상생활 속에서도 법 이전에 스스로 정화 작용이 있어서 자연적으로 위계 질서가 잡히고 손위 사람들과 어른들의 권위가 제대로 서게 되는 것이다. 그래서 내 동네가 아닌 근동의 다른 마을이라고 해도 대개 아무개 하면 연줄 연줄로 해서 대강은 아는 사이이므로 아이들이나 젊은이들이 잘못을 저지르는 것이 목격되면 곧바로 어른들이 나무라고 꾸짖어 올바른 생활을 하도록 바로 잡아 줬던 것이다. 비록 근동의 다른 마을 아이라 해도 "너 아무개 동생이지" 한다거나

'네 형이 아무개 아니냐' 하는 말을 들으면 아아 우리형의 친구로구나 생각하게 되고 결국은 고분고분 해지게 마련이다. 만일 부모 연배라면 "네 이놈 아무개 아들이지"한다던가 정히 그의 부모를 모른다

해도 "네 아버지 이름이 누구시냐?"하면 머리숙여 순종할 수 밖에 없던 시절이었다. 부모 형제에게까지 욕을 먹게하지 하지 않고 나아가 마을 전체에서 손가락질을 받지 않으며 조소 꺼리가 되지 않으려면 평소에 언행이나 대인 관계에도 스스로 조심해야만 했다. 못된 망나니로 매장 되기 싫다면 지역사회에서 일탈된 행동은 자연적으로 삼가게 되어 이러한 사회 구조의 자체적인 안전망은 당시 사회의 큰 장점이 되었다. 요즈음 길거리에서 어른들의 권위가 사라진지 오래 되었고 학교에서 교사가 학생을 훈육하는 방식도 옛날 같지 않다는 탄식이 언론에 오르내리는 것을 보면 격세지감을 느낀다. 오로지 법으로만 모든 질서를 바로 잡으려다 보니 수많은 부작용과 한계성을 절감하게 되는 것이다. 그 시절에는 나이 어린 사람이 나이 많은 어른에게 대드는 것은 크나큰 패륜이라는 생각이 사회 전반에 통용되는 불문율이었다. 먹고 살기는 비록 넉넉해 졌지만 얻는 것이 있으면 잃는 것도 있게 마련이어서 그때의 탄탄한 사회 구조는 많이 무너지고 있는 현실이 매우 안타까울 뿐이다.

또 다른 이야기를 해보자. 농촌 마을에서 많이 쓰는 낫이나 호미날이 닳거나 무뎌진 도끼날, 부엌칼등을 벼리고자 하면 김량장날 나가서 대장간을 찾았다. 물자가 귀하던 시절이라 바가지도 깨지면 버리지않고 송곳으로 구멍을 뚫고 튼튼한 실로 꿰매서 썼다. 곡식 같은 것을 담는 마른 그릇으로 썼다. 장독대의 소래기등도 걸핏하면 잘 깨져서 철사로 망처럼 엮어서 사용했다. 해마다 박을 심어 바가지도 만들고 박고지를 만들어 호박고지처럼 이용했다. 바가지는 50년대 까지도 들밥을 내갈 때 없어 서는 안되었으며 당시 농촌사회에서 요긴하게 쓰이는 그릇이었다. 밥그릇 국 그릇이 모두 바가지를 쓰던 시절이 있었다. 바가지의 종류나 모양은 매우 다양하고 크기도 여러 가지였다.

물을 떠서 먹는 표주박도 있고 국이나 밥을 담아 먹기에 적당한 크기의 바가지도 있고 심지어는 똥바가지까지 농촌 생활 전반에 그 용도가 골고루 쓰이는 것이 바가지 였다. 가볍고 쓰기에 편한 반면 약해서 무거운 것을 담아 잘못들면 잘 깨지는 것이 흠이었다. 그뒤 가볍고도 깨지지않는 양재기와 프라스틱 제품들이 나와 대량 보급되므로서 바가지의 역할을 대신하게 되었다. 정월 대보름날 같은 길고긴 겨울밤에 큰 바가지나 양푼에 이집 저집에서 얻어온 오곡 잡곡밥을 넣고 갖가지 맛있는 나물들로 비벼서 친구들과 둘러 앉아 맛있게 먹던 생각도 난다, 혼자 먹는 밥보다는 이렇게 여러명이 둘러 앉아 먹는 것이 훨씬 맛이 있고 재미도 있었다. 그 때는 마을 단위의 공동체 생활이라 이렇게 여럿이 어울리는 일들이 많았다.

집에서 고칠수 없는 물건들이 고장나면 각 마을을 돌아 다니며 전문적인 수리를 해 주는 사람이 마을에 들어 올 때까지 기다려야 했다. 농촌사회 어느 마을이나 비슷한 형편이라 그 때는 각 마을을 찾아 다니는 분야별 수리 전문가들이 있었다. 이러한 풍속은 아주 오래전 고려 시대나 조선시대에도 별반 다르지 않은 풍속이며 농촌마을의 생활 모습이었던 것을 알 수 있는 시조 한수가 전해지고 있다.

대추볼 붉은 골에 밤은 어이 들들으며
베빈 그루에 게는 어이 내리는 고
술익자 체장수 돌아가니 아니먹고 어쩌리

이 시조는 고려 말에서 조선 초기에 걸쳐 여러 관직을 두루 거쳤으며 특히 세종 때는 영의정까지 올라 우리들이 익히 잘 알고 있는 청백리의 귀감인 황희 정승의 시조이다. 아마도 정승댁의 체가 망가졌든

모양이었다. 술을 걸러 먹어야 할 판인데 망가진 체 때문에 노심초사
하던차에 마침 술이 익자 체고치는 체장수가 마을에 들어 온 것이니
얼마나 기쁜 일인가. 이렇게 조선이나 고려 시대에도 각 마을로 찾아
드는 체장수가 있었다는 것을 알 수가 있다. 마을에 들어오는 체장수
들은 혼자서 오기도 했지만 부부가 함께 다니기도 했는데 여러개의
체나, 똬리, 솥가시는 솔등을 주렁주엉 어깨에 메고 다녔다. 부서진
체의 테두리도 갈아주고 뚫어진 철망등도 교체해 주었다. 부부가 함
께 다니면 남편은 마당 한켠에 자리잡고 앉아 부인이 맡아 오는 망가
진 체들을 고치고 부인은 계속 마을을 돌면서 수리할 물건들을 가지
고 오는 분업 방식이었다. 수리비는 돈도 받고 곡식도 받았다. 체는
철망의 굵기에 따라 여러 종류가 있었다. 구멍이 굵은 체로는 아이들
이 웅덩이에서 민물 새우를 건져 올리기도 했고 개울가에서 물고기도
잡았는데 어른들에게 체 망가진다며 꾸지람을 듣기도 했다. 밥상이나
제사상, 손님용 교자상등을 고치러 다니는 사람들도 마을에 들어 왔
다. 때로는 무쇠솥을 때우는 사람이나 뻥튀기 장사꾼도 들어 왔고, 나
무 송판 여러 조각을 원통으로 둘러 짜서 대나무 테나 철로 된 테로 고
정시킨 소 여물통 뜨물통, 또는 오줌통, 똥통같은 것의 썩은 송판을 갈
아 주는 사람이 마을로 들어 오기도 했다. 이런 떠돌이 수리공들이 마
을에 들어오면 어떻게 알았는지 사람들이 많이 지나다니는 큰 사랑채
바깥마당에다 자리를 잡거나 큰 우물가 길옆에 자리를 잡아 마을 사
람들이 금방 수리공들이 마을을 찾아 온 것을 알게 되었다. 아이들은
큰 구경거리를 만났다고 신기하게 이들의 곁에 빙 둘러 서서 구경 삼
매경에 빠지곤 했다. 지금도 대략 떠오르는 무쇠솥 때우는 모습은 신
기한 경험이었다. 바람을 불어 주는 풀무와 송풍 장치 뿐만 아니라 무
쇠를 녹이는 도가니 등를 갖추었다. 무쇠솥 뚫어진 구멍을 왕겨를 받
쳐든 장갑낀 손으로 막고서 도가니 속의 쇳물을 뚫어진 구멍에 부어

준다. 그 위에 톱밥인지 왕겨인지를 뿌리고 흡사 요즈음 호떡 눌러 주는 기구처럼 생긴 도구로 눌러 주면 화염과 함께 연기가 피어 오르고 쇳물이 굳으면 구멍이 때워지는 것이다. 지금 생각해 보면 무쇠솥을 다 때워 쓰다니 하며 의아해 하겠지만 우리 조상들은 무쇠 솥을 매우 귀중하게 여겼다고 한다. 쇠로 만든 그 솥을 얼마나 오래 썼으면 구멍이 났고 또 그 구멍난 무쇠 솥을 버리지 못하고 때워 가면서 까지 쓰고 있는 것일까. 마을로 돌아 다니는 솥 땜쟁이까지 있었던 것을 보면 그만큼 소중하게 여긴 무쇠 솥은 집안의 가보처럼 대를 이어 오래오래 쓰고자 했던 것이다. 이들은 때로 날이 저물거나 일이 많으면 동네 사랑방에서 하룻밤 묵어가기도 했다. 물물 교환 거래 방식이 남아 있어서 수리비나 물건값을 곡식으로 지불하는 것은 일상적이었다. 여름에 복숭아나 참외를 사먹으러 다른 마을의 원두막을 찾아 갈 때도 여름에 수확하는 보리쌀을 퍼가지고 다녔다. 보리쌀 한되에 참외가 몇 개 복숭아가 몇 개 하는 식이었다. 이러한 거래방식은 모두 조선시대에도 마찬가지로 살고 있었다는 것을 미루어 짐작할 수가 있는 것이다. 마을에 들어온 장사치나 수리공들이 하룻밤 자고 가기를 청하면 기꺼이 허락했고, 내집에 머무르면 의례 소찬일망정 식사까지 제공하는 것을 당연시 했다. 밤새 마실꾼들과 주인장은 이 외지의 나그네 손님으로부터 밖에서 돌아다니는 재미난 이야기들을 밤이 늦도록 구수하게 들을 수 있었다.

이따금 지게에 엿판을 짊어진 엿장수들도 찾아 왔다. 이들은 닳아 떨어진 고무신짝 뚫어지고 찌그러진 못 쓰는 냄비, 양은 그릇과 고추씨등도 받았고 때로는 목화씨등도 받아갔다. 엿장사가 들어오면 엿을 먹고 싶은 아이들이 마루밑을 기어들어 가고 살강밑을 뒤지고 뒤란의 굴뚝 근처를 어슬렁 거리며 어른들이 감춰 놓은 고추씨나 목화씨등을 찾아 다니기도 했다. 아무것도 찾지못한 아이들은 팥밭골 엉구렁텅이

도랑으로 장마에 떠 내려와 흙속에 묻힌 신발짝을 주우러 다니기도 했다. 바깥 노인들은 주로 사랑채에서 기거를 했는 데 비슷한 나이 또래의 친구들이 한 두명 찾아와 담소도 하였지만 나이 많은 노인들인지라 거동도 불편하여 대개는 혼자서 지내는 경우가 많았다. 한글을 깨친 남자노인들은 그당시 유일한 활자책인 이야기책을 읽는 경우가 자주 목격할 수가 있었다. 특히 춥고 밤이긴 겨울 철에 군불을 따끈하게 지핀 사랑방에 목침을 베고 누워 얘기책을 읽어 내려가는 낭랑한 목소리가 등잔불빛이 은은한 방문 밖으로 흘러 나오곤 했는데 고요한 산간 농촌의 정서와 매우 잘 어울리는 겨울밤 풍경이었다. 장날 시장 바닥 난전에는 겉표지에 울긋 불긋 화려한 그림들이 그려져 있는 이야기 책들이 많이 팔리고 있었다. 장화 홍련전, 장끼전, 심청전, 임경업전, 홍길동전, 인현왕후전등이 마을의 사랑방이나 시장바닥에서 흔히 발견되는 그 당시 얘기 책들이었다. 우리집 안방에서도 모친이 화롯가에서 많이 읽어 내려가던 얘기 책들이라 눈에 익다. 이런 얘기책들은 가로 글씨가 아닌 세로 글씨로 인쇄되어 있었는데 띄어쓰기나 맞춤법등은 고려 되지않고 인쇄되어 촘촘히 글자가 이어져서 붙어 있었지만 그 당시 이와 같은 이야기책을 읽어 내려가는 노인들은 거침없이 가락을 붙여 어쩜 그렇게 구수하게 읽어 내리는지 놀라웠다. 묵독이라는 것은 없었다. 가락을 붙여 느린 염불을 하듯 서당에서 학동들이 한문책을 읽어 내리듯 조용한 밤공기를 가르며 퍼져 나가는 얘기책 읽는 소리는 겨울밤 동진이 마을의 정겨운 모습이었다. 남편은 이야기책을 읽고 아내는 그 옆에서 바느질을 하고 있다. 남편의 이야기 소리는 점점 더 고조되고 이야기 내용을 옆에서 듣고 있던 아내가 한마디 했겠다. "그 계모가 아주 못 됐구먼" 또 조금 이야기가 진행되자 "아이구 불쌍해서 어쩌나" 이렇게 이야기가 진행됨에 따라 옆에서 듣고 있는 사람도 이야기 책 속으로 함께 빠져 드는 것이었으니 책을 소리 내어 읽으면 자연히 옆의 사람도 이야기를 같이 공감해 나갈 수가 있었던 것이다. 또 예전에는 한글을 읽지 못하는 마실 손님들 앞에서 전문적으로 이야기 책을 읽어 주는 사람도 있었다고 했다. 겨울철 마을 안에 마실방을 여기 저기 다니면서 골목 골목에서 얘기책 읽어 내리는 소리를 여러 군데서 들어서 인상깊었 던 그 분들을 기억 하고 있다. 무듸실 고개밑의 박태산 어른이 큰 소리로 얘기책을 자주 읽어 울타리 밖에서도 책 읽는 소리가 잘 들려 왔다. 팥밭골의 한남용 어른도 사랑방에서 지내며 이야기 책을 자주 읽었고, 원동진이 최봉석어른과 최홍석어른 두형제분들도 사랑채를 혼자 쓰면서 겨울 밤이면 자주 얘기 책 읽는 소리가 방문 밖 길에서도 지나다니면서 들을 수가 있었다. 그 외에도 김무길 어른이라던지 웬만한 남자 노인들은 모두 한글을 이해하고 있는 상황이라 눈 내리고 춥고 한적한 겨울 밤이면 나이 많은 노인들이 무료하고 지루한 시간을 심심풀이 오락삼아 얘기책을 읽었던 것이다. 다 읽은 이야기책들은 서로서로 돌려가며 바꿔서 읽기도 하고 빌려서 읽기도했다. 이와 같이 겨울밤 방문 밖으로 흘러 나오는 얘기 책 읽는 소리는 울 밖으로 멀리 멀리 울려 퍼지는 부녀자들의 다듬이질 하는 소리와 창문을 비추는 등잔 불빛과 더부러 사람사는 마을임을 느끼게 해 주는 산골 마을의 아주 친근한 모습이 아닐 수 없었다.

1950년대 후반 한때 마을에서는 밤에 야경(夜警)이라는 것을 돌았다. 밤이되면 집집마다 한사람씩 나와서 순번을 정하고 마을을 순찰했다. 본부는 큰 사랑으로 하고 딱딱이 나무 방망이를 딱딱 치면서 마을 둘레를 두사람이 한조가 되어 순찰 활동을 했다. 정부 시책으로 했던 마을 단위의 자체적인 방범과 화재예방을 위한 경비 활동이었다. 자정이후 한두시면 잠자리에 들었지만 한구장댁 큰 사랑은 이럴 때

요긴하게 쓰이는 건물이었다.

　농경사회의 우리 조상들은 자연 환경의 영향을 크게 받으며 살아 왔다. 특히 농업에 있어서 가장 중요한 것은 비가 제 때에 맞춰서 적 당하게 내려 주는 것이다. 하지만 자연의 섭리는 꼭 인간의 뜻 대로만 되지는 않는 법이다. 비는 너무 많이 내려도 탈이고 부족해도 걱정이 었다. 하지만 인간의 능력으로서는 어찌 할 수 없는 불가 항력일 수 밖에 없는 일이 아닌가. 그래서 옛날에는 자연 숭배 사상이 널리 퍼져 있었다. 전국의 여러 마을에서 당산제니 당산굿이니 하며 해마다 연 례 행사처럼 열렸고, 하지가 지나도록 비가 오지 않으면 기우제도 지 내고 했던 것이다. 동진이 마을에서는 어떨까. 어릴 때부터 마을에서 기우제나 당산제를 지내는 모습은 보지 못했다. 그런데 동진이 마을 에서도 오랜 옛날에는 이와 같은 마을 단위의 기복 행사가 있었으리 라는 추측을 해 볼 수 있는 흔적은 찾아 볼수 있어 흥미롭다. 그 곳은 〈산지당〉이라고 하는 지명으로 마을 사람들에게 불려지고 있는 장소 이다. 덕골 마을을 지나 뒷산 줄기를 타고 계속 오르면 한 작은 산 봉 우리에 당도 하는 데 이곳 일대를 마을 에서는 산지당으로 부르는 것 이다. 물론 산지당은 산제당 즉 산신에게 제사를 지내는 곳임을 미루 어 짐작 할 수 있겠다. 하지만 이곳에 제사를 지냈던 당집이나 어떤 흔적은 남아 있지 않다. 해방직후 얼핏 전해 듣기로는 깨진 기왓장 이 라던가 사금 파리 그릇 조각들이 있었다는 말도 있었지만 확인 된바 는 없다. 그 동안 마을의 전통이나 역사에 대해 무관심하게 세월이 흐 르다 보니 있던 흔적들도 모두 없어지고 말았다. 근래 이 근처로 나무 하러 자주 다녔던 노인회장에 물어 보니 다른 것은 못 보았고 산 잔등 에 열십자가 그려진 돌이 박혀 있었다는 이야기를 들었다. 내가 생각 하기에 아마도 그 표지는 왜정때 전국토를 측량하면서 기준점이 되는 곳을 표시해 놓은 것이 아닐까 하는 생각도 든다. 이러한 표지는 내가 확인 한 것도 있어서 하는 말이다. 내 기억에 의하면 동진이 마을 뒷동산 박씨네 묘가 있던 위 산봉우리에, 그러니까 파리버섯과 방구 버섯이 많이 나던 곳이라고 앞에 썼던 바로 그 자리에도 사방 10여센티미터 정도의 돌에 열십자 모양이 그려져 있는 상태로 땅에 박혀 있는 것을 볼 수 있었는데 내 듣기로는 측량의 기준점이 되는 곳이라고 들었다. 어찌됐건 산지당이라고 하는 지명이 마을 사람들에게 구전되어 내려 오는 것을 보면 그 옛날 언젠가는 산신을 모셨던 당집이 있었고 조선 시대나 고려 시대 언제쯤에는 산신제를 마을 공동으로 지내지 않았을까 추측할 수 있는 일이다. 역사적으로 예전에는 마을간에 벌어 지는 축제 형식의 석전 (石戰)이 있었다고 했다. 그 유래는 고구려 까지 올라가고 정월 대보름에 있었다고 했다. 이러한 석전은 농경사회의 놀이이며 축제형식으로 농한기에 벌어 졌던 것으로 추측된다. 그러한 옛 풍속의 변형된 잔재인지 1950년대 중반 까지도 동진이 젊은이들 일부와 김량 베레기 젊은이들 일부에서 패싸움이 심심찮게 벌어지곤 했다. 고기잡이나 채집위주로 생활하던 석기시대에는 전쟁이나 약탈이 없었다고 한다. 청동기 시대 이후로 농기구의 발달과 농사법의 발전으로 잉여 농산물이 발생했고 이로서 약탈의 원인이 발생하게 되었다는 것이다. 약탈은 결국 이웃간의 다툼이며 부족이나 씨족간의 싸움이었다. 이웃 마을과 마을 사이에는 평소 경작지의 이웃으로 서로 안면을 트고 잘 지내는 편이지만 일부의 젊은 청년들과 청 소년을 중심으로 텃세라는 것도 있어서 사소한 문제로 은연중에 다툼이 발생하기도 했던 것이다. 이러한 몇몇간의 사소한 다툼이 마을간 또래 집단의 패거리 싸움으로 번지기도 했으나 큰 불상사가 일어나는 싸움이라기 보다 가벼운 충돌 정도로 일어나는 놀이 수준이었다. 김 량 나무꾼들은 뒷동산 산잔등길을 타고 내려와 동진이 저수지 옆으로 내려 오면서 동진이 마찻길과 만나는데 이곳 저수지 옆 산길이 끝나는 지점이 싸움이 붙는 곳이었다는 것이다. 동진이 청년들 몇 명이서 나무하러 가다가는 이곳에서 기다리고 있으면 베레기 청년들 서너명이 역시 지게를 지고 나무를 가는 것을 만날수가 있는 길목인 셈이었다. 서로 만난 청년들은 지게를 내려 놓고 작대기만을 들고서 이리 쫓기고 저리 쫓기면서 작대기를 휘둘렀다는 데 큰 상처를 입었었다는 말은 없었던 것으로 보아 죽기 살기식 살벌한 싸움은 아니었다. 결국 엄포용이었고 위협이었으며 내 동네로 쉽게 못 지나가게 하는 텃세의 표현과 다름 아니었으리라. 이 싸움에 가담했던 청년들은 나보다 두세살 위의 청년들이었다. 이 싸움을 조종하며 지휘 했던 사람이 이필우씨 였다고 한다. 그 시절에는 나무를 하러가도 떼로 몰려 다니고 학교를 가도 비슷한 마을의 친구들이 한데 어울리기를 좋아 했다. 초등학생들도 모여서 학교가는 집들이 마을에 몇집 있었다. 일찍 밥을 먹은 아이가

"영철아 학교가자" 하고 대문 안으로 들어 서면

"영철이 밥 아직 안 먹었다, 들어와 기다렸다 같이가거라" 영철이 엄마가 부엌에서 나오며 말을 했다. 그렇게 기다리다 보면 철이도 오고 민우도 오고 대여섯명씩 한데 모여 뒷동산 장터 고개로 올라가는 것이 아침에 학교 가는 풍경이었다. 여자 아이들은 또 여자 아이들 끼리 모여서 학교에 갔다. 장터 고개 근처에 가면 이곳 저곳에서 몰려 나온 아이들이 모두 만나게 되니 뒷동산 장터 고갯길은 아침에 초등학교에 가는 아이들의 떠들썩한 이야기 소리에 활기찬 하루가 시작되곤 하였다. 옛날에는 아이들도 참 많았다. 50년대 바깥 베레기 공동 우물위 이한성씨댁 기와집 앞에는 조금 덩치가 큰 초등학생 하나가 살고 있었다. 이 아이는 조금 불량기가 있었는지 자기집앞으로 지나가는 동진이 아이들을 자주 괴롭혔다. 괜한 시비를 걸고 싸움을 걸었

다. 아이들은 이를 피하려고 여럿이 모여서 그곳을 지나거나 그도 아니면 귀찮게 구는 그를 만나지 않기 위해 차라리 안 베레기로 돌아서 장터고개를 올라오기도 했다. 지금은 없어 졌지만 그 때는 동진이 장터 고개를 올라 오려면 긴 산등성이 줄기 하나가 안 베레기와 바깥베레기를 갈라 놓고 있었다. 어느 쪽으로 가도 장터고개를 오르는 길은 거리상도 비슷했지만 동진이 사람들은 평소에 바깥 베레기로 다니는 것이 습관화 되어 있었다. 60년대 초반쯤 집안의 우환으로 모친이 잠시 종교에 귀의 한적이 있었다. 남리 평옥에 있던 교회 였다. 나도 동네의 친구들과 함께 여러명이 함께 교회를 나갔다. 또래들이 몰려 다니는 습성이 나타난 결과였다. 그러자, 그곳 마을의 먼저 교회에 나오던 아이들과 시비가 일었다. 나도 본의 아니게 싸움까지 휘말리게 되었다. 이러한 현상들이 모두 원시 부족사회의 내 마을 내 부족을 지키고자 하는 집단적 방어 심리가 아닐까 하는 생각이 든다. 자라는 힘과 젊은 혈기의 자연스런 분출일 수도 있겠지만 그 뿌리 저 깊은 곳에는 아득한 그 옛날 마을 간의 분쟁이나 투쟁의 흔적이 도사리고 있는 것은 아닌지….

어려운 시절이었지만 그래도 곡식을 걷어 들이는 가을 만큼은 사계절 중 가장 풍요롭고 여유로움이 있었다. 집집이 대청마루에는 볏가마가 쌓이고 가지가지 곡식 자루가 즐비하고 항아리 마다 쌀이며 콩이며 팥등이 가득하다. 안먹어도 배가 부른 계절이다. 햇짚으로 지붕도 새로하고 울타리도 새 울섶으로 갈아 깔끔하다. 마을이 한결 정돈되고 깨끗하다. 김장을 하고나면 너도 나도 돌아가며 가을 고사떡을 해 먹는다. 김장을 하고 남은 무나 배추등은 집 근처의 밭에 구덩이를 파고 묻어 준다. 겨울에 꺼내 먹을 때를 대비해서 작은 구멍을 만들고 짚으로 마개를 해 놓았다. 배추 김치는 겨울에 죽을 쑤워 먹기도 했으니 반 양식이라는 말도 이래서 나온 것이리라. 김칫독을 한 군데 묻고 삼각뿔 모양으로 나무기둥을 세우고 이엉을 둘러 바람을 막으면 김칫광이 되었다. 김칫광 문은 짚으로 발을 엮어 달았다. 눈 내리는 겨울은 농한기라 해서 대개 땔 나무나 해가며 놀았다. 부지런한 사람들도 있게 마련이어서 새끼꼬고 가마짜고 짚신 삼고 멍석이나 둥구미등을 만들기도 했다. 가을 고사떡은 정월 설날의 가래떡 과는 달리 석유 발동기 방앗간에서 할 수가 없었다. 큰 방앗간에서는 떡쌀을 빻고 가루를 만드는 시설이 있었지만 마을안에 설치된 석유 발동기 방앗간은 그런 시설이 없었다. 가을 고사떡 만드는 준비 과정은 노력과 정성이 많이 들어가 주부들이 고생을 했다. 가을 고사 시루떡 재료는 멥쌀이나 콩 팥등만이 아니라 싸라기 찹쌀 호박고지등 다양한 재료가 들어갔다. 쌀이나 팥 콩등은 돌이 많아 키로 선별하거나 조리등으로 잘 일어 돌을 골라내었고, 절구에 빻고 체로 잘 쳐서 고운 가루를 얻어야 했다. 시루에 켜켜이 떡쌀을 안치되 멥쌀 떡은 찰기가 없어 조금 두껍게 하고 찹쌀 가루는 조금 얇게 안쳤다. 싸라기 시루떡은 무를 썰어 넣고 무 시루 떡을 만들기도 했고, 호박고지를 섞기도 하였다. 이렇게 켜켜이 팥을 넣고 떡 쌀 가루를 안친 시루를 무쇠 솥에 얹고 밀가루로 시루번을 만들어 솥과 시루 사이를 발라 주었다. 아궁이에 불을 때고 김이 오르면 젓가락등으로 떡을 찔러 보아 하얀 가루가 묻어 나오지 않으면 잘 익은 것이다. 먹을것이 귀하던 시절이라 아이들은 떼어낸 시루번도 먹었다. 가을 고사 시루떡은 대청 마루에 상을 펴 놓고 떡시루를 떼어다 놓고 정화수를 올려 치성을 드린후 맷방석에 엎어 쏟아 부엌칼로 네모나게 잘라 목판에 담았다. 집안의 부엌이나 장독대, 안방의 벽장과 광등에도 떡 목판을 하나씩 갔다 놓아 그곳을 주관하는 신에게 바치는 것이다. 내가 어렸을 때는 떡을 목판에 담아 마을안의 모든 집들에게 떡을 돌려 나눠 먹었다. 그 뒤 접시를 이용하기도 했는데 아이들은 떡 목판을 마을에 돌릴 때 신이 나서 뛰어 다녔다. 처음에는 이렇게 마을의 모든 집에 떡을 한접시씩 돌렸으나 점차 후대로 오면서 이웃집과 일가 친척에게만 떡을 돌리는 변화를 보였다. 세월이 가면서 가을 고사 떡 해 먹는 풍속도 사라저 가고 농경사회의 정겨운 모습들이 점차 구경할 수도 없는 세태가 되었다.

(4) 6·25전후(前後)의 동진(東鎭)이

1950년 6월 중순쯤 몹시 무더운 어느날 밤이었다. 마을안이 온통 어수선 했다. 큰 우물옆 마당가에는 평소와 다름없게 더위를 피해 저녁을 먹고 나온 많은 마을 사람들이 멍석위에 둘러 앉아서 이야기 꽃을 피우고 있었다. 더운 여름 밤이면 이곳 큰 우물가 마당 뿐만이 아니라 여러곳에 이런 멍석 자리가 펼처저 마을 사람들이 앉아 쉬며 더위도 피하고 이야기도 나누고 하며 시간을 보내다가 밤이 늦으면 집으로 들어가 자곤 했던 것이 그 당시 마을 사람들이 여름날 저녁후 하루를 마감하는 통과 의례같은 것이었다. 그런데 그날밤은 마을안이 뒤숭숭하고 수군 수군하며 모두들 큰 우물가로 모여 들고 있었다. 바깥말 개울 건너 안산 줄기가 뻗어 내려간 희고현 일대 어데쯤에서 고요한 밤 공기를 뚫고 어린아이 울음 소리 같은 것이 들려 온다는 것이었다. 모두들 귀를 기우리며 앞산을 건너다 보는데 그 소리는 뚜렷이 들은 사람도 있고, 긴가 민가 하는 사람도 있었다. 그 밤중에 웬 어린아이 울음 소리란 말인가. 모두들 전전 긍긍 하였다. 소문은 소문을 낳고 이런 이야기는 금방 마을에 퍼저서 많은 사람들이, 앞산이 건너다 보이는 큰 우물가에 모이게 된 것이었다. 모두들 서성 거리며 앞산을 건너다 보며 간간히 들려 온다는 그 소리가 분명 어린아이의 울음 소리 같다느니 그럴 리가 없다느니 서로 갑론 을박 하다가 일단 현장으로 찾아가 확인해 보는 것이 좋겠다는 의견에 따라 혈기 왕성한 젊은이들 몇이서 개울 건너 앞산으로 가보기로 하였다. 광술을 가져와 횃불을 만들어 들고 젊은 청년들이 몇 명 앞장을 서고 혹시 어린아이일지도 모른다는 의견도 있어 부녀자들도 몇 명이 그 뒤를 따르기로 하였다. 그리고 마을에서는 모두 그들의 소식을 기다리며 궁금해 하고 있었다. 얼마간의 시간이 다시 지나고 그들이 마을로 돌아 왔을 때 그들은 아무 소득도 없는 빈 손이었다. 마을 사람들이 개울을 건너 앞산으로 찾아가보니 아이 울음 소리는 간곳이 없고 캄캄한 산속에 고요한 정적만이 흐르더라는 것이었다. 그래도 혹시 몰라 얼마동안 현장에서 주위를 살피며 기다려 보았지만 아무런 변하를 찾을 수 없어 그냥 돌아 섰다는 이야기였다. 마을 어른들 사이에서는 아마도 살쾡이나 들고양이 아니면 여우등의 짐승들이 내는 소리가 흡사 어린아이 울음소리처럼 들린 것 아니겠느냐며 별일 아니라고 했지만 무엇인지 조금은 께름칙하고 불길한 예감 같은 것이 마을에 감도는듯 하였다. 그 사건은 밝혀지지 않는 미스테리로 남아 세월과 함께 점차로 잊혀져갔다. 마을에 변고를 알리는 전주곡 이었던가. 곧 이어서 6·25 발발 소식이 온 마을에 충격을 주었다. 당시 휴가중이었던 내 막내 삼촌은 집에 내려 온지 하루 이틀정도 밖에 안된 휴가 초기였다. 미혼이었던 막내 삼촌은 부대근처에 산다는 어느 여성을 동반해 왔었는데 아마도 결혼 승낙을 받을 겸 어른들에게 인사도 시킬겸 동행하였던 것 같았다. 나는 초등학교 3학년이었다. 삼촌과 그 여성은 훗날 내가 쓰던 건넌방에서 함께 지내며 휴가를 보내고 있었다. 당시 마을에 한 대 밖에 없던 한구장댁의 라디오 뉴스에서 전쟁 발발 소식과 함께 휴가 장병의 조속한 귀대를 알리는 소식을 들은 삼촌은 즉시 부랴부랴 그 여성과 함께 고향마을인 동진이를 떠나 귀대길에 올랐다. 아마도 26일경이 될 듯 싶다. 당시 큰 사랑채는 대문 밖에서 볼 때 왼편으로는 머슴이 기거하며 동네 청년들의 마실방인 큰 사랑방이 있었고, 대문 오른편으로도 작은 사랑방이 있었다. 이 작은 사랑에는 마을에서 한 대밖에 없는 미제 라디오가 한 대가 있었고 나무 상자로 된 유성기라고 하는 축음기 한 대가 있었다. 이 라디오를 통해 전쟁 발발 소식을 들은 삼촌은 곧바로 부대 복귀를 위해 마을을 떠나갔다. 이후 그 여성과 삼촌은 영영 소식을 모른채 세월이 흘러갔다. 막내 삼촌은 왜정때 보통학교를 졸업하였다. 사형제 중에 당시 보통학교를 졸업한 사람은 나의 선고(先考)와 막내 삼촌 두분이었다. 활달하시고 왜정때 일본 징용까지 갔다오신 셋째 삼촌은 생전에 술만 드시면 '이놈들아 내가 보통학교만 나왔어도 이렇게는 안 산다."라고 하시며 공부하지 못한 것을 몹시 아쉬워 하시곤 했다. 해방뒤 군에 입대한 막내 삼촌은 당시 사회에서는 지식인이었다. 막내 삼촌은 자기의 뜻과 이상을 펼치기 위하여 상경하였다. 어른들 말을 들어본 바에 의하면 당시 김구 선생 밑에서도 일을 했다고 했다. 그러다가 군 입대를 했던 것 같다. 당시 계급은 하사였고 김익렬 대령이 연대장으로 있는 13연대 본부중대 소속이었다. 지금도 연대장 표창장등과 졸업장등 몇 개의 유품들이 나에게 남아 있다. 당시 부대는 38도선 이남이었던 황해도 땅에 주둔 하였다. 그렇다면 그날 마을을 떠나갔던 삼촌과 그 여성은 그뒤에 어떻게 되었을까. 그날이후 소식을 모르던 막내 삼촌의 전사 통지서가 집으로 날아 든 것은 내가 알기로 몇년의 세월이 흐른 뒤였다. 유해도 없고 명확한 전사 장소도 전사 날짜도 없는 상태였다. 지금은 동작동 국립묘지 현충탑안에 전사자 명단으로만 기록되어 있다. 1980년대 쯤 국립묘지에 찾아가 삼촌의 기록과 자료를 열람 해 보았다. 전사자의 부친으로는 삼촌의 큰 형님인 나의 부친이 올라 있었고 주소와 계급도 모두 오류 투성이었다. 나는 삼촌의 여러 자료를 첨부하여 훗날 정정 신청을 했다. 이렇게 해서 모두 바로 잡을수가 있었고 현충원에서 정정통지서도 받아 보관하고 있다. 이제 남은 일은 유해를 찾아 국립 묘지 개인 묘역에 안장하는 일인데 쉽지만은 않아 여러 가지 방책을 강구해 나가고 있으나 난관이 많다. 수십년 동안 서울의 강서구 지역에 거주 하면서 개화산 전투가 6·25발발 직후에 있었다는 것을 알게 되었다. 13연대와 11연대등 황해도 일대의 여러 부대가 퇴각하여 나올 때 개화산에서 재 집결하여 방어선을 구축하고 최후의 전투를 벌이다가 전원 옥쇄하였다는 것이다. 전사(戰史)에 의하면 개전후 38도 선 이남인 황해도에 주둔했던 국군은 완전히 흩으러져 육지로 나가는 퇴로가 막혀 일부 병력만이 바다를 건너 김포로해서 개화산 쪽으로 퇴각하여 오고 있었다고 했다. 삼촌은 26일쯤 고향을 떠나 부대 복귀를 위해 상경을 서둘렀겠지만 밀려 내려오는 피란민과 부대 이동을 하는 군인들로 혼란 속에서 교통편은 여의치 않았을 것이다. 그런 와중에 삼촌은 동행한 여성과는 정국이 안정되면 만나기로 후일을 약속하고 헤어져 각자 행동에 들어 갔으리라. 단독으로 부대를 향한 삼촌은 27일이나 28일경에는 황해도 부대를 가기위해 김포 방면이나 행주나루 근처를 찾아 갈 방법을 찾고 있었을 것이 틀림 없다. 그 길외에는 갈곳이 없기 때문에 이런 추적을 해보는 것이다. 행주 나루를 어떻게든 건너려 했지만 이미 그때는 부대가 와해된 상태로 각자도생 개화산 쪽으로 후퇴해 나올 때였다. 이런 혼란한 상황에서 삼촌은 부대원을 만났을 수도 있고 아니면 다른 인근 부대원들로부터 자세한 전황을 듣고 이미 부대가 흩어 졌음을 알았으리라. 전사에 의하면 개화산 근처에서 집결한 국군들은 새로운 부대로 재 편성해서 개화산으로 올라가 방어 진지를 구축하고 전열을 가다듬어 전투준비에 들어 갔다는 것이다. 이와 같은 귀대 경로와 여러 정황을 참작해 역 추적해 보면 삼촌은 분명 이 개화산 전투에 참여 했으리라는 추정이 가능하다. 그런 연유로 삼촌의 유해는 분명 이 개화산 전투에서 전원 옥쇄 하였다는 그 국군 용사 속의 한분이 아니었을까 생각하는 것으로 귀착된다. 몇 년전 김포를 드나들며 개화산에서 전사자 유해 발굴 작업을 하는 것을 볼수 있었다. 유가족의 유전자를 대조하여 연고자를 찾을 수 있다고 하여 2016년 여름 보건소에 가서 유전자 제공을 하였고 비고란에 개화산 전투지역에서 전사하였을 가능성에 대해서도 기록해 놓았으나 2016년 말경 국방부 유해 발굴 감식단에서 보내온 결과에 의하면 아직 확인할 수 없었다는 결과 통보였다. 다만 계속 추적 노력하겠다는 내용에 작은 기대를 걸어 본다. 막내 삼촌은 미혼으로 자손이 없다. 마땅히 집안의 장손인 내가 대신 할 수 밖에 없는 일들이다. 일단 기록의 오류등은 모두 정정해 놓았고 이제 유해만 찾으면 개인묘역에 모실 수 있으니 그렇게만 된다면 후손으로서 할 일을 잘 마무리한 것으로 위안이 되고 훗날 만일 사후에 딴 세상에서 삼촌을 대면 하더라도 조금은 떳떳하지 않을까. 전쟁 시기에 전사한 군인은 삼촌 한 사람 뿐이지만, 또 한분의 안타까운 희생이 있었다. 이분은 현역이 아닌 군수물자를 날라주는 그런 임무에 소집되었던 것으로 듣고 있다. 내 막내 삼촌은 미혼으로 직계가족이 없었지만 이 분은 당시 기혼자였다. 마을에서는 노무자 형태로 징집된 분들도 몇분이 더 있었지만 모두 무사히 귀가했다는 얘기를 들었다.

무엇보다도 전쟁을 전후로 마을에서 수 많은 어린아이가 죽었다. 전쟁의 혼란기에 전염병이 돌았고 아무런 약도 쓸 수가 없는 형편이었다. 홍역이 크게 돌았다. 그래서 마을에서 연약한 어린아이의 희생이 많았던 것이다. 운이 좋아 자연적으로 치유 되면 사는 것이고 병을 견디지 못하면 결국 죽음밖에 없었던 시절이었다. 나 자신도 그당시 다 자란 여섯 살 짜리 남동생이 희생 되었고, 이어서 여동생 두명등 모두 세명의 어린 동생들이 죽었다. 피란 나갔던 안성의 외가에서 나 자신도 코에서 단내가 나고 음식맛을 잃어버려 식음을 전폐하고 여러날을 앓아 누웠었다. 모든 음식이 입에서 쓰고 먹을 수가 없었다. 전쟁은 비참하고 서글펐지만 어찌됐건 산 사람은 역경을 헤치고라도 살아남아야했다. 전쟁중이라도 어린아이들은 천진난만해서 여러가지 새로운 놀이에 빠져 들고 있었다. 여러 종류의 실탄들이 무척 흔했다. 칼빈 소총실탄과 엠원 실탄 등이 특히 많았고, 뇌관이 살아 있는것은 분해하여 실탄탄두와 탄피와 화약등을 분리 할 줄 알았다. 화약에 불을 붙여 불장난을 했고 터지지않은 탄피도 불을 놓고 터트렸다. 뽕뽕하고 뇌관이 터지며 구멍이 나는 것이 재미있었다. 탄두에도 납이 들어 있는 것과 은백색의 신쮸라는 금속이 들어 있는 것도 있었다. 납은 화롯불에 올려 놓고 녹여서 철사 고리등을 꽂아 목거리등을 만들었고 단단하고 뾰족한 신쮸는 구멍 뚫는 연모로 썼다. M1실탄 탄피에 권총실탄 탄피로 뚜껑을 만들어 끼우고 철사로 연결하여 손잡이를 달았다. MI탄피에 쌀알을 넣고 뚜껑을 닫아 화롯불에 묻었다가 꺼내면 그 탄피속의 쌀알이 노랗고 구수하게 익어 맛있는 아이들 간식이 되었다. 이때 물론 탄피는 뇌관이 사용된 것 이라야 된다. 불발탄 탄피를 불에 넣는 일은 굉장히 위험한 행동이다. 여름에는 학교에 다니기도 했다. 전황이 바뀌면서 학교도 쉬었다. 시커먼 비행기들이 김량시장이며 학교있는 쪽을 계속 폭격했다. 뒷동산 장터고개 쪽으로 바라다 보면 비행기가 뒷동산 산 봉우리 위로 떠 다니다가 시장쪽을 향해서 비행기 앞머리를 땅바닥 으로 숙이고 비행기가 시야에서 사라지고 난 후 잠시후면 검은 연기가 굉음과 함께 들려 왔고 이어서 비행기가 다시 산봉우리위 하늘로 솟아 올라 왔다. 밝은 대낮이었다. 그렇게 김량시장쪽에 여러대의 비행기가 뒷동산위를 빙빙 돌면서 폭탄을 퍼 부었다. 마을 아이들은 무서움도 모르고 재미있는 구경났다고 뒷동산 산 봉우리로 뛰어 올라갔다. 나도 아이들을 따라 뒷동산 김량 시장이 잘 보이는 곳으로 올라갔다. 팥밭골 뒷동산으로 올라가면 김량 시장바닥이 빤히 잘 내려다 보였는데 여기저기 폭격을 맞은 건물들에서는 검은 연기를 내 뿜으며 불타고 있었다. 면사무소 앞에서부터 용인 초등학교앞 철길까지 김량 시장 쪽으로는 일대가 거의 모두 폭격으로 불타 버렸다. 허허 벌판 같았다. 당시 읍내는 관공서를 비롯해서 초등학교 건물등 모든 집들이 단층이었다. 단지 남리에 있는 태성학교 건물만이 2층 벽돌 건물이었다. 초등학교 교사도 여러동이 폭격을 맞아 불타 버렸고 면사무소와 당시의 옛 군청 건물, 용인 역사와 태성학교 건물등은 온전히 남아 있었다. 휴전이후 초등학교 학생들은 교실이 부족하여 마평리에 있는 교회로 태성학교 강당으로 이리저리 흩어져서 공부하는 고생을 해야만 했다. 학교 교실이 없는 학생들은 집없는 설움 같은 것이 있었다. 여름이면 잔디밭이나 나무그늘을 찾아 다니며 공부했고, 교실에도 책걸상은 하나도 없어 맨 마루 바닥에 앉아서 공부했다. 가방도 없었고 보자기에 책을 둘둘 말아서 싸가지고 다녔다. 남자애들은 책보를 옆구리에 끼거나 어깨에 대각선으로 메고서 다니고 더러는 허리춤에 둘러 매고 다녔다, 여자 아이들은 우아하게 책보를 팔뚝위에 얹어 들었다. 조금만 뛰어도 필통속의 연필과 지우개등이 심하게 달그락 거리는 소리를 냈다. 시장터가 폭격으로 이렇게 불타는 와중에도 산등성이 넘어 동진이는 아무 탈도 없었다. 한번은 지나가는 비행기에서 기총소사가 있었는데 몇발이 마을 안에 떨어 지기도 하는 경우는 있었다고 어른들에게 들었다. 다만 피해가 난 것은 아니었다. 하늘위에서 일어나는 비행기 폭격의 무서움을 익히 아는 어른들은 먼 곳에서 비행기 소리만 우릉우릉 나도 두려워 했다. 당시는 맷돌을 많이 쓰던 시절이었는데 맷돌 소리가 비행기 소리 같다며 놀란 가슴을 진정 시키곤 했다. 자라보고 놀란 가슴 솥뚜껑 보고도 놀란다는 옛말이 남의 일이 아니었다. 초등학교에서 공부를 마치고 마을

로 돌아오는 길은 학교앞 다리를 건너 철길 건널목을 지나 왼쪽으로
는 시장 들어가는 골목이 있었다. 초입에 만물 상회가 있었다. 초등학
교앞에는 오른 쪽에 구멍 가게가 한 채 있었을 뿐 근방은 전부 논이었
다. 아이들은 면 사무소 앞으로 해서 지금의 농협앞을 지나 수원 올라
가는 신작로를 따라 올라 오다가 지금 처인 구청인 옛 군청자리 뒤로
돌아서 오기도 했고 또 하나의 길은 수여선 용인역전으로 돌아서 오
는 길도 많이 다니는 길이였다. 역전 앞은 거의 전부 밭이었다. 역앞
광장에는 각종 포탄이 많이 쌓여 있었고, 각종 화약이 역전 마당 넓은
곳에 흩어져 있었다. 박격포 화약이라고 아이들이 말했는데 여러쪽의
얇고 푸르스름한 종이를 포개 놓은 것 같은 화약도 있었고 굵은 철사
토막을 짧게 자라 놓은 것 같은 대포 화약이라고 하는 것도 땅바닥에
는 많았다. 휘발유 냄새를 아이들이 신비하게 맡는 것처럼 화약 냄새
도 특이 했고 이전에는 경험해 보지 못한 새로운 느낌이었다. 주머니
에 화약을 잔뜩 주워서 넣고 다녔다. 모아 놓고 불을 붙이면 팍팍 소
리와 함께 불꽃을 튀기며 터졌다. 위험한 줄도 모르고 이런 장난을 많
이 하며 놀았는데도 불구 하고 큰 불상사가 없었던 것을 뒤늦게 지나
놓고 보니 천만 다행이었다. 여러 마을에서 불발탄을 가지고 놀다가
다치기도 하고 심하면 장애를 입거나 목숨까지 잃는 경우도 있었다고
했다. 일사 후퇴 때는 많은 사람들이 피란을 갔다. 우리집도 할머니와
여섯 살 짜리 남동생만 남기고 안성 외가로 피란을 떠났다. 몹시 추웠
고 눈이 많이 쌓여 있었다. 신작로에 들어 서니 피란민들이 밟고 지나
가는 눈이 빙판길이 되어 있었다. 신작로를 가득메우고 피란민들이
몰려 나가고 있었다. 소가 끄는 마차도 짐을 가득실고 신작로에 나섰
지만 미끄러운 빙판길에 소가 마차를 끌고 갈 수가 없었다. 인파 속에
서 어린아이를 잃어 버리기도 했고, 힘겨운 피란길에 무거운 짐들은
하나 둘 길가에 버려지기도 했다. 멀쩡한 돗자리며, 이불이며, 갖가지

세간살이들이 길가에 널부러져 있었지만 누구하나 눈길조차 주지 않았다. 당장 사느냐 죽느냐 하는 생존문제가 발등의 불이었다. 엄동설한 빙판길에 그 많은 피란민들은 모두 어데로 갔으며 또 모두들 어데서 그 겨울을 나고 험한 세상을 살아 남았을까. 우리도 수개월의 우여곡절을 겪으며 피란을 마치고 동진이 집으로 다시 돌아와 보니 그때까지도 동진이 마을에는 피란민들이 들끓고 있었다. 안채고 사랑채고 온통 피란민들이 가득했다. 나무광 속에 땅을 깊이 파고 묻어 놓고 떠났던 쌀독도 어떻게 알았는지 바닥이 들어 나 있었고 나무광에 가득했던 땔 나무도 허룩했다. 집에 남겨놓고 떠났던 남동생은 이미 이 세상 사람이 아니었고 늙으신 할머니 혼자서 피란민들 속에서 시달리고 있었다. 몇 달 사이에 남의 집 같이 낯설고 모든 것이 변해 있었다. 집안은 완전히 주객이 바뀌었고 피란민들이 주인행세를 하고 있었다. 전쟁통에 네것 내것 가릴것없이 같이 먹고 같이자며 살 수밖에 없다고는 하지만 기가 막혔다. 휴전이 되고 피란민들도 자기들 고향으로 돌아가긴 했지만 몇집은 아예 동네 사랑방을 얻어 들고 정착해서 생업을 꾸리며 몇해씩 동진이 사람들과 어울려 살다가 뒤늦게 떠나가기도 했다. 모두들 어떻게 살아남아 그 세월을 보냈는지 모진 것이 목숨이었다. 그래도 산 사람은 어떻게든 살아 남아야만 했다.

큰 사랑에는 어릴적 일본에서 태어난 긴따로 라는 일본 이름을 가지고 있었던 내 또래의 아들을 둔 피란민이 살고 있었다. 그 아버지는 가족과 함께 동진이에 정착해서 여러해를 살았는데 생업을 위하여 자전거로 각 마을을 돌아 다니며 새우젓을 팔았다. 우리집 대문간 사랑방에서도 피란민이 몇 년을 살다가 마평리로 이사을 갔다. 또 한 집은 아주 따로 집 한 채를 장만해서 자녀들이 학교 공부를 마칠 때 까지 십여년 이상을 살다가 그들의 연고지로 떠나갔다. 수백년간 조용한 농촌 마을로서 변화를 모르던 동진이 마을이 전쟁을 겪으면서 수 많은 외지의 피란민들이 들어 왔다가 나가고 또 본의 아니게 피란을 밖으로 나갔다가 들어오기도 하는 한바탕 소용 돌이가 휩쓸고 지나갔다. 국가적으로도 유엔군이 들어왔고, 여러 나라로부터 원조 물자도 들어 왔다. 이로 인해 물자 교류와 인적 교류가 활발하게 진행되었다. 작은 농촌 마을 동진이도 이 시기에 그만큼 충격을 받고 자연스럽게 변화의 조짐들이 나타나기 시작했던 것이다. 마을 주민 가운데도 처가가 있는 전라도로 피란을 갔다온 집의 아이들은 그새 전라도 사투리를 쓰는 전혀 딴 동네 아이같이 변해 있기도 했다. 그 집에는 처가에서 가지고 온 라디오가 있었다. 마을에 라디오가 큰 사랑집 말고는 구경할 수 없던 시절이었으니 대단한 인기였다. 저녁을 먹고 나면 나는 몇 사람의 마을 친구들과 함께 이집으로 라디오 소리를 들으러 마실을 가곤 했다. 당시 라디오 에서는 홀쭉이와 뚱뚱이로 나오는 양훈 양석천 콤비의 코메디가 인기였다. "홀쭉이와 뚱뚱이 오늘 밤에 또 만났네"하는 오픈닝과 함께 춤추며 노래하는 프로인데 요즈음의 코메디쇼 같은 프로 였다. 라디오 에서는 당시 장소팔 고춘자 쇼도 자주 듣는 만담 쇼프로 였다. 밤이 늦도록 안방을 차지하고 아이들이 둘러 앉았으니 귀찮기도 하련만은 오히려 아이들은 때때로 아주머니에게 옛날 이야기 해 달라고 졸라 대기를 서슴치 않았다. 캄캄한 밤길을 더듬어 집에 가려면 무섭기도 했지만 아이들은 무서운 귀신얘기 해달라고 했다. 옛날 이야기 좋아하면 가난해진다고 하면서도 긴얘기 해 줄까 짧은 얘기 해 줄까하고 물었다. 둘러 앉은 아이들이 모두 이구 동성으로 합창하듯 "긴 얘기요"했는데 이말을 듣고는 곧장 "긴긴 담뱃대" 하며 시침이를 딱 떼는 것이었다. 아이들은 또 모두들 "에이!!" 하면서 방안에는 한바탕 웃음꽃이 피곤 했던 그런 시절도 있었다. 밤이 늦어 캄캄한 밤길이지만 아이들은 잘도 돌아 다녔다. 밥만 먹으면 집안에 잠시도 있질 못하고 밖으로 쏘다니는 마을 길들이 눈을 감고도 손바닥 들여다 보듯이 훤히 아는 길이니 밤이나 낮이나 거칠것이 없었다. 그 무렵 마을에는 마실방들이 여러군데 있었다. 또래끼리 모이는 가 하면 어른들은 청장년이 한곳에 모여 놀기도 했다. 여자 아이들은 또 여자 아이들 대로 모여 놀기를 좋아 했고, 부녀자들 또한 그들 대로 이웃집 마음 맞는 집을 찾아 마실을 가기를 좋아 했다. 아이들은 따뜻한 아랫목에 깔아 놓은 이불 속으로 손과 발을 밀어 놓고 이야기 삼매경에 빠지기도 했으니 현대 사회의 문제가 되고 있는 외톨이란 말은 생소할 수 밖에 없었다. 50년대 후반에 광석 수신기가 마을에 들어 왔다. 고주파 라디오 전파를 광석 덩어리와 바늘로 검파하여 저주파로 변화 시켜 수화기 진동판을 울려서 청취 할수 있는 가장 원시적이며 기초 적인 라디오 수신기였다. 잠자던 농촌도 서서히 현대 문명에 눈 떠 가는 시기였다. 광석 수신기는 방송국 선국 장치나 음량 조절 장치가 전혀 없는 기본적인 수신 장치이지만 문화적 충격 또한 대단히 컸다. 뒷 동산에 안테나를 높이 매고 전파를 끌어 와야 깡통으로 만든 나팔 모양의 확성기를 통해 수화기에서 나오는 모기소리만한 라디오 소리를 겨우 들을 수 있었는데 수화기 주변에 둘러 앉은 몇사람도 모기 소리만 하게 들리는 그 소리를 알아 듣기는 어려웠다. 깡통 확성기를 차라리 떼어 버리고 수화기를 직접 귀에 대고 들으면 그나마 작지만 또렷한 말소리를 들을 수 있었다. 마을 에서는 맨처음 금오연이 능골에 살 때 광석 수신기 장치를 구입해서 가설 했다. 아마도 1950년대 중반 쯤 될것같다. 이 소식을 듣고 원동진이 마을 청년들 십여명이 저녁을 먹고 난 후 능골 고개를 넘어 금오연네 집으로 구경을 갔다. 큰 동네인 원동진이 젊은이들이 더 깊은 산골 마을로 고개를 넘어 밤에 마실을 간 것이었다. 이 신기한 광석 라디오 소리를 직접 들어 보기 위해서 였다. 원동진이에는 그 때까지 광석 라디오를 설치한 사람이

없었다. 깡통 스피커 앞에 둘러 앉은 마을 청년들은 그 속에서 나오는 모기소리 같은 앵앵거리는 소리를 비록 잘 들리지는 않았지만 신기한 구경 거리였음은 틀림 없었다. 마실꾼 일행중에는 나도 물론 끼어 있었다. 그 날 수신기 소리를 듣고 곧이어 나도 광석 수신기를 설치했다. 안테나 선을 뒷동산에서 끌어 오며 전선이 200여 미터는 들어 갔다. 건넌방 내가 쓰는 방에 수화기를 달아 놓고 긴긴 겨울밤이면 따뜻한 이불 속에서 수화기를 귀에 대고 여러 방송을 들을 수가 있었다. 소리는 작았지만 귀에 대고 들으면 깨끗한 라디오 소리가 잘 들려 왔다. 특히 늦은 밤이면 그당시 북한에서 보내오는 알수 없는 숫자만을 끊임없이 불러대는 이해할수 없는 방송이 잘 들리곤 했는데 무슨 의미 인지도 모르면서 호기심에 자주 들어 보았던 기억도 난다. 1960년대 중반까지도 마을안에는 라디오가 몇 대 없었다. 현역으로 군 복무

시절 본부중대 전우들과 얼마 안되는 사병 봉급을 다달이 모아서 금반지 계를 했다. 하지만 나는 금반지를 만들지 않고 휴가 올 때 수원에서 라디오 한 대를 사가지고 마을로 돌아 왔다. 당시 금성사에서 트랜지스터 라디오가 막 보급되기 시작하던 때였다. 겉 모양은 제법 그럴 듯 하지만 뒷 뚜껑을 열고 보면 손바닥 만한 수신회로와 양쪽으로 스피커 두 개가 고정되어 있는 직 사각형의 프라스틱 제품이었다. 지금 같으면 세운 상가에서 부품 몇 개 사다가 직접 조립도 할 수 있는 수준이지만 그 때는 그래도 귀한 물건이었다. 그 때는 라디오가 마을에 많이 보급되어 가던 중이었다. 그래도 흔할 정도는 아니었다. 50년대 후반부터 스피커라는 것이 마을에 들어와 라디오를 대신하고 있었다. 라디오를 구입하는 대신 스피커를 단 집도 있었다. 스피커는 사방 30센티 정도의 정사각형 나무 상자안에 스피커가 장착되어 있고 소리를 끄고 켤수 있는 스위치와 보륨 조절 장치가 달려 있었다. 공지 사항 뉴스나 대중가요를 많이 내 보냈다. 앞에부분 아랫 동진이의 추억에서도 잠간 나왔지만 나는 그 때 광석 수신기를 이용해서 스피커에서 흘러 나오는 그 당시 유행가를 즐겨 도청하기도 했었다.

(5) 물망초 같은 사랑, 그리고 인연(因緣)에 대(對)하여

1950년대 중반쯤 동진이 마을에는 약300여명의 사람들이 살아가고 있었다. 당시에는 노인보다 젊은이나 아이들이 훨씬 더 많던 시절이었다. 특히 16세 정도부터 스물 다섯 살 정도까지의 미혼의 청소년들과 처녀들이 유난히 많았다. 당시의 방적부를 살펴보니 한참 혈기 왕성하고 발랄하여 활동성이 강한 이 시기의 젊은이들만 30명이 넘었다. 이들로 인해서 마을은 항상 활기가 넘치고 생동감이 느껴졌었다. 물론 이들 젊은이들 보다 나이가 어린 이이들은 더 많았다. 마을 안에서는 집집마다 골목마다 어린 아이들의 웃음소리와 울음소리가 끊이지 않았다. 그 시절 만큼 마을 안이 시끌 벅적하고, 골목마다 사람들을 만날 수 있고 사람 사는 냄새가 나던 시절은 없었으리라. 근래에는 고향에 찾아가 골목을 누비고 다녀 봐도 사람은 커녕 마을에서 기르는 개 한 마리 구경을 할 수가 없으니 마을은 더 커졌지만 사람사는 정을 느낄 수가 없고 마치 오아시스 하나 없는 삭막한 사막같다. 50년대 후반 동진이 마을에는 중학생들도 10여명 이상으로 늘었고 고등학생들도 여러명이었다. 아마도 동진이 마을 일천 수백년 역사에서 가장 활기차고 역동성이 느껴질 수 밖에 없는, 사람으로 치면 마치 청년시절 같지 않았을까. 나 또한 10대 후반에서 20대 초반의 세월을 보내고 있을 때이니 가정형편은 비록 기울어 가고 있었지만 나이로 보아서는 인생의 황금기 였다. 대부분의 젊은 남녀들이 사춘기에서 이성에 눈뜰 좋은 시절이었다. 작은 마을 안에서 주야로 몰려 다니고 어울리다 보니 서로 호감을 가지고 특별한 감정으로 진전되는 경우도 있는 것이 사람사는 세상의 이치이다. 청춘 남녀가 서로 이끌리고 느낌이 남 다른 호감을 가질 수 있는 것을 어찌 탓하랴. 그 시기 마을 안에 핑크빛 사연들 몇 개가 떠 돌았다. 아무리 단 둘이만 눈이 맞아 남몰래 비밀스런 사연을 키워 간다고 해도 작은 마을인데 다가 동료 친구들간에도 밤낮으로 만나며 유대 관계가 깊다 보니 비밀이 유지 되기도 어려웠을 뿐 아니라, 오히려 감정을 감추기 보다는 의논하고 도움을 받기도 했다. 실제로 동료 친구들이 특정한 좋은 감정을 갖고 있는 두 사람을 밀어 주기도 하고 쑥스럽고 민망한 사연은 친구를 통해 간접적으로 전해 주기도 하는등 친구들간에는 도움을 주기도 했던 것이다. 혹여 어른들에게 알려 질까 염려하여 동성의 친구를 통해서 쪽지 편지를 전하기도 하고 어두운 밤 살짝 불러 내어 둘만의 시간을 갖기도 하는데 친구를 이용하기도 했었다. 그리하여 부모들은 잘 모르고 있어도 항상 어울리는 친구들에게는 비밀을 털어 놓고 도움을 받고자 하는 사이가 되었던 것이다. 누가 누구를 좋아 한다더라 하는 소문은 공공연한 비밀이었다. 한 마을 안에서 싹튼 풋사랑들은 무성하게 꽃이 피는 듯 했지만 아름다운 열매는 맺지 못한채 떨어져 갔다. 결혼 적령기가 되면서 하나 둘씩 외지의 처녀 총각들을 만나 가정을 꾸렸다. 갑순이와 갑돌이처럼 갑순이가 다른 남자와 선을 보고 눈이 맞아 시집을 가버리자 갑돌이도 미련없이 내가 질세라 얼굴 예쁘고 살림 잘하는 처녀를 만나 결혼을 했고 여봐라 하는듯 아들 딸 잘 낳고 훌륭히 키우며 행복하게 살고 있다. 세상은 넓고 처녀도 많고 총각도 많으니 실타래 같이 얽힌 인연의 끈을 찾다 보면 내몸의 반쪽은 또 나를 찾아 힘든 길을 오고 있을 것이다. 그런데 마을안의 핑크빛 사연들이 모두 물거품이 된 것은 아니었다. 그중에 두어 사람은 해피 엔딩해서 소원 성취 했고 일편단심 첫 사랑의 순정을 바친 청춘 남녀가 고향을 지키며 백년해로 하고 있으니 그들에겐 축복이고 더없는 행운이리라. 이별의 아픔은 고통스런 일이지만 긴 인생의 길목에서 살아가다 보면 어쩔 수 없이 겪어야 하고 견뎌 내야만 할 시련과 상처가 어디 한 둘이겠는가. 나에게도 젊은시절 아름답지만 조금은 아쉬운 추억이 남아 있다. 아마도 내 생애를 역사로 기록 한다면 10년이상은 온통 그와의 이야기로 가득 채워져야만 할 것이다. 진실하고 변함없는 사랑이라면 마치 연꽃이 진흙속에서 피어나는 것처럼 어떤 어려운 환란 가운데서도 아름답게 꽃 피워 결실을 맺어야만 한다. 하지만 10여년의 긴 세월을 설렘과 두근거림 속에서 지새웠으나 아름다운 연꽃은 진흙속에서 피여 나지 못하였고 결실의 꿈도 이루지 못하였다. 20대 후반의 나의 인생은 막막한 세월이었다. 불운한 시련의 시기였다. 물망초(勿忘草 Forget me not— 나를 잊지마세요)의 애절한 전설과 슬픈 꽃말 같은 내인생, 나는 거센 흙탕물 속같은 현실을 그와 동행하기는 용기가 나질 않았다. 그것은 나만 생각하는 이기심일 뿐이었다. 현실은 꽉 막힌 동굴속 같았다. 어둠의 연속 이었다. 어둠속 거친 파도위에서 허우적 거리는 나에게 밝은 미래는 아직 확신 할수 없었다. 운명은 내편이 아니었다. 반면에 그의 환경은 남 부러울 것없이 좋아 보이는 위치에 있었다. 나의 환경은 점차로 나빠져 가고 있었다. 내가 거친 풍랑위에서 비바람을 맞으며 고전 할 때 그는 봄바람 부는 언덕에서 꽃향기에 취해 있을 때였다. 나는 그가 있는 봄바람 부는 해안에서 너무 멀리 떨어져 나와 있었다. 내가 그를 소리쳐 불러본다 한들 들릴리도 없지만 그를 내 불안하고 위험한 처지에 끌어 들인다는 것은 내 자신이 너무 초라하고 마지막으로 남은 자존심마저 허락 할 수가 없었다. 그는 때때로 진심이었는 지는 모르겠으나 우리 둘만의 어떤 제안을 해 오기도 했었다. 하지만 나는 마음은 아프지만 그를 더 이상 힘들게 할 수가 없었다. 무거운 인생의 짐은 나 혼자 짊어지고 가기로 마음을 굳혔다. 그 때부터 그를 떠나 보내기로 마음먹고 일정한 거리를 두기로 했다. 그 길만이 나를 희생해서라도 그를 살리는 유일한 길처럼 보였다. 조금은 무책임한듯 무관심한 태도를 보이며 그녀와의 이별을 준비해 나가고자 했다. 내 미온적인 태도를 보며 그래 잘됐다 하고 떠나갈 구실을 찾은 것인지 혹은 서운하고 속상한 마음을 느꼈는 지도 지금의 나로서는 알 수 없지만, 그것이 내가 그를 위해 마지막으로 해 줄 수 있는 배려였다. 추측컨대 그는 당시 내 마음을 잘 모르고 있었을 것이며 어찌보면 이해하기 어려웠을 것이다. 마음이 변해버린듯한 내 태도를 보면서 실망하고 보다 마음 가볍게 발길을 돌렸으리라. 어쩌면, 오히려 그것은 내가 바라고 있었던 일일런지도 모른다. 그는 이미 결혼 적령기를 넘어가고 있었다. 무작정 그를 붙잡고 세월을 보낼 수 있는 입장이 아니었다. 그런 그에게 불확실한 나의 미래를 걸고 몇 년을 더 기다려 달라고 말할 염치가 양심상 나에게는 있을 수가 없었던 것이다. 설사 기다린다 한들 나의 미래가 보장되는 것도 아닌 마당에 그녀가 갈 수 있는 평온한 인생길을 사실상 나는 막을 수가 없었던 것이다. 그에게서 기회를 빼앗는다는 것은 내가 좋아 했던 그를 대하는 태도가 아니라는 생각을 하고 있었다. 그와 나는 충분히 즐거운 시간을 가져왔고 이제 또 다른 선택의 기회를 그 자신이 자유롭게 찾도록 배려해 주는 것이 진정한 사랑일거라는 나름대로의 믿음을 가지고 있었다. 그것은 나를 버리는 희생위에서 만이 이루워 지는 것이다. 그 자신도 불투명한 내 미래를 바라보며 더 넓은 세상의 또 다른 인연을 향한 자유를 원했는지 그 깊은 마음속을 알길 없었으나 결과적으로 새로운 둥지를 찾아 내 곁을 떠나갔다. 그가 멀리 내 손이 닿지 않는 곳으로 떠나가자 그와의 인연도 거기까지였다. 산다는 것이 다 그런 것이다. 평생을 살아 가다 보면 크고 작은 가슴 아픈 상처들이 누군들 없겠는가. 마음의 결정은 내린 후였고 어느정도 아픔을 견뎌낼 각오도 한 바이지만 긴 세월동안 낙엽처럼 켜켜이 쌓인 정은 사람인지라 쉽게 지워지지 않았다. 어쩔 수없이 나홀로 짊어지고 가야할 원죄인양 두고 두고 말못할 가슴앓이가 되었다. 첫사랑이 못 살면 가슴이 아프고 첫사랑이 잘 살면 배가 아프고 첫사랑과 살고 있으면 머리가 아프다는 우스개 소리가 있다고 들었다. 물망초의 슬픈 사랑의 꽃말처럼 내곁을 떠나간 그 사람은 나의 어디를 아프게 하는 것인지 나는 아직도 알수가 없다. 오랜 세월에 열병은 치유 되는 듯 하지만 그 흔적이 깨끗이 가신 것은 아니다. 아니 가실수 없는 그 흔적은 상처의 아물은 흉터처럼 영원히 내 몸에 남아 있을것이다. 조개가 모래를 품어 진주를 빚어 내듯 내 가슴 속 어느 한 구석에서 세월이 갈수록 더욱 빛나는 보석으로 다듬어 지고 있을런지도 모르겠다. 〈흔들리지 않고 피는 꽃이 어디 있으랴〉 라고 노래한 도종환 시인의 〈흔들리며 피는 꽃〉이 가슴에 와 닿는다. 알고 보면 어느 누구라도 마음 속에 가슴시린 사연 한 두 가지 쯤은 평생 신주처럼 끌어 안고 살아 가겠지만 그것이 꼭 마음 아프고 불행한 사연만은 아닐 것이다. 좋은 추억을 반추하며 새로운 인연을 찾아 낯선 길을 걸어가는 것도 또 다른 마음 설렘이 나를 반겨 줄 것이기 때문이다.

그후 나는 쓰린 마음을 고향 마을에 남겨두고 군에 입대하여 만 3년을 보냈고 제대하였다. 그 뒤로 마음의 상처와 가슴아린 애환이 추억으로 아롱진 고향을 아주 떠나기로 하고 상경하였다. 직장을 얻고 늦은 나이에 새로운 인연을 만나 결혼 하였고 곧 이어 줄줄이 아이들도 태어났다. 인연은 또 따로 있는 것인가. 아내를 만나고 가정을 꾸리면서 꽉 막힌듯 하던 내 인생도 서서히 떠 오르는 태양아래 아침 안개가 걷히듯 밝은 빛을 찾아가기 시작했다. 어두운 밤이 지나고 나면 태양은 또 다시 떠 오르고, 낡은 것은 지나가고 새로운 것이 다가 오는 법이다. 종가에서 막내로 자란 아내는 어려운 살림을 이르켜 세운 장모님의 타고난 근면성과 성실성을 그대로 물려 받고 현명함과 지혜로움까지 갖춘 여성이었다. 6남매의 막내로 고생을 모르고 자라왔으면서도 어렵고 식구많은 집의 맏이에게로 시집와 가세를 이르켜 세웠다. 나이어린 시동생들을 어려운 가운데서도 연로 하신 부모님을 대신해서 서울로 불러 올려 뒷바라지 하며 공부시키고 결혼까지 시켜 자립하도록 해 주었다. 부지런 하고 음식과 살림 잘하고 친화력과 사교성이 있어 어데를 가나 이웃들에게 널리 인정을 받고 있다. 여러 남매의 막내 이면서도 마음 씀씀이는 바다같이 넓고 넓어서 천생 맏 며느리였다. 박복한 가운데서도 그나마 다행인 것은 내 주변에는 항상 지혜로운 여성들이 있어 옹졸하고 편협한 내 인생의 갈 길에 손을 잡아 주었다는 사실이다. 돌이켜 보면 마음에 맞는 이성 친구를 만나 가슴 설레는 순간들이 내 젊음을 아름답게 장식하며 잊지 못할 추억을 만들어 주었고, 비록 아쉬움과 이별의 아픈 고통은 나를 힘들게 하였지만 값진 인생을 배워 나가게 해 주었으며 정신적으로도 크게 성장하였다. 내 인생의 굽이굽이에는 이처럼 아름다운 인연이 있어 왔고 심성이 곱고 착한 내 동반자의 큰 공덕이 있었음을 잊지 않으려 노력하며 살아가고 있다. 이러한 마음속 고마운 감정들을 1995년 5월 가정의 달 특집으로 생활 정보 신문인 구로 파랑새에서 주최한 사랑의 편지쓰기 대회에 〈아내에게 쓰는 편지〉로 응모(應募)하여 최우수상을 받기도 했다. 아내와 나는 어려울 때 결혼하여 제대로 된 신혼여행도 가지 못한 아쉬움이 있었다. 그런 터에 부상(副賞)으로 제주도 여행권까지 얻게되어 그동안 아내에게 지고 있었던 마음의 빚을 조금이나마 덜 수도 있었다. 경제적인 문제로 못다한 학업에도 미련이 남아 마침 새로 생긴 방송 통신대학에도 진학하여 초급대학 과정과 학사과정을 무사히 마치고 졸업 학력 평가 시험에도 무난히 합격하여 졸업하였다. 그 이후 10여년의 직장 생활을 청산하고 자립하였다. 봉천

동에서 작은 점포를 열어 새 출발 할 때 가깝게 지내던 여자 친구들 두 명이 점포로 찾아 왔다. J 와 Y 였다. 둘은 활달한 성격에 외향적이어서 청춘시절 내가 마음에 두고 좋아했던 M에게 다가갈 수 있는 여건을 많이 만들어 준 편이었다. M이나 나는 성격적으로 소극적인 면이 많아 보였다. 지극히 감성적이고 여린데다가 적극적이지 못한 면도 있는데 더욱이나 나는 쓸데없이 자존심도 세고 고집 또한 외고집인 편으로 온갖 못된 성격을 다 갖추고 있었다. 그런 내가 그를 마음으로부터 좋아 하긴 했지만 자존심을 내세워 매사에 적극적이기 보다는 수동적이었던 면도 없지 않은게 사실이었다. 그런 면에서 J 와 Y는 우리 둘에 있어서는 후원군이나 다름이 없던 사이였다. 그녀들은 그날도 나와 M을 전화상으로 연결해 주었다. 실로 십 수년만에 듣는 그의 목소리였다. 비록 얼굴은 보지 못하고 말 소리만이 들려 왔지만 목소리를 듣는 순간 어쩔 수 없이 나는 추억 속으로 빠져 들고 있었다. 겉으로는 태연한척 평범하고 차분한 대화를 했지만 속 마음이야 어찌 작은 파도나마 일지 않았으랴. 그러나 모두가 부질없는 짓이었고 나는 냉정한 현실에 가슴을 쳐야 했다. 이미 그와 나의 사이에는 건너지 못할 깊고 깊은 강물이 성난 물결을 일으키며 무섭게 흘러가고 있었다. 영문학자이면서 수필가인 피천득 선생의 수필 〈인연〉을 읽어 보면 그가 열 일곱 살때 일본에서 유숙했는데 당시 그집에 소학교 일학년이던 아사꼬를 알게 되었다. 첫 번째 만남이었다. 아사꼬가 많이 따랐다고 한다. 한 십년뒤면 좋은 상대가 될것이라고 아사꼬의 엄마가 말을 했다. 다시 십년이 더 지난뒤에 목련 꽃 같은 아사꼬를 다시 만났다. 예쁜 여성으로 자라나 있었다. 둘은 문학 이야기를 밤늦도록 하다가 헤어 졌다고 한다. 또 십여년의 세월이 흐르고 나서 아사꼬가 결혼 한 이후 다시 만났다고 한다. 그 곱던 얼굴이 백합같이 시들어 가는 아사꼬를 보고는 후회 하기를 세 번째 만남은 아니 만났어야 좋았을 거라고 했다. 그리워 하면서도 한번 만나고는 못 만나기도 하고 일생을 못 잊으면서도 아니 만나고 살기도 한다고 쓰고 있다. 그렇게 보면 나와 M 의 만남도 여기서 접어야 되는 것이 아닌가. 그건 오직 신만의 영역일 뿐이다. 불교에서는 인연을 매우 소중히 여긴다. 한 집안에 태어나는 것도, 한 마을에 이웃하며 살아 가는 것도 수천겁(劫)의 인연이 쌓여야 한다고 했다. 하물며 서로 마음과 정을 나눴고 남 다른 추억이 남아 있는 사이라면 이 인연을 어찌 가벼히 여기랴. 강변의 모래알 만큼이나, 밤 하늘의 별만큼이나 많은 지구촌 그 수십억 사람중에서 우리 두 사람은 무슨 인연으로 10여년의 짧지 않은 긴 세월을 서로 마음 설레며 살았을까? 한창 바쁘게 살아 갈 때는 그런 대로 잊고 살았던듯 하다. 이제 인생의 후반을 맞아 모든 욕심을 내려 놓고 마음 편하게 취미 생활하며 지내다 보니 문득 문득 옛날 일들이 스쳐 가기도 한다. 청춘은 미래에 살고 노인은 과거의 추억속에 살아 간다고 했다던가. 내 고향 동진이에는 그와의 추억이 어린 잊지 못할 많은 곳들이 겉 모습은 비록 허물어 지고 변했어도 내 마음 속에는 선명히 자리하고 있다. 밤도 깊은 어두운 밤에 이름 모를 풀벌레 소리를 들으며 걸어가든 마을 주변의 여러 길들, 두 마리 산짐승처럼 어두운 산 자락에 앉아, 그 밤 우린 무슨 이야기를 그리도 끝없이 이어 나갔을까. 언젠가 수원 버스 터미널 근처 B의 일터에서 자장면을 시켜 먹던일, 만원 버스를 같이 타고 내려 오던 일, 내 작은 방과 그녀의 방에서의 일들은 나와 그가 이 지구 인간 세상에 태어나서 운명적으로 둘이서 함께 겪어야 했던 삶의 궤적이며 개인적인 역사이기도 했다. 일생을 통하여 가장 예쁘고 아름다울 때에 그와 가까이 있었고, 좋은 인연과 추억을 만들었다. 이제 어느 한사람이라도 이 세상을 떠날 때면 진정 두 사람의 인연은 비로소 끝이 난다고 할 수 있을 것인가. 그것은 아무도 모를 일이지만 분명한 것은 좋은 시절의 추억을 함께 공유(共有)하고 있다는 것일게다.

　1960년대의 일이다. 지금도 그렇지만 중매쟁이들의 활동이 결혼 성사에 큰 역할을 했다. 소위 매파라고 해서 나이가 좀 늙수그레한 노인이 양쪽의 신랑 신부집을 오고 가며 다리를 놓고 일을 성사 시키는데 의도 적인 거짓말일 수도 있지만 선의적으로 생각해 일을 성사 시키려고 실상 보다 조금씩 형편을 부풀려서 소개하는 경우가 없지 않았다. 사실 결혼이라는 것이 그렇다. 일단 남녀가 만나 결혼해서 살게 되면 서로 도우며 그들앞에 마주서는 어려운 역경을 헤치고 인생의 성공 스토리를 만들어 나가는 것이 의미가 있는 것이지 치우치거나 한쪽으로 기우는 형편도 좋지는 않다. 개중에는 재산을 보고 결혼을 한다거나 사회적 지위를 선망해서 하는 정략적인 결혼도 있다고 하지만, 사실 당사자들에게 행복 하다고만 할 수는 없을 것이다. 워낙 어렵던 시절이라 딸을 가진 부모들은 하도 가난에 찌들어 살았기에 비록 농촌으로 시집을 가더라도 딸자식 만이라도 조석 걱정 하지 않기를 바라는 마음은 이해 할 만한 소박한 꿈이었다.
　어느 매파가 깊은 산골에 사는 총각을 중매를 섰다. 나이는 꽉 차서 노총각인데 산골이라 시집을 올 처녀가 마땅치 않았다. 뭐 하나 제대로 내세울 것은 없지만 튼튼하고 훤칠한 총각을 장가 보내기 위해서 매파는 조금 선의의 거짓말을 하기로 했던 것이다. 농사도 많고 신랑도 튼튼한데 잘 생기고 조석 걱정없는 좋은 자리다. 다만 농촌이라 처녀들이 꺼리지만 결혼을 해서 살다가 도시로 나가 살 생각을 하고 있으니 생전 농촌에서 살 것도 아니다. 신랑이 아까운 자리니 놓치지 마라. 이렇게 신부 될 처자의 집에다 소개를 하다보니 처녀집에서 생각하기를 요새 세상에 밥이라도 굶지않고 넉넉하게 살 정도면 그것도 감지덕지인데 신랑도 훤칠하게 잘 생겼고 결혼하고 살다가 차츰 도시로 나가서 살 생각이라고 하니 마음이 끌리기는 한데 혹시 신랑이 어디 불편한 것은 아니며 신체적 결함이 있는 것은 아닐까. 또 정말로 조석 걱정없이 잘 사는지 여러 가지로 궁금한 신부집 부모들은 어느 한날 신랑집 형편도 살필겸 직접 신랑집으로 가서 두루두루 살펴 볼 생각을 했다. 매파로부터 연락을 건네 받은 신랑 집에서는 산골로 시집오기를 싫어하는 처녀들 때문에 장가도 못들고 나이가 꽉찬 노총각 아들이 이번에도 이런 저런 구실로 성사가 되지 못하면 영영 장가 가긴 글렀다 싶어 비상 수단을 강구해서 만반의 준비를 했다. 빈 볏가마에 왕겨를 꾹꾹 눌러 담아 대청마루 천정까지 높이 쌓아 놓고 지붕추녀밑 빈 공간마다 헛간마다 곡식 자루를 넉넉하게 늘어 놓았다. 비록 산 고개를 넘어가는 깡촌이지만 곡식 가마가 가득하고 집안 곳곳에 곡식그릇이며 곡식 자루들이 널렸으니 먹을 것 하나는 들은 대로 정말 넉넉해 보였다. 신부 아버지는 하얀 쌀밥에 산해 진미 술상을 앞에 놓고 "음 이만하면 사는 것은 그런대로 괜찮은 것 같구먼." 속으로 생각하며 앞날의 사돈 양반과 권커니 자커니 집안을 둘러 보며 흡족해 했겠다. 신랑이라는 총각이 앞에 와서 넙죽 인사를 하는데 사지가 멀쩡하고 늠름해 보이겠다, 나중에라도 도시에 나가 더 이상 농촌에서 고생하며 살지 않기만을 바라며 마침내 그곳으로 귀한 딸을 시집 보내기로 마음을 굳혔다고 했다. 왕겨 가마가 곡식가마로 둔갑한들 그것이 살아가는 데 있어 무엇이 그리 중하랴. 둘이 마음 먹기에 따라 그리고 뜻과 이상이 같다면 얼마든지 그들의 인생을 나름대로 설계해 나갈 수 있을 것이다. 이렇게 깊은 산골로 고개를 넘고 넘어 시집을 온 새색시는 아들 딸 잘 낳고 행복하게 살았다. 잘 살고 못살고는 다 제 복이라고 하지 않던가. 이들 부부도 그 뒤 정말로 산골을 떠나 도시로 떠나 살게 되었다. 이들은 자의반 타의반 농토를 정리해서 도시로 나갔지만 지금은 오히려 농촌으로 귀농해서 살고자 하는 사람들도 늘어 가고 있다하니 세상일이란 참으로 새옹지마(塞翁之馬)요, 어느 것이 진실인지 알다가도 모를 일이라 하겠다.

　사람이 이 세상을 살아 간다는 것은 결국 사람들을 인연으로 만나서 서로 사랑하고 또 시기하고 질투하고 작별하며 떠나 보내는 것의 연속성과 다름아니다. 그런 가운데 희로 애락이 날줄 씨줄로 엮여 인생이라는 삶의 궤적을 만들어 내는 것이다. 나는 평소 사랑을 노래한 시(詩)와 한시(漢詩)를 비롯하여 고시조에도 깊은 관심을 가지고 있다. 사랑과 이별이 인생사에 있음으로 해서 아름다운 시도 쓰여졌고, 불후의 명작 또한 쓰여지는 것이 아닐까. 미완성의 슬픈 사랑이 있어 더욱 아쉬운 법이고 떠나 보냈기에 더욱 그리워 지는 법이다. 사랑과 그리움으로 해서 가수는 노래를 했고 소설가는 밤 새워 이야기를 써 내려갔다. 음악가는 작곡을 했으며 시인은 시를 지었으리라. 학창시절 한 때는 김소월의 〈못잊어〉나 〈진달래꽃〉, 〈먼 후일〉 등 서정시에 빠져들기도 했고, /산산히 부서진 이름이여/ 부르다가 내가 죽을 이름이여/(김소월의 초혼)하며 온 세상의 비애(悲哀)를 혼자 짊어진 듯 감상에 젖어들기도 했었다.
　헤아릴 수 없는 시인 묵객과 가객들이 한결같이 사랑을 노래 한 것을 보면, 사랑을 빼놓고는 산다는 것을 말 할 수가 없을 것 같다.

　나에게는 아주 오랜 옛날 그녀의 청순한 모습의 얼굴이 빛 바랜 사진으로 아직도 두어장 남아 있다. 단기 4294년 4월이라고 적힌 날짜를 보니 꽃다운 스무살 인생의 봄날이 그 곳에는 고스란히 남아있어 한없이 그윽한 눈빛으로 나를 바라보고 있는듯 하다.

4부

풍속(風俗)과 일화(逸話)
그리고 전설(傳說)

(1) 설과 추석(秋夕) 그리고…

　지금은 많이 퇴색 했지만 1960년대 이전엔 설과 추석명절은 지금
과는 비교가 안될 만큼 분위기 조차도 많이 달랐다. 요즈음도 외지에
나가 타향살이 하는 일가 친척들은 설과 추석이 돌아 오면 될 수 있는
한 고향의 부모님이나 형제들을 찾곤 하지만 대체로 가족 단위의 비
교적 조용한 명절을 보낸다. 옛날에는 마을 전체가 명절 기분으로 축
제 분위기이고 지역 사회 전체가 한 마음으로 명절을 즐겼다. 공동체
행사도 많고 집안에 머무르기 보다는 마을 단위로 전체 주민이 어울
린다. 60년대 전후로 특히 농촌에서 많은 처녀들이 대 도시로 진출했
다. 일부는 서울이나 수원 등지의 잘 사는 집에서 숙식을 해결하며 가
정일을 돕기도 했고 또 일부 처자들은 대도시 공장등에 취직하여 돈
을 벌고 어려운 부모들의 가정 형편에도 힘을 덜어 주게 되었다. 이렇

게 명절에는 도시지역 외지로 나가있던 마을의 젊은이 들이 돌아와 활기를 찾고 더욱 분위기가 화사하고 흥청 거렸다. 도시의 문물로 치장한 처자들이 농촌에서 잠자던 동료들의 의식을 깨우고 점차적으로 변화의 바람이 불어 오던 시기였다.

추석은 농경사회에서 결실과 수확의 큰 기쁨을 맛 볼수 있는 명절이다. 고려 시대에도 설과 추석이 큰 명절로서 지켜저 왔다는 기록이 있는 것을 우리는 역사를 공부하면서 잘 알 수 있다. 들판에는 여름내 땀 흘리며 가꿔온 오곡 백과가 영글어 가고 휘영청 밝은 달이 어두운 밤을 밝혀 주는 음력 팔월 보름날은 한가윗날이라고 했다. 조상을 위해 차례를 지내며 추수를 감사하고 한해 동안 힘든 노고를 위로하고 풍성한 결실을 자축하는 즐거운 명절이다. 명절이 가까워 오면 차례를 모시는 종갓집에서는 제기 닦는 일부터 해야했다. 예전에 제기 그릇은 놋그릇을 사용했다. 놋 그릇은 기와장 깨진 것을 곱게 빻아서 재와 물을 묻혀 짚 수세미로 박박 문질러 정성껏 닦아야 윤이 나고 빛이 났다. 추석때 가장 상징적인 음식이 송편이다. 송편은 글자 그대로 솔잎을 켜켜이 깔고 떡을 쩌 내기 때문에 송편이란 이름이 붙어 졌지만 진한 솔향기가 맛에도 영향을 주고 떡이 오래가도 변하지 않았으니 솔잎에서 뿜어져 나오는 피톤 치드가 방부제 역할을 한다고 했다. 우리 조상들은 먼 그 옛날 이러한 지혜를 어떻게 알았는지 궁금하다. 뒷동산에는 잔 솔포기들이 많이 자라고 있어서 추석 무렵이면 아녀자들이나 동네 아이들이 싸리 소쿠리를 들고 솔잎을 뽑는 모습을 어렵지 않게 볼 수 있는 풍경이었다. 물론 나도 직접 솔잎을 뽑아본 경험이 있다. 솔잎을 깨끗하게 채취 하려면 너무 많이 한 꺼번에 뽑으면 안된다. 조금씩 쥐고 뽑아야 솔잎이 깨끗하게 뽑혀저 나온다. 동진이 마을에서 만드는 송편 모양은 반달형이다. 추석 전날 밤에는 집안 식구들과 일가친척 모두들 둘러 앉아 두런 두런 이야기 꽃을 피우며 송편을 빚는데 시집을 안간 처녀들은 예쁘게 송편을 빚어야 좋은 신랑을 만나 예쁜 딸을 낳는 다는 등 의 재미난 농담도 건네며 즐겁게 시간을 보내는 것이다. 송편이 반달인 것은 점점 둥근 달이 되어 가는 과정을 상징하는 것으로서 발전을 의미하는 것이라고 했다. 송편은 각 지방마다 그 모양을 달리 하기도 하는데 서울 경기 지방의 송편은 한입에 쏘옥 넣고 먹을 수 있도록 작고 예쁘게 빚었다고 한다. 동진이 마을의 송편도 아담한 모양인데 안에 들어 가는 소로는 팥이나 콩, 밤, 대추, 참깨 등 다양하였다. 추석날 아침이 되면 모두들 새옷으로 갈아 입고 조상님께 차례를 지내는 것으로 추석 명절이 시작 되었다. 차례가 끝나고 아침을 먹고 나면 마을 근처 조상님들 묘소에 성묘를 갔다. 성묘를 마치고 돌아 오면 그때부터 공식적인 집안의 행사는 끝이 나고 마을의 놀이가 시작 되는 것이다. 일단 명절때면 마을에 두레패의 풍물 소리로부터 분위기가 고조되기 시작하였다. 풍물 소리가 마을에 요란해야 명절기분이 났다. 그 시절에는 농촌의 어느 마을에서나 풍물이 준비되어 있었다. 농악기가 부족하거나 파손되어 못쓰게 되면 마을 사람들이 추렴을 해서 수원등지로 나가 새것으로 구입해 왔다. 명절 무렵만 되면 농촌의 어느 마을 에서나 풍물 소리가 멀리서도 은은하게 들려오곤 했었다. 풍물 소리는 그만큼 친숙했고 흔했다. 이따금 지방 자치단체에서 각 마을 대항 농악 경연 대회가 열리기도 했다. 그뿐 아니라 풍물 놀이는 농사 에서도 필요했고 마을 공동체 놀이의 중심이었고 흥을 돋우는 데에도 풍물이 빠질 수는 없었다. 동진이에서 추석날 밤에 하는 놀이로서 빼놓을 수 없는 것이 거북이 놀이였다. 거북이 놀이는 젊은 청년들을 중심으로 매년 추석날 밤이면 행해졌고 밝은 달아래 어린 아이들도 따라 다니며 즐겁게 구경하고 놀면서 배워 또 세월이 가면 그들이 자라서 그 거북이 놀이를 마을에서 해마다 열었던 것이다. 자료를 찾아보니 거북이 놀이는 경기도 안성지방에서 상원날 또는 입춘날 및 추석에 행해지던 농경의례의 하나이며 물의 신인 거북이를 즐겁게 하여 흡족한 비가 내리고 풍년이 들게 해달라고 빌며 추수 감사의 뜻을 표하는 의식이라고 설명되어 있다. 이런 설명을 보면 거북이 놀이라는 것은 비단 동진이에서 뿐만 아니라 여러 마을에서 비슷한 놀이가 있었던 것으로 추측은 할 수 있으나 아마도 그 놀이 방법이나 형식은 차이가 있으리라고 보여 간단히 동진이 마을에서 행해 지던 모습을 기록해 보고자 한다. 추석날 해가 지기전에 마을의 젊은 청년들을 중심으로 거북이 놀이 준비에 들어간다. 웃동진이 마을 끝의 느티나무옆 산, 지금 내가 소유하고 있는 산의 입구에는 여러기의 묘가 있어서 잔디 동산을 이루고 있었다. 이곳이 거북이 모형을 만들고 놀이를 준비하던 장소이다. 지금은 도로가 개설 되고 있어 그 지형은 옛날의 자취는 찾을 길 없지만 아이들은 이곳에 모두 모여 인근의 콩밭 가운데 줄 맞춰 심어놓은 수수잎을 조금씩 따서 모아 온다. 수수는 그루 콩밭 사이에 사람 키보다도 더 크게 자랐는데 아래쪽 수수잎만 땄다. 아이들이 모아온 수수잎으로 일부 청년들은 이엉을 엮고 또 한편에서는 작대기 만큼 굵은 나뭇가지를 이용해서 거북이 몸체 즉 틀을 구성해야 했다. 복잡한 모양은 아니고 단순하게 두 세사람이 들어 갈 정도 길이의 삼각형 틀에 가까운 모양이라고 생각하면 비슷할 것 같다. 그 삼각틀을 수수잎 이엉으로 둘러 싸면 거북이 몸통이 되는 것이다. 그 안으로 두사람이나 세사람정도 들어가서 몸통을 등으로 지고서 허리를 굽으리고 걸어 다니는 형식이다. 거북이 머리와 꼬리는 따로 만들어 머리는 맨 앞의 사람이 손으로 잡고 조종하고 꼬리는 맨 뒤의 사람이 잡고서 조종하게 된다. 앞사람은 거북이 머리를 잡고, 가운데 사람은 앞 사람의 허리를 잡고, 뒷 사람은 거북이 꼬리를 잡고, 허리를 반쯤 굽으리고 걸어다니는 것이 기본이고, 놀이를 할때는 앞사람이 머리를 조종하며 쑥 뺏다가 움츠리기도 하고 거북이 머리를 두 손으로 조종을 하고 뒷 사람은 역시 꼬리를 흔들 흔들 조종을 해 주며 걸어야 했으므로 힘이 드는 작업이라 중간 중간 쉬거나 다른 사람과 교대를 해야 했다. 거북이는 한 개만 만들었다. 이렇게 만반의 준비를 해놓고 달이 떠 오르기만을 기다린다. 거북이 놀이는 동산에 둥근 달이 떠 오르면서 본격적으로 시작이 되는데 앞에는 역시 풍물 패가 앞장을 서고 뒤에는 거북이가 따르고 주위로는 마을의 아이들과 구경꾼들이 줄줄이 둘러 서서 따라 다닌다. 풍물패의 상쇠 잡이가 앞장을 서고 마을의 맨 끝집에서부터 차례로 거북이가 방문을 했다. 일단 대문안으로 풍물패가 들어가 둘러 서고 따라들어온 거북이가 안마당 가운데로 들어선다. 상쇠잡이가 풍물의 요란한 소리를 뚝 그치고서는 한마디 하는데 "작년에 왔던 거북이가 죽지도 않고 올해 또 동진이를 찾아 왔는데 먼 길에 오느라고 배가 고프고 지쳐서 기운이 없네요." 라고 사설을 읊고나서 다시 풍물을 쳐 흥을 돋운다. 거북이는 마당을 빙빙 돌면서 머리를 쑥 빼고 몸을 비틀비틀하며 마당가를 돌고 꼬랑지를 흔들 흔들 하다가는 마당가운데에 푹 하고 쓸어진다. 이때 이미 집안에서는 거북이가 들어오자 술과 음식을 차려 내 놓게 되는데 때를 맞춰 상쇠 잡이가 또 한 마디를 하는 것이었다.

"거북아 거북아 술과 음식이 나왔으니 신나게 한바탕 놀고 가자"

그러면 쓸어졌던 거북이가 다시 벌떡 일어나 마당을 돌며 경중경중 뛰기도 하면서 신바람나게 놀아준다. 이어서 상쇠 잡이의 축원과 덕담이 뒤를 잇는다 "거북아 거북아 이댁이 뉘 댁이냐. 김 아무개댁이 아니시냐. 신나게 놀고 해마다 풍년이 들게하고 큰 복을 내려라"

그리고는 한바탕 풍물을 질탕하게 놀고는 잠시 쉬면서 주인이 내놓은 술과 음식을 둘러선 사람들과 더부러 나눠 먹게된다. 이때 거북이 안에 들어 갔던 사람들도 밖으로 나와 음식과 술한잔씩 나누고 교대도 하고 쉬기도 하는 것이다. 이렇게 놀때는 상쇠 잡이의 능청스런 말과 사설이 분위기를 좌우하기도 하는 것이니 이런 일은 끼도 어느 정도 있고 유머가 있고 흥이 많은 사람이 맡으면 금상첨화라 하겠다. 따라다니는 아이들에게도 떡과 과자등을 나눠 주고 일부 남는 음식들은 소쿠리등에 담아 늦은 밤참으로 먹고 놀며 밤을 보내는 것이다. 그렇게 아랫동진이 첫집으로 부터 올라와 팥밭골로 원동진이로 돌았는데 모든 집을 하룻밤에 다 돌수가 없으니 농사도 많이 짓고 살기가 좀 넉넉한 집을 위주로 돌았던 것 같다. 그래도 실제적으로 보름날 밤에 몇집 돌지도 못했다. 그냥 놀이 수준으로 몇집 돌다가 밤이좀 깊어지고 술들도 거나해지면 끝을 내고 어느 사랑이나 마실방으로 들어가 밤이 늦도록 놀면서 야식도 먹고 즐겁게 추석 명절 밤을 보내는 것이다. 거북이 놀이는 농경사회에서 마을의 안녕과 화합과 협동을 위하여 행해지던 놀이였다. 동진이 마을에서의 거북이 놀이는 오래전 조상때부터 이어져 내려온 풍속이라고 여겨지지만 60년대로 오면서 또 다른 새로운 추석문화가 생겨 났는데 이는 시대 변천에 따른 독특한 변화라고 보여진다. 그것은 그 당시 각 마을에서 서로 경쟁적으로 행해지던 연극공연이나 노래자랑 개최등이었다. 해가 갈수록 이러한 공연문화는 유행처럼 번져 나갔다. 새로운것에 대한 갈망이 이런 현상으로 나타난 것이다. 이웃마을에서 연극공연이나 노래자랑등이 개최된다는 소문이 나면 이곳 저곳 근동의 마을 청년들과 처녀들이 구경을 가기도 했었다. 놀이 문화가 활성화 되어 있지 않던 시대였고 즐길만한 오락거리도 부족한 시기였기 때문에 이시절 이러한 연극공연이나 노래자랑 행사는 대단히 큰 인기가 있었다. 개최하는 날자는 추석날 당일 저녁 공연이 많았지만 때로는 다른 마을과의 중복을 피해 그 다음날 하기도 했고, 편의에 따라서 마을에서 날자를 정해 하기도 했다. 연극 공연은 무료 공연이었지만 노래자랑 참석자는 대개 티켓을 사서 무대에 오르기도 했고 그냥 아무나 무료로 참석하기도 했다. 마을의 어른들이나 넉넉한 부자집에서 금일봉을 희사하기도 해서 공연장 앞에 줄을 매고 성금을 낸 사람의 이름과 금액을 써서 걸기도 했다. 당사자의 안면을 세워주기도 하고 의욕과 자긍심을 높혀주는 일이었던 것이다. 이런 돈은 행사 주최의 소요경비로 쓰기도 했고 마을 발전을 위한 기금으로 쓰기도 했다. 노래자랑 상품으로는 농촌 생활에서 많이 사용하는 물 바켓츠나 냄비 양은솥 주전자등의 생활용기가 주를 이루었다. 비누나 성냥등 저렴한 가격이면서도 생활 필수품인 물건들을 준비해 두고 있었다. 이러한 시대적 영향으로 동진이 마을에서도 노래자랑을 개최하였다. 큰 우물옆 높직한 축대를 쌓은 집 마당에 여러집에서 떼어온 대문짝을 깔아 무대를 만들고 그 위에 멍석이나 가마니를 깔았다. 근처 김량등지에서도 동진이에서 노래자랑을 한다는 소문에 젊은이들이 참여하기도 하였다. 흥겨운 노래자랑 한마당이 동진이에서도 열렸던 것이다. 그즈음 어느 해던가 동진이 젊은이들 사이에서도 연극을 한번 해보자는 의견이 나왔다. 아마도 1950년대 후반쯤이 아닐까 생각된다. 내가 학생 시절 이었으니까 오십 칠팔년도일 것같다. 마을 안에 내 나이 또래 청소년들이 주축이 되었다. 마을은 많은 청소년들로 가장 할기찬 나날을 보내고 있을 때였다. 연습장소는 아랫동진이 첫집 내 동갑친구 이팔우네 집 대청마루를 사용하기로 했다. 기억도 희미한데 이노봉, 한인수, 한순민, 한창수 이팔우 정성영등 그밖에도 여러명이 관계했던 것 같다. 추석이 오기 몇 달전 여름부터 저녁 때면 십여명이 모여 의논을 하고 나름대로 계획을 세워 각본을 짜고 연극 연습에 들어 갔다. 오랜 세월이 지나고 보니 그 때의 연극 대본이 잘 떠 오르지는 않는데 어렴풋한 생각은 6·25 직후인 탓인지 전쟁시기 군인들의 활약상을 다룬 그런 내용이었던 것으로 기억하고 있다. 처음에는 굉장한 열의와 각오하에 들어갔던 연극 연습이었는데 그해 추석 때 연극 공연을 하지는 못했다. 연극 공연이라는 것이 의욕만 가지고 막상 시작을 하고 보니 말과 같이 쉬운 일은 절대 아니구나 하는 실감을 그 때서야 깨닫게 되었다. 의욕만 앞섰지 실제적인 연극의 경험자가 전혀 없었고 소도구나 배경 구성 연출 등 연극에 대한 기초적인 지식과 경험이 전무한 상태에서 공연의 실패는 당연한 결과였다. 아쉬운 일이었지만 연극 공연의 한계를 실감했고 동진이 마을에서의 연극공연은 시도 단계에서 좌절하고 말았다. 다만 50년대 후반쯤 동진이 마을에 살고 있던 당시의 청소년들이 연극공연을 시도해 보았다는 데에 의미를 두고 싶다. 추석 전후로는 겨울을 앞두고 있는 농촌에서 논밭에 익어가는 곡식을 거두어 들여야 하는 시기이므로 여유롭게 놀 수 있는 시기가 되지 못했다. 하루 이틀 쉬고는 부지런한 농부는 곧바로 논밭으로 나가 그동안 밀린 일들을 해야했다. 추석은 여운이 길지 못했다.

설날은 음력으로 정월 초하루를 말하지만 한 때 정부 시책으로 양력 1월 1일을 설 명절로 쇠던 때가 있었다. 많은 정부 기관의 공무원들과 관련 업체들이 어쩔수없이 정부 방침에 따라 양력 설을 쇠기도 했지만 그럼에도 불구하고 대다수의 농촌 사회 각 마을에서 음력 설을 쇠다보니 양력 설을 쇤 사람들이 음력 설에 그냥 무덤덤하게 지나칠수가 없었다. 아이들도 있고 마을의 분위기도 있고 보니 또 다시 음식을 만들고 설 기분을 내게 되었다. 이중과세, 물자 낭비,시간 낭비 등과 더불어 과소비가 문제점으로 등장했다. 일제의 왜정때도 양력설을 권장 했지만 조선의 설은 음력 정월 초하루라고 하면서 양력설은 왜놈들의 설이라고 검은 콩을 볶아 먹었다는 어른들의 말도 들을 수 있었다. 설 때는 농한기인 관계로 농촌 사회가 비교적 한가 했고 시간적인 여유로움이 있었다. 시기적으로도 가을 걷이가 끝난지 얼마안된

때이니 마음마저 풍요로워 긴 명절의 여운을 가지고 설을 보낼수가 있었다. 그래서 설은 섣달 그믐깨부터 마을의 골목 골목에서 조청 달이는 단내가 울 밖으로 솔솔 풍겨 나오는 것으로 시작이 되었다. 옛날설 때는 조청과 엿등을 집에서 많이 만들었다. 단 음식이 귀하던 시절이었다. 조청은 제사에 쓰이는 약과나 다식등에 반드시 들어가야 했고 쌀이나 콩을 튀겨 조청에 버무려 놓으면 아이들의 간식으로 인기가 있었다. 그 때는 조청을 써서 산자나 강정등도 집에서 만들어 차례상에 올렸으니 주부들이 할 일이 무척 많았다 섣달 그믐깨면 무척 추웠다. 밖에서 설 준비를 하는 주부들은 찬물이 득득 얼어 붙는 한데서 고생이 많았다. 지금도 잊혀지지않는 그소리, 언 땅바닥을 저벅저벅 바쁘게만 종종 걸음 치시던 어머니의 모습은 생각만 해도 눈물이 핑 돈다. 그 시절 우리 조상들은 왜 그렇게도 열악한 환경 속에서 가정과 자식들을 위해 고생을 하며 그 힘든 세월을 어떻게 견디며 살아 나왔는지 숙연한 마음이 들기도 한다. 우리네 삶이라는 것이 기쁨과 슬픔이 함께 오는 것처럼 즐겁기만한 설 명절에도 따지고 보면 이처럼 어머니들의 깊은 한(恨)이 서려 있는 것이다.

조청이나 엿은 어린아이뿐만 아니라 어른들도 좋아하는 단 음식으로 귀중한 간식거리였다. 가래떡과 인절미등을 찍어 먹기도 했다. 쓰임새가 이렇게 많다보니 엿을 고거나 조청을 만드는 일은 설 명절에 있어서 가장 먼저 해내어야 하는 일이라고 해도 과언이 아니었다. 주부들은 추운 날씨에도 불구하고 한데서 두부도 쒀야 했고 막걸리도 거르고 설 며칠전부터 허리 펼 날이 없고 손 끝에 물 마를 새가 없게 움직여야만 했다. 그때나 지금이나 명절때면 우리나라 주부들이 이렇게 일이 많고 힘든 노동에 시달렸다. 물론 지금이야 예전에 비하면 많이 간소화 되어 덜한 편이지만 그래도 명절 증후군이니 명절때 시부모와의 갈등이 심하고 이혼율이 올라 간다느니, 시집과 친정문제로 갈등이 깊어진다느니 하는 여러 문제를 생각해 보면 역시나 명절과 주부들의 문제는 만만치 않아 보인다.

설밑에 서는 장날은 대목장이라고 해서 근동의 수 많은 사람들이 몰려들어 성황을 이뤘다. 설날에 필요한 음식재료며 차례상 제물흥정, 설빔등을 장만하려고 너도 나도 장엘 나갔는데 사람구경 장구경하는 것도 대목장에 나가는 한 목적이 되기도 했다. 사람들이 많이 모이는 곳에는 먹을 거리도 흔하고 재미있는 볼 거리도 따라오게 마련이다. 그래서 설밑의 대목장날은 항상 흥청거렸던 것이다. 마을안의 방앗간에서는 흰 떡가래가 줄줄이 쏟아져 나오고 이집 저집 울타리 너머로 기름 냄새가 스멀 스멀 아침 안개 피어 오르듯 온 마을로 번져 나가기 시작하면 바야흐로 명절 분위기가 절정을 치닫는다. 화덕이나 이글 이글 장작불 화로위에는 무쇠솥 뚜껑을 뒤집어 놓고 돼지비개 기름을 문지르며 누름적이나 부꾸미등을 부쳐내고 여러 가지 전등도 부쳐낸다. 섣달 그믐날 밤이면 다식판에 다식을 찍어낸다. 조청과 버무려 콩가루로 만든 콩다식 참깨다식 쌀 가루로 만든 쌀다식은 기본이고 소나무 꽃가루를 따 모아 만든 노란 빛깔의 송화 다식은 참으로 고운 색깔이었다. 생각해 보면 예전 명절의 기억은 일도 많았지만 이러한 노동을 통해 마을사람들 이웃들과 일가 친척들이 서로 돕고 때로는 식구들이 둘러 앉아 함께할 수 있는 장이 만들어 진다는 순기능도 있었지 않았을까.

섣달 그믐날 밤은 잠을 자면 머리가 하얗게 센다고 했고 눈썹도 센다고 했다. 밤이 늦어 졸린눈을 껌벅이는 아이들은 정말 그럴거라 생각하여 졸음을 참느라고 애쓰는 아이들을 바라보며 웃음을 참아내며 즐거운 섣달 그믐의 겨울 밤이 점점 깊어 갔다. 설날 아침 일찍 일어나 밤새 얼은 차디찬 솜바지를 입는 다는 것은 큰 고역이였다. 새벽부터 일어나 설날 아침 차례상을 준비하느라고 아궁이에 불을 지펴 방바닥은 뜨끈 뜨끈 한데 따뜻한 이불 속에서 나와 차디찬 바지저고리를 입지 않으려면 미리 이불속에 넣어 놓아야 했다. 어른들도 솜 바지저고리에 모두 마고자나 두루마기를 입고 차례를 모셨다. 한복이 일상적으로 입는 평상복이었다. 어른들은 입던 옷을 깨끗이 빨아 입더라도 아이들에게 만은 설빔이라고 새양말 한 켤레라도 신발이나 내복 등과 함께 대목장날 이면 사다 주려고 했다. 그러자면 항상 대목장 근처 장날에는 곡식 한 두말씩 장에 낼수 밖에 없었다. 설이 되기 직전에는 마을에서 돼지 도리기도 하고 집집이 돼지고기 한두근씩 외상으로라도 들여 놓고 명절 준비를 하였다.

마을안에 우리 영일 정씨들처럼 일가친척들이 여러 가구인 경우는 제일 큰집으로부터 차례를 지내 내려갔다. 차례를 올리고 나면 떡국으로 음복을 하고 또 다음 집으로 가는 식이었기 때문에 나중에는 떡국대신 과일이나 식혜등으로 음복을 했고 어른들은 제주를 나눠 마시고 음복으로 대신 하기도 했다. 아니면 요령껏 떡국량을 조금씩 담아 각 집의 떡국맛을 골고루 느끼게도 배려를 했다. 추석

생각난다 큰으글 느티나무밑 그네도
널날에 제배하기 축썩때 거북이 놀이
잊혀져 그리운것이어디 그것뿐이랴
게산년여롱고향올쓰다 한솔 정성영

과 마찬가지로 차례후에는 성묘를 다녀오고 그 다음 부터는 추석과
다르게 마을의 노인 어른들을 찾아 세배를 드리는 일이 시작되었다.
아이들도 어른들이 세배 다니는 것을 따라 다니며 보고 배워 자기들
나름대로 세배를 다닌다며 마을의 이집 저집을 떼로 몰려 다녔다. 어
른들에게 절도 하고 떡과 음식을 얻어 먹기도 했었다. 노인이 사랑방
에 기거하는 집에서는 하루종일 세배 손님이 줄을 지어 찾아 들기 때
문에 술상을 미리 몇 개 준비해 두고 세배 손님이 올 때마다 상을 바
꿔서 접대를 해야 했다. 그래서 노인이 있는 집의 부녀자들은 하루 종
일 집안에서 세배 손님 뒤 치다꺼리를 해야만 했다. 부녀자들은 해질
녘 저녁때나 되어서야 겨우 힘든 일에서 조금은 헤어나서 비로소 깨
끗한 옷으로 갈아입고 친구도 찾아가고 이웃도 찾아 동료들과 어울려
설 기분을 낼 수 있었다. 어린아이들은 평소에 잘 먹어보지 못하던 돼
지고기며 생선이며 기름진 음식에 과일이며 떡이며 각종 주전 부리에
과식을 하기 일수 여서 생목이 오르고 배탈이 나기도 했다. 명절때는
어느집을 가더라도 먹을 것이 넘치고 넘쳤다. 추석에는 "더도 말고 덜
도 말고 한가위만 같아라" 하는 말이 있다고 했지만 설날역시 평소에
는 잘 구경도 하지 못하는 맛있는 음식이 지천이었다. 처녀들은 큰 우
물옆 넓은 마당에서 널뛰기를 했다. 널은 마을에서 자체적으로 마련
해 두고 정월이면 보름 명절까지 두고 두고 널 뛰기를 했다. 널이 낡
으면 풍물 마련하는 것처럼 마을 공동기금에서 새로 구입해 사용했
다. 정월에는 갖가지 놀이도 많아 아이들은 연도 만들어 띄우고 팽이
치기 썰매타기 쥐불놀이 대보름 달맞이놀이등으로 거의 한달 내내 밖
으로 나가 산으로 들로 쏘다니며 놀기에 여념이 없었다. 동네앞 논에
는 물을 잡아 놓고 썰매장을 만들었고 어린아이들은 이런 논에 얼은
얼음판에서 놀고 조금 큰 청소년들은 저수지얼음판에서 놀았다. 아무
리 추운 겨울철이라고 하지만 아이들은 밖으로 나가 뛰어 놀기를 좋

아 했으니 그 당시에는 실내에서 즐길만한 오락거리가 없어 그럴 수 밖에 없었다. 정월에는 척사대회도 열었다. 윷놀이 대회였다. 당시에는 동진이 뿐만이 아니라 각지에서 척사대회가 많이 열렸다. 동진이에서는 주로 팥밭골 한남용어른댁 바깥마당에서 윷판이 벌어졌다. 마당이 높직하고 햇빛도 잘 드는 양지쪽이여서 좋았다. 그 밖에도 더러는 큰 마당이나 우물옆 마당에서 윷놀이가 벌어지기도 했다. 윷 놀이는 정월의 어른들 놀이였다. 척사대회의 상품들 또한 노래자랑상품들과 비슷하게 일상적인 생활 용품들로 준비했다.

열나흗날이 되면 오곡 잡곡밥에 취나물 고사리 시래기등 각종 맛있는 산 나물과 들나물 그리고 채소등을 준비했다. 보름명절에는 흰쌀밥은 하지 않았다. 맨 시커먼 잡곡밥 투성이 였다. 어느집이나 오곡 잡곡밥을 넉넉히해서 남는 것은 부엌의 솥안에 넣어 두었다. 밥도 아홉 번 먹고 마당도 아홉 번 쓸고 나무도 아홉짐을 해와야 한다고 했다. 청소년과 처녀들도 밤이되면 마을안에 구메구메 따뜻한 방에 모여 앉아 윷놀이나 화투등으로 편을 갈라 내기를 했는데 진편이 밥을 얻어 오고 이긴편은 나물을 얻어 오기등이었다. 이렇게 해서 얻어온 나물과 오곡밥으로 비빔밥을 만들어 함께 둘러 앉아 밤참으로 먹었다. 마을안의 어느집이고 대문이 열려 있었고 어느집 부엌엘 가도 솥안에는 오곡잡곡밥이 가득 들어 있었다. 춥고 눈 내리고 바람부는 길고 긴 겨울밤에도 또래들끼리 따뜻한 마실방에 모여 앉아 이런 놀이를 하면 시간 가는 줄도 모르고 한없이 재미있고 즐거웠다. 정월대보름 새벽이 밝아 오면 일찍 일어난 아이들은 이웃집의 친구들을 찾아 나선다. "아무개야" 하고 친구 이름을 불러서 대답을 하면 "내 더위 사가라"하고 더위를 파는 것이다. 다가올 여름에 더위를 먹지 않도록 미리 친구들에게 더위를 팔아 먹는 다는 얘기인데 어른들은 친구가 이름을 부르거던 대답을 하지말고 그 대신 "내 더위 사가라" 하고 하면 오히려 더위를 사지 않게 될 뿐만 아니라 되판다는 거였다. 물론 그렇다고 더위를 팔고 사겠는가 하지만 나이어린 아이들은 행여 내 친구들로부터 더위를 살까봐 전전긍긍하며 무의식중에 대답을 할까봐 걱정을 하기도 했다. 옛 선조들의 해학이 담긴 관습이라고 보여진다. 보름날 아침에는 부럼 깨는 풍속도 있었다. 부럼은 땅콩이나 밤등을 어금니로 꽉 깨물어서 마당에 던졌다. 액운을 멀리 떠나 보내는 것이다. 귀 밝이 술도 있었다. 보름날 아침에 술을 조금 마시면 귀가 밝아 진다고 해서 아이들도 술을 조금씩 맛을 보게 했다. 마당가에 있는 복숭아 나무나 대추나무, 배나무 등에 장가 들인다고 갈라진 나무 가지 사이에 돌맹이를 얹어 놓곤 했는데 어느 문헌에 보니 과일나무를 시집 보낸다는 기록을 본 기억도 있다. 동진이 마을에서 내가 어릴 때 듣기로는 분명히 장가 들인다고 말을 했던 것으로 기억한다. 시집을 보내건 장가를 들이건 표현은 다르지만 행위는 똑같다. 나무가 갈라진곳에 남근을 상징하는 길다란 돌맹이를 얹어 놓는 행위를 통해 그 해의 과일이 많이 열리게 한다는 풍속이다. 그런데 이러한 속설이 전혀 근거가 없는 허무 맹랑한 일 만은 아니라는 것이며 과학적 근거가 있다고 한다. 대추나무 갈라진 가지위에 돌을 끼워 놓으면 그 둘레가 두터워지면서 잎으로부터 광합성으로 생긴 영양분이 줄기나 뿌리 쪽으로 내려가는 것이 방해되어서 열매쪽으로 이동된다는 것이다. 이러한 과일나무 장가들이는 풍습은 60년대 후반까지도 그 명맥은 살아 있었다. 물론 이런 풍습은 아이들의 몫이며 흥미있는 놀이 이기도 했던 것이다. 보름날 오후가 되면 달마중 채비에 들어간다. 이미 마을앞 들판에서는 쥐불놀이가 시작되어 논두렁이며 개울둑을 찾아 다니며 불을 놓고 깡통에 불씨를 담고 소똥등를 태우며 빙글빙글 돌리는 모습들이 대단했다. 또 아이들은 따로 준비한 것이 있었다. 조(粟)의 짚을 예전에 어른들은 스숙대라고 했다. 이 스숙대는 그 길이가 아이들 키만했는데 이 스숙대 즉 조의 짚을 직경 약15센티정도의 굵기로 각자 자기 나이숫자 만큼 볏짚으로 묶어 주었다. 열 다섯 살이면 열다섯 군데를 묶어 주고 열 일곱살이면 열 일곱군데를 묶어 준다는 이야기이다. 이러한 스숙대 묶은 것을 두 세개씩 만들어 준비하고 있다가 달이 뜰 무렵이 되면 팥밭골 동편 산등성이위로 올라간다. 달 뜨기를 기다리고 있으면 저 멀리 운학리 쪽 먼 산으로부터 보름달이 서서히 올라오기 시작한다. 아이들은 준비 해온 스숙대 묶은 대롱에 불을 붙여 달을 향해 아래 위로 흔들면서 "망월여! 망월여!" 하면서 달에게 꾸뻑 꾸뻑 절을 하며 소원을 빌었다. 이런 달맞이 놀이 풍습은 내 어린 시절 50년대 까지는 근근히 이어져 오고 있었으나 그 얼마뒤로는 조 (스숙)도 심는 것이 사라졌고 이런 풍속도 없어 진 듯 하다. 동진이 아이들이 정월 대보름날 달을 보던 즉 망월(望月)을 하던 장소는 팥밭골 동쪽 산잔등위에 동편에 떠오르는 달이 잘 보이던 바로 그곳이었다. 내가 이름하여 동진이 마을의 망월지(望月址)라고 했다. 스숙은 아마도 한자의 서속(黍粟)즉 조와 기장을 말하는 것으로 여겨진다. 그 시절에는 조를 많이심었다. 동진이 뒷동산 산책길을 따라서 노구봉까지 가는 동안 무듸실 고개와 장터고개 즉 아리랑 고개 옛길의 내력, 그리고 동진이 아이들이 정월 대보름날 달맞이를 하던 망월지(望月址)의 내력등이 안내문으로 세워지면 이야기가 있고 역사성이 있는 산책로가 되어 더욱 뜻깊을 것이다. 그 뿐만 아니라 장터 고개와 망월지 사이의 뒷동산위에서는 김량읍내 일대가 잘 내려다 보이는 장소였다. 이곳은 6·25때 마을의 아이들이 비행기의 폭격으로 폐허로 불 타고 있는 김량 시장터를 대려다 보았던 가슴 아픈 역사가 있는 곳이다. 동진이 마을 주변에는 이처럼 마을 사람들의 애환과 사연들이 서려 있는 곳이 많이 있다. 훗날이라도 이러한 이야기들을 발굴해서 이곳을 찾는 이들에게 전해 준다면 대단히 의미 있는 일이 될것이다.

정월 열 엿샛날은 귀신장날이라고 했다. 귀신날이라고도 한다는데 귀신들이 몰려 나온다는 이날은 사람들이 멀리 나다니면 귀신이들러 붙어 곤욕을 치룬다고 했으니 원행(遠行)을 삼가고 조용히 집안에서 지내야 한다고 했다. 밤이 되면 구멍이 많이 뚫린 체등을 대문에걸어 놓고 마루 끝에 벗어 놓았던 식구들의 신발도 둥구미에 모두 담아서 방안 윗목에 들여 놓고 잤다. 귀신이 오면 신발을 신어 보고 자기 발에 맞으면 신발을 신고 가버린다고 했다. 그러면 그 신발의 주인이 병에 걸리거나 액운을 입는 다는 것이다. 대문간에 구멍이 많은 체를 걸어 놓는 것은 귀신이 들어오다가 대문에 걸린 체의 구멍을 세다가 헷갈리고 다시세고 하다가 날이 새서 닭우는 소리가 들리면 그냥가버린다고 했다.

음력으로 칠월보름날은 백중이라고 했다. 백중근처의 장날은 특히 백중장날이라고 해서 크게 서는 편이었다. 백중장날에는 그네 타기대회, 씨름경기등이 김량시장 싸전거리에서 열리기도 했고 그뒤에는 마평리 다리건너 공설 운동장이나 쇠전거리 근처에서도 열린듯하다. 농사 짓는 사람들은 장날이면 장구경을 나와서 마평리 다리건너하천둑 옆 우시장에 들려 소값도 알아보고 국밥 한그릇과 막걸리잔을기우리는 즐거움도 있었다. 단오 근처에는 마을에서 특별한 행사나놀이는 없었어도 해마다 그네는 맸다. 청년들을 중심으로 볏짚단을걷어서 튼튼한 동아줄을 만들고 그네를 맸는데 육이오 직후 까지는뒷동산 장터고개 올라가는 길 양옆으로 서있던 전나무에다 그네를 맸다. 저녁을 먹고난 마을의 처녀 총각들이 뒷동산으로 올라와 시원한바람도 쐬며 그네를 타기도 했다. 그네는 혼자서도 타고 둘이 마주서서 쌍그네도 탔다.

    춘향이와 향단이처럼 밀어주기도 하고 누가누가 더 높이 올라가나 내기도 하면서 놀았다. 그 뒤로 이 전나무가 베어진 이후에는 웃동진이 마을의 정자나무였던 느티나무 옆 동산의 전나무에다가 그네를 맸는데 그 전나무 마져 없어진 이후에는 느티나무에 그네를 맸던 것이다.

(2) 미스테리하고 신비한 이야기들

    옛날에 전기불이 없던 시절 그믐께 농촌의 밤은 정말이지 상상을 초월 할 정도로 어두워서 코 앞에 사람이 서 있다고 해도 전혀 알 수 가 없을 정도 였다. 지금 전기불이 환한 도시나 농촌에서 그런 어두운 상황에 놓일 경우는 여간해서는 경험하기 어려우리라고 본다. 그런 어둠에 익숙한 당시의 사람들은 아무리 발밑도 안보이는 캄캄한 밤이 라도 참 잘도 다녔다. 지형 지물에 익숙하고 캄캄한 환경에서 적응이 되다보니 큰 어려움은 느끼지 못했던 것이다. 그래서 밤 마실도 잘 다 니고 어두운 밤길등은 생활하는데 별 걱정이 없었다.

    어느날 마을의 김노인이 장날 밤이 이슥하도록 친구들과 술잔을 기울리다가 밤이 꽤 늦어서야 친구들과 헤어져 동진이 집으로 돌아 오게 되었다. 술이 거나하게 취한 김노인은 평소대로 용인군청을 뒤 로 돌아서 들미나무 밑을 지나서 안베레기로 갈가 하다가는 술김인 데도 아무래도 그쪽 보다는 바깥베레기 쪽이 좀더 창문으로 흘러나 오는 불빛이라도 훤할 것 같아 그 쪽길로 돌아 섰다. 여기까지는 그 래도 사람들이 사는 집 창문의 전기불빛이 장터고개로 오르는 길을 어슴프레 하게나마 밝혀주고 있었다. 바깥 베레기 공동우물터를 지 나 마지막 집을 돌아서니 이제부터는 인가 하나없는 아리랑 장터고개 올라가는 좁다란 산길이 시작되는 지점이었다. 보이는 것은 아무 것도 없었다. 평소 수없이 이 길을 오고가며 머릿속에 익혀둔 지형 지물을 생각하면서 익숙하지만 조금 천천히 여유를 가지고 걸어 올라 오고 있었다. 캄캄하긴 하지만 그래도 김량장터 수많은 전기불빛이 멀리서나마 반짝이는 것이 조금은 위안이 되었다. 그렇게 그럭저럭 하는 사이에 아리랑 고개를 휘휘 몇바퀴인지 휘돌아 고개 마루턱위 에 올라 섰다. 김노인은 길가 잔디위에 잠시 주저앉아 발아래 까마득 히 바라다 보이는 시장터 전기불빛을 바라보며 참 아름다운 광경이 라고 생각했다. 산마루위에서 시원한 바람을 맞으니 잔뜩 오르던 취 기도 조금은 깨어나는 듯 싶었다. 김노인은 키가 육척이나 되고 기골 이 장대하여 기운이 황소 같은 장사였다. 덩치가 큰 마차소도 잘 부 리고 쌀가마 볏가마등을 번쩍 번쩍들어서 마차에 실기도 하고 내리 기도 하는 천하에 무서움같은 것은 전혀 모르는 힘 좋고 배포도 좋은 그런 사람이었다. 그런 김노인 인지라 어두운 산길이지만 두려움같 은 것은 애당초부터 있지도 않았다. 마루턱에 앉아 담배를 한 대 피 어물고 아리랑 고개를 술김에 올라오느라고 가쁜 숨을 고르며 잠시 쉬면서 저멀리 시장의 반짝이는 전기불빛을 내려다 보고 있는 중이 다. 이따금 수원쪽으로 올라가는 신작로에는 자동차가 불을 밝히고 지나가는 모습도 잘 바라다 보였다. 김노인은 잠시 생각해 보았다. 이제 여기서부터 저쪽 마을뒤 고개마루턱 까지는 잘해야 백여 발짝 이면 다다를 수 있는 거리이니 담배 한참 거리도 안되는 거리이다. 그 렇지만 지금부터 가야 할길은 정말로 캄캄절벽의 푹 꺼진 산골짜기 를 휘돌아 나가야만하는 가장 험하고 외진 산길임을 김노인도 물론 잘 알고 있었다. 김노인은 피우던 담뱃불을 끄지 않은채 길을 재촉했 다. 밤도 깊어 사위는 쥐죽은 듯 고요한데 저 아래 수장골 잣나무 가 지에 올라 앉아 부엉이가 우는지 스산한 날짐승의 울음 소리가 음산하게 들려오고 있었다. 골짜기는 적막만 흐르는 데 캄캄한 수장골 아래의 공동묘지쪽에서 찐득한 밤바람이 치고 올라 왔다. 담배 두어 모금을 빨아 대는 사이 골짜기를 벗어나서 이제 길가에 있는 묘지만 지나면 마을이 내려다 보이는 뒷동산 마루턱이다. 김노인은 눈앞에 묘지도 안보이고 풀섶도 안보이지만 눈을 감고도 훤한 그 길을 짐작대로 걸으며 이제 묘지앞을 지났으려니 속으로 생각하며 거의 다 타버린 담뱃불을 힘껏 빨았다. 담뱃불빛이 타면서 잠시 주위가 환해지는가 싶었는데 바로 그때였다. 언뜻 빨아들이는 담뱃불빛에 시커먼 그림자 하나가 길옆의 묘지근처에 장승처럼 서있다는 느낌이 동물적인 감각으로 인지 할수가 있었던 것이다. 아무리 두려움같은 것을 모르는 김노인이었지만 순간 섬뜩한 생각이 들면서 온몸에 소름이 쫙악 돋는 듯 하였다. 배포 좋은 김 노인이었지만 캄캄란 오밤중에 이런일을 당하고 보니 머리카락이 곤두서는 두려움에 취한 술이 번쩍 깨는 듯하였다. 그렇지만 김노인이 누구던가. 아무래도 천하장사에 두려움을 모르는 김노인이 아니었든가. 이래서는 않되겠다 싶어 정신을 바짝 차리고 순간적으로 생각해 보았다. 이는 필시 도깨비나 귀신이 아니라 도둑놈일거라고 생각했다. 이밤중에 마을로 들어가는 외진길에 있는 목적이 무엇이란 말인가. 김노인은 떨리는 목소리를 감추고서 힘을 주어 검은 그림자가 서있는 곳을 향하여 소리를 질렀다. "너는 누구냐?" 그리고는 어둠을 향해 반응을 살펴보고 있는데 그 순간 "누군지 알아서 뭐할래" 보이지도 않는 어둠속 어데서 솥뚜껑만큼 큰 손바닥이 김노인의 얼굴로 날아 들더니 그만 따귀를 올려 부치는 것이 아닌가. 김노인의 두눈에서는 번쩍하고 별빛이 반짝이더니 그만 정신이 혼미해지고 아득하여 그 큰 배포는 모두 어디로 갔는지 자기도 모르게 걸음아 날 살려라 하고 저 아래 마을을 향해 내리막길을 내달려 내려갔다. 아무것도 안보였지만 그저 평소대로 짐작만 하고 내

뛰었는데도 돌부리 하나 안걸리고 익숙하게 뛰어 내려오긴 했지만 무의식 중에도 몸이 그렇게 움직여 준것만도 큰 다행이었다. 김노인은 한참을 뛰어 내려 왔지만 뒤를 따라오는 발자국 소리는 들려 오지 않았다. 마을 뒷동산을 걸어 내려오면서 한숨을 돌리고 정신을 가다듬은 김노인은 생각하면 생각할수록 기가 막히고 괘씸하기 짝이 없었다. 마을의 아이들이나 어른들은 목소리만 들어도 누구인지 모두 알 정도인데 분명 아까 그 목소리는 마을 사람은 아니었다. 그러면서 생각해보니 만일 마을 사람이라면 김노인을 못알아 볼리도 없고 감히 김노인에게 따귀를 올려 부칠 그럴만한 사람은 없을 터였다. 그렇다면 누구란 말인가. 왜 한 밤중에 남의 동네 주변을 어슬렁 거리고 있단 말인가. 마을에 들어오려는 도둑놈인가 길을 잃은 나그네인가. 도무지 가늠할 수가 없었다. 이튿날 마을안에는 지난밤 김노인이 겪었던 장터고개 이야기가 쫘악 퍼져 나갔다. 그러나 수수께끼 같은 이 미스테리는 풀리지 않았다. 누구는 귀신의 장난이라고도 했고, 또 어떤 이는 도깨비가 틀림없을 것이라며 두려워 하였다.

나는 면사무소에서 밤이 늦도록 귀가하지 않는 부친을 장터고개로 마중을 나갈 때가 많았다. 그때만 해도 김량장 바닥이 넓지를 않아 단골 술집 몇군데만 돌아보면 부친의 행방을 찾을 수가 있던 시절이었다. 지금의 처인구청앞에서 역전으로 나가는 길목 신작로 바로옆에 역전옥이라는 술집이 있었다. 부친은 바로 이 역전옥에서 자주 술을 드시곤 했다. 늦은밤 장터고개로 넘어 오려면 어린 마음에 조금은 무서웠다. 노래를 부르기도 하고 괜시리 큰 기침을 하기도 하면서 넘어 오곤했다. 그럴 때면 길가 수풀속에서 무언가가 후닥닥 뛰쳐 나가기도 했고 먼 산에서 짐승의 소리도 들리는듯 했다. 부친은 종종 귀가 도중에 길을 잃고 산속을 헤메다가 새벽녘에야 집을 찾아 오곤 했는데 나중에 이야기를 들어 보면 도깨비에 홀려서 어덴지 모를 산속을 헤메다가 새벽녘에야 겨우 술이 깨며 정신이 들어 길을 찾아 집으로 오게 되었다는 그런 이야기였다. 도깨비가 산속으로 길을 이끌어 밤새 이리 저리 끌고 다니며 고생을 시켰다는 것이다. 취중에도 도깨비 불이 이리저리 왔다갔다하고 정신을 차릴수가 없었다고 했다. 경황중에도 정신을 바짝 차려야 되겠다는 생각이들어 살펴보면 산속을 헤메고 있는 것을 알고는 술이 확 깨는 듯하고 몹시 두려웠다고 했다. 부친에게 직접 들었던 이야기이다.

또 한번은 늦은밤 장터고개를 넘어 마을로 내려 오는데 마을앞 들판건너 앞산 희고현 근처에서 환하게 비추는 불덩어리 하나가 바깥말 길을 따라 마을로 들어오는 모습을 볼수 있었다. 불덩어리는 전혀 흔들림이나 밝았다 흐렸다 하는 변화도 없고 일정한 크기와 밝기를 유지하면서 마을을 향해 들어오고 있었다. "아니 이 밤중에 저곳으로부터 마을로 들어 올 사람은 없을 터인데 무엇이지" 나는 혼잣말로 중얼거리며 매우 궁금하여 뒷동산 고개마루에 잠시 서서 마을 앞을 계속 주시하며 바라보고 있었다. 불 덩어리는 개울을 건너 마을로 들어오는 큰 길을 놔 두고 작은 논 두렁길로 접어 드는 것 같았다. 캄캄한 밤이었어도 나는 마을앞 들의 길 모형을 머리 속에 훤히 꿰고 있었으므로 불 덩어리가 가는 방향만 바라보고 있어도 어느길을 따라 가고 있는 것인지 금방 알 수가 있었다. 불은 거의 마을에 가까워 오고 있었다. 강한 호기심과 궁금한 상태로 마을 앞으로 나가 한번 확인해 볼까 하는 마음도 있어 얼른 집으로 내려와 할머니한테 말했다. 자초지종을 짧게 말하고 마을 앞으로 나가 알아 볼까 한다고 했더니 가지 말라며 도깨비 불빛이나 짐승일른지도 모른다며 만류 했다. 짐승의 눈에서 나오는 빛이라면 두 개 일텐데 그 불빛은 하나였고 횃불 같은 느낌이 강했다. 나는 호기심과 두려움이 겹쳐 어찌할까 망설이다가 결국 두려움이 더 강했던지 그 날밤 마을 앞으로 나가 불빛의 정체를 확인하지 못했다. 내 머릿속의 상식과 이성은 분명 그 불빛은 도깨비 불빛은 아닐거라고 굳게 믿으면서도 한가닥 두려움에 캄캄한 마을 앞길로 뛰어 내려가 그 불빛의 정체를 밝혀내지를 못하고 미스테리로 남겨놓게 되었다. 당시에도 마을 사람들이 더러는 희고현 삼옷물을 신성시하여 치성을 드리는 정화수를 떠오거나 산모의 국밥을 끓여 주기 위해 밤중에 광솔불이나 등불을 들고 다녀 오기도 하는 관습이 조금은 남아 있던 시절이라 혹시 마을에 그런일이 있을 만한 상황을 은근히 알아 봤지만 확인되지 않았다.

닷새마다 서는 김량장날 삼촌이 밤이 늦어서도 귀가하지 않아 장터 고개를 넘어 마중을 나갔다. 고개를 넘어 베레기 마을을 얼마 남겨 놓지 않은 산길을 내려 가는데 길옆 밭고랑 쪽에서 인기척이 들려 왔다. 그 곳은 사람들이 다니는 길보다 한참 낮은 위치에 있는 밭인데 캄캄하여 보이지는 않았지만 그 밭 어덴가에서 사람의 소리가 들려 오는 거였다. 목소리를 들어보니 삼촌의 음성이라 이상하다 싶어 밭으로 내려가 어둠속을 걸어가 확인해 보니 삼촌은 밭 고랑에 엎드려 땅바닥을 가어 다니면서 헤메고 있었던 것이다. 밭은 꽤 넓어 천여평은 넘어 보이는 그런 밭이었다. 물론 캄캄한 밤이었지만 나로서는 길의 위치며 그 옆에 밭의 크기며 생김새등은 이미 머릿속에서 내 손바닥 들여다 보듯 환히 알고 있는 정보였다. 생각해 보니 아마도 삼촌은 술이 취해 평소 나처럼 머릿속에 기억 된 길의 정보를 더듬어 동진이 마을을 향해 장터 고개를 걸어 올라오다가 휘청거리는 발걸음이 좁은 산길을 걷다보니 앗차 실수하여 한길 아래 밭으로 굴러 떨어 졌든 모양이었다. 밭뚝 아래로 굴러 떨어지는 순간 머릿속에 입력된 길의 정보는 하얗게 지워지고 방향감각을 잃어 버린 삼촌은 취중에 사막이나 다름없는 밭을 헤매며 비명을 질렀던 거였다. 옆에서 내가 술 취해 헤매는 삼촌을 바라보고 있자니 마치 도깨비에 홀린 사람같았다. 멀쩡한 길이 저쪽에 있는데 전혀 엉뚱한 곳을 헤매고 있으니 그럴 수 밖에 없었다. 술이 취하지 않은 멀쩡한 사람이 보고 있으면 굉장히 이해 할 수 없는 낯선 모습이었다. 방향감각이 한번 틀어지면 미로에서 벗어나기가 쉽지 않다. 도시에서도 술도 안먹은 멀쩡한 대낮에 지하철을 타고 가면서 "어 이상하다 내가 가는 방향은 이곳이 아닌데" 할 때가 있다. 잠시 방향감각에 혼란이 온 것이다. 어른들이 말하길 도시에서는 전기불빛에 홀리기도 한다고 한다. 중학교 다닐 때 수학여행을 갔다가 밤늦게 용인에 도착 했는데 집으로 온다는 것이 그만 엉뚱하게 반대방향으로 한참을 가다가 뒤늦게 잘못가고 있는 것을 깨닫고 되돌아 온 경험도 있다. 살아가다 보면 이해할 수 없는 일들을 목격하기도 하고 직접 당하기도 하지만 남에게서 전해 듣기도 한다.

마을의 어떤이가 늦은 밤 술이 거나하게 취해서 노래를 부르며 집으로 들어오고 있었다. 캄캄한 밤길을 걸어 동구 밖에 이르렀을 때 웬 장승처럼 키가 장대 만큼 큰 거인이 코 앞을 딱 막아서더니 괜한 시비를 걸면서 이 길을 지나가려면 씨름을 한판해서 자기를 쓰러 뜨리고 가야 한다는 거였다. 그리고는 막 무가내로 덤벼 들더라는 거였다. 취중에도 이놈에게 졌다가는 큰 봉변을 당하겠다 싶어 술김에도 정신을 바짝 차려 있는 힘을 다해 거인을 마침내 쓰러 뜨리고는 이놈이 또 해코지를 할까 싶어 허리띠를 풀러 길가 나무에다 묶어 놓았단다. 그리고는 콧노래를 부르며 집으로 돌아 왔겠다. 이튿날 날이 밝아 어젯밤 일이 떠 올라 그 자리를 찾아가 보니 어느 누가 쓰다버린 빗자루 하나가 자신의 허리띠로 나무에 묶여 있더라고 했다. 도깨비가 씨름을 하자고 덤비면 왼다리를 걸어 넘겨야 이길 수 있다는 말도 들린다. 어린

시절에 어른들에게 자주 듣던 도깨비 이야기는 참으로 무궁무진하고 흥미 있었다.

　마을안에 세 동서가 한집에서 정답게 살아가고 있었다. 대가족아래 살던 시절이라 더러는 삼형제 세 동서가 한 울타리 안에서 오손 도손 살아가던 시절에 있었던 이야기이다. 밤이면 세 동서가 둘러 앉아 밤이 늦도록 바느질도 하고 다듬이질도 했다. 긴긴 겨울밤은 밤참을 만들어 먹어가며 이야기도 나누고 즐겁게 보내고 있었다. 어느 길고도 긴 겨울밤에 일어난 알 수 없는 기괴한 이야기가 전해지고 있다. 세 동서가 조용한 가운데 바느질을 하면서 무료한 시간을 보내고 있는데 웬 아닌 밤중에 쿵덕 쿵덕 절구질 하는 소리가 선명하게 들리더라는 거였다. 절구질 할 시간은 분명히 아닌데 이 무슨 일인가. 세 동서가 귀를 쫑긋 세우며 잘 못 들은 소리가 아닌가 하여 서로 눈짓으로 이게 무슨 소리지 하는 듯 얼굴을 쳐다보며 말을 잇지 못하고 있었다. 분명히 절구질 소리라는 확신이 들자 솟구치는 호기심에 어디 한번 알아보자는 의견에 뜻을 같이 했다고 한다. 이 밤중에 어느 누가 절구질을 한다는 말인가. 세 동서는 바느질거리를 방바닥에 내려 놓고 방문을 조용히 열고는 도둑 걸음으로 발 소리를 죽여가며 마루를 벗어나 마당으로 내려 섰겠다. 이어서 소리가 들려 오는 아랫집 울타리가로 세 사람은 약속이나 한것처럼 말없이 다가가고 있었다. 울타리 옆으로 붙어선 세 동서는 신경을 곤추 세우며 아랫집에 귀를 기울였다. 그 집의 절구는 항상 그집 대문간에 자리잡고 있었다. 사람의 인기척은 들려 오지 않았다. 쥐 죽은 듯 고요하고 개미소리 하나 들리지 않는 캄캄한 한 밤중인데 다만 들려 오느니 분명한 절구질 소리가 참으로 괴이 했고 이해 할 수가 없었다는 것이다. 그것은 분명 도깨비들의 장난 일꺼라는 생각에 무서움이 퍼뜩 들어 머리가 쭈뼛 서더라고 했다. 세 동서는 생각이 이에 미치자 황급히 방안으로 들어와 그 밤을 거의 뜬 눈으로 새우다 싶히 했다는 이야기이다. 장난 치기를 좋아하는 도깨비는 부엌의 솥 뚜껑을 솥안으로 밀어 넣어 놓기도 하고 멀쩡하게 걸린 솥을 부뚜막위에 떼어 놓기도 한다고했다. 어른들의 말에 의하면 집지은 터의 기가 세면 때때로 기이한 현상이 나타난다는 얘기이다.

동진이 마을안에 예전 우리집은 장터 고개를 넘어와서 원동진이 쪽으로 내려 오다보면 맨 첫 번째로 만나는 집이었다. 길은 우리집 울 뒤로도 가고, 대문쪽 마당으로 내려와 동네 가운데로 들어 가는 길로 갈라졌었다. 울타리 뒷길은 작은 벼랑밑을 지나게 되어 있었는데 벼랑과 우리집 울타리로 인해 낮이면 별일 아니지만 캄캄한 밤이면 길이 조금은 음침한 편이였다. 벼랑위에는 묘지가 한기 있었고 벼랑에는 6·25때 마을 사람들이 파 놓은 방공호가 있었다. 육이오 이후 마을의 아이들은 이 방공호속으로 들어가 놀기도 했는 데 10여미터를 곧장 파들어 가서 오른쪽으로 굽으러져 약 1미터 정도를 더 파놓은 방공호였다. 어린 시절 우리들은 이곳 방공호에서 숨기장난도 하고 방공호 입구에 불을 놓으면 방공호 안으로 매캐한 연기가 가득차서 숨이 막혀 뛰쳐 나오기도 했던 장소 였다. 이곳 우리집 울뒤는 이렇게 밤이 되면 조금 외지고 음산한 느낌이 드는 그런 곳이였다. 그뒤 여러 해가 지나고 내가 중학생일 무렵 늦은밤 울뒤에서 인기척이 들려 오는 게 아닌가. 우리집 안방 뒷창문은 울뒤 벼랑과 가까워 조용한 밤에는 작은 소리도 잘들릴 정도였다. 그 때 까지 부친은 집에 귀가 하지 않은 상태였고 나는 어떤 예감에 자다말고 벌떡 일어나 대문을 휘돌아 울뒤로 재빨리 뛰어 갔다. 예감은 맞았다. 그곳에는 역시 부친이 움푹 들어간 그곳 낭떠러지 한쪽벼랑에서 계속 벼랑을 더듬으며 헤어 나오지를 못하고 있었다. 술김에 길을 못 찾고 있는 모습임을 알 수 있었다. 내가 보면 그냥 길따라 나오면 될 상황이고 전혀 헷갈릴 것도 없는 외길인데 왜 저러실까 참으로 이해가 않되는 일이었다. 도깨비의 장난이거나, 도깨비에 홀린다는 것이 이와 같은 상황을 말하는 것인지 그런 생각을 해봤다.

그렇다면 도깨비에 홀린다거나 도깨비 장난은 술이 취한 사람들에게만 보여지는 비정상적인 현상인가. 그리고 꼭 어둡고 캄캄한 한 밤중에만 일어나고 목격되는 기이한 현상인가. 전라도 어느지방에서 어린시절을 보낸 사람에게서 들은 믿을 수 없는 이야기이다. 그가 열 일곱여덟살 정도 되었을 때라고 한다. 그 당시 마을은 크지 않아 십여채의 마을 사람들이 한 마을에 살고 있었다고 했다, 마을에는 평소 다정하게 지내는 친구 하나가 있었다고 한다. 둘은 어느 추운 겨울밤 친구네 집에서 밤이 늦도록 책을 읽으며 이야기를 나누다가 그냥 친구의 방에서 잠을 자기로 했단다. 그때는 밤에 변소간도 잘 가지 않고 방안에 요강을 들여 놓고 지내던 그런 시절이었다고 했다. 그날 밤은 달빛이 대낮같이 밝은 달밤이었다고 했다. 어느만큼 시간이 흘렀을까. 문득 이상한 소리에 잠을 깬 그가 귀를 귀울여 들어 보니 쿵쿵 하며 디딜방아 찧는 소리였다는 것이다. 그집 안 마당 저편에는 헛간에 디딜방아가 놓여 있었다고 했다. 참 이상하다고 생각한 그가 창호지 방문에 붙여놓은 손바닥 만한 유리를 통하여 밖을 살펴 보았단다. 마당에는 달빛이 환하게 비추고 마당 저편 헛간에도 달빛이 스며들어 대낮같이 밝은데 빈 디딜방아도 여전히 그곳에 있었고 전혀 움직임은 없었다고 했다. 물론 그 근처 어디에고 방아를 찧는 사람도 보이지는 않았다고 했다. 밤은 고요하고 적막에 쌓여 있었는데 주위에 어느것 하나 움직임은 없이 모든 것이 정지된 상태인데 다만 디딜방아 소리만이 쿵덕 쿵덕 요란하고 때때로 비질하는 소리도 선명했고 뚜렷이 들려 오고있어 참으로 괴이한 생각이 들었다는 것이다. 친구는 옆에서 코를 골며 잠을 자고 있는데 깨울 수도 없어 그 밤을 뜬 눈으로 새우다 싶이하고 먼동이 훤히 터오자 친구에게 간밤의 일을 혹시 자기가 잘 못 들은 것이 아닌가 하여 망설이며 이야기를 했더니 자기도 이미 알고 있는 현상이라며 부모님께 이야기했더니 도깨비 장난이라고 하더라는 것이었다. 그 집은 집터가 센 흉가였으며 집안에 안좋은 일들이 자꾸 생겨 곧 이사를 가기로 했다는 말도 했다는 거였다. 아닌게 아니라 얼마뒤 친구네는 집터를 외지 사람에게 팔고는 이웃의 다른 마을로 이사를 갔다고 했다. 이 믿을 수 없는 이야기를 어떻게 이해해야 할까. 이 세상에는 상식으로 이해할수도 없고 말로서도 설명이 안되는 믿을수 없고 불가사의한 일들이 꼭 있게 마련 인가 보다.

개인적으로 나 또한 고향의 옛집에서 조금은 괴이하다는 느낌을 겪은 적이 있기도 하다. 전기가 없던 시절은 대개 특별한 일이 없을 경우 일찍 잠을 자는 경우도 없지않다. 동지 섣달 겨울밤은 길고 길어서 초저녁에 일찍 저녁을 먹고 잠을 자는 날 밤에는 하룻밤에 서너번씩 잠을 깨기도 하는데 한숨을 자고나도 밤8시 9시 정도 밖에 안된다. 산골의 해는 일찍 지고 해가 지면 어두워지니 어둡기전에 이른 저녁을 먹고나면 밤 8시 9시도 한밤중이다. 자고나도 자정전후요 또 자고나도 새벽 두세시다. 이런 밤이면 때로는 뒤척이며 더 이상 잠 못들어 온갖 상념에 젖을 때가 있다. 괜시리 따뜻한 솜이불 속에서 세상의 온갖 고뇌는 혼자 짊어진듯 인생걱정 집안 걱정 나라걱정까지로 밤을 지새운다. 고요한 밤중에는 청각도 예민해지는 법이다. 깊은 밤 이런 때 가끔은 이상한 소리도 들려 오는 듯 했던 기억도 있다. 그것은 흡사 멀리 떨어진 어느 곳에서 나는 꼭 절구질 소리비슷한 쿵쿵하는 소리가 분명 들려오고 있었다. 왜 꼭 밤중에 들려오는 소리는 절구질 소리와 연관이 있을까. 쿵! 쿵! 쿵덕! 그 소리의 정체는 과연 무엇일까. 신비하고 풀리지 않는 미스테리이다.

몇해전 배를 타고 서해를 건너 중국을 가는데 선실에 누워 잠을 자게 되었다. 저 아래 배의 밑바닥에서 쿵쿵 쿵쿵 하는 소리가 아련히 들려 오는데 꼭 고향의 옛 집에서 어린시절에 잠을 자며 들었던 그 소리가 연상되어 특별한 느낌으로 다가왔다. 그날 내가 여객선 선실에서 들었던 소리는 분명히 배 밑바닥에 설치된 기관실에서 들려오는 힘찬 엔진 소리였을 것이다. 크지도 않고 그렇다고 분간이 어려운 작은 소리도 아닌 또 가까운 곳인지 먼 곳인지도 알 수 없는 고요한 밤에 들려오는 여러 소리들, 뒤척이고 잠못들 때 들려오는 그 소리는 도깨비가 방아찧는 소리일까 아니면 절구질 하는 소리일까, 아니 그것도 아니면 또 다른 무슨 소리일까. 그것이 궁금하다.

(3) 한여름밤의 귀신소동

어느 산골에 30여호의 초가들이 정답게 처마를 맞대고 한 마을을 이루어 살아가고 있었다. 비록 넉넉하지는 않은 살림 살이 형편이었지만 네것 내것 가리지 않고 서로가 형제처럼 흉허물 없이 지내는 터였다. 중복도 지나고 유월도 그믐께에 들어서니 찌는 듯한 더위로 밤 잠을 설치는 날들이 많아졌다. 낮이면 논으로 밭으로 흩어져서 각자 농사일에 정신 없다가도 저녁을 먹고 나면 서늘한 바람기를 찾아 모두들 집밖으로 몰려 나왔다. 동네 가운데 넓은 마당가에는 멍석이 펼쳐지고 일찌감치 저녁을 먹고 나오는 사람들로부터 하나 둘 자리를 잡고 앉는다. 아이들은 동네 어른들을 만날 때마다 "진지 잡수셨어요" 하는 인사를 했다. 어른들도 "응, 그래, 너도 저녁을 먹었니?" 하고 대답을 하고는 인사성 밝은 아이의 머리를 쓰다듬어 주었다. 멍석 위에서는 마실꾼 어른들이 세상 돌아가는 이야기며 농사이야기를 나누고 아이들 몇 명은 어른들 틈에 끼어 앉아 어른들의 이야기에 호기심을 보이기도 했다. 그렇지만 많은 아이들은 캄캄한 골목길을 잘도 누비고 다니며 숨박꼭질도 하고 저희들 끼리 모여 앉아 이야기꽃을 피우기도 했다. 장난 꾸러기 아이들은 이런 밤이면 고개넘어 최참봉네 참외밭에 참외서리 가기가 안성 맞춤이라며 친구들과 작당 모의를 하기도 하는 조용한 산골의 밤이 깊어가고 있었다. 어느시골에서나 흔히 있을 법한 그런 여름밤의 일상 적인 광경이었다. 모기가 앵앵거리며 마실꾼들을 귀찮게 하자 마당가의 약쑥을 베어다가 모깃불을 놓던 김영감이 참다못해 한마디했다.

"이놈의 모기가 밤이면 더 극성을 부린단 말이야" 혀를 끌끌 차며 혼잣말을 하자 저쪽에 앉아 있던 박서방이 연신 부채질을 해대던 손으로 팔뚝이며 종아리를 탁탁 소리를 내며 쳐댄다. 모기가 꽤나 극성스럽게 박서방에게 달려드는가 보다. 동네앞 들을 건너 앞산에서는 새 소리인지 짐승의 울음 소리인지 스산하게 들려 오고 반딧불이 반짝 반짝 별똥별 모양 캄캄한 밤 하늘을 날아 다니고 있었다. 그믐께 산골의 밤은 칠흑같이 어두웠다. 달도 없는 밤 하늘에는 별이 총총 보석을 뿌려 놓은 듯하고 밤이 점차로 깊어지자 풀끝에는 밤이슬이 내리기 시작했다. 골목길에서 재깔 거리며 뛰어 놀던 아이들은 모두 집으로 들어 갔는지 마을안 골목도 조용해 지고 멍석위에 마실꾼 어른들도 몇사람은 집으로 돌아갔고 몇 사람은 팔 베게를 하고 여기저기 누워서 잠을 청하고 있었다. 불꽃과 함께 매캐한 쑥 냄새를 풍기던 모깃불도 사위어 가뜩이나 어둡고 캄캄한 그믐께의 여름밤이 더욱 정적속에 묻혀가고 있었다. 어느 때 쯤인가, 김영감이 심한 갈증을 느끼며 천천히 일어나 앉았다. 잠간 누워 있었더니 낮의 피로가 겹쳐 그랬던지 깜박 잠이 들었던 모양이었다. 아직도 멍석위에는 두 세사람이 누워 잠이 든 듯 보였다. 희끄무레한 모습들이 타다 남은 모깃불빛에 어려 마치 물에 비친 산(山)그림자처럼 흐려 보였다. 시간을 알 수가 없었다. 항상 그래 왔던 것처럼 짐작으로만 아무래도 자정은 지났지 않았을까 속으로 생각하며 자리에서 일어 섰다. 초 저녁의 더위는 좀 가신 듯 해서 집으로 들어가 시원한 냉수한잔 마시고 다시 잠을 청해 보기로 마음을 먹었다. 어두웠지만 익숙한 마을길이라 김영감은 어렵지 않게 터벅터벅 집을 향해 발걸음을 떼었다. 마을 사람들도 모두 잠이 들었는지 집들 마다 모두 창문에는 희미한 등잔불빛도 어리지 않았다. 낯선 사람들이 마을로 들어오면 사정없이 일제히 짖어대던 개들도 조용한걸 보니 골목마다 지나다니는 사람은 하나도 없는 모양이었다. 김영감이 집앞에 도착해서 보니 아까 초 저녁에 저녁을 먹고 나올 때 밀쳐 놓았던 사립문은 아직 그 모양 그대로 있었다. 일자집으로 지어진 김영감네 집은 안방과 건넌방 사이에 부엌이 있는 구조였다. 그래서 사랑채가 없는 김영감네 살림집은 마당에 들어서면 안방 과 건넌방 그리고 그 사이의 부엌등이 한 눈에 훤히 바라다 보였다. 안방과 부엌 옆의 딸의 방을 바라보니 두 방의 불빛이 모두 없는 것으로 보아 식구들은 잠이든듯 보였다. 김영감은 열린 사립문 안으로 들어서며 의례하는 소리로 "다들 들어왔나?" 하고 안에다 대고 나지막히 말을 했으나 꼭 누가 들으라고 한다기 보다 밤중에 마실 나갔다가 들어오는 사람들은 누구나 대문간에서 안에다 대고 물어 보는 것이 습관처럼 되어 있었다. 그 늦은 시간에 누가 안 들어 왔을리도 없으려니와 양쪽 방에 모두 불이 꺼진 것으로 보아 모두들 잠이 든 것을 알 수가 있었던 것이다. 김영감은 사립문을 울타리 옆 기둥에 바짝 기대어 놓고 고리를 걸었다. 안마당으로 들어 서며 두어번 큰 기침을 하고는 점점 더 심해 오는 갈증을 풀기 위해 캄캄한 부엌쪽으로 발걸음을 옮겨 갔다.

김영감에게는 딸이 하나 있었다. 이팔청춘 한창 피어나는 꽃봉우리 같은 예쁜 처자였다. 몸매도 예쁜데다가 농사일로 바쁜 부모를 대신해서 살림도 도맡아 하는 아주 부지런하고 대견한 처자였고, 마을 사람들에게 늘 칭찬을 듣고 살아가는 효심깊은 처자였다. 마을 총각들도 모두 처자를 그래서 좋아하고 있었다. 처자가 태어 났을 때 얼굴이 달덩이 같다고 해서 그의 부모들이 달자라는 이름을 지어 주었다. 달자는 무럭 무럭 자라더니 결국은 어여쁜 처자로 자라 주었고 믿었던 대로 효심도 깊어 집안의 살림 밑천이 되어 부모를 도우며 살아가고 있던 중이었다. 김영감 내외는 가끔씩 딸 하나는 잘 키웠다고 힘든 일을 하면서도 늘 만족한 미소를 잃지 않고 있었다.

김영감은 마당에서 뜰위로 올라서며 불꺼진 달자의 방을 슬쩍 쳐다 보고는 이내 부엌으로 들어 섰다. 부엌문은 앞마당쪽으로도 있었고 뒤란쪽으로도 부엌문이 하나 더 있었다. 부엌 뒷문은 원래 부엌에서 쓰는 허드렛물을 수채로 버리는 곳이었다. 부엌문은 달려 있지 않았고 사람들이 그냥 드나들기 편하게 되어 있었다. 집은 오래되어 낡았고 부엌은 연기에 그을려 온통 시커멓게 변하여 밤이면 더욱 칠흑같이 어두웠다. 김영감이 부엌으로 들어 서서 머릿속으로는 평소 물동이가 놓여 있던 위치를 그려보며 손으로 더듬더듬 소경 물건 찾듯 바가지를 집어 들고는 마악 물동이에서 물 한바가지를 떠서 고개를 들며 마시려는 순간 "으악! 저것이 뭐란 말인가?" 김영감은 갑자기 등골을 타고 내려가는 무서운 두려움에 머리카락을 쭈뼛 서게 만들며 김영감을 얼어 붙게 만들었다. 혼미해져 가는 정신을 가다듬고 앞쪽을 자세히 응시해서 바라보자니 분명히 하얀 소복을 입은 귀신이 아닌가. 어둡고 캄캄한 부엌 한 구석에 희끄무레하게 보이는 귀신은 키가 구척 장신에 입은 찢어지고 입가에는 붉은 피를 머금은듯 한데 눈은 어둠 속에서도 반짝반짝 김영감을 노려 보는듯 해서 김영감은 이미 제 정신이 아니었다. 소리를 쳐야 되겠는데 목소리는 입안에서 뱅뱅 돌기만하고 두 다리는 부엌 바닥에 눌어 붙은듯 떨어 질줄을 몰랐다. 아주 짧은 순간 이었지만 김영감에게는 몇시간이 지나가는 듯 아주 길고긴 무서운 시간이었다.

"귀 귀신이닷!" 김영감은 몸을 사시나무 떨듯하며 마당으로 뛰쳐 나갔다."여보 여보 빨리 등불 좀 해가지고 나와 봐요, 어서 빨리."

김영감이 놀래서 소리치는 바람에 잠시후 아직 잠이 덜깬 김영감의 아내가 등불을 켜들고 방문을 열며 마루로 나왔다.

"아니 무슨 일이예요, 이 밤중에!" 김영감의 아내는 영문을 모르겠다는 듯이 졸린 눈으로 투덜거리며 안방앞의 작은 툇마루를 내려섰다. "부엌에, 부엌에 무엇이 있단 말이요." 아직도 떨고 있는 김영감은 말을 더듬거렸다. 이어서 건너방에서 김영감의 딸 달자도 방문을 열고 마당으로 나왔다. 세 사람은 등불을 앞세우고 조심조심 모두들 부엌으로 들어 섰다. 하지만 부엌 안에서는 아무것도 찾을 수가 없었다. "그럴 리가 없는 데" 김영감은 도저히 믿기지가 않았다. "당신이 무슨 헛것을 본게요" 김영감의 아내가 핀잔을 주자 김영감은 참으로 난감했다. "아니 글쎄 그게 아니라니까, 분명히 내가 봤는 데" 답답하기는 김영감도 마찬가지였다. 달자는 아무말도 하지 않았다. 그냥 묵묵히 그들 두 내외 옆에 서 있었다.

민철이는 요즘 신명이 났다. 얼마전부터 달자와는 서로 편지를 주고 받는 사이로 발전되었기 때문이었다. 김영감도 달자에 대해서 남다른 신경을 쓰고 있었다. 한창 필 나이인데다가 동네총각들이 눈독을 들이고 있는 낌새를 모를리 없었으니 행여 달자에게 무슨 일이라도 생길까봐 걱정이 되기 때문이었다. 민철이는 그래서 매사에 신중했다. 혹시라도 어른들에게 들키는 날에는 산통이 다 깨지는 결과가 될 것은 뻔할 것이었다. 민철이는 오랫전부터 달자에게 마음을 두고 있었다. 말은 못하고 마음속으로만 달자를 생각하다보니 속만 끓이고 하소연 할곳이 없었다. 낮이면 농사일이 손에 잡히지도 않았고 밤이면 잠도 제대로 이루지 못하고 전전긍긍 짝사랑 때문에 사는 재미가 전혀 없었다. 민철이의 머릿속에는 앉으나 서나 달자의 얼굴이 아른거렸다 그녀가 말없이 박씨같은 하얀 이를 살짝 들어 내며 입가에 미소만 띄워도 민철이의 마음은 그만 천둥번개가 쳐 오듯 몸 둘 곳을 몰랐다. 그러나 그러한 달자를 향한 민철이의 마음을 도저히 전할 길이 없었다. 민철이를 대하는 달자의 표정을 보아서는 달자도 민철이에게 남다른 마음이 있어 보이기는 했지만 마음이 여린 민철이로서는 더욱이나 좋아하는 이성앞에서 마음이 떨려 속 마음을 고백 할 수가 없었던 것이다. 그런데다가 요즈음 또 새로운 경쟁자가 생긴 것 같아 마음을 졸여 오던 차였다. 들리는 소문에 의하면 동네 처녀들과 몇이서 달자가 또 다른 마을의 총각방으로 놀러 다닌다는 소문이 들려오는 것이 아닌가. 그러다 보면 어느틈에 달자의 마음이 그쪽으로 쏠려 갈지도 모른다는 불안감이 불현듯 떠올라 더욱 몸이 달았다. 이래서는 안되겠다고 민철이는 생각했다. 어떻게든 둘 사이를 확실히 정리하고 싶었다. 괜시리 어영부영 쥐꼬리만한 자존심이며 이것 저것 형편을 따지다가는 죽도 밥도 않되고 달자도 엉뚱한 놈하고 눈이 맞을지 모른다는 생각에 여러 가지로 방법을 찾아 봤다. 달자와 이웃해서 정희가 살고 있었다. 달자는 정희와 이웃해서 살기도 했지만 서로 성격도 잘 맞아 시간만 나면 한데 어울려 다녔다. 달자는 조금 소극적이며 얌전을 빼는 편인데 반면 정희는 활달하고 적극적인 면이 있어서 행동파이고 의리파여서 정희한테 부탁하면 친구를 위해서 적극 나서 줄

것 같았다. 민철이는 달자에게 대놓고 고백하거나 마음을 적은 편지를 전해 주지는 못할 만큼 달자 앞에서는 쑥스럽고 떨리지만 정희를 통한 간접적인 방법은 오히려 편할것 같았다. 민철이는 달자에게 줄 편지를 써 가지고 다니며 정희를 만나면 부탁해 보기로 했다. 어느 한 날 저녁 정희를 만나 달자에게 편지를 전해 줄 것을 부탁했다. 정희도 민철이의 편지를 달자에게 전해 주기로 하고 둘은 헤어졌다. 민철이의 편지는 곧바로 달자에게로 넘어갔다. 달자의 방을 수시로 드나드는 정희는 민철이의 편지를 넘겨 받는 즉시 달자의 방으로 찾아가 편지를 전해 주었다. 그리고는 한마디 덧붙이는 것을 잊지 않았다.

"민철이가 너를 되게 좋아하는 것 같드라" 정희도 민철이를 만나 편지 부탁을 받을 때 그의 진지하고도 부끄러워하는 진정성을 보았기 때문에 달자를 몹시 좋아 하고 있다는 것을 금방 알 수가 있었던 것이다. 민철이의 편지를 정희로부터 전해 받은 달자도 기분이 나쁠 것은 없었다. 다만 직접 민철이로부터 편지를 넘겨 받지 못한 것이 조금 아쉽지만 아마도 너무 좋아해서 떨려서 그랬나 보다 하고 자위해 보며 크게 신경 쓰지 않기로 했다. 달자도 민철이를 생각하고는 있었지만 그의 불투명하고 소극적인 행동이 자기를 좋아하고 있는지 확신할수 없었기에 조금 망설이고 있던 참이였다. 그렇다고 달자 자신도 적극적으로 자기의사를 표시하거나 앞에 나서는 성격은 못 되었으므로 둘의 관계가 어정쩡하게 진행되어 오고 있던 참이었다. 이제는 확실히 민철이의 마음을 알았고 편지까지 받고보니 달자도 민철이 쪽으로 일단 기울어 갔다. 달자도 편지를 써서 정희에게 부탁을 해서 민철이에게 전해졌다. 두 사람 청춘남녀는 이렇게 해서 새로운 사랑을 키워 나가기 시작했다. 정희는 사랑의 메신저 역할도 했지만 그의 입을 통해 달자와 민철이의 사이가 그렇고 그런 사이라고 마을안에 퍼져 나가게 되었다. 어른들만 모르고 젊은 총각 처녀들은 말은 안해도 이미 알만한 사람은 모두 알고 있는 공공연한 비밀이 되었다.

맨 처음 한번 불 붙기가 어려웠지만 일단 불이 붙고 보니 꺼질 줄 모르는 장작불처럼 그들 민철이와 달자의 순박한 풋사랑은 봄바람에 잔디밭 타오르듯 거침이 없었다. 민철이는 오히려 잘 되었다고 생각했다. 이렇게 소문이라도 내 놔야 달자를 다른 마을의 총각들이 넘보지 않을뿐더러 달자 자신도 다른 마음을 먹지는 않을 것이기 때문이었다. 편지가 오고 가면서 둘은 상대편의 마음을 알게되어 이제 두사람은 서로 직접 둘의 사연을 편지로 적어서 주고 받았다. 꺼릴것이 없었다. 저 건너 보리밭에서 민철이가 보리밭을 매고 있으면 달자는 어느틈에 바구니를 옆에 끼고 나물을 캐며 민철이의 곁으로 다가왔다. 노랑 저고리 다홍치마 갈래머리의 달자가 밭 고랑에 앉아 냉이며 달래를 캐고 있으면 연분홍색 복숭아꽃이 탐스럽게 활짝핀 복숭아 나무 한 그루가 밭고랑에 서있는 듯했다. 들판에 꽃나무 한그루가 유난히 돋보이듯 화려한 자태를 뽐내고 있었다. 달자는 민철이의 저만치서 봄 나물을 캐면서도 이따금 야릇한 눈길을 보내는 것을 잊지 않았다. 봄은 오고 따뜻한 햇살아래 꽃도 피고 두 청춘남녀의 사랑도 아름답게 꽃피워 갔다. 달이 뜨는 밤이면 손에 손잡고 마을근처 호젓한 산길을 정답게 걸었고 캄캄한 그믐밤에는 민철이의 방으로 달빛이 스며들듯 슬그머니 달자가 찾아 오기도 했다. 남몰래 하는 밀회는 더욱 스릴이 있고 마음이 두근 거렸다. 둘의 사이는 마약 같은 사이가 되어 이제는 잠시만 못봐도 궁금해 못견뎌했고 서로의 혼적을 찾아 헤멨다. 저녁때쯤에는 우물가에 가면 달자를 볼 수 있었다. 달자는 식구들의 조석을 준비하는 일이며 집안일에는 항상 소홀함이 없었다. 민철이도 물길러 오는 것을 핑계로 우물가에서 달자를 만나 볼수가 있었다. 둘은 자연 스럽게 우물가에서 만났다. 지난 초저녁에도 민철이는 달자를 만나 쪽지 편지 하나를 슬쩍 건넸다. 이제는 정희의 손을 거치지 않고서도 둘이 서로 직접 편지 쪽지를 주고 받았다. 아니 그 보다도 이제는 정희에게 마져 둘만의 비밀을 간직하고 싶었던 것이다. 가끔 은 사랑이라는 단어도 편지 내용중에 등장하는 것으로 보아 둘 사이 는 이미 상당히 진전되고 있음을 짐작 할 수가 있었다. 지난 초저녁의 쪽지 편지 내용 중에는 오늘밤 달자의 방으로 찾아 가겠다는 내용도 있었다. 날이 어두워지고 밤이 깊어가자 민철이는 달자의 방으로 편지 내용대로 찾아갔다. 달자의 방은 크지 않았다. 부엌 옆에 딸린 작은 방이었다. 등잔불빛이 창문으로 흘러 나오고 있었다. 방문을 톡톡 두드리니 달자가 방문을 열어 주었다. 민철이는 소리없이 달자의 방으로 들어 섰다. 달자는 얼른 등잔불을 입으로 후 하고 불어서 껐다. 등잔불은 켤 수 없었다. 자는 척 해야 했다. 불을 켜고 있으면 밤 늦도록 딸이 안 자는줄 알고 부모님이 방문을 열고 들여다 볼 수도 있고 해서 아예 등잔불을 켜지 않았다. 처녀가 쓰고 있는 방안에 들어오다니 민철이는 황홀했다. 처녀들의 방안에서만 나는 독특한 화장품 냄새인 지 향기로운 달자의 체취인지 감미로운 공기가 민철이의 코 끝을 맴돌았다. 그믐께의 방안은 무엇하나 알아 볼 수 없도록 캄캄 절벽이었지만 두 사람은 서로의 손을 잡고 앉아 서로의 체온을 느끼며 소곤 소곤 이야기를 이어갔다. 아니 연인사이에 꼭 말이 필요한 것은 아니었다. 같이 있다는 자체가 큰 즐거움이었다. 남 모르는 스릴이 있고 숨 막히는 황홀한 기쁨이었다. 시간이 어느만큼 흘러갔는지 알길은 없었다. 밤이 꽤 깊어진듯 느껴 졌지만 민철이는 이 자리를 떠나고 싶지 않았다. 달자의 마음 또한 민철이와 같이 있고도 싶었지만 이와 같은 밀회가 부모님한테 알려질까봐 전전긍긍 조바심하지 않을 수 없었다. 기쁘고 즐거운 환희 저쪽에는 또 다른 두려움과 걱정 또한 없지 않았던 것이다. 그럴 때 마다 달자도 민철이를 향해 너무 늦었다며 이제는 어서 돌아가라고 재촉하는 것도 잊지 않았다. 마음은 아프지만 또 다음을 기약 할수 있는 것이니 앞날을 위하여 조금은 아쉬운 미련을 남겨 두는 것도 의미가 있었다. 맛있는 음식을 조금씩 음미하며 오랫동안 즐기듯 아름다운 둘만의 사랑을 오래오래 지속하며 마음껏 즐기고 싶었다. 어찌 오늘만 날이던가. 생각이 여기에 미쳐오자 민철이도 일어섰다. 잠시 이별을 앞둔 두 연인의 가쁜 숨소리가 조용한 방안 공기를 흔들기라도 하는 것 같았다. 달자의 향긋한 머리카락 냄새가 민철이의 코끝을 스치고 지나갔다. 달자의 부드럽고 탐스러운 머릿결을 민철이는 손으로 쓸어 내렸다. 민철이는 한 없는 아쉬움에 떨어지지 않는 발걸음을 방문 쪽으로 떼어 놓았다. 그 때까지 잡고 있던 달자의 손을 놓고 문고리를 더듬거리며 찾았다. 이윽고 방문을 열고 신발을 마악 찾아 신었다. 김영감의 인기척과 기침 소리가 들려 온 것은 거의 동시였다. 어둠속에서 민철이는 갈곳이 없었다. 마당으로 내려 서자니 집으로 들어오는 김영감과 정면으로 마주 칠것이 뻔하고 도로 방안으로 들어서기에는 신발도 찾아 신었고 이미 방문밖으로 한 두걸음을 떼어 놓은 상태라 오도가도 못하는 진퇴 양난이였다. 잠시 순간적으로 멈칫 했지만 민철이는 재빨리 옆에 있는 컴컴한 부엌속으로 빨려 들어가듯 사라졌다. 그러나 그것이 비극의 씨앗이 될줄을 누가 알았으랴. 안되는 놈은 뒤로 자빠져도 코가 깨진다더니 일이 꼬일려고 안방으로 내쳐 들어가려니 했던 김영감이 부엌으로 들어 섰으니 점입가경에 첩첩 산중이였고 민철이에게 있어서는 날벼락 같은 사건이었다. 어둠속 컴컴한 부엌의 한쪽 구석에 가만히 서 있던 민철이는 자기의 의도와는 다르게 잘못 되어가는 이러한 상황을 인식하고는 참으로 난감했다. 달자도 일이 크게 잘못 꼬여가고 있다는 것을 직감하고 이 상황을 어떻게 풀어야 하나 마음속으로 걱정을 하며 이궁리 저궁리 머릿속이 복잡했지만 어떤 뚜렷한 해결 방법이 달리 떠오르지 않았다. 두려움 보다는 그냥 돌아가는 상황을 지켜보자 마음 먹었다. 뭐 이왕 이렇게 된일 차라리 세상에 알리고 싶은 그런 마음도 없지는 않았다. 순식간에 아우성이 났고, 안방에서 호롱불이 나오고 김영감과 김영감의 아내가 부엌안으로 들어 설 때 달자도 하릴없이 뒤를 따를 수 밖에 없었다. 그런데 부엌안에는 아무것도 없었다. 김영감의 아내가 호롱불을 높이 처들고 이리저리 비추워 보았지만 그리고 뒤따르던 김영감과 달자 또한 부엌을 살펴 보았지만 검게 그을린 부엌안 어데서고 어떤 별다른 흔적은 찾을길이 없었다. 김영감의 입장에서는 정말로 귀신이 나타났다가 없어진것인지 도깨비 장난인지 아리송한 일이었다. 김영감으로서는 귀신이 곡할 노릇이기도 했다. 답답하기 그지 없었다. 분명히 잘 못 보았다는 생각은 나질 않았다. 하지만 어떻게 그 상황을 설명할 수는 없었다.

그렇다면 부엌속으로 숨어 들었던 민철이는 어떻게 된 것일까. 민철이는 김영감이 부엌안으로 들어 와서 물을 마시려는지 더듬거리며 물 바가지를 찾는 다는 것을 느낌으로 알아 차리고는 순간 당황했다. 그냥 그렇게 모른체 하고 잠시 서 있다가 김영감이 물을 마시고 밖으로 나가면 그때 조용히 나가리라 마음을 먹고 있었다. 그런데 민철이의 마음 먹은되로 일이 순조롭게 풀려 나가지를 않았다. 김영감이 동물적인 육감으로 무언가가 부엌 한 구석에 서 있다는 것을 느낌으로 알고서부터 일이 꼬여 갔던 것이다. 민철이가 더운 날씨탓에 흰색의 메리야쓰를 상의로 걸쳤던 것이 문제였다. 컴컴한 부엌 속에서 희끄무레한 민철이의 상의가 소복을 입고있는 귀신으로 둔갑을 한 것이었다. 김영감이 놀라서 밖으로 뛰쳐 나가자 민철이는 오히려 잘됐다 싶었다. 밖이 소란 스러운 틈을 타서 얼른 부엌 뒷문으로 빠져 나갔다. 그리고는 재빨리 울타리 틈을 비집고는 달자네 집 뒤란을 빠져 나오는 데 성공했다. 모든 것이 눈 깜짝 할 사이에 벌어진 것처럼 지나갔다. 민철이는 현장을 벗어나며 한숨을 길게 쉬어 그동안 긴장 속에서 답답했던 속을 쓸어 내렸다. 다만 뒤에 남겨진 달자의 뒷 소식이 궁금하기는 했지만 똑똑하고 현명한 처자이니 별일 없이 잘 대처하리라 믿었다. 김영감도 과년한 딸을 의심해 보고 추궁도 해 보았지만 모르는 일이라고 잡아 뗴었다. 심증은 가지만 물증은 없었다. 하지만 그 뒤로 김영감은 딸의 감시를 더욱 강화하고 말았다. 이후로는 민철이가 달자의 방을 찾아간다는 것은 더 이상 불가능했다. 달자에게도 외출 금지령이 내려졌다. 그날밤 달자의 방에서 있었던 일과 긴 밤을 이야기 했던 그 숱한 사연들은 두 사람만의 영원한 비밀로 남겨지게 되었다.

(4) 당나귀 총각과 햇님 달님

옛날 옛날 아주 오랜 옛날 부터 동진이 마을에 대대로 전해 내려오는 이야기입니다. 동진이 산골짜기에서 사람의 흔적을 찾아 볼 수 없던 그 옛날에 있었던 일이라고 합니다. 산등성이마다 온갖 나무 열매가 풍성하게 열리고 사시사철 꽃이 피고 새가 우는 지상 낙원의 별천지였다고 합니다. 몇 년에 한번씩 아주 가끔은 활이나 창을든 사냥꾼 몇이서 도망가는 산짐승을 쫓아 들어와 산속을 헤메다가 길을 잃기도 하고 아주 더러는 산속 깊은 곳에 열리는 나무 열매나 귀한 약초를 구하려고 들어오는 사람도 있기는 했었지요. 그러나 그것도 잠시 골짜기는 정적과 침묵으로 하루해가 뜨고 하루해가 저물어 갔습니다. 산위에는 아름드리 나무들이 하늘을 가리고 서 있고 실개천 주변으로는 한 키가 넘도록 길게 자란 잡초들이 우거져 있었지요. 이곳은 경치가 아름답고 온갖 과일등이 풍부하게 열리는 사람들이 살기 좋은 곳이기는 하지만 아직은 인간 세상에 널리 알려진 곳이 아닌 아주 깊은 산골이었습니다. 사람들이 살고 있는 민가로부터 멀리 떨어져 있고 삼면이 산으로 둘러 싸였을 뿐 아니라 골짜기를 들어오는 입구마저 찾기가 용이하지 않았지요. 사람들이 쉽게 접근하기는 어려운 그런 심심 산골이었던 것입니다. 그래서 하늘나라 임금님께서는 이곳 동진이 산골짜기를 하늘나라의 유배지로 정하였다고 합니다. 원래부터 이 산골짜기 일대는 하늘나라에 속한 땅이었습니다. 하늘 나라에서 쫓겨난 사람이 잠시 머무르기도 하는 그런 땅이었습니다. 하늘나라는 우리들이 보통 천국이라고 말하는 곳을 말합니다. 사람이 늙고 병들고 죽고 하는 그런 생로병사의 고통이 없는 나라였습니다. 그러나 그곳 천국에서는 조그마한 죄를 짓고도 살아 갈수 없는 매우 엄격한 하늘 나라법이 시행되고 있었다고 합니다. 그렇게 살기 좋은 천국에서도 아주 가끔은 뜻하지 않게 죄를 짓기도 해서 이들에게는 그 벌로서 잠시 천국에서 쫓겨나 인간 세상으로 귀양을 가게 되어 있었습니다. 천국보다 못한 인간세상에서 살며 그 지은 죄를 뉘우치게 하려는 것이었지요. 하늘 나라의 귀양지 이지만 따지고 보면 지상에서는 가장 살기좋고 행복한 낙원 같은 곳이었지요. 지상 낙원이라고 해봐야 천국의 귀양지 정도 밖에 안되는 수준을 생각해 보면 천국이 얼마나 살기 좋은 곳인지 금방 알 수 있는 일이지요. 사람들이 지상 낙원이라고 말하는 동진이 산골짜기가 천국의 귀양지가 된 내력은 다음과 같은 아름답고도 슬픈 이야기가 전해내려 오고 있습니다.

동진이 산골짜기 한 가운데 쯤에 작은 샘물이 있었다고 합니다. 맑고 시원한 샘이 퐁퐁 솟아나는 작은 웅덩이는 키가 큰 나무들과 잡초들이 샘물가를 빙 둘러 싸고 울타리처럼 되어 있어서 한적하고 조용한 장소였지요. 낮이면 근처에 살고 있는 다람쥐며 뭇새들이 샘물가로 모여들어 목을 축이고 밤이되면 산토끼며 온갖 산짐승들도 이곳으로 찾아와 물을 마시고 돌아가기도 했지요. 보름달이 휘영청 밝은 밤이면 하늘 나라의 선녀님들이 날개 옷을 입고 훨훨 춤을 추고 내려와 깨끗한 샘물에서 목욕을 하고 다시 새벽이 오기전에 하늘나라로 올라가곤 했답니다. 그 날도 둥그런 보름달이 뜨는 어느날 밤이였습니다. 하늘나라 임금님의 맏 공주님이신 선녀님의 날개옷에 작은 구멍이 나는 바람에 다시는 하늘 나라에 올라 갈수가 없게 되었습니다. 선녀님은 어쩔수 없이 홀로 샘물가에 남아 있는 신세가 되었지요. 내려 오기는 쉬웠지만 다시 하늘나라로 올라가려니 날개옷에 뚫어진 작은 구멍으로 바람이 새는 탓에 높이 날아 오를 수가 없었던 것이지요. 하늘나라에서는 이와같은 소식이 전해지자 난리가 났지요. 옥황상제 임금님이 진노 하시고 이어서 선녀님들의 날개옷을 책임지고 만드는 일등 재단사를 불러 들였습니다. 임금님과 여러 대신들이 밤이 늦도록 의논한 결과 날개옷 재단의 책임을 물어 일등 재단사 한명이 동진이 산골짜기 하늘 나라 귀양지로 내려가게 되었습니다. 하늘 나라임금님이 말했습니다.

"선녀들의 날개옷을 만든 일등 재단사 한명을 이번 실수의 책임으로 물어 동진이 산골짜기로 귀양을 보내노라" 그리고 또 이어서 말했습니다. "앞으로 10년동안 그곳 귀양지에서 공주를 돌보도록 하라. 그리고 앞으로는 모든 하늘 나라의 선녀들이 지상으로 내려가 하는 목욕을 금지 하겠노라." 이렇게 해서 그 이후로 다시는 하늘나라 선녀님들이 동진이 산골짜기 샘물가에서 목욕을 할 수 없게 되었고, 재단사 한명이 지상으로 내려와 동진이 산 골짜기에 남겨진 공주님과 함께 귀양살이를 하게 된 것입니다. 십년동안의 귀양살이를 잘 마무리 하면 그 이후 또 다시 하늘 나라로 올라가 천국의 영화를 다시 누릴수 있게 되는 것이지요. 지상에서 10년이라고 해도 하늘나라 천국에서는 단 하루도 안되는 짧은 날이지요. 하늘나라에서 하루해가 천천히 뉘엿뉘엿 서산으로 넘어가려 할 때 지상에서는 벌써 십년의 세월이 흐르고 있다는 것이지요. 그렇다 보니 지상에서 백년을 산다고 해도 하늘나라 천국에서 십여일을 산것과 다를 것이 없으니 아주 허망한 일이었어요. 하늘 나라는 영원히 병들지 않고 죽지 않고 살아가니 천국이지요. 땅위에서야 온갖 고통과 더부러 하루하루 늙어가니 슬픈 일이구요. 이렇게 해서 옥황상제 하느님의 명령에 따라 동진이 산 골짜기 샘물가로 내려온 재단사는 우선 불편하지만 샘물가 근처에 그리 멀지 않은 곳을 택해서 작은 오두막을 짓기로 했습니다. 햇볕이 잘 드는 양지쪽에 집터를 잡고 거처를 마련하는 것이 우선 급했지요. 하늘나라 임금님의 맏공주님과 재단사 둘이 머무르려면 방도 두 개가 있어야 했지요. 방과 방 사이에는 부엌도 만들었고 안방 앞으로는 작은 툇마루도 만들어 두었습니다. 뜰 앞에는 작은 마당도 꾸며 놓았고 저쪽 한켠에는 변소간도 지었습니다. 방 두 개중 하나는 재단사가 쓰기로 했고 좀더 작고 아담한 부엌옆의 방은 공주님이 쓰기로 했지요. 집 둘레로는 빙 둘러 울타리도 만들어 세웠습니다. 울타리 한쪽에 집으로 들어오는 사립문도 해 달았습니다. 아주 간편하게 지은 살림집이지만 둘이 살아가기에는 크게 불편하지는 않았고 부족할 것도 없었지요. 주위에는 아무도 살고 있지 않았으니 도둑이나 그런 걱정은 할 필요도 없었고 시끄럽거나 소란 스럽지도 않은 조용한 산골 적막 강산에 산새들만이 아침저녁 방문앞에서 노래를 불렀습니다. 사람들 구경은 하기 어려웠지만 아주 가끔은 사냥꾼과 약초꾼을 만나기도 했고 어떤 이들은 툇마루에 앉아 잠시 숨을 돌리며 쉬어가기는 했답니다. 그럴때면 공주님은 방안에서 꼼작을 하지 않았습니다. 세상 사람들의 눈에 띠지 않기 위해서입니다. 공주님과 인간세상의 사람들과의 접촉은 허용되지 않는 금지 사항이었습니다. 그것은 공주님의 미모가 워낙 뛰어나서 세상 사람들 눈에 띠면 금방 소문이 나서 무슨일이 일어 날지 모르기 때문에 하느님이 아주 처음부터 금지 시켜 놓았던 것이지요. 그렇지만 공주님으로서 큰 불편이 있는 것은 아니었습니다. 인간세상인 지상에서의 모든 잡다한 일들은 재단사가 앞에 나서서 모두 해결해 나갔으므로 불편한 것은 없었습니다. 공주님의 보호를 책임지고 지상에 내려온 하늘 나라 날개옷 재단사는 우선 공주님의 이름을 짓기로 했습니다. 지상에서의 귀양살이를 하면서 하늘 나라의 신분을 감추려면 여러 가지로 신경을 많이 써야 했지요. 제일 먼저 공주의 미모가 워낙 뛰어 났으므로 아무리 사람의 왕래가 뜸한 깊은 산 골짜기 이지만 까딱하면 발없는 말이 천리를 간다고 금방 소문이 날것이 제일 걱정 거리였지요. 호기심 많은 사냥꾼이며 뭇 남정네들이 관심을 가지고 눈독을 들이지 않을까 그런 생각도 들었습니다. 그래서 재단 사는 해가 뜨면 공주의 활동을 철저히 제한하고 부르는 이름도 따로 있어야겠다고 생각하게 된것입니다. "공주님!" 하고 부를수도 없기에 보통의 딸과 아버지처럼 지극히 평범한 이름이 어울릴 듯 하기도 했습니다. 아침이면 햇님이 솟아 대지를 환하게 밝혀 주고 밤이면 달님이 동산위에 떠 올라 캄캄한 땅위를 비춰 주었습니다. 하늘나라 옥황 상제의 공주님 이니 햇님달님의 자식입니다. 햇님달님의 공주님이지만 그렇게 하면 여자라는 것이 드러나게 되므로 조금은 조심스러운 이름입니다. 그래서 생각해낸 이름이 〈햇님달님의 아들〉이라는 긴 이름이 되었지요. 여자라는 것도 감추고 천상의 자손이라는 뜻도 가지고 있으니 비교적 잘 지은 이름이라고 생각 했습니다. 공주라는 이름 보다는 아무래도 덜 관심을 가질 것 같았습니다. 공주님의 신분을 감추기에도 그런대로 괜찮아 보였지요. 햇님 달님의 딸이나 아들이나 다 같은 자식이니 크게 그 의미가 다르지 않아 흡족했습니다. 귀양살 이라고는 했지만 아름다운 경치 속에서 풍족한 과일이며 여러 가지 곡식들의 낱알이 집 근처에는 지천이라 지상에서의 삶이 크게 어려울 것은 없었습니다. 천국 보다야 천배 만배 못한 곳이지만 땅위에서는 낙원같은 동진이 산 골짜기에서 귀양살이는 그런대로 차츰 자리를 잡아가고 있었습니다. 평화로운 지상에서의 하루하루가 쉬지 않고 흘러 갔습니다.

그 무렵 언제쯤 부터인지 이 골짜기 뒷동산 지금의 장터 고개 밑에는 떠꺼머리 총각 하나가 자리를 잡고 살아가고 있었습니다. 처음에 이 총각이 험한 산을 넘어 오고보니 아늑한 산 골짜기가 펼쳐저 있는데 아주 별천지에 들어 온 느낌이었습니다. 온통 산으로 둘러 싸이고 작은 골짜기는 평화로운 지상 낙원이나 다름없는 조용하면서도 신비로운 느낌이 드는 그런 곳이었습니다. 총각은 비쩍 마른 당나귀 한 마리를 키우며 살고 있었습니다. 원래 이 젊은이의 선대 조상은 나라에서 아주 큰일을 담당하는 고위직 관리였습니다. 그의 먼 조상들은 경상도땅 영일현 연오랑과 세오녀의 전설이 전해 내려오는 곳을 본향으로 하여 대대로 살아 왔다고 했습니다. 그러다가 젊은이의 선대 할아버지 한분이 나라를 위해 불의와 맞서 싸우다가 결국은 힘이 부족하여 반대파에게 패하고 말았답니다. 온 집안이 그때 이후로 몰락해서 하루 아침에 신분도 추락했고 자손들도 마굿간 지기가 되어 말과 당나귀를 돌봐야 하는 처지가 되었답니다. 그뒤로 세월이 얼마간 흐른 뒤에 그의 선대 조상님들의 큰 뜻이 마침내 세상 사람들과 나랏님의 인정을 다시 받게 되었고 모든 신분도 회복되어 원래되로 되었지만 젊은 총각은 그때로부터 세속적인 영욕에 염증을 느끼고 그가 집안에서 돌보던 비쩍 마른 당나귀 한 마리만 이끌고 집을 나와 이곳 저곳을 정처없이 떠 돌며 좋은 풀밭과 경치가 아름다운 살기 편한 곳을 찾아다니고 있었지요. 큰 욕심도 저버리고 그가 키우는 당나귀 한 마리와 더부러 세상과 등지고 조용히 살아가고자 했습니다. 세상 사람들은 언제부터인지 이 총각을 일컬어 당나귀 총각이라고 별명처럼 부르고 있었지요. 그러던 어느날 산 고개 하나를 굽이굽이 간신히 넘고보니 눈아래 아늑한 골짜기 하나가 펼쳐지고 있었는데 첫눈에 이곳이다 싶었지요. 첩첩산중에 아름드리 나무가 우거지고 온갖 나무열매들이 주렁 주렁 지천인데 저 아래 골짜기 가운데로는 시냇물이 흘러가는 것이 보이고 산 아래로는 넓은 초원이 있어 썩 마음에 들었습니다. 그럴 수밖에 없었지요. 이곳은 비록 하늘나라의 죄지은 사람이 귀양을 오는 곳이기는 하지만 지상에서는 역시 낙원이나 다름이 없는 곳이였으니까요. 그러니 얼마나 살기 좋은 곳인지 누구나 알수 있는 곳이지요. 그래서 당나귀 총각도 이 골짜기가 마음에 들어 아주 이곳에 머물러 살기로 작정을 했습니다. 이 당나귀 총각이 산 고개를 굽이굽이 힘들게 넘어온 길이 훗날 동진이 마을이 생기고 사람들이 살게 되면서 아리랑 고개로 불리게 된 것입니다. 당나귀 총각 젊은 이가 지니고 있는 것이라고는 문방사우와 몇권의 책과 몇가지의 곡식 종자등이 전부였고 오로지 당나귀 한 마리가 유일한 벗이 되고 있었습니다. 어지러운 풍진의 속세를 떠나 마음을 닦으며 깨끗한 삶을 살아 가기에는 그동안 돌아본 여러곳 중에서도 가장 마음에 드는 곳이었습니다. 젊은이가 속세의 여러곳을 당나귀와 함께 정처없이 흘러 다닐 때 사람들이 그를 일컬어 당나귀 총각이리고 별명처럼 불러 왔지만 그의 진짜 이름은 아무도 몰랐습니다. 그저 어른이고 아이들이고 당나귀 총각하면 알만한 사람은 모두 알고 있는 그런 젊은이 였습니다. 당나귀 총각이 이곳에 자리를 잡고 살아가기로 마음을 정하고 보니 그동안 정처 없이 여러곳을 떠돌던 이런 저런 생각들이 주마등처럼 흘러갔습니다. 이제 부터는 떠돌이 생활을 청산하고 당나귀와 함께 이곳에서 살아가기로 굳게 굳게 마음의 다짐을 했습니다. 그로부터 낮이면 집 근처에 화전을 일구어 밭을 만들고 몇가지의 곡식 씨앗을 뿌려 놓았습니다. 그냥 풀밭에서 꽃이 피고 열매를 맺었습니다. 열매가 익으면 거두어 들이고 양식으로 삼기도 했지만 당나귀와 새들의 먹이도 되었지요. 사람과 짐승과 날아다니는 새들과 함께 이웃하며 정답게 살아가기로 했습니다. 다만 한가지 아쉬운 것은 집 가까이에 맑은 샘물이 없어서 큰 걱정이었습니다. 그래서 해만 뜨면 좋은 샘물을 찾아 보곤 했지요. 여러날 동안을 집근처를 맴돌았지만 마땅한 샘물을 찾지 못하자 조금 더 아래쪽으로 범위를 넓혀서 찾아 보기로 했습니다. 그런데 그 생각이 잘 맞아 떨어 졌습니다. 저 아래쪽으로 한참을 내려간 그곳에서 맑고 깨끗할뿐 아니라 아주 풍부한 샘물을 발견한 것입니다. 어쩌나 차고 시원한지 그 자리에서 실컨 물을 마시고 주위를 한번 둘러 보았습니다. 나무와 풀들이 울타리모양 웅덩이 샘물을 에워 싸고 있는데 마치 사람들이 오랫동안 잘 가꾸며 사용해 오던 샘물처럼 주위도 깨끗하고 정돈되어 있었습니다. 물론 이 샘물은 얼마전 까지만 해도 하늘나라 선녀님들이 내려와 목욕을 하고 올라가던 바로 그 샘물입니다. 보름달이 뜨면 한달에 한번씩 하늘 나라 선녀님들이 날개 옷을 입고 나비처럼 춤추며 지상으로 내려와 목욕을 하고 새벽이 되기전에 다시 하늘 나라로 올라가던 그 샘물이었지요 지금은 하늘나라 재단사와 옥황상제의 공주님이 귀양을 와서 쓰고 있는 바로 그 샘물입니다. 그러니 샘물 주위가 깨끗할 수 밖에 없었지요. 다만 총각은 저 위 집으로 부터 조금은 멀리 떨어진 곳에 샘물이 있어서 물을 길어 올라가기에는 힘이 들것 같았지만 워낙 샘물이 마음에 들어 당분간 이 샘물을 사용하기로 마음 먹었지요. 당나귀 총각은 이후로 저녁마다 샘터로 내려와 물을 길어 가지고 올라 갔습니다. 당나귀에게도 충분한 물을 먹이고 젊은이 총각도 먹고 씻고 하였지요. 산 골짜기에는 매일매일 그렇게 평화 스러운 나날이 흘러 갔습니다. 그러던 어느 무더운 여름철이었습니다. 무덥고 긴 여름날 하루해가 서산넘어로 지고 동산위에 탐스럽게 둥그런 보름달이 떠 올랐습니다. 달님은 활짝 웃으며 당나귀 총각을 내려다 보는듯 했습니다. 그때 무심히 달을 쳐다보던 당나귀 총각은 문득 생각이 떠 올랐습니다. 해가 지기전에 길어다 놓아야 할 샘물을 그만 깜빡하고 잊고 있었던 것입니다. 오늘 낮에 너무나 더웠던 탓도 있었습니다. 날씨가 너무 더워 나무 그늘에서 책도 보며 낮잠도 한 숨 잔 듯 합니다. 까닭없이 몸도 나른하고 정신을 놓다보니 물길어 오는 것도 잊고 이렇게 달이 떠오르도록 태평세월이었던 것입니다. 아름다운 자연속에서 세속의 근심걱정 다 놓아두고 마음편히 살아가다보니 시간가는 줄도 모르고 지낼 때도 더러는 있었지요. 크게 급할 것도 없으니 오늘 못하면 내일아침 길어 와도 되겠지만 마침 휘영청 밝은 보름달도 동산위에 높이 떠 올랐고 시원한 밤 바람도 쏘일겸 소일 삼아 샘물가에 갔다 오는 것도 괜찮을성 싶었습니다. 날도 후텁지근 하니 한바탕 세수라도 하고나면 정신이 산뜻해 질 것 같기도 했습니다. 당나귀 총각은 커다란 물 표주박과 물통을 준비해서 샘물가로 내려 갔습니다. 푸르스름한 달빛이 나뭇가지 사이로 스며들어 샘물가 까지 내려가는 데는 그렇게 어둡지는 않았습니다. 그나마 다행이라고 생각하며 천천히 발걸음을 옮겨 나갔습니다. 이윽코 저만치 샘물웅덩이가 내려다 보이는 정도 까지 가까이 내려 왔지요. 그런데 무엇인가 언뜻 이상한 느낌이 들었습니다. 당나귀 총각은 발걸음을 멈추고 그 자리에 멈춰 섰습니다. 사방은 쥐 죽은 듯 고요한데 첨벙첨벙 물소리가 들려 오기도 했고 달빛 속에서 무엇인가 움직이는 것이 있었습니다. 귀를 기울이고 눈의 시선은 샘물가를 주시하며 상황을 파악해 보려고 노력했습니다 이상한 일이었습니다 여태까지 샘물가에서 이런 일은 상상도 못 했기에 물소리의 정체와 어떤 상황이 벌어지고 있는 것인지 궁금했습니다. 총각과 샘물과의 거리는 그리 멀지는 않지만 샘물가에서는 이쪽 총각을 볼 수는 없었습니다. 총각은 나무 그늘과 잡풀속에 있었고 샘물가는 밝은 달빛이 내려와 앉아 있었고 주위에 나무나 풀등이 없어 잘 보이는 위치였습니다. 그래서 젊은 이 총각 쪽에서는 잘 바라볼수가 있었던 것입니다. 한동안 넋을 잃고 샘물가를 살펴보니 분명히 머리는 차렁차렁하고 가냘픈 몸매하며 분명한 여자 였습니다. 하도 이상한 생각에 눈을 씻고 아무리 다시 살펴보아도 그것은 변할 수 없는 사실이었습니다. 때마침 달빛은 더 높이 떠올라 환한 달빛아래 들어난 샘물가는 눈부시게 아름다운 아가씨가 삼단같은 머리채를 늘어 뜨리고는 더위를 씻어내고 있었지요. "아니 이 깊은 산중에 웬 아리따운 아가씨란 말인가." 당나귀 총각은 속으로 중얼거리며 이런 생각에 미치자 "혹시 내가 도깨비에게 홀렸나, 아니면 여우에게 홀렸나" 당나귀 총각은 호기심도 호기심이지만 무서운 두려움 같은 것도 느껴 졌지요. 넋을 잃고 샘물가를 바라보다가 머리가 복잡해지자 이래서는 안되겠다 싶어 정신을 바짝 차려야 되겠다는 생각이 퍼뜩 들었지요. 그러자 점차 마음의 안정을 찾고 주위의 환경에도 귀가 트이고 눈이 더한층 밝아 지면서 온 몸으로 다가오는 느낌 또한 다르다는 것을 알 수가 있었지요. 달빛아래 자세히 살펴보니 아름다운 여성의 몸에서 눈부신 빛이 나고 있었지 뭡니까. 예쁜 몸매와 우유빛 피부가 달빛에 보석처럼 빛을 반짝이고 영롱한 무지개 같은 서광이 우물 주위를 감싸고 있었지요. 그것뿐이 아닙니다. 알수 없는 매혹적인 향기가 바람결에 흘러 다니고 있었지요. 예사로운 일이 아니었습니다. 분위기나 보이는 모습으로 보아 이는 분명 천상 세계의 선녀님이라고 당나귀 총각은 굳게 믿었습니다. 그런데요 이상한 일은 또 계속해서 일어나고 있었지요. 총각이 이러지도 저러지도 못하고 정신이 혼란한 가운데 시간이 얼마나 지나 갔는지 선녀님 일것이라고 생각한 그 아가씨가 우물가 바위에 벗어 놓았던 옷가지를 주섬 주섬 몸에 걸치더니 발걸음도 사뿐사뿐 나르듯이 샘물가를 벗어나 저쪽으로 사라져 가는 것이 아니겠습니까. 그러더니 얼마 떨어지지 않은 오두막의 사립문을 밀치고 안으로 들어가 버리고 말았지요. 잠간 사이에 벌어진 일이었습니다. 당나귀 총각은 계속해서 발생되는 예상치 못한 일들로 굉장히 혼란 스러웠습니다. 얼마전이었습니다. 당나귀 총각은 몇 명의 사냥꾼들을 산등성이 밑에서 만난적이 있었습니다. 매우 오랜만에 만나는 사람들이었기에 반가운 마음도 있어 한동안 그들과 세상 돌아가는 이야기를 나눴지요. 그들이 말하길 저 아래 샘물가에서 멀지 않은 곳에 오두막 집을 짓고서 살아가는 노인과 〈햇님달님의 아들〉이라고 부르는 젊은이가 있다는 이야기를 얼핏 들었지만 그때는 그저 단순하게 나와 같이 세상살이에 염증을 느껴 천하를 떠돌며 숨어사는 은둔자 일것이라고 생각해서 크게 마음을 두지는 않았던 것입니다. 그런데 오늘밤 총각이 목격한 상황은 전혀 그의 예상밖의 일이었습니다. 햇님달님의 아들이라면 분명 소년이거나 젊은 청년일 터인데 선녀님 같이 아리따운 아가씨가 분명 저 오두막집 안으로 들어 갔으니 이것이 어떻게 된 일인지 도무지 판단이 안되는 것입니다. 궁금한 마음 같아서는 조금전 아가씨가 밀치고 들어간 사립문을 따라 들어가서 자초지종을 알아 보고도 싶었지만, 초 저녁 어두운 밤에 남의집 처자가 목욕하는 장면을 훔쳐 보다가 쫓아 들어 왔다는 사실도 용서받기 어려운 일이라는 것을 누구보다도 지덕을 갖춘 총각으로서도 납득할 수가 없었던 것이지요. 벙어리 냉가슴을 앓듯 속 앓이를 하다가 후일을 기약하고 이밤은 그냥 돌아가자고 마음 먹었습니다. 서로 멀지 않은 곳에 살고 있으니 언젠가는 또 다시 만날 수 있는 기회가 올 것이라고 믿었습니다. 조급하면 오히려 일을 그르칠 수도 있는 법입니다. 그리고 생각해 보았습니다. 사냥꾼들도 그 때는 분명하게 말했던 것이 다시 기억이 났습니다. 햇님 달님의 아들이라는 그

집에 같이 산다고 했던 그 사람을 사냥꾼들도 말만 들었지 본적은 없다는 것입니다. 무슨 말 못할 사연이 있는 것은 아닌가. 설사 이 밤에 그 집을 찾아들어 누구인지 확인해 보고자 한들 그들만의 어떤 말 못할 사연이 있으면 생면 부지의 낯선 사람에게 이를 밝혀 말해 줄리도 없을 것이 분명합니다. 그러니 일을 망쳐 버리기 전에 차라리 후일을 기약하고 오늘은 순순히 물러나서 곰곰이 잘 생각해 보고 나서 어떤 결정을 해도 늦지는 않을 것이라고 확신하며 되돌아 섰던 것입니다.

당나귀 총각은 생각을 정리하자 아쉬운 마음을 뒤로 하고 샘물을 떠가지고 집으로 올라오기 위해 무거운 발걸음을 샘물가로 향했습니다. 샘가에는 언제 무슨일이 있었냐는듯 조용한 적막만이 흐릅니다. 조금전까지 그 아리따운 몸매의 아가씨가 달빛아래 총각의 눈을 어지럽게 한 것도 한바탕 꿈을 꾸고 난 것처럼 믿겨 지지가 않았습니다. 총각은 우물가에서 무엇을 잃어 버리고 열심히 찾는 사람처럼 샘물가 여기저기를 두리번 거리며 서성 거렸습니다. 우물가 샘물에는 아직도 알 수 없는 좋은 향기가 남아 있는 듯 했습니다. 총각은 황홀한 기분에 깊은 심호흡을 하며 좋은 느낌을 오래오래 간직하고 싶었습니다. 무언가 그냥 돌아서기에는 진한 미련이 남아 있을 것만 같았습니다. 그렇게 또 얼마간의 시간이 흐른뒤 총각은 이제 집으로 돌아가자고 마음을 고쳐 먹었습니다. 밤을 새워 이곳에 있을 수는 없었기에 이 자리를 떠나야만 합니다. 보름달이 높이 높이 떠올라 총각을 물끄럼히 내려다 보고 있는듯 합니다. 총각은 타는 듯한 갈증을 냉수 한바가지로 달래고 집으로 돌아 섰습니다. 집안으로 들어서자 총각은 그만 맥이 탁 풀렸습니다. 당나귀에게 물 한바가지를 떠서 주고는 그만 자리에 누워 버렸습니다. 조금전까지 보고 느끼고 벌어졌던 모든 일들이 머릿속을 빠르게 스쳐 지나 갑니다. 잠시 잠간 딴 세상에 갔다가 제

자리로 돌아 온 듯 정신이 없고 멍합니다.

　그날부터 당나귀 총각은 일이 손에 잡히지를 않았고 밤이면 잠도 잘 오지 않았습니다. 그날밤 달빛속에서 바라 보았던 처자가 눈앞에 아른거려 도무지 손발을 제대로 움직이기 조차 싫었습니다. 당나귀 총각은 세상 사는 재미가 모두 사라져 버린 것만 같았습니다. 이 세상을 살아가는 의미가 무엇인지도 찾을 수가 없었지요. 이상한 일이었어요. 해가 뜨고 새들이 지저귀는 아침이 와도 흥이 나질 않았고 해가 지고 별빛이 찾아 들어도 마음이 바뀌지를 않았지요. 앉으나 서나 비가 오나 눈이오나 꽃이 피고 나뭇잎이 떨어져도 세상속 변화에는 관심이 없었지요. 오로지 그 날밤 그 달빛 속에서 바라보았던 아름다운 처자가 눈 앞에서 온 종일 아른 거렸지요. 가만히 무슨 생각에 잠겨 있다가도 마음을 주체할 수 없는 그리움에 싸이면 낮이고 밤이고 곧바로 샘물가로 달려 갔지요. 그리고는 그 처자가 사라져간 오두막 근처를 서성거리며 혹시라도 그 날밤 그 처자를 다시 볼 수 있지 않을까 기대도 했지만 사람의 그림자도 구경할 수는 없었어요. 그도 그럴것이 낮이나 밤이나 공주님은 방안에서 지내고 재단사는 근처 산속으로 식량을 구하러 다니기도 했으니 여간해서는 사람의 인기척을 느끼기 어려운 그저 빈집같은 조용한 오두막 이었던 것입니다. 총각의 급한 마음같아서는 사립문을 밀치고 안으로 들어가서 그날 밤 총각이 보았던 처자에 대해 궁금한 것을 알아 보고싶은 충동이 일어나곤 했지만 또 한편 냉정하게 생각해 보면 그건 또 아니라는 생각도 들어 총각 자신도 도무지 갈피를 잡을 수 없었지요. 아름다운 처자 앞에서는 세상의 모든 일이 모두 허망할뿐 그 어떤 의미도 부여 할 수가 없었습니다. 잠이 정히 오지 않는 밤이면 할 일없이 샘물가를 거닐며 그 날밤의 우물가 그 광경을 되새겨 보곤 했지요. 우물가 샘터에는 변한 것이 아무것도 없건만 오직 총각의 마음만 뒤숭숭합니다. 철따라 꽃이피고 나뭇잎도 푸르러 갔습니다. 낮이면 조용한 물가에 다람쥐가 찾아 오거나 새들이 날아와 물마시고 떠나가고 밤이면은 근처에 사는 산토끼가 깡충깡충 뛰어 나와서는 놀다가 가곤 했지요. 그렇게 또 여러날들이 흘러가고 있었습니다. 총각의 마음은 변함없이 일편단심 샘물가를 수시로 서성거리며 행여 그 처자를 다시 볼 수 있지 않을가 기대하며 마음속으로 간절히 빌고 또 빌었지요. 다시 한번 그 날밤의 그 처자를 만나게 해 달라고 빌었던 것입니다. 지성이면 감천이라고 했지요. 간절히 바라면 이루워 진다고도 했고요. 어느날 햇님이 뉘엿뉘엿 서쪽으로 넘어 가려는 황혼 무렵이었습니다. 총각은 풀 한짐을 베어다가 당나귀에게 넣어 주고는 그 날 따라 머리를 스쳐가는 이상한 영감 같은 것이 있어 자기 자신도 모르게 발걸음이 어느새 우물가 샘터로 향하고 있었습니다. 그런데 그날은 샘물가에 먼저 온 사람이 있었던 것입니다. 평소에는 샘터에 아무도 없어 매일 한적한 곳이었는데 무언가 좀 달랐습니다. 하도 여러날 동안 혼자서만 서성이던 샘터라서 혹시 산중에서 길을 잃은 사냥꾼이 목이 말라 샘을 찾은 것인가 하고 생각도 해 봤습니다. 그리고 좀더 자세히 살펴보니 그게 아니었습니다. 아직은 꼴각 넘어가지 않은 햇님덕에 우물가 샘터는 그리 어두운 편은 아니었거든요. 그동안 그렇게 애타게 그리워하며 수많은 밤을 지새운 그날 밤의 그 처자가 틀림 없었습니다.

"오! 신이시여 감사합니다"

총각은 뛰는 가슴을 진정하고 멀리서부터 인기척을 내고 천천히 우물가 샘터로 다가 갔습니다. 행여나 어여쁜 처자가 놀라서 뛰어 달아 날까봐 겁도 났습니다. 달밤에 그것도 저만치 떨어져서 딱 한번 바라보았던 그 모습 이건만 오매불망 그 모습을 어찌 잊을 수가 있을 까요. 척 보아도 전혀 낯설지가 않고 한 눈에 알아 볼 수가 있었습니다.

참 이상한 일입니다. 예쁜 몸매 사랑스런 손놀림 귀여운 몸짓, 향긋한 냄새며 어느것 하나 낯선 것은 없었습니다. 그토록 여러 낮과 밤을 생각하며 생각한 그 모습 하나하나가 이미 내 몸처럼 각인이 되어 한번에 선명하게 떠 올랐던 것입니다. 공주님은 너무나 예뻐서 어느 누구라도 한번만 쳐다보아도 금방 그 매력 속으로 빠져드는 치명적인 아름다움을 지닌 하늘나라 선녀님 이었으니까요. 총각의 발걸음은 천천히 신중하게 떼어 놓고 있었지만 하늘 위를 날고 있는 것처럼 마음은 둥둥 가벼웠습니다. 하늘나라 선녀님도 그 때 막 우물가 샘터를 떠나려던 참이어서 두 사람은 이쪽과 저쪽에서 마주 바라보게 되었습니다.

　"안녕하세요, 아가씨" 총각은 떨리고 설레는 마음을 억누르고 한마디 한마디에 정성을 다하여 공손하고 차분하게 말했습니다. 행여라도 처자가 불쑥 맞닥뜨린 총각에게 놀라고 두려움을 느낄까봐 걱정이 되었던 것이지요. 하늘나라의 공주님이신 선녀님도 이런 산골짜기에서 처음으로 젊은 총각을 생각 밖으로 별안간에 만나게 되어 조금은 당황하고 놀랐습니다. 그렇지만 총각의 언행을 찬찬히 뜯어보니 나쁜 사람은 아닐것이라는 확신은 가질수 있게 되었습니다.

　"그런데 누구시지요" 처자의 묻는 말입니다. 은 쟁반에 옥 구슬이 굴러 간다는 말을 들은 적이 있지만 여태까지 총각은 그런 목소리를 들어 본일이 없어 막연한 느낌일 뿐이었는데 오늘 처자의 목소리를 들으면서 아 이런 목소리를 두고서 사람들이 은 쟁반에 옥 구슬이 굴러간다고 말하는 것이구나 하고 금방 이해가 되는 것이었습니다. 그 뿐 만이 아닙니다. 하얀이를 살짝 들어내며 말을 할 때마다 앵두같은 두 입술 사이로 달콤한 꽃 향기가 바람결에 쏟아져 나오고 있었습니다. 황홀하고 몽롱한 기분에 취한듯 했지만 총각은 정신을 바짝차리고 또렷하게 말했습니다.

"저는 저기 저 산위에 살고 있는데 이 샘물을 길어다 먹고 있지요, 세상 사람들이 저를 보고 당나귀 총각이라고 부르고 있습니다."

공주님은 총각의 꾸밈없는 공손한 그말에 조금은 마음이 놓였습니다. 공주님도 외롭게 쓸쓸히 지내오다가 이웃에 이렇게 마음씨 착하고 훤칠하게 잘 생긴 총각이 살고 있다는 것에 대해 무척 반갑기도 했습니다. 공주님은 총각의 첫 모습을 보고도 그의 진솔한 마음을 읽어내긴 했지만 몇마디 오고가는 대화 속에서 부드럽고 상냥한 그를 더욱 믿음직 스럽게 생각하게 되었습니다. 당나귀 총각의 일편단심 진실한 마음이 공주님의 마음을 움직였던 것입니다. 아니 그보다는 이제 막 피어나는 꽃봉우리처럼 혈기 왕성한 두 청춘남녀의 운명적 만남이 사랑을 키운것인지도 모릅니다. 총각은 여기까지 오게 된 긴 사연과 자기의 숨김없는 마음을 털어 놓았습니다. 그리고 지난날 달빛속에서 우연히 처자의 목욕하는 장면을 목격하게 된 것은 전혀 생각지 못한 우연 이었으며 일부러 그런 것이 절대 아니라는 것을 누누이 설명하고 용서를 빌었지요. 선녀님은 이미 총각의 진실된 마음을 알고 있었기 때문에 그가 하는 말을 조금치라도 의심하거나 미워하지는 않았지요. 오히려 총각의 거짓없는 고백에 공주님도 총각을 좋아 하는 마음이 생기게 되었습니다. 이미 마음속으로 총각의 모든 행동을 용서하고 그를 받아들이기로 마음의 결정을 하고 있었습니다. 아마도 그 동안의 말할수 없는 적적함이나 외로움도 공주님의 마음을 움직이게 한 원인이 될수도 있었을 것입니다. 하늘나라에서 여러 동료 선녀들과 한데 어울려 재미있게 살다가 이렇게 인간세상에서 외롭게 지내다보니 얼마나 답답했을 까요. 그런데다가 젊은 당나귀 총각의 늠늠한 자태와 교양있는 태도등은 공주님의 마음에도 쏘옥 들었던 것입니다. 둘이서 나란히 정다운 연인처럼 이야기를 나누는 사이에 시간이 흘러가는 것도 모르고 있었습니다. 두 사람은 잠깐 사이에 서로 호감을 가지고 서로 깊히 빠져들고 있었으니까요. 천생연분은 따로 있다고 하지 않던가요. 공주님은 자기의 신분을 구태여 말하지 않았습니다. 하늘나라의 공주이고 언젠가는 하늘나라로 돌아 가야할 몸이고 지상에서는 신분을 감추고 살아가지 않으면 안될 현실을 말해서 무슨 소용이 있을까요. 그래서 신분을 말하지 않았던 것입니다. 하늘나라 공주님은 지상에서의 사랑이 허락된 것이 아니었습니다. 그것을 모를 리 없는 공주님이지만 지금 공주님 앞에 서있는 이 젊은 총각에게 모든 사실들을 말할 수는 더욱 없었지요. 그것은 서로에게 가혹한 선언이나 마찬가지입니다. 그냥 흘러가는 대로 운명에 맡기자고 마음속으로 다짐했지요. 가다가 보면 무슨 수가 나올지도 모른다고 막연한 기대도 하고 있었습니다. 그런 연후에 총각의 별명도 알았으니 공주님은 자기의 이름도 알려주고 싶었습니다. 집에서나 남들앞에서 공식적으로 부르는 이름이 〈햇님 달님의 아들〉 이라고 말해주었습니다. 왜 여자이면서 아들이라고 부르는가에 대해서는 별다른 뜻은 없고 그냥 아들이 귀한 집이라 별명처럼 부른다고 말해 줬지요. 어른들이 그렇게 지어 주었다니 총각도 이름에 대해서는 더 이상 캐 묻지 않았습니다. 다만 너무 이름이 길어서 부르기 불편하니 총각으로서는 그냥 햇님달님이라 부르기로 했고 공주님도 편한대로 하라고 서로 양해하고 이해하기로 했습니다. 황혼의 긴 그림자가 지고 해가 서쪽 산등성이를 꼴딱 넘어갔습니다. 공주님이 놀라서 너무 늦었다며 서둘러 자리를 떠나면서 아쉬운 듯 말했습니다.

"당나귀 총각님, 이 다음 보름달이 떠오르는 밤 이 자리에서 다시 기다리겠어요." 공주님은 총총히 자리를 떠났습니다. 그리고 뒤 돌아보며 연신 손을 흔듭니다. 미소도 살짝 보냅니다. 총각은 짜릿한 기분 속에 떠나가는 아리따운 처자의 모습을 조금이라도 더멀리 더 자세히 오랫동안 보기위해 자리를 뜨지 못합니다. 이제 마치 천하를 다 얻은 것만 같습니다. 십년 묵은 체증이 확 뚫려 내려간듯 시원합니다. 그토록 오매불망 조바심하며 궁금해하던 처자를 다시 만났고 운명처럼 서로 통성명으로 인사까지 했고, 이다음 약속까지 받아 냈으니 총각으로서는 그럴만도 했습니다. 하늘을 날고 있는 것만 같았습니다. 꿈을 꾸고 있는 것은 아닌지 제 살도 꼬집어 보았습니다. 햇님달님을 만나고 나서부터는 총각의 얼굴에서 웃음기가 떠날 때가 없습니다. 싱글벙글 무엇이 그리 좋은건지 아마도 그 옆에 다른 사람이 있었다면 총각을 보고서 실성한 사람 취급을 했을 것입니다. 그만큼 총각의 마음은 들떠 있었습니다. 당나귀 총각과 햇님달님 사이에는 중요한 약속 두가지가 있었습니다. 한가지는 보름달이 떠오르는 날 밤에 샘물가에서 다시 만나기로 한 것과 햇님 달님의 아들이라는 긴 이름을 그냥 햇님 달님으로 부른 다는 약속이었습니다. 둘만이 가지고 있는 비밀이 있다는 것은 둘만이 서로 통한다는 행복한 약속입니다. 보름달이 동산에 떠 오르면 우물가 샘터에서 햇님달님을 다시 만날 수 있다는 생각을 할 때마다 총각은 싱글 벙글 웃음이 나옵니다. 이제는 세상 살아가는 모든 것이 의미가 있고 재미가 있습니다. 사랑이란 그래서 위대한가 봅니다. 그날 이후 당나귀 총각은 매일매일 보름달이 뜨기만을 손꼽아 기다리며 지내게 되었습니다. 햇님달님을 만나보고 나서는 세상을 바라보는 눈이 완전히 달라진것입니다. 집 주위에 노상 보던 나무며 풀이며 들꽃이며 모두가 새롭게 보이기 시작했습니다. 앞이 안보이던 사람이 별안간에 광명을 찾은 것처럼 신비한 느낌으로 세상을 바라보게 되었습니다. 이 세상을 살아가는 기쁨이란 것이 바로 이런 것이구나 깊히 그리고 절실하게 깨달았습니다. 이제는 당나귀를 돌보며 책을 읽는 것도 이세상 이치를 공부하는 것도 오로지 햇님달님을 만나기 위한 하나의 과정일뿐 다른 아무 의미도 없었습니다. 오매불망 햇님달님 일편단심 햇님달님 오로지 한가지 생각뿐이었습니다.

원래는 보름달이 환하게 떠오르는 날 밤에는 하늘나라 천사인 선녀들이 아름다운 동진이 산골짜기 한가운데 퐁퐁 솟는 깨끗한 샘물에서 목욕이 허락된 밤이었습니다. 달이 기울도록 긴밤을 자유롭게 지상에서 노닐다가 새벽에야 천상으로 다시 올라가곤 했던것입니다. 그러던 것이 지난번 하늘나라 임금님의 맏공주이신 햇님달님의 날개옷 사건이 벌어지고 나서부터 선녀님들의 샘물 목욕이 중지가 되었던 것이지요. 날개옷 재단사는 10년동안을 공주님과 함께 귀양살이를 하고는 있지만 보름달이 떠오르는 날 만큼은 공주의 외로움을 생각해서 새벽까지 자유롭게 샘물가에서 목욕을 하고 옛날의 동료들을 생각하며 시간을 보낼 수 있도록 특별히 허락을 하고 있었던 것입니다. 답답한 지상에서의 귀양살이를 조금이나마 숨통을 터주고 활력과 위로를 주고자하는 임금님의 배려였던 것이지요. 그래서 햇님달님은 당나귀 총각에게 지난번 만남에서 못다한 말들을 다음 보름달이 뜰 때 만나서 다시 하기로 약속을 했던 것이지요. 햇님 달님도 총각과 만나서 오랫동안 긴 이야기를 나누고 싶었지만 너무나도 지난번에는 시간이 없었던 것을 아쉬워 하고 있었습니다.

　세월이 흘러 마침내 동산위로 또 다시 둥그런 보름달이 싱글벙글 활짝 웃는 모습으로 떠올랐습니다. 당나귀 총각은 오늘을 위하여 보낸 시간들이 하루가 삼추같은 느낌이었습니다. 매일 매일을 햇님달님을 만날 생각에 건성건성 어떻게 지냈는지도 모를 지경입니다. 햇님달님이라고 다르지 않았습니다. 지상에서의 금지된 사랑에 이미 깊히 빠져든 공주님은 에덴동산의 금단의 사과를 한입가득 입안에 베어 문 상태나 다를 것이 없었지요. 위험한 금지된 사랑에 빠져든것도 까맣게 잊어버리고 당나귀 총각 생각으로 보름달이 뜨기만을 학수고대 기다리고 있었지요. 당나귀총각이나 햇님달님이나 모두 사랑에 눈이 멀고 나니 아무것도 두려울것이 없었고 그 무엇도 겁날것이 없었지요. 두 청춘 연인들은 서서히 깊은 수렁으로 향하여 한발짝씩 천천히 걸어들어 가고 있는 줄을 그들은 아무도 모르고 있었지요. 당나귀 총각은 동산위에 둥근 보름달이 얼굴을 내밀자 저녁도 뜨는둥 마는둥하고 샘터로 향했습니다. 마음은 급하고 초조했지만 마음과 다르게 두 발은 천천히 떼어놓는 것을 잊지 않았습니다. 급할수록 돌아가라는 말도 있지만 무엇보다도 경솔한 행동으로 인해 행여라도 햇님달님의 마음 상하는 일이라도 생길가하여 행동 하나하나를 신중히 하기로 했던것이지요. 당나귀 총각은 마음속으로 다짐했습니다. "그래, 서두르지는 말자. 햇님달님의 마음은 이미 얻은 것 같으니 경솔하게 행동하지는 말자" 이렇게 마음속으로 다짐을 하고 있었습니다. 그리고 찬천히 느긋하게 여유롭게 처신을 하기로 했습니다. 햇님달님이 먼저 와서 기다리기를 바라고 있었습니다. 알량한 총각사나이의 자존심인지도 모르겠고 아니면 햇님달님에게 빠져든 마음을 그렇게라도 보상을 받고 싶었는지도 모르지요. 급한 마음과는 다르게 몸은 여유를 부리며 천천히 아래쪽으로 걸어 내려갔습니다. 루루라라 마음은 새털같이 가볍게 콧 노래를 부르며 샘물가를 찾아가고 있습니다. 이윽코 샘물가를 훤히 내려다 볼수 있는 먼저번 그곳 언덕까지 총각은 내려와 섰습니다. 아니나 다를까 저만치 내려다보이는 샘물가에는 먼저번 모양 햇님달님의 고운 자태가 달빛에 들어난 이슬먹은 꽃송이처럼 한눈에 보아도 눈부시게 아름다웠습니다. "음, 햇님 달님이 나와 있으니 다행이야."

　당나귀 총각은 그럴리야 없겠지만 만의 하나 혹시라도 햇님달님이 약속을 못 지키거나 늦게 올수도 있을 것을 조금은 걱정을 했던 것인데 그런 일은 일어나지 않아 다행이었습니다. 당나귀 총각은 안도하며 점점더 가까이 샘물가로 다가갔습니다. 샘물가 정경은 더욱 뚜렷하게 환한 달빛아래서 잘 보였습니다. 우물옆 바윗돌위에는 햇님달님의 고운 옷들이 벗어져 놓여있고 그 옆에서는 햇님달님이 달빛에 아리따운 몸을 들어 내고는 물소리를 첨벙거리며 시원스레 더위를 씻어 내고 있었습니다. 한밤의 더운 열기가 밤이 되어도 수그러 들지 않는 요즈음 정말 시원한 냉수 목욕이 가장 잘 어울리는 계절 이었습니다. 더위가 한창 기승을 부릴 때라 당나귀 총각도 온몸이 땀으로 흠뻑 젖어 마치 땀으로 미역을 감은 듯 했습니다. 알수 없는 좋은 냄새가 샘물가를 휘감아 돌고 있었으며 햇님달님의 몸에서는 광채가 일어나는 듯 했습니다. 달빛이 무색합니다. 당나귀 총각은 생각했습니다. 햇님달님은 필시 이세상 사람이 아닌 천상의 선녀가 하강 했으리라고요, 이세상에 어찌 이처럼 어여쁜 처자가 있을까 그것은 있을수 없는 불가능한 일이라고요. 하기야 그말이 틀린말은 아니지요. 햇님달님은 하늘나라의 맏공주님이신 선녀가 틀림 없었으니까요, 지나번 멀리서 목욕하는 모습을 볼 때와는 비교도 할 수가 없었습니다. 천하절색 양귀비는 명함도 못 내밀고 서양의 미녀라는 크레오 파트라도 햇님달님 앞에서는 부끄러워 숨어 버릴 수밖에 없을 것입니다. 누구던지 햇님달님을 한번만이라도 바라보면 그 미모에 취하고 아름다운 자태에 그만 빠져들고 말게 되지요. 마침 이때 햇님 달님은 당나귀 총각쪽이 아닌 저쪽을 바라보며 돌아앉아 있었기 때문인지 당나귀 총각을 미처 알아차리지 못하고 있었습니다. 당나귀 총각이 조금 더 가까이 다가가서 인기척을 내자 그때서야 그토록 기다리던 당나귀 총각이 온 것을 알아 차리고는 뒤돌아서며 살짝 손을 흔들어 보였습니다. 당나귀 총각도 손을 들어 아는 체를 하고는 그만 너무나도 어여쁜 햇님달님의 황홀한 모습에 도취해서 돌부리에 걸려서 넘어질뻔 했습니다. 가까이 가서보니 또 다른 느낌이었습니다. 우유빛 살결은 달빛을 받아 보석처럼 빛이나고 있었습니다. 기분을 좋게하고 마음과 정신을 맑게 해주는 알수 없는 좋은 냄새가 우물가를 가득 채우고 있었지요. 햇님 달님이 먼저 말을 했지요. "어서와요. 당나귀 총각님." 조금은 기다렸다는 듯 약간의 원망이 섞인 듯 한 말을 했지만 부드러운 햇님달님의 말에는 애정이 담뿍 담겨 있었습니다. "미안해요, 햇님 달님! 조금 늦었지요?"

"아니 괜찮아요." 당나귀 총각은 햇님달님의 꾀꼬리 노래 소리같은 그 목소리에 그만 정신을 차릴수가 없을 지경이었습니다. 햇님달님의 목소리 하나하나에 몸짓 하나하나에 정신과 몸은 이미 봄바람에 눈녹듯 마음을 활짝 열어놓고 햇님달님을 맞이하고 있었지요. 이마에서는 땀방울이 흘러 내리고 날씨도 더운데다가 웬일인지 그의 몸은 더욱 뜨거워지고 있었지요. 알수 없는 열이 가슴 저 밑 바닥에서 불끈불끈 밀어 올라 오는 듯 했습니다. 온몸의 구석구석 불덩어리가 일어나듯 열정이 솟고 마디마디가 온통 팽팽한 느낌입니다. 이전에는 경험해 보지 못한 신비한 체험입니다. 그때였습니다 햇님달님의 목소리가 당나귀 총각의 귓가에 노래소리처럼 들려 옵니다.

"무척 덥지요, 등목이나 하세요, 어서 엎드리세요, 제가 등을 밀어드릴게요" 햇님 달님은 지난번 당나귀 총각을 만난 이후 여러날을 고심하며 그에 대하여 심각하게 생각해 왔습니다. 현재 상황 미래 상황 두루 두루 살펴가며 곰곰이 따져 보았지만 결론은 앞으로의 삶에 있어서 결국 당나귀 총각을 빼어 놓고는 아무 살아가는 의미가 없다는 것입니다. 그가 없는 세상이라면 그 어떤 부귀 영화와 온갖 값진 그 무엇이라도 햇님달님에게는 아무 소용이 없어 보였습니다. 이제 햇님달님도 이 세상에서 맺어진 운명적인 사랑앞에 한 발자국도 자유로울 수가 없었던 것입니다. 그리하여 공주님은 당나귀 총각을 남이 아닌 동반자로 이미 마음의 결정을 굳혔던 것입니다. 햇님달님인 공주님과 한몸이나 다름없고 한 길을 걸어가야 할 소중한 사람이 된 것입니다.

그와 함께 어떤 어려움도 함께 헤쳐 나가기로 마음을 먹은 이상 홀가분한 심정이 되었습니다. 그들의 사랑은 이제 그 어느 누구도 막을 수가 없게 되어가고 거침이 없었습니다. 달빛이 비치는 깊은 산골 샘터에서 바야흐로 활화산 같은 청춘 남녀의 사랑이 무르 익어가고 있습니다. 이렇게 되자 당나귀 총각도 어느새 자기도 모르는 사이 거추장스러운 그의 허물을 벗어 던지고 달빛아래 우뚝 섰습니다. 땀 방울이 전신을 타고 흘러내리면서 달빛아래 반짝입니다. 불덩어리 같은 그의 몸에 찬 물을 퍼 부었습니다. 가만히 그냥 서 있다가는 온몸이 타버리고 그만 재가 될 것만 같습니다. 무슨 일이 어떻게 되어 가는 것인지 전혀 계획이 된것도 아니고 예상 된 것은 더욱 아니었습니다. 그냥 둘이 만나 마음이 가는 데로 몸이 시키는 데로 자연스럽게 흘러가는 모습입니다. 조금은 흥분한듯하고 어찌 보면 장난기 많은 천진 난만한 어린 아이 같기도 한 당나귀 총각의 행동들 하나하나를 햇님달님도 옆에서 지켜보고 있었지요. 산과 들에서 군살없이 단련된 총각의 구리빛 젊은 몸이 햇님 달님앞에 우뚝 서 있었습니다. 한창 피어나는 청춘의 싱싱함을 마음껏 달빛아래 발산하고 있었습니다. 이름난 장인이 잘 깎아 세운 아름다운 조각상 같았습니다. 햇님 달님도 처음으로 바라보는 남자의 몸매에 어쩔 수 없이 마음이 흔들리고 있었습니다. 이미 마음의 결정을 한 순간부터 상상과 고뇌를 수없이 한 바 있지만 그래도 막상 현실에서 느끼는 감정은 많이 다를 수 밖에 없었지요. 어느 누구라도 이러한 상황에서 느끼는 그 미묘한 감정의 변화를 정확히 알 수는 없을 것입니다. 고요한 파문이 온몸을 타고 흐릅니다. 햇님 달님도 이제 온전히 아리따운 한 여성으로 다시 태어 나고 있는 것입니다. 당나귀 총각도 마찬가지입니다. 마음을 송두리째 빼앗아간 이성앞에서 자기 자신의 거추장 스러운 가림막을 걷어 치움으로서 온전히 알몸을 드러 냈습니다. 이 때까지 그들이 살아온 인생과는 전혀 다른 두 사람만의 새로운 길을 가게 된 것입니다. 이미 서로는 이 순간 부터 이러한 과정을 통해서 마음 속으로 하나의 몸이 되어 가기를 원하고 있었는 지도 모릅니다. 다정한 연인이 되어 서로의 몸을 씻어 주고 물기를 닦아 주며 한층 사랑이 깊어지고 서로를 이해하게 되었습니다. 아주 오래 사귄 연인처럼 잘 어울려가고 있는 모습이 한쌍의 원앙이 물놀이 하는 것처럼 보였습니다. 중천에 떠오른 둥그런 달님도 부끄럽기도 하고 부럽기도 한 듯 구름속으로 살짝 들어 갔습니다. 열기가 어느정도 가라앉자 두 연인은 샘물가에 앉아 수많은 이야기를 나누었습니다. 이야기도 중요하고 즐겁지만 말없이 서로 바라만 보고 있어도 환희가 밀려 옵니다. 그것이 사랑이지요. 사랑에 꼭 무슨 말이 필요한 것은 아닐 것입니다. 황홀한 밤이 흘러갑니다. 하늘 나라 만 공주님이신 햇님 달님은 이 순간 자기의 신분은 까맣게 잊어 버리고 다른 어떤 생각도 떠 오르지않았어요. 다만 눈앞의 당나귀 총각이 있다는 것이 가장 중요 했지요. 누가 알려준 것도 아니고 누가 시킨것도 아니며 어디서 배운것도 아니건만 몸이 느끼는 어쩔수 없는 성숙한 여인의 자연적인 변화와 그로 인해 나타나는 막을 수 없는 현상입니다. 당나귀 총각도 이제는 전혀 새로운 세상 속으로 들어와 있게 되었습니다. 혼자 먹고 혼자 생각하며 단순하게 살던 삶이 사랑의 대상이 생김으로서 또 다른 삶의 길을 가게 된 것이지요. 달님도 구름 밖으로 얼굴을 내 밀었습니다. 풀 벌레 소리가 더욱 또렷하게 들려오고 밤이 슬이 내리는 것으로 보아 밤도 이슥하여 꽤 깊어 가고 있었지요. 잡았던 손을 살그머니 풀며 먼저 일어선 쪽은 햇님 달님이었습니다.

"너무 밤이 늦었어요, 이제 그만 가봐야 할 것 같아요" 햇님 달님은 일어섰지만 당나귀 총각의 손을 아직 놓지는 않았습니다. 당나귀 총각도 따라 일어서며 아쉬운 듯 말했습니다.

"조금만 더있다가 가면 안 될까요?"

"아니에요, 저도 아쉽지만 들어갈 시간이 된 것 같아요."

햇님 달님은 생각 했습니다. 앞으로의 긴 만남과 지속 적인 사랑을 위해서는 처음부터 시간을 어기고 일을 꼬이게 하는 어리석은 행동은 아무런 도움이 안된다는 것을 잘 알고 있었지요. 보름달이 떠 오르는 날 밤은 특별히 자유로운 샘물가 외출이 허용된 날입니다. 그것은 옛날에 동료들과 함께 샘물에서 목욕하고 하늘 나라로 올라가던 그 시절을 회상하고 추억하며 공주의 외로움을 조금이나마 위로해 주려는 임금님의 뜻이었지요. 그렇지만 같이 인간 세상에서 귀양살이를 하는 재단사가 보호하는 의무가 있으므로 혹시나 공주님에게 무슨 일이 생길까 해서 수시로 눈길을 주고 있기에 조심하지 않으면 큰일이 날 수 있는 상황이라는 것을 햇님달님도 잘알고 있었던 것이지요. 그래서 햇님 달님도 아쉽지만 앞으로의 더 기쁜 만남을 위해 오늘은 그만 작별을 하려는 것입니다. 막상 헤어지려하니 온갖 상념이 머리속을 어지럽게 합니다. 이대로 헤어지면 아주 영원히 헤어지는 것 같고 다시는 만나지도 못할 것만 같습니다. 그런 생각에 미치자 당나귀 총각은 초조하고 조바심이 났지요. 그러자 당나귀 총각은 자기도 모르는 사이에 눈앞에 서있는 햇님 달님을 와락 끌어 안았습니다. 어데서 그런 용기가 나왔는 지도 모르겠습니다. 마음먹고 벌린 일도 아닙니다. 그냥 몸과 마음이 순식간에 무의식적으로 그렇게 움직였던 것이지요. 두 몸이 밀착되자 뜨겁고 가쁜 숨소리가 거칠게 몰려 옵니다. 폭풍우가 몰려오고 힌바탕 회오리 바람이 휩쓸고 지나갑니다. 달빛아래 두 얼굴이 서로 마주 보고 서 있습니다. 햇님 달님의 서글서글한 눈매 오뚝한 콧날 붉은 입술이 당나귀 총각의 마음을 흔들어 대고 있습니다. 그러자 아주 자연스럽게 두 입술이 하나가 되었습니다. 당나귀 총각의 입속으로 사과향이 가득 밀려 들어 옵니다. 기분 좋은 박하향일까요. 정신은 아득하지만 맑고 깨끗합니다. 온 세상이 희열과 행복으로 가득찬듯 합니다. 폭풍우가 한바탕 회오리 바람과 함께 휘몰아 치고 지나가니 오색 무지개가 뜨듯 평온과 함께 고요하고 차분한 정신으로 돌아 옵니다. 열정이 해소되자 이성을 찾아 현실로 돌아 온 것입니다. 무아의 경지에서 깨달음을 얻은 것과 같이 마음도 잔잔한 호수의 맑은 물처럼 고요해 집니다. 뜨거운 열기는 식혀야했고 분출하려는 열정은 해소 시켜야만 했습니다. 마치 솟구쳐 오르는 활화산 같은 것이어서 그 어떤 힘으로도 막을 수는 없었습니다. 모든 것이 끝나고 나서야 본래의 두 몸으로 떨어졌습니다. 이제 세상은 다시 평온을 되찾고 제 원래의 모습으로 돌아 온 것이지요. 이성이 돌아오자 현실을 깨닫게 됩니다. 아쉬움도 크지만 다음날을 위하여 헤어지지 않을수 없습니다. 햇님 달님은 마음을 가다듬고 조용히 말했습니다.

"이 다음 보름달이 다시 떠 오를 때 그 밤에 우리 다시 이 자리에서 만나요, 기다리겠어요." "알았어요, 꼭 다시 만나요." 당나귀 총각도 낮은 목소리로 조용히 속삭이듯 말했습니다. 햇님달님은 몇 번을 뒤돌아 보며 무거운 발걸음으로 오두막을 향해 당나귀 총각의 곁을 떠나갔습니다. 망연자실 손을 흔들며 사라져 가는 햇님달님의 뒷 모습을 바라보며 서 있던 당나귀 총각도 그 모습이 더 이상 안 보이자 뒤돌아 서서 집으로 돌아 왔습니다. 마음 한켠이 후련한듯도 했지만 또어느 한편으로는 확 무너져 내린 듯 허망하기도 합니다. 마치 꿈을 꾸고 있는 듯도 합니다. 어떻게 그 마음을 표현할 방법이 없어 아주 묘한 기분입니다. 세상의 모든일이 그러한가 봅니다. 극과 극은 서로 통한다고도 말합니다. 황홀한 시간이 지나고 나면 또 그만큼 허무함이 밀려오기도 합니다. 하지만 한가지 분명한 것은 따로 떨어져 두 몸이었던 두사람이 한 몸으로 나시 태어난 것입니다. 망망대해 넓은 바다위 조각배에 몸을 실은 어쩔 수 없는 동반자입니다. 폭풍이 몰려 오고 비바람이 친다해도 온전히 두사람의 힘으로 이겨 내야만 합니다. 온갖 어려움과 시련이 닥친다 해도 두려움 같은 것은 없습니다. 둘이 손 잡고 마음을 합친다면 어떠한 가시밭길에 비록 온 몸이 피투성이가 된다해도 기쁜 마음으로 웃으며 걸어 갈것이라고 다짐도 해 봅니다.

그리고 또 다시 몇날 몇밤이 지나갔습니다 그믐이 지나고 초승달 이 뜨더니 오래지 않아 보름이 되었습니다. 두 사람은 약속대로 누구라 먼저랄 것도 없이 샘물가에서 만났지요. 무더위도 조금은 가시고 어느새 밤 바람이 상쾌했습니다. 두사람은 천천히 샘물가를 떠나 발걸음을 떼어 놓았습니다 발걸음은 어느새 햇님 달님의 오두막 집앞으로 걸어가고 있었습니다. 집으로 가려고 약속한 것은 아니 었으나 웬일인지 이심 전심으로 마음이 서로 그렇게 통했는가 봅니다. 샘물가에서 얼마 떨어지지 않은곳에 햇님달님의 오두막 집이 있었습니다. 천천히 걸어 갔지만 어느새 오두막 집앞에 당도 했습니다. 햇님 달님이 조용히 사립문을 밀치고는 안 마당으로 들어 섰습니다. 그리고는 울타리 옆에 조용히 서있는 당나귀 총각에게 어서 들어오라며 손짓합니다. 당나귀 총각도 마당안으로 따라 들어 섰습니다. 두사람은 약속이나 한 듯 조용히 하라는 신호로 손가락을 입으로 가져가며 작은 마당을 걸어 들어 갔습니다. 도둑 고양이처럼 발 뒤꿈치를 들고서 살금살금 허리를 구부리고 마당에 가득한 달 그림자를 밟으며 걸어 갔지요. 마주 바라다 보이는 재단사가 쓰는 방에서는 불빛도 새어 나오지 않는 것으로 보아 이미 잠이 든듯 합니다. 사방은 쥐 죽은듯 고요하고 멀리 앞산에서 밤 부엉이 우는 소리가 정적을 깨우고 있었습니다. 오늘밤은 재단사도 햇님달님에게 특별한 자유를 누릴수 있도록 배려한 그날입니다. 그러니 아마도 선녀님에게 부담을 줄까봐 일찌감치 잠자리에 들었던가 봅니다. 동산에 떠 오르는 보름 달만이 두 청춘 남녀가 부러운듯 물끄러미 내려다 보고 있습니다. 두 사람은 툇마루 앞을 지

나 햇님달님의 방인 부엌옆의 작은 방으로 향합니다. 달빛이 섬돌안
까지 환하게 비추고 있습니다. 햇님 달님이 방문을 소리 없이 열더니
방안으로 먼저 들어 가서는 당나귀 총각의 손을 이끌어 줍니다. 햇님
달님을 따라서 당나귀 총각도 방안으로 들어 섰습니다. 섬돌위에는
두사람의 신발이 달빛을 받으며 가즈런히 놓여 있었지요. 그리고는
방문이 소리없이 닫쳤습니다. 햇님 달님은 방안에 불을 밝히지 않았
습니다. 달빛이 창문으로 스며들고 있었습니다. 방안은 불을 밝히지
않았지만 그렇다고 아주 캄캄한 것은 아니 었습니다. 두사람이 방 바
닥에 조용히 앉자 차츰 어둠에 익숙해진 당나귀 총각의 눈에도 달빛
이 스며든 햇님 달님의 방안 모습들이 희미하게 나마 들어오기 시작
했지요. 살림 살이 도구는 별로 없어 보였고 정갈하고 깨끗한 방안 모
습이 햇님 달님의 품성을 말해 주듯 신선하게 다가 왔습니다. 처녀의
방이라서 그런지 그동안 당나귀 총각이 느껴보지 못했던 야릇한 냄새
같은 것이 코 끝에 풍겨 오는데 성숙한 여성 특유의 체취 같은 것이기
도 해서 자신도 모르게 일어나는 흥분된 기분으로 구름위를 나르는듯
합니다. 잡고 있는 햇님 달님의 손에서도 알 수 없는 뜨거움 같은 것
이 느껴지고 있었습니다. 총각의 손에는 땀이 고였습니다. 두 연인은
손을 잡고 서로에 대해 많은 말을 하는 것도 아니고 그렇다고 잠자코
만 있는 것은 더욱 아니건만 이심 전심 서로들 무슨 말을 하고 싶은 건
지 그 속 마음을 알 듯도 싶었습니다. 그렇게 단 두사람만의 밤이 깊
어가고 있었습니다.

어느 때쯤인가 부엌건너 또 다른 방에서는 깊히 잠들었던 재단사
가 몸을 뒤척이며 잠을 깨었습니다. 선녀님의 날개옷을 잘못지어 구
멍이 나는 바람에 그 책임을 지고 선녀님을 돌보며 지상에서 십년 동
안의 귀양살이 벌을 받고 있는 그 재단사입니다. 한숨을 자고 난듯은

한데 밤이 얼마나 깊었는지는 알길이 없습니다. 재단사는 잠결에 얼핏 생각이 떠 올랐습니다. 오늘은 보름달이 떠 오르는 날이라 햇님달님에게 자유로운 외출과 샘물가에서의 옛 추억에 젖을 수 있는 시간을 주고 있는 날이라는 것을 알고는 자리에서 일어 섰습니다. 초저녁 보름달이 뜰 무렵 오두막집을 나갔던 햇님달님이 어찌 됐는지 궁금하기도 해서 방문을 열고 툇마루로 나왔습니다. 깜박 잠이 들었던 듯 한데 꽤 오랜 시간이 흐른듯 합니다. 둥그런 보름달이 중천에 떠 있고 마당 가득히 달빛이 내려와 앉아 있습니다. 달빛에 이끌리듯 재단사는 마당으로 내려서며 얼핏 부엌앞을 지나 건너편 햇님달님의 방문앞으로 눈이 갔습니다. 방안에 불빛이 없는 것으로 보아 햇님 달님은 이미 방안으로 들어와 잠을 자는 듯합니다. 그런데 이런 생각을 하며 마당끝으로 내려 서려던 재단사는 순간 흠칫 놀라고 말았습니다. 달빛이 환한 섬돌위에 신발 두켤레가 나란히 놓여 있는 것을 보았기 때문입니다. 마당으로 내려 서려던 발걸음을 멈추고 섬돌위를 자세히 살펴 보았습니다. 혹시라도 무엇을 잘 못 본 것은 아닌가 했지만 잘 못본 것이 아니었습니다. 분명히 두켤레의 신발인데 한켤레는 낯이 익은 햇님달님의 신발이었지만 또 다른 한 켤레는 분명 영문을 모를 어느 남자의 것이 틀림이 없었습니다.

"아차, 이 무슨 변고란 말인가." 재단사는 놀라 잠시 생각에 잠겼습니다. 혹시 모르는 괴한이 침입해서 햇님 달님에게 어떤 위험이 닥친것은 아닌가 하는 걱정도 되었습니다. 재단사는 방문앞으로 조용히 다가가서 귀를 기울이며 방안의 동정을 살펴 보았지만 별다른 큰 소리나 소란은 들려 오지않았습니다. 조용한 방안 분위기로 보아 큰 변고는 없어 보이기도 했지만 참 이상한 일입니다. 신발도 다시한번 살펴보고 방안의 기척도 자세히 귀 기울여 들어 보는데 이따금 두런 두런 한숨섞인 말 소리와 때로는 희희낙락 나지막한 웃음 소리도 들려

오는 것이었어요. 이 깊은 산 속에서 도저히 일어 날 수 없는 엄청난 사건이 터지고 말았으니 장차 이 노릇을 어떻게 처리해야 옳을지 재단사의 생각은 아득하기만 합니다. 그렇다고 이 마당에 방문을 열어 젖치고 무슨 일인가 확인을 할수도 없는 일입니다. 햇님 달님의 난처한 입장도 입장이려니와 놀라운 일이 벌어지고 있는 방안 모습을 두 눈으로 목격하는 일도 두려운 일입니다. 이왕에 벌어진 일이라면 조용하고 현명하게 처리하고 싶었습니다. 괜시리 소란을 피우고 일을 크게 만들어 보았자 어느 누구에게도 이로울 것이 없어 보였지요. 재단사는 일단 심호흡을 하면서 잠시 생각하며 한 발짝 뒤로 물러나 마당으로 내려 섰습니다. 그리고는 조금 떨어진 곳에서 큰 인기척을 일부러 내고는"공주님, 잠 들었어요." 하고 조금은 낮은 목소리로 조용히 물었지요. 너무 큰 소리를 내면 방안에서 당황해서 놀랄수도 있고 방안의 상황도 알 수가 없었으므로 일단은 밖에 사람이 와 서 있다는 신호를 보낸 것입니다. 그리고 인간 세상의 혹시 다른 사람이 있을 경우 같으면"햇님달님의 아들아." 하고 불렀겠지만 아무도 없을 때면 공주님 이라던가 선녀님이라는 호칭으로 부르고 있었지요, 오늘 밤은 방안 사정을 잘 모르는 상황이니 그냥 작은 소리로 공주님이라고 불렀던 거지요. 햇님 달님의 아들이라는 이름은 어디까지나 하늘나라 임금님의 맏 따님이신 공주님을 위장한 이름일 뿐입니다. 방안에서는 아무런 대답이 없었어요. 재단사는 너무 작은 목소리로 말을해서 못 알아 들은것으로 생각되어 이번에는 조금 더 큰 목소리로 다시 말했습니다.

"선녀님, 들어 왔어요?"

방안에서는 큰일이 났습니다. 햇님달님이 당나귀 총각의 입을 손바닥으로 막고 침묵하며 잠시 생각하더니 소곤 소곤 귀에다 대고 말했습니다. "당나귀 총각님 일이 곤란하게 되어 가네요, 신발을 집어 줄테니 어서 뒷문으로 도망 가세요." 말을 마치자 햇님달님은 방문을 조금 빼꼼히 열더니 얼른 신발을 집어 당나귀 총각에게 건네주고는 저쪽의 또 다른 방문을 가리키며 어서 그 쪽으로 도망가라는 시늉을 하고 속삭이듯 조용히 말했습니다. 그리고 마당가를 향해서는 큰 소리로 "진작에 들어와 자고있었던 걸요, 왜 나오셨어요?"

저만치 일부러 멀리 떨어져 서 있던 재단사를 향해서 그렇게 말을 했던 것입니다. 하지만 햇님 달님은 조금전에 이미 재단사가 방문 앞에서 자세한 동정을 살피고 간 그 사실을 알 리가 없었지요. 이어서 방문앞으로 다가온 재단사가 말 했습니다.

"여기 방문앞에 놓여 있던 두 켤레의 신발을 제 눈으로 확인했습니다. 나를 속이려 들지 마세요." 햇님 달님은 그 말을 듣고서야 모든 것이 잘 못 되어가고 있음을 비로소 알게 되었습니다. 재단사는 열려진 방문을 통해서 어둠 컴컴한 방안을 기웃거리며 살펴 보았지만 방안에는 아무것도 그 흔적을 찾을 수는 없었습니다. 당나귀 총각은 햇님달님의 임기응변으로 뒷문을 통해서 이미 뒷동산으로 몸을 숨긴 뒤였습니다. 햇님 달님은 생각 했습니다 이제는 속일수도 없는 일이지만 구태여 여러 가지 거짓말로 속임수를 써서 변명을 하고도 싶지 않았습니다. 운명을 받아 들이기로 했지요. 내가 결정하고 내가 저지른 일 어떤 일이 있어도 자신이 책임을 지는 정당한 길을 가기로 다짐했습니다. 당나귀 총각을 처음 만난 직후부터 마음의 결심을 이미 굳힌 상태였고 어떠한 고통과 고난 그리고 그에 따르는 시련이 닥쳐와도 회피하지 않고 이겨 내리라 각오하고 있었지요, 그리고 언제까지나 영원한 비밀은 없을 것이란 것도 알고 있었기 때문에 두려움 같은 것은 없었지요. 다만 그 시기가 조금 일찍 온듯해서 아쉽고 마음 아팠던 것입니다. 햇님 달님은 재단사 앞에서 이제까지 지나간 일들을 소상히 말해 주었습니다. 자신 앞에 놓여진 운명을 고스란히 짊어지려 마음

먹으니 오히려 속은 편해졌고 재단사 앞에 모든 일을 털어 놓으니 한결 마음이 후련합니다. 언젠가는 반드시 이런 날이 올 것을 생각은 하고 있었지요. 재단사의 마음은 오히려 복잡했습니다. 생각지도 못한 상황이 벌어졌으니 당혹감을 감출수가 없습니다. 하늘 나라에서 죄를 입어 귀양까지 내려온 마당에 이 땅에서 임무까지 소홀이 하여 크나큰 문제를 발생시켰으니 앞길이 캄캄했습니다. 재단사 역시 하늘 나라 임금님께 이러한 사실을 숨기고 보고 하지 않을수도 없는 상황입니다. 선녀님이 모든 것을 각오하고 체념하듯 재단사 또한 하늘나라 임금님께 이실직고 하고 처분만 내려 주길 기다릴 수밖에 달리 방법이 없어 보입니다. 그로부터 이 동진이 산 골짜기 하늘나라 귀양지에서 발생한 모든 사건의 전말이 재단사의 보고를 통하여 하늘 나라 임금님께 낱낱이 보고되었던 것입니다. 하늘 나라에서도 큰 소동이 일어 났지요. 어찌 이런 일이 일어 날수가 있단 말이냐. 모두들 비통해 했습니다. 불쌍하고 가련 했지만 지은 죄를 묵인 할 수는 없었지요. 하늘나라의 법도는 매우 엄격했거든요. 임금님은 여러 신하들과 의논하고 오랫동안 심사숙고 한 끝에 어려운 결정을 내렸습니다.

"공주와 재단사는 하늘의 법도를 또 다시 어겼으므로 이제 부터는 하늘 나라 소속에서 인간세상의 소속으로 그 호적을 바꾸겠노라." 지엄한 하늘나라 임금님의 말씀이 당사자와 온 하늘나라에 두루 알려졌습니다. 이렇게 해서 십년의 귀양살이가 끝나고 나면 다시 하늘나라에서 영광된 삶을 살 수 있었지만 공주님이 사바세계의 당나귀 총각과의 금지된 사랑을 선택하는 바람에 그 곳에서 영원히 쫓겨 나게 되었던 것입니다. 결국 맏 공주님과 선녀들의 날개옷을 만드는 재단사는 앞으로 영원히 하늘나라에서 살 수가 없게 된 것이지요. 사바세계에 남아 다른 사람들과 마찬가지로 병과 고통을 이겨내며 이 세상을 살아 가다가 언젠가는 나이가 들고 노쇠하여 결국은 죽음을 맞이하는 평범한 인간의 삶을 살아가게 되었던 것입니다. 사시사철 꽃이 피는 낙원이며 병이들고 나이들어 늙는 일도 없는 하늘 나라 사람들도 이렇게 잠간의 잘못된 실수로 법도를 어기면 그 처벌이 매우 엄격해서 공주와 재단사처럼 인간세상으로 추방되기도 했던 것입니다. 그렇다면 인간 세상에서는 당나귀 총각님과 햇님달님은 그들의 아름다운 사랑을 꽃피우고 행복한 삶을 살았을까요. 임금님은 맏공주이신 햇님달님에게 하늘의 법도까지 어겨가며 인간 세상의 사랑을 선택한 괘씸죄를 적용해서 당나귀 총각과의 만남도 금지하는 명령을 내렸다고 합니다. 두사람은 서로 그리워 하면서도 못잊어 애태우면서도 이렇게 운명적으로 어찌할 수 없게 헤어져야하는 아픈 고통을 안고 평생을 살아가야 하는 비극적 사랑으로 끝이나게 되어 마음을 아프게 합니다. 당나귀 총각도 마찬가지로 에덴 동산의 금단의 열매를 같이 따먹은 죄과로 다시는 햇님 달님을 만날 수가 없게 되었습니다. 매일같이 샘물가로 옛 추억이 그리워 찾아 왔지만 다시는 햇님 달님을 찾아 볼수는 없었습니다. 우물가와 오두막을 발이 닳도록 오르내렸으나 모두가 허사였지요. 이미 하늘나라 임금님의 모든 엄격한 조치가 이루워져 오두막은 사람의 인기척이 사라지고 재단사와 햇님 달님도 자취를 감추었습니다. 이별의 슬픔은 오래 남는 법입니다. 햇님달님 공주님은 비록 당나귀 총각과의 짧은 사랑을 나누웠지만 이미 모든 것을 각오한 바라 인간 세상에 떨어져 생로병사의 고통속에 살다가 죽는다 하더라도 아무런 후회는 없었습니다. 자기 자신이 선택한 지고 지순한 사랑을 했고 아무런 댓가나 어떤 욕심도 없는 마음속에서 우러난 진실한 사랑을 했으니 무엇을 더 바랄 것도 없었습니다. 그 동안의 행복했던 순간들을 떠 올렸습니다. 환희의 순간들이 주마등처럼 지나갑니다. 당나귀 총각 역시 조금은 허탈하고 허망한 꿈속을 헤매는것 같지만 인연이 거기 까지라면 어쩔 수 없는 것이라고 체념하기로 했습니다. 어차피 인간세상의 모든 일들이란 원래부터 영원한 것은 없는 법입니다. 영원한 즐거움도 없고 끝없이 이어지는 고통이나 슬픔 또한 없는 것이 이 세상의 이치입니다. 솔로몬도 말했지요. 이 또한 지나가리라. 〈This too shall pass away〉. 또 다시 그런 상황이 온다해도 이 길을 택할 수 밖에 다른 길은 없다고 생각 했습니다. 두 사람의 사랑이 이 지경에 까지 이른 것을 모를리 없는 하늘나라 임금님께서는 시간이 지나가며 노여움도 차츰 가라 앉으면서 두 청춘 남녀의 애절한 사랑에 대해서 매우 안타까워 하는 마음이 생기게 되었습니다. 너무나 가혹한 처벌이 아닐까 하는 생각도 들었지만 그러나 법도는 매우 준엄해서 한번 내려진 명령을 또 다시 번복하여 거두어 들일 수가 없었다고 합니다. 어쩔 수없이 별도의 예외 규정을 두어 만일 이 두 청춘 남녀들이 인간세상에서 못이룬 사랑을 슬퍼하며 서로를 그리워하다가 마침내 늙고 병들어 생을 마치게 되면 하늘나라에 다시 태어 나게해서 원없이 그들의 사랑을 이어갈 수 있도록 허락하여 주겠노라고 약속을 했다고 합니다.

이렇게 하여 이 두 사람의 연인은 인간 세상에 같이 살면서도 이 세상에서는 다시 만날 수 없는 눈물의 세월을 보낼 수 밖에 없었습니다. 수 많은 세월이 흐르고 그들이 파란만장한 생을 마치게 되었을 때는 약속이나 한 듯이 한날 한시에 이 세상을 떠나 하늘 나라로 동행하게 되었답니다. 이는 모두 하늘나라 임금님이 두 청춘 남녀를 어여삐 여겨 크게 배려를 하여 은혜를 내린 것이 라는데 이렇게 짧은 이승에서의 사랑은 저 하늘나라까지 이어져 영원히 헤어지지 않고 끝없는 사랑으로 다시 꽃피우게 되었다는 이야기입니다.

훗날에 동진이 마을이 생기고 이 산골짜기에도 사람들이 모여서 살게 되었습니다. 당나귀 총각과 햇님 달님의 지고 지순한 사랑 이야기가 끊이지 않고 대대로 전해져 마을 사람들이 모두 가슴 아파하였고, 그 샘물 터에 우물을 파고, 온 마을 사람들이 이 우물을 사용하게 되었습니다. 아무리 가물어도 물이 줄지 않고 아무리 비가 쏟아져 장마가 지고 산지 사방에 건수가 터져도 우물물은 항상 더 이상 늘지도 않고 일정했습니다. 여름에는 차고 시원했고, 겨울에는 따뜻하고 달았습니다. 마을 사람들이 이구 동성으로 말하기를 이들 두 청춘남녀의 어떤 어려운 고난에도 변하지않는 지고지순한 일편단심 한결같은 사랑 때문이라고 말했습니다. 마을에서는 이 우물을 언제부터인가 〈큰 우물〉이라고 불러 왔으며 천여년 이상을 꾸준히 변함없이 사용해 오고 있었습니다. 해마다 팔월 대보름과 정월 대보름날 동산위에 둥근 보름달이 떠 오를 때면 온마을 사람들이 우물가에 모여서 풍물을 치며 흥거운 놀이를 통해 옛날 옛날 그 옛날에 있었던 당나귀 총각과 햇님달님의 슬프고도 아름다운 사랑을 위로 하였으며 저 하늘 나라에서 나마 행복하게 그 사랑이 영원히 지속되기를 빌었다고 합니다.

(5) 마이산 등정기(馬耳山 登頂記)

천지가 어둠으로부터 빛이 있고 땅 덩어리가 처음 생겨났을 때에 마이산 두 봉우리는 그냥 펑퍼짐한 돌맹이에 지나지 않았습니다. 밋밋하고 뽀얀 두 개의 돌맹이가 서로 조금 떨어진 곳에 생겨 난 것입니다. 통통하고 아름답기는 했지만은 굴곡도 없고 전혀 색 다른 특징이 있는 것이 아니어서 그 근처에 사는 사람들 어느 누구도 관심조차 두지 않았습니다. 다만 그 돌맹이 가운데 작은 돌기가 솟아 조금 붕긋해 보이긴 했습니다. 그러던 것이 수많은 세월이 지나고 나서야 어느 때부터인가 그 밋밋하던 돌맹이가 땅속 뿌리에서 부터 조금씩 조금씩 자라나기 시작했습니다. 여러해 동안 그렇게 자라나더니 결국에는 아주 탐스러운 두 개의 바위산 봉우리로 자리잡아 동쪽과 서쪽에 돌출하여 서로 마주보며 서있게 된것입니다. 이 마이산 두 봉우리로부터 남쪽으로 십여리 떨어진 곳에는 아주 작지만 움푹 파인 웅덩이 하나가 있었는데 처음부터 물은 고여 있지 않았고 그냥 마른 웅덩이였다고 합니다. 마이산 두 봉우리로부터 이 마른 웅덩이까지 그 주변 일대는 풀과 나무가 잘 자라지 않는 그냥 맨땅이었습니다. 둥그스럼한 능선은 그렇다고 황무지는 아니고 부드러우나 찰진 황토색의 넓은 평원을 이루고 있었습니다. 자세히 보면 작은 풀씨들이 드문드문 이미 싹을 틔워 자라고 있는 모습을 볼수는 있었지요. 이곳 마른 웅덩이로부터 남쪽으로 십여리를 더 내려가면 그때까지 펑퍼짐하게 외줄기 능선으로 쭈욱 이어져 내려가던 산 줄기가 갑자기 양갈래로 갈라지며 한쪽은 동쪽으로 또 한쪽은 서쪽으로 길게 뻗어 내려 갔습니다. 양갈래로 능선 줄기가 갈라지면서 점점 나무와 풀숲이 무성해 지며 마침내 깊은 골짜기를 만들더니 드디어 대단한 밀림을 이루었습니다. 그곳은 햇빛도 들어오지 않아 그늘지고 음습한 곳이었습니다. 나무와 풀숲을 헤치고 들어가 보면 두 개의 바위가 갈라진 틈에서 계곡쪽으로 샘물이 흐른 흔적을 발견 할 수가 있었는데 여러 가지 주변 정황으로 보아 항상 흘러 넘치는 샘물은 아니어서 평소에는 그저 마르지 않고 축축하게 젖어 있는 상태였습니다. 자세히 살펴보면 원래 샘물의 원천은 두 군데 인데 위와 아래쪽 두 군데에 샘 구멍이 있었던 것입니다. 위쪽의 샘물은 하루에도 몇 번씩 간헐천(間歇泉)처럼 분출하기도 했지만 오랫동안 지속되는 것은 아니고 잠시만에 그치고는 했습니다. 이렇게 분출되는 위의 샘물은 맑지도 않고 혼탁한 편이어서 마치 장마철에 아무데서나 솟구치는 건수처럼 먹을수는 없고 반가운 것은 아니였지만 다만 그 아래쪽 평야지대에 농사를 짓는 사람들에게는 이 물이 흘러들어 가면 곡식이 잘된다고 해서 따로 모아 두기도 했던 것입니다. 그러나 무엇보다도 마이산 근처에 몰려 살고 있는 사람들에게 전해지고 널리 알려진 이야기로는 아래쪽 샘물에 관한 매우 흥미있는 이야기입니다. 그 샘물의 맛으로 치면 천하의 일미요, 어느 누구도 그 샘물을 한 모금 원없이 들이키고 나면 세상에 다시없는 희열과 기쁨에 온몸이 환희의 절정을 맛보게 된다는 것입니다. 그러나 이 샘물은 어느 누구나 아무 때고 얻을 수 있는게 아니어서 여러 가지 난관과 까다로운 절차를 무난히 마치고서도 특별하게 만들어진 모양의 도구를 가지고 있는 사람만이 이 샘물을 얻을수 있고, 그 맛을 느낄 수가 있다는 것이지요. 이 귀한 샘물을 그리 쉽게 얻을 수가 없는 법이지요. 샘물을 얻기 의해서는 땀을 흘리며 정해진 등산로를 따라 마이산 두 봉우리 등정을 마친 연후라야 그 샘물가로 내려 갈수가 있다는 것입니다. 등정은 물론 저 아래 산 입구로부터 차근 차근 더듬어 올라야 함은 당연하구요. 마이산 등정을 하려는 등반자는 마치 피아노와 피아니스트처럼 때로는 부드럽고 느리게 또 때로는 격정속에 빠르게 현란한 손놀림으로 바위틈을 타고 올라야 한다는 것이지요. 급한 마음에 계곡 속에 샘물 만을 욕심내서 그 쪽으로 접근하다가는 그야말로 큰 봉변을 당한다는 것입니다. 귀한 샘물을 얻기위한 절차와 순서를 무시하고 술수를 쓰거나 속임수를 써서는 절대 안되는 것이지요. 들리는 말에 의하면 마이산 두 바위 꼭대기에는 검붉은 색의 둥그런 모양을 하고 있는 돌기의 흔적이 남아 있었는데 등정을 마치고 나서 이곳에 사랑과 환희의 입맞춤을 하고 부드러운 손길로 땀 흘리며 올라온 열정의 체온을 보내면 저 깊은 땅 속으로부터 그 아래 계곡쪽으로 맑고 시원한 생명의 물방울들이 비로소 땅속의 물길을 따라 흘러흘러 내려간다는 것입니다. 그리고 마침내 바위 계곡 아래쪽 생명의 샘 구멍으로 그 물 방울들이 흥건하게 고이기 시작한다는 것입니다. 이러한 소문의 대강은 세상에 널리 퍼져서 모두 잘 알고 있는 사실들이지만 그 등반 과정은 대단한 힘과 용기를 필요로 하는 것으로서 한창 혈기 왕성한 이팔청춘 사내들이 아니면 불가능했던 것이지요.

한때는 소문만 듣고 산자락 밑에서 어슬렁거리며 등정에 욕심을 내서 몇 발작을 산속으로 들여 놓을라 치면 마이산의 아름다운 두 바위 봉우리는 온데 간데 없어 찾을 길이 없고 마이산 등반은 고사하고 갖가지 헝겊조각들이 펄럭이며 눈앞을 어지럽히고 가시 철조망들이 앞을 막아 어딘지도 모를 캄캄 절벽 미로를 헤메다가 정신만 혼미해진 상태에서 절벽 밑으로 내 동댕이쳐지고 만다는 것입니다. 목숨을 부지하는 것만도 다행이고 심하면 목숨까지 잃어 버린다고 했으니 감히 그뒤로 여간 해서는 접근하기 조차 쉽지 않다는 소문이 자자했습니다. 이러한 소문들이 전국 방방곡곡에 퍼져나가자 나름대로 힘깨나 쓴다고 생각하거나 똑똑하고 꾀가 많다는 팔팔한 젊은이들이 관심을 보이며 용감하게 도전해 보았지만 마이산 산자락에 발도 들여 놓지 못하고 물러갔다고 합니다.

알고 보면 그것은 모두 마이산에 살고 있는 아름다운 한 처자의 술법 때문이었습니다. 마이산 북쪽에는 낙락장송 푸르른 소나무 숲아래 어여쁜 처자가 살고 있었습니다. 이 처자는 마이산이 이 세상에 태어날 때부터 같이 이 세상에 나와서 함께 크며 자라고 있는 처자로서 마이산 일대의 실제적 주인인 것입니다. 마이산 붕긋한 두 봉우리와 그 아래 물 없는 웅덩이를 지나서 양갈래로 갈라저 내려간 계곡의 밀림 속 깊은 샘물까지 그 일대는 모두 그녀의 관활 지역인 것입니다. 그녀는 지금 한창 피어나는 이팔청춘 아리따운 처자로서 치렁치렁한 머리를 곱게 빗어 양 갈래로 땋아 내리고 개미처럼 가는 허리에 조금은 연약해 보이지만 남이 따를 수 없는 미모와 똑똑함을 갖춘 훌륭한 처자로 성장하고 있었습니다. 그녀는 처자의 몸으로 오랫동안 마이산과 함께 자라오면서 어린 시절부터 각종 도술과 신통술을 연마해 왔으며 축지법도 능숙하게 쓸수 있는 진정한 도술처자로 거듭나고 있었습니다. 이러한 각종 도술들은 남을 공격하거나 쓰러 뜨리기위한 것이 아니라 오로지 마이산 일대의 두 봉우리와 계곡의 중요한 샘물 두곳등을 지켜내기 위한 어쩔수 없는 방위 수단으로서 수련을 해오고 있었던 것이지요. 처자의 운명은 마이산과 함께 이 세상에 나와서 마이산과 함께 운명을 같이 하기로 숙명 지어져 있었던것입니다. 그리하여 처자는 자신의 몸과 다름없는 마이산의 신성하고 아름다운 품위를 잃지 않도록 최선을 다해 오고 있었던 것이지요. 처자는 마이산의 초입부터 갖가지 술수를 걸어 조금이라도 좋지 않은 의도를 가지고 접근하는 자는 아예 초반부터 혼줄이 나서 스스로 줄행랑을 치도록 해 놓았습니다. 감히 언감생심 불순한 마음을 가지고 접근하는 등반자들의 야욕을 초반에 의지를 꺾어 놔야 다시는 쓸데 없는 귀찮은 행동을 하지 않을 것을 알고 있었기 때문입니다. 처자의 눈에 들지 않는 그 어느 누구도 결국은 마이산 등정이 꿈도 꿀 수 없는 어려움이 있다는 것을 알 수 있지요. 나이가 들어 갈수록 마이산 처자는 스스로에게 다짐 했습니다.

"마이산 두 바위 봉우리와 그 아래 계곡 속 샘물은 내가 가장 아끼고 소중하게 여기는 곳이다. 내 몸이 신성한것처럼 이 곳을 욕심 내는 그 어떤 자에게도 쉽게 허락하지는 않을 것이다" 세월이 갈수록 자신의 몸과 마이산 일대의 모든 것들이 더욱 더 소중해저 가는 것을 깊히 깨닿아 가고 있었던 것입니다.

다만 이렇게 마이산 등정이 처자의 허락과 도움아래 이루워 진다고 해도 그 아래 계곡속의 맑은 샘물을 꼭 얻어서 자기만의 환희와 절정을 느끼게 된다고 보장할 수 있는 것은 아닙니다. 이 생명의 물을 얻을수 있는 방법은 특별한 모양의 도구가 필요 했던 것입니다. 이 도구는 마이산 처자의 것이 아니고 마이산 등반자의 소유여야 합니다. 등반자는 이 도구를 항상 휴대해야 했지만 그 사용법은 누가 꼭 가르쳐 줘서 익히는 것은 아니고 스스로 터득해 나가야 하는 것이지요. 물론 처자도 자신의 물건은 아니지만 최근 이 도구의 대체적인 모습쯤은 본능에 의해서 모르는 바는 아니지만 실체적이며 구체적인 모습은 구경한 일조차 없습니다. 처자의 허락을 얻어 마이산 등정을 힘겹게 마치고 이 특수한 모양의 기구를 휴대한 용감 무쌍한 사나이만이 그 깊은 숲속의 생명의 물을 길어 그 신비한 맛을 음미할 수 있을 것입니다. 한 마디로 말해서 마이산의 등정과 이 생명수를 얻을수 있는 길은 처자와 등반자의 상호 협조 없이는 어떠한 일이 있어도 불가능한 일이라는 것입니다. 이팔청춘의 봄을 맞은 처자는 물오른 버들가지 모양 싱싱하고 팽팽한 몸매는 아름다운 마이산 두 봉우리와 함께 주위의 모든 사람들에게 선망의 대상이 되고 있었지요. 마이산에도 봄빛이 무르 익어가고, 온갖 새들이 나뭇가지 사이로 이리저리 날아 다니고, 이름 모를 꽃들이 서로 다투어 피어나고 있었습니다. 처자도 요즈음은 봄바람 탓인가 나른해 지려는 마음을 가다듬고 심신 수련을 게을리 하지 않으려 노력하고 있었습니다. 잠시라도 마이산 둘러 보기와 제 몸 돌보기 수련을 게을리 할까봐 긴장의 끈을 바짝 조여가고 있었지요. 햇볕이 따사롭고 새파랗고 싱싱한 청춘의 봄이 마이산에 무르익어 가고 있었습니다.

그 시절 언제부터 인가 정확히 알수는 없지만 동진이 산골짜기에도 한 사내 아이가 태어나서 무럭무럭 자라나고 있었습니다. 마이산 두 봉우리가 처음 이 세상에 태어 날 때 보다는 조금 앞서인듯 합니다.

이 아이는 태어 날 때부터 앞니 두 개가 나 있었는데 그 뿐 아니라 돌이 되기도 전에 말도 하며 잘 걸었다고 합니다. 자라면서 하나를 들으면 열을 알고 스스로 깨우쳐 공부하기를 좋아 했습니다. 마을 사람들이 이 아이의 언행을 살펴 보고는 앞으로 남들이 하지 못하는 큰 일을할 만한 인물이 태어 났다며 모두들 칭찬 하기를 주저하지 않았습니다. 훌륭히 성장하여 마을과 나라를 위하여 큰 인물이 되기를 진심으로 바라고 있었습니다. 아이는 차츰 자라 어느틈에 열 일곱 꽃다운 청년이 되었습니다. 넉넉하지 못한 가세 때문에 매일같이 나무를 하기도 하고 적은 농사도 지으면서 틈틈이 책을 보며 열심히 공부도 하더니 마침내 학문과 지혜를 따를 사람이 없게 되었습니다. 신체도 건강하여 힘도 황소 같은 장사로 호랑이도 겁내지 않았지요. 마을사람들은 이처럼 학식과 인품이 훌륭하게 자란 청년을 보고 모두들 〈도령〉이라고 부르고 있었습니다. 도령이 그냥 이름겸 애칭 겸해서 별명이 된것이지요. 그러던 어느날 청년은 나무를 하러 능골 고개를 넘고 시냇물을 건너서 함박산으로 올라 갔습니다. 함박산 병풍바위와 그 옆의 ㅈ(지읒)자 바위를 살펴 보다가 한 신선을 만나게 되었습니다. 신선은 하얀 머리에 하얀 수염을 한 백발의 노인이었지만 얼굴은 홍안 소년 같았고 목소리는 대장군 같은 위엄이 있었습니다. 신선은 지읒자 바위에 앉아 두눈을 감고 참선을 하다가 청년을 보자 "젊은이여! 이리 가까이 오너라" 하고 말했습니다. 청년은 한눈에 보아도 범상치 않아 보이는 노인을 보고는 얼른 노인의 옆으로 다가 갔습니다. 그러자 노인은 가까이 온 청년을 잠시 바라보더니 "내 너를 보니 기상이 넘쳐나 보인다. 만일 네가 원한다면 오늘부터 내 너에게 심신 수련과 세상의 이치를 깨우치는 학문을 가르쳐 주겠노라." 청년은 신선 노인의 가르침에 따라 그날부터 열심히 심신 수련을 해 나가기 시작 하였습니다. 몸과 마음을 갈고 닦기 위하여 천문 지리는 물론이고 명상과 각종 신비한 도술에도 깊은 관심을 가지고 공부하게 되었지요. 태어 날 때부터 특출한 지혜를 갖고 있으면서 훌륭한 스승을 만나게 된 청년은 나날이 일취 월장하는 학문과 도술을 마침내 따를 자가 없게 되었습니다. 신선 노인은 어느날 청년에게 말했습니다.

"너는 이제 네 스스로 공부하고 심신을 수련하여 나가도록 하여라. 나의 학문과 도술은 더 이상 너를 가르칠것이 없도다." 이렇게 말을 하고는 신선은 홀연히 자취를 감추었고 그 노인이 사라진 이후 다시는 함박산 일대에서 더 이상 이 신선 노인은 만날 수가 없었다고 합니다. 신선이 떠나고 나서도 이 동진이 청년은 함박산 지읒자 (ㅈ)자 바위를 매일 같이 찾아와 명상과 심신수련을 게을리 하지 않았습니다. 함박산 병풍바위 근처에는 지금도 그가 예전에 몸과 마음을 단련하고 명상을 하던 널따란 평지가 있고 마당만한 바위가 자리잡고 있다고 합니다. 이곳 일대 함박산에서 동진이 마을을 내려다 보면 마을 전체가 한눈에 그림처럼 다가 옵니다. 동진이 도령이 사방 여덟자의 바위 세 개가 포개어져 있는 지읒자 바위에 가부좌를 틀고 앉아 명상에 들어가면 뒤에 있는 병풍바위가 기(氣)의 흐트러짐을 막아주고 저 아래 안산과 동진이 골짜기의 기운이 가슴속으로 들어와 온갖 잡념이 사라지고 초 자연의 힘을 얻게 되는 것이지요. 알고 보면 함박산의 신선노인과 동진이 청년이 앉아 명상을 하던 곳이 이곳 지읒자 바위인 것입니다. 청년으로 자라난 동진이 도령은 점차적으로 사람의 마음을 꿰뚫어 볼수 있는 독심술과 자유 자재로 몸을 감추고 변화 시키는 둔갑술등에도 심취하고 있었습니다. 마음의 눈이 밝아 지면서 눈을 감고 있어도 천리안의 지혜를 얻어 나라안 곳곳의 소식도 훤히 알고 있었지요. 동진이 도령은 그동안 소년시절부터 청년이 되기까지 오랫동안 신선으로부터 심신 수련을 할때는 전혀 아무런 감정이나 별다른 느낌이 없었는데 요즘은 이상하게도 마이산 일대의 봉긋한 두 바위 봉우리와 그 아래 숲속 계곡의 관하여 자꾸만 마음이 쏠려가고 있었던 것입니다. 그 뒤로 어떤 생각이 떠 오를 때 마다 여러가지 술법과 명상을 통하여 마이산 처자가 살고 있는 그 일대의 두 봉우리와 이제까지 가보지 못한 처녀지 깊은 계곡 생명수를 맛보고 싶은 참을수 없는 충동이 몰려오곤 했습니다. 그리고 인간세계에 떠도는 소문과 어려운 등반 과정을 모두 잘 알고 있었으므로 신중한 접근이 필요 할 것 이라는 정도는 동진이 도령도 모를 리가 없었지요. 따지고 보면 요즈음 동진이 도령이 마이산 처자에 대하여 깊은 관심을 가지게 된 것은 어쩔 수 없는 인간의 본능이며 신의 섭리라고 할 수 있을 것입니다. 동진이 청년 도령에게는 하지만 피할수 없는 운명으로 다가 왔습니다. 명상으로 단련된 청년의 탄탄한 정신세계도 요즈음은 마이산 처자의 생각 일부가 똬리를 틀고 앉아서는 좀처럼 밖으로 나갈 기미가 보이지를 않고 있었습니다. 청년도 그 문제로 매우 혼란 스럽고 고뇌의 시간을 보내고 있었지요. 술사들만이 알고 있는 지혜와 영감을 통해 이는 분명 마이산 처자와의 피할 수 없는 운명적 만남이라는 것 정도는 짐작하고 있었습니다. 햇살이 따뜻한 어느 봄날 동진이 도령은 함박산 지읒자 바위에 가부좌를 틀고 앉아 깊은 명상에 들고 있었습니다. 저 앞의 안산과 동진이 골짜기에서 불어오는 봄바람이 함박산 병풍바위에 가로 막혀 또 다시 능골 산골짜기로 쏟아져 내려갑니다. 서돌 일대의 진달래 꽃이 흐드러지게 피어 있고 동진이 마을 안에 피어난 복숭아 꽃이 모닥불을 지핀 것처럼 장관인데 하늘 위에는 흰 구름이 유유히 흘러가는 나른한 낮 한때 도령은 일어나는 봄철의 감흥을 주체할 수 없어 솟구치는 본능을 이성으로서 힘겹게 진정시키고 있었습니다. 그런데 그때 머릿속을 스쳐가는 한줄기 영감을 따라 하얀 백지위에 연필을 몇 번 끄적 거리더니 고히 접어 입에 물었습니다. 그리고는 또 다시 깊은 명상에 빠져 들었습니다. 마음이 있으면 길이 보이나니 도령은 한 마리 새가 되어 하늘 높이 창공을 차고 날아 올랐습니다. 그리고는 이내 남쪽으로 머리를 돌려 흰구름이 흘러가는 푸른 하늘을 거침없이 날아 갔습니다.

봄을 맞아 처자는 더욱 분주해 졌습니다. 계절이 바뀔 때 마다 더욱 부드러워지고 탄력적인 두 봉우리를 보고 그 아래쪽 계곡도 열심히 살펴보고 있는 중입니다 숲은 나날이 울창해 지고 있었으며 마른 웅덩이 근처에도 이름모를 잡초들이 무성하게 자라나고 있는 중입니다. 처자는 이곳 저곳을 두루 살펴보고 위험한 곳은 더욱 방비를 튼튼하게 하기위해 가시철망과 장막을 쳐서 잡인의 접근을 철저히 봉쇄하기로 했고 곳곳에 또 다른 방해물도 설치하기로 했습니다. 갈수록 마이산 등정은 더욱 어려워 질 뿐입니다. 처자는 나날이 푸르러 가며 아름답게 변모해 가는 평퍼짐하고 미끈한 능선을 바라보며 매우 만족해 하고 있었으며 흥에 겨워 콧노래가 흥얼거려 지기도 합니다. 마이산 처자가 만족한 마음으로 입가에 누구도 알 수 없는 야릇한 미소를 머금고 햇살이 나른한 봄날의 오후를 보내고 있을 때 스치듯 머리위를 날아가는 새 한 마리가 나풀 나풀 종이 한장을 떨어 뜨렸습니다. 그리고는 잠간 사이에 멀리멀리 북쪽 하늘가로 사라져 갔습니다. 처자는 종이 쪽지가 땅바닥에 닿기도 전에 잽싸게 낚아 채서 펼쳐 보았습니다. 종이 쪽지에는 그림이 그려져 있었습니다. 구멍이 뚫린 커다란 자루 끝에 표주박이 달려 있었습니다. 그림 편지라 !! 처자가 잠시 생각에 잠겨 종이 쪽지를 살펴 보는데 한쪽 귀퉁이에는 〈동진이 도령〉이라고 다섯 글자가 선명하게 서명되어 있었습니다. 처자는 놀랬습니다. 요즈음 처자의 가슴 속에 계속 맴도는 한가지 의문이 있었습니다. 마이산 저 아래쪽 깊은 계곡속에 맑은 샘물을 퍼 올릴 수 있는 기구는 과연 어떻게 생겼을까? 내가 장차 마음에 드는 어느 누가 있어 그가 만일 마이산 두 봉우리를 무사히 등정하고 나서라도 계곡속에 깊이 자리잡고 있는 그 생명수를 과연 퍼올려서 맛을 볼 수 있을 것인가. 그리고 나로 하여금 이 아름다운 마이산 일대를 지켜온 보람과 환희를 느끼게 하여 줄 것인가. 그가 진정으로 그러한 도구를 자기 몸에 지니고 있을 것인가? 이러한 걱정 거리들이 떠 올랐던 것입니다. 중이 제 머리 못 깎는다고 각가지 신통술을 가지고 있는 처자로서도 이런 사소할 것 같은 인간사에는 숙맥 같아 뾰족한 해답을 찾기가 쉽지 않았던 것입니다. 도구의 형상이 막연히 떠 오르기는 하지만 실체적 형상은 아직 오리무중으로 마음 속에만 담고 있었던 것이지요. 그런데 이 그림은 그러한 처자의 궁금한 심중을 족집게처럼 명확히 꼭 집어낸 것과 다름 없어서 남몰래 먹은 마음을 내 보인 것 같아 놀라움을 금치 못한 것입니다. 처자는 생각하기를 내 속 마음을 아무도 모르고 있을 터인데 이렇게 내속을 꿰뚫어 알수 있다는 것은 학문과 도술이 뛰어난 어느 초인이 있어 나를 시험하고자 함이라. 그렇다면 이 사람은 과연 누구란 말인가. 처자는 몹시 설레이기도 했지만 한편으로는 두려운 마음도 없지 않았습니다. 계절이 봄이라서 꼭 그런 것만은 아닐 것입니다. 하지만 분명 처자의 몸에도 봄은 오고 봄바람에 마음도 아지랑이처럼 하늘거리며 하늘위로 올라갑니다. 처자는 동진이 도령에 대하여 궁금한 것도 많고 알고 싶은 것도 생겼습니다. 흩흐러지려는 마음을 가다듬고 정신을 집중해서 깊히 깊히 명상속으로 빠져 들었습니다. 마이산 처자에게 있어 수천리 산과 바다 강물 따위는 문제가 될리 없습니다. 몇 개의 산 봉우리 따위는 마음만 먹으면 한 두 발짝에 건너 뛰어 단숨에 수백리길을 내달릴수 있습니다. 생각과 몸이 일치하고 어우러지면 같이 날고 같이 뛰고 생각하는 것이 행동으로 옮겨지고 행동하는 것이 곧 생각과 다름이 없습니다. "가자, 동진이로" 처자는 마음의 결정을 하자 곧 행동으로 옮깁니다. 조금전 새가 날아간 북쪽 하늘을 향해 날렵하게 몸을 솟구쳤습니다. 바야흐로 술사들 사이에서만 이루워 질 수 있는 신비한 도술이 천리강산을 사이에 두고도 이웃 마을에 마실 다니듯 아무런 장애가 되지를 않았던 것입니다. 짧은 시간이 지나고 처자의 몸은 이미 생각을 따라 동진이 도령이 사라져간 북쪽 하늘을 향하여 바람과 같이 날아가고 있었습니다. 잠시후 산골짜기 사이에 아담한 마을 하나가 발 아래 시야속으로 들어옵니다. 마을의 형상을 살펴보니 뒷동산이 마을을 감싸고 북풍을 막아주고 어미닭이 병아리 몇 마리를 품에 안 듯 초가 몇채를 품고 있었습니다. 마을앞으로는 논밭이 펼쳐있고 그 가운데로는 시냇물이 흘러가고 있었습니다. 개울 건너에 안산이 자리잡고 그 넘어로 함박산의 지읒자 바위며 병풍바위등이 둘러서서 내려다 보고 있는 아늑한 마을이었습니다.

"오호라, 이런 곳이 정말로 있었던고, 천하에 명당이로다." 처자의 입에서는 절로 감탄이 흘러 나왔습니다. 슬그머니 마을로 들어서서 도령에 대한 부족한 정보도 귀담아 들었습니다. 그리고는 길게 탄식했습니다. "내가 진정 우물안 개구리로다, 내가 전혀 모르고 있던 도령이 이런 곳에 살고 있다니." 처자가 혼자 중얼거렸습니다.

"내가 그 동안 세상을 나름대로 잘 안다고 자부해 왔는데 물고기가 그물을 빠져 나가듯, 한 마리 대어를 놓치고 있었구나." 마이산 처자는 동진이 도령에 대해서는 아는 것이 아무것도 없는 것을 크게 한탄했습니다. 깊히 깨닫고는 세상 천지가 생각보다 넓고 뛰어난 인물도 또한 많구나 하고 새삼스럽게 느꼈던 것입니다. 자칫 교만스러웠던 자신의 생각을 동진이 도령으로 인해서 더 넓은 세상을 볼수 있는 안목이 생겼습니다. 그러나 동진이 도령을 만나 보지는 않고 그 길로 뒤돌아 섰습니다. 인연이 끝나지 않는 다면 또 만날 수 있는 기회는 꼭 다시 오리라 믿었기에 그 때를 기다리기로 했지요.

마이산으로 돌아온 처자는 그 뒤로도 한가지 의문을 계속 풀지 못하고 있었습니다. 동진이 도령은 내가 살고 있는 그 깊은 계곡의 생명수를 퍼 낼 수 있는 그 도구를 어찌 알았으며 내가 요즈음 이런저런 고뇌를 하고 있는 것을 어찌 알고 그런 그림을 그려서 보낸 것일까 하는 의문이 꼬리를 물고 있었던 것입니다. 처자의 생각과 관심은 이제 동진이 도령에게로 옮겨가고 있었습니다. 수 많은 낮과 밤이 동진이 도령의 생각으로 채워지고 있었습니다. 그러던 중에 한가지 결론을 얻어 냈습니다. 그림 쪽지가 날아 왔으니 처자도 그림 쪽지의 답신을 보내기로 한것입니다. 탐스럽고 밋밋한 마이산 바위절벽의 두 봉우리 저 아래쪽에 계곡과 밀림, 그리고 보일 듯 말 듯 감춰진 샘물 그림입니다. 쭉 뻗어 내려간 두줄기 산자락이 만든 깊은 계곡에 우거진 숲이 있고 숲속에 작은 생명수가 솟는 옹달샘이 그려진 한폭의 산수화입니다. 처자는 이 그림을 동진이 도령에게 보내기로 마음 먹었습니다. 샘물과 표주박이라, 음양이 잘 맞는 것 같습니다. 그림 쪽지는 곧 바로 동진이 도령에게로 날아 갔습니다.

봄이가고 여름이 짙어가고 있었습니다. 동진이 도령은 처자의 답신을 기다리고 있었지만 봄이 다 지나 가도록 마이산처자로 부터는 아무런 소식이 없었습니다. 분명히 답장이 오리라고 믿었지만 계절이 바뀌고 여름이 오자 사람인지라 도령은 조금씩 초조해 지기 시작 했습니다. 오늘이나 오려나 해가 지고 나서 저녁 때나 오려나 하며 일일이 여삼추로 학수 고대하는 날들이 계속되고 있었지요. 마음은 초조했지만 자존심을 굽히기는 싫었습니다. 그리고 한편으로는 처자의 답신이 분명히 올라 올것이라 믿었지요. 그날도 동진이 도령은 창문을 활짝 열고 심호흡을 하며 명상 속으로 들어가 혼란 스러운 마음을 정화 시키며 조용히 눈을 감고 앉아 있었습니다. 한줄기 시원한 바람이 불어 오는듯 하더니 종이 한 장이 나비처럼 나부끼며 방안으로 날아 들었습니다. 짐작 가는바 있어 도령은 얼른 종이 쪽지를 잡아 펼쳐 보았습니다. 숲속의 옹달샘이 그려져 있었습니다. 동진이 도령은 그 때서야 얼굴에 만족한 웃음을 띠우고

"옳거니, 처자가 나의 뜻을 제대로 읽었군." 하고 신이 나서 말했습니다. 그리고 천천히 그림을 뜯어 보며 생각에 잠기더니

"이는 분명 나의 뜻을 확실히 이해 했을 뿐만 아니라 나를 허락 함이라, 나를 받아 주겠다는 뜻이 아닌가." 동진이 도령은 쾌재를 부르며 곧장 마음을 적어 보내고도 싶었지만 너무 경솔한짓 같기도 해서 좀더 시간을 갖고 생각해 보기로 했습니다. 그 동안 마이산 처자 생각에 마음 고생하며 소홀히 했던 몸과 학문 수련에 더욱 힘쓰며 조금은 마음의 평정을 찾아가게 되었습니다. 느긋한 마음으로 때를 기다리며 하루하루를 알차게 후회 없이 보내기 위해 노력하고 있었습니다. 그러는 사이에 어느덧 가을이 지나고 겨울철에 접어들고 있었습니다. 날씨가 추워지는가 했더니 금방 흰눈이 소복히 쌓여 온 천지가 하얗게 변했습니다. 그동안 동진이 도령과 마이산 처자는 서로 떨어져 있으면서도 자기 자신과 상대방에 대해서 끊임 없이 생각하고 있었지요. 다만 시간적 여유를 가지고 좀더 차분하고 냉정하게 지금의 상황과 느낌을 정확하게 알아 보고자 했던 것입니다. 내가 상대방에게 가지고 있는 이 느낌이 진정한 애정에서 나오는 신뢰인가. 그는 진정한 나의 동반자인가. 여러 가지로 일어나는 의문에 대해 좀더 냉정하게 생각해 볼 시간이 필요했던 것이지요. 그렇게 고뇌의 시간이 흘러간 것입니다. 그동안도 두 사람은 비록 몸은 멀리 떨어져 있지만 마음을 열고 교류 하는 데는 이웃에 사는 사람들처럼 아무런 장애가 없었습니다. 한번 마음이 가고 또 한번 마음을 받고 보니 신뢰와 정이 세월과 함께 쌓여만 가는 듯도 합니다. 이제 두사람은 그들 사이의 믿음과

신뢰가 흔들림 없는 마음이라는 것을 세월이 가면 갈수록 더욱 깊이 깨닳아 갔던 것입니다. 그러던 어느 겨울밤 동진이 도령은 큰 결심을 하고 마이산 처자에게 그림 한 장을 그려서 다시 보내기로 했습니다. 동산에 막 떠오르는 둥근 달을 그린 그림입니다. 보름달이 떠 오르는 날 그날에 찾아와 만나고 싶다는 의미를 마이산 처자에게 전했던 것입니다. 물론 처자도 동진이 도령의 그 뜻을 금방 알았지요. 그동안 시간적 여유를 가지고 서로에 대해서 관심을 갖고 많은 것을 깊이 생각해 왔습니다. 일시적 호기심이나 철없는 생각이 아니란 것은 마이산 처자도 이미 같은 마음입니다. 다만 처자로서 먼저 나서기가 조금은 망설여 졌으므로 동진이 도령의 뜻을 기다린 것뿐이지요. 이제는 서로 터 놓고 만날 수 있는 때가 되었다고 생각하고 있었지요. 또 하루 속히 만나보고도 싶었던 것이 숨길 수 없는 진심이기도 했구요. 처자는 도령이 보내준 보름달 옆에 구름 한점을 그려 되돌려 보냈습니다. 마이산 처자의 장난기가 조금 발동 된것이지요. 도령이 그림을 되돌려 받고는 당황 했습니다. 그럴 리가 없을 터인데 그림을 되 돌려 보내다니 보름달이 떠오르는 밤에 찾아 오길 바라는 내 마음을 거절하는 것이 아닐까. 아니면 확실한 의미를 모르니까 되돌려 보낼 수도 있다고 생각했지요. 하지만 차분하게 그림을 뜯어보니 둥근달을 감싸고 구름 한점이 흘러가고 있었습니다. 그것은 좋은 소식에 틀림 없다는 생각이 들었던 것입니다. 구름에 달 가듯이 그렇게 가겠다는 뜻인 줄은 조금 늦게 깨 닳았지요. 달은 처자요 구름은 도령입니다. 드디어 구름이 달을 감싸고 드넓은 세상을 두둥실 떠나갑니다. 약속을 서로 해놓고 보니 이 또한 기다림이 지루한 것은 역시 마찬가지입니다. 원래 기다림이란것 자체가 지루한 법이지만 연인들 사이에서의 기다림은 무엇 보다도 더 지루한 법이지요. 지루함 속에서도 세월은 똑 같이 흘러갑니다. 이윽코 동산에 둥그런 보름달이 떠 올랐습니다. 바람은 차고 대지는 꽁꽁 얼어 붙었습니다. 그러나 매서운 바람도 처자의 길을 막지는 못합니다. 그동안 처자는 도령을 만나기로 결심 하면서부터 여러 가지 할 이야기와 궁금한 것들을 머릿속에 그려 보았습니다. 동지섣달 기나긴 밤에 만단 설화를 나눠 볼까, 처자의 마음은 설레였고 또 처음 만나는 도령과의 밤이 기대도 되고 조금은 두렵기도했습니다. 처자는 겹겹이 쌓인 산 봉우리들을 단숨에 건너 뛰어 동진이 뒷동산 마루터기에 섰습니다. 겨울 찬 바람에 처자의 얼굴이 발그레하여 더욱 예뻐 보였습니다. 바람은 차지만 몸은 뜨겁습니다. 마을은 고요한 가운데 방문마다 희미한 불빛이 새어 나오고 두런 두런 사랑방 마실손님 이야기들은 정겹게 골목으로 흐르고 어데 쯤에서 인가 아직 잠자리에 들지 않은 아이들이 재깔 거리는 소리도 들려 옵니다. 평화스러운 동진이 마을의 겨울밤이 깊어가고 있었지요. 달빛은 은은하게 대지위에 내려와 앉고 엊그제 하얗게 내린 눈은 달빛을 받아 별빛같이 반짝 거리는 아름다운 밤이었습니다. 처자는 달 그림자를 밟으며 발 소리를 낮춰 조용히 동진이 도령의 집으로 발걸음을 옮겨가고 있었지요. 도령은 요즈음 밤이되면 긴 밤을 뒤척이며 잠을 못 이루는 때가 부쩍 많아 졌습니다. 설월(雪月)이 만창(滿窓)한데 바람아 부지마라/ 예리성(曳履聲)아닌줄은 판연히 알건마는/ 그립고 아쉬운 적이면 행여긴가 하노라/ 청구영언에 전해오는 작자 미상의 아름다운 시조입니다. 동진이 도령의 기다림과 그리움이 꼭 이와 비슷하지 않았을까요. 언제부터인가 동진이 도령 눈앞에는 우뚝한 마이산 두 봉우리가 아른 거렸습니다. 그리고 수많은 밤을 마이산과 마이산 처자에 대해서 생각해 왔습니다. 마이산 깊은 계곡 환희의 생명수가 흐르는 작은 옹달샘에 대해서도 생각이 스쳐 갔습니다. 그러나 환희의 생명수를 욕심내기에 앞서 마이산 등정을 포기할 수는 없는 일입니다. 그동안 수많은 세월동안 심신을 연마하고 쉬임 없이 학문을 공부 했건만 왜 오늘날 어찌보면 아무것도 아닐 수 있는 마이산 등정에 이다지도 마음을 빼앗기고 번뇌를 저 버리지 못하고 있는가 수없이 자책하며 마음을 다잡았지만 그 번뇌에서 완전히 자유롭지 못하고 그 테두리를 벗어나지 못한채 여러날 밤을 고통속에서 지새웠던 것입니다. 아무리 수양을 하며 덕성을 키우고 심신수련을 했다 손 치더라도 도령도 결국은 사람이었고 더욱이나 팔팔한 청춘인것을 부정할 수는 없었던 것이지요. 번뇌의 밤이 계속 되고 있었지만 언젠가는 그 고통속에서 벗어나 환희의 절정을 맛 보게 되리라 굳게 믿고 있었습니다. 그리고 그에 못지 않게 마이산 처자에게도 삶의 보람과 즐거움을 함께 할 수 있을 것이라는 생각을 해 오고 있었지요.

처자가 동진이 도령의 집앞에 도착해서 보니 아직 밤이 깊지는 않아서 대문은 지쳐져 있었으나 가만히 밀어 보니 잠긴 문은 아니었습니다. 처자가 오늘밤 찾아 올 것을 알고 기다리고 있었는지도 모릅니다. 처자는 대문안으로 소리없이 들어 섰습니다. 마주 보이는 도령의 방문에서는 희미한 등잔불빛이 스며 나오고 있었지요. 마당에는 달빛이 가득하고 고요한 적막이 흐르고 있었습니다. 뒷동산위에서 이따금 겨울 찬 바람이 쏴하고 불어 내려와 나뭇가지 위의 눈송이를 날립니다. 저녁 별빛이 달빛에 반짝이는 눈송이 같이 하얀 밤입니다. 처자는 발 뒤꿈치를 들며 발 소리를 낮추고 동진이 도령의 방문 앞으로 걸어 갔습니다. 이윽코 방문앞에 마이산 처자가 서 있습니다. 마음을 먹고 떠나온 길이지만 그러나 선뜻 도령의 방문고리에 손이 가지는 못합니다. 짧은 침묵의 시간이 흘러갑니다. 처자는 두근 거리는 마음을 심호흡으로 진정시키며 방안의 기척에 주의를 기울이고 가만히 서 있었습니다. "들어오시지요,"

고요한 밤공기를 가르며 도령의 목소리가 방문밖으로 흘러 나온 것은 바로 그 순간이었습니다. 예상 밖으로 도령의 목소리를 듣자 처자는 깜짝 놀랐습니다. 도령는 내가 문밖에 온 것을 어찌 알았단 말인가. 나쁜 짓을 하다가 발각된 아이마냥 처자는 조금 부끄러웠습니다. 이미 도령은 처자가 문밖에 와 있는 것을 훤히 알고는 들어오라고 하는데 여기서 또 어데로 갈 수는 없는 일이니 하릴없이 조용히 방문을 열고 도둑 고양이처럼 방안으로 들어 섰습니다. 희미한 등잔불빛이 방안을 비추고 있는데 방안 저 쪽 구석에 작은 나무 책상 하나가 놓여 있고 도령은 그 앞에 가부좌를 틀고 앉아 맞은 편 벽을 바라보고 있었습니다. 눈은 감았는지 뜨고 있는지 알 수는 없었습니다. "아랫목에 이불 깔아 놓았으니 따뜻할 것입니다."

도령은 뒤도 돌아 보지 않은채 처자에게 언발이라도 녹이라는 듯 나즉히 말했습니다. 방안은 넓지는 않았지만 썰렁하고 외풍이 센편이었습니다. 처자는 사실 이번에 생전 처음으로 총각의 방에 들어 온 것입니다. 아랫목으로 두꺼운 요와 솜 이불이 깔아져 있고, 윗목 화로에서는 구멍쇠위에 올려놓은 주전자에서 하얀 김이 퐁퐁 솟으며 물이 끓고 있었습니다. 숭늉인지 보리차인지 구수한 냄새가 좁은 방안에 가득합니다. 그제서야 도령은 뒤로 돌아 앉으며

"밖이 몹시 추울텐데 먼길에 고생하셨습니다" 하고 처자를 향해 반가운 얼굴로 웃음을 띠며 말했습니다. 그리고는 어서 앉으라는 듯 이불 한쪽 끝자락을 쳐들어 주며 도령도 자기발을 이불 속으로 집어 넣었습니다. 처음 방안에 들어 설때만 해도 처자는 조금은 서먹서먹하고 낯 설은 듯 머뭇머뭇 했지만 그러한 마음은 곧 봄눈 녹듯 사라지고 여유를 찾아가고 있었습니다. 그동안 서로 직접 대면을 한 것은 아니었지만 많은 날들을 서로 생각해 왔으며 몇 번을 오고간 쪽지를 통해서도 얼마간의 정도 든 것은 사실 이었으니까요. 처자도 편히 앉아 이불 속으로 손과 발을 집어 넣으면서 아주 오래 사귄 연인처럼 다정

하게 말을 했습니다.

"도령은 어찌 제가 문밖에 온 것을 알았습니까?'

"아, 그것 말입니까?, 우선 숨이나 돌리시고…"하면서 도령은 윗목의 화로를 앞으로 끌어 당기더니 하얀 김을 내 뿜으며 끓고 있는 숭늉한 잔을 처자에게 권했습니다. 그리고는 등잔불의 심지를 돋우며,

"물론 오늘이 보름달이 뜨는 보름날인것도 모를리는 없지만 그것보다도 음양의 이치는 신비하고 아주 묘한 것이어서 누가 꼭 가르쳐 줘서 배우는 것도 아니고 자연적으로 터득해 가는 것이 당연한 섭리지요." 처자는 이 말을 들으며 보름날이 되어 보름달이 떠 올랐으니까 내가 온 것을 알았다는 말인가 하고 생각하고 있는데 도령은 또 다시 계속 해서 말을 이어 나갔습니다.

"조금 전에 저는 잠시 명상에 들었지요, 온갖 잡념으로부터 해탈하여 무념 무상 맑고 투명한 경지에 도달하면서 예민한 후각이 살아 났습니다. 아직까지 제가 느껴보지 못한 좋은 향기가 문틈으로 들어오는 것을 감지 할 수가 있었지요." "향기라니요? 어떤…" 마이산 처자가 되물었습니다.

"이는 분명 이성의 체취임을 본능적으로 금방 알 수가 있었지요. 이것이 자연의 섭리이지요." 동진이 도령은 마이산 처자를 그윽한 눈빛으로 바라보며 길게 설명했습니다.

"그랬군요, 그렇다면 저에게도 어떤 냄새가 있었다는 얘기 인가요."

"물론 이지요, 모든 사물에는 각기 다른 냄새가 있기 마련입니다."

"저의 냄새라는 것은 어떤것인가요."

"사람을 끌어 당기는 향기롭고 아주 달콤한 그런 냄새입니다."

그리고는 잠시 두사람 사이에는 침묵이 흘러가고 있었습니다. 처자는 도령의 책상위에 수많은 책들을 바라보며,

"도령께서는 요즈음 무슨 공부를 하고 계시나요."

"뭐 별것 아닙니다. 세상 돌아가는 이치를 공부하는 것이지요."

"언제면 그 공부가 끝이 납니까?" "원래 공부에는 끝이 없는 법입니다." 마이산 처자와 동진이 도령사이에 끝없는 대화가 계속 되는 동안 이불속에 들어가 있는 두 사람의 손과 발은 열띤 대화 만큼이나 따뜻한 온기가 올라 오고 있었습니다. 방바닥의 뜨거운 열기때문 만은 아닌듯 합니다. 마주 앉아 정겨운 대화를 이어가고 있는 두 청춘남녀는 이제 막 피어오르는 꽃송이처럼 아름다웠고 진정으로 잘 어울려 보였습니다. 시간이 꽤 지나도록 서로에 대한 깊은 관심사들을 조용히 그러나 열정적으로 이어나가고 있었습니다. 대화가 조금 뜸할 즈음 동진이 도령이 이제와는 조금 다르게 진지한 얼굴빛을 보이며 "처자!!" 하고 낮지만 힘을 주어 마이산 처자를 불렀습니다. 처자도 도령이 이제와는 조금 다르게 자기를 부르는 모습을 바라보며 무슨 일인가 하며 도령을 쳐다 보았습니다.

"오늘밤 제가 마이산 두 봉우리를 오르고자하면 처자께서는 허락을 하시겠습니까?" 도령은 그동안 오랜 시간을 두고 고심해오던 끝에 결심한듯 단도 직입적으로 말했습니다. 어디서 그런 용기가 났는 지도 모르겠습니다. 마이산 등정은 처자의 마음을 얻지 못하고는 불가능한 일임을 도령은 누구보다도 잘 알고 있었습니다. 오늘밤 도령은 처자의 마음을 꼭 알고 싶었습니다. 만일 이밤이라도 처자의 마음을 얻을 수만 있다면 마이산 등정은 그렇게 어려운 등정은 아닐 것이라고 믿고 있었습니다. 그렇다면 마이산 등정을 마치는 대로 계곡의 숲속을 헤치고 들어가 때를 기다리며 준비해온 자루 튼튼한 표주박을 샘물 깊숙이 집어넣어 홍건하게 고여있는 생명수를 마음껏 퍼 올리고 또 퍼올리리라. "글쎄요." 그러나 차자의 대답은 생각외로 매우 애매한 것이었습니다. 사실 처자의 마음도 도령을 향해 기울어 가고는 있었지만 다른 것은 몰라도 이것만은 아주 중요한 결정이므로 쉽게 대답을 할 수가 없었던 거지요.

"마이산 등정은 처자의 도움과 허락이 반드시 필요한 일입니다. 저는 오늘밤 처자가 저를 도와서 이를 성공적으로 마칠 수 있도록 적극 도와 주시고 기꺼이 허락 하실 것으로 기대하고 있습니다." 도령은 간절한 눈빛으로 그러나 결연히 힘주어 말했습니다. 그의 눈빛은 간절했으며 진심을 말하고 있었습니다. 처자의 마음도 도령의 간절한 눈빛과 진실한 마음을 보면서 자꾸만 흔들리는 것을 알고 있었습니다. 어느 땐가 누구 한사람에게만 허락할 수 있는 일이라면 차라리 오늘밤 꼭 이 동진이 도령에게 그것을 허락하고 마음것 도와 주고싶어 졌습니다. "그것은 매우 어려운 일입니다." 처자가 한참만에 무겁게 입을 열었습니다. "잘 알고 있습니다, 처자의 허락만 얻을 수 있다면 어떤 난관이라도 물러서지 않을 각오가 되어 있습니다." 무거운 침묵이 방안가득 내려 앉았습니다. 두 사람은 서로를 마주 바라보며 저 쪽에서 무슨 말을 할지 정신을 집중하고 있었습니다. "그렇다면 좋습니다" 드디어 처자의 입에서 결연한 결심의 빛이 보이기 시작했습니다. "도령께서 진심으로 간절히 원하신다면 소녀 또한 굳이 막아서고 싶지는 않습니다. 그러나 원래 등정길은 정해진 길이 없습니다. 가는 곳마다 장막으로 둘러쳐 있고 철조망과 자물쇠가 매달려 길을 막을 것입니다. 때로는 낭떨어지가 앞을 막고 가시덤불이 에워싸고 진퇴를 불가능하게도 할것입니다. 물론 이 모두가 제 자신이 쳐 놓은 술법이긴 하지만 결론은 어찌 되었건 하나하나 도령께서 해결해 나가지 않으면 안된다는 이야기입니다."

처자가 걱정된다는 듯이 길게 설명을 했습니다.

"그럼 어찌하면 좋겠습니까?" 도령이 걱정스럽게 물었습니다.

처자는 묵묵히 한참을 생각에 잠겨 있더니 "한가지 방법이 있긴 합니다만…" "그것이 무엇입니까?' 처자는 도령의 손을 잡았습니다. 따뜻한 체온의 두 손길이 마주잡자 두 군데의 수로가 연결된듯 피와 살이 두 사람 사이에 자유롭게 흘러 다녔습니다.

"도령께서는 이제부터 마이산 등정을 마칠 때 까지 저의 몸에서 한 치라도 떨어져서는 아니됩니다. 만일 서로의 몸이 잠시라도 떨어지는 순간 천길 낭떨어지로 굴러 떨어져 다시 살아 오기 어려울 것입니다." "명심 하겠습니다." 처자의 말을 받아 도령이 비장한 각오를 보이며 힘주어 대답을 했습니다.

처자는 이렇게 해서 동진이 도령에게 마이산 등정을 허락하였고 겹겹이 쳐진 방해물들을 스스로 걷워 치워 버리며 무장해제를 해주어 도령의 등반길을 적극 도와 주기로 마음의 결정을 어렵게 했던 것입니다. "자 이제 불을 꺼 주십시오, 지금부터는 도령께서 마이산을 향해 등반 할수 있도록 술법을 써서 길을 인도해 나아가도록 하겠습니다." 동진이 도령은 마이산 처자의 말을 받아 방안의 등잔불을 입으로 후 하고 불어서 껐습니다. 등잔불빛은 꺼졌지만 방안에는 희미한 달빛이 스며들고 있었습니다. 그 동안에 달도 많이 기운 것을 보니 밤도 꽤 깊어진듯합니다. 이리하여 역사적인 마이산 등정이 차디찬 겨울밤 동진이 도령의 이불속으로부터 출발하여 그 험한 등정길에 들어서게 된 것이었습니다. 구멍뚫린 튼튼한 자루가 달린 표주박을 몸에 지닌 채 무성한 수풀을 헤치며 힘든 여정에 올랐습니다.

그들 두 청춘남녀가 마이산을 향해 떠났지만, 크게 실수한 것이 한 가지 있는 줄을 아무도 모르고 있었습니다. 이 세상에 태어난 이래 너무나 흥분되고 두렵고 설레이는 떨림 속에서 판단력과 이성이 잠시 잠간 흐려져 그만 깜박했던 것입니다. 그것은 그들의 술법이 통하는 것은 자정까지 뿐이고 자정이 지나면 스스로 술법에서 풀어져 버린다는 것입니다. 모든 술법은 자정이전에 끝내야 된다는 것을 전혀 생각지 못한채 술법을 쓴 것입니다. 결국 이들 청춘남녀는 일생일대의 큰 실책을 범하고 말았으니 그들이 설레임을 안고서 서서히 등반의 길에 접어들 즈음에는 이미 시간은 자정을 지나가고 있었던 것입니다. 그러나 두 사람에게는 이 세상의 모든 굴레 같은 것은 눈에 보이지도 않았고 어느 마음 한 구석에도 아무런 장애될 것은 없었습니다. 다음날 날이 밝았지만 동진이 도령의 방안에서는 인기척이 없었습니다. 마을 사람들이 방안을 두루 두루 자세히 살펴 보았으나 별다른 이상은 발견할 수 없었다고 합니다. 화롯불은 이미 모두 꺼져서 재가 되어 있었고 아랫목 이부자리는 그대로 깔려 있었는데 마치 두 사람이 누웠다가 빠져 나간듯한 모습이었습니다. 그러나 어데서고 사람의 흔적은 찾을 수가 없었다고 합니다. 이렇게 동진이 도령은 보름달이 뜬 어느 추운 겨울밤 홀연히 자취를 감추었고 마이산 처자도 물론 그날밤 이후로는 종적을 알길이 없었지요.

(6) 관혼상제의 풍속

우리나라는 전통적인 유교 사회로 예의 범절을 매우 중요하게 생각해 왔다. 옛날에는 아이가 자라서 15세에서 20세 사이가 되면 성년례를 치러 어른이 되었음을 알리고 남자는 상투를 틀어 관을 쓰고 여자는 낭자 머리를 틀어 쪽을 찐다고 했다. 소위 말해서 관례라고 하는 것인데 오늘날 행해지고 있는 성년식과 다를 것이 없는 것이다. 우리나라 민법에도 남녀가 19세가 되면 성년으로 인정하여 투표권이 주어지는등 모든면에서 성인으로 대접받게 되어 있다. 결혼해서 가정을 꾸리거나 사회의 일원으로서 참여 할수 있음을 공식적으로 인정하는 것 이지만 아울러 그에 따르는 책임의식을 심어 주려는 뜻이 함께 있다고 하겠다. 이와 같은 관례와, 성인 남녀가 서로 만나 일생을 함께 살아나가기를 약속하는 혼례와, 늙고 병들어 일생을 마쳤을 때 치러지는 장례와, 그 이후 자손들에 의해 행해지는 제례등이 관혼상제의 예법이고 전통적으로 내려오는 중요한 풍속이기도 한 것이다. 근래에도 남도 지방의 오래된 마을에는 전통적인 유교의 풍속이 아직 남아있고 상투를 틀고 갓을 쓴 노인들이나 유학자들도 없는 것은 아니지만 일반적으로 관혼상제의 많은 옛 풍속들은 변하였고 또 아주 사라진것들도 많다. 동진이 마을에서는 일찍부터 개화 사상이 들어 와서 그런지는 모르겠으나 내가 아주 어렸을 때도, 그러니까 1940년대 초에도 상투를 틀었거나 갓을 쓴 노인 분들을 마을안에서 볼 수는 없었다. 다만 집에 있는 증조부나 조부께서 하얀 한복에 삐죽 삐죽 산봉우리 모양의 관모인지 유학자들이 쓰는 모자인지 그런 것을 머리위에 쓰고서 찍은 사진을 볼수는 있었다. 어린 소녀들은 단발머리라는 것을 했고 처녀들은 스물 대여섯살이 넘어도 시집을 안 갔으면 댕기를 들여 땋아 내리거나 양옆으로 갈래 머리로 땋아 내렸다.

1960년대 초반까지는 결혼식이 마을 안에서 열렸다. 시집가고 장가드는 날은 통상적으로 잔칫날이라고 불렀다. 물론 잔칫날이야 회갑잔치도 있고 고희 잔치도 있을 것이고 그 밖에도 돌 잔치며 백일잔치등도 있을 터이지만 잔칫날 하면 뭐니 뭐니해도 결혼식을 떠 올리게 된다. 예전에 마을에서 열리는 결혼식 잔칫날 음식은 국수를 삶아 냈다. 국수는 길기 때문에 장수와 발전, 성장등의 뜻이 담겨 있다고 보여진다. 또 많은 손님과 이웃들을 대접하는 데 있어서도 국수는 비교적 덜 번거롭고 간편하다는 생각도 든다. 여러 가지 반찬이 꼭 필요한 것도 아니고 밥 숟가락이 필요한 것도 아니었다. 그리하여 잔칫날은 부엌 뒤에서, 울 타리옆에 기대서서, 또는 마당의 한구석에서도 나무

젓가락 하나와 국수 그릇 하나 들고 홀홀 마시듯 먹으면 되는 음식이 잔치국수였다. 별다른 격식이나 상차림이 필요 없기도 해서 간편했던 것이다. 쇠머리 고기나 돼지머리와 뼈다귀등을 삶아 우려낸 진한 국물에 말아 주는 국수가 배고프던 시절이라 그런지 기가 막히게 맛이 있었다. 하기야 그 시절 무엇인들 맛이 없을까마는 잔칫집 국수는 유독 맛이 좋았던 기억이 난다. 잔칫집 마당에는 마을 공동의 차일이 쳐진다. 마을에는 공동으로 쓰이는 차일이 준비되어 있었다. 큰일이 마을안에 생기면 이 차일을 그집의 안마당이나 바깥마당에 쳤다. 그 밖에도 마을 자체적으로 큰 일를 치루기 위한 준비로 많은 종류의 그릇들과 손님들의 상차림과 대접을 위해 교자상등을 준비해 두고 있었다. 이들 물건들은 마을의 공동재산으로서 관리되고 있었으며 마을의 다른 개인 재산과 구별하기 위하여 그릇의 밑 바닥이나 교자상의 한쪽에도 동진이의 동(東)자를 써 놓아 구별하도록 했다. 그 시절에 마을에서 벌어지는 모든 대소사가 어느 한 개인의 일이기도 했지만 마을 전체의 일이라는 공동체 의식이 강했다. 잔칫날은 동네 사람들 뿐만 아니라 외지에서 마을을 찾아온 하객들도 많아서 될 수 있는 한 마을의 좋은 모습을 보여 주고자 했다. 마을 처녀가 시집을 간다고 하면 신랑이 마을에 도착을 하고 나서부터 잔칫집 분위기는 절정에 이른다. 신부집 대청마루나 안마당에 초례청이 차려지고 방안에서는 신부가 곱게 화장을 하고 신랑이 도착하기를 기다린다. 잔칫집 근처의 사랑방이나 깨끗한 방들은 외부의 하객들이나 신랑집에서 따라온 손님들의 접대용 방으로 차출이 되고 마을안의 나이 많으신 어른들도 여기저기 방들을 차지하고 앉아 잔칫집에서 차려주는 음식상과 술상등를 받는다. 청년들과 소년들은 상을 나르고 손님을 맞고 중간에서 심부름을 도맡아 하게된다. 잔칫날 손님상을 볼 때 과일이나 떡 과자등이며 너비아니와 각종 조치기등을 예쁜 접시에 담아 내어 주던곳을

과방이라고 했다. 과방을 보는 사람은 경험이 있는 마을의 몇사람이
맡아서 봤다. 아무나 할수 있는 일이 아니었다. 나이많고 경험이 풍부
한 노련한 사람과 나이 젊은 또 다른 한사람이 이인 일조가 되어 도제
식으로 수련을 거친 사람들이 대개 이일을 했는데 이런쪽 일에도 흥
미를 가지고 배워 보고자 하는 사람들이 있게 마련이었다. 눈썰미와
손재주등이 있고 상황 판단등을 잘 할수도 있는 사람이 몇 번 따라 다
니며 보고 배우면서 경험을 쌓으면 나중에는 혼자서도 할 수가 있는
일이다. 무엇 보다도 중요한 것은 잔칫집에서 많은 돈과 정성을 들여
만든 여러 가지 음식을 골고루 모자라지 않게 잔치가 끝나도록 잘 배
분해서 상에 차려내고 특히 외지에서 마을을 찾아온 하객들에게 잔치
를 잘 차렸느니 못 차렸느니 구설에 오르내리지 않으려면 상차림이
매우 중요한 일이었던 것이다. 이와 같이 잔칫날 음식을 가지고 상차
림을 하는데 있어서 중요한 부분을 담당하던 사람이 과방을 보던 사
람이었다. 잔칫집에는 뒤란이고 앞마당이고 부엌뒤에도 빈터마다 가
마솥이 내걸리고 음식을 끓이고 볶고 지지고 익혀냈다. 신부집에서
좀 떨어진 마을의 사랑방에서 대기하고 있던 신랑이 드디어 시간에
맞춰 신부집으로 들어올 채비를 한다. 사모 관대하고 신부집 초례청
에 가기위해 옛날에는 가마를 이용했다. 신랑이 직접 걸어서 신부집
으로 들어 가기도 했다. 가마타고 신부집으로 향할 때 골목골목에 대
기하고 있던 마을의 장난 꾸러기 아이들이 재꾸러미를 신랑에게 던졌
다. 흡사 겨울에 눈 내리면 아이들이 눈을 뭉쳐 눈 싸움을 하듯 신문
지 종이에 재를 담아 가지고 골목을 지나가는 신랑의 가마를 향해 던
졌던 것이다. 가마안의 신랑뿐 아니라 신랑앞에 가고 있는 함진아비
도 재꾸러미 세례를 받았다. 특히 함진아비는 얼굴에 숯 검댕이칠을
당 하기가 일수였다. 신랑은 가마에서 나와 신부집 대문간에 놓여진
바가지를 발로 밟아 깨고서 신부집 안마당의 초례청으로 나아갔다.

이러한 신랑에게 재 꾸러미를 하거나 대문간의 바가지를 깨고서야 초
례청에 서게 하는 행위는 아무래도 밖으로부터 마을 안으로 행여 들
어 올수도 있는 각종 불길한 악귀나 액운으로부터 마을 사람들을 지
키고자 하는 주술적 의미가 있다고 보여진다. 관혼상제의 예법관계의
책속에서도 이러한 재꾸러미 풍속은 쉽게 발견 되지 않는데 아마도
일부지역에서 행해지던 풍속이 아닌가 하는 생각이다. 내 기억으로는
60년대 전후로 가마 사용이 점차 줄어들고 신랑이 직접 신부집으로
걸어서 가기도 하더니 종내는 가마도 사라지고 예식장등이 생겨나면
서 결혼 풍속은 급격하게 변화 되기 시작하였다. 아무튼 신부집에서
초례청 혼례식을 치른 신랑은 신부와 함께 신랑의 집으로 떠나간다.
신부는 가마를 타고 가고 신랑은 걸어서 갔다. 훗날에는 더러 차량을
이용하기도 했었다. 신부의 혼수품인 이불이며 가구 그릇등은 가까운
곳이면 마을사람들이 지게에 지고 가기도 했고 때로는 마차를 이용하
기도 했다. 그 뒤로 드물지만 트럭이나 더러 승용차를 이용하기도 했
지만 50년대로부터 60년대 까지는 보기 어려운 광경이었다.

　　내마을로 신부가 들어오는 잔치는 신랑집이 하루종일 흥청대고 분
위기가 뜨지만 신부집은 아무래도 신부가 신랑집으로 떠나고 나면 분
위기가 조금은 가라앉기 마련이다. 신랑은 신부를 데리고 자기집으로
갔다가 삼일째 되는 날 재행이라는 것을 신부집으로 오게 된다. 이때
신부집에서는 신랑과 비슷한 마을의 청년들이 신랑 다뤄먹는 놀이가
있었다. 동진이 마을 처자를 신부로 맞이한 외지의 신랑들은 용인 시
외버스 터미널에서 내려 마을로 걸어 들어 왔다. 아랫동진이 마찻길
을 걸어 올라 오거나 장터 고개를 걸어서 넘어 왔다. 동네 앞들에서
농사일을 하다보면 장터고개나 아랫 동진이길로 화려한 한복을 갖춰
입은 신랑 신부가 나란히 걸어 들어오는 모습을 볼 수가 있었다. 마을
사람들은 금방 그들이 재행오는 아무개라는 것을 알 수가 있었던 것

이다.

"아무개가 엊그제 시집을 가더니 제 신랑하고 벌서 재행을 오는 것 같구면" 그리고 청년들은 오늘저녁 신랑 다루러 가야겠다고 생각하는 것이다. 그날 저녁 신부집에서는 새 신랑이 사서 들고온 술이며 과일등을 먹으며 공식적으로 마을의 청년들과 수인사를 나누고 얼굴을 익히며 첫 대면을 하는 것이다. 대개는 초장에 신랑을 앞에 놓고 엊그제 마을에서 처녀 하나를 도둑 맞았는데 아무래도 인상착의가 당신 같으니 취조를 해 봐야겠다고 하면서 이실직고 하라는 식으로 험악하게 범인을 다루는 듯 하다가 종내는 신랑의 발목을 묶어 대들보에 달아 매기도 했고 발바닥을 쳤느니하는 전설같은 이야기도 있지만 동진이 마을에서 그러한 일이 벌어지는 모습은 내가 본일은 없다. 어느정도 분위가 진행되고 수인사가 이루워 졌는가 하면 상황을 보아가며 신랑의 처남이나 장모등이 웬만큼하고 술들이나 먹으라며 술상을 들여 밀면 마지 못한듯 물러서고는 했으니 처갓집에서 방패막이가 되어 주었던 것이다. 마을 청년들도 잔칫집에서 얼굴 붉힐일 없으니 웬만큼 놀이로서 즐기다가 얼굴을 익히면서 끝내는 것이 당연했던 것이다. 이렇게 해서 마을의 청년들과 안면을 트고 처가에 올때 마다 친구가 되어 함께 놀기도 하는 것이다. 신랑의 첫날밤 신혼방에 손가락으로 구멍을 내고 엿보는 풍속도 사오십년대에는 볼수 있었지만 60년대 전후로는 이미 사라져 가는 풍속이었다. 나이가 들어감에 따라 마을에서 어린 시절을 같이 자라며 즐거운 시간을 보내던 여러 처자들도 하나 둘 시집을 가기 시작했다. J(제이)의 결혼식때는 내 손수 축사를 지어 읽어 주었지 않았나 하는 아련한 기억도 남아 있고, 신랑과 함께 재행을 왔을 때도 그의 집에서 마을의 다른 청년들과 함께 수인사를 나눈 생각도 난다. 아주 명랑 쾌활하고 비교적 활달하고 적극적인 성격의 처자였다. 순이, 자야, 옥이, 연이등 인생의 꽃피는 봄날을 함께 보내던 마을의 예쁜 처자들도 그들만의 새로운 인연을 찾아 하나 둘 마을을 떠나갔다. 지금은 더러 옛 생각도 하면서 살아 가리라.

　　뿔뿔이 흩어져서 방방곡곡 살건마는
　　꽃이펴도 생각나고 잎이져도 떠 올라
　　그리운 마음이야 네나 내나 마찬가지.
　　　　　　　　　　　　(정성영 지음, 고향의 일부)

　생자는 필멸이라. 사람뿐만이 아니라 모든 살아 있는 생명은 영원한 것이 없다. 아이들도 자라서 어른이 되고 어른은 늙고 누구나 병들어 생을 마감하게 된다. 마을에 그 많던 어른들도 한 사람 두 사람 병들어 모두 세상을 떠나고 어린아이였던 우리 세대들도 이제 나이가 들어 마을의 노인이 되었다. 옛날에는 마을안에 노인이 병이 깊어 위중하다는 소문이 있으면 모두들 아침저녁 수시로 병문안을 했다. 마을의 어른들은 노인의 병세를 살펴보고 아무래도 못 일어 나시겠다느니 이런 병에는 무슨 약이 좋다느니 하면서 환자의 자식들에게 조언도 하고 함께 걱정도 했다. 어른들은 경험상 병의 정황을 살펴보고 병세를 가늠하며 임종을 피할 수 없도록 위중한 상태라면 모두들 장례준비에 들어갔던 것이다. 술 쌀이나 떡 쌀등을 미리 담그기도 하고 방안에 있던 종자며 간단한 세간등을 치우기도 했다. 일단 마을에 노인이 돌아가심으로 해서 초상이나면 온 마을 사람들이 한 마음 한뜻으로 내일처럼 일사분란하게 움직이며 장례준비에 들어간다. 마을의 모든 일정은 장례뒤로 미뤄진다. 장례는 모두 3일장이었다. 농사일이 계속 잡힌 농번기 일지라도 순연되어 드러나갔다. 청년들은 상가로 모여 장례용품 구입등 시장에서 할 일과 부고장 준비와 배포문제와 먼 친척이나 군에 입대한 자손들과의 연락문제 등을 의논한다. 상주

는 경황이 없고 여러 일들을 혼자 처리할수도 없으므로 이장이나 호
상역활을 하는 마을의 원로가 주관해서 장례절차를 시행해나가는 것
이다. 마을의 부녀자들도 상갓집으로 모였다. 음식준비 수의준비 상
복, 건이며, 행전등 장례에 필요한 장의용 의복들을 재단하고 바느질
하는 일들이 주부들의 담당이었다. 예전에는 상가에서 부녀자들이 일
일이 바느질해서 만들어 내었다. 이때도 망자에게 입힐 수의나 상주
들이 입을 상복이나 건등을 능숙하게 마름질하고 바느질하는 부녀자
들이 있어서 모든 일들을 지휘하고 이끌어 나갔다. 선비(先妣)게서는
바느질 솜씨도 뛰어 나셨고 음식 준비도 능숙하신 관계로 경사스러운
잔칫집이나 상갓집에서도 마을 부녀자들의 리더역활을 해 오셨다. 그
런 연유로 앞에서도 잠간 언급했지만 마을 부녀자들로 부터〈연대장〉
이란 호칭을 받으며 그 시절을 살아오셨던 것 같다. 옛날 장례는 전부
부고장을 상주(喪主)나 상가(喪家)에서 통지할 곳에 사람이 직접 찾
아가거나 먼곳은 전보를 쳐서 알렸다. 60년대 내가 마을 일을 볼 때는
부고장을 용인면 사무소 등사기를 이용하여 찍어냈다. 가리방 철필로
등사원지에 직접 글씨를 긁어 써서 로라에 등사잉크를 묻혀 등사기에
밀어서 만들었다. 전부 한문으로된 부고장이었다. 부고장은 집안으
로 들이지 않는 다고 해서 어느 집이고 부고는 대문간에 꽂아 놓았다.
그래서 대문간 기둥에는 항상 여러장의 부고장이 끼워져 있었다. 마
을의 청년들이 가까운 이웃 마을들은 직접 찾아가서 전했고 더러는
버스를 타고 갈 곳도 있었고 자전거를 이용하기도 했다. 그때 그때 더
필요로 하거나 부족한 것등은 상주와 호상, 그리고 마을의 어른들이
수시로 상의하며 긴밀히 협조하여 차질이 없도록 이끌어 갔다. 이러
한 온갖 굳은 일의 맨 앞에는 항상 혈기 왕성한 마을의 청장년들이 이
리저리 뛰어 다니며 마을을 위해 고생을 했다. 장례때는 산역하는 사
람들에게나 혹은 상여꾼들에게 수건이나 장갑, 담배등을 지급하기도

했다. 저녁이 되면 상가집 대문밖에 상중임을 알리는 등불이 걸리고 추녀끝이고 마당이고 여기저기 불을 밝혀 밤이 늦도록 일하며 상갓집에서의 밤새울 준비를 해나갔다. 마당에도 모닥불을 피우고 상갓집 헛간이나 이웃집 사랑방등 상갓집 근처에는 남자들이 화투놀이등을 하며 상갓집 식구들과 함께 밤을 지새운다. 밤샘하는 마을 사람들에게는 밤참으로 술과 음식등이 제공되고 때로는 심심풀이로 놀라며 적은 액수의 화투놀이용 동전이나 지전들이 판돈으로 주어지기도 하는 일도 있었다. 이튿날 저녁 염습이 끝나고 상제들이 성복을 하고 나면 마을 사람들의 문상이 시작 되었다. 지금과 같이 장례식장이 따로 없던 시절이니 자연히 문상은 초상집에서 행해졌고 장례날 문상은 주로 외지에서 오는 문상객이 장지로 찾아 오는 경향이 있었다. 물론 구분한 것은 아니나 대개 부고를 받으면 초상집으로 찾아가는 것이 시간적으로도 잘 맞지가 않았고 장례날 장지로 찾아 가는것이 제일 적당한 선택이었다. 장례는 대부분 상여를 썼다. 상여가 있는 마을은 마을에서 좀 떨어져 있는 곳에 상여집을 짓고 상여를 보관해 왔다. 동진이에서는 마을자체에서 상여를 준비해 놓고 사용하지 않고 다른 마을에서 빌려다 썼다. 장례날 마을의 청년들이 상여가 있는 마을에가서 분해된 상여를 가지고 와서 다시 조립해서 사용했다. 상여앞에서 요령종을 울리며 상여소리를 하는 사람도 없어 상여와 함께 초빙되어 왔다. 망자를 실은 상여는 묘지로 떠나갈 때 살던집을 향해 마지막 인사를 하고 그가 묻힐 산으로 향했다. 상제들과 마을사람들이 뒤를 따른다. 중간 중간 험한 길에서는 상여가 움직여 나가지를 않고 망자의 저승길 노자를 달라고 서성인다. 상여앞의 요령잡이가 상여 앞을 잡고 천천히 가기도 하고 빨리가기도 하면서 하관 시간에 맞춰 속도를 조절하기도 했다. 상제나 건을 쓴 망자의 친인척들이 봉투를 건네기도 했다. 오래살고 복덕이 있는 노인이 죽으면 호상(好喪)이라고 해서 장레라고는 하지만 마냥 슬프기 만한 것도 아니고 축제마냥 즐기기도 하는 모습이 연출되기도 했다. 장례이후 상복은 부모상일 경우 3년을 입었다. 예전에는 소상과 대상을 지내고 나서야 탈상을 했다. 그 동안 은 대청이나 안방 윗목에 궤연이라는 상청을 만들어 놓고 조석으로 상식을 올리고 곡(哭)을 했다. 이름을 낸 효자들은 묘지옆에 초막을 짓고 시묘살이를 했다고 했지만 동진이에서 내가 자라면서 부터는 마을 사람이 직접 시묘살이를 했다거나 또는 남들이 했다는 이야기도 듣지는 못했다. 다만 내 어린시절 들었던 기억으로는 마을에서 침을 놓던 이종열 어른이 웃동진이 저수지 올라가는 길옆에 있었던 당신의 선친 묘소에 아침저녁으로 삼년동안 꾸준히 참배를 해왔다는 이야기를 들은 기억은 있는 듯하다. 우리집에서도 조부모님까지는 장례후 궤연을 대청마루에 모셨고 3년동안 아침저녁으로 상식을 올리고 곡을 한 것으로 기억한다. 그 때는 다들 삼년상이 기본이었다. 소상 대상때를 아이들은 몫제사라고 했다. 제물을 풀어서 조객들과 마을의 노인어른 그리고 아이들까지 창호지에 싼 제물을 하나씩 분배해서 나눠서 음복했다. 이럴 때면 동네 꼬마아이들도 몫제사 제물 풀때를 기다려 줄을 섰고 차례 차례 한몫씩 받아가는 재미로 밤이늦도록 잠도 자지않고 제물 풀기만을 기다렸던 것이다. 과일이며 과자등은 평소 먹어볼 기회가 없던 시절이라 사과 한조각 배 한조각이 새로운 맛이었다. 실제적으로 평상시에 과일을 사다가 먹는 다는 것은 생각 할수도 없던 시절이었다. 하지만 제사를 모셔야하는 집에서는 매 제사때마다 사과, 밤(栗), 배, 곶감, 대추는 기본적인 과일로서 빠질 수가 없었다. 명절 때나 제사때 아니면 과일 구경하기가 어려웠으니 제사 음식은 별미일 수밖에 없었다. 동진이 마을에서 자체적으로 생산되는 과일도 아주 단순했고 양도 적었다. 원동진이에서 울안에 몇주의 감나무가 있던집이 불과 서너집에 그쳤고 50년대까지는 대추나무도 꽤 큰 고목이 두세집에 있었지만 그후 잎이 말리는 오갈병이 들더니 멸종이 되었다. 복숭아는 개복숭아가 한두주 정도 있었고 우리산에 밤나무가 수십주 있었으나 재래종으로 밤이 좋지를 않았다. 이렇게 마을안에 과일나무의 분포 상황도 열악해서 아이들의 주전부리로서 과일은 큰 인기가 있었던 시절이었던 것이다. 그래서 소상이나 대상때 제사가 끝나도록 기다렸던 것이다. 가난하던 시절 자손으로서 마땅히 정성으로서 제사를 모셔야 하겠지만 체면을 위한 힘든점도 없진 않았을성 싶기도 하다. 소상이나 대상때도 마을에서는 부의금을 냈다. 십시일반으로 마을 사람들이 서로서로 적은 힘이나마 보태고자 하는 마음을 알 수가 있을 것같다. 이러한 상황은 내집에 보관되어 있는 예전의 부의록을 보면 짐작할 수가 있다. 지금 보면 재미있는 일이기도 한데 예를 들자면 콩죽한동이, 막걸리한말, 팥죽 한동이하는 식으로 부의금이 현금뿐만 아니라 현물로도 들어왔음을 알 수가 있었다. 소상 대상때도 마을 사람들이 밤이 늦도록 일을 하다 보니 밤참도 먹어야 하고 술도 많이 필요했을 것이다. 이러한 부의 물품 명목을 보더라도 당시 마을의 상가집 풍경이 짐작되어진다.

예법을 논하다보면 이와같이 한도 끝도 없는 것이다. 우리가 흔히 쓰는 조상(弔喪)을 한다거나 문상(問喪)을 한다는 것도 대충 구분없이 쓰느 것이 일반적인 경향인데 사실상 엄격하게 따지다 보면 그 뜻이 다르다고 했다. 조상이라고 하면 원래는 죽은이에게 예를 표하는 말이고, 문상이라고 하는 것은 상주에게 인사하는 것을 뜻한다고 했다. 그러나 요즈음은 앞서 말한대로 조상이나 문상을 꼭 구분해서 쓰고 있지는 않다는 것이다. 예법을 따지자면 이렇게 쉬운 것 같기도 하고 한없이 어려운 일이기도 하다. 탈상후에도 해마다 돌아오는 기제사에 자손들이 한데 모여 정성껏 제수를 장만하고 늦은밤 제사를 모시고 나서 음식을 조금씩 골고루 담아 마을에 어른들이 있는 집에 보내드렸다. 가난해서 조반석죽으로 끼니를 잇더라도 기제사에 메 올릴 쌀 만큼은 손대지 않았다. 어린시절 겨울밤 자다가 일어나 제삿집에서 보내온 하얀 쌀밥과 과일조각들을 맛있게 먹었던 기억도 잊혀지지 않는 겨울밤의 추억이다. 추운 계절에 유난히 제사가 많았던 것은 기온의 변화가 심한 환절기에 노인들이 많이 돌아가신 탓일 것이다. 계절이 바뀌면서 급격한 기온의 변화가 병약한 노인들에게는 건강상 굉장히 취약한 환경이 되었으리라고 생각한다. 당시의 열악한 생활환경도 영향이 있었을 것이다.

5부

주업과 부업 그리고 공동생활

(1) 농사와 품앗이

　선사시대 아주 오랜 옛날의 사람들은 수렵과 채집을 통해 먹고 사는 삶을 살아 왔다고 한다. 인류 역사를 공부 하다보면 청동기 시대에도 벼농사의 흔적이 발견된다는 기록이 있는 것으로 보아 농사를 지은 것은 매우 오래 된 것을 알수가 있다. 삼국사기에도 콩과 보리에 관한 기록이 나온다고 한다. 우리나라의 초기 농업형태에 있어 주곡은 쌀보다 콩과 보리, 기장 등의 작물이 주로 심어지다가 6세기 이후에야 주곡이 비로소 벼로 바뀐 것으로 보인다. 정착 생활을 시작하면서 농작물을 씨뿌리어 가꾸고 수확하는 형태의 농업이 생활의 주업으로 되었을 것이다. 농업은 오랜 세월을 두고 발전하여 왔다. 삼국시대 이래 조선시대까지 우리나라의 주업은 어디까지나 농업이었다. 농업 경영의 특징은 공동체 사회를 이루고 이웃간의 품앗이 농사가 큰 골격을 이루고 있었다. 주업으로서의 농업과 농사 경영방식으로서 품앗이 이 두가지는 당시 농촌사회의 특징이며 일반적인 농촌의 모습이라 할 수가 있었다. 농경사회의 주업인 농업도 주곡의 종류, 파종법, 시비법의 농사기술이 시기에 따라 매우 달랐을 것이며 각종 농기구의 발달로 작업능률도 크게 개선 되었을 것이다. 시대에 따라 농업도 조금씩 변화와 발전을 겪게 되었을 것이다.

지금부터는 내가 나서 자라고 30여년간을 현장에서 직접 목격했고 10여년이상을 순전히 옛날 방식의 품앗이 농사를 체험한 그 이야기들을 해 보려고 한다. 조선 시대 그 시절에 우리 조상들은 과연 어떠한 생활 방식으로 동진이 마을에서 농사를 지으며 삶을 영위했을까 하는 문제들에 관해서도 조금은 유추해 볼 수 있을 것이다. 앞에서도 잠간 언급된 이야기 이지만 당시 농촌 사회가 농업을 주업으로 하는 공동체 품앗이 농사를 기본으로 하는 생활을 하던 시기였으므로 이는 당시의 삶을 꿰뚫어 볼 수 있는 시금석이 될수도 있을 것이다. 1970년대 이전 까지는 동진이 마을에 있어서 아쉬운데로 옛 풍속이 많이 남아 있던 마을의 역사로 보아서도 매우 중요한 시기라고 나는 생각하고 있다. 물론 비슷한 시기에 우리나라 각지의 작은 농촌마을에서의 삶이란 것이 큰 틀에서 바라보면 대동소이 하고 별다를 것이 없을 수도 있겠지만 미세한 부분에서 동진이마을 자체적인 기록을 남겨 놓음으로서 마을 사람들에게는 좀더 구체적으로 마음에 와 닿을 것으로 보며, 비록 동진이 마을 사람이 아닐지라도 당시의 농촌 생활을 이해하는데 있어서 큰 도움이 되리라고 본다. 지금은 예전에 마을 사람들이 농사 짓던 모습을 찾아 볼수는 없다. 하지만 아직 까지는 그 당시 마을 사람들이 농사를 짓던 모습을 보며 자란 세대들이 그 시절을 일부나마 기억 할 수는 있을 것이다. 그러나 지금 그들의 머릿속에 남아 있는 희미한 기억들도 앞으로 이삼십년만 지나고 나면 완전히 소멸되고 말것이니 역사의 기록은 후손들을 위해서도 시급하다 아니할 수 없는 일이다.

당시 마을 사람들의 생업수단을 살펴보면 90퍼센트 이상이 농업이었다. 서너가구가 공무원이나 상업등에 종사하고는 있었지만 그런 집들도 모두 약간의 전답을 소유하고 있었고 소규모 이긴 했지만 영농은 하고 있었던 것이다. 그리고 당시 농촌 사회가 대부분 자급자족하는 생활를 해오고 있었기 때문에 농사를 전업으로 하지 않더라도 부식재료와 잡곡등을 텃밭이나 버려진 황무지 밭등을 이용해서 농업생산물을 조금씩 얻었다. 이러한 방식으로 가계에 도움을 얻으며 자급자족 생활을 충족시키고자 했다. 당시 마을에서 주된 농업작물은 벼와 보리, 그리고 콩등이었고 그 밖에도 밀, 수수, 메밀, 기장, 팥, 녹두, 고추, 마늘, 아주까리, 조, 감자, 고구마, 무, 배추, 옥수수 등 아주 다양한 작물을 골고루 심었다. 오이는 여러 두둑을 심는 편이었지만 참외는 별로 심지 않았고 이따금 한 두집에서 조금 심는 정도가 고작이었다. 텃밭에는 약간의 토마토나 가지, 상추등을 심었고 울타리에도 호박덩쿨을 올리거나 울타리콩을 올렸다. 논두렁에도 두렁콩을 심어 곡식 한톨이라도 더 거두워 들이려고 애썼다. 논두렁콩 심는 창같이 생긴 도구도 별도로 있었다. 밭에는 호미로 콩을 심었지만 논두렁에는 창으로 찔러 구멍을 내고 콩씨앗 서너개를 구멍속으로 떨어 트리고는 다시 구멍뚫은 창으로 탁 쳐서 구멍입구를 막았다. 논두렁마다 두렁콩이 심어져 있어 논두렁 풀깎을 때나 쇠꼴을 벨 때 조심 해야했다. 더러 남의집 논두렁에서 쇠꼴이라도 베다가 콩포기 하나라도 잘못 자르면 큰 낭패가 된다. 참깨나 들깨도 많이 심었다. 참기름이나 들기름을 짜기도 했고 깨소금등은 당시 음식에 사용하는 중요한 조미

료였다. 기름을 짜고난 깻묵도 식용으로 이용했고 아이들이 간식으로도 잘 먹었다. 지붕으로는 박넝쿨이 올라가고 바가지를 생산해서 그릇으로 쓰기위한 것이기도 했지만 박속을 들어내고 박고지를 만들어 호박고지처럼 저장했다가 먹기도 했고 나물을 만들어 먹어도 별미였던 기억이 남아있다. 밀도 많이 심었는데 키가 작은 참밀도 있었고 키가 무척 큰 호밀도 심었다. 당시를 생각해 보면 경작지는 넓지 않았지만 곡식을 아주 다양하게 심었던 것을 알 수 있었다. 농사일정은 절기와 깊은 관련이 있어서 모두 음력날자를 기준으로 삼았다.

"오늘이 음력으로 몇일이지?" 마을 사람들의 일상적인 대화 속에 자주 등장하는 말이 이런식이였다. 달력들은 대개 양력으로 되어 있었고 음력이 표시된 달력도 작은 글씨로 표시된 달력이 대부분이었다. 당시 마을에서 어른들이 사용하는 음력 날자는 말도 조금 달라서 초하루 ,초이틀, 초사흘 혹은 초사흗날, 초나흘 혹은 초나흗날등으로 말했고 초이레 또는 초이렛날, 초여드레 또는 초여드렛날, 초아레 초아렛날 등으로 열흘 안쪽으로는 초(初) 자를 붙였다. 그 외에도 열흘, 보름, 스무날, 그믐등으로 모두 음력을 기준으로 일상생활이 진행되어 나갔고 생일 제사는 물론 마을에서 농사일날 잡는 것과 행사날을 비롯하여 모든 작업 일정등이 거의 전부 음력으로 정해지고 시행되었다.

정월명절인 설이 지나고 보름 명절까지 보내고 나면 서서히 농촌의 부지런한 농부들이 농사 지을 준비에 들어가기 시작했다. 그 이전 겨울은 당시 농한기라고 해서 대개 땔나무 정도나 하면서 집에서 쉬는 편이었다. 마을안에는 청장년들이 낮이나 밤이나 모여드는 마실방이 있었고 심심하고 할 일없는 사람들은 마실방에 모여 잡담도 하고 화투나 장기등으로 소일하는 편이었다. 보름명절이 지났다고 해도 언땅은 녹지 않았고 산과 들에는 잔설도 많이 남아 있지만 봄이 멀지 않았으니 농사채비를 서두르는 것이다. 겨우내 소, 돼지, 닭등이 밟아낸 두엄등과 퇴비를 논 밭에 지게로 져 낸다. 이런일들은 농사철이 본격적으로 닥치기 전에 혼자서도 부지런히 하면 바쁜 농사철에 품을 사서 할 필요도 없고 일도 여유롭게 해 나갈수가 있는 것이다. 그래서 부지런한 농부는 추수가 끝난 가을철 논밭에도 하얗게 내린 서리를 밟고 다니며 두엄을 내고 이른 봄에도 이렇게 언땅에 퇴비를 내는 것이다. 특히나 논밭농사가 비교적 많은 홀앗이들은 일찍부터 서두르지 않으면 일철을 맞아 많은 품삯을 주고 품을 사야 하기 때문에 경영상에도 수지타산이 맞을 리가 없게 되는 것이다. 농부들은 일을 찾아 하려고 하면 끝이 없기도 하지만 부지런하면 또 그만큼 소득으로 돌아와 생활 형편이 나아질 수도 있었다. 그래서 흔히 사람들이 말하길 땅은 거짓말을 하지 않는 다고도 하고 뿌린 만큼 거둔다고도 말한다. 모든 일이 그러하겠지만 특히나 농부는 부지런 함이 최상의 덕목이었다.

못자리를 할 때 쯤은 볍씨를 항아리에 담아 햇빛이 잘 드는 마당가에 놓아 두었다. 아직은 본격적으로 농사일정이 잡히는 때는 아니어서 산에서 땔 나무도 해오고 그랬는데 나뭇짐에는 푸른 잎들이 돋아나온 나뭇가지들과 진달래 꽃이핀 나뭇가지가 함께 꽂혀 있었다. 새싹과 풀잎들이 파랗게 올라 올 때고 산야에는 진달래가 피어있을 시기였다. 마당가 볍씨를 담근 항아리에다 아이들은 진달래꽃을 꺾어다가 꽂아 놓기도 했다. 못자리를 만들 때 쯤이면 논둑이며 개울둑을 살펴보고 겨우내 얼었다 녹았다하며 무너져 내린 곳 등을 보수했다. 장마철에 대비해서 개울둑 보수와 개울바닥 정비를 했고 아울러 방천작업을 철저히 하지 않으면 일년농사가 허사가 되기도 했다. 못자리는 집안 식구들과 간소하게 하기도 했고 일손이 부족하면 한 두사람 품을 얻어서 못자리를 하기도 했지만 마을 사람들이 서로 본격적인 품앗이 일정에 들어간것은 아직 아니었다. 그때는 논두렁콩을 심던시절이라 그랬는지 모두들 논두렁 가래질 일들을 했다. 가래질은 농사일에 많이 하는 작업의 하나였다. 그러다 보니 가래라는 장비는 중요한 농기구의 하나였다. 가래질은 세사람이 한조가 되어 하는작업이다. 가래줄 잡는 사람이 좌우로 한사람씩 두사람이 필요했고 가래장치를 잡는 소위 장치꾼이라는 또 한사람이 있어야했다. 논바닥같은 평지에서의 가래질은 줄잡는 사람은 큰 어려움 없이 힘껏 줄만 잡아 당기면 되었지만 논 두렁 가래질 할때는 한사람이 좁은 논두렁에 올라서서 두렁을 타고 가면서 줄을 잡고 들었다 놓았다 하는 요령을 익혀야 했다. 논바닥에서 줄을 잡은 사람 또한 가랫줄을 높이 치켜들어 주어야 했으므로 이때는 가래장치 잡는 사람과 가랫줄을 잡는 두사람등 세사람이 삼박자를 맞춰서 작업을 해 나가야 힘도 덜들고 진척도 빠르게 되는 법이다. 물론 누구나 날 때부터 모든일에 능숙한 것은 아니겠고 차츰 농사일을 해 나가면서 익혀지는 것이겠지만 나같이 조금 뒤늦게 농사일을 접한 사람은 이 가래질 일을 배울 때 힘이 들었다. 논두렁 가래질 할 때 기술이나 요령이 필요없이 팔힘만으로 할수 있는 일이 두렁 밟는 일이었다. 가래질 하는 뒤를 따라가며 논두렁위에 가래질로 퍼 올려진 논흙을 삽으로 논바닥에 고인물을 뿌려가면서 발로 밟아 이겨서 삽 등으로 문질러 논두렁 모양을 만드는 작업이었다. 이렇게 매끄럽고 반들반들하게 만들어 놓은 논두렁을 미처 마르기도 전에 밟으면 발자국이 나기 때문에 조심해야했다. 이 논두렁 밟는 일은 비교적 일이 미숙한 초보 농삿꾼이나 소년들이 하는 경우가 많았는데 아이들도 웬 만큼 나이가 들고 힘이 생기면 어른 몫의 품 하나를 인정해 주었다. 이를 일러 어른 품앗이를 한다고 했다. 일에 있어서 어른 대접을 해주고 어른과 동등한 품값과 대우를 받았다. 그렇게 되면 소가 하루를 남의일을 하거나 어른이 하루 남의집 일을 하거나 모두가 동등한 자격과 대우를 받을 수 있게 되는 것이다. 그래서 일꾼 중에는 능숙한 사람도 있게 마련이고 조금 선 사람도 있게 마련이다.

　50년대에는 비료가 대중화 되어 있지 않았다. 산성화된 토양에는 인근 산에서 황토를 파다가 논바닥에 넣었다. 혼자서 땅이 녹자 곧바로 하는 작업이기도 했고 역시 일군을 얻어서 하기도 했다. 품앗이로 일꾼을 얻어 갈꺾는 일을 많이 했는데 봄에 어린 참나무가지나 풀들을 깎아 논에 기비로 넣어 주는 것이다. 마을에서 갈꺾는 일은 대여섯 명씩 한집에서 일꾼을 얻어 작업을 하면 하루에도 몇집에서 일을 동시에 할 수가 있었다. 마을전체에서 가용 일꾼은 50여명내외였을 것이다, 그 시절에는 갈을 꺾어 논에 기비로 넣고 갈아 엎고 논을 쓰렸기 때문에 모심을 때는 미처 썩지않은 생갈잎이 손가락에 걸리곤 했다. 이러한 갈잎은 논맬 때 까지도 논바닥에서 완전히 썩지 않았다. 60년대초까지도 논에 갈꺾어 넣는 일은 계속되고 있었다. 기억을 더 듬어 보면 갈 꺾는 일은 일꾼 한사람당 하루 종일 일곱짐씩을 했다. 낫질이 익숙한 사람은 남보다 일찍 갈 한짐을 꺾어 놓고 쉼터에 와서는 갈짐을 받쳐 놓고 담배를 피우며 다른 사람들이 갈짐을 지고 내려 오도록 기다리는 여유를 부릴수도 있는 것이다. 갈짐은 지게에 바소쿠리를 얹어 짧은 풀이나 갈잎을 짊어 질수 있도록 했다. 나같이 뒤늦게 일을 배우는 사람들은 낫질등도 익숙하지는 않아 아무래도 익숙한 사람들을 따라 보조를 맞추려면 남다른 힘이 들기도 했다. 학교에 다니다가 그 당시 농사 일을 뒤늦게 배우며 익숙하지 않은 삶을 어른들이 말하길 〈엇빼기〉라는 용어를 썼는데 아마도 이것도 저것도 익숙하지 않은 얼치기라는 의미같다. 아무튼 어릴때부터 낫질을 익혀온 마을의 다른 일꾼들을 몸달게 쫓아 다녀야만 겨우 보조를 맞추는 정도였으니 남다른 고생을 할 수밖에 없었다. 일꾼은 못자리할 때 해준 일이라고 해서 꼭 못자리일로 품을 갚을 필요는 없고 농사철 내내 무슨 일이던 지 필요할 때 서로 합의해서 품을 갚을 수가 있었다. 정히 품앗이 일꾼이 모자라면 혹 외지에서 마을에 들어와 농사없이 품팔이 하는 사람이 있을 때도 있어서 그럴때는 그사람에게 품값을 주고 품을 사서 쓰기도 했다. 품앗이 농사에서도 가끔은 이렇게 품을 사기도 했고 품을 팔기도 했다. 농사일은 단순해 보이고 어느 누구나 무슨일이고 할 수 있을 것 같지만 자세히 현장에서 들여다 보면 특별한 일을 담당하는 일꾼 즉 농부들이 따로 존재했다. 60년대 전후로도 동진이 마을에서 농사에는 소가 중요한 역할을 했다. 부림소는 저절로 되는 것이 아니고 사람이 가르쳐서 소가 숙달해야했다. 큰 소라고 해서 모든 소가 논밭을 갈아주는 것은 아니었다. 마을 안에 부림소는 몇 마리 되지 않았다. 일철에는 소들도 쉴날없이 계속해서 일을 해 나가야 했다. 이 부림소를 부리는 사람을 〈신일꾼〉이라고 했는데 국어사전에는 그런 단어가 안보인다. 표준어는 아닌듯하다. 아마도 힘든일을 한다는 의미를 가진 말같다. 그러니까 마을에서 논밭을 갈려고 하면 일단 부림소와 신일꾼을 얻어야 했다. 어떤 농부들은 신일꾼으로 뽑혀 다니는 정도는 아니지만 내 논이나 밭정도는 그런대로 조금씩 갈수 있는 사람도 있어서 그런 사람은 남의 소만 하루 얻고 자기 자신이 그 소를 부려 논밭을 갈기도 했다. 하지만 일꾼들을 여러명 붙여놓은 일날에는 익숙한 신일꾼이 소를 부려야 일이 몰리지않고 순조롭게 진행되어 나 갈수가 있는 것이다. 말하자면 다같이 논밭을 갈더라도 아마츄어와 프로의 차이처럼 작업량, 작업능율과 속도, 작업의 질에 있어서 차이가 있었던 것이다. 그래서 신일꾼이 필요했고 실질적으로 신일꾼으로 활동하는 사람들이 따로 엄연히 존재했다. 얼핏 생각나는 분들로 팥밭골에 한영호, 한남용형제, 그외에 양병관씨등이 활동했고 원동진이에 최홍석, 최순봉씨등 여러 어른들이 활동했다. 좀 젊은 층으로는 금오연과 최영선등도 활동을 했던 것으로 알고 있다. 그런 일들도 처음부터 누구나 익숙한 것이 아니고 쉴참 같은 때 덥적거리며 익숙한 신일꾼들 앞에서 가르침을 배우며, 또 배우려고 노력하면 세월따라 그일에 진정한 선수가 되어 갔던 것이다.

　본답에 이앙된 벼를 예전에는 호미로 한번 매주고 나서 얼마 뒤에는 또 손으로 훔쳐 주었는데 그것도 초벌과 두벌로 나뉘었다. 농사가 좀 넉넉한 집에서는 일군들을 빠듯하게 붙이지를 않고 좀 여유있게 일꾼을 얻는다. 새참에 막걸리로 목을 축인 일꾼들이 취기와 흥이 오르고 몸이 풀리기 시작하면 실하게 자라고 있는 벼 포기들을 논두렁에 나와서 구경하고 있는 주인집 노인어른에게

　"샌님! 올해 농사도 잘 됐는데 풍악 한번 울려얍죠?" 하고 넌즈시 말을 건네면 샌님이 허연 수염을 쓰다듬으며 과히 싫지 않은 표정으로 허허 웃으면 허락이 떨어진 것이다. 쉴 참에 마을 안에 보관 되었던 북이며 꽹가리 등 농악기들이 나오고 〈농자 천하지대본〉 이라고 쓴 농기가 논두렁에 꽂혀 펄럭이고 골짜기에 농악기 풍물 소리가 울려 퍼진다. 한바탕 일군들이 질탕하게 풍물을 울리고 나서는 큰 논배미에 일꾼들이 가득 들어서서 김을 매거나 손으로 훔쳐주는 작업에 들어갔다. 이때 앞에서는 일군하나가 허리 뒷춤에 호미를 꽂고 어깨 위에 북을 걸어메고 선소리 농요를 부르는데 북을 치며 선창으로 일꾼들을 리드해 나간다. 이럴 때 얼핏 생각하기를 일꾼 붙여 놓고 일은 아니하고 놀이하는 것 같지만 풍악은 쉴참에 울리고 일할때는 선소리꾼 선창에 따라 주거니 받거니 하면서 농요를 신이나서 부르면서 일을 하기 때문에 일꾼들이 힘든 줄 모르고 많은 일을 하게 되는 것이다. "그래서, 일꾼은 먹어야 하느니." 하는 말도 생기는 것이다. 그저 잘 먹고 흥이나면 일도 힘든 줄 모르고 열심히 하게된다. 이 말 속에

도 많은 의미가 들어 있음을 알수가 있다.

농악이나 풍물을 울리는 일도 경작규모가 적은 소농가에서는 할수도 없는 모습이다. 어찌됐건 논배미가 십여명의 일꾼들이 들어서서 일을 할수 있는 천여평 정도는 되야 부르는 농요소리도 동진이 골짜기에 메아리져서 아랫동진이 길로 바람따라 흘러 내려가게 되는 것이다. 그래서 마을에서도 살만한 집들에서 이런 풍물도 붙이고 하는 것이다. 이런 집에서는 해질녘에 일이 끝나고 나서도 마을로 일꾼들이 들어오면서 술기운이 얼큰해가지고 풍물을 한바탕 신나게 두드리며 마을 길을 지나 일하는 주인집에까지 가서 또 한바탕 질탕하게 놀아 주고 남은 막걸리도 마시고 하는 즐거운 뒷풀이가 있기도 했다. 이런 부잣집의 일하는 날은 일군들도 많아서 마을의 일 할만한 웬만한 일꾼들은 총 망라 하다싶이 되었다. 결국 이럴때는 마을의 부녀자들도 많은 사람들이 이집에서 밥도 하고 들에 밥이며 술도 내 가고 하는 역할을 하게되어 온통 마을 사람들이 결국은 이 일집에서 하루 식사를 해결 하다싶이 되기도 했던 것이다. 한끼라도 배불리 먹을 수 있다는 것은 제일 큰 행복한 순간이 되는 시절이었다. 농촌 일은 힘든 육체노동으로 농주 없이는 일을 해나가기가 더욱 어려웠다. 사실상 동진이 마을은 산골 마을이라 평야지역 같이 넓디 넓은 논배미들은 구경하기가 힘들다. 50년대에는 여름에 아랫동진이 길로 하학후 집으로 돌아오자면 골짜기로 일꾼들이 부르는 김매는 소리가 참으로 구성지고 한이 서린듯한 그 소리가 그렇게 흥겹고 듣기가 좋았다. 후일 내가 학교를 졸업하고 여러해동안 직접 농사를 지으며 마을 어른들과 품앗이 할 때 이 농요를 배울 기회가 있었다. 때로는 빠른 템포로 부르는 소리도 있었지만 전반적으로 호흡이 긴 진양조 가락의 노래가 인상적이었다. 곡이 그렇게 까다롭거나 어려운 가락은 아니어서 논배미 현장에서 여러 일꾼들과 몇 번 따라서 하다보면 쉽게 배울수 있었다. 여러 다른 지방에서도 김매기 노래나 손으로 훔쳐 줄 때 부르는 소리가 있는 줄 알고 있지만 그 가락이나 가사등은 서로 차이가 있어 그 지역에서만 통용되는 것 같다. 지역마다 공동체의 특색 있는 농요가 전래되고 있지만 이제 동진이에서 김맬때나 초벌 두벌 논 훔쳐 줄 때 부르는 농요의 가사와 가락은 사라지고 있는 것이 안타깝다. 마을에 살고 있는 사람들중 현재 70세정도 이상 된 사람만이 그 농요를 지금은 돌아가신 마을의 옛 어른들과 함께 농사지으며 함께 불렀던 추억이 있으리라고 생각한다. "에~헤—이야, 어허~ 넘차, 찌거어었네야," (호미로 김맬 때 논 바닥을 호미로 찍어 엎어 풀을 매줄 때 불렀던 것으로 기억한다. 선소리꾼의 선창에 따라 후창으로 다수의 일꾼들이 다함께 제창으로 불렀다. 가락이 꽹장히 느리고 길게 불렀다.)

요즈음은 논을 매거나 훔쳐 주는 작업등도 하지않고 모심기 마저 이앙기를 쓰고 있지만 왜 그렇게 예전에는 일이 많은 농사를 지었는지 알다가도 모르겠다.

모심을 때는 못줄과 모틀을 사용했다. 모 심을 날이 정해지면 마을에 모틀과 못줄이 있는 집에서 빌려다 놓아야 했다. 직경이 3~4센티 정도의 각목 세 개를 길이 3~4미터 길이로 잘라 삼각형틀을 만들고 15~20센티정도의 간격으로 홈을 파서 눈금 표시를 해놓은 것이 모틀이다. 이런 모틀 한 개에 세명정도의 일꾼이 붙어 모틀을 굴려가며 뒤로 물러나면서 표시된 눈금에 모를 심는 것이다. 못줄은 긴 노끈에 모 심을 눈금 표시를 하고 양쪽의 줄 끝을 나무 꼬챙이나 쇠꼬챙이를 달아 못줄을 옮겨가며 모를 심는 것이다. 못줄은 양쪽에 아이들이 잡아 주기도 하고 양쪽가에 있는 두사람이 옮겨 가며 모를 심기도 했다. 논 귀퉁이등 모틀이나 못줄로 심지 못하는 곳은 몇사람의 나이많은 일군들이 따로 때워 심었다. 못줄이나 모틀은 손이 재빠른 젊은 일꾼들이 심었고 노인들은 때워 심는 모를 담당했다. 일꾼 한사람은 지게에 바소쿠리를 얹어 묘판에 쪄 놓은 모를 짊어지고 와서 모 심는 논 여기저기에 던져 놓으면 모심는 사람들이 한 주먹씩 빼내어 모심기를 하는 것이다. 묘판에서 모를 찔 때도 두세포기씩 가지런히 뽑아가며 손아귀에서 오른쪽 방향으로 살살 돌려주면 나중에 모를 심을 때 떼어내 심기에 편리했다. 모를 쪄내는 것도 요령과 기술이 있었다. 모심는 일꾼은 아침을 먹이지 않는다. 아침을 안먹고 일터로 나와도 점심사이에 새참이 나오기 때문에 크게 허기질일은 없지만 대다수의 일꾼들은 전날도 밤늦도록 농사일을하고 술도마시고 한 피곤한 몸인데 다가 아침도 안먹고 곧장 모자리로 나와서 쭈그려 앉아 모를 **찌다**보면 출출한 생각도 없지않아 있기마련이다. 새참이 조금 늦는 다 싶으면 여럿 중에는 농담깨나 하는 사람도 있게 마련이어서 주인을 향해서 한마디 하는 것이었다.

"어이, 아무개, 어서 집에 들어가 보게, 부엌 아궁이에 솥밑이 **빠졌**나봐, 우째 새참이 이렇게 안 나와?" 이런 농담도 슬슬 던지면서 지루하고 따분한 시간에 웃음을 주는 것이다. 새참에는 막걸리와 간단한 요기거리등이 나왔다. 빵이나 만두등도 나왔고 국수나 개떡등이 나오기도 했다. 들밥은 모두 부녀자들이 싸리나무로 만든 광주리에 담아 머리위에 이고 나왔다. 그것도 모자라 때로는 손에도 물 바켓츠나 막걸리통을 들어야 했다. 한 여름 뙤약볕 아래 들밥을 이고 들고 내 가려면 그게 어디 쉬운 일인가. 등에는 또 갓난 아이가 업혀 있기도 했고 그 뒤로는 걸을 수 있는 꼬마 아이들이 줄줄이 들판으로 따라 나서기도 했던 당시의 농촌 마을 풍경이었다. 한 때는 도급모라는 것이 유행 하기도 했다. 모심을 때는 워낙 일손도 달리고 날자도 촉박하고 모두들 몸 달아 할 때다. 모심을 때를 놓치면 묘판에 모도 웃자라서 본 답에 이앙을 하더라도 생육이 좋지않고 소출도 떨어져서 모 심을 때가 가장 중요한 것이다. 그 뿐만 아니라 너도 나도 바쁜 철에 새참 준비며 점심 준비하며 들판으로 광주리를 이고 들밥 내가는 일등으로 하루종일 모두들 번잡하므로 뒤에 그 대안으로 나온 것이 〈도급모〉라는 것이다. 이 방법은 모심는 일꾼의 입장에서나 일꾼을 얻어 모를 심어야 할 주인집의 입장에서도 서로 서로 좋은 방법으로 인식되어 인기가 있었고 유행을 타기도 했었다. 그 방법은 매우 단순한 것이어서 돈과 관련된 자본 주의 경제원리가 그 핵심 논리였다. 간단히 요약하면 논 한마지기 모심는 데 돈으로 얼마다 하는 원칙이 적용되는 것이다. 한시간이 됐든 두시간이 됐든, 한 사람이 심던지 두 사람이 심던지, 밤에 심던지 새벽에 나와서 모를 심던지 아무튼 한마지기 모를 심어 놓으면 정해진 돈을 지불하는 방식이다. 주인집으로서는 술이며 밥이며 새참이며 준비 할 필요가 없고 논 만 미리 쓰러 놓으면 일상적인 다른 일을 할 수도 있었다. 주인으로서도 아주 간편한 방법이고 일꾼으로서도 노력 한 만큼 두둑한 댓가를 받을 수가 있으니 서로에게 좋은 방법이 되어 인기가 있었다. 공동체 사회의 인적 관계로 맺어진 품앗이 농사일에 돈이면 해결되는 자본주의 경제방식이 침투해 들어오기 시작 했던 것이다. 그러다 보니 마을안에서 일날을 잡고 일꾼들을 얻고 밥을 나눠 먹고, 부녀자들도 들밥 내 가는 일을 품앗이 모양 서로 오고 가며 해주던 모습들이 사라져 갔다. 꼬마 아이들이 들판으로 밥 내가는 엄마들을 쫄랑 쫄랑 따라가던 모습들도 보기가 어려워졌다. 일은 간편해 지고 정은 멀어져 갔다. 얻는 것이 있으면 잃는 것도 있는 것이 세상의 이치이지만 우리는 자꾸만 경제성만 찾아 한쪽만 바라보고 가는 경우도 없지않아 있을 것이다. 도급모는 젊은이들 사이에서 손이 빠르고 모를 잘 심는 몇 사람들이 한 조가 되어 순전히 돈 벌이를 목적으로 했다. 하루에 다섯 번 여섯 번씩 먹던 음식도 도시락으로 때우고, 남의 집 일가서 쉬던 쉴참도 최소한으로 줄이고 최소한 짧은 시간에 최대의 능력을 발휘해서 최고의 실적을 내는 것이 지상 목표였다. 그것은 돈이라는 댓가로 보상되었다. 변화 되어 가는 시대의 한 단면이었고 징조였다.

　　바쁜 농번기에는 하루에도 여러집에서 일날을 잡고 그 날의 일을 진행 했는데 이럴때는 마을의 가능한 가용 도동력이 총 동원 되었다. 그럴 때 아차 실수로 혹은 불가피하게 쌍품이 나는 경우가 발생하기도 했다. 쌍품은 같은 날 내가 가야할 일집이 두 군데가 발생 했을 경우를 말한다. 내가 A라는 사람에게 품을 하나 지고 있었는데 어느날 B라는 사람과 일을 맞췄다. 그 뒤 A로부터 일을 갚아 달라는 날이 하필이면 바로 B 와 일을 맞춘 그날이 되면 하릴없이 쌍품이 나고 만다. 만일 이런 때는 A에게 B와 일을 앞서 맞췄으니 양해를 구하고 B의 일을 갈수도 있고 이왕에 A에게 진 품은 나중에 갚을 수도 있지만 A가 꼭 내가 필요한 일꾼 이라고 하면 어쩔수 없이 B의 일을 본인에게 사정을 이야기 하고 취소 하기도 했지만 취소가 어려우면 이 때도 쌍품이 나게 되는 것이다. 쌍품이 나는 경우는 마을에 가용 노동력이 부족할 때 생기는 현상이라고 볼 수도 있는데 이럴 경우 또 다른 마을 사람 C에게 사정사정해서 쌍품이 난 두곳 중의 한 곳을 내 대신 일을 보내기도 했다. 대개는 의리상 내가 이미 진품인 A의 일을 가고 C를 내 대신 B의 일터로 보내게 된다. 어느 누구를 대신해서 일터에 나온 사람을 〈대신 방망이〉 라고 놀리며 대신방망이는 일을 남들 보다 두곱을 하여야 한다는 등의 농담을 하기도 했다. 힘든 일을 잠시 쉬면서 한숨 돌릴 때 이런 우스개 소리들을 하면서 힘들고 지루한 시간을 잊으려 했던 것은 아닐까. 농사일을 맞추고 일날을 잡고 하다 보면 일에 따라서는 한 두사람이 불가피 하게 일을 빼개고 못 오는 수도 있을 수가 있다. 물론 여간해서는 잘 발생되지 않지만 살다 보면 그런 일도 피 할수 없는 법이다. 모를 심거나 김매는 일등은 한 두사람이 비록 빠진다 해도 주인이 생각한 그 날의 일를 모두 마무리하지는 못하지만 남은 일들은 주인이 그 다음날에 할 수도 있다. 하지만 소를 부리는 신일꾼 이라던가 가래질의 가래장치꾼등 특별한 임무가 주어진 일꾼은 빠질 수도 없고 만일 빠지게 된다면 큰 낭패가 되는 것은 분명했다. 그래서 한창 바쁜 농번기 일철에는 쌍품이 발생하거나 서로 서로 맞춘 일들이 빠개져 차질이 생기지 않도록 온 마을안의 일날 진행 상황정보를 농사짓는 집에서는 모두 꿰뚫고 있어야 했다. 음력 며칟날은 누구네 집 일날이고 그 날은 그집 일꾼이 몇 명정도 될것이고 이런 기본적인 일날의 정보를 모두가 공유하고 있었던 것이다. 일날이 잡히면 일꾼은 일터에서 같이 일을 하면서 맞추기도 하고 여의치 않으면 일이 끝난 저녁후 마을을 돌아다니며 일대일로 대면해서 일을 맞췄다. 원동진이에서만도 3~40명의 가동인력은 되었을 것이다. 덕골 능골 모두 합친다 해도 50명 내외였을 것이다. 모 심을 철에는 사람도 무척 바쁘지만 부림소 들도 매일매일 쉴 날이 없이 부리게 된다. 중노동이 연일 계속되니 말못하는 짐승이지만 힘들기는 매 한가지 일 것이다. 특히 소들은 모 심을 때 일할 날들이 빈틈없이 꽉 차있어서 거의 못 쉬는 편이다. 소품도 한사람의 몫이지만 농사철에 쇠죽은 특별히 영양가 높은 곡식들을 섞어서 잘 먹이도록 했다. 일종의 특식인 셈이었다.(참고: 마을 주변의 환경)

일 하는날 예상치 못한 비가 쏟아 지거나 마을에 초상이 나는 등, 일을 할 수 없는 불가피한 상황이 발생되면 어떻게 했을까? 아침 일찍부터 일을 시작하기 전에 상황이 발생 되었으면 모든 일정은 차례로 순연된다. 일을 시작하고 나서 점심 무렵 발생되었으면 여러 상황을 검토해서 결정한다. 비가 억수로 쏟아 질경우도 하루해가 얼마 안 남

앉을 경우와 모심는 일이 날자를 다투도록 급한 마냥모같은 경우는 그대로 일을 진행해 나가고 초상이 났을 경우도 아침나절이 아니라면 그날 일들을 대개 마무리 하고 그 다음날부터 일이 순연되어 드텨 나간다. 만일 그날의 일을 중간에 중지하게 되는 경우도 발생되는데 이럴 때 일을 품민다고 했다. 만일 점심때쯤 품을 미면 그 다음날 비슷한 시간에 일터의 현장으로 일꾼들이 다시 모여서 일을 계속해서 진행하게 된다. 마을사람들의 대화를 옮겨 보면

"어제 박서방네 모심는일 결국 품몄어. 일날을 하루씩 드텨야 될 것 같어" 이런 식의 이야기를 들을 수가 있었다. 일날이 순연 되어 나가는 것을 드텨 나간다고 했고, 품민다고 하는 말은 아마도 목이 메다와 같이 어떤 일이 순조롭게 끝나지 않은 상태를 말하는 메다에서 나온 말 같다. 웬만한 일은 비가 많이 내리면 들일을 해 나가기가 어렵고 일의 능율도 오르지 않는다. 그뿐 아니라 부녀자들이 들밥을 내가기도 힘들고 빗속에 들판에서 밥을 먹기도 곤란하다. 그래서 대개는 품을 미고 다음날 이어서 하는 것이 좋기는 한데 마냥모처럼 하루빨리 모를 심어야 할때나 하루해가 얼마 안 남았을 경우등 특별할 때 그냥 일을 계속 진행해 나갈 때가 있었다. 또 논매기나 초벌 두벌 논 홈쳐 줄때는 비가 억수로 쏟아져도 엎드려 하는 일이라 도롱이와 밀짚모자를 쓰고 계속 하기도 했다. 아침에 들로 일 나갈 때 날씨가 흐려 있으면 도롱이와 밀짚모자를 꼭 챙겨야 했다. 비가 올 때 도롱이를 쓰고 일을 하다보면 허리를 펼 수가 없었다. 허리를 펴고 일어서면 비를 맞게 되기 때문에 계속 엎드려 일을 해야만 했다. 장마통에 내리는 비는 가늘게 내리다가도 굵은 비가 쏟이지기도 하고 부슬비가 오다가 소낙비가 쏟아지기도 했다. 어떤 때는 들에서 밥 먹을 때를 맞춰 굵은 소낙비가 퍼 붓듯이 내릴적도 있었다. 꼭 심술쟁이 아이마냥 내내 찔끔 찔끔 내리던 비가 밥 먹을 때에 쏟아지니 허허 벌판에서 꼼짝없이

비를 맞으며 밥을 먹어야 했다. 온종일 비를 맞아 추위로 몸과 손은 벌벌 떨리는데 받아든 막걸리 사발은 쏟아지는 빗물로 마시기도 전에 철철 넘친다. 사시나무 떨리듯한 몸으로도 배는 고프니 밥은 먹어야 했다. 굵은 빗 줄기는 인정 사정없이 내리 퍼붓고 어디 한곳 비를 피할 만한 나무 한그루 없는 들판에서, 그래도 먹어야 일을 하니 빗물로 넘치는 국 그릇을 바라보며, 정말로 사람이 산다는 것이 무엇인지 한없는 서글픔과 처절한 비애를 맛 보기도 했다.

타작 이야기 좀 해보자. 타작이라면 농작물을 수확해서 거두워 들이는 일인데 많은 일꾼을 필요로 하는 벼타작과 보리타작이 큰 일에 속했고 그 시절에는 콩도 비교적 많이 심어 콩타작도 큰 비중을 차지하고 있었다. 벼타작은 동진이 마을에서 일반적으로 둥굴통이라고 부르던 벼 탈곡기를 썼다. 이 둥굴통 벼 탈곡기는 콩타작이나 보리 타작에도 변용할 수도 있었지만, 보리는 자리개질과 도리깨질로 타작하는 것이 일반적인 수확 방법이었다. 원형의 둥근 통위에 철사를 구부려 촘촘히 박은후 발로 밟아 돌아가는 기어 톱니 바퀴로 이 둥근 통을 돌리면서 벼 이삭을 돌아 가는 통위에 대주면 벼의 낱알이 떨어지게 되는 원리이다. 부르는 명칭은 지방에 따라서 조금씩 다른 것으로 알고 있다. 순전히 사람이 발로 밟아서 동력을 얻기 때문에 무척 힘든 작업이었다. 네명이 둥굴통을 앞에 놓고 나란히 서서 좌우 양쪽으로 가에 있는 두 사람이 그 옆에 쌓아 놓은 볏단을 풀어 자기의 옆에 있는 가운데 두 사람에게 한 주먹씩 볏짚을 건네주면 그 두 사람은 둥굴통의 발판을 발로 밟으며 벼를 털어 내었다. 모를 찔때나 벼를 벨 때 익숙한 일꾼들은 한 주먹씩 또박 또박 떨어지도록 모춤을 묶어내거나 볏단을 묶어 내기 때문에 그 결을 따라서 떼어내면 일 하기가 굉장히 편리했다. 낱알을 털어낸 빈 볏짚은 뒤로 빼 내면 뒤에서 한 사람이 대기 하고 있다가 벼를 털고 나오는 볏짚을 묶어 처리했던 것이다. 둥굴통 앞에서도 나이많은 어른들이 갈퀴로 털어낸 낟알을 긁어서 앞에 산처럼 벼의 낟가리를 만들어 놓았다. 앞에서는 비질과 갈퀴질로 떨어진 벼의 낟알들을 한데로 깨끗하게 긁어 모으는 작업을 하는 임무가 주어진 것이다. 탈곡기를 밟으며 벼를 털어 내는 네사람은 힘이 많이 드는 일임으로 서로 힘이 들면 임무를 바꿔 교대를 하면서 일을 했다. 대체로 삼사십분씩 둥굴통 밟는 일을 서로 바꿔가며 교대를 했는데 온 몸이 땀으로 범벅이 되어 영낙없이 미역을 감는 수준이었다. 만일 둥굴통 돌리며 벼를 털어 내는 일꾼들이 조금 늦장을 부리면 그 날의 벼타작 할 수량을 다 못 하거나 일이 늦게 끝날수도 있어서 어두워지면 여러 가지로 불편 했기에 일의 조절을 잘 해나가야 했다. 잘 못 계산하면 캄캄한 밤이 되도록 고생을 하게도 되는 불상사가 발생하기도 했었다. 이와 같이 그날의 벼 타작은 탈곡기가 어느정도로 부지런히 돌아가느냐에 따라 좌우되는 일이 많아 탈곡기를 돌리며 벼를 털어 내는 작업은 젊은 청장년을 중심으로 그 조가 짜여졌다. 그날 하루에 타작할 볏단이 만일 천단이라면 쉴참 마다 볏단 줄어드는 상황과 남은 시간들을 가늠하며 일의 속도를 조절해 나갔다. 여러해 동안 같은 일들을 해마다 해오다 보니 속된 말로 모두들 능구렁이가 되어서 그날 일이 좀 수월하다 싶으면 느긋하게 참참이 담배도 피우며 쉬어 가면서 하기도 하고 조금 벅차다 싶으면 일을 다그쳐 서두르게도 된다. 지금 기억으로는 탈곡기 한 대로 하루에 대략 볏단을 천여단 내외를 털어 낸듯한데 오차는 있을 것이다. 만일 탈곡기 한 대로 하루에 타작이 어렵다고 생각되면 왜정 때부터 써 오던 벼 훑는 기계를 추가로 놓기도 했다. 이 기계는 얼레빗 같이 생긴 쇠붙이에 나무다리 네개로 고정시키고 기계에서 늘어진 줄을 발로 밟고 그 쇠붙이 사이에 벼이삭을 넣고 훑어 내는 방법으로 낟알을 수확하는 것이다. 이 기계는 개인 장비에 하나인데 하루에 혼자서 볏단을 백여단 내외로 훑어 냈던 것으로 안다. 이렇게 주인은 그날의 타작할 볏단의 숫자와 집과 타작마당의 거리등 여러 가지 조건을 감안해서 필요한 일꾼들을 얻으면 된다. 타작은 논이 있는 들에서도 했지만, 볏단을 아예 집으로 운반해 와서 마당에서 하기도 했다. 들에서 타작을 하면 타작이 끝나고서 볏가마를 지게로 집까지 져 날라야 했다. 집에서 멀리 떨어진 논에서 집으로 날라온 볏가마를 대청마루에 차곡차곡 천장에 닿도록 쌓아 놓는다. 타작이 끝나고 대청마루에 볏가마가 가득하면 그 동안의 고생은 다 어디가고 거저 얻은 듯 안먹어도 배가 부른 느낌이다. 타작마당에서 볏가마 하나가 대략 200여근 내외인데 새 가마보다 묵은 볏가마는 훨씬 무겁다. 웬만한 사람 몸무게의 두곱절 이상이다. 이런 볏가마를 지고서 능골 고개나 무듸실 고개를 넘어 오려면 땀께나 빼야하고 뼛심이 든다. 언제나 이런때는 한창 힘이 솟을 때인 젊은이들이 역시 한 몫을 한다. 솟는 힘도 쓸겸 볏가마를 번쩍번쩍 안고서 척척 포개서 볏가마를 쌓는 사람은 역시 젊은이들이다. 그래서 일터에는 노련한 어른들도 있어야 하고 힘을 쓰는 젊은이들도 있어야 순조롭게 일이 돌아간다. 모든 일은 한 쪽으로 치우치거나 편향되지않고 조화로울 때 잘 돌아 가는 이치와 같다. 60년대 전후로 농사일을 할 때 나는 20대 시절이라 한창때였다. 어릴때부터 몸에 익힌 농사일은 아니었지만 지게질이나 둥굴통 탈곡하는 작업, 또 보리타작 도리깨질등은 비교적 힘으로 하는 일이라 잘 하는 편이었고 낫질, 가래질, 등은 오랜 숙련이 필요한 일들이라 서툰 편이었고, 쟁기질등은 아예 해보지도 못한 농사일에 속한다. 특히 둥굴통 벼 타작에서 볏단을 줄이며 빨리 털어내는 데는 일가견이 있었는 데 이렇게 빨리 털어내는 벼 낱알은 꼬투리째 떨어지는 것이 많아 나중에 주인이 꼬투리 타작을 도리깨로 또 해야한다는 부작용이 있었다. 빨리 먹는 밥이 체한다거나 화

장실에 가보면 안다는 식으로 타작을 일찍 마칠수는 있지만 주인에게
는 약간의 부담이 될 수도 있는 경우이다. 그러나 어찌됐건 그날의 일
이 분량이나 시간적으로 보아 늦도록 일이 못 끝날 것 같은 분위기가
되면 비상 수단으로 조금 부작용이 있드라도 일을 마무리지어 끝내는
것이 중요할때는 이렇게 꼬투리를 많이 만들어 내는 방법이라도 속도
를 낼 수밖에 없었던 것이다. 무슨 일에나 과유불급(過猶不及)이라고
지나치면 폐가 되는 법이니 타작마당에서도 어느정도의 융통성은 있
어야 했지만 상황에 따라 잘 조절을 해야만 했다. 기계화 되지 못했던
옛날의 농사일들은 그래도 힘이 많이 필요했다. 옛날에 어른들이 자
기 자식들한테 농사를 짓지 말라고 하는 것은 이와 같이 순전이 사람
의 몸과 힘으로 견뎌 내야하는 뼛심드는 일 때문이라는 것도 큰 원인
중에 하나가 될 것이라고 본다.

　농사철에 일꾼들은 하루에 다섯끼니를 먹었는데 아침 점심 저녁외
에 그 사이사이에 샛밥이 들어 있었다. 다른 지역에서는 어떤지 모르
겠으나 동진이 마을에서는 봄부터 여름일까지는 아침밥을 일꾼들에
게 제공하지 않았다. 저녁 밥도 제공하지 않았고 점심과 두 번의 샛밥
만 제공했다. 하지만 예외가 있었다. 소를 부리는 신일꾼만은 아침을
불러 제공했고 저녁도 마찬가지로 제공 되었다. 또하나 여름일이라도
보리타작일은 아침은 제공하지않는 대신 저녁밥은 제공했다는 것이
다. 아마도 내 생각은 신일꾼은 특별히 힘든 일이라 조석을 제공한 것
이고 보리타작은 곡식을 수확하는 것이기도 하고 또 대개 보리타작은
저녁 늦게 끝나게 되는 경우가 많아 저녁 제공을 하게 되었던 것 같
다. 특별히 가을 벼 타작만큼은 일년의 농사중 가장 중요한 벼를 수확
하는 날이라 그러한지 아침 새벽부터 아이들을 시켜 일꾼 한사람 한
사람을 불러 일찌감치 아침밥을 제공했는 데 컴컴할 때 새벽에 아침

을 불러서 주게되니 어제의 일집에서 늦도록 술먹고 힘든 일들을 한 뒤끝이라 입들도 깔깔하고 입맛들이 없어한다. 이래서 술 좋아하는 사람들은 아침해장 술로부터 일을 시작하기도 했다. 그러고 보면 가을일은 모두 아침저녁을 제공 했던것같다. 가을에는 벼베기 벼 타작 외에도 보리심는 일, 지붕새로 해 잇는 일등이 대표적인 일이었다. 보리타작이나 벼타작일등은 대개 일들이 어두울 때 까지 끝나지 않는 경우가 많았다. 타작일들은 마을에서 하루에도 서너집에서 하기 때문에 일하는 집이 많았다. 타작일은 특히 보리가마나 볏가마등을 다루려면 힘이드는데 이때 일을 일찍 끝마친 마을의 젊은 일꾼들이 마을의 다른 타작일집을 찾아 다니며 무거운 볏가마 보리가마를 날라주고 척척 쌓아주고 힘쓰는 일들을 도와 주고 술도 얻아먹고 밥도 자기가 일한집에서 부르러 와도 일 도와 준 집에서 얻어 먹기도 하면서 온 마을 이 온통 모두 타작집인양 분주하고 흥청 흥청댄다. 그래서 곡식을 거둬들이는 수확은 농민들을 최고로 기쁘게 하는 날이기도 한 것이다. 술과 밥이 흔하니 배가 부르고 배가 부르니 부러울것이 없는 것이다. 나도 이 시절에 마을의 동료들과 보리 타작집들과 벼 타작집들을 찾아 순회하면서 일도 도와주고 술과 밥을 얻어 먹고 하던 그 시절이 떠 오를 때가 많다. 그토록 하루종일 고된 일들을 하고서도 밤이 이슥토록 마을의 타작집들을 찾아 일도 돕고 막걸리도 마시며 또 그 다음날 있을 일을 겁내거나 걱정하지 않았으니 젊은 탓이었으리라. 보리 타작일은 한창 더울 때 뙤약볕아래 해야 하는 일이라 고생이었다. 보리까락은 살에 붙으면 쓰리고 따갑다. 나는 보리타작 마당에 도리깨질 담당을 하는 일꾼으로 참여했다. 도리깨질은 통상적으로 세사람 정도가 한 개 조로 이루어 졌고 자리개질하는 일꾼으로부터 일차적으로 보리 낱알을 털어낸 보릿단이 도리깨질을 하는 쪽으로 넘어 오면 일단 상도리깨꾼이 묶인 보릿단을 도리깨로 후려쳐 풀어 놓으면 나머지 두 사람의 일반 도리깨꾼이 풀어 흩어진 보릿단에 남은 보리낱알을 도리깨로 두드려 털어 낸다. 도리깨질도 마냥 두드려 패는 것만이 능사가 아니라 상 도리깨꾼이 보리 낱알이 붙어 있는 보라짚을 보아 가며 "여기 때려라! 저기 때려라!" 하는 신호에 의해 도리깨질 할 장소를 찾아 세게 후려 치기도 하고 잠시 가볍게 치기도 했다. 리듬을 살려가면서 도리깨질을 해 나가야 오랜 시간을 효율적으로 도리깨질도 할 수가 있고 보리 낱알도 세게 칠때와 가볍게 때릴 때등을 때에 맞춰서 해야 능률이 날 수 있는 것이다. 한여름철이라 땀으로 미역을 감고 수분증발이 심해 갈증이 심하다. 보리타작은 막걸리 기운으로 한다고 해도 과언이 아닐정도로 더위와 갈증 그리고 땀과의 전쟁이다. 참참이 막걸리를 한사발씩 들이켜도 땀으로 다 쏟고 취할 틈이 없을 지경이었다. 농사일은 정말 힘이 들어 막걸리라도 안 마시면 아마도 더 힘들었지 싶다. 그래서 농주라는 말도 생겼겠지만 옛날의 농사일은 엄살이 아니라 정말로 힘이 들었다. 50년대 후반까지도 보리타작을 하고 나면 부녀자들이 보리타작하는 집 마당으로 키를 들고 모여들어 털어놓은 보리를 일일이 키로 까부러서 보리가마에 담았다. 이때는 이미 어두워서 일을 할수 없을 정도로 캄캄한 밤이였다. 이럴때를 대비해서 미리미리 관솔들을 준비해 두워야 했다. 관솔은 당시 농촌에서 어두운 밤을 밝히는 햇불이고 등불이었다. 그뒤로 60년대 전후로 풍선기라는 바람을 일으키는 기계가 나왔다. 전기가 없으니 사람이 서서 손으로 날개를 돌려 바람을 일으키는 말하자면 키가 큰 선풍기 같은 기계였다. 이 기계가 나온이후 마을 사람들중 농사가 많은 집에서 구입을 했는 데 그 밖에 농사 규모가 작은 집에서는 풍선기를 가지고 있는 집에서 빌려다 썼다. 마을에서 몇집밖에 없었다. 그런 뒤로는 보리타작에 있어서 부녀자들의 키질이 줄어 들거나 없어졌다. 물론 그 얼마뒤에는 그렇게 많이 심던 보리나 밀농사가 완전히 마을에서 사라졌으니 모두 지나간 역사가 되었다. 어느 가을날 보리심는 일을 맞추고 아침에 일집으로 가보니 일단 지게 바소쿠리에 잿간에서 재를 퍼 담아지고 보리심을 밭으로 가게 되었다. 밭에서는 신일꾼이 소를 부려 쟁기로 보리밭을 갈아 놓으면 뒤를 따르면서 짚 삼태기로 재를 퍼 담아 밭고랑에 뿌린후 그 위에 보리씨앗을 흩뿌려 넣었다. 그리고 보리씨앗이 들어간 밭고랑을 고무래로 밭두둑을 밀고 당기면서 두 고랑씩 덮어나가는 데 보리씨앗을 넣는 일은 노련한 어른들이 하고 내가 하는 일은 잿 삼태기로 고랑에 재를 뿌리는 일과 고무래로 고랑의 보리씨앗을 덮는 일이었다. 재를 뿌리다 보면 잿속에 파묻혀 있던 똥 덩어리가 손에 잡혀 재와 함께 밭에 뿌려지는 데 처음엔 질겁을 했다. 옛날에는 어린아이들이 잿간에 똥을 누웠다. 마당가나 두엄자리에 누운 아이들의 똥도 삽으로 떠다가 잿간에 던졌다. 이래서 잿간에는 아이들의 똥 덩어리가 많았던 것이다. 처음 당하는 일이라 기겁을 하고 더럽다는 생각도 했지만 결국 산다는 것이 먹고 배출하고 자연의 이치이며 순환과정이라고 이해 하였다. 아니 이해하려고 노력하였다는 것이 더 옳은 표현일른지도 모르겠다. 약간의 갈등이 없었던 것은 아니었으니까. 나라는 인간은 무엇이 다른것인가. 손에 똥한번 묻히고 인생을 생각하고 삶을 고뇌하는 것인가? 그렇다고 세상의 모든 사람들 보고 손에 똥 묻혀 가며 보리를 심어 본 일이 있느냐고 물을 필요는 없다. 세상 천지에 힘든 일들이 어디 하나 둘인가? 사람들은 누구나 살아가면서 어렵고 힘든 과정을 겪으면서 나름대로 마음과 정신이 성장해 나가는 것이다.

농사일에는 장갑을 끼고 하는 일은 없었다. 맨발 맨손이 제격이었다. 이렇게 심어놓은 보리는 가을에 보리싹이 올라와 추운 겨울 눈속에서도 꿋꿋하게 버텨낸다. 현대그룹의 정주영 회장의 자서전을 읽어 봤는 데 한국의 보리밭과 관련한 내용이 있어 눈길을 끌었다. 부산의 유엔 묘지에 VIP 가 방문하게 되었을 때 겨울철이라 너무 삭막하고 황량하였다고 한다. 별안간에 녹색의 잔디를 입혀야 할 처지가 되었단다. 하지만 한겨울에 녹색의 푸른 잔디를 입힐 수는 없지않은가. 방법을 찾던중 그 당시 흔한 보리밭을 통째로 사서 파란 보리싹을 옮겨 심고서야 위기를 훌륭하게 모면했다고 한다. 마을 근처의 보리밭은 겨우내 아이들의 운동장처럼 밟고 다녀도 그 이듬해 봄이되면 보리싹이 오히려 파랗게 더 잘 올라왔던 기억도 있다. 봄에는 보리밭을 밟아주면 얼었다 녹으며 보리뿌리가 들떠서 입는 냉해등을 막아 준다고 했다. 봄철에는 겨우내 모아둔 변소간의 인분을 쳐 내어 보리밭에 거름으로 주었다. 우리집 보리밭은 바깥말 개울을 건너 희고현 고개밑에 천여평의 보리밭이 있었다. 내가 농사를 짓기 전에는 일꾼을 얻어서 인분을 쳐 냈지만 내가 성장하여서는 내 자신이 거름통을 빌려다가 인분을 쳐내는 일도 몇 년동안 해본 경험이 있다. 인분지게는 물지게와 달리 인분이 엎질러지거나 튀어 오르면 큰 낭패를 볼 수있기 때문에 아주 조심도 해야 했지만 기본적으로 익숙한 거름통 지게질이 절대적으로 필요한 작업이었다. 이러한 일들도 무난히 잘 해 낸 것을 보면 나도 고생은 했지만 한편 잘 적응하며 견뎌준 내몸이 대견하다는 생각도든다. 지금도 모든 일들을 몸으로 부딪쳐야만 했던 그 시절, 아주 오래전 옛날 방식으로 힘들게 농사짓던 그 현장에 내가 있었던 것을 부끄럽거나 불행했다고는 생각지 않고, 오히려 대단한 경험이었으며 내 인생에 있어서 큰 의미가 있다고 생각하고 있다. 이 책 또한 그 시절 그런 경험을 바탕으로 쓸수 있는 것이니 동진이 이 땅위에서 앞으로도 계속 살아갈 후손들에게도 이 좁은 산 골짜기 적은 농토를 경작하며 마을 사람들이 서로 서로 어떤 생활방식으로 살아 나갔을까 하는 그런 궁금증을 풀어가는 데 분명 작은 도움이 되리라고 믿고 싶다.

(2) 부녀자들의 경제생활

　농업을 위주로 생활하던 당시의 농촌에서는 현금이 귀했다. 돈이 나올곳이 없었다. 마을에는 두 세집의 공무원이 있었고 한 두집의 상업을 하는 집이 있을 뿐이였다. 마을 주민의 대다수가 곡식을 시장에 내다 팔지 않고는 돈 한푼 손에 쥘 수가 없는 실정이었다. 하지만 마을안의 경지면적이 적다보니 농업 생산물은 적었다. 기초적인 의식주만 해결하는 데에도 힘에 겨웠다. 마을이 산 골짜기에 있다 보니 기본적으로 농경지가 협소했다. 좀 넉넉한 집이라고 해봐야 밥술깨나 굶지 않고 먹고 사는 수준이고 많은 집들이 봄철 춘궁기 때가 되면 양식이 떨어졌다. 큰 부자도 없고 삼시세끼 굶지않고 먹고 사는 것이 고작이었던 셈이다. 일천구백 사오십년대까지는 그런대로 일반적인 우리나라 농경사회의 실정과 비슷하게 가난 속에서도 안분자족하며 지내왔다. 그러나 6 · 25이후로 전 국토가 피란민들의 소용돌이에 휘말리고 사회적 혼란등을 거치면서 가치관과 시대의 변화가 오고 있었다. 외부사회와 세상을 바라보는 안목이 넓어지고 각종 정보가 활발하게 흘러들었다. 생활 필수품들도 급격하게 발전하였고 편리성과 모양등을 따지게 되었다. 그뿐만 아니라 문화 오락등에도 눈을 뜨고 여가선용에도 관심을 갖게 되었다. 특히 자녀들의 진학과 교육의 필요성을 인식하는 계기가 되었다. 이러한 변화에 따라 여태까지 원시 농업 사회의 물물교환의 생활만으로 만족하며 살아오던 생활방식으로는 급변하는 사회 풍조를 따라갈 수가 없었다. 농촌에도 현금인 돈이 필요했다. 좁은 경지면적에서 생산되는 곡식만으로는 감당할수 없는 현금의 수요가 급증하게 되었던 것이다. 자급자족의 단순한 원시적 생활인 농업경제가 시장경제에 눈을 뜨는 계기가 되었던 것이다. 우리나라는 고금을 통하여 위기 때 마다 부녀자들의 활약상이 선구자적 역할을 해온 경우가 많았다. 동진이 마을에서의 시장경제의 주역도 단연코 마을 부녀자들의 광주리 장사로부터 시작 되었다고 말할수 있을 것이다. 원래 그 무렵에는 부녀자들이 광주리에 상품을 이고 이마을 저 마을에 단골로 다니면서 물건을 파는 소위 방물장수라 불리는 아주머니 장사꾼이 있던 시절이었다. 그들은 큰 시장에서 물건을 떼어다가 그보다 작은 시장에서 파는 것이 아니고 각 마을을 찾아 다니며 직접 소비자를 상대했다. 이때 동진이 마을에도 역북리 지역에 살고 있으면서 주기적으로 동진이 마을로 찾아와 아이들 옷이며 여러 가지 옷감등을 팔러오던 상복엄마라고 부르던 아주머니 단골이 있었다. 마을사람들이 모두들 서로 잘 알고 지낼 정도서 한 마을 사람과 다름없이 지냈다. 그 때도 아직 물물교환의 상거래 풍습이 곳곳에 남아 있어서 돈이 없으면 곡식으로도 물건 값을 쳐서 지불하던 시절이었다. 아이들 옷이 마음에 드는 데 마침 돈이 없다고 하면 방물 장수가

"아, 돈 없으면 보리쌀이라도 줘봐." 하면서 흥정을 하는 것이다.

"좀 비싸" 하면서 뒤로 슬쩍 빠지는 듯 하면 "깎아줄게. 이럴 때 아이들 옷 하나 들여놔!" 하면서 한발 다가서게 되는 것이다. 그때서야 "지난 장날 보리쌀 시세가 얼마했지?" 하면 흥정이 막을 내리는 것과 다름이 없다. 모두들 장날 곡식시세에 민감했고 관심을 가지고 살았다. 돈이 곡식이었고 곡식이 돈과 같이 쓰였다. 단골들은 때가 되면 김치 한 접시 놓고서 찬 밥에 물 말아 나눠 먹어도 아무 불편함이 없는 사이들이었다. 매번 일정하게 찾아오니 더러는 외상도 주고 세상 돌아가는 이야기도 나누며 살았다. 방물 장수는 이 동네 저 동네를 돌아 다니며 듣고 본 소식들을 전해 주기도 했고 더러는 이웃 마을간의 처녀 총각을 소개 시켜 결혼까지 시키는 중매쟁이 역할도 했던 것이다. 동진이 부녀자들은 이렇게 방물 장수를 하는 사람은 없었다. 6·25이후 한때 큰 사랑에서 피란민 생활을 하던 광석과 광문 두형제

의 아버지가 자전거로 여러 마을을 다니며 새우젓을 팔았다. 광석이
는 일본에서 태어나 자라다 귀국했다고 들었는데 긴따로 라는 일본이
름도 가지고 있었다. 그들은 몇 년을 동진이에서 살다가 나중에 서울
로 이사를 갔다.

　　동진이 마을 부녀자들은 김량시장 노점을 주로 이용했다. 닷새마
다 서는 장날에는 마을 사람들도 장에 나가는 사람들이 많았다. 그 때
까지는 곡식이 아직 마을의 경제를 지배하고 있었다. 곡식 시세도 알
아 보고 관공서 일도 보고 비료나 종자 구입과 생활에 필요한 물품 구
입등이 주된 목적이고 농사에 지친 몸을 막걸리 한잔에 풀 수도 있었
다. 사람구경 장구경도 부수적인 목적일 것이다. 남자들은 장에 나갈
때면 의례 장노자로 보리쌀 한 말, 콩 한 말등을 자루에 담아 멜빵으
로 걸머지고 나서야 했다. 참깨나 들깨등도 장노자의 단골 품목이었
다. 장노자는 장날에 쓰는 돈, 장날에 필요한 경비를 장노자라고 했
다. 현금이 나올데가 없으니 만만한게 집에 있는 곡식이었다. 가뜩이
나 부족한 곡식을 돈이 급 할 때 마다 한 두말씩 퍼 내다 보면 살림 형
편이 나아 질 리가 없었다. 현금은 나날이 더 필요해져 가는 시대 상
황인데 농촌의 실정은 아직 적응이 않되고 있었다. 이런 시대적 변화
와 요구에 따라 마을의 부녀자들이 나섰던 것으로 보인다. 처음에는
부녀자들의 장사가 닷새마다 서는 장날에만 이루워 지다가 나중에는
장날이 아닌 평일에도 팔 수 있는 물건이 확보되면 장사를 나갔다. 상
품이라고 해 봐야 논 밭에서 자체적으로 생산되는 각종 채소류와 마
을 주변 산야에서 채취하는 산나물이었다. 그 밖에도 도토리나 콩등
의 가공식품이 시장에 팔 수 있는 상품이 되었다. 점차적으로 상품생
산에서도 다양한 변화를 보이며 발전되어 나갔다. 예를 들자면 콩밭
에 아직 주 작물인 콩포기가 어울어 지기전에 밭 고랑에 열무씨앗을

뿌려두면 열무 씨앗은 싹이 터서 빨리 자란다. 어리고 연한 열무를 솎아내어 시장에 상품으로 팔다 보면 점차적으로 콩포기도 자라나서 밭고랑에 그늘이 지고 열무장사도 끝이 나는 것이다. 좁은 경지면적을 효율적으로 사용하기에 이른 것이다. 밭둑에는 호박등이 열리고 텃밭의 오이며 가지등이 상품이 되었다. 호박은 애호박을 선호하지만 풀섶에서 애호박을 찾아 따다보면 더러는 놓치기도 해서 나중에 서리내릴 때가 되면 노랗게 익은 늙은 호박을 볼 수가 있었다. 호박잎도 상품이 되었고 풋콩이며 옥수수며 농촌에서 생산되는 자질구레한 모든 먹거리들이 상품화 되어 시장 소비자들에게 팔려 나갔다. 그렇게 해봐야 열무 몇단 오이몇개, 애호박과 가지 몇 개 정도로 보잘 것 없어 보였지만 눈여겨 생각해 볼 문제의 핵심은 쉬지않고 꾸준히 지속적으로 장사를 한다는 데 있었다. 그 당시 마을의 남자들이 통크게 쉽게 말했다.

"그까짓 돈 몇푼 벌자고 종일 그 고생을 하느냐?"

하지만 부녀자들의 이처럼 쉴줄 모르는 끈기는 결국 티끌모아 태산이 된다는 것을 남자들은 몰랐다. 알고 보면 그 무렵 동진이 마을 부녀자들 뿐만 아니라 김량시장 근처의 여러 농촌 마을에서도 부녀자들이 이렇게 장사에 뛰어들어 어려운 가정 경제를 이르켜 세웠고 자녀들을 학교에 보냈던 것이다. 그러나 각 마을에서 취급하는 주 상품은 서로 달랐던 듯하다. 어느 마을은 도토리묵이 주 상품이고, 어느 마을에는 떡 장사가 많고, 또 어느곳은 채소장사를 전문으로 하고, 엿을 고아 팔거나 콩나물이나 두부등 곡식의 가공식품을 전문으로 하는 마을들도 있었다. 이렇게 알뜰 살뜰 돈을 모아 논과 밭도 사고, 산도 사고 아이들을 학교에 보냄으로서 그 귀한 곡식을 시장에 내다 팔지 않고서도 살림을 꾸려 나갈수가 있었 던 것이다. 그 시절 어느 마을에서나 이렇게 부녀자 들이 장사로 시장에 뛰어들어 어려운 농촌경제에 이바지한 공로가 지대했을 것이고 가세를 키우고 이르켜 세운 장한 어머니들이 적지 않았으리라. 동진이 마을에서는 도토리묵이 대세를 이룬듯했지만 콩나물도 많이 취급했다. 콩나물 장사라고 해봐야 아랫목에 시루하나 놓고 길러 내는 콩나물이니 양이 많을 리가 없었다. 어느날은 도토리묵 또 어느날은 채소, 다음날은 콩나물하는 식으로 일정을 달리해서 계속적으로 장사를 해 나가는 방식이었다. 경우에 따라서는 물론 한두가지의 상품이 함께 시장으로 나갈 때도 있었다. 여러가지 시장상품을 한 광주리 가득 담아 장터고개를 힘들게 넘어서 시장에 내다 팔아도 한번에 큰 돈이 될리는 없었다. 그렇다고 욕심을 부려 너무 많은 물건을 이고 나가봐야 크게 도움이 되는 것도 아니었다. 늦도록 다 팔지 못하면 상품성이 떨어저 다시 팔 수도 없을 뿐 더러 또다시 고개를 넘어 되 가지고 와야 하기 때문이었다. 그러므로 하루 하루 그날에 소비되는 양을 조절해 나가는 것도 장사 수완이 될 수가 있었다. 시장에서 팔리지 않은 재고 상품은 결국 집에서 소비하게 되었다. 이렇게 모든 것을 시장 상품에 치중하다 보니 잘 생기고 고운 빛깔의 맛있어 보이는 좋은 상품은 시장으로 우선 나가게 되고 질이 떨어지고 모양도 없는 가지나 오이등이 식구들 차지가 되곤 했다. 가장 우선 순위가 시장이었고 또 돈 이었다.

콩나물을 길러 시장에 내다 파는 작업도 쉬운 일은 아니었다. 콩나물은 물을 먹고 자란다. 물을 자주 줘야 했다. 그렇다고 주부들이 집에만 있을 수도 없으니 콩나물에 물 주는 일은 아이들 차지가 되기가 십상이다. 안방 아랫목에 물이 채워진 자백이를 놓고 그 위에 쳇다리를 놓고 다시 싹을 띄운 콩나물 콩이 들어있는 시루를 얹어 놓고 빛이 들어가지 않도록 검은 보자기를 씌워 놓는다. 자백이안에 띄워놓은 바가지나 양재기로 수시로 콩나물에 물을 줘야 했디. 아이들이 노는

데 정신이 팔려 긴 시간을 물 주기를 거르면 콩나물이 억세 지거나 말라서 제대로 자라지를 못했다. 당연히 상품성이 떨어지니 팔수가 없게 되기 때문에 정성을 그만큼 들여야 좋은 콩나물을 길러 낼 수가 있었다. 농가에서 생산한 콩을 그대로 시장에 파는 것보다 이차 가공식품으로 만들어 팔면 물론 이득이 더 높게 되는 것이다. 그래서 두부도 만들게 되었으리라. 수고하고 노동력을 들여 이윤을 높이려는 생각이었다. 마당에서 타작한 콩은 돌이 많았다. 주부들은 콩을 물에 불리고 조리로 돌을 골라내어 맷돌로 갈아야 했다. 이 맷돌질이 또한 만만치 않은 작업이었다. 한시간이고 두시간이고 맷돌질을 해야 했는데 끈기가 없이는 불가능한 일이었다. 정말 끈질긴 여자들이나 할 수 있는 일이지 웬만한 남자들은 이런일을 시키면 시덥지 않다며 당장 때려 치울성 싶다. 이렇게 긴 시간을 맷돌로 갈아서 가마솥에 넣고 아궁이에 불을 때가며 끓여 자루에 넣어 짜고 비지를 뽑아내고 간수를 넣고 두부와 순두부를 만들어 내는 과정은 긴 시간의 정성과 노력이 필요할 뿐 만 아니라 복잡하고 힘든 일이다. 주부 혼자서는 어려운 일이다. 아이들이라도 자루를 잡아줘야 되고 아궁이에 불도 때야 되고 가마솥의 끓고 있는 콩물도 계속 나무 주걱으로 저어 주어야하는 식구들의 도움이 절실히 필요한 작업인 것이다. 그런데 당시 농촌의 부엌 구조라는 것도 조선시대 그대로여서 굉장히 열악한 수준이었다. 부엌 천장은 새카맣게 끄을렸고 불을 때면 아궁이 속으로 불이 들어가지를 않고 잘 내는 편이었다. 밖으로 내는 불길은 연기 때문에 불 때는 사람의 눈물 콧물을 흘리게 했다. 특히 봄철 같은 계절에는 불길이 아궁이 밖으로 한발씩이나 뱀의 헛바닥처럼 날름 거렸다. 언젠가 누구는 그렇게 말할지 모른다. "설마 모두들 그렇게 힘들게 살았을까." 하지만 사실 그 시절에는 그러한 생활 환경이 아주 힘들어 못 살겠다거나 특별히 불행하다는 생각은 크지 않았던 것 같다. 이러한 생각의 배경에는 비교적 비슷하여 평준화 된듯한 가난하고 열악한 환경이, 상대적 박탈감등으로 비애를 느끼는 현대사회와 다른 점이라고도 할 수가 있고, 누대에 걸친 오랜 세월을 변화 없는 생활 속에서 비롯된 타성이라 말 할수도 있으리라.

산(山)나물도 중요한 소득원의 하나였다. 동진이 마을은 산골이라 산나물이 흔할성 싶지만 사실은 그렇지 못했다. 집 식구들이 먹을 정도는 집근처에서도 어렵지 않게 구할 수 있었지만 수량이나 다양한 종류와 질에 있어서 한계가 있을 수 밖에 없었다. 상품성이 있는 맛있고 질 좋은 산 나물은 먼 산으로 도시락을 싸가지고 나가서 뜯어와야만 했다. 도장굴 등 먼산으로 마을 부녀자들 여러명이 점심밥을 싸가지고 나가서 맛좋고 연한 산나물들을 뜯어왔다. 아침일찍 떠나 해가 서산으로 질 무렵이면 커다란 이불보따리 만큼씩이나 많은 나물을 뜯어 머리위에 이고 돌아왔다. 아이들은 저녁때가 되면 웃동진이 저수지를 지나 숲밖의 개울을 건너 큰 고개쪽으로 마중을 나갔다. 아이들은 엄마들이 이고 오는 나물 보따리를 받아 지게에 지고 마을로 돌아왔다. 저녁을 먹고 나서도 일은 계속 되었다. 뜯어온 나물들은 빨리 보따리를 풀어 바람을 통하게 해주어야 했다. 파란 풋나물을 뜯어 차곡차곡 꾹꾹 눌러서 싸가지고 온 나물들은 오래 되면 누렇게 떠서 나물로서의 가치가 떨어지므로 속히 대청마루에 펼쳐놓고 종류별로 용도별로 골라야 했던 것이다. 나물 보따리를 풀어 헤치면 속이 뜨끈 뜨끈 했다. 숨쉬는 푸른 나물잎들이라 열이 발생하기 때문이었다. 나물들은 말릴것과 즉시 삶을 것 오랫동안 저장할것등 여러 종류로 구분해서 분류해 놓았다. 나물 보따리 속은 흡사 보물단지 같아서 철따라 알밤도 나오고 풋밤이 나오기도 했다. 구메구메 머루며 다래가 있는가 하면 빨갛게 익어 먹음직 스러운 산 딸기가 넓적한 칡잎이나 떡깔 나뭇잎에 싸여있기도 했다. 개암도 보이고 잔대며 삽주뿌리, 둥굴레 도라지, 고사리도 있었다. 아이들이 좋아하는 송기도 들어 있었다. 엄마들은 깊은 산속을 헤매 다니면서도 집에서 기다릴 어린 자식들을 생각하고 눈에 띄는 머루, 다래, 산딸기며 알밤들을 당신들은 맛도 못 본채, 행여 터져서 못 먹을 새라 나뭇잎에 고이고이 곱게 싸서는 나물 보따리 속 한 쪽 구석에 깊히 깊히 넣어 가지고 온 그것들은 엄마의 눈 물이요 정성이었으며 사랑이었던 것이다. 어찌 그 엄마의 지극한 사 랑을 알리오. 철부지 아이들은 먹는 것만 보고 싱글벙글 좋아 하지만 자식의 그 모습을 물끄러미 바라보는 엄마의 입가에도 피로가 가시는 웃음이 흐르는 것이다. 그리고는 속으로 가만히 말했을 것이다.

"그래, 그래, 맛있게들 먹어라, 이 에미가 낮에 너희들 생각하며 내 입으로는 맛도 못보고 싸가지고 온 것이다."

나물이나 무청 시래기등은 특히 정월 대보름 때 수요가 많았다. 삶 아서 말린 나물들은 겨울철 나물이 생산되지 않을 때를 대비해서 저 장해 두었다. 무엇이든지 시장에서 수요가 있는 것은 상품이 되었고 시장으로 팔려 나갔다. 그 최 일선에 마을의 부녀자들이 있었던 것이 다. 농산물과 산나물 외에도 큰 비중을 차지하고 있던 상품으로는 도 토리쌀과 도토리묵이었다. 당시 마을 근처에는 도토리가 열릴만한 큰 참나무는 거의 없었다, 다만 두 세주의 아름드리 상수리나무가 웃동 진이 저수지 올라가는 오른쪽 이종호 어른의 선산에 있었을 뿐이었 다. 마찻길 바로 옆이라 가을 이면 더러 마찻길위에도 상수리가 몇 개 씩 떨어지곤 했지만 그것으로 묵을 만들 정도는 못 되었다. 그 밖에 마을 주변으로는 도토리를 딸 수 있는 곳이 전혀 없었다. 키작은 떡갈 나무들이나 참나무 어린 종류들은 봄에 갈 꺾어 논에 거름들을 했고 땔나무 하느라고 도토리가 열릴 만큼 자라날 틈도 없었다. 도장굴이

나 득골 서리 쪽으로 멀리 나가야 도토리를 딸 수가 있었다. 나자신도 도토리를 따러 도장굴을 여러번 다녀 온 경험이 있다. 한번 가면 두세말씩은 땄던것 같다. 도토리를 따가지고 와서도 할 일은 많았다. 멍석에 널어 말려서 절구에 빻아 겉껍질을 벗겨 내야 도토리쌀을 얻을 수가 있었다. 도토리 열매는 우리나라에서 아주 오랜 옛날부터 구황작물이라고 해서 흉년이 들고 사람들이 먹을 것이 없을 때 이 도토리가 식량 대용으로 널리 이용되었다고 한다. 하늘의 섭리 때문인지 흉년이 드는 해에는 도토리가 오히려 더 많이 열렸다고 하니 천지조화이다. 비가적은 해에는 논농사가 흉년이 들었고 비가 적게오면 도토리가 많이 열린다고 하니 이게 천지 조화가 아니고 무엇이랴, 자연의 이치가 이렇게 오묘하다. 도장굴 에는 상수리를 비롯하여 떡갈나무도토리, 선비 도토리등 여러 종류의 다양한 도토리를 딸 수가 있었다. 큰 나무 하나만 제대로 만나도 한 군데서도 한말가까이 딸 수가 있었다. 나무위로 올라가 나뭇가지를 잡고 흔들어 대면 도토리 아람 떨어지는 소리가 우박 쏟아지듯했다. 그런 도토리 나무밑에서 땅에 떨어진 아람 도토리를 줏을 때는 신이나고 재미도 났다. 한번은 높은 상수리 나무위로 올라가 도토리를 따고 있는 데 건너편 능선에서 "호랑이다! 호랑이다!" 하는 고함 소리가 다급한 목소리로 들려 왔다. 깜짝 놀라서 귀를 기울이고 들어 보며 주위를 살펴 보았는데 나뭇꾼들의 한가한 잡담만이 들려와 장난인 줄 알고 안심했던 일도 있었다. 아무리 나무하러 사람들이 자주 넘어가는 도장굴이지만 첩첩산중이다. 주위가 고요하고 괴괴하면 겁도 난다. 하기야 이 도장굴 깊은 산 골짜기는 캄캄한 밤중에 나 혼자서 나무 서리를 하러 왔던 그 곳 이기도하다. (이 이야기는 뒤에 나오는 의복과 신발 내용 중에 있다.) 도장굴에 도토리가 많이 열리기는 했지만 여러사람이 매일같이 도토리를 따 들이니 공급이 수요를 따르지 못하는 지경에 이르렀다. 그리고 많은 마을의 부녀자들이 너도 나도 도토리묵 장사에 뛰어들다보니 도토리쌀이 부족하게 되었다. 시장에서 도토리쌀을 구입해서 묵을 쒀야하는 상황되었다. 나중에는 도토리쌀 가격이 주곡인 쌀값보다도 비싼 가격이 되었다.

예전에 나무를 난방이나 취사에 사용할 때는 도장굴 계곡도 깊은 산골이기는 했지만 분위기는 지금과 전혀 딴판이었다. 키가 큰 나무들이 울창하긴 했지만 땅바닥위에는 마당이나 뒷동산처럼 풀한포기 제대로 길게 자란곳이 별로 없었다. 하루에도 수없는 각지의 나뭇꾼들이 거의 매일 하루에 두 번씩 이곳을 찾아와 땅바닥의 풀을 깎고 갈퀴로 떨어진 나뭇잎까지 박박 긁어가버리니 큰 나무밑에 땅바닥은 빤빤할 수 밖에 없었던 것이다. 한 이십년전 쯤 이던가. 꽤 오래전인데 어느날 옛날 생각도 나고 해서 도장굴을 꼭 다시한번 가 보고 싶었다. 내 젊은 시절 도장굴 뱀의 잔등을 내집 드나들 듯 넘어 다닐 때 내가 짐작하는 그 골짜기 어데 쯤엔가에는 굵직한 산 머루가 열리는 곳이 있었다. 싸리버섯이 나는 곳이며 다래 넝쿨등도 떠 올랐다. 가을 어느날 머루가 익을 때쯤 큰 마음을 먹고 능골고개를 넘고 뱀의 잔등을 오르려니 나뭇짐을 지고 뛰어 다니던 넓직한 산잔등길은 간곳이 없고 굵은 나뭇가지들이 가시철망을 쳐놓듯 도저히 앞으로 나아가기 조차 힘이들었다. 1960년대까지도 뱀의 잔등길은 대로나 다름 없었고 나뭇짐을 지고서도 뛰어 내려오던 그런 곳이었다. 그 동안 강산이 몇 번을 변했던가. 먼곳을 쉽지않게 찾아온 것이 아쉬워 옛 기억을 더듬어 어렵게 도장굴 골짜기를 접어들어가 보니 대낮인데도 밤중같고 고요하고 괴괴한 적막만이 흘러 밀림속에 홀로선 무서움이 엄습하는 듯하였다. 참으로 무모하고 황당한 경험이었다. 도장굴은 동진이 마을 사람들 남자들이 나무하러 다니던 곳이었으며, 마을의 부녀자들이 산

나물 하러 다니고 도토리를 따러 가던 아주 소중한 생활의 터전이었다.

(3) 남자들의 부업

앞에서 동진이 마을 부녀자들의 경제활동과 부업에 대해서 살펴보았다. 부녀자들이 김량시장에서 노점을 이용한 적극적 경제활동으로 현금 수입을 얻는데 비해 남자들이 현금을 쥘수 있는 부업은 여러 가지 여건상 대단히 불리했다. 농부들은 사실상 농사철에는 주업인 농사에만 치중하기도 고된 노동일뿐더러 시간적 여유도 없었고 농업 외 소득을 올릴만한 부업거리도 사실상 찾아 보기 어려운 실정이었다. 사회적인 분위기에 따라 남자들도 점차로 증대되는 현금 수요와 필요성에 따라 일이 없는 농한기를 이용한 부업거리를 찾아 보려는 시도가 이루어 지고 있었다. 50년대 말쯤에 새끼틀이라는 새끼꼬는 기계가 마을에 들어 왔다. 짚으로 꼬아서 쓰는 새끼는 농촌에서 많이 쓰이는 물건으로 부지런한 사람들은 겨울철 농한기에도 새끼를 꼬는 것이 놀지 않고 일하는 예가 되기도 했던 것이다. 새끼는 왜 새끼라고 하는 것인가? 새끼줄은 음양의 아래위 두 가닥 짚을 손바닥으로 비벼 꼬아서 (음양이 결합하여) 두 가랑이 밑으로 뽑아내는 것이라 해서 새끼줄이라 한다고 했다. 이러한 새끼줄의 용도는 다양해서 굵기와 가늘기에 따라서 볏가마니나 멍석을 짜기도 하고 둥구녁등을 만들기도 했다. 볏가마니를 묶거나 울타리나 지붕을 할때도 많은 양의 새끼줄이 필요하다. 기계새끼틀이 나오고 나서부터는 새끼줄도 사서 쓰는 풍조가 생겼다. 원동진이서만 두어집에서 새끼틀을 구입해서 부업으로 남자들이 농한기나 비가 오는 날등 밖의 일을 못 할 때 헛간등에 새끼틀을 놓고 새끼를 꼬아 시장에 팔았다. 농한기나 비가내리면 보통 남자들은 하는 일 없이 사랑방등에 모여 앉아 잡담이나 하던지 화투 놀이등으로 시간을 보내기 일 수 인데 새끼틀이 있는 집은 일을 해서 돈을 벌 수가 있었다. 6 · 25때 외가인 안성으로 가보니 그곳에서는 들이 넓어서 그런지 볏짚으로 아궁이에 취사 난방용으로 불을 때고 있었다. 동진이 마을에서는 볏짚으로 지붕새로 잇기, 가마니, 둥구녁, 삼태기, 멍석, 방석등 생활 용기를 다양하게 만들어 썼지만 전부 자가 소비였지 상품으로 시장에 팔아 부업으로 현금화 할 수 있는 것은 없었다. 이런 환경에서 극히 일부의 농가였지만 새끼틀은 당시 동진이 마을에서 일정 부분 부업으로서의 역할을 했을 것으로 본다.

그 시절의 마을의 연료는 나무를 때고 있었다. 동진이 마을 뿐만 아니라 김량시장에 거주하는 집들도 대다수가 나무를 연료로 사용하고 있던 시절이었다. 집집마다 부엌이 있고 아궁이에 솥을 걸고 밥을 해 먹었고 겨울철 방안의 난방도 나무를 때서 해결하였다. 농촌에서는 이따금 농작물의 부산물인 잎이나 짚, 곡식의 대공등을 나무대신 연료로 충당하기도 했지만 극히 일부분에 지나지 않았으므로 나무연료의 수요는 많은 편이었다. 이렇게 나무 수요가 많다 보니 마을 근처의 가까운 곳에서는 들이고 산이고 나뭇가지하나 풀 한포기 뿐 아니라 마른 이파리하나 낫으로 베고 갈퀴로 긁어 올 수가 없었다. 고개를 두 개 세 개 넘어서 도장굴 골짜기를 가서야 겨우 나무 한짐씩을 해서 지게에 지고 오는데 그 거리가 엄청 먼 길이었다. 열 번 이상씩을 쉬고서야 겨우 마을에 들어 올 수가 있었다. 겨울에는 그래서 나무하는 일에 많은 시간과 노동력이 필요했다. 그러다 보니 김량시장 근처에 상업에 종사하는 상인들은 나무를 사서 쓸 수밖에 없었다. 내 아련한 기억으로는 결코 나무한짐 가격이 그리 싼 편이 아니었다. 무엇 보다도 나무장사의 매력은 밑천이 안들어 간다는 사실이 가장 큰 매력일 수 있었다. 부지런한 마음과 튼튼한 몸과 의욕만 있다면 누구나 돈을 벌수가 있었으니 지악이 반이라고 논 한마지기 밭 한뙈기 없는 사람도 쉬지않고 나무장사해서 먹고 살고 돈벌어 논사고 밭사는 사람도 있게 마련이었다. 나무 지게에 낫 하나 꽂고 갈퀴들고 산으로 들어가 낫으로 자르고 갈퀴로 긁어서 지게에 짊어지고 내려오면 시장에 내다 팔 수 있고 돈이 들어오는 것이니 들어가는 현금 자본은 없는 셈이다. 밑천이 안들어 갔으니 팔면 그 돈이 전부 남는 장사다. 세상 천지에 그렇게 매력적인 장사가 어디 있을까. 그것도 외상없는 현금장사였다. 물론 무형의 재화인 나의 수고와 노력은 그곳에 투자 되었다. 그러나 현금 투자는 없었으니 모두 남는 장사라고 해도 과언은 아닐 것이다. 그렇지만 누구에게나 매력적으로 보일 이 나무장사를 동진이 사람 모두가 열심히 한 것은 아니었다. 이것은 먹고 살기가 어렵고 넉넉하고를 떠나서, 그리고 돈이 많고 적고의 문제가 아닌것 같았다. 그 시절 마을 사람들의 마음 속에는 은연중에 나무장사를 낮춰 보거나 일종의 체면 문제같은 것이 존재하지 않았을까 하는 생각이 들기도 한다. 마을에서 나무장사를 오랫동안 꾸준히 하는 사람은 두세집에 불과했다. 그밖에는 뜨내기 장사꾼 모양 돈이 조금 아쉬우면 나무 몇 짐 시장에 내다 파는 식이었다. 땔나무 시장은 매일 새벽에 열렸다. 김량 시장을 중심으로 해서 면사무소앞에서 용인초등학교 들어가는 길과 옛 용인 경찰서앞에서 면사무소 올라오는 신작로와 시장골목등 골목골목에서 열렸다. 나무시장은 일정한 크기로 열리는 시장이 아니어서 어느날은 나뭇짐이 많이 쏟아져 나오기도 했고 또 어느날은 아주 적게도 나와서 대중할 수가 없었다. 그러다 보니 나무 가격도 약간씩 오르락 내리락 변화가 있었다. 나무시장도 수요와 공급의 법칙이 존재하는 엄연한 시장이었다. 공급이 많으면 자연히 가격이 내려갔고 상품공급이 적은 때에 수요가 많으면 자연스럽게 가격이 올라갔다.

수요와 공급뿐만 아니라 날씨나 기온등의 영향도 나무 가격에 민감하게 영향을 미치는 조건이 될 수 있었다. 김량시장 근처의 상인들과 공무원등 나무를 직접 산에서 해다 땔 수 없는 사람들이 주 고객이었다. 이들은 아침새벽 나무시장에 나와서 자기가 필요한 나무 종류와 크기 등을 살펴보고 마음에 맞는 나무짐의 주인과 가격흥정을 해서 서로 맞으면 그 집으로 나무를 져다 들여주고 나무값을 받으면 거래는 끝이 나는 것이다. 수요자가 찾는 땔나무 종류도 많아서 장작이 필요한 사람도 있고 가랑잎이나 솔가리등의 불 쏘시개용 갈퀴나무를 찾기도 하고 삭정이, 솔가지등 마들가리 땔 나무를 찾기도 했다. 물론 나무시장에는 동진이 사람뿐만이 아니라 김량근처 각 농촌 마을에서 나뭇짐을 지고 10리 20리씩 걸어서 나온 나무장사들이 많았다. 드물게는 마차로 가득 나무를 실고 소가 끌고 나오기도 했다. 돈 있는 사람들은 이런 마차나무를 한꺼번에 사놓고 여유있게 사용하는 사람들도 있었다. 그런데 간단할것만 같은 이 나무 장사에도 그 속을 알고 보면 그렇게 녹녹하고 간단한 문제가 아니었으니 세상에 어디 쉬운일이 있겠나 싶다.

그 당시 아직도 농촌사회에는 전통적 유교사회의 체면을 중시하는 구습이 완전히 사라진 것은 아니었다. 옛날에는 학문을 연마하여 조정에 나가는 것이 최고의 목표였지만 그렇지 못한 대다수의 양반사회 선비들은 농자는 천하지 대본이라 하여 농사을 지으며 생업에 종사하는 것이 가장 보편적으로 선호하는 삶이었다. 예로부터 사농공상(士農工商)이라 했으니 장사는 가장 천시의 대상 일 수 밖에 없었다. 그런데다가 나무장사라면 아무리 직업의 귀천이 없다고는 하지만 누구나 선망(羨望)하는 직업이라고는 할 수가 없었다. 나에게 있어서 당시 60년도 진로 문제를 생각해 볼 때 대학 진학이 제일 걸림돌 이었다. 사립대는 당시 내 고등학교 성적이 과히 나쁜 편은 아니어서 입학이 가능했지만 문제는 막대한 등록금이 해결 할수 없는 난제였다. 가정 형편도 점차 나빠지고 있는 상황이었다. 그나마 등록금 부담이 비교적 적은 국립대를 지원 했지만 실력이 모자라 실패하고 나니 재수아니면 할 일이 없었다. 내 인생에 있어서 첫 번째 시련기이며 암흑기가 닥쳤던 것이다. 군대 영장이라도 빨리 나왔으면 했는데 보충역으로 빠지더니 감감 무소식이었다. 설상 가상으로 여러 가지 주변 환경도 꼬여가기 시작했다. 앞이 안 보이고 마땅한 탈출구를 찾을 수가 없었다. 안개속의 터널을 지나고 있는 느낌이었다. 나에게는 아직 때가아닌듯했다. 안 되는 일을 만들기 보다는 잠시 가만히 엎드려 때를 기다려 다시 기회를 찾아 보기로 했다. 10여마지기의 논농사를 직접 짓기로 했다. 농사를 몇 년 지어 나갔지만 그저 밥이나 먹고 사는 것이지 노동력에 비해 경제성이나 미래에 대한 비젼(Vision)은 없어 보였다. 당시 농촌의 현실은 돈을 벌 수 있는 마땅한 일거리가 없었다. 암울한 현실에서 그런대로 나무장사는 현실적으로 가장 메리트가 있어보이기도했다. 이왕에 농사일을 해 보려면 모든 일에 몸으로 직접 부딪쳐 보고 싶었다. 그러던 차에 어느해 겨울 돈도 필요하고 해서 환금성이 좋은 나무장사을 한번 경험도 할겸 현장에 뛰어 들어 가 봤다. 역시 쉬운일은 아니라는 것을 체험할수 있었다. 나로서는 일생을 통해전무후무한 일대 사건이나 다름이 없었다. 가장 낮은 곳으로부터 다시 시작한다고 마음 먹었다. 처음 대수롭지 않게 생각했던 것들이 마음과 다르게 시행착오를 겪기도 했고 용기와 자신감을 찾기도 했다. 나는 학생시절에 내가 쓰던 작은 방의 울뒤로는 새벽마다 능골 사람들 대여섯명이 그날 새벽 나무 시장에 팔러가는 나뭇짐을 지고 가는 소리를 들을수가 있었다. 그들은 능골의 세가구에 사는 분들이었는데 일년 열두달 빠지는 날이 거의 없을 정도로 꾸준히 나무장사를 하고 있었다. 명절날도 안 쉬는 것 같았다. 아무튼 굉장히 열심히 나무장사를 해서 돈도 꽤 모았을 것이다. 모두들 한집에서 이부자 삼부자로 집은 세집이었지만 나무짐은 보통 대여섯짐이 매일 같이 우리집 울뒤로 지나갔다. 겨울에 언땅을 작대기로 탁탁 두드려 짚어가며 기침을 쿨룩 쿨룩하는 소리도 들리고 나뭇짐이 울타리에 스치는 부스럭 거리는 소리, 두런두런 이야기를 나누며 지나가는 소리등이 아주 선명하게 들려오는 고요한 밤이었다. 추운 겨울밤 새벽의 밤공기가 몸서리치게 춥게 느껴지던 순간이었다. 그런 밤이면 잠도 잘 오지 않았다. 사람이 산다는 것은 과연 무엇인가. 돈을 벌기위해 이 추운 겨울밤 저들은 캄캄한 밤길을 무거운 나무짐을 지고 힘겹게 걸어가는 것인가. 정답이 없는 끝없는 자문 자답을 하며 알 수 없는 나의 미래에 대해 불안이 밀려 오기도 했다. 그들 세집매의 능골사람들은 서로 경쟁적으로 그렇게 꾸준히 나무장사로 돈을 모으더니 적은 농토였지만 알부자 소리를 들으며 종내는 능골을 떠나 도회지로 나가 잘 살고 있다. 60년대 초 어느겨울에 비록 짧은 기간 이었지만 내 자신이 이 나무장사를 직접 경험해 보았고 그 경험담과 시행착오등을 적어 보려한다. 이 이야기는 1960년대 전후로 김량읍내 나무시장의 일부 자료가 될수도 있을 것이다.

나무꾼의 입장에서 말하면 집에서 땔나무와 구분하여 팔나무라고 했다. 땔나무는 실속이 중요한것이지 모양이 중요한 것이 아니지만 팔나무는 그와 반대로 엄연한 상품이라 당연히 나뭇짐의 겉모양이 일차적인 선택의 기준이 될 수밖에 없었다. 나뭇짐도 상품으로 보았을 때 그날의 많은 상품중에서 고객인 손님의 눈에 들어야했다. 나뭇짐은 커보이고 깔끔하고 단정해야했다. 속이야 어떻든간에 겉보기에 일단 실해보이도록 치장을 하는 것도 그래서 중요했다. 보기 좋은 떡이

먹기도 좋다고 하지않던가. 같은 종류의 같은 분량의 나무를 가지고
도 어느사람의 나뭇짐은 커보이고도 매끈하게 보이고 또 다른 사람은
두루뭉수리가 되어 볼품없는 나뭇짐이 되는 것이니 과연 고객으로서
어떤 나뭇짐을 사가겠는가. 정답은 명확하다 물론 경우에 따라서는
실속만 따진다면 두루뭉수리 같은 나뭇짐이 더 좋을 수도 있지만은
실제적으로 현장에서의 선택기회는 떨어질 수 밖에 없다. 나무장사를
오랫동안해온 사람들로부터 보고 배워야했다. 그렇지만 지게에 나뭇
짐을 보기 좋게 짊는 것도 하루이틀에 되는 일은 아니다. 오랜 숙련과
눈설미도 있어야 하고 손재간도 있어야 되는 일로서 시간과 노력의
투자를 해야 되는 것이다. 평상시 마냥 피상적으로 뭐 나무장사가 별
것인가 나뭇짐을 시장에 지고 나가 팔면 그만 아닌가 하는 단순한 생
각을 가지고 있었다. 그렇지만 나무장사를 몇 번 해보고 나서 그러한
생각들은 많이 바뀌게 되었고 어느것이든지 가볍게 생각하면 안되고
쉬운것도 없다는 진리를 터득하였던 것이니 비록 내 인생에 있어서
찰라에 지나지 않는 그 시절이었지만 잊을수 없는 소중한 기억으로
간직하고 있다.

　나뭇짐은 덩치가 큰 상품이다. 그날 그날 새벽시장에 가지고 나왔
다가 소비가 되지 않으면 그 먼 거리를 되 가지고 갈 수도 없는 곤란
한 지경에 빠질 수도 있었다. 물론 모든 상품이 재고 없이 잘 팔려 나
가면 그 보다 더 좋은 일은 없겠지만 세상일이란 것이 좋게만 흘러가
지는 않는법이니 그런 일이 아예 없는 일은 아닌 것이다. 결국 해가
뜨고 마지막까지 남아 있는 나뭇짐은 헐 값에 싸게라도 팔고 오거나
아는 집에 외상으로라도 억지로 맡기는 수 밖에 없는데 나는 다행이
그런 난처한 경험은 하지 않았어도 나무시장에서 들려오는 소문에 의
하면 누구는 나무가 끝까지 팔리지 않아 시장 근처 공터에 나뭇짐을

부려 놓고 그 다음날 새벽 나뭇짐을 지고 나와 조금 일찍 팔고 어제 못 팔은 그 나뭇짐을 다시 팔아 하루에 재고 상품까지 두짐을 팔기도 했다는 그런 이야기도 들을 수 있었다. 개중에는 약삭빠른 수요자도 있게 마련이어서 어떤 사람은 해가 뜰 무렵 슬슬 어슬렁 거리며 나와서는 날은 춥고 한데 새벽 내내 나뭇짐을 세워 놓고 손님을 기다려도 팔리지 않아 발을 동동 구르며 초조해 하는 나무장사를 상대로 시세보다 좀 싸게 나무를 사 쓰려는 사람도 있었다고 들었다. 세상은 넓고 생각도 다른 별의 별 사람들이 다 모여 사는 세상, 그래서 세상은 재미가 있게 마련이다. 무더운 여름철에는 난방을 하지 않으니 나무의 수요도 적어진다. 농촌에서도 농사철이니 바쁘고 산야에는 온통 푸른 빛이라 마른 나무를 하기도 용이하지는 않다. 겨울처럼 난방은 하지 않아도 기본적인 취사는 이루어 지는 것이 삶이니 항상 일정한 나무 수요는 있게 마련이다. 사시사철 꾸준히 나무장사로 살아가는 사람들은 오히려 이럴 때 좋은 시세를 받을 수도 있을 것이다. 한해겨울 짧은 체험을 해본 나로서는 그 모든 정황을 자세히 알 수는 없어도 흐르는 대세를 읽어 보면 충분히 정황을 그려 볼 수가 있다. 그렇지만 아무래도 풍성한 나무시장의 제철은 추운 겨울철이라 할 수 있을 것이다. 모두들 난방과 취사에 나무를 쓰다보니 새벽 나무시장도 크게 서고 활기가 넘친다. 겨울철의 복병은 눈 내려 길이 미끄러운 것과 세찬 바람이다. 장작 나뭇짐이 아닌 일반적인 나뭇짐은 덩치가 커서 센 바람이 불어 오면 제대로 걸음을 옮길 수도 없을 뿐더러 아차 하면 나뭇짐이 넘어가 쓰러저 버린다. 한번 넘어간 나뭇짐은 다시 이르켜 세운다 해도 이미 찌그러진 파치상품이 되어버린다. 그래서 겨울에 바람 불고, 눈 내리고 빙판진 길이 미끄러우면 새벽 나무시장에 나무는 덜 나오게 된다. 오랜 경험과 눈치빠른 나무 장사꾼들은 가격을 높힌다. 이런 날은 작고 보잘 것 없어 보이는 나뭇짐도 쉽게 소비자를 만날 수 있다. 어떤 사람은 이럴 때 나무 두짐을 걸려 시장에 나와 하루에 두 짐을 좋은 가격에 팔기도 했다. 남들이 나무짐을 세워놓고 쉼터에서 쉴 때 다시 먼저번의 쉼터로 되 돌아가 그 곳에 세워둔 다른 나무 한 짐을 지고 오는데 이렇게 쉼터에 앉아 쉬지 않고 계속 오가며 나무 두 짐을 운반하는 방식을 일컬어 나뭇짐을 걸린다고 말했다. 겨울철 날 씨가 추워 오면서 통상적으로 나무장사꾼들은 서서히 늘어난다 농한 기인데다 놀자니 용돈도 궁하고 가용에도 현금이 필요하기 때문이다. 이렇게라도 현금 수입이 없으면 모두 곡식을 내다 팔지 않으면 돈 나 올 곳이 전혀 없는 것이 당시의 농촌 환경이었다. 특히 정월에 아이들 양말이나 신발 한켤레, 설빔 하나라도 해 주려면 나무 몇짐 팔아 해결 이 되니 겨울 한철 마을의 남자들은 나무장사의 부업을 할 수가 있었 던 것이다. 아무리 그래도 외상없는 현금 장사에 밑천이 없어도 할 수 있는 당시 어려운 환경에서는 괜찮은 돈 벌이, 이 부업도 체면이나 시 덥지 않게 보는 잘 못된 생각으로 거들떠 보지 않는 사람들도 있었다. 아무리 추워도 겻불은 쬐지 않겠다는 심정일른지도 모른다. 옛날이나 지금이나 진실은 체면이 밥을 먹여 주는 것은 아니라는 것이다. 이시 절 어떻던지 동진이 사람 남자들의 겨울철 농한기 부업으로서 가계에 적지 않은 보탬을 준 것만은 사실이라 할 수 있다.

내일 새벽시장에 팔러나갈 팔나무는 오늘저녁 지게에 완벽하게 짊 어 놓고 지붕 추녀밑에 들여 놓는다. 가랑잎이나 풀잎등은 갈퀴로 긁 어 모은것이기 때문에 밤사이 안개나 이슬 서리등으로 젖을 수도 있 고 심하면 착 까부러져 볼품 없는 나뭇짐이 될수도 있었다. 때로는 밤 사이 별안간에 비나 눈이 내릴수도 있으니 추녀밑에 들여 놓으면 안 심이 된다. 새벽에 나무시장에 늦지 않게 도착하려면 집에서부터 나 뭇짐을 지고서 현장까지 걸어가는데 걸리는 시간등을 잘 참작해서 출발을 해야만 했다. 거리가 멀기 때문에 중간에 몇 번을 쉬어가야했다. 동진이 사람들은 아무래도 세 번내지 네 번정도는 쉬어야 나무시장에 도착 할 수가 있었다. 한번은 잠을 깨어보니 날이 훤히 밝아 오는 듯 했다. 전날 저녁에 큰 마음먹고 나무시장에 팔나무를 추녀밑에 들여놓고 잠을 잤는데 경험해 보지 못한 미지의 세계에 대한 여러 가지 불안한 마음들이 초보 나무장사꾼의 잠을 설치게 했다. 잠을 자는둥 마는둥 얼마의 시간이 지났을까 혼미한 가운데 눈을 떠보니 이미 동쪽 하늘이 밝아 오는지 방안이 훤한 느낌이었다. 안방에 커다란 벽시계가 걸려 있었지만 그 당시 농촌의 생활이라는 것이 시계를 들여다 보며 살아가는 삶은 아니었다. 눈으로 보이는 자연현상이나 느낌등 경험과 체감으로 새벽이냐, 밤중이냐, 초저녁이냐등을 판단하는 것이 거의 일반적으로 시간을 보는 태도로 습관화 되어있었다. 아차 너무 늦은 것이 아닌가 걱정이 앞서자 이것저것 따져볼 마음의 여유를 갖지 못하고 서둘러 나뭇짐을 짊어지고서 장터고개를 단숨에 넘어섰다. 천지는 희끄무레하게 밝아 오는듯한데 사방은 쥐죽은 듯 고요하고 마을에서 새벽 나무시장으로 나가는 나뭇짐이 하나도 보이지를 않는다. 두어번을 쉰 끝에 베레기 마을도 지나고 군청뒤 들미나무 쉼터까지 도착했다. 지금의 처인구청자리인 옛날 군청 조금 못가서 안 베레기와 바깥베레기가 갈라지는 길가에 나무 한그루가 심어저 있던 쉼터가 있었다. 이곳을 동진이 사람들은 들미나무밑 쉼터라고 했다. 여기서 쉬면 곧바로 새벽나무시장에 닿을 수 있는 마지막 쉼터였다. 그런데 곧 밝을것만 같던 새벽이 도대체 더 이상 밝아 오지를 않는 것이었다. 하늘을 살펴보니 달이 밝다. 중천에 높이 뜬 달이 나를 내려다 보며 싱긋이 웃는듯 보였다. 오호라 달빛이 나를 속였구나. 그때서야 뒤늦게 깨닳았지만 이미 잠을 자고 있어야 할 집에서는 멀리 나와 있었고 엎질러진 물이었다. 허탈하고 황당한 경험에 비록 잠은 못자고 설쳤지만 늦는것 보다는 나았다. 옛날에 농촌에서 살 때 보면 달밤은 참으로 밝았다. 학생시절 나는 일부러 달밤에 밖에 나와서 책을 읽어본 경험도 있다. 달은 스스로 빛을 내지 못하지만 전기가 없던 시절 어두운 세상을 밝히고 사람들에게도 정서적으로 많은 영향을 주어 왔으며 달 뜨는 밤은 신비롭고 아름답다. 달밤은 부지런한 사람들이 일하기 좋고 연인들은 데이트 하기 좋고 나그네는 밤길 가기도 좋다.

새벽시장에 나무를 팔고 집으로 돌아오는 가장의 든든한 어깨위에는 지게가 있었고 지겟뿔위에 대롱대롱 매달린 고등어나 북어 꾸러미가 자랑스러웠을것이다. 일년 열두달이 다가도록 돼지 고기 한근 제대로 먹어보지 못하는 가족들을 위하여 신문지로 둘둘 말아 지푸라기로 묶은 고기가 두어근 빈 지게뿔위에 걸리기도 했으니 비록 몸은 고달프고 힘은 들었어도 발걸음은 나는듯 가벼웠으리라.

또 한가지 남자들의 농사외 부업으로서 현금을 얻을 수 있는 것이 있었으니 60년대 전후로 고구마싹 장사가 굉장히 활발하게 이루어 지고 있었다. 이러한 고구마싹 장사도 능골의 세집에서 가장 활발하게 했을 뿐만 아니라 규모도 크고 전문적이었다. 능골은 모두 세집이었는데 서로 시새움인지 선의의 경쟁심인지 아무튼 열심히들 살았다. 농경지도 부족했고 이러한 부업이 가정경제를 지탱해 나가는 데 큰 도움이 되었으리라는 생각이다. 고구마 싹을 온상에서 키워 내는 것도 온 식구가 모두 매달려야 했다. 남자들이 힘든일들을 거든다 해도 농사도 해야 하고 나무도 해야하니 이리 저리 바쁜 몸을 다른 식구들이 협동함으로서 해결해 나갈수가 있었다. 고구마 온상의 관리는 수시로 물을 줘야하고 온상의 비닐을 온도에 맞춰 열었다 닫았다 해야 했다. 잠시만 관리를 소홀이 하면 어린 싹이 타 죽거나 말라서 좋은 상품을 생산하지 못했다. 그래서 온상 주위로는 항상 식구들이 자리를 비우지 않고 정성으로 돌봐야 했던 것이다. 맨처음 동진이에서 어느 누구가 어떻게 해서 고구마 싹 온상을 했고 그 어린 고구마싹을 시장에 내다 팔게 되었는 지는 알려진 것이 없다. 고구마싹 온상은 덕골이나 능골뿐 아니라 원동진이, 팥밭골등 동진이 모든 동네가 다수 참여했던 규모로 봐서도 비교적 큰 규모의 부업이었다. 고구마싹은 닷새마다 서는 김량 장날에 상품을 내게 되는데 고구마싹 100개를 열무단 묶듯 한단으로 묶어 냈다. 많이 생산하는 집은 장날마다 수백단씩 이불 보따리만하게 만들어 시장으로 냈고 소규모로 하는 집들도 보통일 이백단씩을 생산해 내었다. 이 시절에 나도 흥미를 가지고 시험삼아 아주 작은 규모의 고구마싹 온상을 체험해 보긴했다. 장날에 겨우수십단정도 여서 워낙 적은 양이라 많이 가지고 가는 사람편에 얹어서 함께 내 보냈다. 그 당시에 아마도 동진이 마을 전체에서 나오는 고구마싹만 해도 수천단은 되었으리라고 본다. 고구마싹 장사는 한단에 얼마씩 하는 식으로 시장가격이 형성되었는데 모두 현금 거래인데다가 무엇보다 소매가 아닌 한꺼번에 수백단, 수천단을 넘기는 도매 거래였다. 그래서 남자들의 부업이 되었던 것이다. 남자들 체면에 시장바닥 어디에서 난전을 펴고 소매를 할수는 없는데 고구마싹 장사는 시장에 가지고만 나오면 한단에 얼마하는 시장 도매시세에 따라 목돈으로 현찰을 넘겨받을 수 있으니 매력있는 그 당시 남자들의 부업으로 발전했던 것이다. 고구마싹 도매장사꾼들은 시장입구에 진을 치고 기다리다가 고구마싹을 지고 나오는 마을사람을 만나면 그 자리에서 물건을 잡고 흥정을 했다. 가격이 서로 맞으면 단수를 헤아려 현찰로 즉시 지불했다. 그때 고구마싹 장사를 할 때 남자들의 장노자는 곡식을 장에 내지 않아도 항상 주머니가 두둑했었다. 농촌에 이렇게 예전에는 없던 새로운 부업들이 활발하게 이루어 짐으로서 마을 경제가 한 단계 도약 할 수가 있었고 차츰 지독한 가난으로부터 서서히 탈출해 나가는 계기가 되어가고 있었던 것이다. 이러한 고구마싹 장사야말로 남자들의 복주머니와 같은 것이었다. 이렇게 생산되어 장날마다 쏟아져 나오는 고구마싹은 장사꾼들에 의해 모아저서 저 아래 남도 지방으로 내려간다고 했었다. 남자들의 부업은 겨울의 나무장사와 봄철의 고구마싹 장사를 큰 부분으로 생각할 수가 있고 이런 부업을 통하여 곡식대신 현금을 만질수 있는 환경으로 바뀌기 시작 하면서 차츰 농촌경제가 숨통을 터가며 호전되어 갈수 있었던 것이다.

(4) 마을의 종(鐘)이야기

땡! 땡! 땡! 땡! 땡! 땡! 땡! 춥고 바람부는 캄캄한 겨울밤 다급한 종소리가 온 마을에 적막을 깨며 울려 퍼진다. 겨울밤은 길어 마을안의 곳곳의 마실방 안에는 젊은이와 장년층 그리고 아이들은 아이들대로 모여서 이야기도 나누고 어른들은 밤참내기 놀이등으로 시간을 보내기 일 수 인데 (뒤에 나오는 마실방 문화 참고) 이렇게 종소리가 다급하게 울리는 것은 마을 안에 큰 변고가 생겼다는 것을 마을 사람들에게 알려주는 신호인 것이다. 그것은 99퍼센트 화재가 발생된 경우였다. 화재경보의 종소리는 연속적으로 쉬임없이 재빠르게 치는 종소리였고 또 마을안 골목 골목을 뛰어다니며 불이야! 불이야! 하며 소리를 외침으로서 알리게 되어 있었다. 대개 화재는 겨울밤에 많이 발생하였다. 겨울에는 불을 가까이 하는 기회도 많을뿐더러 불 땔 때 마다 아궁이에 남아있는 재를 쳐내어 잿간에 버리는 것이 그 날 일과의 시작이었다. 여름에는 아궁이에 불을 때지 않아 재를 쳐낼 일이 없지만 겨울에는 아궁이마다 재가 수북하다. 그러니 매번 불 땔 때마다 재를 쳐내야했다. 농촌에서 재는 훌륭한 밑거름이라 보리 심을 때나 감자

심을 때등에도 많이 쓰였는데 겨우내 잘 모아 놓아야 농사철에 쓸수
가 있는 것이다. 그런데 이 겨울에 아궁이에서 쳐내는 재와 화로에서
쏟아낸 재가 화재의 원인이 되곤했다. 아궁이나 화로에서 재를 잿간
에 버릴 때는 분명히 불씨가 없었는데, 눈에 띠지않은 조그마한 불씨
가 살아나서 잿간을 둘러치고 있는 짚이나 이엉자락등에 옮겨 붙어
헛간 전체로 불이 번져 큰 불이 되는 것이다. 그나마 다행인 것은 잿
간이 안채와는 멀리 떨어진 마당 한 구석에 지어진 헛간안에 있는 경
우가 많았다는 것이다. 대개는 변소간과 나란히 붙어 있게 마련인데
행랑채가 따로 없는 집에서는 외양간도 잿간이나 변소간과 같은 건물
안에 있는 경우가 많았다. 잿간에서 화재가 날 때마다 헛간만 태우고
불이 진화되어 안채는 피해가 없었다. 일단 화재경보를 알리는 급박
한 종소리와 불이야하는 소리가 골목골목 들려오면 마을 사람들은 모
두 세숫대야나 양동이등 물을 퍼 나를 수 있는 그릇들을 챙겨들고 대
문밖으로 뛰어 나오는 것이 맨 첫 번째로 할 일이다. 화재가 발생한
지역을 확인해야 하기 때문에 하늘을 살펴보면 붉은 불기운과 흰 연
기둥이 겨울밤 하늘이지만 확인 할 수가 있었다. 사람들이 웅성거리
고 붉은 불기둥이 솟는 곳으로 모두들 뛰어와서 모이고 마을안에 중
간지점에 있는 큰 우물까지 나란히 사람들이 줄을 서서 큰 우물 물을
퍼 날라 전달해 주기 시작한다. 큰 우물은 물이 풍부하고 마을안에 웬
만한 곳은 우물로부터 그리 먼 편이 아니라서 온 마을 사람들이 애 어
른 할것없이 늘어서서 물을 퍼날라 전달하면 화재 현장까지 금방 물
을 나를 수가 있었다. 일부 청장년 남자들은 지붕위로 사다리를 놓고
올라가 낫이나 쇠시랑등으로 불씨를 제거하고 물을 받아 진화해 나간
다. 이렇게 온 마을 사람들이 종소리나 불이야 소리를 듣고 뛰쳐 나와
화재 진압을 펴도 헛간은 거의 다 타 버리고 잘해야 타다남은 기둥 뿌
리나 서까래 몇 개가 남아 있을 경우가 다반사였다. 마을 사람들이 진

화 작업을 펴는 것은 더 이상 불씨가 다른 곳으로 옮겨 붙지 않도록 예방 조치를 하는 목적이 제일 큰 것이라 할 수있다. 만일 불꽃이 활활 타는 대로 그냥 방치하면 화력도 엄청 셀뿐 아니라 겨울 바람에 불똥이 날라 옆집으로 튈 염려가 있기 때문이다. 화로에 담아 방안에 들여 놓은 화롯불도 겨울의 긴 밤을 지나고 나면 대개 불이 다 사위어 재만 남는 경우가 거의 대부분이다. 아침에 불이 다 꺼졌다고 잿간에 재를 쏟아 붓고 보면 눈에는 잘 띠지 않는 약간의 불씨가 화로 밑바닥에 남아 있는 수가 있다. 이런 불씨를 잘 살펴보지 않고 그냥 내버려 두고 오면 바람이 솔솔 불어 불씨를 살려내서 화재를 발생케 하는 것이다. 꺼진 불도 다시 보자는 불조심 표어가 실감나는 순간이다.

어느해 겨울 깊은 밤에 불이났다. 종소리가 급하게 땡땡땡땡땡 연달아 조급하게 마을안에 울려 퍼지고 골목마다 불이야 소리가 울려 퍼졌다. 마실방에서 놀던 사람들 뿐만 아니라 집에서 일찍 잠자리에 들었던 사람들도 모두 놀래서 집밖으로 뛰어 나왔고 모두들 물 그릇을 들고 불빛이 보이는 불난 화재 현장으로 모여 들었다. 화재가 난 곳은 큰 우물로부터 불과 백여미터 정도 떨어진 곳이었다. 마을 사람들이 큰 우물과 화재 현상 사이에 늘어서서 우물 물을 퍼 날랐다. 다행히 불은 옆으로 더 번지지는 않고 진화 되었다. 이 화재 역시 잿간에서 불씨가 살아나서 전체 헛간으로 불이 옮겨 붙은 것이었다. 그런데 소 외양간과 변소간이 잿간과 함께 있었다. 모두들 화재 진압에 신경 쓰느라고 다른 주위를 살펴 볼 겨를 이 없었다. 화재가 거의 다 진화 되었을 무렵 외양간의 소가 없어 지게 된 것을 안 것은 불이 나고 서도 한참 지난 뒤였다. 큰 소였는 데 소가 기둥에 매어 놓은 밧줄을 끊고 앞을 막아놓은 중방도 뛰어 넘어 어데로 사라져 버린 것이었다. 불이 완전히 진화 된후 마을의 청년들이 사라진 소를 찾아 그 겨울밤 마을의 주위를 둘러 보게 되었다. 여기저기 흩어져 소를 찾던중 뒷 동산 장터고개 올라가는 길위에서 소 덕석을 발견 했는데 불이 붙어 그 때까지 타고 있다는 소식이 들려 왔다. 마을 사람들이 모두 장터 고개 쪽으로 방향을 잡아 그 근처에서 소를 찾아 보기 시작 하였다. 겨울철 이라 소등에는 추위를 막아 주기 위해 소 덕석을 짚으로 만들어 덮어 주었는 데 이곳에 불이 붙는 바람에 소가 놀라서 목숨을 걸고 탈출을 한 것 이었다. 그러지 않더라도 외양간 바로 옆에서 불이 나는 바람에 그 뜨거운 열기가 모두 소에게 전해 졌을 터인데 더군다나 직접 소 등 에 얹어 놓은 덕석에 까지 불이 옮겨 붙었으니 소가 얼마나 놀라서 날 뛰었을까 소를 매놓은 밧줄도 끊고 가로 막아 놓은 중방도 뛰어 넘어 소가 도망을 갔으니 소의 경우로 보아서는 평소 같으면 도저히 일어 날수 없는 일이 발생한 것이다. 죽느냐 사느냐 하는 절체절명의 순간 이 소에게 닥쳤던 것이다. 만일 소 덕석에 불만 안 붙었어도 소는 어 느 정도 화상을 덜 입었을 는 지도 모른다. 불타는 소 덕석을 등에 얹 은채 뒷동산으로 뛰었는데 뛰어 가다가 땅으로 떨어진 모양이었다. 소가 입었을 참상은 안보고도 알만했다. 소는 그뒤로 장터고개 넘어 에서 발견되었다. 소는 서 있었지만 완전히 넋이 나간 모습이었다. 예 상대로 소는 큰 화상을 입었고 크게 놀란 상태였다. 그 뒤로 소는 가 축병원의 진료를 받고 치료를 계속했으나 워낙 많이 놀라고 화상의 후유증도 심각해서 완치가 어려웠던 것으로 안다. 결국 뜻하지 않은 부주의로 화재가 발생했고 마을 사람들도 크게 놀랐을 뿐 아니라 주 인으로서는 재산상 큰 손실을 입었으며 소에게 있어서도 불행한 일이 었다. 마을의 화재는 이렇게 대부분 잿간의 작은 불씨에서 비롯 되었 고 봄철 산야에 일어나는 크고 작은 불은 어린아이들의 불장난으로부 터 시작되었다. 뒷동산 장터고개 올라가는 왼편으로는 김량장리에 사 는 박씨네 시제 지내는 묘지 잔디밭이 고개 밑에서부터 고개 위에까지 쭉욱 연속으로 이어져 있었다. 이 넓은 잔디밭이 해마다 봄철이면 새까맣게 타버렸다. 초등학교 학생들은 학교에 오가며 이 잔디밭을 따라 오르내렸다. 옆의 장터고갯길 보다 이곳 잔디밭으로 다니기를 더 좋아해서 잔디밭위로도 길이 하나 생겼다. 아이들은 봄철이면 따뜻한 햇발이 드는 이곳 양지쪽에서 불장난을 하다가 걸핏하면 잔디밭을 홀랑 태워 먹었던 것이다. 봄바람에 잔디밭 불은 도저히 끌 수가 없을 정도로 훌훌 불길이 날라 다녔다. 봄철에 그렇게 새까맣게 타버린 잔디밭은 처음에는 보기 흉하지만 오히려 그뒤로 더 왕성한 잔디 싹을 틔우고 더욱 탐스럽고 새파란 잔디를 키운다는 사실이 아이들로 보아서는 생각외로 상당히 의외였다.

종소리는 이렇게 마을에 급작스럽게 화재가 발생 하였을시 연속적으로 타종 함으로서 마을 사람들에게 화재를 빠른 시간에 알려주고 불을 끌 수 있는 시간을 단축시킴으로서 피해를 줄이고자 하는 데 있어서 큰 역할을 했다. 하지만 그밖에 일상적인 일들의 변화를 알려 주는데 있어서는 다양성에 있어서 제한적일 수 밖에 없었다. 종소리를 다양하게 표현하기 어려운 점도 있었기 때문이었다. 연속적 타종외에는 땡! 땡땡! 하는 타종방법이 일반적인데 이는 한번 치고 간격을 두고 두 번을 연속해서 치는 방법이다. 옛날 학교에서 시간을 알릴 때도 이러한 타종 방법을 써서 쉬는 시간과 공부시간을 알려 주었던 것과 같은 방법이다. 약속된 어떤 시간이 되었다는 신호이다. 1960년대 후반 까지도 관공서에서 마을 주민들을 동원 하라는 각종 부역이 자주 있었다. 내가 마을 일을 볼 때도 역시 이런 저런 일들로 마을 주민들을 부역으로 동원 할적이 많았다. 봄 가을로 있는 신작로 자갈부역과 더부러 철따라 사방공사나 나무 심는 일들로 마을 주민들이 단체로 활동하며 작업하는 일들에 수시로 동원되었다. 이런때는 이미 마을 전체 주민들이 무슨 작업을 며칠날 한다는 것은 미리 고지(告知)나 합의가 되어 있는 상태에서 당일날 출발에 앞서 종을 치면 이제 출발하니 모두 모이라는 신호를 하는 셈이다. 동진이 사람들이 맨처음 자갈 부역 장소로 활당을 받은 곳은 남리 다리 지나서 안성가는 쪽으로 평옥 마을 앞쪽쯤 이었다. 신작로 노면이 울퉁불퉁 패이고 물이 고이기도 하는 비 포장 신작로였다. 용인 사거리에서 사방으로 나가는 모든 길이 비포장 자갈길이었다. 버스를 타면 엉덩이가 춤을 추었다. 이런 행길 보수를 위해서 각 마을 별로 책임구역을 정해주고 일정한 때에 자갈 부역을 해서 길에 자갈을 모아 놓도록 했던 것이다. 각 마을 이장은 가가 호호로 활당된 구역을 쪼개서 분담 시켰고 한 가구당 대략 2~3미터정도의 자갈무더기를 만들도록 했던 것이다. 처음에는 앞서 말한대로 남리 다리지나 평옥마을 앞쯤에서 자갈부역을 담당했다가 후일 다시 역북리 삼거리가는 방향 신작로에서 자갈부역을 했다. 그때 우리나라의 산들은 일제 강점기에도 많은 산림자원이 수탈 되었고 전쟁을 겪었으며 각종 취사와 난방이 나무로 이루어지다 보니 산림자원이 황폐해졌다. 남한 전체의 산림중 삼분의 이가 벌거숭이 민둥산 수준이었다고 한다. 당시 박정희대통령이 새마을 사업과 산림녹화의 필요성을 인식하고 강력히 추진하는 과정에서 점차적으로 난방 취사도 19공탄이나 다른 대체연료로 확대되어 나갔던 것이다. 아울러 식목과 사방 사업이 전국적으로 광범위하게 실시되었다. 사방공사나 식목은 당시 현장 관리자의 확인을 받아 밀가루나 압맥등을 지급하기도 했다. 그때 동진이 사람들은 고림리 일대로 멀리 부역을 나갔다. 사방공사와 식목 작업이었다. 나중에 이야기를 들어 보니 처가가 있는 운학리 사람들은 동진이나 덕골등으로 나무심는 일을 왔었다고 하는 얘기를 들었는데 무슨 연유인지는 모르겠으나 서로 다른 지역으로 부역일을 다니도록 했던 것 같다. 아침에 부역 동원 나가는 날은 이장이 마을의 종을 아침 일찍 땡 땡땡 하며 천천히 간격을 두고 쳐서 주민들에게 오늘 부역을 나간다는 것을 알렸던 것이다. 마을의 종은 큰 사랑 앞 큰 마당 연자방앗간 귀퉁이 추녀옆에 세워져 있었다. 추녀옆에 기다란 나무기둥을 세우고 그 끝에 짧은 가로 막대를 대고 그곳에 종을 달았다. 종에 달린 줄하나가 길게 땅으로 내려져 있었는데 어른키 정도 높이에서 나무기둥에 묶어 놓았다. 큰 사랑 앞 마당은 동네 아이들이 모여서 항상 뛰어 노는 운동장같은 곳이었다. 겨울이면 내린 눈을 여러 아이들이 차근차근 밟아 다져서 긴 미끄럼장을 만들어 놓고 여러명이 줄을 서서 달려가며 미끄럼을 타고 놀았다. 지나가는 어른들이 다친다고 야단을 쳤지만 아이들은 신이 났었다. 큰 마당에서는 짚으로 만든 공을 가지고 축구도 하고 자치기도 하고 진놀이도 했다. 큰 마당은 동네아이들의 놀이터였다. 철없는 짓궂은 아이들은 기둥에 묶여있는 종치는 줄을 끌러내려서 쓸데없이 종을 땡땡치고 도망가고 했다. 큰 사랑집 한구장 어른이 허연 수염을 날리며 "이놈들아 종은 왜 치는 거여!" 하면서 작대기를 들고서 쫓아가지만 아이의 잽싼 발걸음을 쫓기는 애초부터 불가능한 일이었다. 그러나 이런 짓을 재미나 하는 아이들이 마을에는 살고 있었다. 아이들은 무슨 심보인지 어른들이 하지 말라는 일은 구태여 더 찾아서 하기도 했으니 철부지는 참 철부지였다는 생각도 든다. 이제 그 짓궂던 아이도 자라서 이미 저세상으로 갔으니 참 세월이 흐르기는 정말 많이 흘렀는가 싶다. 동진이 마을의 종은 언제부터 사용한것일까. 아마도 왜정때부터 마을에 종을 이용한 신호 체계가 들어온 것이 아닐까 생각해 봤다. 일제가 주민을 동원하고 통제 하기위한 한가지 수단으로 마을에 종을 사용하도록 했을 거라는 생각이다. 종이 있는 큰 마당은 마을에 가운데 쯤이기도 했지만 한 구장어른이 아마도 그시절에 마을 일을 관장 했을것으로 추측이 된다. 그뒤 해방이 되고 육이오가 났으며 휴전이 되고 마을의 이장들도 이사람 저사람으로 바뀌었지만 마을가운데 매달려 있던 이 종은 변함없이 계속 그 자리를 지키고 있었다. 다른 자리로 옮겨서 달아맬 필요성이 없어서 였다. 종은 비록 작았지만 맑고 청아한 소리가 났다. 1960년대 후반으로 들어오면서 점차 종은 사용하는 빈도도 떨어지고 종도 한쪽이 떨어져 나갔고 금이 갔는지 종소리도 맑지가 않았다. 고향을 떠나온 이후 마을의 종(鐘)행방은 알길이 없으나 지금도 아련한 마을의 종 소리가 들려 오는 듯하다. 땡! 땡! 땡 !

부역의 역사는 매우 오래되어 조선시대나 고려 시대에도 있었다고 한다. 놀기 좋아 하는 고려의 의종임금이 정자를 짓기 위해서 많은 백성들을 동원하였다고 한다. 점심밥도 제공하지 않았기에 백성들은 점심밥도 손수 싸가지고 다녀야 했단다. 어느 가난한 농부가 점심을 싸오지 못하자 옆의 사람들이 음식을 나누어 함께 먹었다. 남자가 저녁 때 집에 돌아가 이같은 말을 전하자 이 말을 들은 그의 아내가 눈물을 흘렸다. 그 다음날 머리에 수건을 쓴 그의 아내가 음식물을 담은 광주리를 이고서 남편이 부역하는 장소를 찾아 왔단다. 술과 밥과 고기를 차려 점심으로 내 놓았다. 그녀가 머리를 잘라 판돈으로 밥과 반찬을 해서 가지고 왔던 것이다. 이렇게 부역에도 오랜 역사가 있고 민초들의 애환이 녹아 있는 것을 알 수가 있다.

(5) 마실방 문화와 오정(午正)소리

이웃집에 놀러 가는 것을 국어 사전에는 마을이라고 올라 있다. 동진이 사람들은 마실 간다는 표현을 썼다. 동네안에 마실방들은 여러 곳에 있었다. 한 두사람의 친구 들이 모여서 환담을 나누기도 했고 비슷한 또래 여러명이 자주 모이는 곳도 있었고 청장년들이 두루 함께 흉허물 없이 모이는 마실방도 있었다. 이렇게 여러계층의 사람들이 모이는 마실방은 주인 내외가 성격적으로 아주 까탈 스럽지 않고 무난해야 했으며 사람을 가리지 않고 차별하지 않아야 했다. 마실방 주인이 밥을 먹고 있던 잠을 자고 있던 흉허물 없이 그저 수시로 아무 때나 마을 사람들이 이집 안방을 차지 하고 앉아 쉬고 있다가 한 두사람씩 이웃들이 모이면 화투도 치고 윷도 놀고 이야기도 나누는 것이다. 집에 혼자 있으면 무료하니까 일단 이곳 마실방으로 가보면 심심하지는 않게 되기 때문에 오락 거리가 없는 그 시절에 유일한 심심풀이는 이웃들과 여럿이 모여 함께 놀 수밖에 없었던 것이다. 40년대와 50년대 초반까지는 주로 큰 사랑이 마을의 젊은 층들이 모이는 마실방으로 쓰였다. 한동안 머슴이 이 사랑을 쓸때는 사랑방 솥에 쇠죽도 쑤고 군불도 때고 했지만 워낙 방이 큰 편이라 윗목은 사철 냉골이었다. 방문도 꼭 맞지를 않아 외풍도 센데다가 여러 사람이 수시로 드나들다 보니 오뉴월 거적문처럼 바람이 함께 들어와 윗목은 바깥 공기와 별반 다르지 않을 정도로 냉방 수준이었다. 머슴이 방을 쓸때도 방안에는 항상 때묻은 목침 몇 개가 굴러 다녔고 윗목 장판은 찢어져 너덜거리고 맨 흙바닥이 들어나 있기도 했었다. 젊은 머슴은 밤이 되어도 새끼를 꼬거나 짚신이나 멍석등을 만들며 시간을 보냈고 마을의 마실꾼들도 새끼를 꼬는 사람, 잡담을 나누는 사람, 누워서 쉬는 사람등으로 다양했지만 이런 밤 마실꾼들은 긴 겨울밤 잠 안오는 초저녁이 할일 없고 심심하니까 자연스럽게 비슷한 또래들이 모이는 곳으로 발걸음이 옮겨 가게 되는 것이었다. 큰사랑의 머슴이 떠나고 사랑도 비어있게 되었고 방치된채로 세월이 흘러갔다. 그뒤로 50년대 중반 부터는 동네 가운데 청장년들이 모여드는 마을의 대표적인 마실방이 생겨났다. 내가 10대의 중반을 넘어가고 있을 때쯤 이곳 마실방에는 20대에서 40대정도 까지 매우 다양한 년령층의 청장년 들이 마실을 왔다. 이

집의 주인은 단기 4254년생인 최순봉(崔順鳳) 씨로 당시 30대의 후반쯤 되었으리라고 생각된다. 이 어른은 막걸리를 매우 좋아 했고 성격이 유순하여 남들과 다툼이나 시비를 할 줄 모르는 호인(好人)이었다. 그들 내외분들이 모두 싫은 내색하지 않고 모나지 않아 사람들과 어울리기를 좋아 하는 성격들 이었으므로 자연 스럽게 이 집 안방이 마을의 중심적인 마실방이 되어 갔던 것이다. 마실은 꼭 밤이 긴 겨울철에만 가는 것 같지만 실상 겨울은 농한기라 눈 내리고 바람 부는 추운 날에는 낮에도 마실방은 항상 몇사람의 마실꾼들이 있게 마련이었다. 다른 계절에도 마찬가지이다. 궂은 날이면 집에서 있기 보다 마실방이 궁금하니까 한두 사람씩 모여들게 되어 있었다. 이 마실방은 당시 어린아이들도 있는 부부가 쓰고 있는 살림집의 안방이었다. 주인 내외가 모두들 무난한 편이라 마실꾼들이 부담없이 터 놓고 지냈던 것이다. 이방에서는 겨울밤이면 의례 국수 내기나 묵내기 화투놀이가 벌어지곤 했다. 몇사람은 화투를 치고 나머지 몇사람은 옆에서 구경을 하거나 잡담을 나누는 식으로 방안 풍경은 매우 다양했고 자유 스러웠다. 밤이 길다보니 초저녁에 먹고 나온 저녁밥은 다 꺼져 속이 출출 할 때쯤 밤참 내기는 누구나 솔깃한 유혹이기도 했다. 배고풀 때 먹는 얼큰한 비빔국수나 묵 무침은 놀이를 떠나 즐거움의 대상 이었다. 그 시절에는 간혹 떠도는 소문으로 노름을 해서 패가 망신 했다는 소식도 더러 들을 수는 있었지만 다행히 동진이 사람으로서 노름을 하는 사람은 없었다. 이 어른들의 마실방에는 나도 간혹 찾아 가기도 했는 데 마을 사람들 청년몇명이 둘러앉아 적은 돈 내기는 더러 하는 것을 보기도 했으나 잔돈을 가지고 하는 심심풀이의 놀이 수준이었지 도박은 아니었다. 청소년층에서도 모여 앉으면 오징어 내기나 사탕내기등을 심심풀이로 하기도 했는데 이때 사용하는 도구가 화투 뿐만이 아니라 작게 만든 윷가락을 쓰기도 했다. 정말로 그 시절에는 오락이

나 놀이 기구도 신통치 않았고 실내에서 이야기 아니면 할 것이 별로 없었다. 아이들이 마을에 많아서 동료들도 많은데 밤에 마실방에 모여 앉으면 함께 즐기며 재미있게 보낼 놀거리가 없었다. 마을에는 나와 비슷한 또래의 처자들이 특히 많았다. 추석이나 정월 명절인 설날 등에는 성숙한 처자들이 고운 한복으로 차려 입고 나서면 온 마을이 화사하고 예뻤다. 한창 피어 오르는 고울 때였다. 지금은 모두들 고희(古稀)의 중반을 넘어가는 황혼이 되었겠지만 모두들 마음속에는 그 아름답던 시절을 가슴속 깊이 간직하고서 나름대로 내일을 위한 희망찬 하루하루를 즐겁게 살아가고 있으리라. 비록 고생했던 시절이라도 지내 놓고 보면 그추억은 아름다운 법인데 하물며 행복하고 즐거웠던 청춘의 그 시절은 다시 말해 무엇하랴. 어쩌다 생각이 나겠지 / 때로는 보고파 지겠지 / 둥근 달을 처다 보면은 / 그렇게 행복했던 기억을 잊을 수는 없을 거야. 때때로 패티김의 노래 〈이별〉가사가 떠 오르는 것은 나 자신이 나이들어 감상(感傷)에 젖은 탓만은 아닐 것이다.

초등학생 시절인 어린 나이에도 밤 마실을 다녔다. 돌이켜 보면 그처럼 어린 나이에도 여러 곳으로 마실을 다녔는데 그때는 비슷한 또래들이 모두 부모와 함께 안방을 함께 같이 쓰고 있을 때여서 자연히 마실도 안방으로 갔기에 그 집 아이들의 엄마와 함께 안방에서 놀았다. 생각해 보니 초등학교 학생시절에 마실 가던 곳으로는 나보다 두어살 아래였던 원동진이 한순길네 방과 한두살 위였던 팥밭골 한인수네 안방이었고 때로는 팥밭골 우물옆 예전의 방앗간이었던 집을 자주 찾아 갔었다. 학교에 갈때도 일찍 아침밥을 먹으면 순길네 집으로가서 "순길아, 학교가자" 하고 말하면 그 엄마가 "순길이 아직 아침 안 먹었다. 기다렸다가 같이가라" 하면 안방에 들어가 밥 먹기를 기다렸다가 같이 학교에 가고 그랬다. 팥밭골 한인수네 집으로 동진이 아이들 십여명씩 모여서 함께 초등학교로 갈 때도 있었다. (참고: 앞에 나온 전통사회와 생활상). 초등학교 삼사 학년 때까지는 밤이면 한 순길네집으로 마실을 가서 그의 어머니에게 옛날 이야기를 해 달라고 조르기도 했고 팥밭골 방앗간 집에서는 라디오 방송을 듣는 재미에 빠지기도 했다. 그 뒤로 초등학교 고학년 시절과 중학교 저학년 시절까지는 한인수네집으로 잘 갔고 점차로 내 방을 혼자 쓰게 되면서 내 나이 아래위로 두세살씩 차이가 있는 마을 소년들이 내방으로도 마실을 오게 되었다. 물론 그 밖에도 초등학교 다닐때는 비슷한 친구들이 있는 집은 어느집 안방이나 들어서며 어른들을 보고 "진지 잡수셨어요." 하고 인사하면

"응, 그래 어서와라" 하면서 반겨 맞아 주시곤 하던 때였기에 방문 밖에만 나서면 갈 곳은 얼마든지 많았다. 마을안의 어느집 안방이고 그 시절에는 안 들어가본 집 없이 모두 들어가 봤다. 초등학교 저학년 시절에는 어른들에게 옛날 이야기 해 달라는 것이 큰 즐거움이었다. 아이들이고 어른 들이고 마실은 한두번 맛 들이면 중독과도 같아서 집에서 할 일이 없으면 붙어 있지를 못하고 친구찾아 이야기를 찾아 마실방을 향했던 것이다. 당시 마을의 방들은 모두들 외풍이 세서 방들이 추웠다. 그러다 보니 겨울에는 어느 집이나 방안에 화롯불이 있었다. 모여든 아이들은 화롯가에 둘러 앉아 언 손을 녹이며 인두로 화롯불을 꾹꾹 눌러 주며 불관리를 잘 해 주어야 화롯불이 오래 갔다. 춥다고 마구 헤집으면 화롯불이 금방 사위게 되어 조심해서 다루어야만 했다. 당시 화롯불은 중요한 방안 난방기구의 대명사였다. 중학생이 되면서 나도 따로 방을 쓰게 되었는데 마을의 대다수 청소년들이 찾아 왔지만 그 중에서도 특히 마을에서 유일한 동갑내기 남자 친구였던 팔우는 저녁만 먹고 나면 내방으로 마실을 오는 것이 그날 하루의 마지막 일과였다. 당시에 내가 쓰던 방도 겨울이면 춥기는 마찬가지

여서 매일 저녁 군불을 지피고 화롯불을 가득담아 들여 놓아도 방안 공기는 항상 썰렁 했다. 마실 손님중에는 담배도 피우는 사람들이 있어 몇 사람만 모이면 방안이 금방 담배 연기로 자욱했다. 물론 나는 담배를 일찍 배우지는 않았다. 스물 대여섯살 무렵에 조금 담배를 입에 대기는 했지만 즐기지는 않았다. 스무살 후반에 군에 입대 하고서도 별로 담배는 즐기지를 않아 휴가를 올 때 집으로 그 동안 모은 담배를 가지고 오기도 했었으니까 원래 술과 담배는 체질상 맞지 않았다. 어떤 때 여러명의 동료들이 모일 경우 화투가 곧잘 등장하긴 했지만, 그 때도 돈을 걸고 하는 노름 같은 것은 하지 않았다. 이따금 마을 안에서 술을 팔기도 했었는데 마을에서 말들이 많고 술을 팔지 말라는 여론이 우세하여 술 파는 것은 금기사항이 되었고 오징어나 사탕 등 주전부리 먹거리가 팔수 있는 유일한 상품이 되었던 것이다. 겨울 농한기 때 놀거리나 즐길거리가 없던 시절이라 어느 때는 몇사람들이 그 긴 겨울밤을 새우며 성냥개비 내기나 담배가치 내기를 하기도 했다. 새벽이 훤히 밝아 오도록 화투를 치고 밤을 새우는 그런 날이면 밤새 썰렁한 방안에서 화롯불도 다 꺼졌지 담뱃불 연기 때문에 이따금 방문도 열어 놓았지 방바닥도 다 식었지 얼굴들은 잠못자서 핼쑥하고 콧잔등도 석유등잔 끄름 때문에 시커멓고, 목구멍도 매캐하고 정말로 사람꼴이 아니었다. 나는 사실상 화투나 윷놀이등의 오락은 취미가 없었고 즐기는 편은 아니었지만 마을의 동무들이 내방으로 찾아 오는 일 만큼은 나 또한 사람 모이는 것을 좋아해서 반가운 일이었다. 그렇게 지내는 것이 당시 1950년대 후반 까지 마을의 일상적인 풍경이었다. 또래 집단들이 끼리끼리 모여서 이렇게 노는 모습들이 겨울철 놀이문화라고 할 수 있을 것이다. 부녀자들은 또 부녀자들 대로 바느질 거리나 다듬이질 할것들을 챙겨들고 이웃의 동료를 찾기도 했고 처녀들도 부모와 방을 따로 쓰고 있으면 친구들이 마실방으로 삼아 모여 놀며 겨울의 긴 밤을 이야기 꽃을 피우고 우정을 키우기도 했다. 온마을 사람들이 서로 각자의 집에 들어 앉아 독립적이고 외톨이 같은 생활을 하는 것이 아니고 한 덩어리로 흥허물 없이 서로의 집을 드나 들면서 함께 살아가던 시절이었다. 우울증이라던가 외톨이라던가 하는 현대적 스트레스를 받는 정신적 문제는 찾아 보기 어려운 개방된 사회의 공동체 생활이었던 것이다. 털어놓고 이야기 할 사람도 이웃에 많았고 힘들고 어려운 일을 하소연 할 곳도 많았다. 지금 보다는 사는 형편들이 어렵기는 했지만 공동체 사회가 건전 하였고 구조적으로 튼튼한 환경이었음은 확실하다는 생각이 든다.

방이 넓던 좁던 크던 작던 방안을 밝히는 조명은 오로지 등잔 하나가 전부였다. 방안이 어두우면 애꿎은 등잔불 심지만 돋우웠다. 지나치면 불은 커지지만 시꺼먼 끄을음이 심하게 나온다. 방안에는 등잔불을 올려 놓을 수 있도록 만든 기구가 있었는데 등잔 받침이라던가 갱면두라고 불렀다. 이책을 써 가면서 정확한 철자를 알기위해 찾아 보니 광명두 라는 것을 알게 되었다. 우리가 그냥 일상 생활에서 통상적으로 말하는 것을 발음 나오는 대로 적다 보면 표기가 정확하지 않을 때도 있을 수가 있다. 얼마전 TV에서 방영된 어떤 프로그램을 시청 했는데 우주베키스탄에 거주하고 있는 고려인들에 관한 이야기 였다. 그곳의 고려인들이 우리 말의 〈떡〉을 〈떠기〉라고 말하는 것을 매우 관심있게 들을 수 있었다. 그들의 선조들로부터 한글의 글자 표기 없이 말로만 전수되다 보니 〈떡〉이 나중에는 그냥 발음 되는 대로 〈떠기〉가 되었을 것이라는 추측이 가능했다. 글자로 표시한 기록은 그래서 중요하다. 우리 동진이 마을에서도 덕골위 산봉우리에 있는 산지당도 보통 마을 사람들이 산지당 이라고 말 했지만 이 장소는 옛날 우리의 선조들이 산제사를 지내던 산제당(山祭堂) 이 정확한 표기가 될 것이다.

　그 당시에 시간생활은 어떻게 했을까. 대청 마루나 안방에는 커다란 괘종 시계 하나쯤은 웬만한 집에는 모두 걸려 있었다. 대개 태엽을 감아서 가는 시계였다. 하지만 사랑방이나 건넌방등 마실방으로 잘 쓰이는 방에는 시계가 있을리 없었다. 그렇다고 손목시계를 차고 다니는 사람도 없었다. 일상적으로 농촌 생활이라는 것이 몇시 몇분을 따지는 삶은 아니어서 큰 불편이 따르지는 않았지만 대체로 달이 기우는 정도나 별의 위치를 보고 오랜 경험을 살려서 대강의 시간을 예측하며 살았다. 그러다 보니 앞의 남자들의 부업에서도 잠간 나온 이야기처럼 시간을 잘못 인식하고 엉뚱하고 황당한 실수를 했던 것이다. 이런 이야기도 마을에 떠 돌았다. 어느 부지런하기로 둘째가라면 서러워 할 마을 사람 한 분이 날이 밝는 줄 알고 논에 두엄을 져 나르기 시작했다. 두엄을 몇 지게 째 논에 져다 부려도 날이 밝지를 않더라는 것이다. 그제서야 너무 서둘러 일어 난 것을 깨닫고 쓴 웃음을 지었다는 어느 부지런한 마을 사람의 경험담도 전설처럼 들을수있었다. 부지런을 떨다보면 그 시절에는 충분히 일어 날수 있는 일이다. 원래 큰 부자는 하늘이 내고 작은 부자는 부지런함에 있다고 했으니 손해 날일은 아니다. 들에서 일을 하다보면 점심때가 지났는지 아직 멀었는지 궁금 할 때가 있다. 이런 때도 해가 지나가는 그림자를 보거나 어림짐작으로 대강은 샛밥 때라던가 점심 때라던가 알 수 있기도 했지만 정확한 시간 개념은 없었다. 그 시절에는 김량장리 경찰서앞에 높은 망루에서 불어주는 오정(午正)소리라는 것이 있었다. 이 오정 소리는 동진이 마을 앞들에서도 점심때면 들을수가 있었다. 경찰서에서 정오에 사이렌을 불어 시간을 알려 주었던 것이다. 어떤 때는 부지런히 일을 하다보면 오정 부는 소리를 깜박 못듣는 경우도 있었

다. 동네 사람들을 만나면 그럴 때 궁금해 하면서 하는 대화가 있었
다. "오정 불었어?" 하고 물으면 "아까 불었어." 하기도 하고, 아니면
"아직 오정 소리 못 들었는데…." 하기도 했다. 때로는 용인역을 지나
는 수여선 기차의 기적 소리를 듣고서 몇시쯤 됐겠구나 하고 짐작하
기도 했다. 기차는 매일 일정한 시간에 용인역에 정차하여 화통에 물
을 채우고 수원으로 떠날 때 기적 소리를 울렸기 때문에 시간을 알 수
가 있었던 것이다.

6부

의식주(衣食住)와 놀이 문화(文化)

(1) 의복(衣服) 과 신발

고려 말까지만 하여도 우리나라 백성들은 혹독한 겨울 추위를 매우 힘들게 나야만 했다고 한다. 그 시절에는 제대로 된 방한복이 없었을 것이기 때문이었다. 거친 삼베나 모시옷 만으로 추위를 제대로 막아 내기는 어려 웠을 것이다. 그 이후 1363년 문익점이 중국 원나라에 사신으로 갔다가 목화씨를 얻어 잘 알려진 대로 붓 대롱에 담아 우리나라로 몰래 들여 왔다는 사실을 우리들은 역사를 통해 배웠다. 그는 장인 정천익과 함께 목화 재배와 보급에 힘쓰고 물레와 씨아를 발명해 후손들에게 전수해 줌으로서 우리 백성들은 한결 따뜻한 겨울을 나게 되었고 의복을 차려 입는 데 획기적인 변화를 가져 오게 되었다. 조선의 세종임금은 양잠을 크게 장려하여 전국에 누에 먹일 뽕나무를 심게 하였다. 이와 같이 우리나라도 옛날부터 뽕나무 재배를 장려 하고 누에를 길러 비단을 생산하게 하도록 했다는 기록도 찾아 볼 수 있지만 일제도 이 땅에서 뽕나무 심기와 누에 고치 생산을 장려 했던 것으로 알고 있다. 그런 연유인지 내가 어렸을 때인 40년대와 50년대 까지는 마을안에 뽕 나무가 지천이었다. 어느 집이나 울타리에는 뽕나무가 심어져 있었고 마을 근처 밭에는 뽕나무 밭도 있었고 밭둑에도 산지 사방에 뽕나무가 자라고 있었던 것이다. 그 덕분에 그 시절은 아이들도 뽕나무에 올라가 새까맣게 익어 먹음직스러운 오디를 따 먹을 수가 있었다. 나는 초등학교 시절 앞집에 살고 있는 연옥이네 울타리 가운데 뽕나무위에서 오디를 따 먹다가 그만 땅바닥으로 떨어지고 말았다. 어른 한키 정도의 높이였는데 등쪽으로 떨어져 잠시 숨을 못 쉬고 꼼짝 못하고 가만히 있어야 했다. 정신은 멀쩡한데 호흡이 안되는 순간이 잠시 흐르고 곧 정상으로 돌아와서 다행이긴 했지만 크게 혼줄이 난 경험이 있다. 연옥이는 앞집에 사는 나와는 동갑으로 성격이 꽤나 활달했다. 아주 어린 시절부터 같이 자라서 여자였지만 비교적 흉허물없이 가깝게 지냈다. 시집가고 나서도 흑석동에 살 때 내가 일하던 삼성전자 대리점에서 이따금 만나기도 했던 질긴 인연이 있다. 해방이 되고 나서도 누에는 많이 쳤다. 동진이 에서도 누에 반장(참고 :누에를 기를 때 분량을 말함) 이나 많이 하는 집에서는 한 장도 쳤는데 누에 치는 일은 손이 굉장히 많이 가는 작업으로 온 식구들이 총 동원 하여야 했다. 손바닥만한 봉투안에 누에알이 새까맣게 들어 있었던 기억이 난다. 따뜻한 아랫목에 놓아 두면 좁쌀알만 했던 누에알들이 부화해서 뽕잎을 먹기 시작하는데 어렸을 때는 뽕잎을 아주잘고 곱게 썰어서 주다가 점차 자라면서 뽕잎의 크기도 커져 가고 먹는 양도 부쩍 부쩍 늘어갔다. 나중에는 뽕잎을 썰지 않고 그냥 통잎으로 주다가 완전히 성충이 되면 뽕나무 가지째 주게 되는데 다 먹고 나면 뽕나무 가지만 앙상하게 남기고 뽕잎은 모두 갉아 먹었다. 누에는 점차로 자라면서 온 방안을 다 차지하고 뽕잎 갉아 먹는 소리가 여름날 소낙비 쏟아 지는 소리 같았다. 이때 쯤에는 온 식구가 매일같이 산으로 들로 뽕따러 다녀야 했다. 왜정 시대에도 그랬던 것처럼 해방뒤에도 누에고치는 국가에서 매상을 통해 사들였다. 어릴 때는 나 또한 뽕잎을 따러 마을안의 밭둑이며 야산의 산자락을 누비고 다녔다. 좋은 누에 고치는 매상을 하고 등외품은 집에서 뜨거운 물에 삶으며 명주실을 뽑아내기도 하였다. 맨 나중에 익어서 나오는 누에 번데기는 아이들의 맛있는 주전 부리가 되었다. 누에 번데기는 맛도 좋았지만 영양가도 풍부해서 어린시절 아이들의 단백질 공급에도 훌륭한 역할을 했을 것이다. 예전의 우리집 건넌방 아궁이 앞에서 물을 끓이며 누에고치에서 명주실을 뽑아내고 남은 번데기를 먹던 기억도 생생하다.

목화도 많이 심었다. 나무하러 가다보면 길가에도 목화밭이 흔했다. 목화의 꽃이 피기전 어린 열매인 목화 다래는 맛이 달고 아이들도 즐겨 따 먹었다. 맛이 있다 보니 어른들이 보면 혼날 일이지만 길가의 남의집 목화밭을 지나가다가도 목화 다래가 보이면 슬쩍 한두개 따 먹기도 했다. 목화 솜의 방한 효과는 대단해서 솜바지 솜 저고리 솜 버선등으로 솜이 안쓰이는 곳이 없었다. 앞에서도 문익점의 공로를 썼지만 목화솜 만큼 당시 방한 효과가 좋고 천연 재료로서 인체에도 이로운 그런 상품은 드물다고 생각된다. 시집갈 처녀가 있는 집에서는 혼수용 이불이나 요를 만들기 위해 결혼하기 몇 년전부터 미리 목화를 심어 준비를 하는 것이 일반화 되어 있었다. 햇솜이 들어 있는 요와 이불 몇채를 해 가지고 시집을 갔느니 왔느니 하는 것은 이웃 사람들의 큰 이야기거리가 되었던 시절이었다. 가옥들의 난방시설이 온전치 않아 솜을 둔 요와 이불이 잠자리에는 꼭 필요하던 침구였다. 내 처가의 장모님은 매우 부지런 하시고 인자 하신 분으로 여러 형제 중에서 애지중지 길러온 막내딸을 시집 보내기 위해 오랫동안 집에서 목화를 심어 오며 많은 솜을 준비 했다고 한다. 결혼 할 때 이렇게 여러해를 준비한 사랑이 듬뿍 담긴 목화솜을 행여 자식들이 추울세라 두툼하게 놓고 여러채의 이불과 요를 만들어 보내 주셨다. 그러나 애석하고 안타깝게도 결혼 이후 곧바로 서울 생활을 하게 되니 시골과 달리 솜이불이나 솜요가 더 이상 필요 없게 되었다. 엄동설한 한 겨울에도 반 바지에 런닝셔츠만 입고서도 생활을 할수 있는 현대식 시설이 된 주택에서 지내다 보니 얇은 홑이불 한 장으로도 겨울 밤을 따뜻하게 지내는 좋은 시대가 되었다. 격세지감을 몸으로 느끼며 살고 있다. 지금도 장롱속에 고이 고이 모셔저 있는 이 애물단지가 되어 버린 요와 이불을 볼 때마다 돌아가신 장모님 생각이 간절하다.

1950년대에는 우리집도 목화를 많이 심었다. 목화씨를 빼내는 씨아도 있었다. 밤이면 안방에서 씨아를 돌리면서 그 비틀려 꼬여진 씨아의 두방망이 사이로 활짝핀 하얀 솜뭉치를 넣으면 목화씨만 앞으로 빠지고 목화 솜은 뒤로 빠져 나갔다. 기가 막히게 목화 솜과 목화씨를 갈라 놓았다. 집에는 물레도 있었다. 할머니는 물레를 오른 손으로 돌리면서 왼 손으로는 마술처럼 실을 자아냈다. 외로 돌렸다가 또 바로 돌렸다가 하면서 실을 자아 실꾸리에 감아내는 모습은 가히 환상적이었던 기억으로 남아 있다. 그 무렵 어느 해에는 안방 들창가에 베틀이 놓여 있었고 할머니와 모친이 베틀에 올라 덜커덩 덜커덩 베짜는 모습도 볼 수 있었다. 겨울 밤에는 삐그덕 거리며 돌아가는 씨아의 거친 마찰음이 먼 나라의 자장가처럼 들려오기도 했던 그 시절의 겨울 밤 풍경이기도 했다. 50년대 까지는 마당에 무명실을 늘여놓고 밑에는 화롯불등으로 열을 가하며 솔로 풀을 먹이는 모습도 볼 수가 있었다. 그렇게 짠 베나 무명을 가지고 식구들의 옷을 만들고 남으면 시장에 팔아 돈을 마련 했으리라. 50년대 초반 초등학교 졸업 사진을 보면 거의 모든 학생들이 바지 저고리 차림인 것을 알 수가 있다. 솜바지 저고리 위에는 주머니가 달려 있지 않았다. 윗 저고리 위에는 조끼를 입었는데 조끼 주머니가 좌우에 하나씩 두 개가 달려 있었다. 솜 바지 저고리는 겨울에 아이들이 따뜻하게 겨울을 날 수 있는 옷이기는 했지만 장난이 심한 아이들에게는 솜이 이리 저리 뭉치고 불에 태워 먹기도 했다. 솜은 불이 잘 붙고 소리없이 타 들어가 잘 꺼지지도 않았다. 이렇게 휘질러 놓은 솜 바지 저고리를 어머니들이 깨끗하게 빨아서 다시 새옷같이 입히려면 힘이들고 복잡한 과정을 거쳐야 했다. 솜바지 저고리를 빨려면 먼저 꿰멘 곳을 뜯어내고 솜을 분리해내야 했다. 옷감은 빨아서 찢어진 곳은 깁고 뭉쳐진 솜은 일일이 펴 가며 바지 저고리 위에 다시 놓아 듬성듬성 바늘로 꿰매야 솜이 몰리고 뭉치지를 않게 된다. 한복 옷 만드는 일은 의외로 까다롭고 어려워 따로 한복 바느질을 배워야 하는 것으로 알고 있다. 어릴적에 보면 마을의 젊은 부녀자들이 모친에게 한복 바느질 거리을 들고 와서는 물어 보고 배우는 모습을 자주 목격했었다. 지금 그냥 세탁기에 넣어 놓고 스위치 하나로 빨래가 끝나는 좋은 시대에 우리는 살아가고 있다. 이러한 편리한 생활의 저 앞에는 우리 조상님네 들의 힘들었던 삶이 있었다는 것을 잊지 말아야 될 것이다.

추석이나 설 등 명절에 부모들은 어렵지만 추석빔이나 설빔으로 아이들에게 양말이나 고무신 한 켤레라도 사다가 신키려고 했다. 형편이 된다면야 새옷도 사다주고 싶겠지만 정히 안되면 깨끗히라도 빨아서 아이들에게 입히도록 했다. 쟘바나 털옷 등의 겨울철 방한용 옷들은 아직 보편화 되기 전이었다. 내복등도 당시에는 더 추워서 그런지 많은 사람들이 입었다. 신발은 검정 고무신 흰 고무신이 대중적으로 많이 신는 신발이었다. 흰고무신은 그래도 조금 고급스러워 했기에 장에 나갈 때나 외출로 나드리 할 때는 지푸라기로 흰 고무신을 박박 문질러 깨끗이 닦아서 신었다. 들에서 막일 할 때는 주로 검정 고무신을 많이 신었다. 1940년대 까지만 해도 짚신이 농촌에서 나무 하러 다닐 때나 들에서 일할 때 주로 이용하던 신발이었다. 물론 여자들도 여자용 고무신을 신었다. 남의집 머슴살이 하는 일꾼들은 저녁 먹고 난 이후에 밤에도 새끼꼬고 짚신삼고 했던 것이다. 50년대말 까지도 우리집 마루밑에는 조금 보태서 나룻배 만큼이나 큰 나막신 한켤레가 굴러다녔다. 농촌에서 일하려면 항상 물에서 일할 때가 많았다. 고무신은 물 속에서는 실용성이 돋 보였다. 장마철 같은 때 물에 젖어도 상관 없고 물속으로 신고 다녀도 전혀 지장이 없었다. 흙이 묻고 지저분해 지면 흐르는 개울물에 씻어서 신으면 되었다. 그 시절에는 마을에 아이들도 많아서 길가에 똥을 싸놓은 곳도 많았다. 걸핏하면 길을 걷다가 똥을 밟기 일 수였다. 더럽고 기분 나쁘고 냄새난다고 길섶의 풀잎이나 나뭇잎으로 대충 닦아 신고 다니면 찜찜하고 내내 언짢은데 흐르는 개울물에 깨끗하게 닦아 신고 서야 겨우 홀가분한 마음을 되찾곤 하였다. 고무신의 실용성은 이렇게 물일이 많은 농촌에서 편리했다. 반면에 여름에 무거운 짐을 지고 비탈길을 오르고 내릴 때는 발바닥에 땀이 나서 미끄러웠다. 6·25 이후에 한때 농촌에서 다비라고 하는 신발이 인기가 있었는 데 바닥은 고무이고 위에는 발등에서 발목까지 헝겊으로 씌워져 있었고 끈으로 조여매서 신게 되어 있었다. 가볍고 편했지만 물에 젖으면 헝겊이라 말려 신기가 불편했다. 나무하러 다닐 때는 편하지만 들일을 할 때는 물을 가까이 하기 때문에 불편한 점도 있었다. 값도 고무신 보다는 비싸기 때문에 부담이 되었고 쉽게 사서 신을 수는 없었다. 그 무렵 학생들도 운동화라는 신발이 유행 했는데 역시 쉽게 사서 신을 수는 없었기에 농촌에서 다비를 사서 신는 어려움처럼 부러움의 대상이 되기도 했다. 겨울에 농촌에서 나무하러 다닐 때는 검정고무신이 눈길에 미끄러지지 말라고 새끼줄로 둘둘 신발을 감고 다녔다. 그럴 시기이니 설날이나 추석에 부모님이 운동화 한 켤레라도 사다 주시면 친구들에게 은근히 자랑스러워 했던 것이다. 흔하지 않으니 귀했고 귀한 신발이니 자랑스러운 것이다. 고무신은 산에 다닐 때 나무끄트러기에 찔려 찢어 지기도 했다. 찢어진 고무신은 바늘과 실로 꿰매서 신었다. 나무하러 다닐 때 신는 양말을 길목이라고 했다. 길목 양말은 떨어진 양말에 헝겊을 대고 꿰맨 헌 양말을 이용했다. 여기 저기 자꾸만 깁다 보면 원래의 양말 보다도 대고 기운 헝겊조각이 더 넓은 면적을 차지하고 있게 되어 주객이 뒤바뀐 모습도 볼 수가 있었다. 겨울에 길목을 신고 나무를 하러 다니다 보면 흙이 신발로 들어가고 땀에 젖기도 해서 저녁 때 벗어 놓으면 밤새 얼어 붙어 뻣뻣한 가죽처럼 되어 완전히 동태였다. 아침이면 동태가 된 길목 양말을 화롯불위에 구멍쇠를 놓고 길목짝을 얹어 녹여야 했다. 화롯불위에서는 희한한 냄새가 온 집안을 감싸고 돈다. 군불 때는 아궁이 앞이나 쇠죽 쑤는 아궁이 앞에서도 벗어 놓은 다비짝도 말리고 길목도 말려야 했다. 눈길에 땀으로 젖은 길목을 말리는 목적도 있었지만 엄동설한에 도장굴등으로 땔 나무를 하러 나가자면 집을 나갈 때 만이라도 따뜻한 길목과 신발을 신켜 보낼려는 엄마나 아내의 정성이 그 곳에는 담겨 있기도 했다. 아이들은 양말 대신 버선도 신었다. 겨울에는 솜을 둔 솜버선을 신었고 봄 가을로는 홑 버선을 신었다. 솜씨 좋은 엄마들은 아이들에게 장갑이나 모자를 손으로 떠서 주기도 했다. 두툼한 실로 양말도 떠서 신켰다. 장갑은 다섯 손가락이 모두 들어가는 장갑도 있었고 간혹 엄지 손가락만이 들어가는 벙어리 장갑이라는 것도 있었다. 장갑 두짝을 길게 끈으로 연결해서 목 뒤로 걸고 다녔다. 잊어 버리지 않게 하기 위한 엄마들의 마음이었다. 나에게는 나무하러 다니던 시절에 고무신과 얽힌 잊을 수 없는 사건이 하나 있었다. 어느해던가 여름밤에 나무서리를 하러 간 일이 있었다. 참외 서리나 복숭아 서리, 닭서리등은 이야기를 많이 들어 보았으리라고 생각 되지만 나무서리는 흔히 듣는 얘기는 아닐 듯 하다. 그 시절 한창 자랄적 어린 시절에 동료 들과 나무를 가서는 뙤약볕아래 나무 하기는 싫고 실컨 그늘에서 놀다가 저녁나절이 되고서 야 나무 할 시간은 없고 해는 기울어 질 때 남들이 해놓은 나무를 슬쩍 지고 오는 짓을 죄의식없이 더러 하기도 했다. 장난 꾸러기 시절에 몰려 다니다가 벌어지는 몹쓸 짓인데 그날은 무슨 생각에 그런 생각을 했는지 전혀 기억이 없지만 아무튼 해가 넘어 갈 무렵 도장굴을 향해 집을 나섰다. 도둑질도 아는 놈이 한다고 아마도 그날 낮에 도장굴로 나무를 갔다가 그 곳 마을 근처에 세워 놓은 솔가지동을 보았던 모양이였다. 그걸 밤에 지고 오려는 심보 였고 그 날밤의 계획 이였다. 능골 고개를 넘고 뱀의 잔등을 지나 도장굴 골짜기 아래로 내려가니 해는 이미 꼴까닥 넘어 갔는데 이건 완전히 낮에 보던 도장굴이 아니었다. 깊은 계곡에 들어서고 보니 시커먼 산봉우리들이 두억시니처럼 둘러 서 있고 컴컴한 나무 숲속에서는 금방 무엇이 튀어 나올 것만 같았다. 맨발에 고무신을 신고 갔는데 검정 고무신이었다. 정적만 흐르는 깊은 산골짜기에 혼자 있다는 생각에 미치자 무서운 두려움같은 것이 나를 엄습해 왔다. 이럴 줄 알았으면 오지 말것인데 잠시 후회도 밀려오고 다시 돌아가야 하나 망설임도 일었지만 이미 그대로 돌아가기에는 너무 먼 길을 걸어 왔고 포기하기에는 오기도 있고 자존심도 허락지 않았다. 이왕에 뽑아낸 장검을 휘둘러는 보아야지 그대로 물러 설수는 없었다. 밀어 부치기로 하고 계속 앞으로 전진해 나아갔다. 산 고개를 두 개나 넘어 왔고 골짜기 계곡길을 1키로는 걸어 내려가서 드디어 낮에 보아 두었던 솔가지동에 지게를 꽂아 거침없이 짊어지고 갔던 길을 되짚어 올라 오기 시작했다. 도장굴 산밑까지 두세번은 쉬어야 올라 올 수 있는 거리인데 한번도 쉬지 않고 올라왔다. 밤이라 낮보다는 짐질하기에는 좀 낫기도 했고 누가 뒤에서 쫓아 오는 듯한 초조함에서 초인적인 힘이 나왔을 것이다. 그러나 초인적인 능력은 거기까지였다. 산밑에 앉아 쉬면서 산골 도랑물에 땀으로 젖은 몸을 씻고 가쁜 숨을 돌리고 나니 안전한 곳에 왔다는 안도와 초반에 너무 많은 힘을 쏟은 관계로 기운이 거의 모두 소진된 상태였다. 남아 있는 여력이 별로 없었다. 그런데다가 지금 부터는 이제까지의 밋밋한 오르막 비탈과는 다른 본격적인 산비탈길을 올라야 했다. 기운은 없었지만 그렇다고 안 갈 수도 없었다. 지게를 지고 산비탈을 오르려니 좁은 산길 양옆으로 서 있는 키큰 나무들이 나무짐이 자나가는 길을 자꾸만 방해했다. 평소 낮에 다니던 길과는 많이 달랐다. 마음은 급한데 오르막 길은 마음과 같지않게 더디기만 했다. 온몸에서 땀은 비오듯 흐르고 고무신을 신은 발바닥에서도 땀이나서 말할 수 없이 미끄러웠다. 두발짝을 간신히 올라가면 영낙없이 한발짝은 아래로 미끄러지며 고무신이 벗겨져 아래로 굴러 내려갔다. 신발을 버리고는 갈 수가 없으니 나무짐을 진채로 뒷걸음질을 쳐서 고무신을 찾아 신고 오르다 보면 자꾸만 똑같은 상황이 반복 되었다. 결국에는 지치고 지쳐서 그만 두손을 들고 말았다. 이래가지고는 밤이 새도록 이 산길을 오른다 해도 오르지 못할 뿐 아니라 지쳐서 쓰러지고 말것이라는 상황을 그때서야 인식한 것이었다. 나뭇짐은 길옆에 내려놓고 빈 지게만 지고 도장굴을 벗어나서 집으로 돌아 오게 되었다. 당시에는 산길에 짐승들을 잡기위해 디딜창애라는 것을 길에 놓기도 해서 사람도 발로 밟으면 발목에 부상을 입거나 크게 다칠수도 있었다. 지겟 작대기로 두드려 가며 산길을 걸었다. 나뭇짐은 다음날 다시 가서 가져 오리라 마음 먹었지만 다음날 아침을 먹고 어젯밤 지고 오다가 버려두고 온 그 나뭇짐을 찾아 가보니 이미 마을의 부지런한 다른 나뭇꾼이 이게 웬

떡이냐 횡재했다며 지고 가버린 후였다. 기껏 힘들여 그 먼길을 고생하며 땀흘리고 나뭇짐을 옮겨 놓았지만 결국은 남 좋은 일을 한 셈이었다. 애시당초 잘못된 생각으로 시작한 일이었고 내것이 아닌 물건이었으니 누구를 탓할 일은 못되었다.

이렇게 고무신짝엔 할 말도 많았다. 아이들은 개울 물가에서 고무신을 배처럼 물위에 띄우고 놀았다. 물길 따라 흘러가면 또 주워다가 놀고 했는데 장마철 때 같으면 센 물살에 고무신이 떠내려 가는 수도 있었다. 어른들도 신발들이 비슷비슷해서 마실방이나 사람들이 많이 모이는 상갓집등에 갔다가 신발을 바꿔 신고 오는수도 있었고 무엇보다도 다른 사람이 이미 내 신발을 신고 가버려 그렇다고 내 신발이 아닌 아무 신발이나 신고 올수도 없는 황당한 일도 있었다. 이럴 때는 어쩔 수 없이 남들이 다 신고 남는 임자없는 신발이 내 차지가 되었다. 나중에 그날 모였던 사람들을 이리저리 수소문해서 내 신발을 찾을 수 밖에 없는 일이다. 대개는 한 동네 사람이니 나중에라도 찾을 수는 있다지만 번거롭고 귀찮은 일이다. 무엇보다도 황당한 일은 새로 산 신발을 모처럼 신고 나갔다가 다 떨어진 신발이 내 차지가 되는 경우인데 술 취한 사람이 취중에 아무 신발이나 신고 가버려 벌어지는 헤프닝이다. 모두들 같은 고무신을 신고 다니는 데서 발생되는 폐단이며 불편함이었다. 그래서 신발코에 열십자 표시를 하거나 신발 뒤꿈치 쪽에 가윗표등을 하기도 했다. 고무신은 나무끄트러기 같은곳에 찔리면 잘 찢어 졌는데 바닥 서슬도 닳지않은 새신발이 찢어지는 경우는 참으로 속이 상할 일이다. 헌신이라고 아깝지않은 것은 아니지만 그래도 새 신발이 더욱 마음 아픈 일임에 틀림이 없다 하겠다. 조금 굵은 바늘에 튼튼한 실을 꿰어 찢어진 곳을 엑쓰자 모양으로 꿰매 신었다. 검은 신발에 흰실로 꿰매면 보기가 싫어 먹물을 칠하거나 검은 잉크색을 칠해서 신기도 했다. 50년대에 어른들 신발은 흰고무신이 거의 대부분이었다. 안성에서 외삼촌이나 이모부가 동진이를 찾아오실 때도 매번 흰고무신을 신고 오셨다. 떠나실 때는 내가 짚수세미로 깨끗하게 닦아 드렸다. 흰고무신은 장에 나갈 때나 나드리 할 때 신는 아끼는 신이기도 했다.

여름철에는 나무를 깎아서 끈을 매달아 발가락 부분을 걸어서 신고 다니는 〈게다〉라고 하는 나무신을 유행처럼 많이 신고 다녔다. 일제로부터 해방이 되고 얼마 되지 않은 때여서 그런지 일본식 이름인 〈게다〉라고 불렀다. 여름철이면 청소년들은 모두들 게다를 깎아 신었다. 그러다 보니 모양도 가지각색으로 높고 두껍게도 만들었고, 얇고 가볍게 만들어 신기도 했다. 높게 만들어 신고 다니면 키도 커 보이고 우쭐한 기분도 있었지만 잘못하면 발목을 삐거나 넘어져 다칠수도 있어 조심해야했다. 시장에는 공장에서 나오는 예쁜 게다도 많이 상품으로 팔리고 있었지만 동진이 젊은 청소년들은 거의 모두 손수 깎아서 신었다. 소나무, 오리나무등 여러종류의 나무들을 이용해서 나름대로 특색있게 모양을 내서 게다를 깎아 만들었다. 여름철에는 게다를 깎아 신는 것이 큰 재미였다. 모든 것이 풍부한 시대가 아니다 보니 아이들은 웬만하면 모두 자급 자족하는 자립심이 강했다. 팽이, 썰매, 연, 고무줄 새총,겨울이면 눈위에 꽂아두고 들새들을 잡는 새창애도 직접 만들 줄 알았다, 딱총 화약용 나무권총등도 그 당시 아이들은 모두 자신들이 필요하면 손수 만들어 썼다. 게다의 불편한 점은 끈이 잘 떨어진다는 것인데 먼길을 갔다가 게다끈이 떨어져 버리면 낭패다. 잘못하다가는 맨발로 걸어 다녀야 할 판이니 게다는 한여름철 마을 안에서만 신고 다니는 나무신이었다.

한 여름에는 잠방이와 모시나 베등걸이를 걸치고 될수 있으면 시원하게 지내려고 했다. 여름철 시원하게 옷을 걸치고 더위를 피해 밖으로 나오면 매미소리가 자지러지게 요란 한 곳이 있었으니 마을의 정자나무인 느티나무 밑이었다. 동진이 마을이 끝나는 곳에서 웃동진이 저수지가는 길과 바깥말로 나가는 길이 갈라지는 곳 바로 옆에 서 있었던 느티나무는 마을의 여름철 정자나무이기도 했다. 느티나무밑 그늘에는 마을의 청장년들이 모여서 고누를 두거나 장기를 두었다. 그네를 매고 시원하게 바람을 가르며 더위를 피하는 그런 곳이었다. 마을의 맨 끝집이 원래 최산천어른댁이었고 그 집에서 열 댓발짝만 더가면 느티나무가 서 있는 곳이었다. 최산천어른댁인 마을의 끝에서 덕골로 가거나 바깥말로 해서 능골고개를 넘어 도장굴로 가거나 하는 길목이기 때문에 겨울철 마을의 청장년들이 나무를 하러 갈 때는 먼저 나오는 사람부터 이곳 정자나무밑에 지게를 벗어놓고 최산천어른의 집에서 숫돌에 낫을 갈면서 나무하러 가는 일행들을 기다리는 정거장 같은 곳이었다. 그리하여 겨울에 동진이 나뭇꾼들이 열댓명씩 모여서 덕골방향으로 가느니 능골 쪽으로 가느니 입씨름을 하기도 하고 한쪽으로 우르르 몰려가기도 하고, 양쪽으로 갈라져 나무를 하러 가기도 하는 것이 옛날에 동진이 사람들이 겨울철 나무 하러 가는 모습이였다. 나무를 하러 갈 때도 이렇게 혼자 다니기 보다는 여럿이서 몰려 다니기를 좋아 했다.

(2) 주식(主食)과 부식(副食), 그리고 간식(間食)과 기호식품(嗜好食品)

동진이 마을은 경지면적이 협소했다. 넓은 들이 없는 산골이다 보니 원동진이 30여호의 자급자족에도 충분치가 못했다. 무늬실 고개

너머에도 동진이 사람들 논과 밭등이 꽤 있었지만 역부족이었다. 그러다 보니 매년 식량을 걱정하지 않고 지내는 집은 불과 십여집에 지나지 않았다. 대다수의 가정이 조반 석죽으로 간신히 남의 집 신세 지지않고 하루하루를 견디는 수준이었다. 그나마 들판에 곡식이 자라고 푸성귀며 나물이며 흔할 때는 그럭 저럭 견뎌 나갔지만 문제는 겨울이 지나고 아직 보리가 익기전 음력 삼사월이 제일 힘든 시기였다. 이른바 춘궁기라고도 하고 보릿고개라고 해서 제일 넘기 힘든 고개라고 했다. 식량이 떨어지는 절량농가가 꽤 많을 수 밖에 없었다. 전해의 가을에 추수한 곡식이 떨어질 때이고 아직 햇 보리쌀이 나오기 전이라 보릿고개라고 했던 것이다. 비단 동진이 뿐만이 아니라 전국의 대다수 농촌 마을이 거의 같은 실정이었다고 여겨진다. 이때는 면사무소를 통해 각 이장에게 정부 대여곡의 필요량을 신청받기도 했다. 물론 정부대여곡도 절대량이 부족해서 각 부락에서 필요한 만큼의 충분한 양곡이 나오지는 못했다. 다만 전체적인 신청량을 파악해서 공편하게 배분하여 주는 것이 주 목적이었던 듯하다. 정부 대여곡이 부족하다보니 개인간의 장리쌀이라는 것이 있게 되었다. 좀 넉넉한 집에서 한 가마니를 꾸어다 먹으면 그해 가을에 추수해서 한가마 반을 갚아주는 것으로 이자률이 비싼 편이었다. 그 밖에도 마을 자체의 공동 재산으로 운영되는 쌀도 몇가마는 있었다. 이렇게 춘궁기 때는 여러 가지 방법으로 쌀을 빌려 먹으며 그힘든 보릿고개를 넘었던 것이다. 하지만 이러한 여러 방법으로 춘궁기를 넘긴다 해도 근본적인 농업외 소득이 없으므로 가을에 비싼 이자로 꾸어먹었던 양식의 원리곡을 갚고나면 또 다시 양식이 부족해 지는 악 순환이 계속되게 되었다. 정부 대여곡은 일반 개인간의 장리쌀보다 이자가 싸기 때문에 경쟁률이 높을 수 밖에 없었다. 절대량이 부족한 상태라 누구는 주고 누구는 안줄수가 없었으므로 소량이지만 쪼개서 배분할 수밖에 없었다. 마을 공동 재산인 쌀로도 부족하면 결국 부족분은 개인간의 비싼 장리쌀을 얻어 먹을 수 밖에 없었다. 1960년대에도 가을에 대동회를 열어보면 마을의 공동재산인 쌀도 이자만 갚고 원곡은 다시 빌려 먹는 것으로 해 달라고 부탁하는 경우도 있었다. 원곡을 갚을 능력이 안되 또 다시 그 자리에서 빚을 떠 안는 것이 것이다. 결국 갈수록 상황이 더 나빠지는 결과였다. 이렇게 먹을 거리를 걱정하며 힘들게 살던 가난한 시절이었지만 그렇다고 그 당시 사람들이 꼭 불행한 것만은 아니었다. 대부분의 마을 사람들은 조석걱정을 하면서도 가정을 꾸리며 오순도순 이웃과 더불어 재미나게 살아가고 있었다. 오늘날의 풍요로운 시대의 사람들 보다도 어느면에서는 더 즐겁고 기쁜 날도 많았고 이웃들과 어울려 행복한 삶을 함께 누렸다. 어려운 일들은 서로 걱정하고 고통을 함께 했고 마음만은 넉넉했을 것이다. 잘 사는 선진국 사람들 보다도 아프리카 후진국 사람들이 오히려 행복지수가 높았다는 조사도 있었던 것을 보면 행복감을 느끼는 것은 꼭 경제적인 풍요와 일치하는 것만은 아닌 것 같다. 그 시절에는 상대적 박탈감이나 큰 욕심 또한 없었기 때문일 것이다.

아이들은 넉넉한 가정환경은 못되어도 오염 되지않은 자연 환경 속에서 친구들과 마음껏 뛰어놀았다. 농경지는 넓지 않았지만 마을을 둘러 싸고 있는 넓은 산에서 칡뿌리도 캐먹고 찔레를 꺾어 먹거나 잔대등도 캐먹을 줄 알았다. 아카시아 꽃이나 진달래꽃잎도 따먹고 진달래 꽃술을 서로 걸어서 누구것이 먼저 끊어지나 시합도 하며 놀았다. 동진이 마을은 참외, 수박은 많이 심지 않았다. 더러 밭이 좀 넉넉한 집에서 몇 포기 심는 정도였다. 그래서 그 시절 마을 에서는 여름에 보리를 수확하고 나면 동료들 몇 명이서 보리쌀 몇되씩을 퍼 가지고 근동의 참외 원두막을 찾아가 참외를 사 먹기도 하고 몇 개씩 집으로 사가지고 와서 식구들과 함께 깎아 먹는 것을 즐거움으로 알던 것이 여름철 마을 사람들이 살아가는 모습의 한 풍속이기도 했다. 반면에 오이는 집집이 많이 심었다. 오이만 해도 반찬등을 해 먹는 식재료이지만 참외는 간식정도로 인식했던 듯하다. 넉넉하지 않은 경지면적에서 농사를 지으려니 먹고사는 문제에 우선순위가 맞춰진 결과 였다고 보인다. 여름철 밭에 나가면 오이가 즉석 먹거리로 큰 역할을 했다. 쇠꼴을 베러 밭고랑을 지나다 보면 먹음직스러운 새파란 애오이 하나를 따서 바지 가랑이에 쓱쓱 문질러 한입 베어 물으면 상큼한 오이향이 입안 가득 풍겨왔다. 논이나 밭가에서 일하다가도 출출하고 목이 탈 때면 역시 만만한 것이 오이였다. 아이들은 메뚜기나 우렁이 등을 잡아 구어 먹었고 특히 메뚜기는 솥에 넣고 볶아 먹으면 그 맛이 고소해서 아이들이 즐겨 먹는 간식거리였다. 배고플 때의 어른이나 아이들이 즐겨 먹었던 것이 무릇이나 둥굴레를 넣고 쑥과 함께 고아 놓으면 달착지근 하고 맛있는 먹거리가 되었다. 지금 같으면 건강식이니 자연식이니 하며 귀한 음식 대접을 받았겠지만 그 당시에는 다만 배고픔을 면하기 위한 음식 일 뿐 이었다. 부족한 식량을 보충해 가며 살아가야만 하는 어쩔 수 없는 호구지책의 수단이었고 구황식품이라고 할 수 있을 것이다. 얼마전에 TV프로에서 보니 저 아래 남도지방 어덴가에서도 옛날 음식이라며 풀데기나 쑥버무리 음식을 소개하는 것을 볼 수 있었다. 내 기억으로는 동진이 마을에서도 같은 이름의 음식들을 해 먹었던 것으로 기억하고 있는데 이로 미루어 보면 옛날에는 전국적으로 사는 형편들이 비슷했구나 하는 생각을 지울수 없었다. 밀을 빻고 남는 밀기울이나 보리방아 찧을 때 나오는 보릿겨, 벼를 찧을 때 나오는 쌀겨등은 빵이나, 수제비, 쑥개떡등을 만들어 먹을수 있는 중요한 식량 보충재료였다. 물론 거친겨나 일부의 고운겨도 소나 닭, 돼지등의 가축사료용으로 사용되었지만 맨 나중에 나오는 아주고운 입자의 부산물은 사람의 식용으로 활용하였다. 오늘날의 안목으로 보면 영양면에서는 오히려 더욱 좋은 양질의 먹거리로 인정을 받을 수도 있을 것이다. 토막난 쌀과 덜 여문 쌀을 싸라기로 분류했는 데 죽을 쑤워 먹기도 했고 가을 고사떡 할 때 싸라기 무시루떡을 해 먹으면 푸시르한 떡의 식감이 좀 특별했던 기억이 있다. 가을 고사떡에는 무시루떡 한켜가 꼭 들어가 있었다. 싸라기는 닭모이나 병아리 모이로 널리 쓰였다. 주곡인 쌀이나 보리쌀이 떨어지지 않도록 때때로 이러한 곡식의 부산물을 섞어 이용하며 식량을 보충해 줌으로서 느루먹는 지혜를 발휘 했던 것을 알 수 있다. 그 시절의 주부들은 매일 매일 식구들의 한끼 식사를 해결 하기위해서 무엇을 해 먹을까 고뇌하고 고민하였을 것이다. 추석때나 설명절에는 마을에서 돼지 한두마리씩은 잡아 먹었다. 돼지 도리기라고 했다. 다른 때는 고기 먹기가 쉽지 않았다. 명절 때만은 돼지고기 한두근씩을 외상으로라도 사다가 식구들과 찌개도 끓여먹고 만두도 만들어 먹었다. 돼지고기값은 나중에 따로 받았다. 거의 다 외상이었다. 돼지고기로 찌개를 끓여 놓으면 비개가 둥둥 떠 다녔다. 지금 같으면 동물성 지방이니 콜레스트롤이 높다느니 하며 먹지 않을 것이다. 그 때는 일년 열두달가야 명절 때 빼고는 동물성 단백질이나 기름기를 구경하기 어려웠으니 오히려 지방질이 부족했을 것이다.

박완서 작가는 개성 출신으로 알고 있는데 나는 그의 책을 즐겨 읽는 편이다. 그의 글을 읽으면 토속적인 그만의 독특한 글의 맛을 느낄 수 있는 재미가 있었다. 〈그 많던 싱아는 누가 다 먹었을까〉도 재미있게 읽었던 책인데 싱아라는 말을 나는 처음 듣는 말이었다. 자료를 찾아 보니 시큼한 맛을 내는 풀이라고 되어 있었다. 고향 동진이에서 자랄 때 아이들이 조금 시큼한 맛을 내는 풀잎을 그때 〈시엉〉이라고 했던 기억이 났다. 잎뿐만 아니라 연한 줄기도 꺾어서 먹었는데 지역마다 부르는 이름들이 다름을 알수 있었지만 사전에 시영이란 단어는 없는 것으로 보아 표준어는 아닌 가 보다. 엄마들은 들에 일하러 갔다가 집으로 돌아 올때면 아이들의 주전부리로 송기나 옥수수대를 꺾어 오기도 했다. 6·25 직후에는 옥수수가루나 우유가루가 배급으로 나왔던듯한데 노르스름한 우유가루는 입자가 고와서 그냥 먹다가는 목이 메이기도 했다. 양재기 같은 그릇에 담아 밥솥에 쪄서 먹으면 딱딱하기는 했지만 맛이 있었다. 싸라기로 밥을 짓거나 고운겨로 만든 개떡이나 수제비등을 먹다보면 작은 돌들이 지금 거리기도 했다. 아이들이 투덜거리면 꼭꼭씹지 말고 대강대강 우물거려 삼키라고 어른들이 말했다. 굶을 수는 없으니 무엇이던지 먹고는 살아야 했다. 그 때는 면사무소에서 보리겨나 쌀겨를 맥강(麥糠)이니 미강(米糠)이니해서 마을로 배정되어 나오기도 하던 시절이었다. 소맥분(小麥粉), 그러니까 밀가루나 압맥(壓麥:눌린 보리쌀)등도 마을에 배정되어 나왔다. 각종 부역 공사에도 임금으로 밀가루가 지급될때도 있었다. 국민들의 어려운 사정을 해결하고자 노력하던 당시 정부의 시책이었을 것이다. 그 때는 마을에서도 보리와 함께 밀이나 호밀이라고 부르던 키가 큰 밀도 많이 심었다. 호밀은 어른키보다도 더 커서 호밀밭에 들어가면 사람이 서 있어도 보이지를 않았다. 밀가루로 칼국수나 수제비를 만들어 먹어도 거기에는 호박이나 감자등을 많이 썰어 넣고 함께 끓였다. 지금 생각으로는 밀가루만 먹는 것보다 영양면에서 아주 이상적이라고 좋아 할 일이지만 당시로서는 영양을 따지기 이전에 단순히 부족한 양을 가지고 넉넉하게도 먹고 느루 먹고자 하는 의미외에 다른 뜻은 없었던 것이다. 칼국수 반죽을 방망이로 얇게 밀어서 국수발로 썰어 놓으면 아이들은 슬쩍 한웅큼 집어내어 뭉쳐 가지고 아궁이나 화롯불에 파묻어 구워 먹으면 그렇게 구수하고 맛이 좋았다. 똑

같은 빵이나 개떡이라도 밀가루를 쓰면 색깔, 모양, 맛이 고운겨로 만든것보다 월등히 좋은 것은 두말할 나위가 없었다. 조반 석죽(朝飯夕粥)이란 말도 알고 보면 아침에는 밥을 먹고 저녁에는 죽을 먹는 다는 뜻이지만 어려운 식량 사정을 은유적으로 표현한 이 말속에는 점심끼니는 아예 들어 있지도 않았다. 감자나 고구마를 쪄서 점심끼니로 때우는 것은 그나마 다행인 것이다. 아예 걸러 버리면 긴긴 여름해에 가뜩이나 천방지축으로 뛰어 놀기 바쁜 아이들은 꺼진 배를 달랠길이 없었다. 텃밭에서 뜯어온 여러장의 상추를 겹쳐놓고 밥도 없이 된장이나 고추장을 얹어 입안 가득 먹어본 경험들이 있는, 그 당시를 살아나왔던 대 다수의 사람들은 머리를 끄덕일 수 있을 것이다. 콩을 볶아 먹는 것도 아이들의 주전부리 먹을 거리였다. 더러는 생쌀도 주머니에 넣고 다니며 씹어 먹었다. 어떤 아이들은 담벼락의 마른 황토흙을 긁어서 먹기도 했다. 구수하고 맛있다고 했다. 흙속에 들어 있는 특수한 광물질이 맛을 낼 수도 있었을 것이다. 음식에서 섭취하지 못한 부족한 미네랄 성분을 흙속에서 얻을 수 있었는 지도 모를 일이다. 김량장리 양조장에서 나오는 술 찌개미를 모주라 해서 배고플때면 끓여서 먹기도 했는데 어데선가 책에서도 이런 상황이 있었던 것을 읽어 본 일이있다. 초등학생들이 얼굴이 붉어지고 몸이 비틀거리는 학생들이 가끔씩 있었다고 한다. 술찌게미를 끓여 먹는 모습은 비단 동진이 마을에서만 있었던 일은 아닌것을 알수 있다. 역사 이래 이 나라 방방곡곡 가난한 백성들이 하루하루를 힘겹게 버텨가며 고생스럽게 살아가던 시절의 이야기들이다. 조강지처(糟糠之妻)라는 말도 있지 않은가. 술찌게미조(糟)자와 겨강(糠)자이니 술찌게미와 겨를 식량삼아 어려운 삶을 함께 견디며 살아온 아내라는 말이다. 이 말속에서도 옛 사람들의 삶의 애환을 들여다 보는 듯하다. 옛 사람들은 조강지처 하면 그만큼 귀중한 존재로 알았고 대접을 소홀히 하지 않았다. 그래서 조강지처는 불하당(不下堂 : 조강지처는 존중하고 대접을 해 주어야 한다는 말)이라는 말도 생긴 것이리라. 학교에서도 점심 도시락을 가져 오지 못하는 학생들이 많았다. 도시락이라고 싸가지고 온다고 해봐야 새까만 보리밥에 고추장 종지 하나가 전부일 수도 있었지만 그나마 배고픈 것보다야 큰 위안이 되었을 것이다. 가난은 죄가 아니라지만 현실에서는 어린아이에게도 참담한 비애를 안겨 주기도 했을 것이다. 중고등학교에 진학 한다는 것은 큰 행운이라고 할 수 있었다. 대개의 청소년들은 집에서 부모를 도와 농업에 종사 해야만 했다. 교육의 필요성은 점차적으로 중요하게 인식은 되고 있었으나 아직 경제적 여건과 주변 환경이 성숙되지 못하였다. 여자아이들은 남자 아이들 보다도 더 불리했다. 중고등학교에서는 가을에 수학여행이 있었다. 초등학교 시절의 원족이나 소풍이 발전한 것이다. 수학여행이 결정되면 경비를 걷어야 했다. 경비 문제로 한반에서도 여러명이 수학여행에 빠지는 수도 있었다. 등록금이 밀리는 학생들도 많았다. 중학생일 때 여주 신륵사를 갔다 왔는데 새까만 동복을 입은 학생들이 수십대의 트럭을 타고 신작로를 따라 흙먼지를 일으키며 달려가는 모습은 가히 어린 마음을 설레게하는 장관을 연출하였다. 마치 대 단위의 군 부대가 이동해 가는 것처럼 굉장했다는 느낌이었다. 그러나 그때 큰 고생을 했다. 학생수에 비해 트럭이 부족해서 너무 많은 인원이 차량 하나에 승차 하는 바람에 산모랭이를 휘돌을 때 마다 학생들이 한쪽으로 쏠려 쓰러지고 밑에 깔리고 해서 하마터면 큰 사고가 날뻔 했다. 신륵사 앞의 남한강을 배로 건너 갈때도 작은 배에 많은 학생이 타고 보니 뱃전으로 찰랑찰랑 물이 넘어 들어 올 지경이었다. 아이들이 놀라서 움직이자 뱃사공도 놀래서 움직이면 배가 전복된다며 화를 내기도 했다. 따지고 보면 이 모두가 적은 경비를 가지고 많은 학생들을 움직이다 보니 나타난 결과로 보인다. 학생시절에 강화도로 여행을 갔을 때는 점심도 싸가지고 갔던 기억도 있다. 일박 이일이던가 이박 삼일 이던가 그랬는데도 점심밥을 싸가지고 갔던 것을 보면 모두 경비를 절약하기 위한 방법 일것이란 추측이 어렵지않다. 원래는 교동까지 갈 예정이었으나 풍랑이 거세어 교동도를 앞에두고 강화에서 머물렀다. 첫날 점심도시락으로 쌀에 노란 차조가 섞인 도시락을 준비해 가지고 갔던 기억이 지금도 잊혀지지를 않는다. 그때는 밭에 조도 많이 심어서 밥 할 때 잡곡으로 섞어 먹기도 했다.

풋콩을 꺾어다가 쇠죽솥에 넣어 익혀 먹으면 그 맛이 아주 별미였던 기억이 난다. 들판에서 아이들이 마른 나뭇가지들을 모아놓고 그 위에 푸른 콩대를 꺾어다가 얹어 놓고 불을 피우면 콩 꼬투리가 새카맣게 타기도 하고 꼬투리 속에 콩 열매가 잘 익었다. 아이들이 불을 헤치고 콩꼬투리를 찾아 까먹는 맛도 기가 막혔다. 이런 놀이를 그 때 〈콩청대〉라고 했는데 사전에 없는 것을 보니 방언인지 또 다른 표준어가 있는지 아직 확인을 하지 못했다. 각 지역에는 이와 유사한 놀이들이 그 시절에는 있었을 것인데 아이들이 부르는 그 이름은 달랐을 것이다. 그런데 이렇게 모두들 먹고 살기에는 급급한 형편이었지만 아이러니 하게도 인정은 넘쳐났다는 것이었다. 음식 끝에 야박 하지 않고 나눠먹을 줄도 알고 이웃의 어려운 사정을 이해하고 배려하려 했다는 것이다. 혼자만이 잘먹고 잘 사는 것이 자랑으로 여기기 보다는 오히려 미안해 했고 부끄러워하는 마음 또한 없지 않았다. 예를 들면 이런 것이다. 떡을 해먹고 싶은 마음은 간절한데 풍족하게 많이 만들어 이웃들과 함께 나눠먹으면 떳떳 하기도 하고 체면도 서고 좋은 일이지만 그럴만한 형편은 못되고 그러다 보니 내것 가지고 떡해 먹는 일도 혼자서 해 먹기에는 이웃 보기에 미안하고 어려운 일이 되고 만다. 심지어는 죄짓는 것 같고 사람으로서 할 도리가 아닌 것 같은 심정이 되는 것이다. 누가 뭐라고 하지 않아도 괜시리 눈치가 보이고 불편하다. 왜 이런 마음이 생기는 것일까. 우리나라 사람들은 오랜 동안의 농경문화로 공동체 의식이 강하게 마음속 깊히 자리하고 있기 때문일 것이다. 나만 생각하는 개인 주의는 본래 우리민족의 정서와 생리는 아니라고 여겨진다. 현대 생활에서는 개인 주의 사상이 좀더 팽배되어 가고 있는 형편을 부인할 수는 없지만 반세기전 우리 농촌 사회는 그렇지 않았다. 결혼초 가난한 동네의 여러 이웃과 어울려 살 때의 이야기가 생각난다. 하루는 아내가 인절미를 만드는데 방안에서 조그마한 절구에 찹쌀 찐 것을 찧는 것을 보았다. 조심 조심 쿵쿵 소리가 요란하지 않도록 하는 것은 남몰래 우리식구만 떡을 해먹는 일이 이웃 보기에 미안하고 죄스러운 마음이 일었던 모양이었다. 남들은 조석을 걱정 할 판에 떡 같은 별식을 해먹는 것은 눈치가 보이는 일이다. 가난한 동네 일수록 이웃간의 소통은 더 잘 이루어지고 있는 것이 우리들이 사는 본 모습이다. 음식을 넉넉히 만들어 나누면 좋겠지만 살다보면 그렇지 못할 때도 본의 아니게 생긴다. 행여 이웃의 누구라도 불쑥 찾아 오게되면 감추고 사는 것 같아 민망하고 눈치가 보이고 미안해 지는 것이 넉넉하지 못한 백성들의 본심이 아닐까. 그러다 보니 해가 저무는데 지나가는 나그네가 하루밤 묵어가길 청하면 거절하지 않았고 비록 주인은 밥을 챙겨 먹질 못해도 나그네 손님에게는 정성껏 차려서 대접 할줄도 알았다. 들밥을 내와도 근처에 사람들은 모두 불렀다. 그래서 원래 들밥을 내올때는 정량보다 항상 조금 더 넉넉하게 내오는 법이다. 비록 낯모르는 행인일지라도 들밥 먹는 광주리 옆으로 지나가면 밥 먹고 가라는 인사말을 하는 것이 그 당시 우리 농촌의 아주 일상적인 모습이었다.

이웃집에 마실을 가서 놀다보니 때가 되었다. 여기서 때라는 것은 밥 먹을 때가 되었다는 말이다. 주인도 때가 되면 밥을 먹어야 되는데 마실 손님이 있으니 혼자서 밥을 먹을 수는 없는 노릇이 아닌가.

"점심 먹을 때가 되었는데 찬밥 한그릇 있으니 한 술씩 나눠 먹세" 집주인이 말을 하자 마실 손님이 눈치껏 말을 받는다.

"아니 벌써 점심때가 되었나 보네, 나도 얼른 가서 아이들 밥챙겨 줘야겠네." 하면서 일어서는 것이다. 은근 슬쩍 주인의 적은 밥을 축 내지 않으려는 마실손님이 배려에서 하는 말이다. 마실 손님은 일어 서서 자기집으로 돌아 갔지만 그의 집 솥안에는 아이들에게 마저 줄 점심밥은 있을 리가 없었다. 50년대 후반 까지도 친척집에 손님으로 가면 차려주는 밥을 다 먹지 않고 남기는 것을 미덕으로 알고 살던 시 절이었다. 내가 어렸을 때 외삼촌이나 이모부가 손님으로 집에 오면 평소에 식구들이 잘 먹지 못하는 계란 찜이나 생선 찌개등이 상위에 올라갔지만 따로 먹는 아이들 밥상이나 모친의 밥상위에는 계란이나 생선은 구경할 수가 없었다. 아이들은 철이없어 계란이나 생선에 눈 이 가기 일수였다. 외삼촌이나 이모부는 하얀 쌀밥도 남겨주고 물론 계란찜도 남기셨음은 물론이다. 그것이 양이 많아서 남기셨던 것은 아니라는 생각을 한 것은 내가 한참을 더 커서야 그 어른들의 깊은 마 음을 헤아릴 수가 있었다. 그 때는 남겨놓은 밥과 반찬은 물론 아이들 의 차지가 되었다. 장가들어 처가에 다니러 가면 항상 장모님이 옆에 서 사위가 행여 밥을 남길까 하여 미리미리 밥 많이 먹으라고, 남기지 말고 다 먹으라고 챙겨 주시곤 했다. 밥그릇도 넉넉한 그릇에 보기좋 게 밥을 푸다보니 양이 적지 않았다. 다 먹자니 양이 좀 많아 보이기 도 했고 남기자니 먹던 밥을 남기는 것도 그렇고 어정쩡한 묘한 기분 이 들기도 했었다. 하여튼 40년대 50년대에도 손님상에서 밥이나 반 찬등을 남겨 나오는 것은 밥을 제대로 챙겨 먹지 못하는 어린이나 주 부들을 위한 배려라는 생각이다. 옛날 가난한 집의 아녀자들은 집안의 어른이나 남편 그리고 아이들의 몫을 챙겨 주고 나면 솥 밑바닥에 눌어붙은 누룽지 아니면 먹을 것이 없었다고 한다. 눈치있고 자애스런 어른들은 그런 부엌의 사정을 모를 리가 없었을 것이다. 가난하던 옛 시절에는 이처럼 밥을 남겨 상을 물리는 것도 알고보면 마음 깊은 어른들의 사랑이 깃든 아름다운 모습이라 하겠다.

6·25이후에는 밥을 얻어먹으러 다니는 거지들이 무척 많았다. 전쟁의 후유증으로 가뜩이나 어려운 백성들의 삶이 더욱 피폐하여 졌을 것이다. 김량 읍내에서 산등성이 넘어 동진이 까지 아침 새벽부터 거지들이 찾아 왔다. 아침밥을 짓느라고 모친이 부엌에서 분주할 때 사랑채 대문 밖에서 영락 없이 "에~! 한 술 줍쇼." 하는 소리가 들려오는 것이다. 모친은 부엌에서 내다보고는 "아직 밥이 안됐으니 이따가 와요." 하면 "예." 하고는 두말없이 물러간다. 아침밥을 맞추고 가는 셈이다. 이렇게 마을안에 몇집을 돌고는 때맞춰 아침밥을 예약한 집들을 순서대로 찾아 가는 것이다. 거지들도 눈치는 있어서 사랑채가 크고 대문이 번듯한 집들을 찾아 밥을 빌었다. 겉볼 안이라 그랬으니 집이라도 번듯해야 잘 사는 줄 알았던 모양이었다. 우리집은 살림살이가 넉넉한 잘 사는 집은 아니었으나 사랑채가 다섯칸에 대문이 큼지막하게 달렸으니 마을에 들어오는 모든 거지들의 대상이었다. 모친은 거지들의 아침밥 주문을 받으면 밥 한그릇을 따로 준비해 놓았다가 나중에 다시 찾아 오면 대문간으로 밥그릇과 반찬을 들고가서 그들이 가지고 다니는 반찬과 밥그릇에 담아 주었다. 어떤 때에는 안마당으로 불러들여 대청마루에 밥상을 차려 주기도 하던 모습을 볼 수도 있었다. 거지들도 없다고 하면 그냥 갔지 떼를 쓰거나 귀찮게 하지는 않았던 것으로 안다. 똬리나 무쇠솥 가시는 솔과 조리등을 어깨에 메거나 허리춤에 줄줄이 달고 다니다가 곡식과 바꾸거나 돈을 받고 팔기

도 했다. 얻어 먹고는 살지만 공짜는 싫다는 나름대로의 마지막 자존심이었는지도 모른다.

먹을 것이 귀하던 시절 껌에 대한 추억도 많다. 초등학교 시절인 50년대 초 껌은 막대형으로 만들어져 상품으로 팔렸다. 지금 기억으로는 담배가치 반토막 정도의 크기 아니었나 생각된다. 그 이후 바둑껌 이라고하는 조그마한 흰 빛깔의 조약돌 같이 생긴 껌이 조금 고급스럽게 나왔다. 그러나 당시 아이들이 쉽게 껌을 기호품으로 사서 씹을 수 있는 형편은 아니었다. 그렇다고 가만히 있을 아이들이 아니었다. 궁하면 통했고 생활주변에서 웬만하면 자급자족하는 능력들이 있어서인지 껌 또한 예외는 아니었고 만들어 씹기로 했던 것이다. 껌을 만드는 재료는 밀이나 소나무 송진이었다. 그 때는 밀을 많이 심을 때였으니까 밀을 수확해 조리로 일어서 어느 집이고 멍석에 널어 말리는 곳이 많이 있었다. 아이들은 통밀 한 웅큼을 집어서 입에 넣고 씹었다. 밀알이 깨져서 겉껍질(밀기울 부분)과 속 알맹이가 뒤섞여지면 물에다 넣어 겉껍질과 속 알맹이를 분리해 낼수가 있었다. 여러번의 이런 과정을 거치면 누런 겉껍질은 모두 제거되고 점성이 짙은 글루텐 성분만 남게된다. 이렇게 밀기울을 제거한 밀껌은 매우 부드러운 껌이 되었다. 반면에 송진으로 만든 껌은 입안에서 입 밖으로 빼내는 즉시 금방 딱딱하게 굳어버렸다. 동진이 뒷동산에는 소나무가 많았고 이곳에서 송진은 얼마던지 구할 수가 있었다. 송진도 성질이 여러 가지여서 물처럼 투명한 액체가 꿀처럼 흐르는 것도 있었고 유황처럼 노랗게 굳어있는 것도 있었고 검은 빛깔의 송진등 다양한 모양을 하고 있었다. 송진을 채취해서 입안에 넣고 씹으면 송진 냄새가 심하고 좀 딱딱한 느낌이다. 밀껌은 부드러운데 비해 송진 껌은 여러 가지로 질이 떨어지는 편이었다. 맑은 송진과 딱딱하게 굳은 송진을 적당한 비율로 섞어서 씹으면 그나마 조금 부드러운 감을 느낄 수가 있었지만 근본적인 해결책은 되지못했다. 그러나 이런 딱딱한 송진껌을 부드럽게 만드는 기가막힌 방법을 아이들은 알고 있었다. 그 이름은 생각이 나지 않는데 당시 마을의 울타리에는 넝쿨로 뻗어가며 까만 열매가 녹두알 만큼의 크기로 많이 열려 있었다. 까만 겉부분을 벗겨내면 속에 투명한 속껍질이 덮혀있었다. 이 투명한 속 껍질을 긁어서 송진껌과 함께 씹으면 딱딱한 송진껌이 거짓말처럼 금방 부드러워지는 것이었다. 참으로 믿을 수 없는 희한한 일이 벌어지는 것인데 아이들은 이 방법을 어떻게 알아 낸 것일까. 아주 먼 그 옛날부터 있었던 일인지 확인 할 수는 없었지만 참으로 기발한 송진껌 만드는 방법임에는 틀림이 없을 것같다. 과학적으로 이 송진 껌을 부드럽게 만드는 비밀 속에는 또 다른 어떤 위대한 비밀이 있는 지도 모르겠다. 평상시에는 구경도 못하다가 운동회날 이라던가 소풍가는 날등 특별한 날에 큰 마음 먹고 껌이라도 사서 씹게 되면 단물이 빠지고 난 껌을 버리기도 아까워 벽이나 책상 모서리에 붙여 놓았다가 나중에 생각나면 다시 찾아 씹기도 하던 것이 껌이었다.

별의 별것을 다 먹어 봤고 또 산이나 들에서 먹을 만한 것들을 어떻게 그리 용케 알고 찾아 먹으며 자랐던 어린 시절이었지만 지금 생각하면 엽기적인 상황도 생각이 난다. 보리 깜부기나 수수깜부기도 아이들이 먹었다. 옥수수깜부기도 먹었던 듯 한데 무슨 맛으로 그렇게 시커멓고 지저분해 보이는 것들을 먹은 것인지 지금으로서는 도저히 이해가 않되는 상황이다. 친구들이 모두 그런 것을 먹었고 하니 어린 마음에 그냥 따라서도 했을 터이지만 해로운 것은 아니었을까 하는 생각도 들고 왜 그런 것을 먹었는지 알수는 없는 노릇이다. 그나마 다행 이었던 것은 농약이나 비료를 쓰지 않던 시절이었으니 청정한 자연덕분에 그런 지저분한 것들을 먹고 자랐어도 건강에는 큰 지장이 없지 않았나 추측할 뿐이다. 밤버섯, 싸리버섯, 뽕나무버섯, 아카시아버섯등은 동네 뒷동산 근처에서도 구할 수가 있는 것이고 아이들도 이 정도는 쉽게 구별해서 알 수 있었다. 버섯을 호박잎에 싸서 구워 먹기도 했는데 그 맛은 일품이었다. 잠자리나 방아깨비를 구워 먹기도 했다. 지붕추녀를 뒤져 꺼낸 참새알을 대파속에 깨트려 넣고 구어 먹으면 파 냄새가 나면서 제대로 그 맛을 느낄 수가 있었다. 지금은 아무도 먹지않는 고욤도 그시절에는 대단한 겨울밤 주전부리였다. 늦가을 서리가 내리고 고욤나무 잎이 떨어지고 나면 고욤나무밑에 멍석이나 가마니를 펴고 고욤을 털어 내렸다. 깨끗하게 선별해서 항아리에 담아 보관했다가 겨울밤 꽁꽁 얼은 고욤을 한 바가지씩 퍼다가 숟가락으로 떠 먹으면 달고 맛좋은 간식이 되었다. 다만 씨가 너무 많아 씨 발라 내느라고 신경이 쓰였다는 점이 커다란 단점이었다. 그래도 없어서 못 먹었고 심심풀이 주전부리로 훌륭한 고욤이었다.

그 밖에도 마을에서 겨울밤에는 간식으로 감자나 밤을 화롯불에 구어 먹었다. 고구마를 심는 집에서는 윗목에 수수깡으로 발을 엮어 둥그렇게 둘러 치고 그 안에 고구마를 저장하는 집들이 있었는데 겨울에 저장 고구마를 구워 먹거나 쪄서도 먹었지만 날로 깎아 먹어도 달고 맛이 좋았다. 그러나 실제적으로 마을안에 밭이 그리 많지를 않아 고구마까지 심을 처지가 아니었다. 감자는 주부식으로 이용도가 그 시절에도 다양해서 집집이 비교적 많이 심었지만 고구마는 간식거리나 주전부리 정도로 이해되고 인식되는 식품이라 밭이 많은 집에서는 조금 심기도 했지만 대다수의 집들은 다른 일반 곡식을 심느라고 고구마를 심을 여력이 없었 던 것이다. 우선적으로 제일 중요한 것이 먹고 사는 주부식 식재료이고 간식이나 주전부리는 여차 문제였다. 아녀자들은 도장굴등 먼 산으로 나물도 뜯고 야생 밤도 따러 다녔다. "영철이 엄마, 내일 우리 도장굴로 밤 하러 갈까?" 이렇게 제의하면 "벌써 밤이 영글었나." 하며 솔깃해 했다.

우리집 산은 가을에 아람이 떨어질 때면 캄캄한 새벽에도 밤나무 아래 아람 줍는 사람들이 어슬렁 거리고 돌아다니고 그러던 곳이지만 재래종 밤알이라 작고 상품성은 적었다. 그래도 마을에서 유일한 밤 동산이였다. 초등학교 다닐 때 운동회날이면 찐밤을 실에 꿰어 가지고 가서 주전부리로 먹었다. 1950년대 중반 쯤 어느해 겨울이던가 팥밭골 한인수네 안방에 마실꾼 아이들이 여러명이 모여 있었다. 날은 춥고 밤은 긴데 밖에는 함박눈이 펑펑 내리고 있었다. 함박눈이 내리는 겨울밤 따뜻한 방안에 옹기종기 모여 있는 아이들이 출출하고 심심했던 모양이었다. 밤이깊어 장독대위에 소복히 쌓인 눈을 양푼에 가득 퍼 와서는 사카린인지 당원인지를 넣어 숟가락으로 맛있게 떠 먹었던 그 시절 천연빙수 맛은 무엇과도 비교 할 수 없는 천하제일미(天下第一味)였고 다시 올수 없는 즐겁고도 행복했던 잊을 수 없는 한 순간이었다. 그리고 보면 사람은 작은 것에 만족 할줄 알고 행복을 느낄 수 있는 그런 시절이 제일 그리운 것 같다.

(3) 주거 환경(住居 環境)

큰사랑 안채를 지을 때 나는 초등학생 이었는데 터를 닦고 땅을 다질 때 큰 바윗돌을 〈지경돌〉이라고 했고 이 돌을 여러 가닥의 동아줄로 묶어 사람들이 둘러서서 줄 하나씩을 잡고 돌을 들었다 놓았다 하는 지경닫기를 했다. 아이들도 어른들 틈에 끼어 줄 하나씩을 잡고 지경 다지기를 체험해 봤다. 먼저 선소리꾼이 북을 땅땅 치며 앞소리를 멕이면 이어서 후렴구는 〈에헤라, 지경이오〉 하는 소리로 줄잡고 지경다지는 사람들이 하는 방식이었다. 조금 더 부연 설명을 해보면 지경 다지기를 시작할 때 선소리꾼이 북을 높이 들고 북소리를 연속적으로 크게 몇 번 울려 이제 시작한다는 신호를 하고 이어서 천천히 간격을 두고 두 번씩 따당 따당 하고 북소리를 내주면서 소리를 멕여 나간다. 앞소리 멕이는 소리로 '에헤라 지경이오." 하면 지경돌의 줄을 잡은 사람들이 줄을 뒤로 땡기면서 지경돌을 번쩍들어 올렸다가 땅바닥으로 내려 놓는다. 그러면서

"에헤라, 지경이오." 하고 선소리꾼과 같은 소리로 받는다. 선소리꾼이 다시 "먼데 사람은 듣기 좋게" 하면 후렴구 후창은 또다시 지경돌을 들어 올리면서 "에헤라 ,지경이오." 하면서 돌을 들었다가 다시 땅으로 내려 놓는 다.

"가까운데 사람은 보기 좋게"(선창)

"에헤라 지경이오." (후창)

"에헤라 지경이오." (선창)

"달아 달아 밝은 달아" (선창)

"에헤라 지경이오." (후창)

"이태백이 놀던달아" (선창) 계속 이렇게 느린 속도로 천천히 집터를 바윗돌로 다지다가 끝에는 모두들 힘을 불끈 불끈 내면서

"으샤, 으샤 으샤. 야!" 하면서 돌을 번쩍 들었다가 놓고 금방 다시 번쩍 들기를 빠르게 하면서 지경다지기를 끝냈다. 북을 치며 지경다지를 리드해 가는 사람이 여러 가지 집터에 대한 축원과 기원을 담은 사설을 구성진 가락으로 선소리를 멕이고 북장단도 바꾸어가는 데에 묘미가 있었다. 50년대에서 60년대 사이에 마을에는 여러채의 새집들을 지었는데 이때마다 집터는 지경다지기를 이런 방식으로 했다. 지경다지기는 하루 일과가 끝난 저녁부터 초 저녁에 주로 했다. 지경다지기를 하고 나면 주인이 막걸리를 내 놓기도 했다. 아이들도 여러

명이 둘러서서 어른들의 흉내를 내보며 장난삼아 놀았다. 집터는 이런식으로 다지고 이어서 그 집터위에 새집을 짓게 되는 데 집짓는 이야기는 뒤에 다시 하고 다른 이야기로 넘어가 보자.

동진이 덕골 능골 모두 통틀어 온전한 사랑채 건물을 가지고 있는 집들은 불과 열 댓집 정도 였다. 사랑채가 제대로 지어진 집들은 사랑방이 있고 그 외에 대문간 외양간 변소간이나 헛간등이 사랑채에 들어 있었다. 여유가 있으면 창고나 광이라고 부르는 곳도 있었다. 사랑채의 빈 공간은 농촌에서 아주 다양하게 사용할 수가 있었다. 비가오거나 눈이 내릴 때도 곡식이나 멍석, 나무등을 들여 놓기 좋고 각종 농기구도 보관 할 수가 있었다. 사랑채가 없는 집들은 울타리가에 사립문을 해 달았다. 사립문 안 쪽으로 한켠에 외양간과 변소간을 따로 세우기도 했다. 안채는 대개 기억자형의 구조를 했고 안방과 건넌방 사이에 대청 마루가 있고 안방에 이어서 부엌과 나뭇간등이 있었다. 사랑채와 안채 사이의 마당이 안마당이었고 대문밖에 바깥 마당이 있는 구조였다. 바깥 마당은 곡식을 털고 말리고 하는 농가의 작업이 주로 이루어 지는 공간이므로 작은 모래나 돌맹이들이 곡식의 낱알에 섞이지 않도록 장마철이 지나고 가을이 오기전에 마당을 손질해 주어야 했다. 장마철에 웬만한 마당에는 모두 건수가 터져 샘이 솟고 쏟아지는 빗 줄기에 마당도 패어나가 모래와 돌들이 들어 나게 되기 때문이다. 그래서 장마가 끝나고 나면 가을 걷이와 타작등에 마당을 쓸 집에서는 뒷동산에서 황토흙을 파다가 마당을 돋우어 주었다. 황토흙을 두텁게 깔아 펴고 물을 뿌려 가마니를 덮고 발로 밟아 다져 주고 송판등으로 두두려 평평하게 만들어 햇볕에 말리면 돌맹이 없는 깨끗한 마당이 되어 곡식 타작등 가을 일 하기에 좋았다. 그때 사람들은 이런 일을 마당 돋운다고 말했다. 건수가 터지는 마당은 골을 깊히 내고 자갈을 깔아 물길을 따로 내 줘야 했다. 일종의 암거(暗渠) 작업이라 할 수 가 있을 것이다.

　사립문이나 대문은 낮에 대부분 열어 놓고 지냈다. 집안에 사람이 있거나 없거나 대문은 항상 열려 있는 상태였고 사립문도 역시 마찬 가지였다. 마을 사람들은 그냥 수시로 남의 집에 드나들며 농기구나 간단한 작업도구들을 집어다 쓰고 돌려 주고 했다. 물론 집주인이 현 장에 있으면야 말을 하고 허락을 구하지만 급할 때면 아무도 없더라 도 갔다 쓰고 나중에 돌려 주었다. 대문은 밤이 늦어 마실 손님도 없 고 잠 잘때나 되어야 제일 늦게 집으로 잠자러 들어오는 식구들에 의 해서 대문 빗장을 걸었고 사립문도 그때서야 울타리 기둥에 기대어 놓고 고리를 걸거나 그냥 지쳐놓고 자기도 했다. 대문도 나중 들어 올 사람이 남아 있을 경우는 그냥 지쳐 두고 들어 갔다. 대문을 지쳐 둔 다는 것은 대문을 닫아 빗장을 걸어 잠가서 아예 사람들이 들어오지 못하도록 하는 것이 아니고, 그렇다고 활짝 열어 놓은 것도 아니고, 닫 친듯한 두 문짝을 그냥 가볍게 밀어만 주면 열리는 상태를 말하는 것 이다. 당시 동진이 마을에서 대문에 얽힌 흥미 있는 비밀이 한가지 있 었다. 혹시 다른 마을 에서도 있는 일반적인 상황인지는 잘 모르겠다. 아무튼 나로서는 꽤나 관심이 가는 그 당시 마을 사람들이 살아 가는 생활의 재미있는, 아니면 각박하지 않은 삶의 여유같은 그런 사람 냄 새나는 정으로 느꼈다. 그 내용은 이렇다. 대문이 비록 빗장이 걸려 잠겨 있더라도 같은 집 식구들은 누구나 안에서 잠자는 식구들을 큰 소리로 불러 깨우지 않고 혼자 대문을 열 수가 있었다. 대문의 두 문 짝 사이에는 겨우 손가락 하나정도가 들어 갈 수 있는 틈이 나 있었 다. 이 틈 사이로 엄지 손가락과 둘째 손가락을 넣어 옆으로 살살 빗 장을 밀어 주는 방법으로 대문 빗장을 열었다. 이같이 대문이 사랑채에 달려 있는 대부분의 집에서는 거의 모두 통할 수 있는 이 방법은 공공연한 비밀이 아닌 비밀 같았지만 내집에서나 써 먹는 방법이고 남의 집에는 이런 방법으로 들어 간다면 도둑이 아닌 담에야 들어 갈 하등의 이유가 없을 것이다. 아무도 없을 때 혼자 대문을 잠그고 외출할 때도 대문밖에서 안에 있는 빗장을 이런식으로 걸어 잠글 수도 있었다. 밖에 대문 고리에 따로 자물통을 잠그지 않아도 되었다. 대문을 짜서 맞춘 목수가 기술이 모자라서 틈이 생긴 것은 아니라고 본다. 각박하지 않은 선조들의 여유로운 마음 씀씀이가 이러한 사랑채의 대문 구조에서도 그 한 단면을 느낄 수가 있지 않을까 생각해 봤다.

중국의 시인 가도(賈島)는 한번 시작(詩作)에 빠지면 일체 주변을 의식하지 못하고 오직 시 짓는데 몰두했다고 한다. 한번은 이응(李凝)의 유거(幽居)를 찾아 가다가 시구(詩句)하나를 얻었다고 한다.

조숙지변수(鳥宿池邊樹)
승고월하문(僧敲月下門)
새는 연못가 나무위에서 잠들고,
스님은 달빛아래 문을 두드린다.

시인 가도가 두 번째 구의 고(敲)를 퇴(推)로 할까 골똘히 고민을 했다는 것이다. 너무 깊히 생각하며 길을 걷다가 그만 당대의 세도가인 한유(韓愈)의 수레를 가로 막고 말았다. 가도가 한유앞에 무릎을 꿇리고 힐책 당하자 사실대로 말했더니 한유 역시 시를 좋아 하는 사람으로서 느끼는 바가 있어 고(敲)로 하는 것이 낫겠네 하고, 그 뒤로는 가도와 더부러 시도(詩道)를 논하며 벗으로 사귀였다고 한다. 여기에 연유해서 퇴고(推敲)라는 말도 생겼다고 하지만 퇴(推)는 민다는 뜻이니 가도와 이응이 미리 약속이 되어 있는 상태라 문이 지쳐 있지만 문이 잠긴 상태는 아닐 것이고 고(敲)는 두드린다는 뜻이니 사전 약속이 없는 불시 방문이므로 잠긴 문을 두드려 주인을 부르는 형국이 되는 것임을 짐작할 수가 있는 것이다. 이와 같은 한시(漢詩) 내용을 보면 옛날의 중국이나 우리나라나 비슷한 정서가 흐르고 있는 것 같기도 하다. 늦가을이나 초겨울 안산근처 청룡 뿌리에 나뭇짐을 세워 놓고 동진이 마을을 건너다 보면 뒷동산 장터고개 밑으로 샛노란 햇짚으로 지붕을 해 잇고 30여호의 초가들이 옹기 종기 모여 있는 모습이 꼭 어미품에 들어 있는 햇병아리 모습처럼 정겹고 아름다웠다.

마을에는 해방뒤로 지은 집들도 몇채 있었다. 그중에 대여섯 집은 내가 청소년기에 지은 집들이라 집지을 때 마을 사람들과 함께 공동 작업으로 같이 일도 했다. 집 지을려면 기둥과 서까래 뿐 만아니라 많은 양(量)의 수수깡과 윗가지, 그리고 칡넝쿨이며 새끼줄과 하다못해 돌맹이, 모래, 황토흙 등 이루말할 수 없는 많은 자재들이 있어야 했다. 집 지을 사람은 그래서 몇 년전부터 차근 차근 준비를 하고 어느 정도 준비가 다 되면 집짓기를 시작하게 되는 것이다. 집터는 앞에 이야기 한데로 지경돌로 지경을 다지고 그 터 위에 집을 짓게 된다. 동진이 마을의 집들은 마을의 목수인 이성우씨가 모두 지었다. 목수가 재목들을 마름질해서 먹줄을 띄워 놓으면 마을 사람들이 일터로 오고 가며 현장도 구경할겸 자주 들여다 보게 되는데 이때마다 잠시 앉아 끌로 구멍도 파고 톱으로 잘라도 주며 일들을 거들었다. 때가 되어 술이 나오고 밥이 나오면 옆에서 봉죽 들던 사람들도 술도 얻어 먹고 밥도 얻어 먹게 된다. 얻어 먹었으니 또 금방 가기도 뭣하니 바쁘지 않으면 일도 더 도와 주게 되는 것이다. 이렇게 일터에는 객꾼도 있어야 되고 그래야 일도 도움을 받고 많은 일들을 줄일수가 있는 것이다. 그래서 어른들은 집짓는 일을 밥짓는 일이라는 말로도 대신 했다. 그만큼 집짓는 동안은 밥도 많이 해야 하고 술도 항상 넉넉해야 했다. 이런 일 주변에는 사람들이 항상 많아야 일손도 빌리고 모든 일들이 잘 진행되어 나갈 수가 있었다. 기둥을 세우고 도리와 중방을 끼우고 서까래를 얹으면 광목끈으로 북어를 매달은 대들보를 올린다. 대들보에는 붓으로 상량문을 써서 몇 년도에 집을 지었다는 기록을 남겼다. 대들보가 올라가고 도리 중방이 다 끼워지고 서까래가 모두 올라가면 기본적인 목수가 하는 골조 공사는 거의 모두 끝난 셈이다. 이제 여기서부터 마을 사람들의 절대적인 도움이 필요했다. 지붕을 만들어 놓아야 비가 와도 비를 안 맞고 실내에서 작업을 할수 있고 벽에는 흙을 바를 수 있도록 윗가지와 수수깡으로 엮어 주어야 했다. 이런 중요한 일 두가지가 마을 사람들이 하루 총 동원되어 집짓는 일을 도와 주는 것이다. 일종의 마을사람들의 무료봉사 부역인 셈이다. 전통적으로 오랜 옛날부터 불문율로 마을에 전해지는 아름다운 관습인 것이다. 음식은 집짓는 집에서 제공했다. 지붕일은 사람들의 손이 많이 가고 복잡한 과정을 거치는 작업이라 마을 사람들의 도움이 절실히 필요했다. 우선 서까래위에 흙이 새지 않도록 수수깡과 윗가지 가느다란 장작과 죽데기등을 깔고 엮어주어야 했다. 이제 그 위에 물에 갠 흙을 얹어 깔아 주게 된다. 땅바닥에서는 가래와 삽으로 흙을 파서 짚을 썰어 넣고 물과 함께 질축하게 갠다. 흙덩이를 둥글게 뭉쳐서 지붕위로 던져 주는데 지붕이 높아 한번에 던지기 힘들면 사다리를 놓고 사다리 중간에도 두어사람이 중계를 하면서 땅위의 흙을 지붕위로 올려서 지붕전체에 골고루 펴서 깔아 주는 것이다. 이때 제일 중요한 것이 너무 한쪽에만 흙을 받으면 건물이 흙의 무게로 쏠리게 됨으로 주의해야하고 조심해야한다. 먼저 지붕추녀 네 귀퉁이에서부터 골고루 흙을 받아 무게 중심을 잡아 나가야 했다. 지붕 전체에 흙을 골고루 펴서 깔았으면 몇사람은 뒷동산으로 안산으로 나가 지게에 청솔가지를 한 짐씩 해가지고 온다. 지붕위에 청솔가지를 흙위에 골고루 펴고 그 위에 이엉을 덮어 지붕을 마무리 하게 된다. 지붕 맨위 마루에 덮어 주는 이엉을 용고새라고 했는데, 아마도 용의 등뼈 같다고 용골(龍骨)에서 나온 말같다. 일단 지붕만 해 놓으면 비가와도 눈이와도 상관없이 집안에서 나머지 작업을 해 나갈 수가 있었던 것이다. 이날 마을 사람들의 또 다른 중요한 작업은 지붕과 벽에 외 얽기 작업이다. 외만 얽어 놓으면 다음으로는 벽과 천정에 흙바르는 일과 하방에 돌과 흙을 섞어서 쌓고 구들을 놓아 방을 꾸미는 일이다. 이런 일들은 주인이 개인적으로 일꾼들을 사서 공사를 계속 하는데 그 방면에 전문가들을 품삯을 주고 쓰게 된다. 오래된 초가지붕은 이삼년에 한번씩 새짚으로 이엉을 바꿔 주었지만 새로 지은 집은 몇년간은 거르지 않았다. 장마철에 빗물이 스며들어 골지고 썩은 곳은 쇠스랑으로 파내고 솔가지 등을 꽂아 물매를 다시 잡고 새짚을 보충해서 수리한 다음 이엉을 덮었다. 한옥 초가는 천장에 쥐들이 많아서 밤이면 천장속에서 쥐들이 운동회를 하는 듯했다. 이쪽으로 우르르 저쪽으로 우르르 몰려 다니는데 정말로 잠 못들고 짜증 날때도 많았다. 때로는 베개를 던져 보기도 하고 자막대기를 던져 보기도 하지만 그 때뿐 잠시 조용해 졌다가는 금방 또 여전히 시끄럽다. 흡사 사람을 약 올리는 것 같다. 천장 도배를 다시하려고 뜯어 내면 쥐똥이 수북하게 쌓여 있었다. 이러한 상황은 어느 책속에서도 읽은 기억이 나는 것을 보면 천장속 쥐들의 시끄러운 소리는 농촌의 어느 지역에서나 비슷한 현상으로 보여지기도 한다. 쥐와 사람들이 함께 살아 간다는 것과 다름 아니다. 큰 사랑채의 구조는 조금 특이해서 대문을 끼고 왼편에 큰사랑이 있었고 오른쪽으로도 작은 사랑방이 하나 있었다. 큰 사랑입구는 아이들 키 높이 정도에 마루가 놓여 있었는데 넓이는 좌우로 3미터 와 2미터 정도 되는 크기였다. 마루는 신발을 신고 올라가는 구조였고 마루옆 한쪽 추녀옆에는 항상 깨진 항아리가 놓여 있어서 마실 손님들은 소변을 모두 이곳에 보고 그 소변을 모아두는 곳이었다. 그래서 항상 지린내가 진동을 했다. 당시 분뇨는 농촌에서 훌륭한 거름이었다. 옛 문헌에 보면 안방 오줌과 사랑방 오줌을 따로 모았다고 한다. 사랑방 오줌은 남자들의 오줌이고 안방 오줌은 여자들의 오줌으로 오이 호박 고추 농사는 사랑방 오줌인 남자들의 오줌으로 잘 자랐고 벼나 보리등 오곡의 결실은 여자들의 오줌으로 잘 되었다고 한다. 큰 사랑 한켠에 놓여 있던 다 깨진 항아리 오줌통은 마실 손님인 남자들과 아이 들이 이곳에다 오줌을 누워서 항상 노랗게 오줌 적이 앉았고 냄새가 근처에만 가도 코를 찔렀다.

초가지붕위에 옛날에는 고추나, 밤, 대추, 호박고지, 박고지등을 널어 말렸다. 뒤란에는 박을 심어 박 넝쿨을 지붕위로 올렸다. 지붕위에는 하얀 박꽃이 피고, 둥그런 박이 달덩이처럼 열리고 붉은 고추나 대추등이 널려 있는 모습이 농촌의 초가지붕을 그릴 때 아주 자연스러운 풍경이었다, 지금은 초가지붕도 없어 졌지만 예전에는 동진이 마을도 그렇게 살았던 곳이다. 50년대 까지만 해도 아주 낯익은 모습이었다. 우리의 선조들은 왜 멀쩡한 마당을 놔두고 귀찮게 지붕을 오르내리며 그곳에다 고추나 대추, 밤등을 넣어서 말렸을까. 땅위에는 쥐도 기어다니고 고양이며 닭등이 뛰어 다니고 어린 아이들도 왔다갔다 하는 곳이다. 아이들이 오고가며 집어 갈수도 있고 닭들이 헤집을 수도 있다. 쥐가 물어 갈수도 있을 것이다. 또 땅바닥은 그늘도 금방든다. 지붕위는 햇볕도 온종일 해가 지도록 드는 편이니 이 보다 더 좋은 곳은 없을 것이었다.

예전의 초가집 문창호지는 몇 년 지나면 아이들이 연필이나 손가락등으로 구멍도 내고 창호지도 때를 타서 더러워졌다. 그럴 때는 장날 새 창호지를 사다가 햇볕 좋은 날 방문을 떼어내서 헌 창호지를 뜯어내고 새 창호지를 발라서 햇볕에 말리면 팽팽하게 마른다. 문풍지도 달고 하지만 얇은 창호지 한 장으로 찬 바람 바깥 공기를 막기에는 역 부족이었다. 그래서 겨울이면 모든 방들이 외풍이 센 편이었다. 아랫목 방바닥은 군불을 때서 뜨겁지만 웃목 공기는 거의 방밖의 공기와 별로 다름이 없어 밤사이 물 대접이 얼어붙기 일수였다. 문창호지를 조금 오려내고 손 바닥만한 유리를 붙여 밖을 내다 볼수 있게 했다. 추운날 방문을 열지 않고도 눈이 오는지 비가 오는지 유리를 통해서 알아 볼수도 있고 인기척이 나면 누가 왔나하고 내다 볼수도 있는 장치였다. 부엌 구조는 어느 집이나 대개 솥이 세 개 걸려 있었다. 크기별로 제일 큰 솥은 물솥으로 쓰는데 가마솥이라 했다. 가운데 걸린 중간 크기 솥은 식구들의 조석을 끓이는 솥으로 가운데 솥이라 했고 제일 작은 솥을 옹솥이라해서 찌개나 국등을 끓이는 용도로 썼다. 평소 식구들의 찌개정도는 화롯불위에 구멍쇠를 놓고 냄비나 뚝배기등에 끓이는 것이지만 일꾼들을 얻어 농사일을 하거나 집안의 큰 일등이 있을 때 국등을 끓이는 용도로 쓰는 솥 이였다. 그때 겨울은 지금보다 더 추웠는지 아침에 세수를 하고 방문고리를 잡으면 손가락이 척척 달라 붙었다. 부엌에서도 더운물을 쓰고 차디찬 무쇠솥 뚜껑을 잡으면 역시 손가락이 달라붙었다. 부엌에는 살강이나 찬장이라는 것이 있어 평소 반찬 남은 것이랑 빈 그릇등을 넣어 두기도 했고 먹고 남은 밥이나 점심용 밥은 대개 가운데 솥인 밥 하는 솥안에 넣어 두었다. 겨울철 날씨가 추울 때는 아랫목 이불속에 넣어 두기도 했지만 대개는 날도 춥고 밥도 양이 얼마 안되면 물을 붓고 끓여서 구수하고 뜨끈하게 해서 먹었다. 부엌에서는 항상 나무를 연료로 쓰고 나무가 쌓

여 있기 때문에 화기를 조심 해야했다. 부엌에는 부지깽이와 수수빗
자루가 있어야 했는데 부지깽이는 불 땔 때에 쓰는 도구이고 불을 다
때고 나면 수수 빗자루로 부엌바닥을 깨끗이 쓸어서 아궁이 불씨를
밖으로 나오지 못하게 막아 주지 않으면 화재의 염려가 있었다. 수수
빗자루를 엉덩이밑에 깔고앉아 불때는 모습은 원적외선을 쐬기 좋아
서 건강상 이롭다는 이야기도 있는 듯한데 그보다는 불내는 아궁이
앞에서 눈물 콧물 흘려가며 불 때본 경험이 없는 사람들은 그 고생을
잘 모를 것이다. 아궁이에 불을 때보면 왜 그리 불이 밖으로 내는지
눈물이 줄줄 흐른다. 당시의 주거 문화는 전부 온돌 형식이라 아침 저
녁 불을 때서 난방과 취사를 했다. 여름에는 방에 불을 땔 필요가 없
음으로 대부분 마당에 따로 솥을 걸어놓고 사용했다. 흙으로 만든 풍
로나 화덕을 쓰기도 했다. 장마철에는 눅눅한 방에도 더러 불을 넣어
주었다. 겨울용 침구는 물론 솜을 둔 요와 이불을 사용했다. 솜이불
솜요는 미리 따뜻한 아랫목에 깔아 덥혀 놓지 않으면 이불속에 처음
들어 갈 때 굉장히 차거웠다. 일단 이불속에 들어가 이불의 찬기가 가
시고 나면 그때부터는 푹신한 솜이불과 솜요의 효과가 나타나서 이불
밖으로 도저히 나오기가 싫어지는 것이니 아침에도 차디찬 이불밖으
로 나와 일어 나려면 자꾸만 미적거리게 되는 것이다. 더군다나 어른
들은 추운 겨울에도 새벽같이 일어나 아궁이 마다 군불을 지피니 밤
새 식었던 방바닥이 또 다시 뜨뜻해 지기 시작했다. 아이들은 더 일어
나기가 싫어 지게 된다. 창호지 하나로 경계가 지는 문밖에서는 저벅
저벅 언 땅을 밟으며 바쁘게 움직이는 어른들의 발짝 소리도 들리고
쌀 씻는 소리, 불때는 소리, 찌게끓는 소리등이 어수선 하지만 아이들
은 이불속에서 점점 나오기가 싫어지는 것이 그 시절 겨울의 아침 풍
경이었다.

동진이 마을의 울타리 이야기를 해 보자. 당시 동진이 마을의 울타리는 울섶이라는 나뭇가지를 울타리 경계를 따라 땅에 세우고 울띠로 엮어 고정시킨 우리나라 중부지역 농촌의 전형적인 울타리모양을 하고 있었다. 보통 이삼년에 한번씩 울타리를 보수했다. 울타리를 보수하려면 울섶이 여러짐 들어 가는데 울섶 구하기가 그리 쉬운일이 아니었다. 가까운 산에는 울섶을 할 만한 나뭇가지가 없어 먼산을 가서 땔나무 해오듯 해야 했다. 집터가 넓으면 울타리도 길어 울섶도 자연히 많이 들어 가는 법이다. 울섶외에도 울띠용으로 작대기 굵기 정도의 긴 나뭇가지도 필요했다. 울띠를 졸라 맬수 있는 칡 넝쿨이나 새끼줄도 준비해야했다. 울창이라고 하는 사람키만한 쇠꼬챙이로 울섶을 꽂을 구멍을 땅 바닥위에 뚫고 울섶을 총총히 꽂아 세운다. 그리고 나서 울띠로 울섶의 허리쯤을 졸라매면 튼튼한 새 울타리가 만들어 지는 것이다. 지붕도 새로 해잇고 울타리도 새로 만들고 나면 사람이 머리깎고 화장하고 새옷으로 갈아 입은 것처럼 집 전체가 산뜻하고 새롭게 보인다. 동진이 마을의 울타리에 관한 몇가지의 느낌을 말해 보고싶다. 아니 동진이를 넘어서 전체 우리나라 농산촌의 울타리 문화는 아닐는지 살펴 볼 일이다. 울타리는 아랫집 혹은 윗집과의 경계 또는 옆집과의 경계에 세워지지만 완전히 두 집사이를 철저히 막아 놓은 것은 아니었다. 자주 다니는 이웃집 사이에서는 울타리 사이를 아주 비집어 놓아 서로 건너 다니기도 했으니 경계를 지어 놓기는 했지만 아예 못다닐 정도로 사람들을 막아놓은 것은 아니었다. 울타리는 조금 떨어지면 집안 쪽이 전혀 보이지를 않는다. 그렇지만 울타리에 바짝 기대서 안쪽을 살펴보면 얼마던지 집안을 잘 살펴 볼 수가 있었다. 이웃집에서 말하는 보통 이야기도 웬만하면 울타리 넘어로 잘 들려온다. 조금 신경써서 가까이 다가가면 무슨 말을 하는 지도 알 수 있지만 조금 떨어져서 무심히 들으면 알수 없는 남의 이야기 일뿐 전혀 상관이 없는 상황이 되는 것이다. 막혔으되 아주 막힌 것은 아닌 것 같고 뚫렸으되 자유로운 왕래가 되는 것 또한 아니다. 대문 밖을 빙 돌아서 아랫집을 굳이 찾아갈 필요도 없다. 울타리가에 기대서서

"아무개 엄마, 나좀 봐." 하면 곧바로 아랫집에서

"왜요?" 하면서 울타리 가로 다가오는 것이다.

울타리 넘어로 떡 그릇이 오고 가기도 하고 울타리 사이로 김치 보시기가 넘나들고 음식 그릇들이 오고 가기도 했던 것이다. 닭이며 강아지들은 제 멋대로 아래 윗집을 드나들고 족제비며 살쾡이며 밤이되면 제 세상처럼 거침없이 자유롭다. 마음에 둔 처자에게는 울타리 사이로 편지 쪽지도 전해주고 울타리 넘어로 휘파람을 불어 불러 내기도 했다. 이웃집의 친구와는 울타리에 붙어 서서 수다 삼매경에 빠지기도 했으니 울타리는 여유이며 소통이며 풍류가 아닐까. 울타리는 두 집 사이를 경계 지으면서도 두집 사이를 소통으로 이어주는 연결고리가 되기도 했다. 울타리를 사이에 두고서 두 여인네가 마주서서 끝없는 이야기를 나누는 정겨운 시골 풍경은 상상만 해도 그림처럼 아름답다.

학창시절 아침에 학교에 가려면 그녀의 집 울타리 근처를 지나가야 했다. 울타리 안쪽으로는 바로 그집의 부엌이 있었다. 그 시간이면 그녀는 항상 부엌에서 식구들의 아침밥을 준비하고 있었다. 나는 매일 일정한 시간에 그 곳을 지나갔고 그녀도 그 시간을 알고 있었을 것이다. 울타리 너머로 들려오는 그녀의 맑고 싱그러운 목소리와 더불어 그릇 부딪치는 소리며 부엌 뒷문 밖으로 허드렛물 버리는 소리들이, 바로 옆에서 듣는 것처럼 뚜렷이 들리곤 했다. 그녀와 나 사이에는 비록 나무 울타리가 가로 막고 있었지만, 서로의 생각과 마음을 전하는 메시지를 담아 울타리 너머로 보내는 신호(信號)에는 이심전심

(以心傳心)아무런 장애가 될 수 없었던 것 같다.

또 당시의 겨울밤 농촌 생활의 특징은 화롯불과 요강의 필요성을 빼놓을 수가 없을 것 같다. 그래서 처녀들이 시집을 갈때는 이불과 요강이 세숫대야와 함께 필수품이 되던 시절이었다. 깜깜하고 추운 겨울밤 멀리 떨어진 변솟간을 찾아간다는 것은 누구에게나 큰 고역이었을 것이다. 그 시절 방마다 윗목에는 요강이 자리 잡고 있었다. 아침이면 요강을 비우고 깨끗이 씻어서 들여 놓는 것이 그날 일과의 시작이었다. 안방아랫목 부엌쪽 벽에는 벽장이라고 하는 공간이 있는 집들이 많았다. 이 벽장에는 꿀이나 조청, 다식 과 곶감등 귀한 음식들을 넣어 두고 겨울 깊은 밤등에 출출 할 때면 간식으로 꺼내 먹는 곳이었다. 어린아이들은 키가 작아 꺼내 먹기가 쉽지 않은 높이 였다. 동진이 마을의 웬만한 안방 아랫목에는 대개 벽장이 있었다. 대청 마루에는 시렁이 있었고 부엌에는 그릇을 넣어 두는 살강이 있었고 안방 아랫목 방 귀퉁이에는 횃대라고 하는 공간시설이 있어서 두루마기 같은 것을 걸어 놓는 장소로 이용되기도 했다.

(4) 아이들의 놀이(1)

다음의 놀이등은 내가 어린 시절인 1940년대 중반경부터 50년대 중반경까지 동진이 아이들이 즐겨 놀았고 나 또한 그 아이들 중의 한 명이었다. 대개의 놀이 기구나 장난감은 시중에 상품으로 판매 되는 것도 있었지만 그런 것을 사서 쓸만한 여유가 없던 당시로서는 아이들이 자구책으로 집 주변에서 구 할 수 있는 여러 가지 재료를 이용해서 만들어 쓰는 해결책을 택했다. 하나씩 살펴 보자.

〈딱지치기〉

상점에서 파는 그림 딱지도 있었다. 6 · 25 이후라 그런지 그림 딱지는 중사 특무상사등의 군인 들의 여러 가지 계급장이 그려져 있었고 맥아더나 아이젠하워등의 군인들도 있었던 것 같다. 이름난 장군이나 나포레옹 같은 영웅들이 딱지의 그림 소재로 쓰였다. 그러나 그런 딱지들은 아이들이 귀하게 여기고 소중하게 모으기도 했지만 그보다 더 많이 가지고 놀았고 모으던 딱지는 일반적인 종이를 접어서 만든 딱지가 훨씬 큰 비중을 차지하고 있었다. 종이가 귀하던 시절이라 양회부대 종이라던가 신문지나 공책등 온갖 종이란 종이는 모두 딱지가 되었다. 딱지를 수백장씩 모으는 재미로 아이들은 하루를 보냈다. 세어 보고 또 세어보면서 숫자가 많으면 그만큼 더 흐뭇해하고 만족해 했다. 친구들과 딱지치기를 해서 많이 잃으면 속상해 하고 많이 따면 즐거워 좋아했다. 딱지치기로 가지고 놀던 종이는 사실상 휴지로도 쓰지 못할 정도로 폐지나 다름없는 조각난 종이였다. 그런 딱지를 아이들은 무슨 보물처럼 애지 중지했다.

〈구슬치기〉

그때는 다마치기라고 했다. 일제에서 해방된지 얼마 안된 시기라 일본말이 일상생활 속에서도 많이 섞여서 쓰이던 시절이었다. 딱지와 마찬가지로 유리 구슬도 시중에는 나와 있었다. 6 · 25 이후에는 외국의 원조 물자 속에도 유리 구슬이 들어 있었다. 당시 마을에는 관공서를 통해 옷가지며 아이들의 장난감들이 외국의 원조 물자로 배정이 되어 들어 왔었다. 그런 물건 중에는 빨갛고 파란 예쁜 줄무늬가 알록달록한 유리구슬도 있었고 회백색의 쇠구슬도 있었다. 그런 유리 구슬들은 손안에 넣고 흔들면 달그락 거리며 예쁜 소리가 났다. 그러나 유리구슬이나 쇠구슬은 충분히 아이들이 접 할 수가 없어 귀한 물건

이었다. 아이들은 이때부터 흙구슬을 만들어 쓰기 시작했다. 물론 그
때 동진이 아이들은 흙다마라고 했다. 저수지 안산쪽 여수토 물 넘어
가는 곳 벼랑위에는 맨질 맨질하고 곱고 고운 흙이 나오는 곳이 있었
다. 그 때 아이들은 이 흙을 이름하여 〈면도흙〉이라고 했는데 일종의
고운 개흙 같은 거였다. 검은 색의 흙도 있었고 약간 붉은 기가 도는
흙도 있었다. 이 흙을 동구랗게 구슬로 빚어 그늘에 말리면 흙 구슬이
되었다. 많은 아이들이 이렇게 흙구슬을 만들어 수백개씩 가지고 놀
았다. 유리구슬 대용품으로 가지고 놀았다. 구슬 따먹기 할때는 유리
구슬 한 개에 흙 구슬이 몇 개 하는 식으로 가치의 차이를 두었고 서
로 그렇게 인정했다. 구슬 가지고 노는 방법은 다양했는데 대표적인
놀이 하나가 당시 뎅고치기라는 것이 있었다. 이 말도 일본어의 당구
(撞球)에서 나온 말일 것이다. 대략의 놀이 방법은 마당위에 여섯 개
의 종지만한 구멍을 열십자 형으로 팠는데 처음 시작 하는 지점에 구
멍이 하나 더 있었다. 구멍과 구멍간의 거리는 대략 1,5미터 내지 2미
터 정도로 자유롭게 만들었다. 첫 번째 구멍에 오른 손을 대고 가운데
손가락을 구부려 엄지손가락과 사이에 구슬을 넣고 튕겨 굴려서 다음
구멍으로 넣는 것이다 만일 들어 가면 또 다음 구멍으로 계속 진행 할
수 있고 안들어 가면 그 자리에 구슬은 정지 한다. 첫 주자가 실패하
면 두 번째 주자가 이어서 출발한다. 진행중에 먼저 출발했던 주자의
구슬을 만나면 내 구슬로 맞춰서 그가 목표로하는 구멍으로부터 더
먼곳으로 굴려 보낼 수가 있다. 이렇게 상대편 구슬을 맞추면 상대를
멀리 귀양을 보내는 동시에 나는 다음 구멍으로 직행 할수 있는 보너
스를 얻는다. 못 맞추면 그 자리에서 나는 정지하고 순서는 상대에게
넘어 가게된다. 만일 내가 들어간 구멍에서 한뼘 이내에 상대의 구슬
이 있으면 그 구슬을 집어들고 내 구슬과 함께 멀리 던져서 서로 부딪
쳐 아주 멀리 귀양을 보낼 수도 있었다. 이런 형태로 상대편 구슬을

멀리 귀양 보내는 것을 그 때 아이들은 보트태운다고 했다. 먼저 열십자의 여섯 개 구멍을 모두 일주 하는 사람이 승리 하는 놀이이다. 이 놀이에서 처음 시작 할 때 첫 번째 구멍을 통과하면 새눈 떴다고 했고, 열십자형의 양쪽을 날개라고 했다. 6개 구멍을 다 돌고 나면 범눈 떴다고도 했던 것 같은데 조금 가물가물한 점도 있다. 지역마다 놀이 방법은 다양 했으리라고 생각 되지만 내가 이 책에서 말하고 싶은 것은 놀이 방법보다는 그 당시 동진이 아이들이 저수지 안산쪽 여수토 벼랑에서 고운 흙을 파서 흙구슬을 만들어 가지고 놀았다는 점이다. 흙다마 열 개 스무개가 유리구슬 하나와 같은 대우를 받았고 그 보다 더 많은 삼십개 사십개를 주어야 겨우 쇠 그슬 하나와 바꿀 수가 있었다.

〈제기차기〉

제기차기도 무지하게 했다. 한발 들고 외발차기, 한발로 땅 짚어 가며 차는 제기, 양발 차기, 여럿이 둘러 서서 차는 동네 제기차기등 다양한 제기차기 놀이를 했다. 두명이서 시합을 할수도 있고 여러명이 편을 갈라 놀 수도 있었다. 잘하는 아이들은 제기를 떨어 뜨리지 않고 한번에 수백개씩 차기도 했다. 그럴 때면 제기차는 사람 옆에서 제기차는 숫자 헤아리는 소리가 합창으로 〈백하나 백둘, 이백 이백스물〉 하면서 제기 차는 사람이 어서 실수하기를 바라기도 했다. 시합에서 진 사람이나 진 편은 이긴 사람에게 제기를 〈드린다〉고 했는데 이긴 사람이 서 있는 곳으로 제기를 얌전히 정성껏 던져 주어 찰 수 있도록 해 주는 것을 드린다고 했다. 말하자면 아랫 사람이 윗 사람에게 공손하게 제기를 잘 찰 수 있도록 드린다는 뜻이다. 이긴 사람은 진 사람이 던져 주는 제기가 마음에 안들면 확 돌아서서 반대편으로 서면 제기 드리는 사람이 또 그곳으로 뛰어와 다시 드려야 했다. 드리는 제기를 차지 못하고 실수하면 그 때서야 제기 드리는 것이 끝나게 되는 것이다. 이래서 제기를 드리는 사람은 실수를 유도 하기 위해 제기술의 한쪽 끝을 잡고 얌전히 던져 주는 척 하며 속임수를 쓰기도 했다. 하지만 기분을 잘못 건드리면 방향을 자꾸 이리저리 바꾸면서 피곤하게 심부름을 시키기도 하고, 드려 오는 제기를 세게 멀리 차버려 제기를 주으러 다니게 했던 것이다. 제기를 만드는 미농지나 엽전등을 구하기 어려웠다. 정히 없으면 돌맹이를 헝겊으로 싸서 가위로 헝겊을 찢고 오려 제기를 만들기도 했고, 엽전에 미농지 대신에 실을 걸어 엮어서 제기로 사용하기도 했다. 물론 제기도 화려하고 예쁘게 만든 상품이 시장에 나와 있었지만 이렇게 손수 만드는 것도 당시 아이들은 놀이의 한 방법으로 즐기면서 했었다.

〈공차기 놀이〉

축구 공을 가지고 노는 놀이도 다양하고 재미있는 운동이지만 이역시 농촌에서 구 할 수 없는 운동 기구였다. 지푸라기를 뭉치고 뭉쳐 새끼줄로 단단히 엮어 공처럼 둥글에 만드는 방법은 농촌 어디서나 비슷한 양상을 보이는 모습일 것이다. 이처럼 새끼줄과 지푸라기로 만든 공은 여러 아이들이 이리 뛰고 저리 뛰며 발로 차고 놀다 보면 죽은 짐승의 내장이 흘러 나오듯 너덜 너덜 새끼줄이 풀어져 공은 만신창이가 되고 만다. 명절 때 돼지 도리기 하는 날은 돼지 오줌보에 바람을 넣어 가지고 놀았다. 축구는 큰 마당이나 동네 앞 논배미에서 하고 놀았는데 겨울철이나 이른 봄등 아직 논을 갈지 않았을 때 논바닥은 그나마 마당 보다는 훨씬넓은 아이들의 운동장이 되었다. 드물기는 했지만 겨울에 따뜻 한 날에는 마을의 청장년들이 모두모여 논배미에서 야구 놀이를 하기도 했다. 찜뽕이라고 했다. 그 때 야구공은 진짜 야구공이 아닌 주먹만한 바람이 들어 있는 공으로 했다. 한 때는 외국의 원조 물자중에 탄력이 좋은 고무공이 마을에 들어오기도 했다. 이런 공으로 찜뽕이라는 야구 비슷한 놀이를 했다. 야구와 달리 투수가 던지는 공을 타자가 치는 것이 아니라 타자 자신이 공을 띄워 올려 방망이로 치는 방법의 놀이였다. 세번을 헛 치면 아웃이었다. 물론 야구 방망이도 없어 작대기나 나무 몽둥이로 대신 했다. 방법은 어찌 되었건 재미는 있었다. 노는 방법과 규칙은 재미있게 스스로 만들면 되는 것이었다. 아무튼 40년대 50년대 동진이 아이들과 청장년들까지 그런 놀이를 하면서 자랐다. 농한기때나 설 근처에 청장년들이 많이 모일때는 특별히 마을 바로 앞에 있었던 한순근씨 소유의 서마지기 정도 되는 논배미에서 찜뽕 놀이를 크게 벌리기도 했고, 그럴때는 많은 동네사람들이 둘러서서 구경을 하기도 했다. 50년대 마을의 모습에서도 최산천씨댁 앞으로 길게 그려진 논배미가 느티나무 앞까지 잘 보이고 있다.

〈만드는 놀이기구와 장난감들〉

조금 큰 아이들은 새총이라는 것을 만들어 가지고 다녔다. 산에 다니면서 예쁘게 영어의 Y 자형으로 갈라진 나뭇가지를 보면 잘라 와서 깎고 다듬고 정성을 들였다. 그런데 이 갈라진 나무에 달아 맬 고무줄 구하기가 또 그렇게 어려웠다. 끊어진 팬티끈이 이용되기도 했고 운 좋으면 잘 늘어나고 탄력이 좋은 황토색의 지렁이 고무줄을 구할수도 있었다. 실탄은 콩알 만한 돌맹이를 사용했는데 고무줄의 탄력으로 새를 쏘아 잡는 것이다. 아이들은 이 고무줄 새총으로 깡통이나 돌등을 세워놓고 맞추기 시합을 하기도 하고 실제로 새를 쏘아 잡을 수도 있었다. 송판을 권총모양으로 잘라서 고무줄을 이용하여 화약을 터트리기도 했다. 솜씨가 좋은 아이들은 우산대를 이용해서 제법 그럴사한 권총 모양을 제대로 만들기도 했다. 전쟁 직후라 총이나 화약등이 아이들 놀이의 좋은 대상이 되었다. 화약은 문방구에서 많이 팔았다.

아이들의 인기가 높았던 이 화약은 빨간 색을 칠한 종이위에 콩알 만큼씩 볼록 볼록하게 솟아 나와 있었다. 크기를 말할 때는 50방 혹은 30방이나 100방짜리등으로 불렀다. 문방구에서는 필요한 만큼 잘라서 팔기도 했다. 납작한 돌맹이 위에다 화약을 놓고 다른 돌맹이로 내려치면 요란한 소리를 내면서 폭발했다. 소리만 요란한 것이 아니라 화약 냄새도 진동을 했다. 아이들을 놀래 주는 데는 아주 그만이었다. 나무 송판 권총은 방아쇠도 만들어 달았다. 아이들의 장난감 만드는 수준도 갈수록 그 재주가 발전했다. 아마도 창의력에도 도움이 되지 않았을까 하는 생각이 든다. 유년 시절에는 많은 아이들이 긴 장대 끝에 싸리나무 가지를 둥글게 묶고 여러곳의 거미줄을 묻혀 잠자리채를 만들어 들고 다녔다. 매미나 잠자리를 잡는 도구였다.

겨울이면 썰매타기, 팽이치기, 연날리기 등이 빼놓을 수 없는 아이들의 놀이였다. 모두 밖에서 뛰어노는 놀이였다. 마당이나 산이나 들에서 자연과 더부러 노는 것이 당시 아이들의 노는 방식이었다. 어린 꼬마들의 썰매는 크고 넓게 만들어서 편히 앉아서 타게 했고, 나이가 점점 더 들어 큰 아이일수록 썰매는 작아저서 두 발만 올려놓고 서서 탔다. 썰매의 어원(語源)은 눈위를 달리는 설마(雪馬)에서 비롯 되었다고 한다. 썰매 꼬챙이도 키에 맞춰서 서서타는 큰 아이들은 꼬챙이도 길어야만 했다. 큰 아이들은 저수지에서 썰매를 탈 때 앉았다 섰다 하면서 신나게 달려 나갔다. 팽이도 문방구에서 팔았지만 거의 모든 아이들이 자기 손으로 팽이를 깎아서 사용했다. 파는 팽이 꽁지에는 쇠구슬이 박혀있어서 잘 돌았다. 집에서 만들다 보니 구슬을 박기 어려웠다. 더러는 M1(엠원 소총)의 실탄에서 나온 신쮸를 박아서 쓰기도 했다. 정히 없으면 못 대가리를 박고서 돌에 문질러 갈아서 쇠구슬 대용으로 사용했다. 하여튼 이런 것을 보면 아이들은 모든 것을 궁하면 통하는 식으로 어떻게 하던지 자력으로 해결해 보려는 마음들이 강했던 것만은 틀림이 없어 보인다. 들에서 들새를 잡는 새창애도 직접 만들어 사용했다. 마을 아이들은 보통 새창아라고 했다. 싸리나무를 베어다가 만들었고 그 당시 많이 심었던 조 이삭을 미끼로 썼다. 내 경험은 새창애도 만들어 놓아 보고 토끼창애도 만들어 놓아 보았지만 새는 잡지 못했고 토끼는 안산에서 몇 마리 잡은 기억이 있다. 토끼창애의 미끼는 칡넝쿨이었다. 토끼가 다니는 길을 잘 살펴 솔가지로 길을 만들어 토끼 창애까지 길게 이어준다. 길을 따라온 토끼가 창애안에 칡넝쿨을 먹으려고 쏠면 창애위에 얹어 놓은 돌의 무게로 토끼가 치이게 되는 원리였다. 눈이 많이 내리면 읍내에 사는 사람들이 가끔 마을 근처 산야에다 〈싸이나〉 라는 약을 콩의 속을 파내고 넣어 들판에 뿌려 놓고 가는 수가 있었다. 꿩을 잡기 위해서 였다. 꿩은 약을 먹고 서도 그 자리에서 죽지않고 멀리 날아가서 죽기도 해서 엉뚱한 사람이 죽은 꿩을 주어다 먹기도 했다. 참새를 잡아 먹으려는 시도도 많이 했다. 눈 내린날 마당 한켠에 눈을 쓸고 곡식의 낱알을 뿌려놓고 삼태기나 둥그런 짚방석을 부지깽이등으로 고여 놓고 끈을 달아 방안까지 이어준다. 방문틈으로 내다 보다가 참새가 먹이를 먹으러 삼태기 안으로 들어가면 줄을 잡아 당겨 삼태기가 엎어지게해서 참새를 잡는 방식인데 그럴 듯 했지만 대개는 참새가 모두 날아가고 빈 삼태기만 엎어지곤 했던 경험이 있다. 쉽지 않은 방법이고 대부분 실패하는 것이지만 꼭 참새를 잡는다는 것보다 겨울철 아이들의 재미있는 놀이의 하나였다.

〈자치기〉

철을 가리지 않고 재미있게 놀았던 자치기가 있었다. 놀이 기구는 에미와 아들(혹은 새끼라고도 했다) 두 개의 막대기를 가지고 노는 놀이였다. 에미 막대는 직경이 2~3센티 정도의 굵기로 길이는 약 오륙십 센티정도 되었고 새끼자의 굵기는 1센티미터쯤 되었고 길이가 15센티 정도 되었던 것 같다. 놀이 방법은 둘이서 하거나 여러명이면 편을 갈라서 할수도 있다. 마당 한쪽 끝에 길이 약 10여센티 폭은 약 5센티정도의 작은 타원형의 구멍을 파고 두팀이 혹은 두 사람이 서로 몇자 나가기를 할 것인가를 정하는것이다. 예를들어 1000자 나가기다 하면 먼저 천자를 달성하는 사람 혹은 달성하는 편이 이기는 것이다. 두팀은 공격과 수비로 나뉜다. 공격과 수비는 가위 바위 보로 정하든지 그 밖에 적당한 방법으로 합의 해서 정한다. 간단히 두 사람이 하는 것으로 해 보자. 공격자는 구멍앞에 남아 공격 준비에 들어 가고 수비는 앞으로 나가 대기하고 있다. 이렇게 진영이 준비가 끝났으면 공격 할 사람이 타원형 구멍위에 새끼자를 가로 걸쳐 놓고 수비진을 향해서 "하리?" 혹은 "한다?" 하고 의견을 물으면 수비진이 대답으로 "해!" 하면 그때부터 정식으로 게임이 시작 된 것이다. 공격진은 구멍에 가로 놓인 새끼자를 에미자로 수비진을 향해서 힘껏 멀리 떠 넘긴다. 이때 날아오는 새끼자를 수비진이 받으면 10점을 획득하고 공격자는 아웃되고 공수는 바뀐다. 만일 받지 못하고 땅에 떨어졌으면 그 새끼자가 떨어진 곳에서 공격진이 구멍위에 가로 놓은 에미자를 향해 던져서 맞추면 그 때도 공격진은 아웃되고 공수는 교대한다. 첫 번째 순서에서 공격진의 점수는 없다. 수비진에게 아들자를 받치고 싶지 않다면 낮게 땅으로 깔아서 떠 넘기거나 수비진의 손이 미치지 못하는 구석이나 키를 넘겨 멀리 보내는 방법등을 쓸 수가 있다. 수비진이 받지 못한 아들자를 공격진 쪽으로 던져 에미자를 맞추지 못했으면 공격진은 계속해서 이차 공격에 들어간다. 두 번째 공격은 왼손에 새끼자를 들고 오른 손의 에미자로 새끼자를 때려 멀리 날려 보내는데 이때 수비진이 아들자를 받으면 20자를 얻고 공격자는 아웃된다. 만일 수비진이 받지를 못했으면 아들자가 떨어진 곳에서 공격진 쪽으로 아들자를 던진다. 공격자는 수비가 던지는 아들자를 되받아 에미자로 쳐낸다. 헛 치면 그 때도 공격자는 아웃된다. 만일 잘 쳐내서 아들자가 멀리 날아 갔다면 공격자는 계속 살아 공격을 할 수 있을 뿐 아니라 아들자가 날아가 떨어진 곳 까지의 잣수를 마음대로 정해서 부를 수가 있다. 두번째 공격부터 공격자는 점수를 얻을 수가 있는 것이다. 다만 과도한 욕심으로 100자 밖에 안될 거리를 150자 하고 부르면 수비진이 "재봐" 하고 요구할 수가 있다. 이때 만일 에미자로 공격진의 구멍으로부터 아들자가 떨어진 곳 까지를 한자 두자 재나가서 150자가 않되면 공격자는 이때도 아웃된다. 만일 150자가 넘어도 공격자가 150자를 불렀기 때문에 백오십자 밖에 얻을 수가 없다. 수비자는 공격자가 쳐 내는 아들자를 수비자가 받아 내도 스무자를 얻고 공격자는 아웃된다. 세 번째 공격 순서는 에미자로 왼손에 들고 있는 새끼자의 한쪽 끝을 툭 쳐서 빙그르 돌아가는 새끼자를 공중에서 그대로 에미자로 내쳐서 멀리 날려 보내는 것이다. 수비자가 그 날아 오는 아들자를 받아 내면 서른자를 얻고 공격자는 아웃된다. 만일 받지 못했으면 그 아들자가 떨어진 곳 까지를 공격자가 몇자라고 불러서 공격자가 그대로 인정하면 그 점수 만큼 얻는 것이고 인정 못 할정도로 과하다 싶으면 〈재봐〉하고 요구 할수도 있다. 재봐서 그 점수가 안나오면 공격자는 아웃된다. 통과 되면 그 점수만큼 얻게 된다. 물론 재봐서 실제로 공격자가 부른 점수(잣수)보다 더 나와도 부른 잣수 만큼만 점수를 얻을 수 있다. 만일 100자를 불렀는데 수비가 만일 "재봐"해서 쟀는데 98자 정도 나올수도 있다. 이때 수비자는 공격자의 점수가 부족하므로 아웃이라고 할것이고 공격자는 잘 못 쟀다고 다시 재 보려 할 것이다. 서로 옥신각신하게되고 서로 자기의 주장을 내세우게 된다. 공평하게 재보기 위해 수비진이 직접 재볼 수도 있다. 이렇게 서로 우기는 것을 떼를 쓴다고 해야 되는데 그 때 아이들은 떼거지 쓴다고 말을 했다. 특별히 이 세 번째 공격행위을 젓가락이라고 했던 기억이 있고 마지막 다섯 번째 공격행위을 토끼라고 한 것 외에 다른 공격행위의 이름은 기억 나지를 않는다. 분명히 모든 공격행위의 이름이 따로 있었던 것 같은데 떠 오르지를 않는다. 그 이름과 노는 방식도 아마 지역에 따라서 조금은 달랐으리라고 생각된다.

네 번째 공격은 공격자가 땅에 쭈구려 앉거나 허리를 구부려 에미자 위에 새끼자를 올려 놓고 일어서면서 새끼자를 공중에 띄우고 곧바로 에미자로 쳐서 날려 보내는 것인데 이 때도 수비가 받으면 마흔자를 얻고 공격자는 아웃되고, 만일 못 받으면 그 아들자가 떨어진 곳 까지 공격자는 자기가 부른 잣수 만큼 먹을 수 있다. 다만 수비진은 이 때도 부족할듯 싶으면 확인을 요구 할수 있는 특권이 있는 거이니 공격자도 함부로 너무 과도한 욕심을 내다가는 자칫 아웃 될 수도 있는 것이다. 그리고 마지막 다섯 번째 공격은 타원형 구멍끝에 새끼자를 비스듬히 누여 놓고 에미자로 새끼자의 끝을 툭 쳐서 공중에 튀여 오르는 새끼자를 에미자로 때려 쳐 내는 것이다. 이것의 이름은 앞에 말한 대로 토끼라고 불렀던 것같다. 이때도 수비자가 받으면 50자를 얻고 공격자는 아웃 된다. 못 받으면 공격자는 물론 살고 아들자가 떨어진 곳 까지의 점수를 부른 만큼 얻을 수 있는 것이다. 다만 적당하게 잣수를 불러야지 과해서는 않되는 것은 잎서와 같다. 만일 이 다섯 번까지 공격을 하고서도 살아 있으면 다시 처음 부터 똑 같은 순서로 해 나간다. 공격자가 아웃되면 공수는 바뀌고 정해진 점수를 먼저 얻는 사람이나 그 팀이 승리하는 놀이이다. 실제로 해 보면 시간 가는 줄 모르고 무척 재미가 있었던 놀이였다. 50년대에 동진이 마을에서 자라던 아이들은 이 자치기 놀이도 많이 했고 개인적으로 곧은 나무로 에미자와 새끼자를 만들어 가지고 다니기를 좋아했다. 일종의 개인 소

유의 장난감인 셈이었다. 자치기와 찜뽕 즉 야구 놀이는 마당이 길고
도 넓어야 하기 때문에 큰 마당이나 팥밭골 공동우물위 한남용 어른댁
마당을 주로 이용했다. 마을에서 이 두군데 마당이 제일 길게 쓸 수가
있었다. 이 두 군데 마당은 마당 끝에 있는 밭까지 이용했고 특히 큰
마당은 마당 끝의 연자 방앗간 넘어 보리밭까지 이용하기도 했다.

⟨진(陣) 놀이⟩

한마디로 아주 역동적인 놀이였다. 재미로 쳐도 제일 일 것 같다.
대단히 활동적이고 민첩성과 판단력등이 요구되는 성장기의 아이들
에게는 잘 맞는 운동겸 놀이라고 볼 수 있다. 그때는 무슨 말인지도
모르고 그냥 친구들이 ⟨진돌이⟩ 진돌이 라고 했기에 그런 줄만 알았
다. 물론 이 놀이도 다른 지역에서 놀던 방식과 차이가 있을 수는 있
으리라고 생각은 된다. 참고 하여 비교는 할 수 있을 것이다.

이 놀이는 단체로 여러사람이 편을 갈라서 하는 놀이다. 팀은 두
팀으로 나눈다. 두 군데에 진영 본부를 정하고 돌무더기를 만들어 놓
거나 원을 둥그렇게 그려 놓고 각자의 본부로 삼을 수 있다. 두 진영
간의 거리는 인원들이 좀 많으면 적당히 멀리 떨어지게 정하고 몇사
람 않되면 조금 가까이 정해도 상관이 없다. 진영이 너무 멀면 누가
상대의 진영에서 들어가고 나오는지 확인이 어려우므로 서로 잘 보일
정도의 거리를 둬야 한다. 각팀은 자기진영에 한쪽 발을 딛고 둥그렇
게 둘러서서 내 진영본부를 지킨다. 어느 팀의 한 사람이라도 상대팀
의(적군)의 신체적 터치를 받지않고 상대(적)의 진지 본부를 발로 터
치해 밟으면 승리한다. 그러나 이것은 거의 불가능한 일이다. 상대
(적)팀은 본부를 팀원들이 빙 둘러 싸고 있다가 적(상대팀)이 접근하
면 쫓아가 터치하면 아웃이 되고 포로가 되어 끌려가 적 진지에 잡혀
있게 된다. 어느 누구도 진영을 나중 떠난 사람이 먼저 진영을 떠난

사람을 터치해서 아웃시킬 수가 있다. 아웃 당한 사람은 적 진지로 끌려가 포로가 되어 잡혀 있게 된다. 상대 진영을 잘 살피고 있다가 그쪽 진영을 떠나 우리쪽 본부를 공격하러 슬슬 다가 오면 재빨리 쫓아가 터치해서 아웃 시키고 포로로 잡을 수 있지만 상대(적)라고 당하고 있지는 않고 날래게 피해 자기쪽 진영으로 도망을 가는 것이다. 유인책을 쓰는 것이다. 공격하는 척 하다가 쫓기어 도망가는 자를 너무 적진 깊숙이 쫓다 보면 나 보다 나중에 적의 진지를 나온 또 다른 적에게 내가 터치를 당해 아웃되고 적의 포로가 될 수 있다. 꼭 전투 상황과 비슷한 것이다. 적의 유인책에 걸리면 죽게되고 포로가 된다. 규칙의 핵심은 상대(적)의 터치를 피해 상대(적)의 본부에 우리편 누구라도 발로 터치하면 점령 한 것으로 되어 우리가 승리 하는 것이고, 진지본부를 나중에 출발해 나온 사람이 진지를 먼저 떠나온 사람(상대적군)을 터치해 아웃시켜 포로로 잡을 수 있다는 것이다. 두가지 규칙이 기본적인 큰 틀이고 중요하다. 누구나 그보다 나중에 진영을 떠나온 상대(적)에게 터치당하면 적군의 포로가 되어 적 진지로 끌려가 잡혀있게 되는 것이다. 잡혀온 포로들은 서로 자기들 끼리 손을 잡고 한 줄로 길게 늘어서서 자기팀이 쫓아와 터치해 주기만을 기다린다. 만일 내 편(아군)이 한 사람이라도 적군을 피해 포로가 된 우리들의 어느누구의 손이라도 터치할 수만 있으면 모두 살려내 데리고 갈 수가 있다. 그러나 적군(상대팀)또한 우리편(아군)이 접근 하지 못하도록 방어 하는 것은 정한 이치이다. 적군을 많이 포로로 잡아오고 적 진지를 지키는 사람들이 많지 않을 때 몇사람이 몰려가서 전후 좌우에서 파상 공격을 하면 적의 본부도 점령하고 승리 할 수가 있는 것이다. 몸이 민첩하고 재빠르게 움직여야 하고 끊임 없이 뛰어야만 살 수가 있다. 큰 마당에서 무척 많이 하던 놀이였다. 아주 재미있었다.

〈탄피치기〉

6·25 정전 이후 각종 실탄의 탄피가 무척 흔했다. 제일 흔한 것이 M1(엠원) 실탄의 탄피와 칼빈 소총의 탄피였다. 그 밖에도 권총 탄피도 있었고 LMG 탄피도 있었다. 아이들은 탄피도 수백개씩 가지고 놀았지만 탄피를 가지고 노는 과정에서 다 찌그러져서 탄피의 원형을 찾기는 어려웠다. 탄피 놀이는 주로 큰 사랑앞 큰 마당에서 했다. 큰 사랑앞 돌 축대가 약간 높았다. 탄피를 돌축대에 힘껏 부딪쳐서 멀리 날아간 순서대로 주위의 다른 사람 탄피를 맞춰서 먹을 수 있는 놀이였다. 또 다른 방법은 탄피를 든 손을 높이 들고 돌 축대에 탄피를 떨어뜨려 멀리 나가는 사람이 먹는 방법도 있었다. 또 한가지 방법은 일정한 거리에 원형의 동그라미를 그려 놓고 그 안에 각자 일정 숫자의 탄피를 넣어 두고 똑 같은 위치에서 탄피를 던져 원형안의 탄피를 맞춰 빼먹는 방법도 있었다. 이런 놀이 방법은 구슬을 가지고 노는 방법과도 비슷했다.

〈굴렁쇠〉

1950년대 초반 쯤으로 생각된다. 그 당시의 초등학생 정도의 학생들은 굴렁쇠를 굴리며 뛰어가는 놀이가 유행이었다. 한창 성장기이고 기운이 자랄 때여서 그런지 가만가만 걷기 보다는 빠르게 뛰어다니는 것을 좋아 했다. 아이들은 평소에도 마을의 골목을 걷기 보다는 뛰어다니기에 바빴다. 굴렁쇠를 굴리며 뛰어 가는 놀이는 자연적으로 걸음이 빨라지고 점차로 속도에 맞춰서 뛰어 다니게 된다. 88 올림픽 때던가 조그마한 아이가 나와서 그넓은 운동장을 굴렁쇠를 굴리며 지나가는 모습을 기억 할 것이다. 굴렁쇠의 재료는 많이 있었지만 내 기억으로는 자전거의 바퀴테가 아이들이 가장 선호하는 굴렁쇠였다. 자전거 바퀴테는 가운데 깊히 홈이 패여 있어 다른 굴렁쇠와는 약간 차별성이 있었는데 그러다 보니 굴렁쇠를 굴리는 채도 굴렁쇠 모양에 따라 일자형과 디귿(ㄷ)자 모양의 채등으로 모양이 달랐다. 자전거 바퀴 굴렁쇠는 일자형의 채를 사용했고 그 밖의 원형의 굴렁쇠는 디귿(ㄷ) 자형으로 끝이 굽은 채를 사용 했다.

6·25전쟁 이후에는 군인들처럼 전투 놀이도 많이 했다. 웃동진이 저수지 올라가는 길옆의 산에서 허리춤이나 모자에 푸른 나뭇잎 가지들을 꽂고 산등성이를 이리 뛰고 저리 기어 다니며 군인들의 흉내를 내며 놀았다. 전쟁놀이였다.

(5) 아이들의 놀이(2)

아이들이 놀이겸 여가생활을 즐기는 것으로 특히 여름 방학등에는 자연에서 뛰어 놀며 시간을 보냈다. 장난감이나 노는 대상과 재료등이 모두 자연 속에서 얻어 지는 것들이었다. 예를 들면 다람쥐 굴을 캐서 다람쥐 새끼를 꺼내 기르기도 하고 지붕 추녀를 들 쑤시고 다니며 참새알을 꺼내거나 참새 새끼를 꺼내서 가지고 노는 행위등을 많이 했다. 참새 새끼는 사람에게 길이 들지를 않는 다고 한다. 산으로 들로 다니면서 높은 나뭇가지 위에 새집을 뒤지고 다녔다. 미루나무 꼭대기 까치집을 올라가 까치 새끼를 꺼내려 다가 에미 까치들이 쫓아와 쪼며 위협 하는 바람에 무서워서 내려 오기도 했고 산새 둥지도 찾으러 다녔다. 그러다 보면 어떤 때는 부화한 산새 새끼를 만나기도 했고 더러는 산에서 꿩알을 줏는 행운을 얻기도 했다. 40년대후반 까지는 고슴도치등도 더러 마을 주변의 산에서 잡히기도 했다. 이렇게 시간 만 되면 산으로 들로 쏘다니는 것이 일과였다. 나는 중학교에 다닐 때 산새 새끼 한 마리를 구해서 어미가 다 되도록 길러서 날려 보낸 경험이 있다. 마을의 아이들은 이 새를 때까치라고 불렀다. 그 때까치 기른 이야기는 나중에 하기로 하고 우선 다람쥐 이야기부터 해 볼까 한다. 다람쥐는 사람의 손에 길들면 사람을 무서워 하지 않고 잘 따랐다. 도토리나 밤을 먹이로 주고 다람쥐장을 만들고 쳇바퀴를 돌리게 해 주면 먹이를 먹는 모습도 귀엽고 예쁘지만 쳇바퀴를 돌리는 재주를 부리기도 했다. 그러나 다람쥐 새끼를 구한다는 것은 대단히 어려웠다. 깊은 산으로 가보면 다람쥐들이 나무위에서 노는 모습을 볼 수있고 도토리 나무 근처에는 흡사 쥐굴처럼 입구가 반질 반질 닳은 다람쥐 굴을 볼 수가 있었다. 아이들은 이런 다람쥐 굴을 캔 다고 했다. 풀잎이나 나뭇가지를 굴 속으로 꽂아 넣고 삽이나 곡괭이로 굴을 찾아 내려 가며 파 보면 쥐굴 모양 도토리나 밤등을 물어 다가 쌓아 놓은 창고도 있고 혹 재수가 좋으면 다람쥐 새끼을 낳아 놓은 곳을 만나기도 했다. 다람쥐 새끼들이 눈도 안뜰 정도로 어린 새끼를 볼 수도 있었다. 그러나 그런 일들은 흔한 경우가 아니었다. 다행히 이렇게 다람쥐 새끼를 구했다면 사람의 손으로 먹이를 주고 키우면 사람들을 무서워 하지 않고 잘 따르게 된다. 길이 든 다람쥐는 소매속이나 주머니 속에 넣어 가지고 다니며 애완용 장난감처럼 가지고 노는 것이다. 길든 다람쥐는 이렇게 가지고 다녀도 도망 가지는 않는다.

보리가 익어갈 무렵에는 여치를 잡아서 길렀다. 여치는 한 여름 뙤약볕 아래 보리 밭이나 덤불 속 풀줄기 위에서 울었다. 한참 시끄럽게 울때는 여기 저기서 서로 경쟁이나 시샘하듯 아우성 치듯 굉장했다. 여름이면 온 마을 전체가 여치 소리와 매미 소리에 휩싸여 여름해가 뜨고 지는 듯 했다. 아이들은 보릿짚으로 여치집을 짜서 그 안에 여치를 넣어 두고 상추잎을 뜯어 먹이로 주었다. 보릿짚으로 짠 여치집은 나선형으로 잘 만들면 굉장히 예쁜 여치집이 되었다. 여치 소리는 매미 소리 보다는 더 운치가 있었다. 매암 매암 우는 매미나 쏴 하고 우는 말매미나 매암 쓰럼 하는 쓰르라미나 모두 소리가 단순하고 시끄러운 편이지만 여치는 쨱쨱 찌르르 하는 소리에 아름다운 음악적인 멜로디와 여운이 있었다. 마루위나 추녀 끝에 여치집을 매달아 놓으면 청아한 여치 노래 소리를 집안에서 들을 수가 있었으니 정서적으로도 좋았다. 한 여름철 자연의 소리는 단연 매미 소리와 여치소리가 가장 대표적인 농촌의 자연의 소리였다. 물론 그 밖에도 봄철이면 모자리에서 개굴개굴 울어대는 개구리나 장마철이면 어김 없이 논두렁 밑에 자리를 잡고 맹꽁 맹꽁 울어 대는 맹꽁이도 있고 비 올때면 요란스럽게 울어 대는 청개구리도 있지만 아무래도 맑은 날 울어대는 여치 소리나 매미 소리의 격(格)이나 운치(韻致)에는 못 미치는 것같다. 한여름 뙤약볕아래 가장 시끄럽게 울던 매미소리는 웃동진이 올라가는 마을 끝의 정자 나무인 느티나무 근처에서 제일 시끄러웠고 요란했다. 여치는 주로 아랫동진이길 길가의 늘어선 보리밭이나 풀섶에서 제일 요란하게 울어 제쳤다. 여치는 미처 여치집을 만들지 못했으면 체를 엎어 놓고 그 안에 여치를 넣어 놓기도 했다. 여치는 그 이빨이 굉장히 날카롭고 힘이 세어서 잘 못 잡다가 물리면 그야 말로 그 고통이 엄청 났다. 여치를 잡으려면 뒤로부터 가만가만 가서 날쌔게 등뒤를 잡아야 했다. 마치 잠자리를 잡을 때처럼 살금살금 다가가서 조심스럽게 잡아야 했다. 50년대까지 동진이 아이들이 많이 잡아 가지고 놀던 곤충으로 찍게 벌레라는 것이 있었다. 이 찍게 벌레는 참나무 진을 먹고 사는 벌레인데 동진이 마을에서는 꼭 한 군데서만 잡을 수가 있었다. 저수지 올라가는 웃동진이 오른 쪽 산비뚤이에 오래된 상수리 나무가 몇주 있었다. 이 상수리나무에는 상수리 도토리를 따기 위해서 큰 돌로 찍어 상처가 난 부분에서 수액이 흘러 나오고 있었다. 이 수액이 흐르는 곳 근처에는 말벌도 날아 오고 진딧물도 있고 나비도 날아 왔다. 이 참나무에 찍게 벌레가 살고 있었다. 작은 벌레도 있었고 큰 벌레도 있었는데 아이들은 저수지로 미역감으러 가면서 항상이 참나무 밑을 서성거리며 찍게 벌레를 잡으려고 눈독을 들이고 있었다. 이 벌레도 잡으면 애완용으로 가지고 놀았다. 등에는 딱딱한 등껍질의 날개가 있었고 검은 색이 나는 벌레였다. 집게처럼 생긴 커다란 앞발이 두 개 달려 있었다.

아이들이 참새를 잡으려고 했던 것은 꽤 끈질긴 행위였다. 우선 고무줄 새총도 참새를 잡기위한 도구이며 놀이기구였고 겨울밤이면 남의 집 울뒤로 다니며 잠자는 참새를 추녀 끝에 그물을 대고 작대기로 추녀를 건드려 참새가 놀래 날아 나오다가 그물에 걸리게 해서 잡기도 했다. 그물 아니면 후라쉬를 비춰서 참새를 확인하고 한 사람은 지게를 붙잡고 또 한사람은 지게위로 올라가서 잠자는 참새를 손으로 잡아 내는 방법을 쓰기도 했다. 아이들은 낮에도 지붕에 사다리를 놓고 추녀 밑에 참새 굴을 뒤져 새알을 꺼내거나 참새새끼를 꺼내는 것을 놀이로 삼았다. 겨울 밤이면 뒤란 쪽에서 아이들이 수군수군대며 바스락 거리는 소리가 자주 들리곤 했는데 그럴 때 마다 틀림 없이 아이들이 참새 잡으러 돌아 다니는 것이다. 어른들이 방안에서 바느질을 하거나 이야기책을 읽어 내려 가다가 아이들이 몰려다니는 것을 알고 "이놈들아, 굴뚝 무너진다." 하며 야단을 치기도 했다. 아이들은 저희들 끼리 히히덕 거리며 이렇게 겨울 밤을 보내기도 했다. 참새를 잡으면 물론 구어 먹었다. 참새 고기는 맛이 있었다. 초등학생이던 시절 나는 어느해 여름이던가 뒤란에 사다리를 놓고 참새알을 꺼내다가 된통 혼이 난적이 있다. 참새 굴은 어린아이였던 내 팔이 어깨까지 다 들어 가도록 굉장히 깊었다. 얼굴이 지붕 추녀에 닿도록 깊숙히 팔을 넣고 참새알을 더듬어 찾고 있었다. 어느순간 무엇이 따끔하며 손가락 끝을 찌르는 것이였다. 깜짝 놀라 손을 빼고 손가락 끝을 보니 약간 상처가 있는 듯 보였다. 순간적으로 생각할 때 뱀이 손가락을 문 것이라고 생각했다. 뱀이 물면 뱀독이 심장쪽으로 흘러가지 못하도록 심장쪽을 묶어 주어야 된다는, 들은 말은있어서 얼른 방안으로 들어가 실로 손가락 끝을 묶으니 금방 손가락 끝이 새파랗게 죽는 것이였다. 겁이 난 나는 바깥말 개울건너 밭으로 일하러 나가신 모친을 찾아 갔다. 이야기를 들은 모친은 걱정은커녕 "거봐라, 이놈아 싸다 싸!," 하는 게 아닌가. 어른들이 보기에는 쓸데 없는 짓만 집안에서 저지르니 야단을 맞아도 싸지만, 그러나 아이들에게는 진짜로 재미난 놀이인 것을 어른들이 어찌 이해 할까. 그 뒤 걱정했던 그 사건은 아무 탈없이 잘 넘어가긴 했다. 그러나 그것 따꼼하게 손가락끝을 찌른 것이 뱀이 문 것인지 아니면 무슨 나뭇가지에 찔린 것인지는 확인되지 않았고 그냥 미스테리로 남았다. 그 시절에는 초가집안에도 이따금씩 뱀이 들어와 발견 되기도 했다. 어떤때는 안방의 윗목 장롱위에서도 큰 뱀이 발견되어 놀랬던 기억도 있다. 뱀이 집안에 흔한 쥐들을 잡아 먹기위해 들어오는 것이라고 했다. 다행히 집안으로 들어오는 뱀들은 독사계통의 뱀은 아니고 독이 없는 구렁이 종류라고 했다. 구렁이가 쥐나 참새새끼를 잡아 먹기 위해 집안으로 들어오는 것이라고 했다. 집안에서 발견되는 뱀은 업 구렁이라고 해서 함부로 죽이지는 않았다. 작대기등을 이용해 집밖으로 멀리 던저 버렸다.

1950년대 중반쯤 중학생 시절이었다. 앞서 이야기 한 대로 나는 때까치라는 새 한 마리를 새 둥지에서 꺼냈다. 산새였다. 때깟 때깟 하며 꼬랑지를 아래위로 흔들어 대는 참새만한 새였는데 사람이 잡아다 주는 먹이도 받아 먹고 잘 따랐다. 다람쥐 모양 주머니에 넣고도 다니고 어깨위에 올려 놓고 다니기도 했다. 먹이는 작은 개구리를 잡아 먹였다. 개구리를 잡아들고 때까치 앞에서 쮸쮸 하면서 먹이를 흔들면 그 귀여운 노란 주둥이를 좌악 벌리고 꼬랑지를 흔들며 다가왔다. 먹이를 주면 꿀꺽 꿀꺽 힘들게 삼키고는 뒤 돌아서서 금방 하얗고 검은 색이 섞인 똥을 쌌다. 만일 자연에서 제 어미가 키우는 새라면 이때 그 똥을 에미가 받아서 먹거나 멀리 물어다 버리겠지만 내가 키울때는 그냥 내버려 두었다. 조금 자라자 지붕 추녀밑 빨래줄위에 얹어 놓고 키웠다. 그리고 매일같이 들로 나가 개구리등을 잡아 먹이를 먹였다. 방학이 끝나고 학교에 갈 때쯤은 막 날라 다녔다. 자유롭게 마을을 날아 다니게 내 버려 두었다. 하지만 날아서 도망가지는 않고 저녁 때나 먹이를 먹고 싶을 때는 집으로 돌아 왔다. 잠도 추녀밑에서 잤다. 나는 이 때까치를 한번도 새장에 가두지는 않았고 자유롭게 키웠다. 동네를 날아 다니다가도 먹이를 잡아 들고 쮸쮸하며 흔들면 영락없이 땟깟 땟깟 하며 쫓아내려와 입을 벌렸다. 하지만 언제 부터인가 손에 잡히지는 않았다. 가까이 내려와 먹이를 달라고 입은 벌리는 데 잡으려고 하면 한 두발짝씩 달아 났다. 나는 그것도 재미 있어서 학교에 다니면서도 하학후에 집으로 올라 오며 개구리를 몇 마리씩 잡아 가지고 와서는 새를 찾아 먹이를 주곤 했다. 그러더니 어느 순간 부터는 새가 보이지 않게 되었다. 아마도 제 자신이 먹이를 찾아 먹을 수 있게 성장하자 멀리 날아간 모양이었다. 새끼때부터 잡아다가 꽤 오랫동안 자유롭게 키웠는데 정도 많이 들었다. 종내는 자연의 품으로 돌아 갔지만 아쉬울 것은 없었다. 그나마 제대로 자라서 자연 속으로 날아 갔으니 잘 살수 있으리라 믿었다. 대개 그 시절 아이들이 참새새끼를 꺼내거나 까치 새끼등을 꺼내서 가지고 놀아도 제대로 살지 못하고 죽이는 경우가 많았다. 그런 환경에서 때까치새끼 한 마리를 잘 길러 어미로 키웠으니 남다른 감회가 남아있다.

아이들이 뛰어 노는 산이나 들에는 위험한것도 많았다. 독을 가지고 있는 독사을 비롯하여 유혈목이, 논에 사는 무자수, 밭이나 집 근처에서 자주보이는 구렁이등 뱀도 종류가 무척 많았고 밭둑이나 논둑 산비탈등에는 땅속에 집을 짓고 사는 땡비라는 조그마한 벌은, 떼로 덤벼들어 사람을 마구 쏘아대는 무서운 벌이었다. 이따금 마을에서는 남이 건드려 놓은 땡비집 옆으로 멋 모르고 지나가다가 여러 마리의 땡비에게 쏘이는 불상사가 일어 나기도 했다. 아이들은 밤에 횃불처럼 불방망이를 만들어 가지고 가서 땡비집을 땅 속에서 파내기도 했다. 요즈음 말벌이라고 부르는 큰 벌을 그 때 아이들은 왕탱이라고 하며 무서워 했다. 쐐기도 무서운 독충이었다. 한번 쏘이면 붓고 가렵고 아프다. 한 동안 고생을 해야 했다. 논에는 거머리 산에는 송충이가 너무너무 많았다. 한때 산에는 노랗고 잔털이 징그럽게 난 누리가루라고 하는 벌레가 군데 군데 떼를 지어 뭉쳐 있기도 했다. 피부에 닿으면 벌겋게 부어 오르고 가려웠다. 음력 칠월쯤 조금 한가할 때 이때는 젊은이들이 칠월비라는 풀을 깎는 작업을 하러 도시락을 싸가지고 반 놀이 삼아 산으로 갔다. 워낙 뜨거울 때라 아침저녁으로 비교적 서늘할 때 부지런히 낫질를 해서 여름내 무성하게 자란 풀을 깎아 무더기 무더기로 모아 놓고 햇볕에 며칠 잘 마르면 지게로 져다가 땔 나무로도 쓰고 소의 겨울철 먹이인 목초등으로도 사용할 수가 있었다. 한창 무더운 한 낮에는 점심이나 먹고 그늘에서 쉬면서 낮잠을 자거나 개구리를 잡아 산골 도랑물에 담가 놓으면 가재들이 몰려들어 개구리를 뜯어 먹는다. 이때 힘 하나 안들이고 가재를 잡는 것이다. 이런 개울가 놀이를 하면서 한낮을 보내고 해가 넘어 갈 때쯤 더위가 좀 수구러 들면 먼저 해놓아 잘 마른 칠월비를 지게에 짊어지고 집으로 돌아오는 것이다. 겨울철 소 먹이용 건초가 아닌 땔감용이면 풀 깎을 때 소나무 가지나 잡목을 풀과 함께 섞어서 깎아 놓으면 화력 좋은 나무가 되는 것이다. 겨울 땔감은 화롯불을 담아야 하기 때문에 가랑잎이나 풀잎보다는 나뭇가지가 굵은 마들가지를 때거나 통나무 장작등이 더 좋다. 그 시절 아이들의 또 다른 놀이로서 봄이나 여름철 날이 따뜻 할 때 친구들 두 세명이 주전자등을 들고 동네 앞 개울을 따라 덕골 앞까지 올라가며 가재를 잡거나 능골로 가서 개울 따라 오르며 가재를 잡기도 했다. 심심할 때 가재나 잡으러 가자 하고 동네를 떠나 개울물에 발을 적시고 하루를 보내는 재미가 있었다. 그런 것이 소소한 아이들의 놀이였고 삶의 활력소였다. 그 옛날 앞개울이나 능골 개울에서 가재를 잡던 아이들은 아무런 구김살 없이 자라나서 어른이 되었고 이제 황혼을 맞고 있다. 앞으로 또 어느 시절에 마을의 후손들이 있어 동진이 앞개울을 따라 올라가며 가재를 잡아 천렵을 하고 술추럼을 할 때가 다시 찾아 오려는지 아니면 이 책을 통한 아득히 먼 옛날의 전설로만 남을 건지는 전혀 알길이 없는 일이다.

|끝맺는 말|

　내 개인적으로 이제까지 살아 오면서 절실하게 느끼는 아쉬움은 선대들로부터 후손들에게 남겨진 역사적 기록물이 전혀 없다는 것이다. 내가 만나보지 못한 수백년 전, 아니 불과 백여년전의 동진이 마을 사람들은 과연 어떻게 당신들의 일상적인 삶을 살았을까. 슬픈 일은 무엇이고 기쁜 일들은 과연 어떤 것이었을까. 그런 궁금증을 나는 항상 가지고 있었다. 머언 훗날에, 나와 같은 생각을 하는 어느 젊은 이가 있어 자료를 찾고자 할 때 이 책 한권이 비로소 세상에 나온 보람을 얻게 될지도 모른다. 많은 사람들이 생각하기를 크게 성공하여 세상에 이름을 남겼다고 해서 그들의 삶을 중요하게 생각하고, 평범한 삶을 살다간 사람이라고 해서 그 삶이 대단치 않다고 생각하기 쉬우나 그것은 올바르지 못한 생각이라고 말하고 싶다. 아무도 찾지 않는 깊은 산중에 홀로 피었다 지는 꽃이라고 해서 향기가 없는 것은 아니다. 사람은 누구나 각각 나름대로 치열하게 살아온 그 자신의 역사가 있게 마련이다. 이러한 평범한 사람들의 삶이 모여서 작은 고을의 역사가 되고 작은 고을의 역사는 모여서 나라의 역사가 될 것이다. 잘난 사람 못난 사람 모두가 만 백성의 뿌리이다. 그들이 엮어낸 삶들이 어찌 중요하지 않다 말 할수 있을 것인가. 위대한 인물은 위대한 대로 그 역사적 의미가 있겠고 비록 이름없는 사람들의 삶이라 해도 그 기록들도 일정부분 니름대로 가치를 지니고 있다는 것이 내 생각이다. 내 비록 우매하고 부족한 줄을 모르는 바는 아니지만 이와 같은 마음으로 두찬(杜撰)에 불과한 이책을 쓰게된 연유이다. 여기에는 세상에 내 놓기 부끄럽고 감추고 싶은 나의 속 마음도 없지는 않았으나 비교적 솔직하고 담백하게 드러 내려 힘썼다. 누구는 이 세상에 태어나 옷한 벌은 건졌다고 했지만 우리네 대 다수의 인생이 이유도 모른채 이세상에 나와서 아침 이슬 같이 허망하게 가버리고는 그의 흔적은 어디서고 찾을길이 없다. 이 책은 사람의 발길도 뜸한 깊은 산골짜기에 저 홀로 피었다가 아무도 몰래 지고 마는 이름 모를 들꽃처럼, 동진이라는 특정한 산골 마을에 태어나 어렵고 힘든 가운데서도 서로 도우며 아름답고 행복한 삶을 살다가 가는 지극히 평범한 사람들의 일상적인 흔적들을 작은 부분에서나마 드러 내놓고 기록으로 남기고자 했다. 그들의 후손들에게도 영광이 함께 하길 기원한다. 그동안 글 쓴다고 컴퓨터 워드 작업으로 허구한날 책상앞에 노트북 자판 두드리고 앉아 있는 가장을 열심히 응원해준 사랑하는 가족들, 특히 어렵고 힘든 세월을 함께해온 아내 유은순과 아쉬울 때 마다 항상 큰 힘이 되어주는 (정화, 선화, 영화)아들 딸들에게 글로서 나마 고마운 마음을 남기고 싶다. 사위 박 훈, 며느리 장은경의 행복과 건승을 기원한다. 무엇 보다도 초등학생들인 우리 손자들, 연우(然宇)와 용준(勇俊)이, 현준(泫俊)이 모두 모두 훌륭하게 자라나서 나라의 동량(棟樑)되고 입신양명(立身揚名)하여 천세(千歲) 만세(萬歲) 천복(天福)을 누리기를 이 할아버지가 간절히 바란다. 이제서야 그동안 지루하게 길고 길었던 글 쓰기를 마침내 홀가분하게 끝내려 한다.

2017년 여름 저자 한솔

| 저자 연보(年譜)|

정 성 영 鄭成永

아호 : 한솔 · 초당(草堂)

1941년   수여면(水餘面) 남리(南里) 동진(東鎭)이에서 부(父) 정지
         용(鄭志鎔—迎日 鄭氏), 모(母) 정용순(鄭庸順—溫陽 鄭氏)
         의 장남으로 출생 本貫(迎日). 문충공(文忠公) 포은(圃隱)
         선조(先祖)의 十九世 손(孫).
1954년   용인초등학교 제35회 졸업.
1957년   태성 중학교 제10회 졸업.
1960년   태성(泰成)고등학교 제6회 졸업.
1963년   남리(南里) 제5리 이장(里長)으로 선임.
1965년   인천신문사발행 경기연감 용인군편 이장(里長)등재(登載).
1967년   군 입대로 이장 사임. 논산 훈련소와 원주 통신 훈련소를
         거쳐 제17R 3BN, HQ. SIG에서 서무계로 자대생활.
1970년   연대장, 대대장 표창을 받고 병장으로 36개월 만기 제대.
1971년   상경. 제일 화재 해상보험, 전국 소상인 협동조합, 흑석동
         문화전자, 응암동 삼성전자서부대리점 영업부장으로 근무.

1973년	서울대 부설 한국 방송 통신대 전문과정 입학.
	3월 9일(음력2월5일), 수여면(水餘面) 운학리(雲鶴里) 출생
	유은순(柳銀順)과 결혼, 부(父) 유봉산(柳鳳山)과 모(母) 임
	홍순의 삼남 삼녀의 막내. 本貫(全州).
1975년	위 초급대학과정 졸업(전문대학 과정 제2회).
1981년	삼성전자 서부대리점 영업부장직을 사임하고, 봉천동에서
	전자제품 판매와 수리를 겸한 협신전자 개업함.
1983년	방송통신대학 학사 과정 입학.
1985년	졸업학력평가시험 합격(학사 제2회 졸업).
1986년	3월 서울시립대 교정에서 방송통신대학 학사 제2회 졸업식.
1990년	서울 양천구 신월동으로 영업점포 이전.
1993년	신정동 목동아파트 10단지 근처로 점포 이전. 무지개 전자
	로 상호 변경.
1994년	5월 강서교차로(생활 정보신문)주최 생활 수기 공모에 〈내
	집마련수기〉로 입선됨. (강서교차로 신문에 연재).
1995년	5월 구로 파랑새(생활 정보신문)주최 가정의 달 특집으로
	사랑의 편지쓰기 대회에서 〈아내에게 쓰는 편지〉로 최 우
	수상 받음.(제주도 2인 3박4일 여행권과 구로파랑새 신문

에 발표).

8월 LG 전자수기공모 작품 (LG전자 서비스센터를 다녀와서)가 (감동의 순간들)208페이지에 수록됨.

2001년 태국 방콕, 파타야, 아내와 둘째처남 내외 등과 3박 4일간 여행.

2003년 7월 5박 6일 중국여행, 아내와 함께 연변, 압록강, 백두산 천지 등을 여행.

9월 신정1동 문화센터 한글서예(지도 서예가 고근숙 선생)

2004년 5월 제11회 양천 구민의 날 서예공모전에 입선함. 신정1동 컴퓨터반에 등록. 컴퓨터 다음 까페 〈신정1동 컴퓨터동호회에서 활동함〉

9월 제7회 양천구 성인 학생 휘호 대회에서 한글로 장려상.

2005년 5월 제8회 양천구 성인학생 휘호대회 동상(상장과 상금).

양천문화원 종합 작품집에 위 휘호대회 동상(銅賞)작품 수록.

7월 4박 5일 중국 산동성 청도 및 공자의 탄생지 곡부 태산 등지로 아내와 여행.

7월 양천구청 문화센터 이용수기 책자에 수기 2점 수록됨.

12월 제17회 홍재미술대전 한글 입선 2점(과천시민회관).

2006년	12월 제주도 3박 4일 가족여행.
	12월 제18회 홍재미술대전 한글 입선.
2007년	3월 신정7동 문화센터 한문 서예등록(지도 여진 김숙자선생)
	서가협회 경기지회 공모전에 한글 작품 입선됨(2007년 5월
	12일~5월 18일까지, 경기도 문화의 전당).
	제19회 홍재미술대전 한글 2점 입선됨.(과천 시민회관)
2008년	6월 영등포 남부서예공모전에서 한문 작품 우수상.
2009년	6월 영등포 남부서예공모전에 한문 작품 3체상 받음(영
	등포 문화원 전시).
2010년	대한민국서예대상전 한문과 한글 작품으로 삼체상 받음.
	양천구 성인학생휘호대회에서 한문 작품으로 장려상 받음.
	11월 남부서예공모전에서 삼체상 받음(초대작가 됨).
	제27회 국제서법예술연합(국서련) 한문 입선(인사동 한국
	미술관 전시회).
2011년	무지개 전자 폐업 정리함.
	6월 대한민국서예대상전 한문 삼체상 받음(초대작가됨).
	6월 한국어문회 한자능력검정시험 3급 합격함.
	9월 한국어문회 한자능력검정시험 2급 합격.

12월 한국어문회 한자능력검정시험 1급 합격함.

11월 영등포 남부서예초대작가전(영등포 문화회관 전시실).

2013년 제12회 남부서예공모전과 함께 초대작가전에 출품 전시.

11월 제29회 대한민국서예휘호대회 겸 초대작가전.

2014년 5월 강서문화회관 사군자반 등록함(지도 자유시인, 서예가 최다원 선생). 제30회서예 휘호대회 초대 작가전에 출품.

2015년 2월 서울 시립 강서노인 종합복지관 수묵화반에 등록함.

7월 강서문화원 한국화반 등록 (지도 화가 이임순 선생)

11월 남부서예초대작가전.

11월 시립강서노인종합복지관 제3기 어르신 아카데미과정 수료

2016년 1월 신맥회 새해맞이 연하장전 및 제7회 서경회 회원전 (종로 인사동 하나로 갤러리).

8월 한국학원총연합회 교학상장전(하나로 갤러리)

10월 남부서예 초대작가전(영등포 문화원 대강당 전시실).

12월 우장산동 숲속 도서관 여행에세이쓰기 강좌 수강(지도 황보현 교수).

저자와의
협의하에
인지생략

동진이 사람들

2017年 8月 10日 초판 발행

저 자 정 성 영

발행처 ㈜이화문화출판사

등록번호 제300-2012-230
주소 서울시 종로구 사직로10길 17(내자동 인왕빌딩)
전화 02-732-7091~3 (도서 주문처)
02-738-9880 (본사)
FAX 02-725-5153
홈페이지 www.makebook.net

값 17,000원